Fliegen, auf und davon gehen . . . Urlaub hat vor allem mit
Freiheit zu tun. Urlaub vom Alltag, von der Langeweile,
vielleicht auch vom Ich. Der Weg dazu muß nicht weit sein.
Wenn man ein bißchen Muße und Phantasie hat, genügt es,
ein Buch aufzuschlagen. Ein Buch wie das hier, zum Beispiel. Hier können Sie einem »Verführer«, einer »Schönen
im Glas«, einem »teuflischen Weiberhelden«, dem »schönsten Ertrunkenen der Welt« oder einer »ganz gewöhnlichen
Fliege mittlerer Größe« begegnen. Sie machen einen »Ausflug mit einem UFO«, eine »Reise nach Tilsit«, nach »Afrika« oder »Peking« und werden dabei auch mal von »Strafporto«, »Kannibalismus in der Eisenbahn« oder »Kleinen
Mißverständnissen ohne Bedeutung« bedroht. Sie erfahren,
wie es ist, wenn »das Fernsehen« kommt, und können darüber nachdenken, wie man sich als aufgeschlossener Libera-
ler beim Anblick von nackten Busen benimmt. Behandelt
werden diese Probleme von den besten Köpfen der letzten
Jahrzehnte, pfiffigen Alten und lustigen Jungen, von schlau-
en Frauen und weltklugen Männern.

Das neue Urlaubslesebuch

Zusammengestellt von
Lutz-W. Wolff

Deutscher
Taschenbuch
Verlag

Ebenfalls im Deutschen Taschenbuch Verlag erschienen:
Das Urlaubslesebuch (10411)
Weißbuch (10559)
Das Spaßbuch (10707)
HerzensSachen (10893)
Schöne Sommerzeit (2568)
Schöne Winterzeit (2582)
Eine Mutter hat man nur einmal (2586)
Das Großdruck-Lesebuch (2592)

Originalausgabe
1. Auflage März 1989
Deutscher Taschenbuch Verlag GmbH & Co. KG,
München
Alle Rechte vorbehalten
Umschlaggestaltung: Celestino Piatti
Gesamtherstellung: C. H. Beck'sche Buchdruckerei,
Nördlingen
Printed in Germany · ISBN 3-423-11046-5
1 2 3 4 5 6 · 94 93 92 91 90 89

Inhalt

HELKE SANDER
Ausflug mit einem UFO

Frau K. traf Heinz S. auf der Treppe zur Bibliothek. Sie
ging, er kam. Sie hatten sich nahezu fünfzehn Jahre nicht
gesehen. Er hatte inzwischen graue Haare, zwei abgeschlos-
sene Studien und nach wie vor die leicht zu erschreckenden
grauen Augen mit den langen Wimpern und den linkischen
Gang. Beide freuten sich. Sie klönten eine Weile auf der
Treppe, dann begleitete er sie auf eine Vernissage, auf der
sie schlechten Wein trank und besoffen wurde. Er brachte
sie in seinem Auto nach Hause, hielt an jedem zweiten
Baum, so daß sie nur die Tür zu öffnen, sich hinauszulehnen
und zu kotzen brauchte. Er brachte sie sogar ins Bett. Am
nächsten Tag rief er an, und sie verabredeten sich zum Essen, um die vergangenen fünfzehn Jahre, in denen sie nichts
miteinander zu tun gehabt hatten, bei sich ankommen zu
lassen. In Wirklichkeit unterhielten sie sich überhaupt zum
erstenmal im Leben richtig, denn auch in der Zeit davor
hatten sie nur entfernten Kontakt über Freunde von Freunden, durch gleiche Studien, die gleiche Luft, ähnliche Woh-
nungen, ähnliche Fragen. Sie kannten sich also im Grunde
gar nicht, hatten sich aber ständig gesehen, und dieses Sehen
war mit Sympathie verbunden gewesen. Daß sie nun telefo-
nierten, war mit dem Phänomen zu vergleichen, das einen
Bayern befallen mag, wenn er einen anderen Bayern in Au-
stralien trifft. Unter lauter Fremdheit gibt es plötzlich Gemeinsames.

Bei dem Telefongespräch fragte Heinz S. Frau K., ob sie
einen Balkon habe. Frau K. verneinte. Als er kam, um sie
zur Verabredung abzuholen, trug er einen riesigen, wunder-
schönen Oleandertopf, den er kaum mit den Händen umfas-
sen konnte. Oleander ist eine Freiluftpflanze, in Räumen
geht er ein. Nach einer Woche waren fast alle Blätter abge-
fallen oder gelb geworden. Frau K. ließ daraufhin die Fenster offen, was der Pflanze bekam, die sich wieder erholte,
nicht aber ihr. Ein Geschenk mit Tücken, wenn sie an den
Winter dachte.

Sie verbrachten einen angeregten Abend in einem teuren

Restaurant, und nach einem Austausch über Leben, Pläne, Beruf, Politik erzählte Heinz S. sehr anschaulich von Bergen und Bergwanderungen, bis er resigniert zusammenfaßte, daß seine Freundin die Berge nicht besonders schätze und er daher kaum mehr zu dieser Freude komme. Frau K. hatte ihm gerne zugehört. Vor sich sah sie Almwiesen, Kühe, Ruhe, Blumen. Sie schlug ihm vor, sie für einige Tage auf eine solche Wanderung mitzunehmen. Heinz S. war entzückt von dieser Idee, aber dann konnte Frau K. das Entzücken der Besorgnis weichen sehen. Er wechselte abrupt das Thema. Frau K. kam jedoch darauf zurück, schon deswegen, um sich den Anblick der weiteren Verdauung dieser Idee nicht entgehen zu lassen. Schließlich rückte er damit heraus, daß er diese Situation zunächst mit seiner Freundin besprechen müsse. Sie sei sein Leben, sagte er etwas pathetisch, und er wolle das Verhältnis auf keinen Fall gefährden. Aus einer gewissen Sentimentalität heraus gefiel Frau K. dieser Einwand außerordentlich gut. Sie wurde ein bißchen neidisch auf die Freundin, obwohl sie wußte, daß sie an ihrer Stelle die Ängstlichkeit in diesen Sätzen nicht ertragen hätte. Sie dachte an die Worte, die sie selbst in einem ähnlichen Zusammenhang zu hören gekriegt hatte: Ich bin doch keine Seife, ich nutz mich doch nicht ab.

Die Freundin stimmte jedoch zu. Heinz S. besuchte Frau K. noch zweimal, um die Reise »grundsätzlich« zu besprechen. Er hatte eine Menge Probleme, die er vorher zu klären wünschte. Was tun, wenn sie sich schon am zweiten Tag nicht mehr leiden könnten? Was, wenn der eine in diese, der andere in jene Richtung laufen wolle? Frau K. fühlte sich außerstande, dazu grundsätzlich etwas zu sagen. Sie meinte gedehnt, wenn es wider Erwarten schiefgehen sollte, dann würden sie sich eben trennen. Heinz S. breitete Karten vor Frau K. aus und stellte mehrere möglichen Routen zusammen, die er von ihr absegnen ließ. Ihr war alles recht, was er vorschlug, denn sie kannte das Gebirge nicht. Sie überließ sich willig seiner Führung.

Sie einigten sich darauf, klein anzufangen, auf die Unerfahrenheit Frau K.'s Rücksicht zu nehmen, die Wanderung auf acht Tage zu begrenzen und zwischen seiner Liebe zu Gletschern und Geröll und ihrer zu Kühen und Almwiesen einen Kompromiß zu finden. Frau K. wunderte sich über die Vielfalt seiner Karten; Hüttenpläne, Bewirtschaftungspläne, Wetterkarten. Er schien nervös beim Zusammenstellen der Route. Dann wurde ihr klar, daß er Angst vor ihr hatte, und sie gab sich Mühe, ihm begreiflich zu machen, daß sie es nicht krummnehmen würde, wenn etwas nicht klappen sollte. Sie sagte wider Erwarten gereizt, sie sollten sich einfach überraschen lassen. Die Leichtigkeit war plötzlich dahin, und Frau K.'s Erfahrung sagte ihr, daß diese mit Bewunderung gemischte Angst zu Aggression führen werde und die Gelackmeierte sei am Ende wieder sie. Sie dachte einen Augenblick an den Mann, mit dem es so wunderbar leicht und heiter gewesen war zu reisen. Aber der war weg und reiste mit einer anderen.

Der Ausflug begann am Münchener Flughafen, wo Heinz S. Frau K. mit seinem neuen Auto, einem Kombi, abholte. Sie begrüßten sich mit einer mißglückten Umarmung und fuhren dann scheu nebeneinander sitzend in die Berge. Frau K.'s Hysterie als Beifahrerin begegnete er mit der wiederholten Versicherung, ein sehr guter Autofahrer zu sein, eine Bemerkung, die auf hysterische Beifahrer keinerlei Wirkung hat. Sie fuhren nach Südtirol, und nach einem Abendessen, in dessen Verlauf er sich zweimal tief unter den Tisch bückte, um eine Pille einzunehmen, fuhren sie an einen vorher ausgesuchten Platz für das Auto, in dem sie auch schlafen wollten. Es war mit allem Notwendigen, mit Proviant, Wasser, Kocher, Werkzeug und Matratzen ausgerüstet. Beide konnten sie jedoch nicht schlafen. Die gegenseitige Nähe, der Lärm der Laster auf der Autostraße und das Zirpen der Grillen machten beide nervös. Frau K. schluckte eine Beruhigungstablette, die sie sicherheitshalber mitgenommen hatte.

Am nächsten Morgen um sieben – sie wollten früh in die Berge – sahen sie, daß sie auf einer Feldwegkreuzung in der Nähe einer Müllkippe standen. Heinz S. stellte die Gasflasche und einen Topf auf und sagte der fassungslosen Frau K., daß er »abkochen« wolle. Ein Ausdruck aus der Pfadfindersprache. Angesichts der sichtbaren Espressobar hundert Meter weiter, in der es Frühstück geben würde, kriegte Frau K. einen Lachanfall. Etwas zögernd lachte Heinz S. schließlich mit. Beide packten nun ihre Rucksäcke bergsteigergemäß. Sie hatte alle seine Anweisungen befolgt und konnte zu seiner Befriedigung nachweisen, daß nichts Wichtiges fehlte. Sie feilschte lediglich um den Schlafsack, da verlor sie, und um die Menge des Proviants. Sie bestand darauf, daß ihr die Müsli-Riegel reichen würden, und lehnte sein Angebot, auch für sie Lebensmittel zu tragen, kategorisch ab. Er hatte Proviant für über eine Woche eingekauft: mehrere Kilo Würste, Brot und Konserven, die er alle in seinem Rucksack unterbrachte. Seiner wog schließlich zwanzig Kilo, ihrer rund die Hälfte, was sie immer noch schwer genug fand.

Sollten sie in einer Hütte auf Leute treffen, die höher hinauf wollten, dahin, wo Frau K. mangels Kenntnissen, Ausrüstung und Kondition nicht folgen konnte, so würde sich Heinz S. zu einem hochalpinen Abstecher für einen Tag von ihr entfernen. Das hatten sie verabredet. Zu diesem Zweck hatte er sich in München am Vortag noch Steigeisen gekauft, die jedoch nicht paßten, wie sich nun herausstellte. So bat er Frau K., ihm noch einen kleinen Schlenker ins nächste Dorf zu erlauben, um neue zu besorgen. Es sei die letzte Gelegenheit, denn die nächsten sieben Tage würden sie nun nicht mehr ins Tal kommen. Er entschuldigte sich mehrmals, daß durch seine Schuld der ausgearbeitete Zeitplan durcheinandergerate. Im ersten Dorf fanden sie jedoch die Steigeisen nicht. Auch nicht im zweiten. Darüber wurde es Mittag und die Geschäfte schlossen. Sie würden erst wieder am Nachmittag um sechzehn Uhr öffnen. Es schien das Vernünftigste, in die nächstgrößere Stadt zu fahren, nach Meran, in der Hoffnung, dort sei es anders. Das war es nicht. Es war ein Uhr, und sie hatten noch drei Stunden Zeit, bis die Geschäfte wieder öffneten und sich – hoffentlich – die passenden Steigeisen finden würden. Heinz S. war die Geschichte äußerst peinlich, denn der von ihm mit Akribie geplante Tag ging mitsamt Programm vorbei. Frau K. machte dies nichts aus. Es freute sie geradezu. Außerdem kannte sie die Stadt nicht. Sie war jedoch froh, daß sie es nicht war, der etwas Wesentliches fehlte. Und sie wäre noch vergnügter gewesen, hätte er sich weniger oft entschuldigt. Sie war ihm gar nicht böse, was er ihr jedoch nicht glauben wollte. Im Lauf des Nachmittags entstand eine Situation, die Frau K. schon oft mit einer Freundin erlebt hatte und haßte. Diese Freundin entschuldigte sich derartig oft für irgendein blödes, aber relativ belangloses Verhalten, bis

Frau K. merkte, es kam der Freundin auf ihren ebenso oft wiederholten Protest an. Blieb der aus, so war das ein Zeichen dafür, daß Frau K. gelogen hatte und immer noch böse war. Frau K. weigerte sich, dieses Spiel mitzuspielen, und streikte nach spätestens der dritten Wiederholung des Protestes. Das führte dann regelmäßig zu den wüstesten Beschimpfungen dieser Freundin. Die Geschichte war immer nahe daran, so zu enden wie die Geschichte von Tschechow, in der ein Mann einem anderen im Theater versehentlich in den Kragen niest und sich so lange und so oft dafür entschuldigt, bis dem anderen die Geduld reißt und er denjenigen, der die Verzeihung nicht annehmen kann, erschlägt. Frau K. erzählte diese Geschichte lachend als Warnung.

Am späten Nachmittag waren die Besorgungen erledigt. Sie stellten das Auto im dafür ausersehenen, hochgelegenen Dörfchen ab und beschlossen, abweichend vom ursprünglichen Plan, nur noch die Strecke bis zur nächsten Hütte zu laufen, um dort zu übernachten. Das Wetter war warm, aber nicht zu warm, gerade richtig zum Eingewöhnen. Nach den ersten zwanzig Minuten Aufstieg bemerkte Heinz S., daß er Blasen an den Füßen bekam. Blasen an den Füßen hatte er ihr noch in Köln als großes Schreckknis geschildert. Besonders Anfänger im Bergsteigen würden sich diese leicht zuziehen, weil sie leichtfertig mit Socken und Schuhwerk umgingen. Diesen Schilderungen hatte Frau K. sofort geglaubt und sich entsprechend eingedeckt und vorgesehen. Von den drei Paar Bergschuhen, die Heinz S. im Auto mitgenommen hatte, trug er die schwersten, fast ein Kilo pro Schuh, für den ewigen Schnee, für alle Fälle. Statt nun sofort ein Pflaster auf die schmerzende Stelle zu kleben, von denen Frau K. reichlich mithatte, biß er die Zähne zusammen und lief weiter. Er wollte wohl nicht schon wieder Anlaß für eine Unterbrechung sein. Heinz S. hatte Frau K. vorher erzählt, der Reiz dieser Wanderungen liege darin, bis an die Grenzen der eigenen Leistungsfähigkeit zu gehen. Da schien er ihr nun bald zu sein. Frau K. sah es mit Interesse. Aber sie konnte ihm die Pflaster schließlich nicht aufdrängen oder ihn gar zur Umkehr zwingen. Mit schmerzenden Füßen, dem überschweren Rucksack, der Plastiktüte mit den neuen Steigeisen in der einen, der Wanderkarte in der anderen Hand, wankte er vor Frau K. her, auf breiten und markierten Wegen – geradezu Spazierwegen, wie Frau K. fand –, sie ab und zu ermahnend, nicht stehenzubleiben, weil es ungesund und nicht bergsteigergemäß sei. Sie tat es trotzdem, hinter ihm, um die Kreislaufstörungen, die sich bei ihr einstellten, aufzufangen und um sich umzusehen in der Gegend, denn dafür war sie ja gekommen. Frau K. fürchtete, sich überschätzt zu haben. Dann endlich die Hütte. Die Sonne sank. Tiroler waren da mit grünen Schürzen und gutturaler Sprache. Es war wie in ›Heidi‹. Es gab Schnaps und dann einen guten Wein. Zum Essen gab es Semmelknödel, und schließlich, beim Nachtisch, bückte sich Heinz S. wieder halb unter den Tisch und schluckte eine kleine Pille. Was er da nehme, fragte Frau K. Doch er winkte ab. Das würde er ihr – vielleicht – ein andermal erzählen. Es muß was Ansteckendes sein, dachte Frau K. Sie war zufrieden. Vor Erschöpfung sprachen sie nicht viel. Er entschuldigte sich für seine Desorganisiertheit, derentwegen der erste Tag verloren sei. Er sei nicht verloren, sagte Frau K. Außerdem hätte sie mehr gar nicht geschafft.

Es war ruhig hier oben. Es roch gut. Ab und zu kam ein entferntes Geräusch aus dem Tal. Sie kriegten ein Zimmer mit übereinander gebauten Betten.

Der Platz war für Holzarbeiter noch mit einem Traktor zugänglich. Einige fuhren am nächsten Morgen zurück in das Dorf, in dem auch das Auto stand. Frau K., die ihren Rucksack zu schwer fand, bat die Fahrer, die Dinge, die sie grammweise als überflüssig zusammensuchte und die sich schließlich zu einem Pfund addierten, mit ins Dorf hinunterzunehmen. Heinz S. war nicht zu bewegen, auf wenigstens zwei Kilo Lebensmittel zu verzichten. Er führte ihr Schreckvisionen vor Augen von plötzlichen Wetterumschwüngen, von Abgeschnittensein, Nebel, Gewitter und Hagel, jeweils verbunden mit der Notwendigkeit, an Ort und Stelle ausharren zu müssen, manchmal Tage. Frau K. wollte ihm ja glauben, und ihr schien das alles auch sehr vernünftig für höher gelegene Gebiete, aber immer, wenn sie ein Auge ins Tal riskierte, konnte sie an diesem klaren Morgen kleine Autos auf einem Stück Straße sehen. Soweit entfernt von jeglicher Zivilisation schienen sie noch nicht. Aber sie sagte nichts, denn er war der Erfahrene.

Das Programm des zweiten Wandertages sah einen Aufstieg über einen Kamm ins nächste Tal vor. Ab und zu wurden die beiden Wandernden von Leuten überholt, die ihnen leichtfüßig und ohne Gepäck, manche sogar in Turnschuhen, ein »Grüß Gott« zuriefen, was Frau K. mit einem »Hallo« beantwortete. Sie konzentrierte sich auf das Stück Erde und die Steine vor ihren Füßen. Wenn sie jetzt aufgeben würde, wäre es zurück genauso anstrengend wie das Stück, das noch vor ihnen lag. Also ging sie weiter: Frau K. fragte sich, welche Willensanstrengung wohl Heinz S. aufbrachte, der unter der Last seines Rucksackes oft wankte, auch an diesem Tag noch die Plastiktüte mit den Steigeisen trug, weil er sie nicht mehr am Rucksack anbringen konnte, und am Morgen nicht nur eine Blase am Fuß hatte, sondern eine große Entzündung, die äußerst schmerzhaft sein mußte. Den Vorschlag Frau K.'s, erst dann weiterzulaufen, wenn der Fuß wieder in Ordnung sei, lehnte er ab. Er kam ihr vor wie ein aus einem sibirischen Lager Ausgebrochener, der keine Schmerzen und Anstrengungen scheuen darf, um sein nacktes Leben zu retten. Hier fiel ihr das erste Mal das Wort UFO für ihn ein, das sie fortan heimlich hinter seinem Rücken für ihn benutzte. Sie verstand ihn einfach nicht.

Die Nummern der Wege, die auch in den Wanderkarten angegeben waren, waren auf Steine gemalt. Sie konnten aber, wenn sie den angegebenen Richtungen folgten, auch plötzlich aufhören oder ganz andere Nummern tragen. Frau K. erfuhr, daß die italienischen Wanderkarten nichts taugten. Sie seien nicht genau. Wege, nach denen sie gingen, seien nicht eingezeichnet, andere, auf der Karte mit bestimmten Nummern versehene, trügen in der Realität andere usw. Diese kleineren oder größeren Differenzen bildeten einen ständigen Grund seines Unmutes, aber auch seiner Freude, wenn er eine reale Rechtskurve auch auf der Karte wiederfand. Mindestens alle fünfhundert Meter blieb er stehen und verglich. Ab und zu begegneten ihnen Leute. War ein Mann dabei, dann trug er eine Karte, und die Wandersmänner verglichen sie untereinander und ärgerten sich über die Ergebnisse der Vergleiche. Schon auf der Almhütte gestern hatten sie über die Karten gebeugt gesessen, das war Frau K. gleich aufgefallen. Und die Frauen waren den Männern zugeneigt, wie es die Höflichkeit und die Klugheit erforderte. Sie murmelten bisweilen »hm, hm«, mit leerem Blick. Trafen sich die Blicke der Frauen zufällig, dann drehten sie die Köpfe, noch bevor das auf ihr Gesicht drängende Grinsen sich etablieren konnte, schuldbewußt wieder ihrem jeweiligen Gatten zu, der die nächste Route ausknobelte.

Das nächste Ziel der beiden war ein See inmitten von Geröllbergen, der schon jenseits der Höhe lag. Sie erreichten ihn nach fünf Stunden Kletterei. Da saßen sie nun inmitten dieser Mondlandschaft, in der es keinen Grashalm mehr gab – an den Wiesen waren sie leider vorbeigewandert. Sie zogen Schuhe und Strümpfe aus. Heinz S. behandelte seine Wunden. Frau K. war schwindlig. Hunger hatte sie nicht, nur Durst, und dank Heinz S.' Vorsorge auch eine Flasche mit frischem Quellwasser. Er wußte offensichtlich doch, was er tat. Für den Weg zur nächsten Hütte, wo sie übernachten wollten, veranschlagten sie noch zwei weitere Stunden, aber Leute, die sie nach ihrer Pause trafen, sagten ihnen, daß die Hütte, die Heinz S. in Köln herausgesucht hatte, in diesem Jahr nicht bewirtschaftet sei. Sie boten den beiden an, sie nach einer weiteren Stunde Abstieg im Auto mit ins nächste Dorf zu nehmen. Die beiden schlugen das jedoch aus. Es hätte bedeutet, am dritten Tag wieder ganz von unten anfangen zu müssen. Frau K. konnte auch mit dem Tempo der Leute nicht mithalten, die kein Gepäck trugen und weitaus leichtere Schuhe. So verloren sie die Leute bald aus den Augen. Trotzdem gefiel Frau K. die Nachricht von der nicht bewirtschafteten Hütte. Es amüsierte sie. Bis jetzt hatte noch nichts geklappt, trotz aller Vorsorge, und das versetzte sie geradezu in Entzücken, obwohl sie die Aussicht, eventuell im Freien übernachten zu müssen und trotz Schlafsack zu frieren, ebenso schreckte wie die Möglichkeit, doch noch ins nächste Tal zum nächsten Gasthof laufen zu müssen. Frau K. war froh, daß er auf dem Schlafsack bestanden hatte. Im übrigen kämpfte sie darum, nicht schlappzumachen. Sie fühlte sich einer Ohnmacht nahe. Auf der ersten schattigen Viehhütte machten sie eine Rast. Es war sehr warm. Heinz S. breitete die in Plastik verschweißten und in einer trüben Soße schwimmenden Landjäger, seine Salamis, Konserven und Brote aus. Frau K. holte ihre Stange Müsli-Reformkost-Konzentrat von hundert Gramm hervor, die sie eingesteckt hatte.

Sie beschloß, eine seiner Würste zu essen, damit sein verdammter Rucksack leichter würde – wenigstens symbolisch – und um ihm das Gefühl zu geben, er trage keine Hinkelsteine. Aus reiner Mütterlichkeit also. Frau K. packte die Landjäger aus der Soße zum Trocknen auf die Steine und wunderte sich, wie jemand mit Geschmack in Essensdingen dieses Zeug hatte kaufen können. Die Soße verstieß sozusagen grundsätzlich gegen das Wesen von Landjägern, die ihre Haltbarkeit aus der Trockenheit gewinnen. Harmlos und eher an der zugrundeliegenden Philosophie eines solchen Kaufs interessiert, dachte Frau K., das Essen mit einem Gespräch über gewisse Fehleinschätzungen zu verbringen. Wie kommt jemand in Kleve dazu, fragte sie amüsiert mit liebevollem Spott, Wurst für die Alm zu kaufen, wohl wissend, daß Trockenobst und Trockenfleisch einheimische Spezialitäten sind (wie sie in Meran gesehen hatte), entwickelt für lange Strecken und leichtes Gepäck? Frau K. hatte eine diffuse Vorstellung von einem angeregten Gespräch über merkwürdige Diskrepanzen, die zwar in seinen Würsten den Ausgangspunkt hatten, zu denen Frau K. jedoch durchaus auch einiges hätte beisteuern können. Sie erwartete also, daß er vielleicht sagen würde, lachend, ja, inzwischen frage er sich das auch, aber es schiene ihm ein so günstiges Sonderangebot gewesen zu sein und manchmal, wenn schon innerhalb kürzester Zeit viel zuviel Geld ausgegeben worden sei, werde plötzlich am verkehrtesten Ende gespart usw. Und sie hätte dann gesagt, genau, das kenne sie auch, sie wolle etwas ganz besonders gut machen und sehe es dann schiefgehen.

Ihre freundliche und durchaus heitere Frage bewirkte aber nur, daß Heinz S. einen kleinen zitternden Mund und wirklich einen Wutanfall bekam.

– Herrgott noch mal, ich habe doch gesagt, daß ich keine Zeit hatte. Was soll ich denn sonst noch alles tun? Steigeisen kaufen, meine Ausrüstung, ich bin den ganzen Tag für diesen Krempel hin- und hergelaufen. Das müßte doch genügen.

Frau K. überging seine Erregtheit. Er war müde. Sie unterdrückte deshalb eine gar nicht böse gemeinte Bemerkung über seine falsch gekauften Steigeisen und wandte vorsichtig und immer noch an einer Unterhaltung interessiert ein, daß sie genau das ja meine. Sie frage sich eben, warum er diese Dinge, wenn überhaupt, dann dort gekauft habe. Im übrigen müsse er sich aber gar nicht dafür rechtfertigen, sie greife ihn ja gar nicht an. Es interessiere sie mehr prinzipiell, eben weil sie es kenne, und um ihn zu beruhigen, um ihn nicht weiter aufzubringen, benutzte sie immer mehr Worte, sie würde sich auch keinesfalls beschweren, da sie die Sachen ja weder trage noch esse ...

Heinz S. erwiderte, sie sage so oft »ich muß, er müßte«. Das habe er früher auch gemacht, bis ihn jemand darauf hingewiesen habe. Seitdem hüte er sich vor dieser Formulierung. Dann bückte er sich wieder tief ins Gras, um unauffällig zu bleiben, und schluckte eine Pille.

Frau K. war es selbst schon unangenehm aufgefallen, daß sie, seit er sie vor zwei Tagen in München abgeholt hatte, zunehmend müder wiederholt hatte, für dieses oder jenes müsse er sich nicht entschuldigen. Aber ihre unangenehmen Seiten standen im Augenblick nicht zur Debatte. Am besten war vermutlich, sie hielt den Mund. Und so begrub sie die Hoffnung auf eine angenehme Unterhaltung, auf Konversation. Ihr kam plötzlich alles sehr bekannt vor. Sie beschloß, sich die gute Laune nicht verderben zu lassen. Sie griff nach dem nun von der Sonne getrockneten Landjäger und versöhnlich auch nach dem Brot, das sie erst aus der Zellophantüte schneiden mußte. Sie hielt Brot und Messer schon in der Hand, als er dringend beides und sofort verlangte. Sie reichte ihm Brot und Messer etwas verwirrt. Aber er wollte es gar nicht für sich. Er wollte seinerseits ritterlich sein und ihr das Brot aufschneiden. Dabei schnitt er sich tief in den Finger. Er schnitt ihn halb ab. Das Blut schoß in großen Stößen aus der Wunde heraus. Frau K. befahl ihm, den Finger in den Mund zu stecken und auf die Schlagader zu drücken, während sie im Rucksack nach dem Verbandszeug suchte. Er tat es widerwillig. Frau K. legte den Verband an. Das Blut kam sofort hindurch. Sie legte einen zweiten an und riet ihm, den Finger hoch zu halten. Heinz S. war verstört, zittrig und nun seinerseits einer Ohnmacht nahe. Er befürchtete eine Blutvergiftung, weil das Messer vorher im Boden gesteckt hatte. Frau K. beruhigte ihn. Für eine Blutvergiftung blutete er zu stark.

Dann gab sie ihm, eine nach der anderen, die süßen Müslischnitten, die er dankbar mit der gesunden Hand nahm. Dies tröstete ihn.

So, als wolle er ständig den Wind prüfen, hocherhobenen Fingers, ging er dann wieder vor ihr her. Seine Blasen brachten ihn zum Humpeln. Ab und zu drehte er sich schnell und mißtrauisch um. Und plötzlich ging Frau K. auf, daß sie eine Bedrohung für ihn war. Normalerweise werden Männer nicht beobachtet. Ihr Blick war unanständig einfach deshalb, weil er nicht getrübt wurde durch ökonomische oder emotionale Abhängigkeit von dem vor ihr gehenden Mann. Und wenn sie auch die Landschaft aus dem Blick verlor wegen der notwendig gewordenen Konzentration auf die Markierungen und sie wahrhaftig den richtigen Abstieg ins Dorf verpaßten, was ihnen noch einigermaßen zu schaffen machen sollte, bekam ihr Blick doch unversehens eine neue Richtung.

Frau K. erinnerte sich wieder, wie es war, als kleines Mädchen hinter dem Vater herzugehen – einem Mann, der damals noch jünger war als Heinz S. jetzt – und den Ungereimtheiten der Erwachsenen ausgeliefert zu sein. Die Männer, vor denen sie früher eine solche Angst gehabt hatte, waren damals um die dreißig, ging ihr auf. Nicht der gealterte Vater war die Schreckensfigur, sondern ein ziemlich junger Mann mit jugendlichem Gesicht und schönem Körper. Ein Mann, der vermutlich zugeschlagen hätte, hätte seine Frau gewagt, ihn nach dem Grund eines Einkaufs zu fragen.

Heinz S. war gut gebaut, aber wie in zwei nicht zueinandergehörende Hälften geteilt. Die fahrigen Bewegungen des Oberkörpers kontrastierten seltsam mit den regelmäßigen, schweren Schritten. Der verletzte Finger, die Blasen, die idiotischen Einkäufe schienen ihr nun einen Sinn zu machen. Frau K. war überwältigt von Zuneigung und Mitgefühl. Plötzlich begriff sie die vielfältige Zusammensetzung, die schließlich zu einer Person führt. Da baut ein Mensch ein kompliziertes Gleichgewicht auf und ein anderer Mensch, der dasselbe versucht, mißversteht dies und kriegt Angst. Frau K. sah sich selbst mit achtzehn Jahren eine Göttin für ihr eigenes Kind sein. Ausgerechnet sie, die vor Schüchternheit und Minderwertigkeitsgefühl nicht laut sprechen, keine vollständigen Sätze bilden und nicht gerade gehen konnte.

Ein kompliziertes System mit fest umrissenen Rollen entfaltete sich vor ihr: Eine Person errichtet von sich ein Bild von Stärke, und die andere hat sich bei Strafe an diese Fassade zu halten. Heinz S. spürte zu Recht die Zweifel von Frau K. an seiner Stärke. Nur wußte er nicht, daß sie die gar nicht von ihm verlangte. Eigentlich wußte er gar nichts. Zuzuschlagen aus Hilflosigkeit wäre für ihn keine Möglichkeit. Weder entsprach es seinem Charakter, noch hätte er es mit seinem gesellschaftlichen Bewußtsein vereinbaren können. Die so entstandene Verhaltenslücke war aber nicht ausgefüllt. Darum schaute er sich immer argwöhnisch nach ihr um, denn er war sehr verletzlich und schnell beleidigt. Vielleicht hatte er sogar recht. Vielleicht war es sogar eine Heldentat für einen Mann – gemessen an den vergangenen zwei- bis dreitausend Jahren –, mit einer Frau durch die Gegend zu laufen, die ihm weder erotisch etwas brachte noch für ihn arbeitete oder in irgendeiner Art abhängig von ihm war. Das war auf jeden Fall neu und anstrengend. Dafür verlangte es ihn offensichtlich nach Anerkennung.

Hinter ihm herstapfend dachte Frau K. über die Macht ohnmächtiger Personen nach. Irma Grewe fiel ihr ein, diese junge KZ-Aufseherin, die während des Bergen-Belsen-Prozesses im Herbst 45, in dem sie zum Tode verurteilt und anschließend gehenkt wurde, zweiundzwanzig Jahre alt wurde. Sie dachte an die Frauen von Maidanek, die als alte Frauen auf der Anklagebank saßen für Taten, die sie als junge Frauen begangen hatten. Sie dachte an die iranischen Wächter der Revolution, fünfzehnjährige Knaben zum Teil, die die Macht haben, den richtigen Sitz von Kopftüchern bei Frauen zu kontrollieren, die autorisiert sind zu verhaften und die auch schon mal die Erschießungskommandos bilden können. Sie dachte an die lateinamerikanischen Kindersoldaten, die im Hassen und am Gewehr gedrillt werden und die nach dieser Ausbildung zu jeder Bestialität fähig sind. In der späteren Beschreibung, in den Analysen tauchen ihre Taten dann als Taten »faschistischer Mörderbanden« auf. Die Kinder und Jugendlichen, die sie ausüben, sind damit sprachlich aus den Begriffen verschwunden. Die Abstraktion wird eingesetzt, um das Entsetzen zu neutralisieren oder auch, um sich selbst die Probleme einfacher darstellen zu können. Der Begriff »männliche Gewalt«, die es ja tatsächlich gibt, ist ein ähnlicher Popanz, dachte Frau K. hinter Heinz S. Die armen Würstchen, die sie ausüben, sind darin nicht mehr zu erkennen.

Heinz S. fühlte sich beobachtet. Immer wenn ihm dieses Gefühl in den Rücken kroch, ging er zur Seite, um sie vorzulassen. Das gelang ihm höchstens für fünf Minuten. Dann hielt er es nicht mehr aus, hinter ihr zu sein. Einmal legte er mit einer unklaren Geste den Arm um sie. Frau K. machte sich steif. Sie mochte es nicht. Er konnte nicht akzeptieren, daß sie es nicht mochte. So blieb nicht aus, daß er sich bald darin erging, niemals eine derartig spröde Frau getroffen zu haben, die sich nicht mal in den Arm nehmen ließ. Das war krank in seinen Augen. Vor allem erhöhte es für ihn die Schwierigkeit, mit ihr vor anderen Leuten als normales anständiges Paar aufzutreten, und nicht unanständig wie zwei Leute, die nur aus irgendwelchen Gründen zusammen im Gebirge herumspazierten. Als Teil eines Paares, dachte Frau K., war sie besser definiert, für ihn und für andere. Als freie Person an seiner Seite war sie ein Unsicherheitsfaktor. Frau K. hatte keine Lust, seinen Eindruck von ihrer Sprödigkeit zu korrigieren. Sie schätzte sich glücklich, auf diese Tour gegangen zu sein. Ganz unerwartet kam sie in Situationen, in denen sie bekannte Dinge wie in einem umgekehrten Fernrohr sah, mit dem Unterschied, daß sie nicht unter den Eindrücken zusammenbrach, sondern sie kalt registrierte. Frau K. war nicht zensiert durch Liebe. Oder besser, sie war nicht zensiert durch die Angst, daß ihre Beobachtungen seine Liebe zerstören würden.

Heinz S. konnte Frau K. immer weniger leiden. Sie paßte ihm nicht. Seine Entschuldigungen schienen plötzlich Wochen zurückzuliegen. Er begann, an ihr herumzunörgeln. Indirekt zuerst, als Kritik an der Zurückweisung von harmlosen Umarmungen, dann als Kritik an Leuten, die keine Gruppenarbeit machten. Es fiel das Wort: elitär.

Da Heinz S. es aber gut mit ihr meinte, sagte er auch noch, daß sie doch nicht glücklich sein könne, so wie sie lebe. Frau K. mußte lachen. Davon konnte nun weiß Gott keine Rede sein. Sie fragte ihn etwas bösartig, ob er denn meine, sie glücklich machen zu können, wenn er seinen Arm um sie lege? Da schwieg er beleidigt. Dann stellte er mit Triumph und Rache in der Stimme fest, daß ihr diese

Zurückhaltung nichts bringe. Dabei wies ihn Frau K. nicht einmal zurück. Mit Abstand war er ihr lieber, er war ihr aber keineswegs unlieb. Sie wollte nur, daß er sich seine halben Gesten spare, das aber verstand er nicht. Er kennt kein Alleinsein, dachte sie. Das ist etwas, wovor er sich immer schützen wird. Sie kannte übrigens überhaupt keinen Mann, der das kannte. Einmal traf sie einen Fünfzigjährigen, der auf die Schilderungen der Einsamkeitsexzesse einer Frau nickte und sagte, er könne das gut nachempfinden, denn in seiner Studienzeit mit achtzehn Jahren sei er auch einmal vier Wochen allein gewesen. Sie hatte miterlebt, wie der Frau der Kiefer herunterfiel und der Mann noch ein Weilchen darüber weiterredete. Einsamkeit, dachte Frau K., ist ein Akt der Aggressivität. Einsamkeit ist so untoleriert, daß selbst die, die sie leben, dies kaum aussprechen. Sie bedeutet eine Wertschätzung der eigenen Person, die von den anderen nicht hingenommen werde. Heinz S. brauchte die Rückversicherung der Freundin, ihr Einverständnis zu der Reise. Ohne Freundin wäre er verloren. Nicht ohne sie als Person vielleicht, aber als Institution Freundin, wie Frau K. vermutete. Denn kaum ein Mann ging wirklich zugrunde oder kam auf etwas Neues, wenn er verlassen wurde. Die meisten retteten sich sofort in eine neue Symbiose. Sie ertragen das Bewußtsein von Einsamkeit nicht. Frauen ziehen aber diese Riesenbabies, diese Männer am Tropf hoch. Meist geben sie sich dem Irrtum hin, die Aufmerksamkeit gelte ihrer Person, die Nähe, die sie erfahren, sei eine besondere und nicht austauschbar. Wie sehr sie damit auf dem Holzweg sind, erfahren sie in Krisensituationen. Man kann sich nur wundern, wie schnell ein Mann nach einem Verlust oder einer Trennung ein nächstes ähnliches Verhältnis eingehen kann mit einer Frau, die ihrerseits wieder meint, ihre Charaktereigenschaften seien gemeint und nicht das Prinzip, das sie fortführt: Schutz zu gewähren, sagte sich Frau K.

Sie gingen immer weiter abwärts, kamen aber nicht viel tiefer. Sie hatten sich verlaufen. Es dämmerte schon, als sie einen Bauern trafen, der sich anbot, die beiden in seinem Haus übernachten zu lassen, sofern sie »anständig« seien. Der Bauer war ein Eigenbrötler, vielleicht auch ein Spinner, voller Anmut, Großzügigkeit und Würde. Er hatte ein glucksendes Lachen. Die beiden Männer konnten nicht viel miteinander anfangen. Heinz S. versuchte, ihn in ein Gespräch über die unterschiedlichen Wanderkarten zu verwickeln, das interessierte den Bauern aber nicht, da er »die Wege ja kenne«. Er winkte ab, gluckste und betrachtete Heinz S. wie ein merkwürdiges Tier. Heinz S. bekam kuhwarme Milch, die ihn aufmöbelte. Frau K. sah es mit Ekel. Später tranken sie zwei Flaschen Wein mit dem Bauern, der ihnen dann seine private Antiquitätensammlung zeigte, in der er alte Kuhglocken, Stühle und Tische hatte, von denen er aber, wie er sagte, nichts verkaufen werde. Die beiden versicherten, auch nichts kaufen zu wollen.

Am nächsten Morgen stiegen sie in das Tal hinab und mieteten sich in einem Gasthof ein. Aus Gründen des Anstands als Paar in einem gemeinsamen Zimmer. Die Betten standen wenigstens nicht nebeneinander. Frau K. betrachtete diesen Ausflug nun wie eine ethnologische Forschungsreise in unbekannte Gebiete. Deshalb bestand sie gar nicht auf einem eigenen Zimmer, sondern sah neugierig dem entgegen, was noch an Überraschungen kommen würde. Sie saßen den ganzen Tag auf einer Dorfwiese und ruhten sich aus. Frau K. las in der Sonne, Heinz S. saß etwas entfernt an einem Zaun im Schatten und versuchte, seine Steigeisen den Schuhen anzupassen. Sie mußten eine neue Route finden, um im Gebirge bleiben zu können, ohne hochalpin werden zu müssen. Das Gespräch verlief zäh. Im Grunde genommen versiegte der Stoff, wenn sie nicht neuen lieferte. Sie wußte, daß er in seiner Arbeit nicht glücklich war, und bat ihn, davon zu erzählen. Das war auch sein Wunsch. Er hatte sich abgerackert, das war ihm nicht gedankt worden, und nun stand er vor der Frage, weiterzumachen oder aufzuhören. Was ihn davon abhielt aufzuhören, war das »schöne Geld«, an das er sich gewöhnt habe. Ein Neuanfang wäre mit Unsicherheiten und viel Streß verbunden. Frau K. versuchte hinter seine Interessen zu kommen, aber dann wurde er vage. Es hatte zu tun mit seinem Wunsch nach Gruppenarbeit, nach sinnvoller gemeinschaftlicher Tätigkeit. Frau K. wandte ein, daß eine solche Gruppenarbeit doch ein spezielles Interesse geradezu voraussetze. Gruppenarbeit, die sich nur einer Tätigkeit anschließe, liefe meist auf eine Behinderung derjenigen hinaus, die genau wüßten, weswegen sie eine Arbeit machten. Frau K. fragte auf gut Glück, was er sich denn von ihr versprochen habe. Er sagte sofort und zu ihrer Verblüffung, er habe sich von ihr einen »Kick« versprochen, einen Anstoß, eine Richtung. Frau K. zuckte zusammen. Das Wort entsprach dem Gefühl, das sich immer stärker in Frau K. entwickelt hatte: er schleppte klaglos die Salamis und Konserven, damit er etwas von ihr kriege. Ihre Anwesenheit wurde bewertet. Sie war ein »Kick« oder sie war keiner. Frau K. fiel es wie Schuppen von den Augen: es ging gar nicht darum, durch die Berge zu wandern, wie sie gemeint hatte. Es ging um ein Tauschgeschäft. Heinz S. meinte den »Kick« jedoch als Kompliment und war erschrocken über Frau K.'s Reaktion. Hier, das wurde immer klarer, das heißt, Frau K. wurde es immer klarer, prallten nicht Personen, sondern die ungelösten Konflikte von Jahrhunderten aufeinander. Es war, als sprächen sie miteinander chinesisch. Heinz S. sagte das Kompliment so, wie Männer Frauen sagen, daß sie sich lieber mit Frauen unterhalten – und das sagte er dann auch: Frauen seien die einzigen Personen, denen er Vertrauen schenken würde. Nun war es schon lange her, daß sich Frau K. durch einen solchen Satz geschmeichelt gefühlt hatte. Hätte er bloß den Mund gehalten. Sie hatte gelernt, daß der Grund dieses Vertrauensbeweises sich eigentlich immer auf die Angst und die Konkurrenz zwischen zwei Männern zurückführen ließ. Noch nie in ihrem Leben hatte Frau K. erlebt, daß einer dieser Männer, die ihr dies Geständnis machten, laut und öffentlich darüber nachgedacht hätte, was er eigentlich damit für eine Aussage machte, die doch Folgen haben mußte.

Heinz S. verfluchte lauthals, dieses Wort »Kick« ausgesprochen zu haben. Das nun wieder zerbrach die Zurückhaltung von Frau K. Sie verüble ihm nicht, etwas von ihr zu erwarten, schrie sie. Sie verüble ihm aber seine Weigerung, sich anzustrengen. Sie habe nie verstanden, daß Leute immer gleich fallen ließen, was wirklich anstrengend zu werden versprach, und statt dessen blöde Wettbewerbe machten. Mit seinesgleichen ginge es nur gut, solange seinen Regeln gefolgt würde. Bei der geringsten Abweichung schon käme die blanke Aggression. Aus der Tatsache, daß er, ein weicher Kerl, selber unter einem Mann gelitten habe, schließe er auf seine Andersartigkeit. Wie alle Männer, weil alle Männer unter Männern leiden würden. Sie schienen sich derartig zu hassen, schrie sie weiter, daß sie nur über ständige Distanzierung von anderen Männern ihre eigene Integrität herstellen könnten. Distanziere ich mich von jeder Frau, die ich nicht leiden kann? Und im übrigen und nebenbei erwähnt, würde sie sich nur noch mit Männern einlassen, die einen Freund hätten, sie wolle nicht alleine für die emotionale Bedürfnisbefriedigung da sein, und mit solchen, die sich auf eine sie zufriedenstellende Weise mit Verhütung befaßt hätten. Von Sexualität wolle sie mal schweigen. Aber leider gebe es solche Männer nicht. Und gut, nein, ginge ihr es auch nicht. Heinz S. wies Frau K. erschrocken und beleidigt darauf hin, daß er nichts von einem anderen Mann gesagt habe. – Nein, sagte Frau K., aber er sei stumm bei ihnen anwesend. Diese Geschichte sei für sie nur zu ertragen und durchzustehen, weil sie sie später mit ihren Freundinnen würde besprechen können. Sie habe dabei aber auch noch das zusätzliche Problem, das er nie haben würde, dem vorzubeugen, daß sich andere Männer, die davon hörten, sofort von dem geschilderten Mann distanzierten. Das heiße, sie sei fortwährend auch noch damit beschäftigt, ihn vor Diskriminierung durch andere Männer zu schützen. Denn man könne sich ja kaum vorstellen, daß andere Männer ihr Wissen über Männer nicht gegen Männer mißbrauchten. Männerfreundschaft, ha, sei nichts als ein Phantom. Und so würde sie, Frau K., ihn am meisten schützen, wenn sie überhaupt ihren Mund halten würde. Lange habe sie sich an diese stillschweigende Voraussetzung gehalten, aber sie wolle nun nicht weiter dafür garantieren. Um geschützt zu sein, wendete er sich nicht etwa an die, die ihn vielleicht zu Unrecht angriffen, sondern er fordere eine Einengung ihres Raumes und verlange damit ihren Masochismus. Aber eines sei sie ganz gewiß nicht: eine Masochistin. Die Männer seien nur in der peinlichen Situation, die Frauen bitten zu müssen, ihr Wissen nicht anzuwenden. Seine Vorfahren hätten schon den richtigen Riecher gehabt, als sie verhinderten, daß die Frauen überhaupt etwas lernten. Da mußten sie deren Wissen nicht fürchten.

Heinz S. schwankte, als er sich vorzustellen begann, daß Frau K. die Wanderung und seinen Wunsch nach einem »Kick« weitererzählen könne. Es verstehe sich doch von selbst, daß darüber nicht gesprochen werden könne, sagte er, während Frau K. immer noch laut schimpfend mehr sich selbst fragte, warum jedes Aussprechen von Erkenntnis als feindlicher Akt begriffen werde, den es zu unterdrücken gelte. Sie unterschätze seine Möglichkeiten zu Sanktionen keineswegs. Auch Abwehrwaffen können tödlich sein.

Sie wolle ihm gar nichts Böses, sagte sie versöhnlich. Worin hätte denn ihre Kick-Funktion bestanden?

Jetzt war Heinz S. verstockt.

– Du mußt dich nicht rechtfertigen.

– Sag nicht, du mußt.

– Ja, entschuldige.

– Nun gut, ich dachte, wir könnten vielleicht zusammen was arbeiten.

– Ja, aber, was denn? Wieso bist du so sicher, daß ich für deine Interessen die Richtige bin? Meine gehen ja ziemlich andere Wege, sonst würden wir uns kaum soviel zanken. Und dann, lachend:

– Du muß dich schon schwer anstrengen, um mir zu zeigen, daß ich deine Hilfe brauche.

– Du bist elitär.

– Wenn du mit mir arbeiten willst, müßtest du das aushalten. Pardon, wäre es nötig, das auszuhalten.

Und so ging es endlos weiter, als seien beide Idioten.

Es würde schlimmer werden, und es war erst der dritte Tag. Er erwartete inzwischen Ungutes von ihr. Sie konnte ihm ihre gute Absicht beteuern, aber er würde ihr nicht glauben. Das war die Wiederholung einer Sache, die ihr schon einmal das Herz gebrochen hatte. Sie war es leid, dauernd Durcheinander zu stiften, in ihrem Bemühen, einfach zu sein. Wo sie hinkam, bildeten sich wie in einer neuen Ordnung Pole. Die Energien flossen anders. Sie hätte ihm den Kick versprechen und die Sache dann vergessen können. Das wäre in Ordnung gewesen und hätte die Regeln nicht verletzt. Aber, verdammt, es waren nicht ihre Regeln.

Beim Abendessen gaben sie sich Mühe, freundlich zueinander zu sein und den fatalen Eindruck eines Ehepaares, das sich nichts mehr zu sagen hat, auch voreinander zu verbergen. Frau K. wollte sich anstrengen, aus der Situation herauszukommen. Sie wollte auch ihre ethnologischen Forschungen unterlassen. Es wäre schade. Er war ein netter

Mann. Nach jeder Mahlzeit bückte er sich und schluckte eine Pille. In einer friedlichen halben Stunde nach dem Abendessen gestand ihr Heinz S., daß er Psychopharmaka nehme, zweierlei ihm vom Arzt verschriebene Sorten. Ihm sei es aus verschiedenen Gründen sehr dreckig gegangen und nun sei sie neben seiner Freundin und seinem Freund die einzige Person, die davon wisse. Es sei ein großer Vertrauensbeweis, ihr das zu sagen. Abgesehen von der Geheimnistuerei um eine Sache, die er mit mindestens fünfhundert weiteren Millionen Menschen teilte, was vermutlich noch unterschätzt war, war Frau K. darüber erschrocken, mit welcher Gläubigkeit an ärztliches Wissen er diese Dinger schluckte. Sie erinnerte sich an den Freundschaftsdienst, den ihr vor vielen Jahren ein Freund erwiesen hatte, der ihr die Tabletten weggenommen und ihr nahegelegt hatte, sich lieber mit ihren Problemen zu befassen als sie wegzuschlucken. Damals hatte ihr ein Arzt, zu dem sie wegen Nervosität und Überarbeitung ging, die sich auch nicht abstellen lassen würde, dreimal täglich eine Librium verordnet, die sie ebenso folgsam schluckte wie Heinz S. jetzt seine, mit dem Ergebnis, daß sie bei ihrer Arbeit, die nicht weniger wurde, auch noch müde war. Frau K. nahm ihre Beredsamkeit, ihr Wissen und ihre Zuneigung zu Heinz S. zusammen und erzählte ihm von der Wirkung von Tabletten, die tief in das Leben ihr nahestehender Menschen eingegriffen hatten, sie erzählte von den Wirkungen der Pille, um ihm durch Beharrlichkeit und Freundschaft zumindest Zweifel an der Bekömmlichkeit dieser Tabletten einzupflanzen, damit sich die gleiche Erfahrung nicht immer wiederholte. Heinz S. wollte nichts mehr von Nebenwirkungen hören. Er wollte, wie er sagte, für seine restlichen Jahre glücklich sein. Die Tabletten sollten ihm das ermöglichen. Er war zwar jünger als Frau K., erinnerte sie aber in diesem Augenblick an einen alten Mann. In den nächsten Tagen begann er jedoch, die Tabletten abzusetzen, nicht ohne sie vor den schrecklichen Folgen, die durch das Absetzen hervorgerufen würden, zu warnen. Vor depressiven Anfällen und allem, was der Waschzettel an Nebenwirkungen versprach. Am Ende der Reise nahm er immer dann eine Tablette, wenn er sich besonders über Frau K. geärgert hatte.

Sie blieben zwei Nächte in diesem Dorf und bewegten

sich kaum, denn die Füße von Heinz S. sahen schlimm aus und mußten nun wirklich heilen. Abends telefonierte Heinz S. mit seiner Freundin, wobei er sie garantiert darüber beruhigen konnte, daß zwischen ihm und Frau K. nichts sei. Frau K. telefonierte mit niemandem. Heinz S. fragte sie, wer denn ihr »emotionales Auffangbecken« sei. Frau K. würgte bei diesem Wort, aber sie nahm sich zusammen. Zwei Sätze später kritisierte er sie dafür, daß sie immer in den »emotionalen Bereich« gehen würde. – Ja, sagte sie, wie willst du denn sonst miteinander reden?

Darauf sagte er nichts. Er brach die Unterhaltung ab. Interessant sind allein noch die Variationen der Abwehr, dachte Frau K. Aber sie blieb freundlich. Vielleicht, sagte sie sich, bin ich mit allen Leuten zu intim? Sollte ich Unterschiede machen? Aber sie wollte keine Unterschiede machen.

An diesem Abend nahm Frau K., nachdem sie sich Heinz S. gegenüber über die Schädlichkeit von Psychopharmaka ausgelassen hatte, selber eine Pille, um in seiner Gegenwart einschlafen zu können.

Am fünften Tag trampten sie zu einem neuen Ausgangspunkt. Sie hätten auch einen Bus nehmen können, aber das ging Heinz S. gegen die Wanderehre. Unermüdlich stand er am Straßenrand und sah den vorbeifahrenden Autos hinterher. Er lebte sichtbar auf, während Frau K. dies alles deprimierte. Schließlich wurden sie von einem Ehepaar im Mercedes mitgenommen, das die Täler rauf und runter fuhr. Bei besonders markanten Punkten, die die Frau durch ein Grunzen anzeigte, verlangsamte der Mann die Fahrt, die Frau kurbelte die Scheiben hinunter und fotografierte aus dem fahrenden Auto.

Geplant war, mit der Seilbahn auf einen bestimmten Berg zu fahren und von dort zur nächsten Hütte zu laufen. Sie Seilbahn war jedoch kaputt und würde erst in zwei Wochen wieder benutzbar sein. Damit fiel auch diese Route ins Wasser. So beschlossen sie, in das Dorf zurückzufahren, in dem ihr Auto stand, um von dort aus für die restlichen Tage Ausflüge zu machen – ohne Rucksäcke, die ja nach wie vor nicht leichter geworden waren. Bisher waren sie erst einen Tag wirklich gewandert. An diesem Abend ging Frau K. in ein kleines Hotel, und Heinz S. schlief im Auto. Sein Protest dagegen war nur noch lahm. Es kam schon nicht mehr darauf an. Alles war danebengegangen. Die nächsten zwei Tage, die sie noch gemeinsam verbringen wollten, versuchten sie in einer Art stillschweigendem Übereinkommen ohne größeren Streit hinter sich zu bringen. Ein Abbruch der Reise hätte die Schwierigkeiten nicht behoben. Im Grunde waren sie sich ja gut gesonnen. Ihre Beziehungen waren die zwischen Supermächten, die gerade eine spannungsreiche Zeit mit gescheiterten SALT-Verhandlungen erlebten und sich durch Diplomatie Zeichen gaben, es nicht bis zum Äußersten kommen lassen zu wollen.

Sie trafen sich im Dorfgasthof beim Essen. Frau K. fragte ihn, ob er, wenn sie, Frau K., ein Mann wäre, beispielsweise Alexander Kluge, den er in Form der ›Lernprozesse mit tödlichem Ausgang‹ als Taschenbuch in seinem Rucksack bei sich trug, wenn also nicht sie, sondern er mit ihm über die Berge wandern würde, ob er ihm dann auch vorwerfen würde, abzublocken, wenn er ihn anfassen würde und der andere das nicht wollte.

Diese Frage fand Heinz S. völlig hirnrissig, denn natürlich würde er einen Mann nie anfassen. Frau K. sagte heiter, vielleicht sei das das Problem zwischen ihnen. Er sei ihr zu wenig schwul.

Natürlich würde er ihn nicht anfassen und auch von ihm nichts erwarten, denn dann ginge da ja eine Koryphäe.

– Aha.

Und von einer Koryphäe würde er nicht erwarten, daß sie sich emotional um ihn kümmere.

Dann würde sie ihm vorschlagen, sagte Frau K., daß er sie doch einfach behandeln solle wie eine Koryphäe, von der er das auch nicht erwarten würde. Dann könnten sie ganz entspannt miteinander sein und würden sich vielleicht sogar richtig amüsieren. Dann würde er nicht mehr das Gefühl haben, zu kurz zu kommen.

Um seine aufkeimende Wut zu besänftigen und das dünn gewordene Gespräch zu beleben, fragte Frau K. ihn, wie er denn mit seiner Freundin das Verhütungsproblem regele. Ihr schien das ein harmloses Thema unter Freunden, Brüdern, aber sehr ergiebig und von allgemeinem Interesse. Sie hatte es ihn schon einmal gefragt, als sie in Naturo im Regen auf den Zug nach Castellbello warteten, der sie zum Auto zurückbringen sollte, aber keine befriedigende Antwort erhalten. Er meinte, das sei ihm zu intim. Vielleicht würde er ein andermal darauf antworten. Sie solle sich damit begnügen, wenn er ihr sage, seine Freundin nehme die Pille nicht, was er respektiere, und er möge keine Kondome. Also könne sie sich als erfahrene Frau ja zusammenreimen, was sie machen würden. Konnte sie nicht. Über das »was ich respektiere« grübelte sie nach. Unter den Praktiken stellte sie sich ein Sammelsurium aus Knaus-Ogino, Schäumen, Pessaren, interruptus, Cunnilingus, Onanie vor: Oder sollte Heinz S. sexuell so bewußt sein, um nach dem Tao der Liebe zu lieben? Das hätte sie mit Neid erfüllt, aber das hielt sie, je länger sie hinter ihm herstapfte, für unrealistisch. Denn schließlich hielt nicht nur er sie, sondern auch sie ihn für verklemmt. Nun saß sie mit Heinz S. im Oberwirt und wiederholte ihre Frage.

– Was meinst du mit »respektieren«?

– Nun, ich respektiere, daß meine Freundin die Pille nicht nimmt, obwohl es mir besser gefallen würde.

– Es wäre dir lieber, sie würde ein Medikament schlukken? Frau K. konnte die Lust, ihn zu provozieren, nicht ganz unterdrücken.

– Man muß doch auch die Wirkung abwägen.

– In diesem Fall würde ich sagen, sie muß.

– Wie?

– Es ist ja schließlich ihre Leber, ihr gestautes Wasser und ihr Haarausfall.

– Woher willst du das wissen? Du kannst große Töne reden. Und, meine Güte, ich sage ja auch nicht, daß ich das von ihr verlange. Das Problem interessiert mich nicht.

– Um neue Erkenntnisse in deinem Fachbereich bemühst du dich doch auch?

– Das ist doch nicht heraus, wie es ist mit der Pille.

– Würdest du deiner Freundin sagen, ich akzeptiere, daß du nicht jeden Tag ein Aspirin nimmst?

– Das ist doch blöd, was du sagst.

– Ich kann auch nicht immer auf meinem Niveau sein.

Seine Oberlippe zitterte. Frau K. lenkte ein.

– Wir haben doch neulich über Männerfreundschaften gesprochen. Du hast gesagt, du hast Freunde, mit denen du alles beredest, was dir wichtig ist.

– Ja. Er zögerte.

– Wie hast du denn mit deinen Freunden über Verhütung gesprochen?

Er sah sie verblüfft an. Fast fiel ihm der Knödel aus dem Mund.

– Du hast gar nicht darüber gesprochen?

Frau K. tat ehrlich erstaunt.

Heinz S. stieß zwei kurze Lacher aus, schnaufte und sah Frau K. mißtrauisch an. Er hörte auf zu essen und kreuzte Messer und Gabel.

Dann kam Triumph in seinen Blick.

– Es stimmt, ich habe darüber nicht gesprochen. Ich kenne aber jemanden, mit dem ich darüber sprechen könnte.

Frau K. wollte plötzlich runter von diesem Ton. Es war alles oberlehrerhaft. Was ging es sie an. Sie wollte dem ganzen eine heitere Wendung geben.

– Du bist jetzt fünfunddreißig Jahre alt. Du hast, sagen wir, fünfzehn Jahre Beischlaferfahrung, stimmt's?

Heinz S. nickte zurückhaltend.

– Ungefähr.

Er wollte sich nicht festlegen, sondern erst abwarten, was kommt.

– Da du ja so oft sagst, daß du nicht alt werden wirst, hast du höchstens noch mal soviel vor dir. Richtig?

Er lachte.

– Vielleicht stirbst du aber auch nicht, sondern wirst nach ein paar Jahren impotent. So soll es ja vielen in ihrer midlife-crisis gehen. Aber du rauchst ja nicht, dann kannst du ja länger. Dann würde sich die Zeit noch einmal reduzieren. Ich meine, wird es dann nicht Zeit?

– Zeit wozu?

– Nun, Zeit mit deinem Freund darüber zu sprechen.

– Je nun, es hat sich nicht ergeben.

– Nein, sagte Frau K. plötzlich mit mehr Schärfe als ihr lieb war. Es muß sich immer nur bei Frauen ergeben. Wenn sie sagen, daß ihnen von der Pille die Haare ausfallen, dann ist das kein Gesprächsstoff unter Freunden. Du sagst dann höchstens, das sei nicht bewiesen. Du strengst dich aber auch nicht an, den Gegenbeweis zu führen. Alle reden dauernd übers Ficken, aber niemand schult sich. Ich könnte mir vorstellen, daß deine Freunde ein Kondom auch nicht schätzen. Was machen die denn?

– Das habe ich nie gefragt.

– Eben.

Frau K. hing sich und er hing ihr zum Hals heraus.

– Weißt du, wie mir das Ganze vorkommt? Ich meine insgesamt? Als sei einer erklärter Antirassist und stolz darauf, gegen die Apartheid zu sein.

Er hielt das Messer, als wolle er gleich zustechen.

Für ein paar Sekunden hatte Frau K. panische Angst vor ihm. Sie aßen schweigend weiter. Was sollten sie machen. Noch zwei Tage. Es wäre so schade. Eine Niederlage wäre kaum wieder gutzumachen. Es war ein Gattungsstreit, hatte kaum zu tun mit den individuellen Personen. Beide nahmen sich zusammen.

Sie wechselte das Thema. Sie leistete Schwerstarbeit und hätte einen Orden für Beziehungsarbeit verdient. Sie versuchte ihm zu erklären, was die Worte »Zusammenarbeit« und »Harmonie« bei ihr auslösten. Wie eine zweite Melodie fielen ihr dazu Geschichten ein. Sie erzählte die erste: Eine Freundin sitzt in San Francisco in einen Coffee-Shop. Ein Mann spricht sie an und macht sie brutal an. Die anderen Gäste sehen zu, ohne sich einzumischen. Der Mann sagt: Bist du verheiratet? Die Freundin antwortet wütend: Das geht Sie nichts an. Der Mann wird handgreiflich. Er schüttelt sie: Bist du verheiratet, antworte! – Das geht Sie nichts an! Der Mann dreht ihr den Arm rum, nimmt ihre Lederjacke vom Stuhl und geht raus. Nach einer Weile kommt er wieder und sagt diesen Satz: I want to know it, because I don't mess around with married women! Ich will es wissen, weil ich nicht mit verheirateten Frauen rummache. Sprachs und ging wieder. Mit Jacke.

Heinz S. und Frau K. aßen schweigend den Nachtisch. Auf weitere Geschichten verzichtete sie. Sein Dilemma, dachte sie, besteht darin, auf keinen Fall als Patriarch gelten zu wollen, aber auf dessen Vorrechte nicht verzichten zu können. Der Gedanke an Autonomie auch für die Frau vertrug sich nicht mit seinem fast triebhaften Verlangen nach Harmonie und Gemeinsamkeit.

– Wir können uns eben nicht zu einer Idee an sich verhalten, sagte Frau K. Wir müssen sie einnehmen und aufessen und abwarten, was sie auslöst.

Seine Wut schien ihr verständlich, auch sein Appell an ihre Ängste und ihre Feigheit, der sie sowieso oft genug nachgab, statt an ihre Neugierde und Leidenschaft.

– Warum sagst du nichts? wollte Heinz S. nach einer Weile wissen.

– Aus Verzweiflung, sagte sie.

Danach gingen sie schlafen. Er ins Auto, sie ins Hotel. Auf dem Weg nach Hause ging Heinz S. ritterlich neben ihr auf der gefährlichen Straßenseite und drängte sie dabei halb in den Graben, so daß sie mehrmals stolperte. Frau K. wischte sich heimlich eine Träne ab.

Sie machten noch kleine Ausflüge. Ohne Rucksack. Mit leichten Schuhen und einem Buch in der Hand. Die Gedanken befaßten sich schon mit der Zeit danach. Das Unternehmen war gescheitert. Was war eigentlich gescheitert?

Er bringt mich in die Situation, mich als Monster zu fühlen, dachte sie.

Welche furchtbare Aggressionshemmung – oder war es Rücksicht – brachte sie dazu, das, was sie dachte, ihm nicht laut zu sagen? Warum schützte sie ihn immerzu? Er war außer sich über sie. Wenn er wüßte, wie sehr sie sich noch zusammennahm.

– Ich weise dich doch nicht zurück, weil ich glaube, allein alles besser machen zu können. Ich habe eine große Sehnsucht danach, mit anderen zusammenarbeiten zu können. Ich habe ein deutliches Gefühl meiner Grenzen. Ich möchte auch geliebt werden. Aber nicht um den Preis des Arrangierens. Ich höre den ganzen Tag, ich stimme nicht. Es stimmt, irgendwas stimmt nicht. Es gab mal einen Mann, das ist schon eine Weile her, dem machte ich die größte Liebeserklärung meines Lebens. Ich wollte mit ihm arbeiten. Aber das, was bei mir erst der Anfang war, die Grundlage, das Feld, um den eigenen Zweifel zu klären, war für ihn schon das Ende. Meine Arbeit, sagte dieser Mann, nachdem er wieder anknüpfen wollte, läuft sozusagen jetzt von alleine. Ich kann sie erledigen. Bei dir läuft sie doch auch?

Bei diesem Satz, der langsam in mich einsickerte, »bei dir läuft sie doch auch«, da wußte ich, es stimmt, wir passen nicht zusammen. Ein Mach ist notwendig, die Schallgrenze zu durchbrechen. Bei diesem Mann wären mindestens vier Mach notwendig gewesen. Es war das Bild einer sich selbst erledigenden Arbeit, das mich erledigte. Ich kenne Arbeit nur so, daß bei Glück und Anstrengung und Ruhe am Ende etwas von der Klarheit durchschimmert, die du gerne erreichen würdest. Es ist, wie etwas aus einem Stein mit Hammer und Meißel zu holen, was darin liegt, was aber erst mitteilbar wird, wenn die Arbeit getan ist.

Aber du kannst mich schon noch kleinkriegen mit deiner Kleinlichkeit. Dazu wärst du fähig. Ich kann dir nur sagen, daß es das ist, was ich mir für das Leben vorgenommen habe: Dir und Euch standzuhalten. Ich sehe es auch als Glück, daß ich deiner Glücksvorstellung standgehalten habe. Aber ich kann dir sagen, es ist hart, von dir zu hören, ich führe Krieg. Ich habe auch Sehnsucht nach Harmonie. Ich merkte es erst wieder heute nacht, als stundenlang, nämlich von zehn Uhr abends bis zwei in der Früh, ein junger Mann auf seinem auf Krach präparierten Motorrad durch den Ort knatterte. Weil der Ort so klein war, heulte er alle vier Minuten an meinem Fenster vorbei. Es war aber niemand da, der diesen jungen Mann, der das ganze Dorf terrorisierte, daran gehindert hätte. Falls ich wider Erwarten mich doch als zäh erweisen sollte, und ihr mich nicht klein kriegt, habt ihr dafür die Rolle des Schreckgespenstes gefunden. Aber ich will nicht zynisch werden, und wenn ich hundertundsiebzig Jahre alt werde. Wäre ich ein Mann, dann wüßtest du, daß ich Jahre damit verbracht habe, über Sexualität und Fruchtbarkeit nachzudenken. Wäre ich ein Mann, hättest du mich für den Nobelpreis vorgeschlagen, wenn du gekonnt hättest. Du hast aber die Großschnäuzigkeit zu sagen, Verhütung interessiere dich nicht, und quasselst trotzdem über Zusammenarbeit. Einem Mann gegenüber würdest du nicht auch noch stolz auf deine Ignoranz sein. Bei einem Mann würdest du deine Unkenntnis als Mangel empfinden. Und wenn dir an einer Zusammenarbeit läge, dann hättest du dafür gearbeitet und hättest recherchiert und dich informiert. Dann hättest du versucht, dich dazu zu befähigen. Du befindest dich in bester Gesellschaft. Männer empfinden es nicht als Mangel, die Dinge, die Frauen gedacht und entwickelt haben, nicht zu kennen, während sie es als Mangel empfinden, heutzutage nichts über die Konflikte in

Nicaragua oder Südafrika zu wissen. Sie würden sich schämen, wenigstens nicht im Groben über Gentechnologie Bescheid zu wissen. Sie würden niemals auf den Gedanken kommen, in den Auseinandersetzungen der verschiedenen Fraktionen einer Partei, egal, für welche sie selber Sympathien haben, nicht das ernsthafte Bemühen zu sehen, real existierende Konflikte nach bestem Wissen und Gewissen zu erkennen. Sie bemühen sich, soweit sie überhaupt Erkenntnisse haben, mit ihrem Wissen einzugreifen. Sie würden es nicht wagen, während sie es bei der Frauenfrage wagen, ein einziges Fischer-Taschenbuch und ein einziges Rowohlt-Taschenbuch im Laufe mehrerer Jahre zur Kenntnis zu nehmen und sich mit diesem bißchen für bestens informiert zu halten. Das alles, fuhr Frau K. fort, traut ihr euch aber bei der Frauenbewegung, obwohl sie auch dein Leben schon mehr verändert hat, als dir klar ist. – Du bist sogar noch stolz auf deine Kenntnislosigkeit. Du willst noch Beifall für Selbstverständlichkeiten.

Der letzte Morgen war gekommen. Heinz S. brachte Frau K. an den Postbus. Frau K. wollte eine Bekannte in der Schweiz noch für ein paar Tage besuchen. Sie tranken einen letzten Kaffee zusammen. Heinz S. riet ihr, in den nächsten Wochen nicht soviel herumzureisen, das könne sie sonst alles nicht verarbeiten. Dann sagte er noch, sie sei autoritär. Frau K. traute ihren Ohren nicht. Etwas Wesentliches hatte sie nach wie vor also nicht verstanden, schien ihr. Sie hatte in seinem Auto geschlafen, hatte getrampt, was sie haßte, war seinen Routen gefolgt, hatte seine Erfahrungen respektiert, den Rucksack nach seinen Anweisungen gestopft. Aber vermutlich meinte er nur, daß sie ihm mit ihren Fragen auf den Keks ginge. Zum Abschied sagte er, und dabei machte er ein verschmitztes und triumphierendes Gesicht:

– Ich bin nur froh, daß ich dir nichts von mir erzählt habe. Du hast die Latte hoch gehängt, aber ich bin darunter durchgeschlüpft.

Am Abend sitzt Frau K. bei ihrer Bekannten in der Schweiz. Sie erzählt von der Wanderung, und die Frau nimmt den Faden auf, spinnt ihn weiter, und sie lachen. Mein Gott, sie lachen zusammen. Eine andere Frau kommt zufällig dazu. Die Geschichten werden irrer, das Gelächter größer. –

Wieder in Köln, ruft Frau K. zwei-, dreimal bei Heinz S. an. Immer ist die Freundin am Telefon. Frau K. möchte beide gerne sehen und die wenigen bei ihm im Auto vergessenen Sachen abholen. Die Freundin würde auch sie gerne sehen. Heinz S. ruft jedoch nie zurück. Eines Tages stürzt er mit den vergessenen Gegenständen zu Frau K. hinauf, gibt sie ab und ist zwanzig Sekunden später schon wieder verschwunden. – Ich rufe an. Das war es, für die nächsten Jahre.

ITALO CALVINO
Der nackte Busen

Herr Palomar geht einen einsamen Strand entlang. Verein-
zelt trifft er auf Badende. Eine junge Frau liegt hingebreitet
im Sand und sonnt sich mit nacktem Busen. Herr Palomar,
ein diskreter Zeitgenosse, wendet den Blick zum Horizont
überm Meer. Er weiß, daß Frauen in solchen Situationen,
wenn ein Unbekannter daherkommt, sich häufig rasch etwas überwerfen, und das findet er nicht schön: weil es lästig
ist für die Badende, die sich in Ruhe sonnen will; weil der
Vorübergehende sich als ein Störenfried fühlt; weil es impli-
zit das Tabu der Nacktheit bekräftigt und weil aus halbre-
spektierten Konventionen mehr Unsicherheit und Inkohä-
renz im Verhalten als Freiheit und Zwanglosigkeit erwach-
sen.

Darum beeilt er sich, sobald er von weitem den rosig-
bronzenen Umriß des entblößten weiblichen Torsos auftauchen sieht, den Kopf so zu halten, daß die Richtung der
Blicke ins Leere weist und dergestalt seinen zivilen Respekt
vor der unsichtbaren Grenze um die Personen verbürgt.

Allerdings – überlegt er, während er weitergeht und,
kaum daß der Horizont wieder klar ist, die freie Bewegung
seiner Augäpfel wieder aufnimmt –, wenn ich mich so ver-
halte, bekunde ich ein Nichthinsehenwollen, und damit be-
stärke am Ende auch ich die Konvention, die den Anblick
des Busens tabuisiert, beziehungsweise ich errichte mir eine
Schranke, eine Art geistigen Büstenhalter zwischen meinen
Augen und jenem Busen, dessen Anblick mir doch, nach
dem Schimmern zu urteilen, das am Rande meines Ge-
sichtsfeldes aufleuchtete, durchaus frisch und wohlgefällig
erschien. Kurzum, mein Wegsehen unterstellt, daß ich an
jene Nacktheit denke, mich in Gedanken mit ihr beschäftige, und das ist im Grunde noch immer ein indiskretes und
rückständiges Verhalten.

Auf dem Heimweg von seinem Spaziergang kommt Herr
Palomar wieder an jener sonnenbadenden Frau vorbei, und
diesmal hält er den Blick fest geradeaus gerichtet, so daß er
mit gleichbleibender Gelassenheit den Schaum der rück-

wärtsfließenden Wellen streift, die Planken der an Land gezogenen Boote, den Frotteestoff des über den Sand gebreiteten Badetuches, den Vollmond von hellerer Haut mit dem braunen Warzenhof und die Konturen der Küste im Dunst, grau gegen den Himmel.

Jetzt – denkt er mit sich zufrieden, während er seinen Weg fortsetzt –, jetzt ist es mir gelungen, mich so zu verhalten, daß der Busen ganz in der Landschaft aufgeht und daß auch mein Blick nicht schwerer wiegt als der einer Möwe oder eines fliegenden Fisches.

Aber ist eigentlich – überlegt er weiter – dieses Verhalten ganz richtig? Bedeutet es nicht, den Menschen auf die Stufe der Dinge niederzudrücken, ihn als Objekt zu betrachten, ja, schlimmer noch, gerade das an seiner Person als Objekt zu betrachten, was an ihr spezifisch weiblich ist? Perpetuiere ich damit nicht gerade die alte Gewohnheit der männlichen Suprematie, die mit den Jahren zu einer gewohnheitsmäßigen Arroganz verkommen ist?

Er dreht sich um und geht noch einmal zurück. Wieder läßt er den Blick mit unvoreingenommener Sachlichkeit über den Strand gleiten, aber diesmal richtet er es so ein, daß man, sobald die Büste der Frau in sein Sichtfeld gelangt, ein Stocken bemerkt, ein Zucken, fast einen Seitensprung. Der Blick dringt vor bis zum Rand der gewölbten Haut, weicht zurück, wie um mit leichtem Erschauern die andersartige Konsistenz des Erblickten zu prüfen und seinen besonderen Wert einzuschätzen, verharrt für einen Moment in der Schwebe und beschreibt eine Kurve, die der Wölbung des Busens in einem gewissen Abstand folgt, ausweichend, aber zugleich auch beschützend, um schließlich weiterzugleiten, als sei nichts gewesen.

So dürfte nun meine Position – denkt Herr Palomar – ziemlich klar herauskommen, ohne Mißverständnissen Raum zu lassen. Doch dieses Überfliegenlassen des Blickes, könnte es nicht am Ende als eine Überlegenheitshaltung gedeutet werden, eine Geringschätzung dessen, was ein Busen ist und was er bedeutet, ein Versuch, ihn irgendwie abzutun, ihn an den Rand zu drängen oder auszuklammern? Ja, ich verweise den Busen noch immer in jenes Zwielicht, in das ihn Jahrhunderte sexbesessener Prüderie und als Sünde verfemter Begehrlichkeit eingesperrt haben!

Eine solche Deutung stünde quer zu den besten Absichten des Herrn Palomar, der, obwohl Angehöriger einer älteren Generation, für welche sich Nacktheit des weiblichen Busens mit der Vorstellung liebender Intimität verband, dennoch mit Beifall diesen Wandel der Sitten begrüßt, sei's weil sich darin eine aufgeschlossenere Mentalität der Gesellschaft bekundet, sei's weil ihm persönlich ein solcher Anblick durchaus wohlgefällig erscheinen kann. So wünscht er sich nun, daß es ihm gelingen möge, genau diese uneigennützige Ermunterung in seinem Blick auszudrücken.

Er macht kehrt und naht sich entschlossenen Schrittes noch einmal der Frau in der Sonne. Diesmal wird sein unstet über die Landschaft schweifender Blick mit einer besonderen Aufmerksamkeit auf dem Busen verweilen, aber er wird sich beeilen, den Busen sogleich in eine Woge von Sympathie und Dankbarkeit für das Ganze mit einzubeziehen: für die Sonne und für den Himmel, für die gekrümmten Pinien, das Meer und den Sand, für die Düne, die Klippen, die Wolken, die Algen, für den Kosmos, der um jene zwei aureolengeschmückten Knospen kreist.

Das dürfte genügen, um die einsame Sonnenbadende definitiv zu beruhigen und alle abwegigen Schlußfolgerungen auszuräumen. Doch kaum naht er sich ihr von neuem, springt sie auf, wirft sich rasch etwas über, schnaubt und eilt mit verärgertem Achselzucken davon, als fliehe sie vor den lästigen Zudringlichkeiten eines Satyrs.

Das tote Gewicht einer Tradition übler Sitten verhindert die richtige Einschätzung noch der aufgeklärtesten Intentionen, schließt Herr Palomar bitter.

DORIS LESSING
Ein Mann und zwei Frauen

Stellas Freunde, die Bradfords, hatten sich für den Sommer
ein billiges Landhäuschen in Essex gemietet, und Stella hatte
vor, sie dort unten zu besuchen. Sie wollte sie gern sehen;
doch ließ es sich nicht leugnen: in einem kleinen englischen
Landhaus zu wohnen, bedeutete so etwas wie ein Abstieg
(und so empfanden es auch die Bradfords). Im vergangenen
Sommer war Stella mit ihrem Mann quer durch Italien gezogen; sie hatten das andere englische Paar an einem Kaffee-
haustisch kennengelernt und es sympathisch gefunden. Sie
alle mochten sich untereinander, und einige Wochen lang
blieben die vier beisammen, aßen gemeinsam, wohnten in
denselben Hotels und machten zusammen Ausflüge. Nach
London zurückgekehrt, war die Ferienfreundschaft nicht,
wie man hätte erwarten können, eingeschlafen. Dann fuhr
Stellas Mann, wie er es oft tat, ins Ausland, und Stella traf
sich mit Jack und Dorothy allein. Es gab eine Menge Leute,
die sie hätte besuchen können, doch am häufigsten traf sie
die Bradfords, zwei- oder dreimal in der Woche, in deren
Wohnung oder auch bei sich. Sie fühlten sich wohl miteinander. Woran lag das? Nun, vielleicht daran, daß sie alle
Künstler waren – jeder auf seine Art. Stella entwarf Tapeten
und Stoffe; sie hatte sich darin einen Namen gemacht.

Die Bradfords waren richtige Künstler. Er malte, sie
zeichnete. Sie hatten meistens außerhalb Englands gelebt,
irgendwo am Mittelmeer, wo es nicht so teuer war. Beide
kamen aus Nordengland, hatten sich an der Kunstakademie
kennengelernt, mit zwanzig geheiratet, hatten England den
Rücken gekehrt, waren zurückgekehrt, da sie es zum Leben
brauchten, waren wieder fortgegangen: und so weiter, jahrelang in diesem Rhythmus, wie bei so vielen ihrer Art, die
England zum Leben brauchen, es hassen und doch lieben.
Es hatte für sie Zeiten wirklicher Armut gegeben, in denen
sie auf Mallorca, in Südspanien, Italien, Nordafrika von
Nudeln, Brot oder Reis gelebt hatten, von Wein, Früchten
und Sonnenschein.

Ein französischer Kritiker hatte Jacks Arbeiten gesehen,

und mit einem Schlag wurde er erfolgreich. Seine Ausstellung in Paris und anschließend in London hatte Geld gebracht, und jetzt verlangte er Hunderte, wo er noch vor etwa einem Jahr zehn oder zwanzig Guineas verlangt hatte. Dies hatte seine Verachtung für die Marktwerte nur gesteigert. Eine Zeitlang glaubte Stella, daß es dies sei, was sie mit den Bradfords verband. Genau wie sie selbst gehörten sie der neuen Generation von Künstlern an (Dichtern, Stückeschreibern und Romanschriftstellern), denen eines gemeinsam war: ihre kühle, spöttische Verachtung des Kunstbetriebs. Sie waren so unendlich verschieden (empfanden sie) von der älteren Generation mit ihren Gesellschaften, formellen Lunchs, Salons und Cliquen: diese Atmosphäre gegenseitigen Einvernehmens mit den snobistischen Allüren der Arrivierten. Auch Stella hat rein zufällig Erfolg gehabt. Nicht, daß sie sich für unbegabt hielt, nur gab es andere, die ebenso begabt waren, doch wurden sie nicht allseits gefeiert und hoch gehandelt. Wenn sie mit den Bradfords oder anderen Gleichgesinnten zusammenkam, redeten sie über den Kunstbetrieb, nahmen sich gegenseitig zum Maßstab, respektierten einander als künstlerisches Gewissen, wieweit man nachgeben durfte, was man überhaupt geben konnte, in welchem Maße man etwas nutzen durfte, ohne selbst ausgenutzt zu werden, und wie stark man etwas genießen durfte, ohne selbst vom Genuß abhängig zu werden. Natürlich war Dorothy Bradford nicht in der Lage, im Gespräch ganz mitzuhalten, da sie noch nicht »entdeckt« worden war, noch nicht den »Durchbruch« geschafft hatte. Einige wenige Leute mit Kunstverstand kauften ihre ungewöhnlichen, zarten Zeichnungen, welche eine Kraft ausstrahlten, die sich nur erschloß, wenn man Dorothy persönlich kannte. Doch auf keinen Fall hatte sie Jacks Riesenerfolg. Darüber herrschte eine gewisse Spannung zwischen den Eheleuten, nichts Bedeutendes; diese wurde dadurch in Schach gehalten, daß sie ihre so willkürlichen Erfolge im »Kunstbetrieb« verachteten. Aber immerhin war sie da.

Stellas Mann hatte gesagt: »Ich kann das gut verstehen, es ist so wie bei uns – du bist kreativ, was immer das heißen mag, ich bin bloß so ein mieser kleiner Fernsehjournalist.« Darin lag keine Bitterkeit. Er war ein tüchtiger Journalist, und außerdem konnte er manchmal einen anspruchsvollen

Kurzfilm drehen. Dennoch, etwas gab es da zwischen ihm und Stella, genauso wie zwischen Jack und seiner Frau.

Nach einer Weile bemerkte Stella noch etwas an innerer Verwandtschaft mit dem Paar. Die Bradfords hatten eine enge Beziehung zueinander, was daher rührte, daß sie so viele Jahre zusammen im Ausland gelebt hatten, wegen ihrer Armut aufeinander angewiesen. Es war eine echte Liebesehe gewesen; das sah man, wenn man sie anblickte. Noch jetzt. Und Stellas Ehe war ebenfalls eine richtige Ehe. Es wurde ihr bewußt, daß sie es darum genoß, mit den Bradfords zusammenzusein, weil die beiden Paare sich darin gleich waren. Beide Ehen setzten sich zusammen aus starken, leidenschaftlichen, begabten Individuen; sie hatten etwas Kämpferisches an sich, das sie stark machte, nicht schwach.

Stella hatte so lange gebraucht, das herauszufinden; erst die Bradfords hatten sie dazu gebracht, über ihre eigene Ehe nachzudenken, die sie als etwas Gegebenes hinzunehmen anfing, ja manchmal sogar als ermüdend empfand. Durch sie hatte sie verstanden, wie glücklich sie mit ihrem Mann war; wie glücklich sie alle waren. Kein Eheelend; nichts davon (was sie so oft bei Freunden erlebten), daß der eine der Ehepartner Opfer des anderen ist und ihm darum grollt; nichts davon, daß man Außenstehende als Sympathisanten, als Verbündete in einem ungleichen Kampf beansprucht.

Diese vier Leute hatten den Plan gehabt, wieder nach Italien oder Spanien zu fahren, aber dann war Stellas Mann abgereist, und Dorothy wurde schwanger. Statt dessen also das kleine Landhaus in Essex, eine schlechte zweite Wahl, doch sei es vernünftiger, meinten sie alle, sich in der Heimat um das Baby zu kümmern, zumindest im ersten Jahr. Stella, die von Jack angerufen wurde (wie er sagte, auf ausdrücklichen und inständigen Wunsch von Dorothy), drückte Bedauern aus – und nahm es auch entgegen –, daß es nun bloß Essex sein würde und nicht Mallorca oder Italien. Sie selbst erhielt mitfühlende Worte, weil ihr Mann, den sie für dieses Wochenende zurückerwartet hatte, telegrafiert hatte, er komme wahrscheinlich nicht vor einem Monat nach Hause, es gebe da Ärger in Venezuela. Stella fühlte sich nicht direkt verloren; es machte ihr nichts aus, allein zu leben, da sie stets von der Gewißheit getragen wurde, ihr Mann werde wiederkommen. Außerdem, sie selbst würde nicht zögern, zuzugreifen, wenn sich ihr die Gelegenheit für einen Monat »Ärger« in Venezuela böte, darum wäre es unfair... Fairneß kennzeichnete ihre Beziehung. Dennoch war es angenehm, daß sie bei den Bradfords ankommen (oder unterkommen) konnte, Menschen, mit denen sie immer sie selbst sein konnte, nicht mehr, nicht weniger.

Sie verließ London mittags mit dem Zug, eingedeckt mit Lebensmitteln, die man in Essex nicht bekommen konnte: Salami, verschiedene Käsesorten, Gewürze, Wein. Die Sonne schien, doch war es nicht besonders warm. Sie hoffte, daß in dem Landhaus geheizt würde, egal ob es Juli war.

Der Zug war leer. Der kleine Bahnhof lag wie Strandgut im grünen Nirgendwo. Sie stieg aus, beladen mit den Taschen voller Lebensmittel. Ein Gepäckträger und der Bahnhofsvorsteher prüften die Lage, kamen dann näher, um ihr zu helfen. Sie war eine ziemlich große, blonde Frau, sehr stattlich; aus ihrem glatten, nach hinten gekämmten Haar ringelten sich Löckchen, und sie hatte große, hilflos blickende blaue Augen. Sie trug ein Kleid aus einem der Stoffe, die sie selbst entworfen hatte. Riesige grüne Blätter schmiegten sich überall an ihren Körper und flatterten über ihre Knie. Sie stand lächelnd da, gewohnt, daß die Männer heranliefen, um ihr behilflich zu sein, und freute sich, wie sie sich an ihr erfreuten. Sie ging mit ihnen zu der Schranke, hinter der Jack wartete und mit Wohlgefallen ihren Auftritt betrachtete. Er war eher klein, gedrungen, dunkelhaarig. Er trug ein blaugrünes Polohemd, rauchte eine Pfeife und schaute lächelnd zu. Die beiden Männer übergaben sie den Händen dieses dritten und verschwanden pfeifend wieder zu ihren Pflichten. Jack und Stella küßten sich, schmiegten dann die Wangen aneinander.

»Lebensmittel«, sagte er, »Lebensmittel«, und befreite sie von ihren Taschen und Tüten.

»Wie ist es denn hier so mit dem Einkaufen?«

»Beim Gemüse geht's, glaube ich.«

Jack war darin immer noch der Nordengländer: gegenüber Fremden schien er kurzangebunden; nicht schüchtern, er war ganz einfach nicht in dem Milieu aufgewachsen, wo man gern mit Worten umgeht. Jetzt legte er den Arm kurz um Stellas Taille und sagte: »Wunderbar, Stell, wunderbar.« Sie gingen weiter, beglückt über ihr Zusammensein. Stella hatte mit Jack, ihr Ehemann mit Dorothy, solche Augenblicke erlebt, wo sie einander ohne Worte mitteilten: Wenn ich nicht mit meinem Mann verheiratet wäre und du nicht mit deiner Frau, wie herrlich wäre es dann, mit dir verheiratet zu sein. Diese Augenblicke zählten bestimmt nicht zu den geringsten Freuden in dieser Vierergemeinschaft.

»Seid ihr gern auf dem Land hier?«

»Nun, wir haben es ja so erwartet.«

Das war mehr als seine sonstige Kurzangebundenheit; sie blickte ihn an und bemerkte, daß er die Stirn runzelte. Sie gingen auf das Auto zu, das unter einem Baum geparkt war.

»Wie geht's dem Baby?«

»Der kleine Schmarotzer schläft nie, macht uns richtig fertig, doch sonst geht's ihm gut.«

Das Baby war sechs Wochen alt. Ein Baby zu haben war bestimmt schon eine Errungenschaft: bis es empfangen und auf die Welt gebracht war, hatte es Jahre gebraucht. Dorothy war, wie die meisten unabhängigen Frauen, etwas zwiespältig, ob sie ein Baby haben wollte. Außerdem war sie über dreißig und jammerte, sie sei in ihrem Denken und Tun schon so festgelegt. All das – die Schwierigkeiten, Dorothys Zögern – hatte zu einer seelischen Verfassung geführt, die Dorothy selber so beschrieb: »Man fragt sich, ob das verdammte Pferd nun endlich das Hindernis nehmen wird.« Dorothy redete während ihrer Schwangerschaft mit einer leisen Stakkatostimme: »Vielleicht will ich letzten Endes doch nicht wirklich ein Baby? Vielleicht bin ich auch gar nicht als Mutter geeignet? Vielleicht ... und wenn es so ist ... und wie ...?«

Und weiter sagte sie: »Bis vor kurzem noch waren Jack und ich immer mit Leuten zusammen, für die es selbstverständlich war, daß schwanger zu werden eine Katastrophe bedeutet, und jetzt auf einmal haben alle unsere Bekannten kleine Kinder und Babysitter und ... vielleicht ... wenn ...«

Jack antwortete darauf: »Du wirst dich schon besser fühlen, wenn das Baby da ist.«

Einmal hörte Stella, wie Jack nach einem von Dorothys langen, qualvollen Gesprächen mit ihr zu seiner Frau sagte:

»Jetzt ist es aber genug, jetzt reicht's, Dorothy.« Er hatte sie zum Schweigen gebracht und die Verantwortung auf sich genommen.

Sie kamen zum Auto und stiegen ein. Es war ein erst vor kurzem gekaufter Gebrauchtwagen. »Sie« (damit war die Presse gemeint, der Feind allgemein) »warten doch nur darauf, daß wir (Künstler, Schriftsteller, die zu Geld gekommen sind) uns dicke Schlitten kaufen.« Sie hatten darüber diskutiert und waren zu dem Schluß gekommen, daß der *Nicht-*kauf eines teuren Autos, auch wenn ihnen der Sinn danach stand, hieße, sich einschüchtern zu lassen; doch schließlich hatten sie sich einen Gebrauchtwagen gekauft. Soviel Genugtuung wollte Jack *denen* offensichtlich nicht geben.

»Eigentlich hätten wir auch zu Fuß gehen können«, sagte er, als sie einen schmalen Weg hinunterschossen, »aber mit diesen Lebensmitteln ist es besser so.«

»Wenn euch das Baby so viel Arbeit macht, dann bleibt wohl nicht allzuviel Zeit zum Kochen übrig.« Dorothy war eine ausgezeichnete Köchin. Doch wieder hatten seine Worte einen Beiklang: »Das Essen ist zur Zeit wirklich nicht das Wahre. Du kannst das Abendessen machen, Stell, wir könnten was Gutes gebrauchen.«

Nun war es aber so, daß Dorothy es haßte, wenn jemand in ihre Küche kam, mit Ausnahme ihres Mannes für ganz bestimmte Handgriffe; und darum kam das überraschend.

»Um ehrlich zu sein, Dorothy ist völlig erschöpft«, fuhr er fort, und jetzt verstand Stella, daß er sie warnte.

»Das ist ja auch ermüdend«, sagte Stella beruhigend.

»Ging's dir auch so?«

»Auch so« deutete auf viel mehr hin als nur erschöpft, ermüdet sein; und es wurde Stella klar, daß Jack richtig beunruhigt war. Mit humorvollem Unterton klagte sie: »Ihr zwei verlangt von mir immer, daß ich mich an Dinge erinnern soll, die vor hundert Jahren passiert sind. Laß mich mal nachdenken . . .«

Sie hatte mit achtzehn geheiratet und wurde sofort schwanger. Ihr Mann verließ sie. Bald darauf heiratete sie Philip, der auch ein kleines Kind aus einer früheren Ehe mitbrachte. Diese beiden Kinder, ihre Tochter, siebzehn jetzt, und sein Sohn, zwanzig, waren zusammen aufgewachsen.

Sie erinnerte sich, wie sie mit achtzehn gewesen war, allein mit dem Baby. »Ich war allein«, sagte sie. »Das ist schon ein Unterschied. Ich erinnere mich. Ich war total erschöpft. Ja, ich war sehr gereizt und unvernünftig.«

»Ja«, sagte Jack und warf ihr nur einen kurzen zögernden Blick zu.

»Ist schon in Ordnung, mach dir keine Sorgen«, sagte sie und antwortete damit, wie sie es oft tat, auf etwas, was Jack nicht laut geäußert hatte.

»Gut«, sagte er.

Stella dachte daran, wie sie Dorothy mit dem Neugeborenen im Krankenhaus besucht hatte. Sie hatte aufrecht im Bett gesessen in einem hübschen Bettjäckchen, das Baby in einem Korb an ihrer Seite. Das Baby war unruhig gewesen. Jack stand zwischen Korb und Bett, seine große Hand lag auf dem Bauch seines Sohnes. »Jetzt halt aber den Mund, du kleiner Quälgeist«, hatte er gefordert, als dieser quengelte. Dann hatte er das Baby aufgehoben, so als hätte er das schon immer getan, hatte es an seine Schulter gedrückt, und als Dorothy ihm die Arme entgegengestreckt hatte, hatte er ihr das Baby gereicht. »Möchtest wohl deine Mutter? Hab ja nichts dagegen.«

Diese Szene mit ihrer Natürlichkeit, die Art, wie die beiden Eltern miteinander umgingen, hatte für Stella Dorothys monatelange Selbstquälereien nichtig werden lassen. Dorothy selbst hatte zwar die von ihr zu erwartenden Worte parodiert, doch ernst gemeint: »Er ist das schönste Baby, das je geboren wurde. Ich kann gar nicht verstehen, warum ich ihn nicht schon eher hatte.«

»Da ist das Haus«, sagte Jack. Vor ihnen stand, zwischen dichten grünen Bäumen und umgeben von grünem Gras, ein Arbeiterhäuschen. Es war weiß verputzt, und vier Fenster blinkten in der Sonne. Daneben ein länglicher Schuppen, ein Bau, der sich als Gewächshaus entpuppte.

»Der Mann hat Tomaten gezüchtet«, sagte Jack. »Prima Atelier jetzt.«

Der Wagen hielt wieder unter einem Baum.

»Kann ich mir mal kurz das Atelier ansehen?«

»Wie du willst.« Stella betrat den länglichen Schuppen mit dem Glasdach. In London teilten sich Jack und Dorothy ein gemeinsames Atelier. Wo immer sie gewohnt hatten, irgendwo am Mittelmeer, hatten sie immer Hütten, Schuppen, alles, was sich nur eignete, gemeinsam gehabt. Sie arbeiteten immer Seite an Seite. Dorothys Bereich war aufgeräumt, ordentlich, Jacks vollgestellt mit riesigen Leinwänden, und er arbeitete inmitten eines Durcheinanders. Stella blickte jetzt umher, um festzustellen, ob dieses freundliche Arrangement auch weiterhin galt; doch als Jack hinter ihr eintrat, sagte er: »Dorothy hat sich noch nicht eingerichtet. Ich vermisse sie sehr.«

Das Gewächshaus wurde zum Teil noch genutzt: Gestelle mit Pflanzen standen an den Seiten. Es war warm, und alles gedieh üppig.

»Höllisch heiß, wenn die Sonne richtig draufknallt, dann heizt es gewaltig ein. Manchmal bringt Dorothy Paul hierher, so kann er sich schon früh an ein anständiges Klima gewöhnen.«

Dorothy trat am hinteren Ende ein, ohne das Baby. Sie hatte wieder ihre frühere Figur. Sie war eine kleine dunkelhaarige Frau von ausnehmend zartem Wuchs. Ihr Gesicht war blaß, mit leuchtendroten, nicht ganz regelmäßigen Lippen und schwarzglänzenden Augenbrauen, die ein wenig gekrümmt waren. Und wenn sie auch nicht hübsch zu nennen war, so sah sie doch lebhaft und aufregend aus. Sie und Stella hatten gemeinsam Augenblicke erlebt, wo sie Vergnügen daran hatten, ihre jeweiligen Unterschiede zu vergleichen: die eine Frau so großgewachsen, sanft und blond, die andere dunkelhaarig und so lebhaft.

Dorothy kam durch die quer einfallenden Sonnenstrahlen heran, blieb stehen und sagte: »Stella, ich freue mich, daß du gekommen bist.« Dann ging sie weiter, bis sie nur einige Schritte von ihnen entfernt war, und blickte sie von da aus an: »Ihr zwei seht gut zusammen aus«, sagte sie stirnrunzelnd. Etwas Düsteres, übermäßig Betontes klang aus diesen beiden Feststellungen, worauf Stella sagte: »Ich war neugierig, was Jack so gemacht hat.«

»Ich glaube, was sehr Gutes«, sagte Dorothy und näherte sich, um einen Blick auf die frischbemalte Leinwand auf der Staffelei zu werfen. Sie zeigte sonnenbeschienene Felsen, braun und glatt, blauen Himmel, blaues Wasser und Leute, die im glitzernden Licht schwammen. Wenn Jack im Süden war, malte er Bilder, die seine Frau als »Dreck, Ruß und

Elend« bezeichnete – so nämlich beschrieben sie beide ihre gemeinsame Heimat, ihre Kindheit. In England malte er Szenen wie diese hier.

»Magst du's? Es ist gut, nicht?«, fragte Dorothy.

»Sehr«, sagte Stella. Sie freute sich immer an dem Gegensatz zwischen Jacks sichtbarem Ich – der schmächtige, verschlossene, kleine Mann, der im Nu in einer Menge von Fabrikarbeitern hätte untertauchen können, etwa in Manchester, und den sinnlichen Bildern mit den leuchtenden Farben wie dieses hier.

»Und wie ist es mit dir?« fragte Stella.

»Das Baby hat alles Schöpferische in mir abgetötet – ganz anders als die Schwangerschaft«, sagte Dorothy, doch beklagte sie sich nicht darüber. Sie hatte, während sie schwanger war, wie besessen gearbeitet.

»Hab Erbarmen«, sagte Jack, »der Kerl ist doch grad erst auf die Welt gekommen.«

»Mir macht es nichts aus«, sagte Dorothy. »Das ist ja das Komische, es macht mir *überhaupt nichts* aus.« Sie sagte das ohne Nachdruck, gleichgültig. Sie schien sie wieder aus einer kleinen Distanz anzusehen, beunruhigt. »Ihr zwei seht gut zusammen aus«, sagte sie, und wieder war da dieser schrille Unterton.

»Wie wär's denn mit Tee?« fragte Jack, und Dorothy antwortete sofort: »Ich hab ihn schon gemacht, vorhin als ich das Auto hörte. Ich dachte, besser drinnen, es ist nicht richtig warm in der Sonne.« Vor ihnen verließ sie das Gewächshaus, und im Licht, das von oben durchs Glasdach hereinfiel, löste sich ihr weißes Leinenkleid in gelbe Rauten auf, so daß Stella an die weißen Körper von Jacks Schwimmern erinnert wurde, wie sie sich unter dem Sonnenlicht auf seinem neuen Bild auflösten. Die Arbeiten dieser beiden erinnerten ständig an die Person des anderen oder an dessen eigene Arbeit, und zwar auf unterschiedlichste Weise: Sie waren so sehr eins geworden in ihrer Ehe.

Die Zeit, die sie brauchten, um über das wild wachsende Gras bis zur Tür des Häuschens zu gehen, genügte, um zu merken, daß Dorothy recht hatte: Es war wirklich kühl in der Sonne. Drinnen sorgten zwei elektrische Heizöfen für Wärme. Ursprünglich waren unten zwei kleine Räume gewesen, aus denen man aber einen einzigen schönen weißgetünchten Raum mit niedriger Decke und Steinfliesen gemacht hatte. Ein mit einem purpurrotkarierten Tuch gedeckter Teetisch stand in der Nähe eines Fensters bereit, durch dessen blanke Scheiben blühende Büsche und Bäume hereinschauten. Entzückend. Sie rückten die Heizgeräte heran und setzten sich so hin, daß sie durch das Fenster die friedliche englische Landschaft bewundern konnten. Stella hielt Ausschau nach dem Baby, und Dorothy sagte: »Im Kinderwagen da hinten.« Dann erkundigte sie sich: »Hat deins oft geweint?«

Stella lachte und sagte wieder: »Ich versuch mich zu erinnern.«

»Wir erwarten von dir bei all deiner Erfahrung jetzt Rat und Hilfe«, sagte Jack.

»Soweit ich mich erinnern kann, war sie aus mir unerklärlichen Gründen etwa drei Monate lang ein kleiner Teufel, danach wurde sie mit einem Schlag ganz gesittet.«

»Die drei Monate gehen vorüber«, sagte Jack.

»Noch sechs Wochen«, sagte Dorothy und hantierte schlaff und gleichgültig mit den Teetassen, was Stella neu an ihr fand.

»Findest du es sehr anstrengend?«

»Ich hab mich noch nie im Leben wohler gefühlt«, antwortete Dorothy sofort, als hätte man ihr einen Vorwurf gemacht.

»Du siehst auch gut aus.«

Sie sah ein bißchen müde aus, nicht schlimm; Stella verstand nicht recht, aus welchem Grund Jack sie hatte warnen wollen. Es sei denn, er meinte diese Schlaffheit, diese Selbstversunkenheit. Ihre Lebhaftigkeit – eine gutmütige Angriffslust, die Ausdruck ihrer wachen Intelligenz war – schien gedämpft. Sie saß zurückgelehnt und unbestimmt lächelnd in einem weichen Sessel und überließ alles Jack.

»Ich bring ihn gleich herein«, bemerkte sie und lauschte dem Schweigen aus dem sonnenbeschienenen Garten im Hintergrund.

»Laß ihn doch«, sagte Jack. »Er ist selten genug mal so still. Entspann dich, Weib, und rauch eine Zigarette.«

Er zündete ihr eine Zigarette an, und sie nahm sie mit derselben unbestimmten Art, saß da und stieß den Rauch aus, wobei ihre Augen halb geschlossen waren.

»Hast du was von Philip gehört?« fragte sie, nicht aus Höflichkeit, sondern aus einem plötzlichen Drang.

»Natürlich hat sie das, sie hat ein Telegramm bekommen«, sagte Jack.

»Ich möchte wissen, was sie dabei fühlt«, sagte Dorothy. »Was fühlst du, Stell?« Sie lauschte ständig zu dem Baby hinüber.

»Wobei denn?«

»Nun, daß er nicht zurückkommt.«

»Aber er kommt doch zurück, nur noch einen Monat«, sagte Stella und stellte überrascht fest, daß ihre Stimme gereizt klang.

»Siehst du?« sagte Dorothy zu Jack, wobei sie die Worte an sich meinte, nicht den gereizten Klang.

Als sie merkte, daß man über sie und Philip geredet hatte, empfand Stella zunächst Freude, denn es war ja immer erfreulich, von zwei so guten Freunden verstanden zu werden; dann jedoch verspürte sie ein Unbehagen, als sie sich an Jacks Warnung erinnerte.

»Was soll er denn sehen?« fragte sie Dorothy lächelnd.

»Das reicht jetzt aber«, sagte Jack zu seiner Frau in einem plötzlichen Wutanfall, was sich offenbar auf die Unterhaltung bezog, die die beiden gehabt hatten.

Dorothy fügte sich der Anweisung ihres Mannes und blieb einen Augenblick still, dann redete sie wie unter einem Zwang weiter: »Ich denke dauernd darüber nach, wie schön es sein muß, wenn der Mann fort ist und dann zurückkommt. Ist dir klar, daß Jack und ich seit unserer Heirat nicht voneinander getrennt waren? Das sind mehr als zehn Jahre. Ist das nicht irgendwie schrecklich, wenn zwei erwachsene Menschen die ganze Zeit über wie siamesische Zwillinge zusammenkleben?« Hierbei wandte sie sich spontan mit einer flehentlichen Geste an Stella.

»Nein, ich finde es wundervoll.«

»Aber dir macht es doch nichts aus, so viel allein zu sein, oder?«

»*So* viel ist es gar nicht; zwei oder drei Monate im Jahr. Natürlich macht es mir was aus. Klar, ich genieße es, allein zu sein. Aber ich würde es auch genießen, wenn wir immer zusammen wären. Ich beneide euch zwei.« Stella war überrascht, daß ihre Augen naß wurden vor Selbstmitleid, da sie noch einen weiteren Monat ohne ihren Mann bleiben mußte.

»Und was meint er dazu?« wollte Dorothy wissen. »Was meint Philip dazu?«

Stella sagte: »Ach, ich glaube, er hat es ganz gern, von Zeit zu Zeit wegzukommen – ja bestimmt. Er mag zwar Vertrautheit, er genießt das, aber er tut sich schwerer damit als ich.« Sie hatte das niemals zuvor gesagt, da sie noch nie darüber nachgedacht hatte. Sie ärgerte sich über sich selbst, daß sie erst darauf warten mußte, daß Dorothy ihr auf die Sprünge half. Doch war ihr bewußt, daß sie sich hüten mußte, verärgert zu reagieren, bei dem Zustand, in dem sich Dorothy befand, wie auch immer der nun war. Sie blickte hilfesuchend zu Jack, aber der konzentrierte sich ganz auf seine Pfeife.

»Also, mir geht es wie Philip«, verkündete Dorothy. »Ja, ich hätte es liebend gern, wenn Jack manchmal weg wäre. Ich glaube, ich ersticke fast, wenn ich Tag und Nacht, Jahr um Jahr mit Jack zusammengesperrt bin.«

»Danke«, sagte Jack kurzangebunden, doch gutmütig.

»Nein, ich meine es ernst. Es ist etwas Demütigendes daran, wenn sich zwei erwachsene Leute nicht eine Sekunde aus den Augen lassen.«

»Gut«, sagte Jack, »wenn Paul ein bißchen größer ist, dann haust du mal ab für einen Monat oder so, und wenn du zurückkommst, wirst du mich schon schätzen.«

»Das ist es doch nicht, daß ich dich nicht schätze, ganz und gar nicht«, sagte Dorothy nachdrücklich, fast scharf, sichtlich in fieberhafter Unruhe. Ihre Schlaffheit war verschwunden, ihre Arme und Beine bewegten sich ruckartig. Und jetzt stieß das Baby, als wäre es dadurch, daß der Vater es erwähnt hatte, dazu ermuntert, einen Schrei aus. Jack stand auf, und seiner Frau zuvorkommend sagte er: »Ich hole ihn.«

Dorothy blieb sitzen, lauschte dem, was ihr Mann mit dem Baby machte, bis er zurückkam, wobei er das Kleinkind mit kundigem Handgriff gegen seine Schulter hielt. Er setzte sich, ließ seinen Sohn bis an die Brust gleiten und sagte: »So, jetzt hältst du den Mund und läßt uns noch ein wenig in Frieden.«

Das Baby blickte in sein Gesicht hoch mit dem erstaunten

Ausdruck von Neugeborenen, und Dorothy saß da und lächelte sie beide an. Stella begriff, ihre Unruhe, ihre wiederholten ruckartigen Bewegungen bedeuteten, daß sie sich danach sehnte, mehr noch: danach verlangte, das Baby in den Armen zu halten, seinen Körper gegen den ihren zu drükken. Und Jack schien das zu spüren, denn Stella hätte schwören können, daß es keine bewußte Entscheidung war, die ihn aufstehen und das Kind in die Arme seiner Frau legen ließ. Ihr Körper, ihre Bedürfnisse hatten wortlos zu ihm gesprochen, und er hatte sich sofort erhoben, um ihr zu geben, wonach sie verlangte. Diese stillschweigende, instinkthafte Verständigung zwischen den Eheleuten ließ Stella aufs heftigste ihren eigenen Mann vermissen und weckte Groll in ihr gegen das Schicksal, das sie so oft trennte. Sie sehnte sich nach Philip. Inzwischen schien Dorothy, da sich jetzt das Baby sanft an ihre Brust kuschelte und die Füßchen in ihrer Hand lagen, gute Laune bekommen zu haben. Und die beobachtende Stella erinnerte sich an etwas, was sie wirklich vergessen hatte: die enge, starke körperliche Bindung zwischen ihr und ihrer Tochter, als sie noch ein winziges Baby war. Sie sah dieses Band in der Art, wie Dorothy das Köpfchen streichelte, das auf dem Hals zitterte, als das Baby ins Gesicht der Mutter hinaufblickte. Natürlich, sie erinnerte sich, ein Baby zu haben war wie Verliebtsein. Alle möglichen vergessenen oder schon lange ruhenden Instinkte wurden in Stella wach. Sie zündete sich eine Zigarette an, nahm sich zusammen und begann, die Liebesgeschichte der anderen Frau mit ihrem Baby zu genießen, statt neidisch auf sie zu sein.

Die Strahlen der zwischen die Bäume sinkenden Sonne fielen auf die Fensterscheiben; und es entstand ein Leuchten und Blitzen gelben und weißen Lichts in dem Raum, besonders um Dorothy mit ihrem weißen Kleid und dem Baby. Wieder fühlte sich Stella an Jacks Bild erinnert: weißgliedrige Schwimmer in einem von der Sonne facettierten Wasser. Dorothy schützte die Augen des Babys mit der Hand und bemerkte verträumt: »Das ist besser als mit irgendeinem Mann, nicht wahr, Stell? Besser als mit einem Mann.«

»Also, nein«, sagte Stella lachend. »Nein, nicht auf die Dauer!«

»Wenn du meinst, du mußt es ja wissen ... aber ich kann

mir nicht vorstellen, je ... Sag mal, Stell, hat dein Philip Affären, wenn er fort ist?«

»Um Himmels willen!« sagte Jack wütend. Doch dann beherrschte er sich.

»Ja, sicherlich hat er welche.«

»Macht es dir was aus?« fragte Dorothy und umschloß liebevoll die Füße des Babys mit ihrer Handfläche.

Und nun war Stella gezwungen, sich zu erinnern, daran zu denken, daß sie dagegen gewesen war, immer dagegen gewesen war, daß sie schließlich nachgegeben hatte, und daß sie jetzt nichts mehr dagegen hatte.

»Ich denke nicht darüber nach«, sagte sie.

»Also, ich glaube, ich hätte nichts dagegen«, sagte Dorothy.

»Danke, daß du es mich wissen läßt«, sagte Jack knapp, obwohl er das nicht wollte. Dann zwang er sich zum Lachen.

»Und du, hast du Affären, wenn Philip weg ist?«

»Manchmal. Nicht richtig.«

»Weißt du, daß Jack mir in dieser Woche untreu war«, bemerkte Dorothy und lächelte das Baby an.

»Das *reicht*«, sagte Jack, jetzt richtig aufgebracht.

»Nein, es reicht nicht, ganz und gar nicht. Denn was das Schlimme daran ist, es ist mir völlig egal.«

»Warum sollte es dir denn, unter den gegebenen Umständen, auch nicht egal sein?« Jack wandte sich an Stella. »Da drüben wohnt so eine blöde Zicke, Lady Edith. Sie ist ganz aufgeregt, weil jetzt echte Künstler in ihrer Straße wohnen. Dorothy hatte Glück, sie konnte sich ja mit dem Baby rausreden, aber ich mußte zu ihrer dummen Party. Alkohol in Strömen und die unglaublichsten Leute – verstehst du. Wenn man in Romanen von ihnen liest, würde man es nie glauben ... aber ich kann mich kaum an etwas nach zwölf erinnern.«

»Weißt du, was passiert ist?« sagte Dorothy. »Ich war gerade dabei, das Baby zu füttern, es war schrecklich früh am Morgen. Jack setzt sich mit einemmal aufrecht im Bett auf und sagt: Mein Gott, Dorothy, mir ist gerade eingefallen, daß ich diese blöde Zicke Lady Edith auf ihrem Brokatsofa gebumst habe.«

Stella lachte. Jack lachte schnaubend auf. Dorothy gluckste in uneingeschränkter Anerkennung. Dann sagte sie ganz ernsthaft: »Aber das ist doch das Entscheidende, Stella; die Sache ist die, es ist mir so verdammt schnuppe.«

»Warum auch nicht?« fragte Stella.

»Aber es ist doch das erste Mal, daß er so was gemacht hat, und es hätte mir doch was ausmachen müssen, oder?«

»Da sei dir mal nicht so sicher«, sagte Jack und tat einen kräftigen Zug an der Pfeife. »Sei nicht zu sicher.« Das geschah nur der Form wegen, und Dorothy wußte das: »Du, ich hätte doch was dagegen haben müssen, nicht, Stell?«

»Nein. Du hättest schon was dagegen, wenn ihr beide, du und Jack, euch nicht so gut verstündet. Bei mir wär's genau dasselbe, wenn Philip und ich uns nicht so . . .« Tränen rollten mit einemmal über ihr Gesicht. Sie tat nichts dagegen. Die beiden hier waren ihre Freunde; außerdem sagte ihr Instinkt, daß Tränen nicht verkehrt seien angesichts der Stimmung, in der Dorothy sich befand. Schniefend sagte sie: »Wenn Philip wieder da ist, haben wir am ersten Tag immer mordsmäßigen Krach über irgendwas ganz Unwichtiges, doch was dahintersteckt, ist uns schon klar. Ich bin eifersüchtig auf jede Affäre, die er gehabt hat, und umgekehrt. Danach gehen wir ins Bett und versöhnen uns.« Sie weinte bitterlich und dachte an dieses Glück, das sich nun um einen Monat verschob, und an die darauffolgenden herrlichen Kämpfe des täglichen Zusammenlebens.

»Stella«, sagte Jack. »Stell . . .« Er stand auf, angelte nach einem Taschentuch und tupfte ihr die Augen ab. »Ruhig, Kleines, er kommt bald zurück.«

»Ja, ich weiß. Es ist bloß, daß ihr zwei euch so gut versteht, und immer wenn ich mit euch zusammen bin, bekomme ich Sehnsucht nach Philip.«

»Ja, vielleicht verstehen wir uns wirklich so gut?« sagte Dorothy, und es klang überrascht. Jack, der sich gerade über Stella beugte und seiner Frau den Rücken zukehrte, machte eine warnende Grimasse, richtete sich dann auf, drehte sich um und nahm die Situation in die Hand: »Es ist fast sechs. Es wäre gut, wenn du jetzt Paul füttern würdest. Stella macht uns das Abendessen.«

»Wirklich? Das ist sehr nett«, sagte Dorothy. »Es ist alles in der Küche, Stella. Wie herrlich, umsorgt zu werden!«

»Ich werde dir unseren Landsitz zeigen«, sagte Jack.

Oben gab es zwei kleine Zimmer. Eins war das Schlaf-zimmer mit ihren Sachen und denen des Babys. Das andere war eine Art Abstellraum, vollgepackt mit allerlei Zeug. Jack hob eine große Ledermappe von dem unbenützten Bett auf und sagte: »Sieh dir das an, Stell.« Er stellte sich ans Fenster, den Rücken ihr zugewandt, mit dem Daumen fingerte er an seinem Pfeifenkopf herum und schaute in den Garten hinaus. Stella setzte sich aufs Bett, öffnete die Mappe und rief sofort aus: »Wann hat sie die denn gemacht?«

»Die letzten drei Monate, die sie schwanger war. Habe vorher nie so etwas bei ihr gesehen, eins nach dem anderen hat sie so einfach hervorgebracht.«

Es waren einige hundert Bleistiftzeichnungen, jeweils mit zwei Körpern in jeglicher Art von Gleichgewicht, Spannung, Beziehung. Die beiden Körper waren die von Jack und Dorothy, meist nackt, doch nicht alle. Die Zeichnungen waren erstaunlich, nicht nur weil sie einen wirklichen Fortschritt in Dorothys Können markierten, sondern wegen ihrer gewagten Sinnlichkeit. Sie waren so etwas wie ein verzückter Gesang über die Ehe. Die unwillkürliche Nähe, die Harmonie zwischen Jack und Dorothy, sichtbar in jeder Bewegung, die sie aufeinander zu oder voneinander weg machten, sichtbar, selbst wenn sie nicht zusammen waren, wurde hier offen und mit ruhigem Triumph gefeiert.

»Einige von ihnen sind ja ziemlich stark«, sagte Jack, wobei für einen Augenblick der Puritanismus des nordenglischen Arbeitersohnes auflebte.

Aber Stella lachte, denn diese Prüderie verbarg nur den Stolz: Einige der Zeichnungen waren unanständig.

Die allerletzten Zeichnungen der Serie zeigten den üppigen Körper der schwangeren Frau. Sie bewiesen Dorothys Vertrauen in ihren Mann, dessen Körper, der Herr des ihren war, stehend oder liegend Kraft und Zuversicht ausstrahlte. In der letzten Zeichnung stand Dorothy abgewandt von ihrem Mann da, ihre beiden Hände stützten den mächtigen Bauch; Jacks Hände legten sich beschützend auf ihre Schultern.

»Sie sind wundervoll«, sagte Stella.

»Ja, das stimmt.«

Stella blickte lachend und liebevoll zu Jack hin; denn sie sah, daß es nicht nur der Stolz über das Talent seiner Frau war, der ihn ihre Zeichnungen zeigen ließ, sondern er teilte Stella auf diese Art mit, daß sie Dorothys Stimmung nicht zu ernst nehmen sollte. Und um sich selbst aufzumuntern. Sie sagte ganz spontan: »Es ist doch alles in Ordnung. Nicht wahr?«

»Was denn? Ah, ich verstehe, was du meinst, ja, ist schon in Ordnung so.«

»Weißt du was?« fragte Stella und senkte ihre Stimme. »Ich glaube, Dorothy fühlt sich schuldig, weil sie sich dir gegenüber untreu vorkommt.«

»*Was?*«

»Nein, ich meine mit dem Baby; darum dreht sich doch alles.«

Er wandte sich um, besorgt, dann lächelte er allmählich. Aus diesem Lächeln sprach dieselbe bedenkenlose Art der Anerkennung wie aus Dorothys Lachen über ihren Mann und Lady Edith. »Meinst du?« Sie lachten zusammen, unbändig und laut.

»Was gibt's zu lachen?« rief Dorothy.

»Ich lache, weil deine Zeichnungen so gut sind«, antwortete Stella.

»Ja, das stimmt, nicht?« Doch dann bekam Dorothys Stimme einen kleinmütigen Klang: »Das Problem ist nur, ich kann mir nicht vorstellen, wie ich je wieder so etwas machen könnte.«

»Gehn wir nach unten«, sagte Jack zu Stella; sie stiegen hinunter und gesellten sich zu Dorothy, die den Säugling stillte. Er trank mit voller Hingabe, alles an ihm war in Bewegung. Er kämpfte mit der Brust, boxte mit seinen Fäusten gegen Dorothys vollen hübschen Busen. Jack stand da und blickte grinsend auf sie beide herunter. Dorothy erinnerte Stella an eine Katze, die ihre gelben Augen halb geschlossen hat und über die saugenden Jungen an ihrer Seite hinwegstarrt, während sie eine Pfote ausstreckt und die Krallen abwechselnd einzieht und herausstreckt, und dabei ein leichtes Kratzgeräusch auf dem Teppich macht, auf dem sie liegt.

»Du bist ein wildes Geschöpf«, sagte Stella lachend.

Dorothy hob ihr schmales lebhaftes Gesicht und lächelte. »Ja, das bin ich«, sagte sie und blickte sie beide über den Kopf ihres kräftigen Babys ruhig und aus Distanz an.

Stella machte das Abendessen in der Küche mit den Stein-fliesen; Jack hatte ein Heizgerät gebracht, um es erträglicher zu machen. Sie verwendete die guten Lebensmittel, die sie mitgebracht hatte, und machte sich große Mühe. Es brauch-te seine Zeit, dann aßen die drei langsam an einem großen Holztisch. Das Baby schlief noch nicht. Es quengelte auf einem Kissen auf dem Boden vor sich hin, bis es der Vater aufnahm und kurz hielt, bevor er es dann, wie schon vor-her, seiner Mutter gab, als Antwort auf ihr Bedürfnis, es nahe bei sich zu haben. »Ich sollte ihn wohl schreien lassen«, bemerkte Dorothy. »Aber warum schreit er überhaupt? Wenn er ein arabisches oder afrikanisches Baby wäre, dann hätte ich ihn mir auf den Rücken gebunden.«

»Ah, das wär nett«, sagte Jack. »Ich glaube, sie kommen zu früh ans Licht der Welt; sie sollten achtzehn Monate einfach drinnen bleiben, dann wären wir alle besser dran.«

»Denk mal an *uns*«, sagten Dorothy und Stella einstim-mig, und alle lachten; doch Dorothy fügte ganz ernsthaft hinzu: »Ja, ich habe mir das auch schon so gedacht.«

Diese gute Stimmung hielt während des langen Essens an. Das Licht draußen wurde kalt und schwach; drinnen ließen sie die Sommerabenddämmerung voranschreiten, ohne Licht anzumachen.

»Ich muß schon bald aufbrechen«, sagte Stella mit Bedau-ern.

»Oh, nein, du mußt bleiben!« sagte Dorothy schrill. Plötzlich war sie wieder die Frau, die Jacks und Stellas Ver-spanntheit bewirkte.

»Wir haben alle gedacht, daß Philip kommt. Die Kinder werden morgen abend zurück sein, sie haben Ferien ge-macht.«

»Dann bleib doch bis morgen, ich *will,* daß du bleibst«, sagte Dorothy eigensinnig.

»Aber ich kann doch nicht«, sagte Stella.

»Nie hätte ich gedacht, ich könnte mir mal wünschen, daß eine zweite Frau um mich herum ist, die in meiner Küche kocht, sich um mich sorgt, aber jetzt tue ich es«, sagte Dorothy, offensichtlich kurz vorm Weinen.

»Nun, mein Liebes, du mußt mit mir vorliebnehmen«, sagte Jack.

»Hättest du etwas dagegen, Stell?«

»Gegen *was?*« erkundigte sich Stella vorsichtig.

»Findest du Jack attraktiv?«

»Sehr.«

»Ja, ich weiß das. Jack, findest du Stella attraktiv?«

»Stell mich doch auf die Probe«, sagte Jack grinsend; doch gleichzeitig signalisierte er eine Warnung an Stella.

»Also!« sagte Dorothy.

»Eine ménage à trois?« fragte Stella lachend. »Und was ist mit meinem Philip? Wie paßt er da hinein?«

»Also, was das betrifft, ich selbst hätte nichts gegen Philip«, sagte Dorothy, zog ihre scharfgezogenen schwarzen Augenbrauen zusammen und runzelte die Stirn.

»Das kann ich verstehen«, sagte Stella und dachte an ihren gutaussehenden Mann.

»Nur für einen Monat, bis er wieder zurück ist«, sagte Dorothy. »Wißt ihr was, wir werden dieses dumme Häuschen aufgeben; wir müssen ja total verrückt gewesen sein, uns überhaupt in England zu verkriechen. Wir packen und machen uns mit dem Baby auf nach Spanien oder Italien.«

»Was denn noch?« erkundigte sich Jack und versuchte um jeden Preis gute Laune zu bewahren, wobei er, um sich abzureagieren, in seiner Pfeife stocherte.

»Ja, ich bin zu der Auffassung gelangt, daß die Polygamie etwas Gutes ist«, verkündete Dorothy. Sie hatte ihr Kleid aufgeknöpft, und der Säugling trank an der Brust, diesmal ganz friedlich, wobei er sich entspannt an sie schmiegte. Sie streichelte seinen Kopf sanft, überaus sanft, während ihre Stimme lauter wurde und auf die beiden einhämmerte: »Ich habe das früher nie verstanden, aber jetzt verstehe ich es. Ich werde die rangältere Frau sein, und ihr beiden könnt euch um mich kümmern.«

»Vielleicht noch weitere Pläne?« forschte Jack, jetzt doch wütend geworden. »Du kommst nur gelegentlich vorbei, um zuzuschauen, wenn wir gerade dabei sind. Willst du das etwa? Oder willst du uns sagen, wann wir wegkönnen, um es miteinander zu treiben? Mit deiner gütigen Erlaubnis?«

»Ach, mir ist das völlig egal, was ihr macht, das ist es doch gerade«, sagte Dorothy mit einem Seufzer, bei dem so etwas wie Hilflosigkeit mitschwang.

Jack und Stella, die darum bemüht waren, einander nicht anzublicken, saßen abwartend da.

»Ich habe gestern etwas in der Zeitung gelesen, das mich beeindruckt hat«, plauderte Dorothy. »Ein Mann und zwei Frauen leben zusammen – hier in England. Sie sind beide seine Ehefrauen, sie betrachten sich beide als seine Frau. Die rangältere Frau hat ein Baby, die jüngere Frau schläft mit ihm – das jedenfalls konnte man zwischen den Zeilen lesen.«

»Du hörst besser damit auf, zwischen den Zeilen zu lesen«, sagte Jack. »Es bekommt dir nicht.«

»Nein, ich hätte das gern«, beharrte Dorothy. »Ich glaube, unsere Ehen sind was Dummes. Afrikaner und solche Völker, die wissen es besser; die haben noch Vernunft.«

»Ich kann mir dich schon vorstellen, wenn ich mit Stella schlafen würde«, sagte Jack.

»Ja!« sagte Stella mit kurzem Auflachen, das gegen ihren Willen gereizt klang.

»Aber ich hätte doch nichts dagegen«, wiederholte Dorothy und brach in Tränen aus.

»Dorothy, nun ist es wirklich genug«, sagte Jack. Er stand auf, nahm das Baby, das nur noch gewohnheitsmäßig Saugbewegungen machte, und verlangte: »Jetzt hör mal zu, du gehst jetzt nach oben und legst dich schlafen. Dieser kleine Stinker hier ist voll wie eine Zecke, der wird stundenlang schlafen, garantiert.«

»Ich bin aber gar nicht müde«, schluchzte Dorothy.

»Dann geb ich dir eben eine Schlaftablette.«

Allgemeine Suche nach Schlaftabletten, doch es waren keine aufzutreiben.

»Das sieht uns wieder ähnlich«, jammerte Dorothy, »nicht mal Schlaftabletten haben wir im Haus . . . Stella, ich wünschte mir sehr, du würdest bleiben, wirklich. Warum kannst du denn nicht?«

»Stella geht in ein paar Minuten, ich bringe sie zum Bahnhof«, sagte Jack. Er goß etwas Whisky in ein Glas, reichte es seiner Frau und sagte: »Trink das jetzt, meine Liebe, und dann Schluß mit dem Ganzen. Ich habe allmählich die Nase voll.« Es klang so, als habe er wirklich die Nase voll.

Dorothy trank gehorsam den Whisky aus, stand dann etwas unsicher von ihrem Stuhl auf und ging langsam nach oben. »Laß ihn nicht weinen«, verlangte sie, als sie den Blicken entschwand.

»Du dummes Biest!« rief er hinter ihr her. »Wann habe

ich ihn je weinen lassen? Hier halt mal kurz«, sagte er zu Stella und reichte ihr das Baby. Er rannte die Treppe hoch.

Stella hielt das Baby. Fast zum ersten Mal, denn sie hatte gespürt, wie sehr Dorothys leidenschaftliche Besitzgier litt, wenn eine andere Frau ihr Kind hielt. Sie blickte auf das schläfrige, rote Gesichtchen und sagte leise: »Du machst aber einen ganz schönen Ärger.«

Jack rief von oben: »Komm mal kurz hoch, Stell.« Sie ging mit dem Baby nach oben. Dorothy war ins Bett gepackt, schläfrig vom Whisky, das Nachttischlämpchen von ihr weggedreht. Sie schaute das Baby an, doch Jack nahm es Stella ab.

»Jack behauptet, ich sei ein dummes Biest«, sagte Dorothy wie entschuldigend zu Stella.

»Nimm's nicht so ernst, du wirst dich bald anders fühlen.«

»Wenn du meinst. Also gut, ich *werde* jetzt schlafen«, sagte Dorothy mit eigensinniger, trauriger, kleiner Stimme. Sie drehte sich um, weg von ihnen. In einem letzten Aufflackern ihrer Hysterie sagte sie: »Warum geht ihr nicht zu Fuß zum Bahnhof? Es ist eine so schöne Nacht.«

»Das machen wir«, sagte Jack, »hab keine Angst.«

Sie ließ ein leises Kichern ertönen, aber drehte sich nicht um. Jack legte das mittlerweile eingeschlafene Baby behutsam in das Bett, etwa zwei Handbreit von Dorothy entfernt, die sich plötzlich hinüberschlängelte, bis ihr schlanker, trotziger weißer Rücken das Deckenbündel berührte, das ihr Sohn war.

Jack hob die Augenbrauen und blickte Stella an, doch die schaute gerade auf Mutter und Kind; die Stärke ihrer Erinnerung erfüllte sie mit süßer Wärme. Was für ein Recht hatte diese Frau, der solche Freude zu Gebot stand, ihren Mann zu quälen, ihre Freundin zu quälen, wie sie es die ganze Zeit tat – was für ein Recht hatte sie, sich auf deren Anständigkeit zu verlassen, wie sie es einfach tat?

Überrascht von diesen Gedanken ging sie fort, die Treppe hinunter und stellte sich an die Tür zum Garten; ihre Augen geschlossen, sich verhärtend, um gegen die Tränen anzukämpfen.

Sie fühlte eine Wärme auf ihrem nackten Arm – Jacks

Hand. Sie öffnete die Augen und sah, wie er sich besorgt zu ihr hinbeugte.

»Es würde Dorothy nur recht geschehen, wenn ich dich jetzt in die Büsche schleppen würde . . .«

»Brauchtest mich gar nicht zu schleppen«, sagte er; und wenn auch die Worte genau den scherzhaften Ton hatten, den die Situation verlangte, fühlte sie, daß sein Ernst sie beide in Gefahr brachte.

Die Wärme seiner Hand glitt über ihren Rücken, und sie drehte sich unter dem Druck der Hand zu ihm um. Sie standen beisammen, und ihre Wangen berührten sich, der Duft von Haut und Haar vermischte sich mit den Gerüchen von erwärmtem Gras und Blättern.

Sie dachte: Was jetzt passiert, wird Dorothy, Jack und das Baby himmelhoch in die Luft sprengen; es ist das Ende meiner Ehe; alles werde ich in Stücke sprengen. Es lag ein fast unbeherrschbares Vergnügen darin.

Sie sah Dorothy, Jack, das Baby, ihren Mann und zwei halberwachsene Kinder, alle versprengt, alle durch den Himmel herabwirbelnd wie Trümmerreste nach einer Explosion.

Jacks Mund bewegte sich ihre Wange entlang auf ihren Mund zu, und sie verging vor Wonne. Sie sah vor ihren geschlossenen Augen das kleine Bündel im Zimmer oben, zog sich aus der Situation zurück und rief heftig: »Hol dich der Kuckuck, Dorothy, hol dich der Kuckuck, verflucht noch mal. Ich hätte Lust, sie umzubringen . . .«

Ihm platzte der Kragen. Erbost sagte er: »Hol euch beide der Teufel! Am liebsten würde ich euch beiden den Hals umdrehen . . .«

Ihre Gesichter waren eine Handbreit voneinander entfernt, ihre Augen starrten einander feindselig an. Sie dachte, wenn sie nicht die Vision des hilflosen Babys gehabt hätte, dann lägen sie sich jetzt in den Armen – und erzeugten Zärtlichkeit und Begierde wie zwei Dynamos, sagte sie sich und bebte vor kaltem Zorn.

»Ich verpaß noch meinen Zug, wenn ich nicht gehe«, sagte sie.

»Ich hol dir den Mantel«, sagte er und ging rein und überließ sie schutzlos der Leere des Gartens.

Als er wieder herauskam, hängte er ihr den Mantel um,

ohne sie zu berühren: »Komm jetzt, ich fahr dich.« Er ging vor ihr her zum Auto, und sie folgte ihm ohne Widerspruch über das ungeschnittene Gras. Es war wirklich eine herrliche Nacht.

HERMANN SUDERMANN
Die Reise nach Tilsit

Wilwischken liegt am Haff. Ganz dicht am Haff liegt Wilwischken. Und wenn man von dem großen Wasser her in
den Parwefluß einbiegen will, muß man so nah an den Häusern vorbei, daß man Lust bekommt, ihnen vom Kahn aus
mit ein paar Zwiebeln – es können auch Gelbrüben sein –
die Fenster einzuschmeißen.

Um die schönen, blanken Fenster wäre es freilich schade.
Denn Wilwischken ist ein sauberes Dorf und ein reiches
Dorf. Seine Einwohner betreiben neben der Haff- und der
Flußfischerei einträgliche Acker- und Gartenwirtschaft, und
die Zwiebeln von Wilwischken sind berühmt.

Die stattlichste Wirtschaft von allen ist die, die an der
Mündung der Parwe gleichsam die scharfe Ecke bildet, und
sie gehört dem Ansas Balczus.

Der Ansas Balczus ist nicht etwa ein gewöhnlicher Fischer, der bei jedem Raubfang sein Teil einscharren muß
und nie genug kriegt, der am Montagabend seine Barsche in
Heydekrug unterm Preis ausbietet und am Dienstagnach-
mittag betrunken heimfährt; der Ansas Balczus ist beinahe
schon ein Herr, der mit den Deutschen deutsch spricht wie
ein Deutscher, der sich sein Glas Grog süßt wie ein Deutscher und der sich bei seinen Prozessen so gut zu verteidigen
weiß, daß er die Anwaltskosten sparen kann.

Er hat sich auch eine feine Frau genommen, der Ansas
Balczus. Sie stammt aus Minge und ist die Tochter von dem
reichen Jaksztat, dem die großen Haffwiesen gehören. Daß
er die Indre Jaksztat bekommen würde, hätte keiner geglaubt, denn um die rissen sich alle, und sie ging so blaß und
sanft an ihnen vorbei, als ob sie eine Sonnentochter gewesen
wäre.

Nun *hat* er sie aber und kann stolz auf sie sein. Sie hat ihm
drei hübsche Kinder geboren, und sie sorgt für die Wirtschaft, als wäre sie mit der Laime, der freundlichen Göttin,
im Bunde. Ihre Butter wird ihr von den Händlern schon
weggerissen, wenn sie noch in der Milch steckt, ihr Johan-
nisbeerwein ist der kräftigste weit und breit, und im Braut-

winkel stehen seit vorigen Weihnachten zwei rote Plüschsessel. Man erzählt sich sogar, daß sie der kleinen Elske, wenn sie sieben Jahre alt sein wird, ein Klavier kaufen will.

Und dabei geht sie noch ebenso sanft und blaß ihres Wegs, wie sie es als Mädchen getan hat, und wird so rot wie ein Nelkenbeet, wenn man sie anspricht.

So ist die Indre Balczus. Und wenn *ich* der Ansas wäre, ich würde meine Hände zum Himmel heben, morgens und abends, daß *sie* meine Frau ist und keine andere.

Und so war es auch früher, aber seit die Busze als Magd ins Haus gekommen ist, hat es sich sehr verändert. So sehr verändert, daß die Nachbarfrauen schon lange die Köpfe zusammenstecken, wenn von dem Hof des Balczus Schimpfen und Weinen herüberschallt.

Das Schimpfen kommt von dem Ansas. *Die* Stimme kennt ein jeder. Aber weinen tut nicht die Indre – *wenn* sie's tut, so nur ganz leis und in der Nacht –, es sind die drei Kinder, die da weinen über all das Üble, das ihre Mutter erleiden muß. Und manchmal mischt sich auch ein Lachen darein, ein gar nicht gutes Lachen, hart wie Glas und schadenfroh wie Hähergeschrei.

Der Teufel hat diese Busze ins Haus gebracht. Wenn sie nicht selbst eine Besitzerstochter wäre und als solche stolzen und hoffärtigen Sinnes, hätte sie so viel Schaden gar nicht anrichten können. Warum muß die überhaupt dienen gehen mit ihren blinkernden Achataugen und dem Fleisch wie von Apfelblüten? Wer weiß, wie vielen die schon die Köpfe verdreht hat! Aber sie nimmt sie und läßt sie laufen, und wenn sie irgendwo einen ganz verrückt gemacht hat, dann lacht sie und geht in einen anderen Dienst.

Hier in dem Hause des Balczus sitzt sie nun als das leibhaftige Gegenteil der stillen und sanftmütigen Frau. Singt und schmeißt und rumort vom Morgenstern an bis in die späte Nacht, schafft für dreie und wird schon aufgebracht, wenn man ihr nur sagt, sie möchte sich schonen.

Seit nun gar der Wirt bei ihr in der Kammer gewesen ist, kennt sie überhaupt keinen Spaß mehr. Es ist ein Elend mitanzusehen, wie sie die Herrschaft mehr und mehr an sich reißt, und er ist schwach und tut, was sie will.

Sonst kommt das wohl in Wirtschaften vor, wo die Frau arm eingezogen ist oder aber kränklichen Leibes und darum

die Dinge gehen läßt, wie sie gehen. Aber der Indre gegenüber, dem reichen Jaksztat seiner schönen Tochter, die
bloß zu fein und zu hochgeboren ist, um sich mit so einem
Biest auflegen zu können, da versteht man die Welt nicht
mehr.

Eines Tages, als er wieder betrunken gewesen ist und sie
geschlagen hat, kommt die Nachbarin, die Ane Doczys, zu
ihr und sagt: »Indre, wir können das nicht mehr mit ansehen, wir ringsum. Wir haben beschlossen, ich schreib's
deinem Vater.«

Die Indre wird noch blasser, als sie schon ist, und sagt:
»Tut's nicht, sonst nimmt er mich mit, und was wird dann
aus den Kindern?«

»Wir tun's doch«, sagt die Doczene, »denn solch ein Fre-
vel darf nicht sein auf der Welt.«

Und die Indre bittet auch noch für ihren Mann und sagt:
»Spricht es sich immer weiter herum, so kommt er ganz
sicher ins Unglück. Heiraten darf er sie nicht wegen des
Ehebruchs. Auf den müßt' ich klagen, denn nur so kann
ich die Kinder zugesprochen kriegen. Schon jetzt betrinkt
er sich immer häufiger. Was dann erst wird, das überlegt
sich ein jeder.«

»Aber soll denn das immer so fortgehen?« fragt die Doczene.

»Sie ist schon aus fünf Brotstellen weggelaufen, wenn sie
genug gehabt hat«, sagt die Indre, »und mit ihm wird sie's
nicht anders machen.«

Aber die Ane Doczys, mitleidigen Herzens, wie Nach-
barinnen sind, denen es morgen ebenso gehen kann, warnt
sie wieder und wieder.

»Wir haben uns auch erkundigt«, sagt sie, »das sind dann
immer Saufbengels gewesen und Duselköpfe. So einen wie
deinen Mann läßt die nicht los.«

Dies Wort führt der Indre so recht zu Gemüte, was für
einen vortrefflichen Mann sie gehabt hat, ehe die Busze ins
Haus kam. Aber sie weint und klagt nicht, denn es ist nicht
ihre Art. Sie wendet nur ein wenig das eingefallene Gesicht
und sagt: »Wie Gott will.«

Nun, vorerst geht es so, wie die Doczene will.

Die kommt nach Hause und sagt zu ihrem Mann, der
auf der Ofenbank liegt und schläft: »Doczys«, sagt sie,

»hier sind die Wasserstiefel. Setz die Segel ins Mittelboot, wir fahren nach Minge.«

»Aus welchem Grund fahren wir nach Minge?« fragt er ungehalten; denn wer schläft, will Ruhe haben.

Aber die Doczene, in Wut bei dem Gedanken, daß es ihr morgen ebenso gehen kann, fackelt nicht viel und stößt ihn herunter. Er bekommt auch noch die schweren Stiefel angezogen, und eine halbe Stunde später fahren die beiden nach Minge.

Am Tage darauf kommt der alte Jaksztat in Wilwischken an. Er ist nicht zu Kahn gekommen, das hätte zu armemannsmäßig ausgesehen, sondern hat den Umweg über Land nicht gescheut, um seinem Schwiegersohn mit dem Verdeckwagen und dem neusilbernen Kummetgeschirr unter die Nase zu reiben, welcherart das Haus ist, aus dem seine Frau herstammt.

Des reichen Jaksztat erinnern wir uns noch alle. Der obeinige, kleine Mann mit dem lappigen Knochengesicht und den ewigen Rasiermesserkratzern war ja bekannt genug. Als er starb, ist er schließlich gar nicht so reich gewesen. Aber das tut nichts zur Sache.

Die Busze, die ihre Augen überall hat, sieht als erste das Fuhrwerk vorfahren und tritt aus dem Hause.

Was er wünsche, fragt sie, die Arme einstemmend, und funkelt ihn an.

Er, nicht faul, nimmt seinem Kutscher die Peitsche aus der Hand und reißt ihr eins über. Lang übers Gesicht und den nackten rechten Arm herunter flammt die Strieme.

Und was tut sie? Sie packt den alten Mann, zieht ihn vom Wagen und fängt ihn mit den Fäusten zu verprügeln an. Der Kutscher springt vom Bock, der Ansas Balczus kommt aus dem Hause gestürzt, und beiden Männern zusammen gelingt es erst, ihn der wütenden Frauensperson zu entreißen. Weiß Gott, sie hätte ihn sonst vielleicht umgebracht.

So schlimm dies Vorkommnis an und für sich sein mag, in der nun folgenden Unterredung gibt es dem Alten Oberwasser. Denn so weit vom Wege abgekommen ist der Ansas Balczus doch noch nicht durch seine Kebserei, daß er nicht wüßte, welche Schande ein solcher Empfang dem Hause weit und breit bereiten muß.

Nun steht er in seiner ganzen Länge mit dem hinter die

Ohren gestrichenen gelben Flachshaar und dem braunen Sommersprossengesicht vor dem Alten und weiß nicht, wo er die Augen lassen soll.

Der schnauft immerzu vor Zorn und weil ihm noch vom Herumrangen die Luft fehlt.

»Wo ist deine Frau?«

Wie soll der Ansas Balczus wissen, wo seine Frau ist? Die läuft in der Ratlosigkeit oft genug aus dem Hause, dorthin, wo sie vor Schimpf und Schlägen sicher ist.

»Ich bin der reiche Jaksztat!« schimpft der Alte. »Mir soll so was passieren!«

Der Ansas Balczus entschuldigt den Überfall, so gut es geht. Aber was kann er viel sagen?

»Diese Bestije, diese Patartschke muß sofort aus dem Hause!«

»Na, na«, brummt der Ansas. Wäre das nicht eben geschehen, so hätte er wahrscheinlich die Brust ausgestemmt und geschrien, das sei *seine* Wirtschaft, hier hab' er allein was zu sagen, aber jetzt brummt er bloß: »Na, na.«

Der Alte merkt sofort, daß sein Weizen blüht, und nun legt er los. Es gibt nicht viel Schimpfwörter im Litauischen, die der Ansas für sich und sein Frauenzimmer *nicht* zu hören gekriegt hat in dieser Stunde.

Und schließlich ist er ganz windelweich, sitzt auf der Ofenbank und weint.

Indre kommt nach Hause. Sie hat die beiden Ältesten aus der Schule geholt und geht über den Hof, den kleinen Willus auf dem Arm, schlank und rank, geradeso wie die katholische heilige Jungfrau.

Wie sie das väterliche Fuhrwerk sieht, schrickt sie zusammen, setzt das Kindchen auf die Erde und sieht sich um, als weiß sie nicht, wo sich am raschesten verstecken.

Aber noch rascher ist der Alte. Zur Tür hinaus – und sie packen – und sie hereinziehen – hast du nicht gesehen!

»Jetzt fällst du vor ihr auf die Knie«, fährt er den Schwiegersohn an, »und küssest den Saum ihres Gewandes!«

So ohne Willen, wie der auch ist, das will er doch nicht. Aber der Alte hilft kräftig nach, und richtig, da liegt er vor ihr und sagt mit einem Schluchzer: »Ich weiß, ich bin ein Sünder vor dem Herrn.«

»Steh auf, Ansas«, sagt sie in ihrer milden Weise und legt

die Hand auf seinen Kopf. »Wenn du dich jetzt zu sehr demütigst, vergißt du es mir nachher nicht, und es bleibt alles beim alten.«

Ach, wie gut hat sie ihn gekannt!

Aber vorläufig geht er auf alles ein und verspricht dem Alten, daß die Busze mit seinem Willen den Hof nicht mehr betreten soll und daß sie jetzt auf der Stelle abgelohnt werden soll.

Die Indre warnt den Vater, so Hartes nicht zu verlangen. Aber er besteht darauf. Er hätte es lieber nicht sollen.

»Die Busze! Wo ist die Busze?«

Da kommt die Busze. Sie hat das Gesicht mit einem Taschentuch verbunden wie eine mit Zahnschmerzen, und um den rechten Arm hat sie eine nasse Schürze gewickelt. Zum Kühlen.

Sie stellt sich in die Tür und sieht die drei ganz freundlich an.

»Na also, was ist?« sagt sie. »Ich hab' zu tun.«

»Du hast hier nichts mehr zu tun«, sagt der Alte, »und das wird dir dein Brotherr gleich klarmachen.«

»Da bin ich doch neugierig«, trumpft sie als eine, die ihrer Sache sicher ist.

Der Ansas Balczus weiß nicht, wo anfangen und wo aufhören. Aber weil sie mit ihrem verbundenen Gesicht nicht gerade hübsch aussieht, wird es ihm leichter. Er stottert was von »Hausfrieden« und »man muß Opfer bringen« und so. Sehr würdereich sieht er nicht aus.

Sie lacht laut auf und lacht und lacht. »Haben sie dich richtig kleingekriegt, du Dreckfresser?« sagt sie. »Ums übrige wirst du ja bald wissen, wo du mich finden kannst.«

Damit dreht sie sich um und schlägt die Tür hinter sich zu ...

Jetzt könnte der Friede wohl wiederkommen. Und anfangs scheint es auch so. Der Ansas tut freundlich zu seiner Frau, und als er mit Fischen auf den Heydekrüger Markt gefahren ist, bringt er ihr aus dem Hofmannschen Laden sogar ein Seidenkleid mit. Aber er hat einen schiefen Blick, und wenn er kann, geht er ihr aus dem Wege.

Die Indre schreibt nach Hause: »Es ist alles wieder gut.« Aber auf das Papier sind ihre Tränen gefallen.

Denn die Busze ist immer noch da. Sie hat sich bei den

Pilkuhns eingemietet, die hinten am Abzugsgraben wohnen, und was das für Gesindel ist, das weiß in Wilwischken ein jeder. Sie tut so, als arbeitet sie in den Wiesen, aber man kann kaum ins Dorf gehen, dann trifft man sie irgendwo. Sie hat sogar die Dreistigkeit, den beiden Kindern, wenn sie aus der Schule kommen, Gerstenzucker zu schenken.

Und wohin geht der Ansas, wenn es dunkel wird? Kein Mensch weiß. Er geht an der Parwe entlang, wo die Weidensträucher so dicht stehen, daß sich kein Abendrot zum Wasser hinfindet. Und die Leute, die vor den Türen sitzen, reden leise hinter ihm drein: »Jetzt trifft er sich mit der Busze.«

Es ist eine Schande zu sagen: Er trifft sich wirklich mit der Busze.

Dort, wo sich kein Abendrot zum Wasser hinfindet, sitzen sie bis in die Nacht hinein und schmieden Pläne, wie es werden soll. Aber was sie auch übersinnen – die Frau, die Indre, steht immer dazwischen.

»Laß dich scheiden!«

Laß dich scheiden! Leicht gesagt. Aber die Kinder! Der Endrik, der Älteste, soll einmal das Grundstück erben. Und die Elske, die ihm selbst aus den Augen geschnitten ist, wird demnächst gar Klavier spielen. Solche Kinder stößt man nicht von sich. Von dem kleinen Willus gar nicht zu reden. Außerdem hat der Schwiegervater, der reiche Jakstat, die zweite Hypothek hergegeben. Wo kriegt man die her, wenn er kündigt?

Aber die Indre muß fort! Die Indre muß aus dem Wege! Die Indre mit ihrem Buttergesicht. Die Indre, die ihm nachspioniert. Die Indre, die allabendlich von Tür zu Tür läuft, um ihn schlecht zu machen vor den Leuten. Die Pilkuhns wissen, daß es nichts Abscheuliches gibt, was sie nicht erzählt von ihm. Sogar daß er einen Bruchschaden hat, hat sie erzählt. Woher sollen es die Pilkuhns sonst wissen? Ja, so schlecht ist sie bei all ihrer Scheinheiligkeit.

Also die Indre muß fort. Das ist beschlossene Sache. Es fragt sich bloß, wie.

Er natürlich will nichts davon hören, aber es muß ja doch sein.

Manche Frauen sterben im Kindbett – man braucht

kaum einmal nachzuhelfen, aber das kann lange dauern und bleibt eine unsichere Sache.

Gift? Das kommt auf. So sicher, wie zwei mal zwei vier ist. Und wer's dann getan hat, weiß heute schon das ganze Dorf. Ertrinken? Aber die Indre geht nicht aufs Wasser. Das ganze vorige Jahr ist sie nicht einmal auf dem Wasser gewesen.

Sie wird schon gehen – man muß ihr nur zureden.

Na, und dann? Wird sie etwa freiwillig 'reinspringen? Ja, selbst *wenn* sie's täte, wer würde es glauben? Kommt man ohne sie zurück, sitzt man auch schon in Untersuchung.

Gift oder Ertrinken – es ist ein und dasselbe.

Aber die Busze hat einen klugen Kopf, die Busze weiß Rat.

Ob er schwimmen kann.

Er kann schon schwimmen. Aber in den schweren Stiefeln nutzt das nichts. Da wird man auf den Grund gezogen wie die »Kulschen« – die kleinen Steine im Staknetz.

Dann muß man barfuß 'raus. Jetzt im Sommer fährt jeder barfuß 'raus.

Er, der Ansas, hat das nie getan, und das wissen die Leute.

Ob die Indre schwimmen kann.

Wie die bleiernen Entchen – *so* kann die Indre schwimmen.

»Also, es wird gehen«, meint nachdenklich die Busze.

»*Was* wird gehen?«

Ob er sich des Unglücks erinnert, im vorigen Sommer, an der Windenburger Ecke, wobei die zwei Fischer ums Leben gekommen sind?

Wie soll er sich dessen nicht erinnern. Der eine der Toten ist ja sein Vetter gewesen.

Ob er auch weiß, wie es geschehen ist.

Genau weiß es niemand, aber man nimmt an, daß sie betrunken gewesen sind und die gefährliche Stelle verschlafen haben, die Stelle hinter dem Leuchtturm, wo der Wind plötzlich einsetzt und wo man scharf aufpassen muß, will man nicht kentern wie ein zu hoch geladener Heukahn.

Ob man das Kentern nicht auch künstlich machen kann!

Ja, wenn man durchaus ersaufen will.

Ob man sich nicht aufs Schwimmen einrichten kann!

Bis ans Land schwimmt keiner.

Ob man es nicht den Schuljungens nachmachen kann mit Binsen oder Schweinsblasen, die einen stundenlang über Wasser halten!

Man kann schon. Aber es ist ungebräuchlich und würde bemerkt werden.

Dann müßte man sie nach dem Gebrauch aus der Welt schaffen.

»Ja, aber wie?«

Die Busze wird nachdenken.

So reden und beraten sie Stunden und Stunden lang, Nacht für Nacht. Die Busze fragt, und er antwortet. Und aus dem Fragen und dem Antworten backen sie bei langsamem Feuer den Kuchen gar, an dem die Indre sich den Tod essen muß.

Eins bleibt immer noch das Schwerste: wie sie am besten zu dem Ausflug zu bringen ist. Mehrere müssen es sein, die glücklich verlaufen, ehe der Schlag geführt werden kann. Wo aber die Gründe hernehmen, um die häufigen Fahrten zu rechtfertigen? – Und wie selten auch weht der Süd oder der Südwest, bei dem allein das Unternehmen gelingen kann, und noch dazu in der gehörigen Stärke. Darum muß noch etwas Besonderes gefunden werden, ein Grund wie kein anderer. Einer, der jede Vorbereitung unnötig macht und gegen den es keinen Widerspruch gibt.

Bis dahin aber, das legt ihm Busze immer wieder ans Herz, heißt es freundlich zu der Indre sein, damit ihr jeder Verdacht genommen wird und auch die Nachbarn glauben können, es sei nun alles wieder in Ordnung.

Und er ist freundlich zu der Indre – so freundlich, wie's einer versteht, der sich nie im Leben verstellt hat. Er schlägt das Herdholz klein und trägt es ihr zu, er hilft ihr beim Garnkochen, er bessert den Stöpsel im Rauchfang, er küßt sie beim »Guten Tag« und »Gute Nacht«, und er schläft sogar an ihrer Seite, aber er rührt sie nicht an.

Die Indre drückt sich still an die Wand, wenn er um Mitternacht heimkommt, um den Dunst der Magd nicht zu atmen, den er nach wie vor an sich herumträgt.

Und schließlich – die Busze hat es so verlangt – bringt er auch das schwerste Opfer und geht des Abends nicht mehr ins Sumpfweidendickicht. Von nun an verkehren sie nur durch den Briefträger. Die Aufschriften sind von einem jun-

gen Kanzlisten in Heydekrug, dem er weisgemacht hat, er
könne nicht schreiben, auf Vorrat gefertigt, und drinnen
stehen Zeichen, die nur sie beide verstehen.

So muß auch die Indre glauben, der heimliche Verkehr
habe aufgehört. Aber täuschen läßt sie sich darum doch
nicht. Ihr ist manchmal, als habe sie die Gabe des zweiten
Gesichts, und oft, wenn er sich vor ihr wunder wie niedlich
macht, denkt sie bei sich: »Wie seh' ich ihn doch durch und
durch!«

Eines Tages kommt er besonders liebselig auf sie zu und
sagt: »Mein Täubchen, mein Schwälbchen, du hast böse
Tage gehabt, ich möchte dir gern etwas Gutes bereiten,
such es dir aus.«

Sie sieht ihn nur an und weiß schon, daß er Hinterhältiges
im Sinne führt. Und sie sagt: »Ich brauche nichts Gutes. Ich
hab' ja die Kinder.«

»Nein, nein«, sagt er, »es muß sein. Schon wegen der
Nachbarn. Auch deinem Vater will ich einen Beweis meiner
Sinnesänderung geben. Weißt du nichts, so denke nach, und
auch ich werde mir den Kopf zerbrechen.«

Am nächsten Tag kommt er wieder. Aber sie weiß noch
immer nichts.

Da sagt er: »Nun, dann weiß ich es. Du hast noch nie die
Eisenbahn gesehen. Laß uns nach Tilsit fahren, damit du
einmal die Eisenbahn siehst.«

Sie sagt darauf: »Die Leute erzählen sich, daß die Eisenbahn nächstens bis nach Memel geführt werden soll, und
Heydekrug wird dann eine Station werden. Wenn es so weit
ist, kann ich ja einmal zum Wochenmarkt mitfahren.«

Aber er gibt sich nicht zufrieden.

»Tilsit ist eine schöne Stadt«, sagt er, »wenn du nicht
hinfahren willst, so weiß ich, daß du einen bösen Willen
hast und an Versöhnung nicht denkst, während ich nichts
anderes im Sinne habe, als dir zu Gefallen zu leben.«

Da fällt ihr ein, daß er die Zusammenkünfte mit der
Magd wirklich aufgegeben hat, und sie beginnt in ihrer
Meinung wankend zu werden.

Und sie sagt: »Ach Ansas, ich weiß ja, daß du es nicht
aufrichtig meinst, aber ich werde dir wohl den Willen tun
müssen. Außerdem sind wir ja alle in Gottes Hand.«

Der Ansas hat die Gewohnheit, daß er rot werden kann

wie irgendein junges Ding. Und weil er das weiß, geht er rasch vor die Tür und schämt sich draußen. Aber ihm ist zumut, als *muß* er es tun und ein Zurück gebe es nicht. Als wenn ihn der Drache mit feuriger Gabel vorwärts schuppst, so ist ihm zumut. Und darum fängt er an demselben Tage noch einmal an.

»In Tilsit ist ein Kirchturm«, sagt er, »der ruht auf acht Kugeln, und darum hat ihn der Napoleon immer nach Frankreich mitnehmen wollen. Er ist ihm aber zu schwer gewesen. Eine so merkwürdige Sache muß man doch sehen.«

Die Indre lächelt ihn bloß an, sagt aber nichts.

»Außerdem«, fährt er fort, »gibt es ja ein Lied, das geht so:

> Tilschen, mein Tilschen, wie schön bist du doch!
> Ich liebe dich heute wie einst,
> Die Sonne wär' nichts wie ein finsteres Loch,
> Wenn du sie nicht manchmal bescheinst.

Nun weißt du hoffentlich, was für eine schöne Stadt Tilsit ist.«

Wie er sich so zereifert, lächelt ihn Indre noch einmal an, und er wird wieder rot und redet rasch von anderen Dingen.

Am nächsten Morgen aber sagt er ganz obenhin: »Nun, wann werden wir fahren?« Als ob es längst eine abgemachte Sache wäre.

Sie denkt: »Will er mich los sein, so kann er es auf tausend Arten. Es ist das Beste, ich füge mich.«

Und zu ihm sagt sie: »Wann du wirst wollen.«

»Nun, dann je eher, je besser«, sagt er.

Es wird also der nächste Morgen bestimmt.

Und wie die Busze es ihm eingegeben hat, läuft er am Nachmittag von Wirtschaft zu Wirtschaft und sagt: »Ihr wißt, liebe Nachbarn, daß ich mich schlecht aufgeführt habe. Aber von nun an soll alles anders werden. Zum Zeichen dessen werde ich mit der Indre eine Vergnügungsfahrt nach Tilsit machen. Damit will ich sozusagen die Versöhnung festlich begehen.«

Und die Nachbarn beglückwünschen ihn auch noch. Genau, wie die Busze es vorhergesagt hat.

Was aber tut die Indre inzwischen?

Sie legt die Sachen der Kinder zurecht, schreibt auf ein Papier, was sie am Alltag und am Sonntag anziehen sollen und wie die Stücke Leinwand, die sie selber gewebt hat, künftig einmal zu verschneiden sind. Auch ihre Kleider verteilt sie. Das neue seidene kriegt die Ane Doczys, und die Erbstücke kommen an Elske. Dann legt sie noch ihr Leichenhemde bereit und was ihr sonst im Sarge angezogen werden soll. Und dann ist sie fertig.

Draußen auf dem Hof spielen die Kinder. Sie denkt: »Ihr Armen werdet schlechte Tage haben, wenn die Busze erst da ist.«

Dann geht sie hinüber zur Ane Doczys, kurz nachdem der Ansas dagewesen ist, und sagt: »Dem Menschen kann leicht etwas zustoßen. Ich weiß, daß ich von dieser Reise nicht wiederkommen werde.«

Die Ane ist sehr erschrocken und sagt: »Warum sollst du nicht wiederkommen? Nach Tilsit ist bloß ein Katzensprung. Und es soll ja auch ein Versöhnungsfest sein.«

Die Indre lächelt bloß und sagt: »Wir werden ja sehn. Darum versprich mir, daß du auf die Kinder achtgeben wirst und dem Großvater schreibst, wenn es ihnen nicht gut geht.«

Die Ane weint und verspricht alles, und die Indre geht heim. Sie bringt die Kinder zu Bett und betet mit ihnen und stärkt sich in dem Herrn . . .

In der Frühe, lang' vor der Sonne, fahren sie ab.

Er, der Ansas, hat seine Sonntagskleider an, und auch sie hat sich geschmückt, denn es soll ja ein Versöhnungsfest sein. Sie trägt die rote, grüngestreifte Marginne, den selbstgewebten Rock, in dem sie vor neun Jahren mit ihm zur Versprechung nach der Kirche gefahren ist, und ein klares Mädchenkopftuch gegen die Sonnenstrahlen.

Auch zu essen und zu trinken hat sie mitgenommen und in dem vorderen Abschlag verstaut.

Er ist auf Klotzkorken und hat die leichten Wichsstiefel in der Hand. Im letzten Augenblick bringt er noch etwas angetragen, in Sackleinwand gepackt, das wirft er neben sich vor das Steuer und sieht sie verstohlen dabei an, als ob er eine Frage erwartet.

Aber sie fragt nichts.

Wie er das Großsegel setzt, gewahrt sie, daß ihm die Hände zittern. Er will sich nichts merken lassen und sagt: »Es ist ein hübsches kleines Windchen, wir können zu Mittag in Tilsit sein.«

Sie sagt: »Mir ist es gleich.«

Und er meint: »Ob es hin auch noch so rasch geht, zurück muß man kreuzen.«

Dann wirft er das Schwert aus und setzt auch den Raginnis, das kleine Vorsegel. Er sitzt nun halb zugedeckt von all der Leinwand, so daß sie ihn kaum sehen kann.

Der Kahn fährt wie an der Leine, und rings in dem Wasser glucksen die Fischchen.

Über das weite Haff hin ist es nach Westen wie eine blaugraue Decke gebreitet, nur drüben die Nehrung steht dunkelrot im Morgenschein.

Wie sie um die Windenburger Ecke herumkommen, dort, wo die Landzunge sich spitz in das Wasser hineinstreckt, lockert er erst die Segelleine und wirft dann mit raschem Griff das Steuer um, denn von nun an geht es mit vollem Wind geradewegs nach Osten.

So oft sie zum Vater nach Minge fuhr, vor dieser Stelle hat sie schon immer Angst gehabt, denn wenn irgend einmal ein Unglück geschehen ist, dann war es nur hier.

Und sie sucht in ihrer ungewissen Angst das liebe Minge, das in der Ferne ganz deutlich zu sehen ist, und denkt bei sich: »Ach Vater, wenn du wüßtest, was für einen schlimmen Weg die Indre fährt.«

Aber sie ist still im Herrn. Nur die gefährliche Stelle macht ihr das Herz eng.

Und dann fährt der Kahn glatt auf die Mündung zu, die mit ihren Grasbändern rechts und links schon lang' auf sie zu warten scheint.

Da liegt nun vor ihr der breite Atmathstrom, breit wie die Memel selber, von der er ein Arm ist, und das hübsche kleine Windchen macht auf dem Wasser ein Reibeisen.

»Zwei Mundvoll mehr wären gut«, sagt der Ansas halb abgewandt zu ihr herüber, »denn wenn der Gegenstrom auch schwach ist, der Kahn merkt ihn doch.«

Sie denkt bloß: »Ich möchte nach Minge.« Aber Minge liegt längst weit im Rücken. Denn drüben ist schon Kuwertshof, das einsam zwischen Wasserläufen gelegene Wiesengut, von dem die Leute sagen, daß, wer darauf wohnen will, sich Schwimmhäute anschaffen muß, sonst kann er nicht vor und nicht zurück.

»Auch ich kann nicht vor und nicht zurück«, denkt sie, »und muß stillhalten, wie er es bestimmt.«

Nun macht der Strom den großen Ellbogen nach Süden hin, und die Segel schlagen zur Seite, so daß sie ihn mit seinem ganzen Körper sehen kann. Sie sitzt auf der Paragge, dem Abschlag vorn an der Spitze, und er hinten am Steuer. Der Mast steht zwischen ihnen.

Ihr ist, als will er sich vor ihren Blicken verstecken. Er rückt nach rechts, er rückt nach links, aber es hilft ihm nichts.

»Du armer Mann«, denkt sie, »ich möchte nicht an deiner Stelle sein.« Und sie lächelt ihn traurig an, so leid tut er ihr.

Auf der rechten Seite kommt nun Ruß, der große Herrenort, in dem so viel getrunken wird wie nirgends auf der Welt. Vor dem Rußner Wasserpunsch fürchten sich ja selbst die Herren von der Regierung.

Zuerst mit den vielen Flößen davor der Anckersche Holzplatz und eine Sägemühle und dann noch eine und noch eine.

Die Dzimken, die Flößer, die mit den Hölzern stromab aus Rußland kommen, sitzen in ihren langen, grauen Hemden auf der Floßkante und baden sich die Füße. Hinter ihnen rauchen die Kessel zum Frühstücksbrot.

»Er wird mir wohl Gift 'reintun«, denkt sie. Aber noch hat sie das mitgebrachte Essen in ihrer Hand, und was anderes wird sie nicht zu sich nehmen.

Die Insel Brionischken kommt mit ihrer neuen Sägemühle. Auch hier liegen Holztriften fest, und die Dzimken, die Tag und Nacht Musik machen müssen, fangen schon an, die Kehlen zu stimmen.

Eins von den Liedern kennt sie:

»Lytus lynòju, rasà rasòju,
O mùdu abùdu lovò gulèju.«

Sie denkt: »Wenn alles so wäre wie einst, dann würden wir jetzt mitsingen.«

Die Dzimken winken ihnen auch einladend mit den Händen, aber keines von ihnen beiden grüßt wieder. Und viele andere haben ihnen während der Fahrt noch zugewinkt, aber niemals haben sie Antwort gegeben.

Hinter Ruß kommt, wie wir ja wissen, eine traurige Gegend. Links das Medszokel-Moor, wo die Ärmsten der Armen wohnen, rechts das Bredszuller Moor, das auch nicht viel wert ist. Aber dahinter erhebt sich auf Hügeln und Höhen der Ibenhorst, der weitberühmte Wald, in dem die wilden Elche hausen.

Und sie muß an jenen Frühlingstag denken, vor sieben Jahren. Sie trug damals die Elske im sechsten Monat und war in der Wirtschaft schon wenig mehr nütze. Da sagte er eines Tages zu ihr: »Wir wollen nach Ibenhorst fahren, vielleicht daß wir die Elche sehen.« – Aber er nahm nicht wie heute die Waltelle – das Mittelboot –, denn damit kommt man in den kleinen Seitenflüssen nicht vorwärts, sondern den Handkahn. In dem fuhren sie nun eng aneinandergedrückt durch das Gewirr der fließenden Gräben, durch Rohr und Binsen, stunden- und stundenlang. Und sie hatte den Kopf auf seinem Schoß liegen und sagte ein Mal über das andere: »Ach, was brauchen wir Elche zu sehen, es ist ja auch so ganz wunderschön.« Und schließlich sahen sie doch einen. Es war ein mächtiger Bulle mit einem Geweih rein wie zwei Mühlenflügel. Der stand ganz nahe im Röhricht und kaute und sah sie an. Ansas sagte: »Sehr wild scheint der nicht zu sein, ich fahr' einfach auf ihn los.« Aber die Elske in ihrem Leibe, die wollte das nicht und machte einen heftigen Sprung. Und als sie ihm das sagte, da wußte er nicht, wie rasch er umkehren sollte.

An jenen Frühlingstag also muß sie denken, und dabei kommt mitten aus ihrer Ergebung der Jammer plötzlich über sie, so daß sie die gefalteten Hände vor die Stirn legt und dreimal weinend sagt: »O Gott, o Gott, o Gott!«

Dann sieht sie, daß er das Ruder festmacht und über die Großmastbank zu ihr herübersteigt.

»Worüber klagst du eigentlich?« hört sie ihn sagen.

Sie hebt die Augen zu ihm auf und sagt: »Ach Ansas, Ansas, weißt du nicht besser als ich, warum ich klage?«

Da dreht er sich auf seinen Hacken um und geht stumm zum Hinterende zurück.

Auf einer der entgegenfahrenden Triften spielt ein Dzimke die Harmonika.

Sie denkt: »Nun wird die Elske wohl nie mehr Klavier spielen lernen ... und der Willus wird auch niemals ein Pfarrer werden.« Denn das hat sie sich in ihrem Sinne vorgenommen, weil es ein gottgefälliges Werk ist.

Sie denkt weiter: »Ich werde es mir noch vorher von ihm versprechen lassen.« Aber wie kann sie wissen, wann das Schreckliche kommen wird, so daß sie noch Zeit behält zum Bitten? Jeden Augenblick kann es kommen, denn oft ist alles menschenleer – auch an den Ufern weit und breit.

»Was mag er nur in der Sackleinwand haben?« denkt sie weiter. »Da drin muß es sein, womit er das Schreckliche ausüben will. Aber was kann es sein?« Das Paket ist rund und halbmannslang und etwa wie ein Milcheimer so stark. Als er es vor der Abfahrt auf den Boden warf, ist kein Schall zu hören gewesen. Es muß also leicht sein von Gewicht.

»Das Beste ist«, denkt sie, »ich lasse es kommen, wie es kommt, und nutze die Zeit, um Frieden zu machen mit dem Herrn.«

Aber der Herr hat ihr den Frieden längst gesandt. Sie weiß kaum einmal, um was sie beten soll. Denn um die Rettung zu beten, ziemt ihr nicht. Da braucht sie ja nur zu schreien, wenn irgendein Floß kommt. Und so betet sie für die Kinder. Immer der Reihe nach und dann wieder von vorne.

Wie lange Zeit so verflossen ist, kann sie nicht sagen. Aber die Sonne steht schon ganz hoch, da hört sie von drüben seine Stimme: »Bring mir zu essen, ich hab' Hunger!«

Das Herz schlägt ihr plötzlich oben im Halse. »Jetzt wird es geschehen«, denkt sie. Aber wie sie ihm die Neunaugen und die Rauchwurst hinüberträgt und Brot und Butter dazu, da zittert sie nicht, denn jetzt denkt sie wieder: »Nein, so kann es *nicht* geschehen, er wird sich eine andere Art und Weise suchen.«

Und dann, wie er fragt: »Ißt du denn nichts?«, kommt ihr plötzlich der Gedanke: »Es wird *gar* nicht geschehen. Und nur mein trüber Sinn malt es mir aus.«

Aber sie braucht ihn nur anzusehen, wie er dasitzt, in sich zusammengekrochen und die Blicke irgendwohin ins Weite oder aufs Wasser gerichtet, bloß nicht auf sie, dann weiß sie: »Es wird *doch* geschehen.«

Mit einmal faßt sie sich ein Herz und fragt: »Was hast du da in der Sackleinwand?«

Er zieht finster den Mund in die Höhe und antwortet: »Meine Wasserstiefel.« Aber sie weiß, daß das nicht wahr sein kann, denn deren Absätze sind eisenbeschlagen und hätten beim Hinschmeißen geklappert.

Dann packt sie die Speisen zusammen und geht nach dem Vorderende zurück.

Die Sonne sticht nun sehr, und sie muß ihr Kopftuch tief in die Augen ziehen.

Längt haben sie die arme Moorgegend verlassen, auch der schwarze Rand des Ibenhorstes ist untergesunken, und hinter dem Damm dehnt sich die fruchtbare Niederung, wo der Morgen tausend Mark kostet und die Bauern Rotwein auf dem Tische haben.

Die Klokener Fähre kommt, hinter der Kaukehmen liegt, der große, reiche Marktort, in dessen bestem Gasthaus nur studierte Leute aus und ein gehen dürfen. »Wenn der Willus Pfarrer sein wird, wird er dort auch aus und ein gehen dürfen. Aber der Willus wird ja nie Pfarrer sein. Wird etwa die Busze ihn auf die hohe Schule gehen lassen?«

Nun dauert es noch etwa eine Stunde, dann kommt die Stelle, an der die Gilge sich abzweigt. Sie sieht das blanke Gewässer nach rechts hin im Grünen verschwinden, fragt aber nichts.

Da kriegt der Ansas mit einmal die Sprache wieder und sagt: »Du, Indre, von nun an heißt es nicht mehr der Rußstrom, jetzt ist es die Memel.«

Sie bedankt sich für die Belehrung, und dann wird es wieder still. So lange still, bis Ansas plötzlich den Arm hebt und ganz erfreut nach vorne zeigt.

Sie wendet sich um und fragt: »Was ist?«

»Was wird sein?« sagt er. »Tilsit wird sein.«

Sie sieht nicht nach Tilsit. Sie sieht bloß nach ihm. Er lacht übers ganze Gesicht, weil sie nun bald da sind.

»Es wird *nicht* geschehen«, denkt sie. »*Der* Mensch kann sich nicht freuen, der so Schreckliches mit sich herumträgt.«

Und dann wird er ganz ärgerlich, weil sie so gar keine Neugier zeigt.

»Da vorne bauen sie die große Eisenbahnbrücke«, sagt er, »und hinten steht auch Napoleons Kirchturm, aber du siehst dich nicht einmal um.«

Sie entschuldigt sich und läßt sich alles erklären. Und so kommen sie immer näher.

Die Mauerpfeiler, die aus dem Wasser wachsen, und die Eisengerüste hoch oben, die in der Luft hängen wie der Netzstiel beim Fischen – so was hat sie wirklich noch nie gesehen.

»Alles war Unsinn«, denkt sie. »Es wird *nicht* geschehen.«

Und dann kommen Holzplätze, so groß wie der Anckersche in Ruß, und Schornstein nach Schornstein, und dann die Stadt selber. Mit Wohnhäusern, noch höher als die Speicher in Memel. Denn Memel kennt sie. Dorthin ist sie früher manchmal zum Markt mitgefahren und um die See zu sehen.

Napoleons Kirchturm hätte sie sich wunderbarer vorgestellt. Die acht Kugeln sind wirklich da, aber das Mauerwerk steht darauf, als ob es gar nicht anders sein könnte.

Ansas zieht die Segel ein und lenkt dem steinernen Ufer zu. Dort, wo er festmacht, liegen schon ein paar andere Fischerkähne, mit deren Besitzern er sich begrüßt. Es sind Leute aus Tawe und Inse, die ihren Fang am Morgen verkauft haben.

»Kommt ihr Wilwischker jetzt auch schon hierher«, sagt einer neidisch, »und verderbt uns die Preise?«

Ansas, der sich gerade die Wichsstiefel anzieht, antwortet ihm gar nicht. Für solche Gespräche ist er zu stolz.

Indre breitet das weiße Reisetuch über den vorderen Abschlag und setzt die Speisen darauf. Neben den Neunaugen und der Rauchwurst hat sie auch Soleier und selbstgeräucherten Lachs mit eingepackt. Und da sie seit halb vier in der Frühe nichts mehr gegessen hat, merkt sie jetzt, daß ihr schon längst vor Hunger ganz schwach ist.

Sie sitzen nun beide auf den Kanten des Bootes einander nahe gegenüber und essen das Mitgenommene als Mittagbrot. Geld, um in ein vornehmes Gasthaus zu gehen und sich auftafeln zu lassen vom Besten, hat Ansas wohl übergenug. Aber das ist nicht Fischergewohnheit.

Sie denkt nun gar nicht mehr an das Schreckliche, aber das Herz liegt ihr von all dem Fürchten noch wie ein Stein in der Brust.

Jetzt ist es der Ansas, der nicht viel essen kann, denn die Erwartung, ihr alles zu zeigen, läßt ihm keine Geduld. Er steht auf und sagt: »Nun kann es losgehen.« Aber vorher kehrt er noch nach hinten zurück, das Hängeschloß zu holen, damit der Kahn nicht etwa inzwischen verschwindet.

Dabei kommt er mit einem Fuß zufällig unter den runden Sack, der vor dem Steuersitz liegt. Der fliegt wie von selber hoch, so leicht ist er, und sinkt dann wieder zurück. Sie sieht, wie er dabei erschrickt und zu ihr herüberglupt, ob sie's auch nicht bemerkt hat. Und der Stein in ihrer Brust wird schwerer.

Aber wie sie das Ufer hinanschreiten und er ihr alles erklärt, denkt sie wieder: »Es kann nicht sein, es muß eine andere Bewandtnis haben.«

Dann biegen sie in die Deutsche Straße ein, die breit ist wie ein Strom und an ihren Rändern lauter Schlösser stehen hat. In den Schlössern kann man sich kaufen, was man will, und alles ist viel schöner und prächtiger als in Memel.

Der Ansas sagt: »Hier aber ist das Schönste«, und weist auf ein Schild, das die Aufschrift trägt: »Konditorei von Dekomin«.

Und da ein kaltes Mittagbrot nie ganz satt macht, so beschließen sie auch sogleich hineinzugehen und die leeren Stellen im Magen aufzufüllen.

Und wie sie eintreten, o Gott, was sieht die Indre da! In einer langen, schmalen Stube, in der es kühl und halbdunkel ist, steht nicht weit von der Wand ein Tisch, der von einem Ende bis zum andern reicht und der ganz bedeckt ist mit Kuchen und Torten und sonstigen Süßigkeiten aller Art.

»Da wollen wir nun schwelgen«, sagt der Ansas und reckt sich.

Aber sie traut sich noch nicht, und er muß ihr die Stücke einzeln auf den Teller legen. Auch einen schönen Rosenlikör bestellt er. Der ist süß wie der Himmel und klebt an den Fingern, so daß man immerzu nachlecken muß.

»Darf ich nicht auch den Kindern was mitbringen?« fragt sie.

»Nun, das versteht sich«, sagt er und lacht.

Da sticht ihr plötzlich der Gedanke ins Herz, daß sie die Kinder vielleicht niemals mehr sehen wird. Ganz abgeängstigt blickt sie ihn an – und siehe da! auch sein Gesicht hat sich verändert. Der Mund steht ihm offen, ganz hohl sind die Backen, und die Augen schielen an ihr vorbei.

»Es wird *doch* geschehen«, denkt sie und legt den Teelöffel hin, ißt auch nicht einen Bissen mehr; nur die Krumen, die rings um den Teller verstreut auf dem Steintisch liegen, wischt sie mit den Fingerspitzen auf und denkt dabei ... ja, was denkt sie? Nichts denkt sie. Und auch er sitzt da wie vor den Kopf geschlagen und redet kein Wort.

Also wird es *doch* geschehen!

Dann, wie er aufsteht, sagt er: »Nun laß dir einpacken.« Aber sie kann nicht. »Bring *du* es ihnen«, sagt sie, und er tritt an den Tisch und sucht aus. Aber er weiß nicht, was er aussucht, denn seine Augen gehen immer nach ihr zurück, als will er was sagen und traut sich nicht.

Dann, wie sie wieder auf die Straße hinaustreten, die von der Nachmittagssonne geheizt ist wie ein Backofen, gibt er sich einen Ruck und fängt von neuem mit dem Erklären an. Dies ist das und jenes ist das. Aber sie hört kaum mehr hin. Ganz benommen ist sie von neuer Angst. Die kommt und geht, wie die Haffwellen ans Ufer schlagen.

Dann stehen sie vor einem Kurzwarenladen, in dessen Schaufenster auch Kindersachen auslegen. »Wir wollen 'reingehen«, sagt sie. »Du kannst den Kindern ein Andenken mitbringen.«

»Andenken? An wen?« fragt er und stottert dabei.

»An mich«, sagt sie und sieht in fest an.

Da wird er wieder rot, wendet die Augen ab und fragt nichts weiter.

Es wird also ganz sicher geschehen.

Sie sucht für den Endrik eine Wachstuchschürze mit roten Rändern, damit er sich nicht schmutzig macht, wenn er im Sand spielt; für die Elske eine blaue Kappe gegen die Sonne und für den kleinen Willus – was kann es viel sein? – ein Sabberschlabbchen, unter das Kinn zu binden. »Vielleicht werden doch noch einmal Pfarrerbäffchen daraus«, denkt sie und verbeißt ihre Tränen.

Der junge Mann, der die Sachen einwickelt, sagt zu Ansas gewandt: »Vielleicht haben Sie auch für die Frau Gemahlin einen Wunsch.«

Er steht verlegen und geschmeichelt, weil man die Indre eine »Frau Gemahlin« nennt, was von einer litauischen Fischersfrau wohl nicht häufig gesagt wird.

Und der junge Mann fährt fort: »Vielleicht darf ich auf unsere echten Schleiertücher aufmerksam machen, denn, wenn ich mir die Bemerkung erlauben darf, das, welches die Frau Gemahlin augenblicklich trägt, ist etwas – durchgeschwitzt.«

Indre erschrickt und sucht einen Spiegel, denn noch hat sie nicht den Mut gehabt, sich irgendwo zu besehen. Und der junge Mann breitet eilig seine Gewebe aus. Die sind rein wie aus Spinnweben gemacht und haben Muster wie die schönsten Mullgardinen.

Ansas wählt das teuerste von allen – er getraut sich gar nicht, ihr zu sagen, *wie* teuer es ist –, und der junge Mann führt sie vor eine Wand, die ganz und gar ein Spiegel ist. Wie sie das Tuch am Halse geknotet hat, so daß es die Ohren bedeckt und die Augen verschattet, da weiß er sich vor Entzücken gar nicht zu lassen.

»Nein, wie schön die Frau Gemahlin ist!« ruft er ein Mal über das andere. »Nie hat dieser Spiegel etwas Schöneres gesehen!«

Und sie bemerkt fast erschrocken, wie der Ansas sich freut.

Im Rausgehen wendet er sich noch einmal um und fragt den jungen Mann, ob er wohl weiß, wie die Züge gehen.

»Zur Ankunft oder zur Abfahrt?« fragt der junge Mann.

Und Ansas meint, das wäre ganz gleich.

Da lächelt der junge Mann und sagt, bald nach viere komme einer an, und gegen sechse fahre einer ab. Man habe also die Auswahl.

Ansas bedankt sich und sagt, als sie draußen sind: »Wir wollen lieber die Abfahrt nehmen, denn da sieht man ihn in der Ferne verschwinden.«

Aber bis sechs ist noch viel Zeit. Was kann man da machen?

Der Indre ist alles egal. Sie denkt bloß: »Wenn es *doch* geschehen soll, warum hat er dann noch so viel Geld für mich ausgegeben?«

Und in ihr Herz kommt wieder einmal die Hoffnung zurück.

Ansas ist vor einer Mauer stehengeblieben, auf der ein Zettel klebt:

Jakobsruh
heute vier Uhr
Großes Militärkonzert
ausgeführt von der Kapelle
des litauischen Dragonerregiments Prinz Albrecht.

Und darunter steht alles gedruckt, was sie spielen werden.

Der Stein in Indres Brust ist nun ganz leicht geworden; kaum zu fühlen ist er. Aber sie hat Zweifel, ob bei einem solchen Vergnügen, das augenscheinlich für die Deutschen bestimmt ist, auch Litauer zugegen sein dürfen – und dazu noch in ihrer Landestracht.

Aber Ansas lacht sie aus. Wer sein Eintrittsgeld bezahlt, ist eingeladen, gleichgültig ob er »wokiszkai« spricht oder »lietuwiszkai«.

Indre zweifelt noch immer, und nur der Gedanke, daß es ja ein *litauisches* Dragonerregiment ist, welches die Musiker hergibt, macht ihre Schamhaftigkeit etwas geringer.

So fahren sie also in einer Droschke nach Jakobsruh, jenem Lustort, der bekanntlich so schön ist wie nichts auf der Welt. Bäume so hoch und schattengebend wie diese hat Indre noch nie gesehen, auch nicht in Heydekrug und nicht in Memel. Am Haff, wo es nur kurze Weiden gibt und dünne Erlen, könnte man sich von einer solchen Blätterkirche erst recht keinen Begriff machen.

Aber trotz ihrer Freude ist ihr vor dem fremden Orte noch bange genug, denn ringsum sitzen an rotgedeckten Tischen lauter städtische Herrenleute, und als Ansas vorangeht, einen Platz zu suchen, recken alle die Hälse und sehen hinter ihnen her. Es ist, um in die Erde zu sinken.

Ansas dagegen fürchtet sich nicht im mindesten. Er findet auch gleich einen leeren Tisch, wischt mit dem Schnupftuch den Staub von den Stühlen und befiehlt einem feinen deutschen Herrn, ihm und ihr Kaffee und Kuchen zu bringen. Genau so, wie es die anderen machen.

So ein mutiger Mann ist der Ansas. Man fühlt sich gut geborgen bei ihm, und alle die Angst war ein Unsinn.

Nicht weit von ihnen ist eine kleine Halle aufgebaut mit dünnen Eisenständern und einem runden Dachchen darauf. Die füllt sich mit hellblauen Soldaten. O Gott, so vielen und blanken Soldaten! Während es doch sonst nur drei oder vier schmutzige Vagabunden sind, die Musik machen.

Zuerst kommt ein Stück, das heißt ›Der Rosenwalzer‹. So steht auf einem Blatt zu lesen, das Ansas von dem Kassierer gekauft hat. Wie das gespielt wird, ist es, als flöge man gleich in den Himmel. Dicht vor den Musikern haben sich zwei Kinderchen gegenseitig um den Leib gefaßt und drehen sich im Tanze. Da möchte man gleich mittanzen.

Und hat sich doch vor einer Stunde noch in Todesnöten gewunden!

Wie das Stück zu Ende ist, klatschen alle, und auch die Indre klatscht.

Rings wird es still, und die Kaffeetassen klappern.

Ansas sitzt da und rührt sich nicht. Wie sie ihn etwas fragen will – so gut ist sie schon wieder mit ihm –, da macht er ihr ein heimliches Zeichen nach links hin: sie soll horchen.

Am Nebentisch sprechen ein Herr und eine Dame von ihr.

»Wenn eine Litauerin hübsch ist, ist sie viel hübscher als wir deutschen Frauen«, sagt die Dame.

Und der Herr sagt: »In ihrer blassen Lieblichkeit sieht sie aus wie eine Madonna von . . .«

Und nun kommt ein Name, den sie nicht versteht. Auch was das ist: »Madonna«, weiß sie nicht. Für ihr Leben gern hätte sie den Ansas gefragt, der alles weiß, aber sie schämt sich.

Da fängt sie einen Blick des Ansas auf, mit dem er gleichsam zu ihr in die Höhe schaut, und nun weiß sie, was sie schon im Laden geahnt hat: er ist stolz auf sie, und sie braucht nie mehr Angst zu haben.

Dann hört die Pause auf, und es kommt ein neues Stück. Das heißt ›Zar und Zimmermann‹. Der Zar ist der russische Kaiser. Daß man von *dem* Musik macht, läßt sich begreifen. Warum aber ein Zimmerman zu solchen Ehren kommt, ein Mensch, der schmutzige Pluderhosen trägt und immerzu Balken abmißt, bleibt ein Rätsel.

Dann kommt ein drittes Stück, das wenig hübsch ist und bloß den Kopf müde macht. Das hat sich ein gewisser Beethoven ausgedacht.

Aber dann kommt etwas! Daß es so was Schönes auf

Erden gibt, hat man selbst im Traum nicht für möglich gehalten. Es heißt: ›Die Post im Walde‹. Ein Trompeter ist vorher weggegangen und spielt die Melodie ganz leise und sehnsüchtig von weit, weit her, während die andern ihn ebenso leise begleiten. Man bleibt gar nicht Mensch, wenn man das hört! Und weil die Fremden, die Deutschen, ringsum nicht sehen dürfen, wie sie sich hat, springt sie rasch auf und eilt durch den Haufen, der die Kapelle umgibt, und an vielen Tischen vorbei dorthin, wo es einsam ist und wo hinter den Bäumen versteckt noch leere Bänke stehen.

Dort setzt sie sich hin, schiebt das neue Kopftuch aus den Augen, damit es nicht naß wird, und weint, und weint sich all die – ach, all die ausgestandene Angst von der Seele.

Und dann setzt sich einer neben sie und nimmt ihre Hand. Sie weiß natürlich, daß es der Ansas ist, aber sie ist vor Tränen ganz blind. Sie lehnt den Kopf an seine Schulter und sagt immer schluchzend: »Mein Ansuttis, mein Ansaschen, bitte, bitte, tu mir nichts, tu mir nichts.«

Sie weiß, daß er ihr nun nichts mehr tun wird, aber sie kann nicht anders – sie muß immerzu bitten.

Er zittert am ganzen Leibe, hält ihre Hand fest und sagt ein Mal über das andere: »Was redest du da nur? Was redest du da nur?«

Sie sagt: »Noch ist es nicht gut. Ehe du es nicht gestehst, ist es noch nicht ganz gut.«

Er sagt: »Ich habe nichts zu gestehen.«

Und sie streichelt seinen Arm und sagt: »Du wirst es schon noch gestehen. Ich weiß, daß du es gestehen wirst.«

Er bleibt immer noch dabei, daß er nichts zu gestehen hat, und sie gibt sich zufrieden. Nur wenn sie daran denkt, daß daheim im Dorf die Busze sitzt und lauert, läuft es ihr ab und zu kalt über den Rücken.

Mit ineinandergelegten Händen gehen sie zu ihrem Tische zurück und kümmern sich nicht mehr um die Leute, die nicht satt werden können, ihnen nachzusehen.

Und weil nun ringsum die Kaffeetassen verschwunden sind und statt ihrer Biergläser stehen, bestellt sich Ansas auch was bei dem feinen Herrn – aber kein Bier bestellt er, sondern eine Flasche süßen Muskatwein, wie ihn die Litauer lieben.

Und beide trinken und sehen sich an, bis Indre sich ein

Herz faßt und ihn fragt: »Mein Ansaschen, was heißt das – eine Madonna?«

»So nennt man die katholische heilige Jungfrau«, sagt er.

Sie zieht die Lippen hoch und sagt verächtlich: »Wenn's weiter nichts ist.« Denn die Neidischen, die sie ärgern wollten, haben sie schon als Mädchen so genannt, und sie ist doch stets eine fromme Lutheranerin gewesen.

Und sie trinken immer noch mehr, und Indre fühlt, daß sie rote Backen bekommt, und weiß sich vor Fröhlichkeit gar nicht zu lassen.

Da plötzlich fällt dem Ansas ein: »O Gott – die Eisenbahn! Und die Uhr ist gleich sechse!«

Er ruft den feinen Herrn herbei und bezahlt mit zwei harten Talern. Dann fragt er noch nach dem kürzesten Wege zum Bahnhof. Aber wie sie nun eilends dorthin laufen wollen, ergibt es sich, daß sie nicht mehr ganz gerade stehen können.

Die Leute lachen hinter ihnen her, und die Dame am Nebentisch sagt bedauernd: »Daß diese Litauer sich doch immer betrinken müssen.«

Hätte sie gewußt, *was* hier gefeiert wird, so hätte sie's wohl nicht gesagt.

Die Straße zum Bahnhof führt ziemlich nah an den Schienen entlang. Sie laufen und lachen und laufen.

Da mit einmal macht es irgendwo: »Puff, puff, puff.«

O Gott – was für ein Ungeheuer kommt dort an! Und geradewegs auf sie zu.

Indre kriegt den Ansas am Ärmel zu packen und fragt: »Ist sie das?«

Ja, das ist sie.

Wie kann es bloß so viel Scheußlichkeit geben! Der Pukys mit dem feurigen Schweif und der andere Drache, der Atwars, sind gar nichts dagegen. Sie schreit und hält sich die Augen zu und weiß nicht, ob sie weiterlachen oder noch einmal losweinen soll. Aber da der Ansas sie beschützt, entscheidet sie sich fürs Lachen und nimmt die Schürze vom Gesicht und macht: »Puff, Puff.« Genau so kindisch, wie die Elske machen würde, wenn sie den Drachen sähe, mit dem die Leute spazierenfahren.

»Wohin fahren sie?« fragt sie dann, als die letzten Wagen vorbei sind.

Und Ansas belehrt sie: »Zuerst nach Insterburg und dann nach Königsberg und dann immer weiter bis nach Berlin.«

»Wollen wir nicht auch nach Berlin fahren?« bittet sie.

»Wenn alles geordnet ist«, sagt er, »dann wollen wir nach Berlin fahren und den Kaiser sehen.« Dabei wird er mit einmal steinernst, als ob er ein Gelübde tut.

O Gott, wie ist das Leben schön!

Und das Leben wird immer noch schöner.

Wie sie auf dem Wege zur inneren Stadt an dem »Anger« vorbeikommen, jenem großen, häuserbestandenen Sandplatz, auf dem die Vieh- und Pferdemärkte abgehalten werden, da hören sie aus dem Gebüsch, das den einrahmenden Spazierweg umgibt, ein lustiges Leierkastengedudel und sehen den Glanz von Purpur und von Flittern durch die Zweige schimmern.

Nun möchte ich den Litauer kennenlernen, der an einem Karussell vorbeigeht, ohne begierig stehen zu bleiben.

Die Sonne ist zwar bald hinter den Häusern, und morgen früh will Ansas beim Kuhfuttern sein, aber was kann der kleine Umweg viel schaden, da man ja sowieso an vierzehn Stunden kreuzen muß.

Und wie sie das runde, sammetbehangene Tempelchen vor sich sehen, dessen Prunksessel und Schlittensitze nur auf sie zu warten scheinen, da weist Ansas mit einmal fast erschrocken nach dem Leinwanddache, auf dessen Spitze ein goldener Wimpel weht.

Sie weiß nicht, was sie da kucken soll.

Er vergleicht den Wimpel mit den Wetterfahnen rings auf den Dächern. Es stimmt! Der Wind ist nach Süden umgeschlagen – und das Kreuzen unnötig geworden. In sieben Stunden kann der Kahn zu Hause sein.

Also 'rauf auf die Pferde! Die Indre wehrt sich wohl ein bißchen – eine Mutter von drei Kindern, wo schickt sich das? Aber in Tilsit kennt sie ja keiner. Also, fix, fix 'rauf auf die Pferde, sonst geht's am Ende noch los ohne sie beide.

Und sie reiten und fahren und reiten wieder, und dann fahren sie noch einmal und noch einmal, weil sie zum Reiten schon lange zu schwindlig sind. Die ganze Welt ist längst eine große Drehscheibe geworden, und der Himmel jagt rückwärts als ein feuriger Kreisel um sie herum. Aber sie fahren noch immer und singen dazu:

»Tilschen, mein Tilschen, wie schön bist du doch!
Ich liebe dich heute wie einst!
Die Sonne wär' nichts wie ein finsteres Loch,
Wenn du sie nicht manchmal bescheinst.«

Und die umstehenden Kinder, die schon dreimal Freifahrt
gehabt haben, singen dankbar mit, obwohl sie Text und
Weise nicht begreifen können.

Aber schließlich wird der Indre übel. Sie *muß* ein Ende
machen, ob sie will oder nicht. Und nun stehen sie beide
lachend und betäubt unter den johlenden Kindern und
streuen in die ausgestreckten Hände die Krümel der Kondi-
torkuchen, die sie aus Versehen längst plattgesessen haben.

Ja, so schön kann das Leben sein, wenn man sich liebt und
Karussell dazu fährt!

Dann nehmen sie Abschied von den Kindern und den
Kindermädchen, von denen etliche sie noch ein Ende begleiten. Um ihnen den Weg zu zeigen, sagen sie, aber in Wahrheit wollen sie bei Gelegenheit noch ein Stück Kuchen erraf-
fen. Und sie hätten auch richtig was gekriegt, wenn sie bis
zur Dekominschen Konditorei ausgehalten hätten. Aber die
liegt ja, wie wir wissen, am andern Ende der Stadt.

Daselbst lassen sie beide sich noch einmal ein schönes
Paketchen zurechtmachen, aber diesmal sucht die Indre aus.
Der Ansas bestellt derweilen noch zwei Gläschen von dem
klebrigen Rosenlikör und nimmt zur Sicherheit für vor-
kommende Fälle gleich die ganze Flasche mit.

Wie sie zu ihrem Kahn hinabsteigen, ist die Sonne längst
untergegangen. Aber das macht nichts, denn der Südwind
hält fest, und der Mond steht schon bereit, um ihnen zu
leuchten.

Unter solchen Umständen ist ja die Fahrt ein Kinderspiel.

Ansas schöpft mit der Pilte das Wasser aus, damit die
Bodenbretter hübsch trocken sind, wenn die Indre sich etwa
langlegen will. Aber sie will nicht. Sie setzt sich auf ihren
alten Platz vorn auf die Paragge, damit sie dem Ansas zusehen und sich im stillen an ihm freuen kann.

Und dann geht es los.

Die Ufer werden dunkler, und eine große Stille breitet
sich aus. Sie muß immerzu daran denken, in welcher Angst-
haftigkeit das Herz sie drückte, als sie vor acht Stunden

desselben Weges fuhr, und wie leicht sie jetzt Atem holen kann.

Sie möchte am liebsten ein Dankgebet sprechen, aber sie will es nicht allein tun, denn er gehört ja wieder zu ihr... und nötig hat er es auch.

Aber er hat jetzt nur Blick für Segel und Steuer, denn die Brückenpfeiler sind da und viele Kähne, die auf beiden Seiten vor Anker liegen.

Manchmal nickt er ihr freundlich zu. Das ist alles.

Alsdann breitet sich der Strom, und der Mond fängt zu scheinen an. Die Wellchen sind ganz silbern in der Richtung auf ihn zu und setzen sich und fliegen auf wie kleine weiße Vögelchen.

Sie kann den Ansas gut erkennen, er sie aber nicht, denn der Mond steht hinter ihr. Darum sagt er auch plötzlich: »Warum sitzt du so weit von mir weg?«

»Ich sitze da, wo ich bei der Hinfahrt gesessen hab'«, sagt sie.

»Hinfahrt und Rückfahrt sind so verschieden wie Tag und Nacht«, sagt er.

Und sie denkt: »Bloß daß jetzt Tag ist und damals Nacht war.«

»Darum komm herüber und setz dich neben mich«, sagt er.

Ach, wie gerne sie das tut!

Aber als sie ihm näher kommt, da fällt ihr Blick auf die Sackleinwand, die zwischen seinen Füßen liegt und die sie bisher nicht bemerkt hat.

Wie sie die wiedersieht, wird ihr ganz schlecht. Sie sinkt auf die Mittelbank nieder und lehnt ihren Rücken gegen den Mast.

»Warum kommst du nicht?« fragt er fast unwirsch.

Nun weiß sie nicht, was sie tun soll. Soll sie ihn fragen, soll sie's mit Stillschweigen übergehen? Aber das weiß sie: dorthin, wo prall und rund der Sack liegt, um dessen Inhalt er sie belügt, dorthin kann sie die Füße nicht setzen. Sie würde glauben, auf ein Nest von Schlangen zu treten.

Und da kommt ihr der Gedanke, Klarheit zu schaffen über das, was gewesen ist. Jetzt gleich im Augenblick. Denn später kommt sie vielleicht nie.

Sie faßt sich also ein Herz.

»Willst du mir nicht sagen, mein Ansaschen, was du in der Sackleinwand hast?«

Er fährt hoch, als hätte ihn eine aus dem Schlangennest in den Fuß gebissen, aber er schweigt und wendet den Kopf weg. Sie kann sehen, wie er zittert.

Da erhebt sie sich und legt die Hand auf seine Schulter, aber sie hütet sich wohl, der Sackleinwand zu nahe zu kommen.

»Mein Ansaschen«, sagt sie, »es ist ja jetzt wieder ganz gut zwischen uns, aber ehe du nicht alles gestehst, geht die Erinnerung an das Böse nicht weg.«

Er bleibt ganz still, aber sie fühlt, wie es ihn schüttelt.

»Und dann, mein Ansaschen«, sagt sie weiter, »geht es auch wegen des lieben Gottes nicht anders. Ich hab' vorhin beten wollen, aber die Worte blieben mir im Halse. Denn du standest mir nicht bei. Darum sag es schon, und dann beten wir beide zusammen.«

Da fällt er vor ihr auf seine Knie, schlingt die Arme um ihre Kniee und gesteht alles.

»Mein armes Ansaschen«, sagt sie, als er zu Ende ist, und streichelt seinen Kopf. »Da müssen wir aber *tüchtig* beten, damit der liebe Gott uns verzeiht.«

Und sie läßt sich neben ihm auf die Knie nieder, faltet ihre Hände mit den seinen zusammen, und so beten sie lange. Nur manchmal muß er nach dem Steuer sehen, und dann wartet sie, bis er fertig ist.

Zum Schluß segnet sie ihn, und er segnet sie, und dann stehen sie wieder auf und sind guter Dinge.

Nur was in der Sackleinwand ist, hat er vergessen zu sagen.

Sie zeigt darauf hin und will es wissen.

Aber er wendet sich ab. Er schämt sich zu sehr.

Da sagt sie: »Ich werde selber öffnen.« Und er wehrt ihr nicht.

Und wie sie den Sack aufreißt, was findet sie da? Zwei Bündel grüne Binsen findet sie, mit Bindfaden aneinander gebunden. Weiter nichts.

Sie lacht und sagt: »Ist das die ganze Zauberei?«

Aber er schämt sich noch immer.

Da errät sie langsam, daß er damit nach dem Umschlagen des Kahnes hat davonschwimmen wollen, wie die Schuljungens tun, wenn sie im tiefen Wasser paddeln.

»Solch ein Lunterus bin ich geworden!« sagt er und schlägt sich mit den Fäusten vor die Brust.

Aber sie lächelt und sagt: »Pfui doch, Ansaschen, der Mensch soll sich nicht *zu* hart schimpfen, sonst macht er sich selber zum Hundsdreck.«

Und so hat sie ihm nicht nur verziehen, sondern richtet auch seine Seele wieder auf.– – –

Wie sie sich neben ihn setzt – denn er will sie nun ganz nahe haben –, da merkt sie, daß sie mit ihrem Leibe den Gang des Steuers behindert, darum breitet sie zu seinen Füßen das weiße Reisetuch aus, das sie im vorderen Abschlag verwahrt hat, und legt sich darauf – doch so, daß ihr Kopf auf seine Knie zu liegen kommt. Und nun ist es genau so wie damals in Ibenhorst, als die Elske noch unterwegs war.

Und so fahren sie dahin und wissen vor Glück nicht, was sie zueinander reden sollen.

Von den Uferwiesen her riecht das Schnittgras – man kann den Thymian unterscheiden und das Melissenkraut, auch den wilden Majoran und das Timotheegras – und was sonst noch starken Duft an sich hat... Der Stromdamm zieht vorüber wie ein grünblaues Seidenband. Nur wo zufällig der Rasen den Abhang hinuntergeglitten ist, da leuchtet er wie ein Schneeberg. Und der Mondnebel liegt auf dem Wasser, so daß man immer ein wenig aufpassen muß.

Außer den plumpsenden Fischchen, die nach den Mücken jagen, ist nicht viel zu hören. Nur die Nachtvögel sind immer noch wach. Kommt ein Gehölz oder ein Garten, dann ist auch die Nachtigall da und singt ihr: »Jurgut – jurgut – jurgut – wažok, wažok, wažok«... Und der Wachtelmann betet sein Liebesgebet: »Garbink Diewa«. Sogar ein Kiebitz läßt sich noch ab und zu hören, obgleich der doch längst schlafen müßte.

Und dann kommt mit einemmal Musik. Das sind die Dzimken, die ihre Triften während der Nacht am Ternpfahl festbinden müssen. Aber Gott weiß, wann die schlafen! Bei Tage rudern sie und singen, und bei Nacht singen sie auch.

Ihr Feuerchen brennt, und dann liegen sie ringsum. Einer spielt die Harmonika, und sie singen.

Da hört man auch schon das hübsche Liedchen ›Meine Tochter Symonene‹, das jeder kennt, in Preußen wie im Russischen drüben. Ja, ja, die Symonene! Die zu einem

90

Knaben kam und wußte nicht wie! Das kann wohl mancher so gehen. Aber der Knabe ist schließlich ein Hetmann geworden, wenigstens hat die Symonene es so geträumt.

»Der Willus muß ein Pfarrer werden«, bittet die Indre schmeichelnd zu Ansas empor.

»Der Willus wird ein Pfarrer werden«, sagt er ganz feierlich, und die Indre freut sich. Denn was in solcher Stunde versprochen wird, das erfüllt sich gleichsam von selber.

So fahren sie an dem Floß vorbei, und bald kommt ein nächstes. Darauf spielt einer gar die Geige. Und die andern singen:

> »Unterm Ahorn rinnt die Quelle,
> Wo die Gottessöhne tanzen
> Nächtlich in der Mondenhelle
> Mit den Gottestöchtern.«

Ansas und Indre singen mit. Die Dzimken erkennen die Frauenstimme und rufen ihnen ein »Labs wakars!« zu. Zum Dank für den Gutenachtgruß will Ansas ihnen was Freundliches antun und läßt sich die Mühe nicht verdrießen, das Segel einzuziehen und an dem Floß anzulegen.

Nun kommen sie alle heran – es sind ihrer fünfe –, und der Jude, dem die Trift gehört, kommt auch.

Ansas schenkt jedem etwas von dem Rosenlikör ein, und sie erklären, so was Schönes noch nie im Leben getrunken zu haben.

Und dann singen sie alle zusammen noch einmal das Lied von den Gottestöchtern, von dem Ring, der in die Tiefe fiel, und den zwei Schwänen, die das Wasser getrübt haben sollen.

Zum Abschied reicht Ansas allen die Hand, und die Indre auch. Und der Jude wünscht ihnen »noch hundert Johr«!

Wären's bloß hundert Stunden gewesen, der Ansas hätt' sie brauchen können.

Da die Flasche mit dem Rosenlikör nun einmal hervorgeholt ist, wäre es unklug gewesen, sie wieder zu verstauen. Sie trinken also ab und zu einen Tropfen und werden immer glücklicher.

Noch an mancher Trift kommen sie vorbei und singen mit, was sie nur singen können, aber halten tun sie nicht mehr. Dazu ist der Rosenlikör ihnen zu schade.

Manchmal will auch der Schlaf sie befallen, aber sie wehren sich tapfer. Denn sonst – weiß Gott, auf welcher Sandbank sie dann sitzen blieben!

Nur eins darf der Ansas sich gönnen – nämlich von dem Abschlag hernieder auf die Bodenbretter zu gleiten. So kann er die Indre in seinem linken Arm halten und mit dem rechten das Steuer versehen.

Und die Indre liegt mit dem Kopf auf seiner Brust und denkt selig: »Der Endrik – und die Elske – und der Willus – und nun sind wir alle fünfe wieder eins.«

Mit einmal – sie wissen nicht wie – ist Ruß da. Sie erkennen es an dem Brionischker Schornstein, der wie ein warnender Finger zu ihnen sagt: »Paßt auf!«

Die Dzimken, die dort mit ihren Triften liegen, sind nun richtig schlafen gegangen. Auch ihr Kesselfeuer brennt nicht mehr. Aber ob die tausendmal stilleschweigen, was macht es aus? Von Ruß gibt es ein hübsches Liedchen:

> »Zwei Fischer waren,
> Zwei schöne Knaben,
> Aus Ruß gen Westen
> Zum Haff gefahren.«

Das singen sie aus voller Kehle, und um hernach die Kehle anzufeuchten, wollen sie noch einen Schluck von dem Rosenlikör genehmigen, aber siehe da – die Flasche ist leer.

Sie lachen furchtbar, und der Ansas wird immer zärtlicher.

»Ach, liebes Ansaschen«, bittet die Indre, »gleich kommt der große Ellbogen, und dann geht es westwärts, bis dahin mußt du hübsch artig sein.«

Ansas hört noch einmal auf sie, und da ist auch schon der blanke Szieszefluß, da wo die Krümmung beginnt. Er holt die Segelleine mehr an und steuert nach links. Es geht zwar schwer, aber es geht noch immer.

Bis nach Windenburg hin, die anderthalb Meilen, läuft der Strom nun so schnurgerade, wie nur die Eisenbahn läuft. Kaum daß man hinter der Mündung der Mole ein wenig auszuweichen braucht.

Bei Windenburg freilich, wo die gefährlichste Stelle ist, dort, wo gerade bei Südwind der Wellendrang aus dem breiten, tiefen Haff seitlich stark einsetzt, dort muß man die Sinne doppelt beisammen halten – aber bis dahin ist noch lange, lange – – ach, wie lange Zeit!

»Indre, wenn du mir meine Sünden wirklich vergeben hast, dann mußt du's mir auch beweisen.«

»Ansaschen, du mußt aufpassen.«

»Ach was, aufpassen!« Wenn man so lange blind und verhext neben der Besten, der Schönsten, neben einer Gottestochter dahergegangen ist und die Augen sind wieder aufgetan, was heißt da aufpassen?

»*Meine* Indre!«

»*Mein* Ansaschen!« – – –

Und nun liegen sie in ruhiger Seligkeit wieder nebeneinander, und der Kahn fährt dahin, als säße die Laime selber am Steuer.

»Ansaschen – aber nicht einschlafen!«

»Ach, wo werd' ich einschlafen.« – –

»Ansaschen – wer einschläft, den muß der andere wekken.«

»Jawohl – den – muß – der andere wecken.« – – –

»Ansaschen, du schläfst!«

»Wer so was – sagen kann, – der schläft – selber.«

»Ansaschen, wach auf!«

»Ich wach'. Wachst du?«

Und so schlafen sie ein.

Die Ane Doczys hat keine Ruh in ihrem Bett. Sie weckt also ihren Mann und sagt: »Doczys, steh auf, wir wollen aufs Haff hinausfahren.«

»Warum sollen wir aufs Haff hinausfahren?« fragt der Doczys, sich den Schlaf aus den Augen reibend. »Fischen tu' ich erst morgen.«

»Die Indre hat solche Reden geführt«, sagt die Doczene, »es ist besser, wir fahren ihnen entgegen.«

Da fügt er sich mit Seufzen, zieht sich an und setzt die Segel.

Wie sie aufs Haff hinausfahren, wird es schon Tag, und der Frühnebel liegt so dicht, daß sie keine Handbreit voraus sehen können.

»Wohin soll ich fahren?« fragt der Doczys.

»Nach Windenburg zu«, bestimmt die Doczene.

Der Südwind wirft ihnen kurze, harte Wellen entgegen, und sie müssen kreuzen.

Da, mit einmal horcht die Doczene hoch auf.

Eine Stimme ist hilferufend aus dem Nebel gedrungen – eine Frauenstimme.

»Gerade drauf zu!« schreit die Doczene. Aber er muß ja kreuzen.

Und sie kommen schließlich doch näher – ganz nahe kommen sie.

Da finden sie die Indre auf dem Wasser liegen, wie die Wellen sie auf und nieder schaukeln.

Wie hat es zugehen können, daß sie *nicht* ertrunken ist?

Rechts und links von ihrer Brust ragen halb aus dem Wasser zwei Bündel von grünen Binsen, die sind mit einem Bindfaden auf dem Rücken zusammengebunden.

Sie ziehen sie in den Kahn, und sie schreit immerzu: »Rettet den Ansas! Rettet den Ansas!«

Ja – wo ist der Ansas?

Sie weiß von nichts. Zuletzt, als sie wieder hochgekommen ist, da hat sie seine Hände gefühlt, wie er wassertretend die Binsen an ihr befestigte. Und von da an weiß sie nichts mehr von ihm.

Sie rufen und suchen und rufen. Aber sie finden ihn nicht. Nur den umgeschlagenen Kahn finden sie. An dem hätte er sich wohl halten können, aber er ist ihm sicher davongeschwommen, dieweil er die Binsen an Indres Leibe befestigte.

Fünf Stunden lang suchen sie, und die Indre liegt auf den Knien und betet um ein Wunder.

Aber das Wunder ist nicht geschehen. Zwei Tage später lag er oberwärts friedlich am Strande.

Neun Monate nach dem Tode des Ansas gebar ihm die Indre einen Sohn. Er wurde nach ihrem Wunsch in der heiligen Taufe Galas, das heißt »Abschluß« benannt. Doch weil der Name ungebräuchlich ist, hat man ihn meistens nach dem Vater gerufen. Und heute ist er ein ansehnlicher Mann.

Der Endrik hält die väterliche Wirtschaft in gutem Stande, die Elske hat einen wohlhabenden Besitzer geheiratet, und der Willus ist richtig Pfarrer geworden. Seine Gemeinde sieht in ihm einen Abgesandten des Herrn, und auch die Gebetsleute halten zu ihm.

Die Indre ist nun eine alte Frau und lebt im Ausgedinge bei dem ältesten Sohn. Wenn sie zur Kirche geht, neigen sich alle vor ihr. Sie weiß, daß sie nun bald im Himmel mit Ansas vereint sein wird, denn Gott ist den Sündern gnädig.

Und also gnädig sei er auch uns!

KATE CHOPIN
Der Kuß

Draußen war es noch hell, aber drinnen, wo die Vorhänge zugezogen waren und das glimmende Feuer einen schwachen ungewissen Schein ausstrahlte, war das Zimmer mit dunklen Schatten erfüllt.

Brantain saß in einem dieser Schatten; er hatte ihn umschlossen, und das störte ihn nicht. Das Dunkel gab ihm den Mut, seine Augen so eindringlich, wie er wollte, auf das Mädchen zu richten, das im Schein des Feuers saß.

Sie war sehr hübsch, mit den feinen, warmen Farben, die dem gesunden brünetten Typus eigen sind. Sie saß ganz ruhig da, während sie müßig das seidige Fell der Katze streichelte, die zusammengerollt auf ihrem Schoß lag, und warf gelegentlich einen trägen Blick zu dem Schatten, wo ihr Gefährte saß. Sie sprachen leise über belanglose Dinge; offensichtlich nicht das, was sie in Wirklichkeit beschäftigte. Sie wußte, daß er sie liebte – er war ein unbekümmerter und lauter junger Mann, zu arglos, um seine Gefühle zu verbergen, und auch ohne den Wunsch, es zu tun. Seit zwei Wochen suchte er eifrig und ausdauernd ihre Gesellschaft. Sie wartete zuversichtlich auf seinen Antrag, den sie anzunehmen beabsichtigte. Der eher unbedeutende und nicht sehr anziehende Brantain war ungeheuer reich, und sie liebte und brauchte den Lebensstil, den der Reichtum ihr ermöglichte.

Während einer Pause in ihrer Plauderei über die letzte Teegesellschaft und den nächsten Empfang öffnete sich die Tür, und ein junger Mann trat ein, den Brantain gut kannte. Das Mädchen wendete ihm ihr Gesicht zu. Ein paar lange Schritte brachten ihn an ihre Seite; er beugte sich über ihren Sessel, und bevor sie seine Absicht erkannte – denn sie hatte nicht gemerkt, daß er ihren Besucher nicht gesehen hatte –, drückte er einen langen leidenschaftlichen Kuß auf ihre Lippen.

Brantain erhob sich langsam, auch das Mädchen stand schnell auf; der Neuankömmling stand zwischen ihnen; in seinem Gesicht kämpften eine leichte Belustigung und ein wenig Trotz mit der Verlegenheit.

»Ich glaube«, stotterte Brantain, »ich sehe, daß ich mich zu lange aufgehalten habe. Ich – ich ahnte nicht – also, ich verabschiede mich.« Er packte seinen Hut mit beiden Händen und merkte wohl nicht, daß sie ihm die Hand reichte, da ihre Geistesgegenwart sie noch nicht völlig verlassen hatte; doch traute sie ihrer Stimme nicht genug, um ein Wort zu sagen.

»Du kannst mich totschlagen, Nattie, ich hab' ihn nicht da sitzen sehen! Ich weiß, es ist verteufelt unangenehm für dich. Aber ich hoffe, du verzeihst mir dieses eine Mal – diesen allerersten Fauxpas. Warum, was ist los?«

»Rühr mich nicht an, komm mir nicht in die Nähe«, sie drehte sich ärgerlich um. »Wieso kommst du einfach ins Haus, ohne zu klingeln?«

»Ich habe deinen Bruder begleitet, wie schon oft«, antwortet er kühl, um sich zu rechtfertigen. »Wir haben das Haus durch den Seiteneingang betreten. Er ist nach oben gegangen, und ich kam hier herein, weil ich hoffte, dich in diesem Zimmer zu finden. Das ist die einfache Erklärung, die dich davon überzeugen müßte, daß das Mißgeschick unvermeidlich war. Aber sag doch, daß du mir verzeihst, Nathalie«, bat er mit weicher Stimme.

»Dir verzeihen! Du weißt nicht, wovon du redest. Laß mich vorbei. Es hängt von vielem ab, ob ich dir jemals verzeihe.«

Beim nächsten Empfang – der, über den sie mit Brantain gesprochen hatte – näherte sie sich dem jungen Mann mit einer entzückend natürlichen Haltung, als sie ihn dort sah.

»Kann ich Sie einen Augenblick sprechen, Mr. Brantain?« fragte sie mit einnehmendem, doch verwirrtem Lächeln. Er wirkte sehr unglücklich, aber als sie seinen Arm nahm und auf der Suche nach einem verschwiegenen Winkel mit ihm davonging, da erhellte ein Hoffnungsstrahl sein Gesicht, das mit seinem unglücklichen Ausdruck schon fast komisch wirkte. Unbestreitbar war sie sehr freimütig gegen ihn.

»Vielleicht hätte ich mich nicht um diese Aussprache bemühen sollen, Mr. Brantain; aber – ach, es war mir gar nicht wohl; nach dem kleinen Zusammentreffen neulich am Nachmittag war ich beinahe unglücklich. Als ich dachte, wie falsch Sie es auffassen und etwas vermuten könnten« –

ganz eindeutig begann die Hoffnung den Kummer in Brantains arglosem runden Gesicht zu verdrängen – »natürlich weiß ich, daß es für Sie völlig uninteressant ist, aber um meiner selbst willen möchte ich Ihnen deutlich machen, daß Mr. Harvey ein langjähriger enger Freund ist. Wir waren immer wie Cousins, wie Bruder und Schwester, könnte man sogar sagen. Er ist der beste Freund meines Bruders und bildet sich oft ein, daß ihm dieselben Vorrechte zustehen wie der Familie. Oh, ich weiß, es ist albern, daß ich Ihnen das einfach so erzähle, sogar ungehörig«, sie weinte beinahe, »aber mir ist es so wichtig, was Sie – von mir denken.« Ihre Stimme war nun sehr leise und aufgewühlt. Der Kummer war völlig aus Brantains Gesicht verschwunden.

»Dann liegt Ihnen wirklich etwas daran, was ich denke, Miss Nathalie? Darf ich Sie Miss Nathalie nennen?« Sie bogen in einen langen dämmerigen Korridor ein, dessen Seiten von großen, erlesenen Pflanzen bestanden waren. Sie schritten langsam bis zu seinem Ende. Als sie sich umdrehten, um denselben Weg zurückzugehen, war Brantains Gesicht strahlend, und ihres triumphierend.

Harvey war unter den Hochzeitsgästen; er ging zu ihr, als sie ausnahmsweise einmal allein war.

»Dein Mann hat mich hergeschickt«, sagte er lächelnd, »damit ich dir einen Kuß gebe.«

Rasch ergoß sich eine Röte über ihr Gesicht und ihren glatten runden Hals. »Vermutlich ist es ganz natürlich, daß ein Mann bei einer solchen Gelegenheit großzügig denkt und handelt. Er sagte mir, er wolle nicht, daß seine Heirat die reizende Vertrautheit zwischen dir und mir völlig aufhebt. Ich weiß nicht, was du ihm erzählt hast« – mit einem frechen Lächeln – »jedenfalls hat er mich hergeschickt, damit ich dir einen Kuß gebe.«

Sie fühlte sich wie ein Schachspieler, der sieht, wie das Spiel durch den geschickten Einsatz der Figuren den von ihm beabsichtigten Verlauf nimmt. Mit strahlenden und zärtlichen Augen sah sie ihn lächelnd an, und ihre Lippen warteten hungrig auf den Kuß, zu dem sie ihn einluden.

»Aber weißt du«, fuhr er ruhig fort, »ihm habe ich es nicht gesagt, um nicht undankbar zu erscheinen, aber dir kann ich es ja sagen. Ich küsse keine Frauen mehr, es ist zu gefährlich.«

Nun gut, sie hatte immer noch Brantain und seine Million. Man kann nicht alles auf der Welt haben, und es war ein bißchen unvernünftig von ihr, wenn sie das erwartete.

ISAAC B. SINGER
Der Dritte

Draußen herrschte bedrückende Hitze, aber in der Cafeteria
war es kühl. Während des Tages, zwischen drei und fünf,
war es hier fast leer. Ich setzte mich an einen Tisch an der
Wand, trank Kaffee, aß langsam ein Stück Apfelkuchen und
las in einer okkulten Zeitschrift. Unter den Briefen an die
Redaktion war einer von einer Frau, deren Katze von einem
Wagen überfahren worden war. Sie hatte sie beerdigt, aber
jede Nacht kam die Katze sie besuchen. Die Frau gab ihren
Namen an und ihre Adresse in einem Dorf in Texas. Ihr
Brief klang aufrichtig, er war mit Sicherheit nicht erfunden.
Aber gibt es den Astralleib wirklich? überlegte ich. Und
gibt es ihn auch bei Tieren? Wenn dem so ist, mußte ich
meine ganze Philosophie überprüfen.

Ehe ich so einen großen Auftrag übernahm, ging ich erst
an die Theke und holte mir noch eine Tasse Kaffee. »Eine
Wirklichkeit hat nichts mit der anderen zu tun«, sagte ich
mir.

Ich sah mir die wenigen Leute an, die um mich herum
saßen. Ein junger Mann in einem rosa Hemd studierte die
Prognosen für ein Pferderennen und rauchte dabei eine Zi-
garette nach der anderen, sein Aschenbecher war bis obenhin mit Stummeln und Asche gefüllt. Zwei Tische weiter
las ein Mädchen die ›Gesucht‹-Anzeigen in der Zeitung.
Links neben der Tür saß ein großer Mann mit einem weißen
Bart und langem weißem Haar – ein Überbleibsel des alten
Amerika. Ich hatte ihn oft gesehen. Er sah arm, aber sauber
aus und trug immer ein Buch bei sich. Ob er fromm war?
Ob er ein Freidenker der alten Schule war, ein Pazifist, ein
Vegetarier, ein Spiritist, ein Anarchist? Er hatte mich schon
seit längerer Zeit interessiert, aber ich hatte mir nicht die
Mühe gemacht, herauszufinden, wer er war.

Die Tür ging auf, und jemand kam herein, den ich zwar
erkannte, aber weder konnte ich mich an seinen Namen
erinnern noch daran, wo ich ihn getroffen hatte. Er war ein
kleiner Mann mit einer sandfarbenen Mähne. Sein Kopf war
zu groß für seinen Körper. Er konnte ebensogut vierzig wie

fünfundfünfzig sein. Sein Gesicht war von verwelkter Hagerkeit. Er hatte hohe Backenknochen, eine lange Oberlippe und das winzige Kinn eines Säuglings. Er trug ein Sporthemd und Leinenhosen. Am Automaten zögerte er. Seine gelben Augen schossen von rechts nach links, als suche er jemanden. Dann sah er mich, und sein Gesicht belebte sich. Er zog kräftig an dem Automaten und nahm den Bon heraus, der Automat klingelte laut. Er kám mit vorsichtigen Schritten auf meinen Tisch zu. Er trug Sandalen mit zwei Riemen. Er schien sich der New Yorker Hitze angepaßt zu haben, während ich einen Anzug, Hut und Schlips trug. Als er bei mir angelangt war, sagte er in dem vertrauten Polnisch-Jiddisch der Lubliner Gegend: »Was machen Sie hier mitten am Tag? Sich abkühlen? Kann ich mich zu Ihnen setzen? Darf ich Ihnen etwas holen?« Seine Stimme war leicht nasal. »Danke. Nichts. Setzen Sie sich.«

»Sie haben mir einmal versprochen, mich anzurufen«, sagte er. »Aber so geht es hier in dieser Stadt – niemand hat Zeit oder Geduld. Sicher haben Sie meine Telephonnummer verloren. Es geht mir auch so – ich schreibe Adressen und Nummern auf, und sie verschwinden. Kommen Sie oft hierher? Früher war ich hier Stammgast, aber seit kurzem nicht mehr. Meine Frau hat mehrmals nach Ihnen gefragt. Wohnen Sie in der Nähe?« Ehe ich antworten konnte, lief er mit kleinen schnellen Schritten zur Theke hinüber. »Wer ist er?« fragte ich mich. Eigentlich hatte ich gehofft, allein zu bleiben.

Er kam zurück mit einem Glas geeisten Kaffees und Blaubeerkuchen. »Ich wäre gern ins Kino gegangen«, sagte er, »aber wer geht gern allein? Ich weiß nicht, was gegeben wird, aber vielleicht würden Sie mit mir kommen. Als mein Gast.«

»Danke, aber mir ist überhaupt nicht nach einem Film zumute.«

»Nein? Gewöhnlich gehe ich nicht ins Kino, wenn meine Frau mich nicht dazu zwingt, aber heute wäre ich bereit, ein paar Stunden dazusitzen und die Eintönigkeit des Alltags zu vergessen. Meistens sehe ich gar nicht auf die Leinwand. Ich lasse sie reden, schießen, singen oder was immer ihnen Spaß macht, ohne mich. Da man weiß, daß man an dem, was da oben vor sich geht, nichts ändern kann, wird man Fatalist.

Manchmal denke ich, die Wirklichkeit ist nur ein anderer Film. Geht es Ihnen auch so?«

»Ja, aber in dem wirklichen Film spielen wir alle mit und haben alle eine Rolle und stehen vor der Wahl, sie gut zu spielen oder zu verspielen.«

»Sie glauben also an den freien Willen. Ich glaube nicht daran – absolut nicht. Wir sind Marionetten – das ist alles. Jemand zieht an einem Faden und wir tanzen. Ich bin ein überzeugter Determinist.«

»Trotzdem, wenn Sie über die Straße gehen und ein Auto kommt, dann rennen Sie.«

»Auch das ist vorbestimmt. Ich las einmal in der Zeitung, daß ein junger Mann und seine Freundin zu Abend aßen und sich dann zum russischen Roulette hinsetzten. Zwischen ja und nein erschoß er sich. Jeder will das Schicksal versuchen. Warum habe ich in der letzten Zeit Ihren Namen nicht mehr in der Zeitung gesehen?«

»Ich habe nichts anbringen können.«

»Aus dem Grund bin ich Hausbesitzer geworden, wenn man das so nennen kann. Ich habe ein Haus mit möblierten Zimmern gekauft, und davon lebe ich. Manche Wochen geht es gut, manche schlechter, aber ich muß mir wenigstens nicht mehr die Ansichten der Redakteure anhören. Die Leute zahlen im voraus. Alle Arten von Leuten. Der Mann mag ein Mörder sein, ein Dieb oder ein Zuhälter, aber er gibt mir die fünf Dollar, und ich gebe ihm den Schlüssel. Heute hätte ich gern ein Zimmer auf ein paar Stunden für mich gehabt, aber es war alles besetzt. Man weiß das nie.« Er trank einen Schluck Kaffee, zog seine Augenbrauen hoch und sagte: »Sie wissen nicht, wer ich bin, nicht wahr?«

»Ich kenne Sie, aber ich muß gestehen, ich kann mich nicht an Ihren Namen erinnern. Das ist wie Gedächtnisschwund bei mir.«

»Ich habe es gleich gemerkt. Fingerbein – Selig Fingerbein. Das ist mein Schriftstellername. Niemand nennt mich bei meinem richtigen Namen. Wir sind uns im Café Royal begegnet.«

»Natürlich. Jetzt weiß ich alles«, sagte ich. »Sie haben eine sehr hübsche Frau – Genia.«

»Sie erinnern sich also doch! Ich vergesse oft Gesichter und Begebenheiten. Früher schrieb ich Gedichte und veröffentlichte sie auch, aber wer braucht heute Gedichte? Sie sind überflüssige Ware. Und doch gibt es Gefühle, die nur ein Gedicht ausdrücken kann. Stellen Sie sich das Hohe Lied in irgendeiner anderen Form vor! Aber es ist veraltet: ›Liebe ist stark wie der Tod. Und ihr Eifer ist fest wie die Hölle.‹ Othello, ebenfalls. Eifersüchtig zu sein und jemanden zu erdrosseln, ist heute nichts so Besonderes mehr. Wahre Liebe ist Vergeben. Der zivilisierte Mensch muß die allergrößte Kunst erlernen: die Eifersucht zu besiegen. Rauchen Sie?«

»Nein.«

»Warum nicht? Eine Zigarette hilft manchmal. Frauen mußten Generationen lang leiden – Vielweiberei, Harems, Männer, die aus den Kriegen mit Konkubinen heimkehrten. Jetzt werden die Männer sich fügen müssen. Frauen haben genau die gleichen Gelüste wie wir – vielleicht sogar noch mehr. Lachen Sie mich nicht aus, aber die Unterwelt ist in diesen Dingen viel weiter als wir, obwohl die Europäer große Schritte vorwärts gemacht haben sollen, wie ich höre. Wenn der König von England seinen Thron aufgibt, um eine geschiedene Amerikanerin zu heiraten, so ist das nicht nur Stoff für Schlagzeilen, sondern auch symptomatisch für die neue Zeit und den neuen Menschen.«

Selig Fingerbein legte seine kleine Faust auf den Tisch. Er kostete den Blaubeerkuchen und schob den Teller zurück. Er fragte: »Haben Sie etwas Zeit?«

»Ja, ich habe Zeit.«

»Ich weiß, daß ich bereuen werde, was ich jetzt tue. Aber da ich nicht ins Kino gegangen bin und Sie hier getroffen habe, will ich Ihnen etwas erzählen, was mit Ihnen zu tun hat.«

»Mit mir? Wieso?«

»Eigentlich mit dem, was Sie schreiben – nicht mit Ihnen persönlich.«

Der kleine Mann, der sich Selig Fingerbein nannte, drehte seinen Kopf, als fürchte er, gehört zu werden. Seine gelben Augen beobachteten mich, halb lächelnd, halb fragend. Er sagte: »Niemand darf je erfahren, was ich Ihnen jetzt erzählen werde. Jeder muß einem Menschen etwas anvertrauen können. Wenn niemand Ihr Geheimnis kennt, dann ist es kein Geheimnis, sondern nur eine verborgene Sache. Es handelt sich um meine Frau. Zwischen uns besteht eine große Liebe. Als ich Junggeselle war, dachte ich immer, es könne keine Liebe geben zwischen den Leuten, die unter dem Hochzeitsbaldachin standen und ein Schlafzimmer teilten. Keine andere Einrichtung wird so viel belächelt und angespuckt wie die Ehe. Aber die meisten der Spötter gehen früher oder später zum Rabbiner oder zum Priester und knüpfen das Band. Geht eine Ehe schief, versuchen sie es ein zweites, drittes – ein fünftes Mal. Natürlich gibt es eine Menge alter Junggesellen und alter Jungfern, aber heiraten möchten sie alle. Sie suchen, bis sie sterben. Sie sagten eben, meine Frau sei schön. Danke. Ich kann Ihnen nicht beschreiben, wie schön sie als Mädchen war. Wir sind beide aus Kielce. Wir gehörten der ›Zionistischen Jugend‹ an, so trafen wir uns. Alle jungen Männer waren in sie verliebt, manche ganz wahnsinnig. Ich bin äußerlich nichts Besonderes als Mann – das kann man sehen –, aber ich war intelligenter als die anderen, und Genia und ich verliebten uns ineinander. Ich wollte nicht in der polnischen Armee dienen, so gingen wir 1924 nach Amerika, am gleichen Tag, an dem Amerika die freie Einwanderung abschaffte. Wir waren arm wie die Nacht, und Genia arbeitete in einem Laden, damit ich meine Gedichte kritzeln konnte. Sie glaubte, ich würde ein zweiter Slowacki oder Byron werden. Wie meine Mutter zu sagen pflegte: ›Wer denkt, macht sich zum Narren.‹ Ich muß Ihnen nicht sagen, was es heißt, in New York ein jiddischer Dichter zu sein. Unter diesen Umständen würde Lord Byron auch ein Hausbesitzer geworden sein.

Langsam verlor ich den Glauben an meine schöpferischen Kräfte. Aber unsere Liebe litt nicht darunter. Was eine Frau in einem Mann sieht und was ein Mann in einer Frau sieht, wird kein Dritter je ergründen. Der Tag mochte noch so schwer gewesen sein, unsere Abende waren immer Festtage. Ganz gleich, wo wir wohnten, in Broome Street, Ocean Avenue, Brighton Beach, unsere Wohnung war immer wunderschön. Wir hatten beide gern schöne Sachen um uns, und damals konnte man Antiquitäten in der Third Avenue für ein Butterbrot bekommen. Zu unserem Bedauern hatten wir keine Kinder. Ich wurde Lehrer für Jiddisch und verdiente anständig. Hie und da, wenn ein Redakteur irgendwo eine Lücke hatte, veröffentlichte er etwas von mir in seiner Zeitschrift. Genia wurde befördert in ihrem Laden.

Wir gaben nicht alles aus, was wir verdienten. Im Sommer gingen wir in ein Hotel ins Gebirge, in die Catskills. Wir reisten in den Vereinigten Staaten. Wir fuhren sogar nach Europa. Und trotzdem konnte ich mich nicht mit meinem Versagen als Dichter abfinden, und Genia litt darunter. Eines unserer wirklichen Vergnügen war Lesen. Ich liebte die Literatur, und Genia konnte ohne Bücher nicht existieren. Im Anfang lasen wir Jiddisch und Polnisch, später, als wir die Sprache gelernt hatten, Englisch. Ich will nicht angeben, aber wir beide haben guten Geschmack. Sie erinnern sich an den Vorsänger, der sagte: ›Singen kann ich nicht, aber ich verstehe Singen.‹ Genias Geschmack ist noch besser als meiner. Es ist komisch, daß Leute, die dumm und taub sind, Kritiker und Professoren für Literatur werden können, während Genia, die das absolute Gehör für Worte hat, in einem Laden arbeitet. Na, das gehört alles zur Heuchelei dieser Welt. Überarbeitet haben wir uns nicht, weder Genia noch ich; ihr Job ließ ihr viel freie Zeit, und in einer jiddischen Schule ist auch nicht so viel zu tun. Wir luden Leute zum Abendessen ein; wir gaben kleine Gesellschaften, gewöhnlich für die wenigen gleichen Freunde. Aber am liebsten waren wir allein, und oft dankten wir Gott, wenn die Gäste gegangen waren. Wie viele Paare führen so ein Leben?

Aber wie sehr ich auch meine Frau liebte, ich war anderen Frauen gegenüber nie gleichgültig. Ich muß Ihnen das nicht erklären. Wie kann der heutige Mensch sich gegen die Befriedigung seiner Gelüste wehren? Ich war nicht fromm, und selbst wenn ich es gewesen wäre, mehr als eine Frau zu besitzen ist nach dem jüdischen Gesetz keine wirkliche Sünde. Das Verbot der Vielweiberei ist uns von den Christen aufgezwungen worden. Ich war vielleicht kein Byron, aber mein Appetit auf Frauen war so groß wie seiner. Sie kennen unser Milieu. Es gab immer Gelegenheiten. Ich war nie ernsthaft verstrickt, aber von Zeit zu Zeit schlief ich mit einer anderen Frau. Anfangs hielt ich es vor Genia geheim, aber Genias Instinkt ist stark – manchmal denke ich, sie kann Gedanken lesen. Als ich schließlich beichtete, machte sie nicht viel her damit. ›Tu, was du willst, aber komm zu mir zurück‹, sagte sie. ›Keine Frau kann dir das geben, was ich dir geben kann.‹ Typisch

weibliches Gerede. Es wurde mir auch klar, daß meine sogenannten Abenteuer neues Verlangen in ihr weckten. Auch
das ist nichts Neues.

So ging es eine ganze Reihe von Jahren. Wir verbrachten
unsere Abende und Nächte im Gespräch – Phantasien, Tat-
sachen, was wir gelesen hatten. Wie die meisten Männer
wollte ich Freiheit, wenn es sich um andere Frauen handelte,
und gleichzeitig wollte ich eine sittsame Frau. Anfangs hatte
Genia gedroht, daß, wenn ich mir Freiheiten nähme, sie es
auch tun würde. Aber die Zeit verging, und alles blieb wie
vorher. Von Natur aus ist Genia schüchtern – die Art
Schüchternheit, die von Gott weiß wie vielen Großmüttern
ererbt ist. Der Gedanke an einen anderen Mann machte sie
schaudern, so sagte sie mir. ›Was wäre, wenn –‹ war ein
Spiel, das wir oft spielten. ›Stell dir vor, du wärst in dieser
Situation, was würdest du tun?‹ Die Situationen fanden wir
oft in Ihren Geschichten in den jiddischen Zeitungen. Ob
Sie sich wohl klar darüber sind, wie weitgehend die Literatur das Leben beeinflußt? Wir haben uns wahrscheinlich
mehr die Köpfe über Ihre Helden zerbrochen als Sie.

Ich könnte bis morgen mit Ihnen hier sitzen und hätte
Ihnen noch kein Tausendstel von dem erzählt, was geschah.
Aber ich werde mich kurz fassen. Genia kam allmählich zu
der Ansicht, daß es keinen wesentlichen Unterschied gebe
zwischen der männlichen und weiblichen Psychologie, sie
sprach sogar davon, sich einen Mann zu suchen. Ich nahm
es nicht ernst. Ihre Worte erregten mich, und Anregung tut
gut. Sie wollte wissen, wie ich es aufnehmen würde, wenn
sie jemand kennenlernen sollte, der sie anzog und dem sie in
einem leidenschaftlichen Augenblick nachgeben würde.
Würde ich sie verlassen – sie nicht mehr lieben? Und täte ich
das, wäre es nicht der Beweis, daß ich verschiedene Maßstä-
be anlegte? Ich versicherte ihr, ich würde es nicht tun; was
mir recht war, sollte ihr billig sein. Aber das wollte alles
nichts heißen – Genia erhielt viele Anträge, und sie sagte
immer nein. Sie gestand mir, sie habe sich entschlossen, es
mir gleichzutun – einmal, wenigstens –, nur um sich zu
beweisen, daß sie eine moderne Frau sei und keine verschla-
fene Tante, die hinter dem Ofen saß.

Sie bekam einen regelrechten Komplex. Warum sollte sie
nicht tun können, was Mme. Bovary, Anna Karenina, Ihre

Hadassa und Clara getan haben? Die Mädchen in ihrem Laden prahlten mit ihren Erfolgen. Heutzutage muß der Teufel nicht sehr laut sprechen, um uns zu versuchen. Die neun Musen tun seine Arbeit. Und da war Genia und lief herum wie eine Art heilige Jungfrau. Sie fing an, über ihre Rückständigkeit in einem Jargon zu sprechen, den sie aus Büchern von Ärzten und Liebesexperten zusammengelesen hatte.

Lachen Sie nicht, aber Genia verlangte von mir, ich solle ihr helfen, einen Liebhaber zu finden. Ist das nicht verrückt? Sie sagte: ›Ich kann es nicht ohne dich. Finde du mir jemanden.‹ Sie wollte wenigstens einmal versuchen, was es heißt, ›fortschrittlich‹ zu sein. Eines Abends setzten wir uns hin und stellten tatsächlich eine Liste möglicher Kandidaten auf. Es war ein Spiel. Ich bin schon über fünfzig, und Genia ist nicht viel jünger. Wir könnten Großeltern sein. Statt dessen saßen wir da, mitten in der Nacht, und stellten Listen möglicher Liebhaber auf. Komisch, was?«

»So komisch auch wieder nicht.«

»Warten Sie. Ich hole mir einen Kaffee.«

Selig Fingerbein brachte zwei Tassen Kaffee, eine für sich, eine für mich. Er trank einen Schluck und sagte: »In den Büchern, die ich las, kam oft das Wort ›Hausfreund‹ vor. Ich habe nie den Sinn dahinter verstanden. Warum sollte ein Mann seiner Frau gestatten, ihn zu betrügen? Warum läßt er ihn überhaupt in sein Haus? Ich hielt das für eine Erfindung der Romanschriftsteller und Dramatiker. In Kielce gab es so etwas nicht. Aber hier in Amerika habe ich erlebt, daß es das gibt – bei Schauspielern, Ärzten, Geschäftsleuten. Es gibt wirklich Männer, die sich mit dem Liebhaber ihrer Frau anfreunden. Sie essen zusammen, trinken zusammen und gehen zusammen ins Theater. Daß mir das einmal passieren könnte, war jenseits meiner wildesten Phantasien, aber jetzt habe ich einen Hausfreund, und deshalb sitze ich hier mit Ihnen. Deshalb wollte ich ins Kino gehen. Wenn er kommt, gehe ich. Ich gehe sogar, bevor er kommt. Vielleicht ist er kein richtiger Hausfreund, aber er kommt ins Haus und ich weiß es.

Es begann folgendermaßen. Vor einigen Jahren tauchte ein Flüchtling aus Polen auf. Vielleicht kennen Sie ihn, deshalb werde ich nur seinen Vornamen nennen – Max. Angeblich war er ganz polonisiert, aber er sprach Jiddisch. Er ist Maler – das behauptet er jedenfalls. Er macht ein paar Kleckse auf eine Leinwand, und das soll ein Sonnenuntergang in Zakopane oder ein Stierkampf in Mexiko sein. Die Hauptsache, die Leute kaufen es. Der moderne Käufer ist genau so ein Scharlatan wie der Verkäufer. Steht eine Gestalt auf ihren Füßen, ist es banal. Aber wenn Sie sie auf den Kopf stellen, dann ist es originell. Ich begegnete ihm im Café Royal. Er ist ein aalglatter Bursche, mit hungrigen Augen, die um Liebe und Freundschaft betteln – weiß der Teufel, was noch. Wir wurden miteinander bekannt gemacht, und er stürzte sich auf mich, als sei ich sein seit langem verloren geglaubter Bruder. Sofort wollte er mein Portrait malen. Er erzählte mir, daß er in Kielce Familie hatte, und es stellte sich heraus, daß ich ein entfernter Verwandter von ihm bin. Wenn Männer besonders freundlich zu mir sind, ist es meistens wegen Genia, und sie machen auch kein Geheimnis daraus, aber Genia war nicht dabei, als ich Max kennenlernte, und als er sie schließlich sah, war er nicht beeindruckt.

Genia war beleidigt. Sie ist nicht gewöhnt, von Männern ignoriert zu werden.

Max malte mein Portrait, und ich sah halb aus wie ein Affe, halb wie ein Krokodil. Das ist alles, was sie können. Es stellte sich heraus, daß er ein gerissener Geschäftsmann war. Er handelte mit Antiquitäten und Schmuck. Gestern war er erst in Amerika angekommen, und schon kannte er alle Welt, und alle Welt kannte ihn. Er bot uns Gelegenheitskäufe an: silberne Gewürzbüchsen, elfenbeinerne Torazeiger, Etrogdosen, Tabakdosen und sonst allerlei. Genia ist verrückt nach Nippsachen, und er verkaufte sie ungewöhnlich billig. Er brauchte Monate, um mein Bild fertigzumalen. Er sah mich mit schmachtenden Augen an, und bei jeder Gelegenheit berührte er mich. Einmal versuchte er, mich zu küssen. Ich war entsetzt. Nach einiger Zeit erklärte er mir geradeheraus, er liebe mich. Ich hätte mich übergeben können! Ich sagte zu ihm: ›Max, mach dich nicht lächerlich. Ich bin von dieser Art Verrücktheit so weit entfernt wie der Himmel von der Hölle.‹ Er fing an zu seufzen wie ein verschmähter Liebhaber.

Ich erzählte Genia alles, und sie wußte nicht, ob sie lachen oder weinen sollte. Über so etwas liest man, aber wenn es einem selber begegnet, ist es unbegreiflich! Jetzt hatten wir ein neues Thema, über das wir uns am Abend unterhalten konnten. Genia war empört, daß ich für einen Mann anziehender war als sie. Ich entschloß mich, ihn loszuwerden, aber wie? Max ist nicht der Mensch, der einen losläßt. Er kam immer wieder zu uns, und jedesmal brachte er ein Geschenk mit. Er kannte alle Leute vom Theater – vom Broadway, nicht nur vom Jiddischen Theater in der Second Avenue –, und er bekam Karten für uns. Da saßen wir, zu dritt, in der ersten Reihe und sahen ein Stück, auf das wir sonst Monate hätten warten müssen. Er führte uns aus zu Lindy und sonst überall hin. So wird man also ein Hausfreund, dachte ich. Im Theater versuchte er, meine Hand zu halten, aber ich sagte ihm, wenn er etwas derartiges noch einmal täte, wäre er bei mir unten durch. Die ganze Geschichte ekelte mich an.

Aber plötzlich entstand zwischen Genia und mir etwas wie ein Wettbewerb. Es machte mir fast Spaß. Da versuchte eine schöne Frau, die Aufmerksamkeit dieses Halunken zu erregen, und der gaffte mich an. Wenn Genia zu ihm sprach, tat er, als ob er sie nicht hörte; sagte ich die blödesten Dinge, schrie er vor Entzücken. Können Sie sich etwas Lächerlicheres vorstellen? Aber es wurde mir langsam klar, daß er unser Familienleben zerstörte. Jeden Abend dachten Genia und ich uns die verschiedensten Vorwände aus, um ihn aus unserem Leben verschwinden zu lassen. Wir faßten feste Entschlüsse. Am nächsten Tag rief Max an, um zu sagen, daß er ein Geschenk oder einen Gelegenheitskauf oder eine aufregende Geschichte hätte, die er uns erzählen müßte. Ehe ich noch nein sagen konnte, hatte Genia ihn schon zum Abendessen eingeladen. Später fand ich heraus, daß seine Antiquitäten aus einer Fabrik stammten, die Reproduktionen herstellte. Ich erfuhr auch, daß die meisten seiner Gemälde Kopien waren. Dieser Mann war durch und durch eine Fälschung.

Ich will es nicht in die Länge ziehen. Genia fing an, ihn alleine zu treffen. Sie hatte ihren ganztägigen Job aufgegeben und arbeitete nur zwei Tage in der Woche. In der Zwischenzeit hatte ich das Haus mit den möblierten Zimmern gekauft, und das beschäftigte mich vollauf. Ich hatte keine

Geduld mehr mit diesem Bluffer und seinen liebeskranken Blicken. Genia sagte immer noch schreckliche Dinge über ihn, aber offensichtlich wollte sie ihn mir wegstehlen. Er benahm sich tatsächlich wie eine Frau. Er klatschte, er liebte Spielereien, er trug Ringe mit Steinen an fast allen Fingern. Sein Haar war lang und glänzte von Öl. Kleidung war seine Idée fixe. Ich bin klein, nicht er, aber er trug Schuhe mit erhöhten Absätzen. Und seine Krawatten! Welche Frau konnte das aushalten? Sie werden denken, ich bin naiv, aber es kam mir wirklich nicht in den Sinn, daß Genia eine Affäre mit ihm haben könnte.«

»Eine Affäre? Obwohl er ein Homosexueller ist?« fragte ich.

»Weiß der Teufel, was er ist. Da alles andere bei ihm Schwindel ist, ist es das vielleicht auch. Möglicherweise hat er nur mit mir geflirtet, um an Genia heranzukommen. Er ist ein schlauer Fuchs. Langsam, während ich mich von ihm abwandte, wurden Genia und er dicke Freunde. Sie gingen zum Lunch und zum Abendessen; sie gingen ins Theater und ins Kino, zu Ausstellungen. Wenn ich protestierte, sagte Genia: ›Auf wen bist du eifersüchtig? Er interessiert sich mehr für dich als für mich.‹ Um die Wahrheit zu sagen, jedesmal, wenn sie ausgingen, wurde ich aufgefordert mitzukommen, aber ich lehnte immer ab. Genia schwor, daß er sie nie berührt hätte, und ich glaubte ihr. So ging es monatelang. Es ist erstaunlich, welcher Selbsttäuschungen man fähig ist. Außerdem hatte ich genug von all diesen Filmen, Theatern und Gelegenheitskäufen. Die Wohnung mußte gestrichen werden, und wo sollten wir all den Trödel hintun? Millionen Dinge sind erfunden worden, aber noch niemand hat etwas erfunden, um die Katastrophe des Streichens einer Wohnung zu verhindern. Plötzlich wird dein ganzes Hab und Gut ausgeräumt. Die Bilder werden von den Wänden genommen. Bücherhaufen liegen auf dem Boden. Man ist ein Fremder in seinem eigenen Haus. Der Gestank der Farbe macht einem übel. Man erkennt die bittere Wahrheit: ein Heim ist, wie alles andere, nur eine Illusion.

Allmählich bemerkte ich, daß alles auseinanderfiel, und eines Abends gestand mir Genia, daß sie ein Verhältnis mit ihm hatte.«

Selig Fingerbein trank seinen kalten Kaffee in einem Zug aus. Er sah mich vorwurfsvoll an. »Warum sind Sie so entsetzt? Sie schreiben wie ein moderner Mensch, und dann sitzen Sie da mit Ihren alten Moralbegriffen und Vorurteilen. Ich hatte sie früher auch, aber ich habe mich davon freigemacht. Man kann eine moderne Frau nicht dazu verurteilen, ihr ganzes Leben mit dem gleichen Mann zu leben, und wenn sie ihn noch so sehr anbetet. Es gibt keine zurückhaltendere Frau als Genia, aber sie lebt im zwanzigsten Jahrhundert, und Sie können nicht von ihr verlangen, daß sie Selig Fingerbein für den einzigen Mann in New York hält. Trotzdem, als mir Genia von ihrem Verhältnis berichtete, machte es mich krank. Mein ganzes Leben schien mir zerstört. Wenn ich gekonnt hätte, ich hätte sie vor das Sanhedrin geschleppt und sie steinigen lassen – wie es in alten Zeiten geschah. Aber in New York gibt es kein Sanhedrin. Ich hätte meine Sachen packen können und gehen – aber wohin hätte ich gehen sollen? Und zu wem hätte ich gehen sollen? Am Abend, als sie es mir erzählt hatte, lag ich mit Genia im Bett, und sie weinte wie ein kleines Mädchen. ›Was soll ich tun? Wenn du bereit bist, zu sterben, dann will ich mit dir sterben – nur um dir zu zeigen, daß ich zu dir gehöre und zu niemandem sonst.‹ Sie jammerte und zitterte, daß das Bett bebte, und ich – Sie können mich einen Idioten nennen – ich tröstete sie. Ich sagte ihr, es sei keine Tragödie, aber dabei klapperten mir die Zähne.

An jenem Abend schworen wir, daß unsere Verbindung mit Max aus und vorbei sei, aber ich wußte, es war nicht so. Die Schöpfer der Religionen kannten Gott nicht, aber die menschliche Natur kannten sie. In den ›Sprüchen der Väter‹ heißt es, daß eine Sünde eine andere nach sich zieht. Ein Schritt vom Wege der Tugend, und alle Tabus sind gebrochen.

Sie schreiben über Religion, Ehe und Sex. Sie scheinen den modernen Menschen mit all seinen Verwicklungen und Irrtümern zu verstehen. Aber Sie können auch nicht mehr tun als kritisieren, den Weg zurück zum Glauben zeigen auch Sie nicht. Ohne die Frömmigkeit unserer Eltern und Großeltern ist es uns unmöglich, uns so zu benehmen, wie sie es taten. Ich will Ihnen etwas sagen, obwohl ich mich schäme, es zu gestehen. An jenem Abend schlief Genia schließlich ein, nachdem sie ein paar Tabletten genommen hatte, aber ich konnte überhaupt nicht schlafen. Ich zog meinen Schlafrock an und meine Hausschuhe und ging in meine Bibliothek. Ich sah die Bücher an und wußte, kein einziges konnte mir die Richtung weisen. Was können Tolstoj oder Dickens oder Balzac einen lehren? Sie hatten Talent, aber sie waren ebenso verwirrt wie wir. Plötzlich sah ich einen Band des Talmud, und ich dachte, da mich die Weltlichkeit so im Stich gelassen hat, sollte ich vielleicht zu Gott zurückkehren. Ich nahm das Traktat Beza heraus, schlug es auf und fing an, wie in alten Zeiten zu murmeln: ›Wenn ein Ei an einem Feiertag gelegt wurde, so sagt die Schule des Schammaj: das Ei darf gegessen werden. Und die Schule von Hillel sagt: es darf nicht gegessen werden.‹ Eine gute halbe Stunde lang nickte und murmelte ich wie ein Jeschiwaschüler. Anfangs war es wie süßes Heimweh, aber je länger es dauerte, desto schwerer wurde mir zumute. Solange man daran glaubte, daß diese Gesetze Moses auf dem Berge Sinai gegeben wurden, ergab alles einen Sinn. Ohne diesen Glauben war alles nur pure Scholastik. Ich wurde müde und ging zu Genia zurück. Wir schlafen in einem Bett. An diesem Abend kam ich zu dem Schluß, daß der Mann den stärksten Instinkt in sich abtöten muß: eine Frau zu besitzen als Teil seines Eigentums. Wenn es einen Gott gibt, vielleicht führt Er uns in diese Richtung.«

»Und was geschah dann?«

»Es gab kein ›dann‹. Genia hatte versprochen, obwohl ich es nicht von ihr verlangt hatte, daß sie Max nicht wiedersehen würde. Aber sie trifft ihn noch immer. Ihre Arbeit hat sie ganz aufgegeben. Sie braucht es nicht mehr, und ich kann ja nicht den ganzen Tag und die ganze Nacht mit ihr zusammen sein. Seit einiger Zeit habe ich mit allem die Geduld verloren: mit Genias Schuld und mit dem, was wir Kultur nennen. Ich kann aus den Stücken, die am Broadway gespielt werden, und aus Picassos Bildern keinen Fetisch machen. Selbst gute Literatur interessiert mich nicht mehr. Die Wand, die die Welt von der Unterwelt trennt, ist zu dünn geworden. Der Richter, der Anwalt und der Mörder hegen alle die gleichen Ideen, lesen die gleichen Bücher, besuchen die gleichen Nachtklubs, reden das gleiche Kauderwelsch. Wir kehren zur Höhle zurück, auch wenn es eine

Höhle mit Telephon, Elektrizität und Fernsehen ist. Früher glaubte ich, Genia durch und durch zu kennen, aber seit diese Mißgeburt in unser Haus eingedrungen ist, entdecke ich immer neue Züge an ihr. Selbst ihre Stimme ist nicht mehr die gleiche. Was Max angeht, so kann ich ihn nicht einmal hassen, was mich wirklich überrascht. Ich weiß nicht, was er ist, und es ist mir auch gleich. Ich weiß nur, daß er dasselbe will wie wir alle – so viel Vergnügen als möglich, ehe wir auf ewig verschwinden.«

»Er ist also kein Homosexueller?«

»Weiß der Teufel, was er ist! Vielleicht sind wir alle Homosexuelle. Ich habe vergessen, Ihnen das Wichtigste zu sagen: Genia geht seit einiger Zeit zu einem Psychoanalytiker. Max geht seit Jahren zu ihm. Sie wollten mich auch zu einem Mitglied ihres Klubs machen, aber ich ziehe es vor, über das Ei nachzudenken, das an einem Feiertag gelegt wurde.«

Ich hatte nicht bemerkt, daß die Cafeteria sich gefüllt hatte. Ich sagte zu Selig: »Gehen wir. Man wird uns sonst rauswerfen.«

Wir traten auf den Broadway, und die Glut eines Hochofens schlug mir entgegen. Es war noch Tag, aber die Neonlichter brannten schon und kündigten in feuriger Sprache den Segen an, den Pepsi-Cola, Bonds Anzüge, Camel-Zigaretten und Wrigleys Kaugummi über uns bringen würden. Lauwarmer Gestank stieg aus den Untergrundbahnrosten auf. Über einem Kino hing, vier Stockwerke hoch, das Plakat einer halbnackten Frau, von Scheinwerfern angestrahlt – mit zerzaustem Haar, wilden Augen, gespreizten Beinen, eine Pistole in jeder Hand. Um ihre Taille trug sie eine Schärpe mit Fransen, die ihre Geschlechtsteile bedeckte. Eine Menschenmenge hatte sich angesammelt und starrte sie an. Männer machten Witze, Frauen kicherten. Ich sah Selig an. Die eine Hälfte seines Gesichts war grün, die andere rot – wie ein modernes Bild. Er starrte sie an, bewegte seine Lippen, ein Auge lachte, das andere weinte. Ich sagte zu ihm: »Wenn es keinen Gott gibt, dann ist sie unser Gott.«

Selig Fingerbein zitterte, als sei er aus einem Trancezustand aufgewacht. »Was *die* verspricht, kann sie auch liefern.«

Seit einigen Wochen schon teilte Clarence Mullens seine Wohnung mit einem Mädchen, das er auf der Straße kennengelernt hatte. Es war sein sechstes Jahr im College. Weil sein Äußeres so unscheinbar war, hatte er die Angewohnheit kultiviert, sich möglichst auffällig zu kleiden. Alles, was er trug, ließ er von einem alten Schneider machen, der sich mit der Mode des Jahres 1928 auskannte.

Clarence war eine außergewöhnlich kleine Person, beinahe ohne Gesichtszüge. Dennoch hatte er sich im Laufe der Jahre an sein Aussehen gewöhnt. Er war der jüngste von drei Brüdern: In gewisser Weise war er betrogen worden, denn seinen Brüdern, die auch nicht gerade besonders aussahen, war es gelungen, sich markantere Gesichtszüge zu sichern. Der älteste Bruder hatte ein Kinn, der mittlere eine Nase. Und trotzdem sahen sie, wie schon der Vater – drittes Kind einer Familie, die schon seit vielen Generationen Bücher verlegte – ziemlich nichtssagend aus.

»Was hältst du davon?« sagte er zu dem Mädchen, während er sich eine gestreifte Fliege umband.

Das Mädchen, Inez, lag auf dem Bett und starrte an die Decke. »Du siehst immer gleich aus«, sagte sie, ohne auch nur einen einzigen Blick in seine Richtung zu werfen.

»Wenn du weiterhin in meiner Wohnung bleiben möchtest«, sagte Clarence, »kann ich dir nur raten, mir ab und zu ein Kompliment zu machen.« Sofort bereute er, was er gesagt hatte. Er nahm einen Stapel Schallplatten von der Couch und legte sie auf den Fußboden. Dann setzte er sich hin. »Komm, wir gehen raus und trinken was«, sagte er mit einer ausdruckslosen Stimme. »Es sei denn, du möchtest meine Fotosammlung ansehen?«

»Die hast du mir schon achtmal gezeigt«, sagte Inez. »Geh du was trinken. Ich bleib hier und ruh mich aus.« Sie setzte sich plötzlich auf und fing an, mit einer tiefen Stimme zu summen. Ihr Haar war ziemlich kurz; ihr Gesicht, männlicher als das von Clarence, setzte sich aus grauen, schiefen Augen, einer knubbeligen Nase und einem dünnen Mund zusammen. »Wir werden von meinen Eltern zum Abendessen erwartet«, sagte Clarence.

»Ich hab kein Interesse, deine Eltern kennenzulernen«, sagte Inez und zündete sich eine filterlose Zigarette an.

Nach einer kurzen Diskussion einigte man sich darauf, daß Clarence Inez fünf Dollar geben würde, wenn sie mit zu seinen Eltern käme.

»Ich hab meinen Eltern erzählt, daß wir heiraten wollen«, sagte er. »Sie wollen dich kennenlernen.«

Bei dieser Bemerkung schob Inez ihre Beine über die Bettkante und blickte finster. »Wo sind denn diese Brautzeitschriften, die wir neulich gekauft haben?« sagte sie mit einem mürrischen Ton in ihrer Stimme. Clarence hob die Zeitschriften auf und setzte sich neben sie aufs Bett. Während sie die Seiten umblätterte, legte ihr Clarence vorsichtig einen Arm um die Schulter. Inez schien es nicht zu bemerken, schüttelte aber seinen Arm mit einem Schulterzucken ab.

Clarence' Wohnung lag am Rande des Gettos in der Nähe der Universität. Das alte Brownstone-Gebäude war früher mal ein Einfamilienhaus gewesen. Die Tapete im Flur wellte sich, ein merkwürdiges Gurkenmuster. Die Küche, die einmal eine Kleiderkammer gewesen war, war nicht gerade groß; ein winziger Kühlschrank und ein Herd mit zwei Platten fanden gerade darin Platz. Überall liefen ungehindert zahlreiche Insekten herum.

Sie liefen zur Bushaltestelle. In einem Seitenweg schlugen zwei Jungen mit einem Stock auf ein kleines Tier ein. Inez rannte hin und boxte den schwächer aussehenden Jungen gegen den Kopf. Der spuckte Inez ins Gesicht und haute ab. Ehe der zweite Junge weglaufen konnte, schnappte ihn Inez am Arm. Mit ihrer freien Hand hob sie das jaulende Tier, ein gelbes Kätzchen, von der Erde auf. Es kratzte sie wütend am Arm, aber Inez hielt es fest.

»Inez«, sagte Clarence, »was soll denn das schon wieder?«

Obwohl der Junge kleiner als Clarence war, schien er äußerst gefährlich. Selbst den Zehnjährigen dieser Gegend traute Clarence alles zu. Vor einiger Zeit hatte ihm eine Bande von Jungen im Park zugesetzt, was ihm wahnsinnig peinlich gewesen war. Außerdem hatten sie seine wertvolle Uhr und seine antike Brille gestohlen.

Inez drehte sich um und kam wieder zu ihm rüber. Den Jungen zog sie am Ohr hinter sich her. Seine Arme ruderten wild in der Luft herum. Das kratzende Kätzchen schmiß sie in Clarence' Arme. »Frag ihn, wo er wohnt«, forderte sie Clarence auf.

»Inez, laß uns jetzt bitte gehen«, sagte Clarence, das Kätzchen von sich wegstreckend. »Wir kommen zu spät zum Essen. Ich dachte mir, es würde dir gefallen, danach eine Show in einem Club anzusehen; ich hab Plätze reserviert. Ein bekannter, ziemlich alter Transvestit, der früher in Frankreich auf der Bühne stand, tritt in einer Cabaret-Nummer auf. Vielleicht hast du's schon mitgekriegt, daß nachts dummerweise in dieser Stadt nicht viel los ist.«

»Ich hab doch gesagt, du sollst ihn fragen, wo er wohnt«, sagte Inez.

Clarence sah den Jungen an. Er war nicht älter als neun oder zehn und trug die Uniform einer Privatschule. Bestimmt besucht er die konfessionelle Schule hier im Viertel, dachte Clarence. »Ich will mich da nicht einmischen, Inez«, sagte Clarence.

»Dann vergiß das Essen bei deinen Eltern«, sagte Inez.

Clarence überlegte einen Augenblick. »Wo wohnst du?« fragte er den Jungen.

»Sechshundert West und 109te«, sagte der Junge.

Clarence sah zu Inez.

»Ab sofort nicht mehr«, sagte sie.

Nach einem kurzen Gespräch war der Junge damit einverstanden, von nun an bei Clarence und Inez zu wohnen, vorausgesetzt, seine Mutter hätte nichts dagegen.

Sie ließen den kleinen Jungen vor dem Fernseher zurück. Um einen eventuellen Fluchtversuch zu verhindern, hatten sie ihm vorher die Kleidung weggenommen. Er hatte sich mit dem Kätzchen angefreundet und vergnügte sich damit, ihre Hinterpfoten mit einem Stück Schnur zusammenzubinden; dummerweise war das Tier voller Flöhe.

Nachdem er den Jungen und das Kätzchen in der Wohnung eingeschlossen hatte, kündigte Clarence an, er werde sein

Auto aus der Garage holen. Inzwischen war es so spät, daß Clarence keine andere Wahl blieb – obwohl er Autofahren haßte. Nur mit größter Schwierigkeit konnte er überhaupt über das Armaturenbrett sehen; das Auto war sehr alt, und das Armaturenbrett war ungewöhnlich hoch. Er dachte, es sei seiner Würde abträglich, sich auf Kissen zu setzen.

»Meinst du, daß der Junge in unserer Wohnung allein zurechtkommt?« sagte er nervös, als ein Angestellter der Garage mit dem Wagen vorfuhr.

»Clarence, soll ich lieber fahren?« sagte Inez.

Clarence versicherte ihr, daß er sein eigenes Fahrzeug am liebsten selbst fuhr. Seit er zufällig Inez getroffen hatte, war sein Leben dermaßen spannend geworden, daß er sich kaum noch vorstellen konnte, womit er früher seine Tage verbracht hatte. Seine Hauptbeschäftigung hatte darin bestanden, Opern anzuhören und aus Zeitschriften Bilder mit Essen auszuschneiden, die er dann auf Pappteller klebte. Allerdings hatte er noch so viele Referate und Thesenpapiere nachzureichen gehabt, einige schon seit drei Jahren, daß er jeden Tag von Angst und Unruhe gepackt worden war – so daß selbst die erwähnten Aktivitäten ihm kaum noch Spaß gemacht hatten. In nur wenigen Wochen hatte Inez all seine Arbeiten für ihn erledigt, und obwohl die Papiere ziemlich merkwürdig waren –, Inez hatte weder die erforderlichen Bücher gelesen noch sonst irgendwie versucht, sich über die verschiedenen Themengebiete zu informieren – waren sie ordentlich getippt, und sie hatten die vorgeschriebene Länge.

Inez war in der Tat eine außergewöhnliche Person. Sie lebte von einem Tag zum anderen; an manchem Morgen wachte sie in Clarence' Bett auf und wußte nicht, wo sie war; sie konnte sich nicht einmal an Clarence' Namen erinnern. Clarence hatte sich daran gewöhnt, sie jeden Morgen regelrecht neu zu begrüßen. Sobald sie aufwachte, sagte er: »Hallo Inez, ich heiße Clarence Mullens, wir sind verlobt und wollen bald heiraten.«

Sie stammte aus einer reichen Familie; ihr Vater und Großvater waren Politiker gewesen, aber ihre Familie wollte nichts mehr von ihr wissen. Sie hielten sie für einen Störenfried; schon zweimal hatte sie versucht, das Haus ihrer Vorfahren niederzubrennen. Zur Zeit schlug sie sich auf der

Straße durch – das, obwohl sie nicht gerade attraktiv war und Prostitution damit für sie ausschied. Ihr Verhalten war viel zu abweisend und beleidigend, ohne dabei jedoch reizvoll für Männer zu sein, die dominiert sein wollten. Schon öfter hatte Inez gesagt: »Mein wirklicher Traum ist es, Geld damit zu verdienen, daß ich zu Leuten nach Hause gehe und ihnen dabei helfe zu entscheiden, welche Kleidungsstücke sie ausrangieren und welche sie weitertragen sollen.«

Clarence' Eltern waren ziemlich alt und gebrechlich. Sie lebten in einer Luxuswohnung, in vier kleinen Zimmern, die vollkommen in Farbtönen von Hellgrün bis Avocado gehalten waren.

Clarence klingelte. Sein Vater öffnete die Tür im Bademantel. Er schien verwundert, als er Clarence sah. Clarence fragte sich, ob er sich überhaupt noch erinnerte, wer er war. Mit Sicherheit war er nie der Liebling dieser Familie gewesen. Traurig, aber wahr, seine Eltern waren schon nicht mehr jung, als er geboren wurde; sie hatten gehofft, ihr drittes Kind würde ein Mädchen, und den Schock, den Clarence' Eintritt in diese Welt ausgelöst hatte, hatten sie nie ganz überwunden.

»Hallo Vater«, sagte Clarence. »Wie geht's dir?«

»Und was ist das?« sagte sein Vater.

»Dad, dies hier ist meine Verlobte«, sagte Clarence. Sein Vater streckte Clarence seine Hand entgegen. »Das ist Inez O'Brian, Dad«, sagte Clarence und wies auf Inez. »Ich denke, ihr Vater wird dir ein Begriff sein, Senator O'Brian.« Mr. Mullens blickte verstört. »Ich glaube, ich werde senil«, sagte er. »Soll ich euch die Mäntel abnehmen?« Er nahm Clarence' und Inez' Mantel und gab sie Clarence.

Inez folgte Mr. Mullens in die Wohnung. »Wie wär's mit einem Drink vor dem Essen?« sagte Mr. Mullens.

»Wenn Sie's haben, möchte ich Perrier und Wasser«, sagte Inez.

»Perrier nicht«, sagte Mr. Mullens. »Ich kann Ihnen aber Club Soda und Wasser anbieten.«

Clarence bemerkte, wie er vor lauter Verlegenheit über die Bemerkung seiner Verlobten errötete. Konnte es überhaupt angehen, daß Inez die Tochter von Senator O'Brian war? Ihre Manieren, ihre Aussprache, ihre nachlässige Kleidung waren nicht so, wie man das erwarten konnte. Und trotzdem, gerade die Söhne und Töchter der Reichen und Berühmten waren oft höchst ungewöhnlich. Clarence hielt sich selbst für außergewöhnlich, obgleich es kaum jemanden gab, der ihn sofort mit dem renommierten Verlagshaus Winston Mullens und Söhne in Verbindung brachte.

Er schmiß die Mäntel in einen Wandschrank, griff nach Inez' Arm und führte sie in sein ehemaliges Kinderzimmer. »Ich dachte, es würde dich vielleicht interessieren, das Fotoalbum aus meiner Kindheit anzusehen«, sagte er. »Wahrscheinlich mußt du lachen, wenn du siehst, wie ich als Schüler aussah. Damals ging mein Haar bis an die Schultern. Während meiner ganzen High School-Zeit war ich schwer auf Drogen; nach der Schulentlassung schickten mich meine Eltern zu verschiedenen Kuren in ein Provinzsanatorium. Zum Glück war es eins, wo du vor dem Elektroschock narkotisiert wirst. Aber in der Zeit, in der ich zur High School ging, spielte ich in einer Band; schon damals hat mich Elektrizität interessiert.«

Inez setzte sich aufs Bett und zog ihre ziemlich abgetretenen Pumps aus. Sie legte sich zurück und streckte ihre stämmigen, kurzen Beine in die Luft. Ihre Strümpfe hatten zahlreiche Laufmaschen; ihre Schenkel, weiß und saftig, waren sichtbar.

Wenn ich sie nicht davon abhalte, dachte Clarence, wird sie ihren Rock noch ganz hochziehen, und weiß Gott, ich hab keine Lust, daß meine Eltern mitbekommen, daß sie keine Unterhosen anhat.

»Komm, holen wir uns einen Drink«, sagte Clarence und verließ hastig den Raum.

Beim Essen sprach Inez über eine unglückselige Erfahrung. Als Sechzehnjährige war sie auf einem wilden Rockkonzert brutal angegriffen und von einem sexbesessenen Ekeltypen vergewaltigt worden.

Clarence' Vater, immer noch im Bademantel, saß an dem einen Tischende und spielte mit seiner Suppe. Einen Augenblick lang schien er munter zu werden, als Inez ihre Zigarette auf dem Tellerrand ausdrückte. »Tss, tss, tss«, sagte er. »Und, mit welchen Veröffentlichungen bist du gerade beschäftigt, Dad?« sagte Clarence.

»Wenn ich höre, daß Sie vergewaltigt wurden, dreht's mir den Magen um«, sagte Clarence' Vater. »Möchten Sie noch was trinken?«

Inez schüttelte den Kopf. »Ich glaube, ich war mitten in einer Geschichte«, sagte sie zu Clarence mit einem tadelnden Ton in ihrer Stimme.

Die Mutter von Clarence war ausgesprochen blaß. Wie immer trug sie Pfirsichfarbenes. An diesem Abend trug sie eine pfirsichfarbene Jacke aus Cashmere und einen pfirsichfarbenen Wollrock, der ihr ein paar Nummern zu groß war. Sie hatte in letzter Zeit abgenommen; auch eine kürzlich vorgenommene Schönheitsoperation hatte die schweren Säcke unter ihren Augen nicht unsichtbar machen können.

»Findest du solche Geschichten geschmacklos, Mutter?« sagte Clarence. Er aß die wässrige Erbensuppe auf und griff sich von der Tischmitte eine Handvoll Cracker.

»Sei doch nicht so altmodisch, Clarence«, sagte seine Mutter. Ihre schwachblauen Augen funkelten, als sie sich über den Tisch beugte und Clarence mit der Unterseite ihres Löffels auf die Hand schlug.

Clarence ließ die Cracker fallen. »Dürfte ich bitte die Cracker haben?« murmelte er.

»Würden Sie mich bitte einen Augenblick entschuldigen«, sagte Inez und stand vom Tisch auf.

Während ihrer Abwesenheit sank Clarence' Vater wieder in sich zusammen. Schwächlich fiel sein Kopf auf seine hohle Brust, die man unter dem teilweise offenstehenden Bademantel sehen konnte.

»Ein ungewöhnliches Mädchen, Clarence«, sagte Mrs. Mullens. »Ich möchte noch einen Scotch.«

Clarence stand auf und ging zum Sideboard rüber. Er goß ein wenig Scotch in das Glas seiner Mutter und trank ihn schnell selbst, wobei er seinen Kopf nach hinten schmiß. Dann schenkte er noch einen ein und brachte ihn seiner Mutter.

»Senator O'Brian ist Mitglied in einem der Unterausschüsse des Abgeordnetenhauses«, sagte Mrs. Mullens.

Clarence' Vater sah nicht gerade wohl aus. Clarence kam der Gedanke, daß er sich auf Alzheimer Krankheit hin untersuchen lassen sollte. Seine Augen flatterten, dann schlossen sie sich. Als sie wieder geöffnet waren, richteten sie sich mit einem stählernen grauen Starren auf Clarence. »Omama geht's ausgezeichnet, Clarence«, sagte er. »Dieses Pflegeheim ist einer der schönsten Orte, die ich je gesehen habe. Du und Inez, ihr müßt unbedingt nächstes Wochenende mitkommen, um sie zu besuchen. Ich bin mir sicher«, sagte er jetzt lauter, da Inez zurück ins Zimmer kam, »Inez wird von Omamas Erinnerungen an Ernest Hemingway fasziniert sein. Lange wird sie nicht mehr leben; irgend jemand sollte ihr zuhören.«

»Was tun Sie, meine Liebe?« sagte Mrs. Mullens zu Inez.

Inez stand am Tischende, bei Clarence' Vater. »Sehen Sie sich das an«, sagte sie und zeigte auf ihr Bein. »Hat man da noch Töne? Meine Strümpfe haben eine Laufmasche.« Sie küßte Mr. Mullens mit einem nassen, knallenden Geräusch auf den Kopf und setzte sich abrupt auf ihren Platz. »Ich hoffe, es hat Ihnen nichts ausgemacht, daß ich Sie so geküßt habe«, sagte sie. »Ich bin eine ziemlich spontane Person. Es kommt nicht gerade oft vor, daß ich davon erzähle, wie ich von einem feisten neunzehnjährigen Marineinfanteristen vergewaltigt wurde. Ich will nicht, daß Sie zuerst durch andere davon erfahren. Wegen der Menschenmassen, die zu dem Konzert gekommen waren, durften Frauen die Männertoiletten benutzen – aber Wächter sorgten dafür, daß keine Männer auf die Frauentoiletten kamen. Ein Typ bot mir an aufzupassen, während ich das Männerklo benutzte; aber, nachdem er mich in den Raum begleitet hatte, drückte er mich in eine Kabine und riß mir die Kleider vom Leib. Ein paar Männer, die in der Toilette rumstanden, riefen währenddessen: ›Weiter, weiter!‹«

»Clarence' Vater und ich haben uns immer bemüht, Clarence' Interesse an Musik zu bremsen«, sagte Clarence' Mutter.

»Oh, ja«, sagte Inez. »Clarence und ich stellen uns eine eher zwanglose Hochzeit vor, vielleicht in ein paar Monaten in einem Garten irgendwo in der Stadt. Wir müssen aber warten, bis ich mich in meinem neuen Job eingearbeitet habe.«

»Aber nein, es muß schon ein wenig festlich zugehen«, sagte Clarence' Mutter. »Als Blake letztes Jahr heiratete – ein wunderbares Mädchen –, hatten wir die Trauung in unserem Sommerhaus in New Paltz. Es war wirklich wunderschön. Fast tausend Leute sind gekommen, und obwohl das Wetter nicht gerade wunschgemäß war, wurde unter den riesigen Zelten niemand naß.«

»Es war wirklich großartig, Inez«, sagte Clarence.

Das Hausmädchen brachte Kräuteromeletts und Pommes frites. Sie war keine gute Köchin; aber sie arbeitete schon seit Jahren bei der Familie. Die Omeletts waren ziemlich trocken und mit einer zähen Masse aus trockenen Kräutern gefüllt. Die Pommes frites waren fettig und bereits kalt.

Nach dem Essen bot Clarence' Vater Inez an, die Dias von ihrer Peru-Reise zu zeigen; aber Inez lächelte sanft und legte Mr. Mullens Hand in ihre eigene. Sie erklärte ihm, daß ein kleiner Junge, der sich auf der Straße verirrt hatte, in Clarence' Wohnung auf sie wartete.

»Wir müssen jetzt wirklich los und uns noch mit den Jüngeren treffen!« sagte Clarence, der plötzlich stand. »Wir sind nämlich ein äußerst begehrtes Paar und können nicht den ganzen Abend mit euch verbringen!«

Seine Mutter brachte Clarence zur Tür, während Inez noch ein paar Worte mit Mr. Mullens wechselte.

»Ich freue mich so darüber, daß du heiratest und endlich zur Ruhe kommst«, flüsterte Mrs. Mullens in Clarence' Ohr. »Weiß Gott, wir hatten genug Schwierigkeiten mit dir, Clary. Vielleicht war's ja zum Teil auch meine Schuld. Ich wollte immer ein Mädchen, aber andererseits war's ja gar nicht so ungewöhnlich, daß du bis zum College lange Haare hattest. Damals war das so. Sie scheint ein nettes Mädchen zu sein.«

Während Inez mit seinem Vater zur Tür ging, hörte Clarence sie sagen: »Größere multinationale Versicherungsgesellschaft. Ich werde ausländische Unternehmen darin beraten, wie sie sich gegen Revolutionen, politische Risiken und so weiter versichern können. Exporteure, die an private Auslandskunden verkaufen, wollen sichergehen, daß die ihre Schulden bezahlen. Eine amerikanische Firma verkaufte beispielsweise Software im Werte von zwanzig Millionen Dollar an Brasilien. Jetzt haben sie zwanzig Millionen Dollar in brasilianischer Währung auf einer brasilianischen Bank liegen und können das Geld nicht konvertieren.«

»Leider interessieren mich solche Dinge nicht«, sagte Clarence' Vater, während er leicht ihren Hintern tätschelte. »Meine Welt ist die Literatur. Vielleicht möchten Sie einmal in meinem Büro vorbeischauen, Inez. Ich bringe gerade einen außergewöhnlichen Erstlingsroman über den Zweiten Weltkrieg heraus.«

»Meinst du nicht den Vietnamkrieg, Dad?« sagte Clarence. Mr. Mullens beachtete ihn nicht.

»Nur gut, daß ein Mann hereinkam, während ich vergewaltigt wurde, der dieses widerliche Pack, das da rumstand und zusah, vertrieb«, sagte Inez, während sie den Regenmantel von Clarence' Mutter aus dem Schrank nahm und anzog. Sie lächelte Clarence' Mutter lieb an. »Dieses alte Ding werden Sie bestimmt nicht vermissen«, sagte sie.

Clarence hatte das Gefühl, daß das Essen ein großer Erfolg gewesen war. »Es kommt nur selten vor, daß meine Eltern jemanden so in ihr Herz schließen wie dich«, sagte er, als sie in seinem Auto saßen.

Der kleine Junge saß noch genauso vor dem Fernseher wie sie ihn verlassen hatten. Als Clarence ins Badezimmer ging, um sich die Hände zu waschen, fiel ihm ein schmieriger Rand in der Wanne auf. »War das Bad angenehm?« sagte er, während er in die Küche ging, um den Scheuersand zu suchen.

»Ich muß jetzt nach Hause«, sagte der Junge. »Es sei denn, ihr habt was zu essen.«

»Aber natürlich«, sagte Inez und ging zum Kühlschrank. »Clarence, was kann man aus einem Ei und ein wenig Öl machen?«

»Mayonnaise«, sagte Clarence. »Oder du läßt irgendwas kommen. Ich hab wirklich keine Lust, heute abend noch mal rauszugehen. Emotional bin ich nicht gerade stabil. Das Essen mit meinen Eltern war genug Aufregung für mindestens eine Woche.«

»Nach unserer Hochzeit wird sich das alles ändern«, sagte Inez. »Du wirst dich einfach an das pulsierende Leben gewöhnen müssen, Clarence. Komm, wir machen Mayonnaise. Hier ist noch altes Brot – der Junge könnte ein Mayonnaise-Sandwich essen.«

»Ich heiße Andrew«, sagte der Junge. »Ich habe keinen Vater. Der Typ, mit dem meine Mutter verheiratet ist, ist erst vor kurzem aufgetaucht. Er und meine Mutter sind beide schwere Trinker. Nach Aussagen meiner Mutter bin ich das Opfer der unbefleckten Empfängnis. Könnten wir uns nicht eine Pizza bestellen? Ein Freund von mir arbeitet hier in der Nähe – der könnte uns eine bringen.«

Clarence sagte dem Jungen, daß er die Pizza bestellen soll. Inez arbeitete mit einem Schneebesen an ihrer Mayonnaise. Der Vorgang war faszinierend. Aus nur zwei simplen Zutaten, erklärte Inez, dazu ein bißchen Essig, Zitronensaft und Senfpulver, könne sie echte Mayonnaise herstellen. »Seht«, sagte sie. Sie schlug das Ei in eine Schüssel, tat den Essig dazu und gab Clarence Anweisung, das Öl langsam zuzugießen, während sie mit dem Besen schlug. Nach einer halben Stunde war die ganze Schüssel mit einer gelblichen, nassen Mayonnaise gefüllt. Inez trug die Schüssel zum Fernseher rüber, wo Andrew saß. »Andrew, möchtest du vielleicht mal probieren?« sagte sie mit einer Stimme, wie man sie sich sanfter nicht vorstellen konnte.

»Meine Mutter versucht, mich zum zweiten Messias zu machen«, sagte Andrew. Er beugte sich vor und schaltete ein anderes Programm ein. Gezeigt wurde eine interessante Sendung über Sexualtherapie mit Surrogaten. Ein massiger Buchhalter berichtete von seinen Erfahrungen mit vorzeitigem Samenerguß. »Ich bin mir darüber im klaren, daß meine Mutter Probleme hat, die primär auf ihr Alkoholproblem zurückzuführen sind«, fuhr Andrew fort. »Aber mit der Vorstellung, der neue Christus zu sein, kann ich mich anfreunden. Ich bemühe mich sehr, eine kindliche Unschuld zu bewahren, obwohl das heutzutage nicht leicht ist. Hat denn jemand wegen der Pizza angerufen?«

»Ich dachte, das wolltest du machen, Andrew«, sagte Clarence, während er den Hörer aufnahm.

Nach einer halben Stunde klingelte es. Da Andrew gerade dabei war, Inez' Haare zu bürsten, wurde Clarence beauftragt, nach unten zu gehen und die Tür zu öffnen. »Mein Freund heißt Ferenc«, sagte Andrew. »Bring ihn doch mit hoch. Du wirst ihn bestimmt bezaubernd finden, Inez.«

Clarence hastete die vier Treppen runter. Im Eingang

stand ein dunkler Mann, Anfang Zwanzig, in paramilitärischem Aufzug und hielt einen großen Karton, auf dem ein Mann mit einer Kochmütze abgebildet war, der einen Klumpen Teig hielt.

»Ferenc?« sagte Clarence durch das Glas hindurch. Der Mann nickte. Clarence öffnete die Glastür. »Andrew ist oben«, sagte Clarence. »Hast du einen Augenblick Zeit, mit hoch zu kommen?«

»Das macht elf Dollar und fünfundzeunzig Cents«, sagte Ferenc.

Clarence griff in seine Tasche. »Ich glaube, ich hab dich schon mal auf dem Campus gesehen«, sagte Clarence. »Studierst du hier?«

»Ja, stimmt«, sagte Ferenc und folgte Clarence, der die Treppe hochging. »Ich muß Geld für mein Studium verdienen.« Er hatte einen leichten Akzent; Clarence nahm an, daß er aus Ungarn oder irgendeinem anderen Land hinterm eisernen Vorhang kam. Aber er wollte nicht nachbohren.

Am Absatz drehte er sich zu Ferenc um. »Nur noch drei Treppen«, sagte er mit einem leichten Lächeln.

Ferenc war dunkel und schwerfällig gebaut. Sein dünner, dunkler Schnurrbart paßte nicht zu seinem Kartoffelgesicht. Als sie im Zimmer von Clarence ankamen, musterte Ferenc Inez mit hungrigen Augen. Dann wandte er sich Andrew zu, der neben Inez auf dem Bett saß. »Nicht schon wieder du«, sagte Ferenc. »Der kleine Messias. Hat er euch von seinen Wahnvorstellungen über seine Großartigkeit erzählt?«

»Mann, Ferenc«, sagte Andrew mit einer weinerlichen Stimme. »Das sind nicht meine Phantasien – das sind die meiner Mutter. Ich dachte, du würdest dich freuen, mich zu sehen.«

Ferenc lächelte und stellte die Pizza auf den Couchtisch.

»Hey«, sagte Clarence. »Stell die Pizza woanders hin – hier liegen meine ganzen ausgeschnittenen Bilder für meine Kunstwerke.« Er rannte rüber und hob den Karton hoch, aber es war zu spät; die meisten Bilder, die er sorgfältig aus Zeitschriften ausgeschnitten hatte, klebten an dem Fett, das aus dem Karton sickerte.

»Wißt ihr eigentlich, daß ihr – von Inez einmal abgesehen – die ersten neuen Leute seid, mit denen ich seit langer

Zeit Freundschaft geschlossen haben«, sagte Clarence. Weder Andrew noch Ferenc reagierten. »Von Inez abgesehen«, wiederholte Clarence. Andrew zupfte von dem Schorf auf seinem Ellenbogen. »Das ist wahr«, sagte Clarence – lauter als er beabsichtigt hatte. »Egal, ob ihr's glaubt, es ist die Wahrheit.«

Ferenc hatte sich auf das Bett gesetzt und betrachtete voller Aufmerksamkeit das Bild einer Kuh, das über dem Kamin hing. Endlich sprach er. »Ich baue immerzu diese Käfige und setze mich dann selbst rein. Ich hätte Proktologe werden können, wenn ich nicht ein Mädchen getroffen hätte, das mich mit Heroin bekannt gemacht hat. Jetzt studiere ich Betriebswirtschaft statt Medizin.«

»Ich weiß genau, wovon du sprichst«, sagte Clarence. »Weil ich Angst hatte, ein schlechtes Referat zu schreiben, zögerte ich es immer weiter hinaus. In den Semesterferien hatte ich dann immer mehr Papiere nachzuholen, bis die Arbeitslast überwältigend wurde. Ich studiere jetzt schon über sechs Jahre und hab immer noch ein Semester vor mir. Zu meiner Bemerkung, daß ihr die ersten neuen Leute seid, mit denen ich Freundschaft geschlossen habe – ich rede fast nie mit jemandem, weil ich die sozialen Umgangsformen nicht beherrsche. Ich bin nur mit Inez verlobt, weil sie sich mir aufgedrängt hat, und durch sie hab ich nun euch, Ferenc und Andrew, kennengelernt.«

Andrew stierte Clarence ärgerlich an. »An so einem Gelabere hab ich nicht das geringste Interesse«, sagte er. »Wenn ihr mich eingesperrt habt, damit ich mir so was anhöre, könnt ihr Gift drauf nehmen, daß ich nicht länger bleib. Gebt mir lieber fünf Dollar für Videospiele.«

»Das klingt gut«, sagte Inez. »Ich komme mit.«

»Soll ich auch kommen?« fragte sich Clarence für alle hörbar selbst.

»Clarence«, sagte Inez, »eins der ersten Anzeichen für eine schlechte Beziehung ist die Unfähigkeit, dem Partner seine oder ihre Unabhängigkeit zu lassen. Plaudere du nett mit Ferenc, hör die deine Opern an oder irgend so was, und gib mir den zweiten Schlüsselbund. Wir sehen uns später.«

Während Andrew und Inez zur Tür gingen, sagte Andrew: »Obwohl ich erst neun bin, hab ich einen ungeheuren sexuellen Trieb. Es wird immer verkannt, wie stark das

Sexualleben selbst kleiner Kinder ist. Komm doch nach den Videospielen mit zu mir nach Hause, Inez, und ich stell dich meiner Mutter vor. Dann können wir in mein Zimmer gehen und Schallplatten hören.«

»Du kleiner Teufel«, sagte Inez und kitzelte dabei Andrew wild unter den Armen. Sie drehte sich um und grinste Clarence breit an. »Jetzt werd bloß nicht sentimental, Clarence«, sagte sie. »Wie gewonnen, so zerronnen!«

Clarence vermutete, daß dies einer von Inez' Witzen sein sollte. Aber der Gedanke, daß sie vielleicht nicht zurückkommen würde, erschreckte ihn nicht halb so sehr wie an den anderen Tagen. Er wandte sich an Ferenc. »Wie bist du rausgekommen?« sagte er.

»Wo?« sagte Ferenc.

»Wie du es geschafft hast, aus Ungarn zu fliehen?«

»Ich komme nicht aus Ungarn«, sagte Ferenc. »Ich hab auch keinen Akzent. Mein Vater ist Litauer. Ich komme aus Chicago.«

Clarence rätselte eine Zeitlang über diese Bemerkung. »Für mich«, sagte er, »bist du ein dunkler, mysteriöser James Dean.«

Ferenc stand auf und lief ruhelos durch die Wohnung. »Manche würden sagen, daß ich zu sehr mit mir selbst beschäftigt bin«, sagte er schließlich. »Ich grüble oft, versuche die Geheimnisse des Lebens zu verstehen. Ich rate dir, halte dir Andrew warm – selbst wenn er erst neun Jahre alt ist. Auch wenn er unwahrscheinlich auf die Nerven geht, würde ich mich nicht wundern, wenn er sich eines Tages als der moderne Messias entpuppte. Obwohl es bis dahin noch ein weiter Weg ist.«

Clarence fühlte einen Stich in seiner Brust. Morgen, sagte er sich, laß ich mich im Gesundheitszentrum durchtesten. »Aber du bist doch derjenige, der ungewöhnlich ist, Ferenc«, sagte er. »Du bist es!«

Ferenc nahm einen Stapel Fotos, die auf dem Kaminsims lagen. Seine Hände zitterten. »Was ist das?« sagte er.

Clarence eilte zu Ferenc rüber und nahm ihm die Bilder aus der Hand. »Das sind meine Polaroid-Photos«, sagte er. »Willst du sie dir ansehen. Hier ist eins von mir im Bad.«

»Jetzt nicht«, sagte Ferenc. »Ich muß zu meiner Arbeit zurück. Ich hab noch eine Menge auszuliefern. Willst du mitkommen? Wir könnten die Tour zusammen machen und danach einen trinken gehen. Wir könnten noch ein bißchen reden.« Er drehte sich um und stieß dabei gegen Clarence, der ungeschickt den Stapel Fotos fallen ließ.

Um sie wieder aufzulesen, kniete sich Clarence auf den Fußboden. »Das würde ich sehr gerne tun«, sagte er und blickte direkt auf die grotesk aussehenden Armeestiefel von Ferenc. »Wirklich sehr gerne, aber ich muß auf Inez warten. Vielleicht ein andermal.«

»Ich verstehe«, sagte Ferenc. Er wandte sich zum Gehen.

»Warte!« sagte Clarence. »Eh du gehst, will ich dir noch ein Trinkgeld geben.« Er gab Ferenc einen Fünfdollarschein. Dann holte er seine Polaroid-Kamera von dem Heizkörper. Als Ferenc sich zu ihm hinwandte, um ihm die Hand zu schütteln, knipste er drei Bilder von ihm, gleich hintereinander weg.

»Ich hab diese Fotos von dir«, sagte Clarence. »Du kennst meine Adresse – ich hoffe, du kommst mal vorbei, um sie anzusehen.«

»Auf Wiedersehen«, sagte Ferenc.

Clarence setzte sich auf die Couch und sah zu, wie sich die Fotos langsam entwickelten. Ich frag mich, wann meine Verlobte zurückkommen wird, dachte er. Hoffentlich bringt sie Andrew mit.

Im Wandschrank kratzte irgend etwas an der Tür und fing an, in hohen, dünnen Tönen zu jaulen. Clarence nahm ein triefendes Stück Pizza und trug es langsam zur Schranktür hinüber.

Antonio Tabucchi
Kleine Mißverständnisse ohne Bedeutung

Als der Saaldiener sagte: Erheben Sie sich, das Hohe Gericht erscheint, und im Saal einen Augenblick lang Stille herrschte, und als Federico an der Spitze des kleinen Zuges aus der Tür trat, im Talar und mit beinahe weiß gewordenen Haaren, in genau diesem Augenblick fiel mir ›Strada anfosa‹ ein. Ich sah zu, wie sie sich setzten, als beobachtete ich ein unverständliches, fernes, in der Zukunft ablaufendes Ritual, und das Bild der ernsthaften Herren hinter der von einem Kruzifix überschatteten Balustrade wich dem Bild einer Vergangenheit, die für mich die Gegenwart war, wie in einem alten Film, und meine Hand schrieb fast von allein auf den Notizblock: ›Strada anfosa‹, während ich bereits woanders war, der Erinnerung überlassen. Und auch Leo, der in seinem Käfig saß wie ein gefährliches Tier, verlor den kranken Blick, den alle extrem unglücklichen Menschen an sich haben, und ich sah ihn, wie er sich auf die Empirekonsole seiner Großmutter lehnte, mit dem üblichen gelangweilten und gleichzeitig schlauen Blick, den nur er hatte und der seinen Charme ausmachte, und er sagte: Tonino, leg noch einmal ›Strada anfosa‹ auf. Und ich legte für ihn die Platte auf: Leo verdiente es, mit Maddalena zu tanzen, auch die »Große Tragödin« genannt, weil sie bei der Schulaufführung zum Jahresende die Antigone gespielt hatte und dabei in ein nicht enden wollendes Schluchzen ausgebrochen war; und die Platte war wirklich wie für die beiden geschaffen: für leidenschaftliche Tänze im Empiresalon von Leos Großmutter. Und so begann der Prozeß: mit Leo und mit Federico, die abwechselnd mit der »Großen Tragödin« tanzten und ihr dabei verliebt in die Augen sahen, als wären sie keine Rivalen, als machten sie sich gar nichts aus diesem Mädchen mit den roten Haaren, als ginge es ihnen bloß ums Tanzen, und dabei waren sie unsterblich in sie verliebt, ich natürlich nicht ausgeschlossen, auch wenn ich die Platten auflegte, als ob nichts wäre.

Zwischen zwei Tänzen begann das Neue Jahr: ein Jahr im Zeichen eines Satzes, der zu einem Sinnbild werden sollte;

wir strapazierten ihn bis aufs äußerste, denn er paßte auf die verschiedensten Gelegenheiten: wenn wir eine Verabredung nicht einhielten, wenn wir mehr Geld ausgaben, als wir hatten, wenn wir einen feierlichen Anlaß vergaßen, wenn wir ein Buch lasen, das als hervorragend galt, in Wirklichkeit jedoch sterbenslangweilig war: Alle Irrtümer und Fehler, die uns passierten, waren ein »kleines, unbedeutendes Mißverständnis«. Als ersten traf es Federico, und es war zum Totlachen, denn Federico schmiedete, wie übrigens wir alle, Pläne für die Zukunft: Er hatte klassische Literatur inskribiert, in Griechisch war er schon immer ein Genie gewesen, und in der ›Antigone‹ hatte er den Kreon gespielt; wir hatten moderne Literatur inskribiert, das ist aktueller, sagte Leo, was sind schon diese faden Klassiker gegen Joyce? Wir saßen im Caffè Goliardico, jeder mit seinem Studienbuch, und lasen die auf dem Billardtisch ausgebreiteten Studienpläne; Memo hatte sich unserer Gruppe angeschlossen, er kam aus Lecce und war politisch engagiert; es war ihm ein großes Anliegen, daß die Politik korrekt betrieben wurde, weshalb wir ihm den Spitznamen »Abgeordneter« gaben, und schließlich nannte ihn der ganze Jahrgang so. Plötzlich kam Federico hereingestürzt und schwenkte sein Studienbuch; er keuchte und konnte vor Aufregung kaum sprechen: Man hatte ihm irrtümlicherweise ein Studienbuch für Jura gegeben, er konnte es kaum fassen. Als Trost begleiteten wir ihn ins Sekretariat, wo uns ein freundlicher und gleichgültiger Beamter empfing; er war ein alter Mann und hatte schon Tausende von Studenten kommen und gehen sehen; er musterte das Studienbuch Federicos und sein besorgtes Gesicht: Das ist ein kleines, nicht wieder gutzumachendes Mißverständnis, sagte er, Sie brauchen sich keine Sorgen zu machen. Federico sah in verstört an, mit hochrotem Gesicht, und stammelte: Ein kleines, nicht wieder gutzumachendes Mißverständnis? Der Alte ließ sich nicht aus der Ruhe bringen: Entschuldigen Sie, sagte er, ich habe mich versprochen, ein kleines, unbedeutendes Mißverständnis, wollte ich sagen, noch vor Weihnachten lasse ich Ihnen die richtige Inskription zukommen; wenn Sie wollen, können Sie inzwischen die eine oder andere Juravorlesung belegen, so vergeuden Sie wenigstens nicht Ihre Zeit. Beim Hinausgehen hielten wir uns den Bauch vor Lachen: ein kleines, unbedeutendes Mißverständnis! Und wir brüllten aufs neue los über Federicos wütendes Gesicht.

Wie seltsam die Dinge doch sind. Nach ein paar Wochen erschien Federico eines Morgens mit selbstzufriedener Miene im Goliardico. Er kam gerade aus einer Vorlesung über Rechtsphilosophie, in die er einfach so gegangen war, um etwas zu tun zu haben. Also, Leute, ob wir ihm glaubten oder nicht, er hatte in einer einzigen Stunde Dinge kapiert, die er in seinem ganzen bisherigen Leben nicht verstanden hatte, im Vergleich dazu wußten die griechischen Tragiker rein gar nichts über das Leben; er würde bei Jura bleiben, die Klassiker kannte er ohnehin schon.

Die Stimme Federicos eben war fragend, sie klang metallisch und wie aus weiter Ferne, als käme sie aus dem Telefon; die Zeit geriet ins Schwanken und versank wie in einem Wirbel: Und umgeben von Luftbläschen, treibend im Tümpel der Jahre, tauchte das Gesicht Maddalenas. Vielleicht sollte man das Mädchen, in das man einmal verliebt war, nicht an dem Tag besuchen, an dem ihr die Brüste wegoperiert werden. Wenn auch nur aus Selbstschutz. Aber ich hatte keine Lust, mich zu schützen, ich hatte mich bereits ergeben. Und so ging ich hin. Ich wartete im Korridor auf sie, vor dem Operationssaal, wo der jeweilige Patient ein paar Minuten warten mußte, bis er an der Reihe war. Sie brachten sie auf dem Rollbett, und auf ihrem Gesicht lag die unschuldige Fröhlichkeit der Vornarkose, die, glaube ich, eine Rührseligkeit ohne Bewußtsein erzeugt. Ihre Augen glänzten, und ich drückte ihr die Hand. Ich begriff, daß sie noch immer Angst hatte, eine von der Chemie gedämpfte Angst. Sollte ich etwas sagen? Am liebsten hätte ich gesagt: Maddalena, ich war immer in dich verliebt, keine Ahnung, warum ich dir das nicht früher habe sagen können. Aber einem Mädchen, das gerade in den Operationssaal gebracht wird, zu einer derartigen Operation, kann man so etwas nicht sagen. Also flüsterte ich so schnell ich konnte: Vielgestaltig ist das Ungeheure, und nichts ist ungeheurer als der Mensch, auch über das graue Meer im winterlichen Südwind geht er und unter rings aufbrüllendem Wogenschwall kommt er hindurch – ein Satz aus ›Antigone‹, den ich bei der Aufführung vor vielen Jahren zu ihr gesagt hatte; keine Ahnung, warum er mir so deutlich vor Augen stand und ob sie sich an ihn erinnerte, ob sie imstande war zu verstehen; sie drückte mir die Hand, und sie brachten sie weg. Ich ging hinunter zum Krankenhausbüffet; an Alkoholischem gab es nur Amaro Ramazzotti, und ich brauchte ein Dutzend davon, um mich zu betrinken; als mir übel wurde, setzte ich mich auf eine Bank vor dem Krankenhaus, und ich mußte mir einreden, daß es ein Wahnsinn wäre, zum Chirurgen zu gehen, daß es der Alkohol war, der dieses Bedürfnis in mir verursachte, denn ich wollte tatsächlich zum Chirurgen gehen und ihm sagen, er solle die Brüste nicht verbrennen lassen, sondern sie mir geben, denn ich wollte sie aufheben, und es machte mir auch nichts, wenn sie innerlich krank waren, denn in uns allen ist immer irgendeine Krankheit, und ich hatte sie gern, die Brüste, sie hatten – nun, wie soll ich sagen? – eine Bedeutung, ich hoffe, Sie verstehen. Aber der letzte Funke von Verstand hielt mich davon ab, und ich schaffte es, ein Taxi zu erreichen; zu Hause schlief ich den ganzen Nachmittag; das Telefon weckte mich, als es bereits dunkel war, ich sah nicht einmal auf die Uhr, und die Stimme Federicos sagte: Tonino, ich bins, hörst du mich, Tonino? Wo bist du?, fragte ich mit belegter Stimme. In Catanzaro, antwortete er. Ich: In Catanzaro, was treibst du in Catanzaro? Er: Ich bewerbe mich als Staatsanwalt, ich habe gehört, daß es Maddalena nicht gut geht, daß sie im Krankenhaus ist. Genau, sagte ich, erinnerst du dich, was sie für Brüste hatte? Es gibt sie nicht mehr: zack! Und er sagte: Was redest du da, Tonino, bist du betrunken? Sicher bin ich betrunken, sagte ich, stockbesoffen bin ich, und mir graut vor dem Leben, und auch vor dir mit deinem Staatsanwaltsposten in Catanzaro, warum hast du sie nicht geheiratet? Sie war in dich verliebt und nicht in Leo, und das hast du immer gewußt; du hast sie nicht geheiratet, weil du Angst hattest, weshalb hast du diese Klugscheißerin von einer Frau geheiratet, kannst du mir das sagen? Ein Arschloch bist du, mein lieber Federico. Ich hörte, wie es klick machte, als er auflegte, sagte noch ein paar Unflätigkeiten ins Leere, und dann ging ich zurück ins Bett und träumte von einem Feld voller Mohn.

Und so flogen die Jahre wahllos vor und zurück, und Leo und Federico tanzten noch immer mit Maddalena im Empiresalon. Und während die beiden da vorne saßen, der eine im Talar und der andere in seinem Käfig, begann die Zeit plötzlich wie wild durcheinanderzuwirbeln, wie in einem alten Film, in der Art von Kalenderblättern, die davonfliegen und sich aufs neue zusammenfügen, und inzwischen tanzten die beiden mit Maddalena und blickten ihr tief in die Augen, und ich legte die Platten auf. Und weiter: wir alle eines Sommers im Gebirgscamp des Nationalen Olympiakomitees, die Spaziergänge im Wald, die Tennisleidenschaft, die uns alle gepackt hatte, aber Leo spielte als einziger ernsthaft: der Leo mit seiner unschlagbaren Rückhand und dennoch so elegant, mit den anliegenden Leibchen, den schweißnassen Haaren und dem nach dem Match um den Hals geschlungenen Handtuch. Am Abend lagen wir auf der Wiese und philosophierten über das Leben: Wem würde Maddalena den Kopf auf die Brust legen? Und dann dieser Winter, der uns alle überraschte, vor allem, was Leo betraf. Wer hätte sich das gedacht: Er, so elegant und betont oberflächlich, der an die Statue im Vorraum des Rektorats geklammert, vor den versammelten Studenten eine enthusiastische Rede hielt? Er trug einen grünlichen, militärisch geschnittenen Parka, der ihm hervorragend stand; meiner war blau, weil ich dachte, blau passe besser zu meinen hellen Augen, aber Maddalena achtete gar nicht darauf, jedenfalls sagte sie nichts; sie betrachtete nur den Parka Federicos, der ihm zu weit war und ihn plump machte; ich fand diesen zu groß geratenen, steifen Jungen mit den zu langen Ärmeln lächerlich, aber den Frauen schien er offensichtlich zu gefallen.

Dann begann Leo mit leiser monotoner Stimme zu sprechen, als erzählte er ein Märchen, und das war die Ironie Leos, ich wußte das; im Gerichtssaal hätte man eine Stecknadel fallen hören, die Journalisten machten gebannt ihre Notizen, als verkündete er ihnen das *Große Geheimnis,* und auch Federico hörte ihm mit äußerster Aufmerksamkeit zu; Gott im Himmel, dachte ich, warum tust du, als hörtest du ihm wie gebannt zu, er erzählt dir doch nichts Neues, in diesem Winter warst auch du dabei. Und fast stellte ich mir vor, daß Federico plötzlich inmitten des Hohen Gerichts aufstand und sagte: Meine Herren Geschworenen, mit Ihrer Erlaubnis möchte ich diesen Teil erzählen; er ist mir bestens bekannt, da ich ihn selbst erlebt habe: Die Buchhandlung hieß »Nuovo Mondo« und lag an der Piazza Dante, heute befindet sich an ihrer Stelle eine elegante Parfümerie, wenn ich nicht irre, die auch Taschen von Gucci verkauft. Sie bestand aus einem großen Zimmer und zwei Nebenräumen rechts: einem Abstellraum und dem Klo. Im Abstellraum haben wir niemals Bomben aufbewahrt und auch keine sonstigen Sprengstoffe, sondern die Salzringe aus Apulien, die Memo mitbrachte, wenn er in den Ferien in seinem Dorf gewesen war, und dort trafen wir uns jeden Abend und aßen Salzringe aus Apulien und Oliven. Unser Gesprächsthema war fast immer die kubanische Revolution, und über dem Kassentisch hing auch tatsächlich ein Poster von Che Guevara; aber wir beschäftigten uns auch mit den anderen historischen Revolutionen; und ich mußte über sie berichten, denn was die Geschichtsphilosophie anbelangt, so wußten meine Freunde recht wenig; ich hingegen hatte die Geschichte des politischen Gedankens für eine Prüfung studiert, die ich mit Auszeichnung bestand, und so hielt ich einige Vorlesungen über Babeuf, Bakunin und Carlo Cattaneo, die wir Seminare nannten; in Wirklichkeit waren mir die Revolutionen jedoch ziemlich egal, ich machte das alles nur wegen eines Mädchens mit roten Haaren, die Maddalena hieß und in die ich verliebt war, aber ich war davon überzeugt, daß sie in Leo verliebt war, oder besser gesagt, ich wußte, daß sie in mich verliebt war, hatte aber Angst, sie könnte in Leo verliebt sein; kurz und gut, es war ein kleines, unbedeutendes Mißverständnis – ein Satz, der zwischen uns üblich war in dieser Zeit, und dann war da Leo, der mich andauernd auf den Arm nahm; Leo hatte schon immer die Gabe besessen, die Leute auf den Arm zu nehmen, er ist schlagfertig und hat das Talent zur Ironie, und so stellte er mir leicht böswillige Fangfragen, damit alle sahen, daß ich ein Reformist war und er ein wahrer, ein radikaler Revolutionär; aber so radikal war er in Wirklichkeit gar nicht, der Leo, er wollte mich bloß vor Maddalena bloßstellen, und so geschah es, daß er – teilweise aus Überzeugung und teilweise aus Zufall – in den Vordergrund rückte, daß er der Wichtigste wurde in unserer Gruppe, aber auch für ihn war das ein kleines Mißverständnis, das er für unbedeutend hielt. Und Sie wissen ja, wie es ist: Die Rolle, die man spielt, wird zur Wirklichkeit; das Leben ist tüchtig, wenn es darum geht, die Dinge zu verhärten, und die Haltungen werden zu Lebensentscheidungen.

Aber Federico sagte kein Wort davon, er verfolgte nur aufmerksam die Fragen des Staatsanwalts und die Antworten Leos, und ich dachte: Das ist doch nicht möglich, das ist eine Aufführung. Aber es war keine Aufführung, nein, es war die Wirklichkeit, sie prozessierten gegen Leo, und auch die Dinge, die Leo gemacht hatte, waren wirklich, und er gestand sie offen und gleichmütig ein, und Federico hörte ihm gleichmütig zu, und da dachte ich, daß auch er nicht anders konnte, denn dies war seine Rolle in der Komödie, die man gerade spielte. Und in diesem Augenblick spürte ich einen Impuls der Rebellion; den Wunsch, mich dieser Handlung, die bereits festgelegt schien, zu widersetzen – einzugreifen, sie zu verändern. Was kann ich tun?, dachte ich, und mir fiel nur Memo ein, das war alles, was ich tun konnte; ich verließ den Gerichtssaal und ging in die Vorhalle hinaus, wo ich den Carabinieri meinen Ausweis zeigte; während ich die Nummer wählte, dachte ich hektisch darüber nach, was ich sagen sollte: Sie prozessieren gegen den Leo, würde ich sagen, komm, du mußt etwas unternehmen, er gräbt sich sein eigenes Grab, es ist absurd, natürlich weiß ich, daß er schuldig ist, aber nicht in diesem Ausmaß; er ist nur ein Rädchen in einem Getriebe, das ihn zermalmt hat, aber er spielt die Rolle dessen, der die Hebel des Getriebes bedient hat, aber er tut es nur, um sich selbst treu zu bleiben, er hat niemals eine Maschinerie betätigt und wahrscheinlich hat er nicht einmal Geheimnisse auszuplaudern, er ist nur er selbst, derselbe Leo wie damals, als er mit dem Handtuch um den Hals Tennis spielte, aber er ist auch intelligent, er ist ein intelligenter Idiot, und das alles ist absurd.

Das Telefon läutete eine Zeitlang und dann antwortete eine höfliche und kühle Frauenstimme mit deutlich römischem Akzent: Nein, der Herr Abgeordnete ist nicht da, er ist in Straßburg, was wünschen Sie? Ich bin ein Freund, sagte ich, ein alter Freund, können Sie ihn bitte ausfindig machen? Es handelt sich um etwas sehr Wichtiges. Es tut mir leid, sagte die höfliche und kühle Stimme, aber das wird leider nicht möglich sein, der Herr Abgeordnete ist in einer Sitzung, aber wenn Sie möchten, können Sie eine Nachricht hinterlassen, ich werde es ihm so bald wie möglich übermitteln. Ich legte auf und ging in den Saal zurück, aber anstatt mich auf meinen Platz zu setzen, blieb ich am oberen Ende des halbkreisförmigen Saales stehen, hinter der Reihe der Carabinieri; ein Raunen ging gerade durch die Reihen; Leo hatte wohl eine seiner typischen Bemerkungen gemacht, auf seinem Gesicht lag noch der böswillige Ausdruck dessen, der gerade etwas Hinterhältiges gesagt hat, und in diesem Ausdruck spürte ich eine große Traurigkeit. Und auch Federico, der die Unterlagen vor sich ordnete, schien mir von einer großen Traurigkeit befallen zu sein, als lastete ein Gewicht auf seinen Schultern, und in diesem Augenblick verspürte ich den Wunsch, im Blitzlichthagel der Fotografen durch den Saal zu gehen, bis hin zur Balustrade, und mit den beiden zu sprechen, ihnen die Hand zu drücken, nun, irgend etwas Ähnliches. Aber was hätte ich sagen sollen? Daß es sich um ein kleines, nicht wiedergutzumachendes Mißverständnis handelte? Denn während ich das dachte, hatte ich tatsächlich das Gefühl, das alles sei nur ein riesiges kleines nicht wiedergutzumachendes Mißverständnis, das vom Leben vereinnahmt worden war: Die Rollen waren inzwischen zugeteilt, und es war unmöglich, sie nicht zu spielen; und auch ich mit meinem Notizblock, auch ich, der ich einfach zusah, wie sie ihre Rollen spielten, spielte eine Rolle, und darin bestand meine Schuld: daß ich gute Miene zum bösen Spiel machte, denn man spielt überall mit und hat an allem Schuld, jeder auf seine Weise. Und in diesem Augenblick überkam mich eine große Müdigkeit und eine Art Scham, und gleichzeitig nahm mich eine Vorstellung in Besitz, die ich nicht entschlüsseln konnte: etwas, das ich als das Bedürfnis nach *Vereinfachung* bezeichnen könnte. In einem Sekundenbruchteil, in dem sich ein Knäuel mit atemberaubender Geschwindigkeit aufrollte, begriff ich, daß wir aufgrund einer Sache da waren, die sich *Kompliziertheit* nennt, und die in Hunderten, Tausenden und Millionen von Jahren Schicht für Schicht immer kompliziertere Kreisläufe, immer kompliziertere Systeme kondensiert hat, bis das entstanden war, was wir sind und was wir erleben. Und mich überkam die Sehnsucht nach der *Vereinfachung,* als ob die Millionen von Jahren, die die Wesen hervorgebracht hatten, die da sind: Federico, Leo, Maddalena, der »Abgeordnete« und ich – als ob diese Millionen von Jahren sich wunderbarerweise in ein aus Nichts bestehendes Stäubchen Zeit auflösten: Und ich stellte mir vor, wie wir alle auf einem Blatt saßen. Das heißt, nicht gerade saßen, denn unsere Körper waren mikroskopisch klein und mononuklear geworden: ohne Geschlecht, ohne Geschichte und ohne Verstand; und dennoch mit einem Funken von Bewußtsein, der es uns möglich machte, uns zu erkennen, zu wissen, daß wir fünf es waren, die da auf einem Blatt saßen und kleine Schlückchen Tau tranken, als säßen wir mit einem Getränk an einem Tischchen im Caffè Goliardico, und unsere Funktion bestand einzig und allein darin, dazusitzen, während ein anderes Grammophon für uns eine andere ›Strada anfosa‹ spielte, in einer anderen Form, die aber im wesentlichen dieselbe war.

Und während ich gedankenverloren auf diesem Blatt saß, erhob sich das Gericht und auch das Publikum; nur der Leo blieb in seinem Käfig sitzen und zündete sich eine Zigarette an; vielleicht war das eine Verhandlungspause, ich wußte es nicht; aber ich ging auf Zehenspitzen hinaus; draußen war die Luft glasklar und der Himmel türkisblau; vor dem Justizpalast stand verloren das Wägelchen eines Eisverkäufers, und hin und wieder fuhr ein Auto vorbei; ich machte mich auf den Weg in Richtung Hafen; auf dem Kanal lag ein verrosteter Lastkahn, der lautlos dahinglitt, wie ohne Motor; ich ging an ihm vorbei, und darauf standen der Leo und Federico, der eine mit seinem spöttischen Gesicht und der andere ernsthaft und nachdenklich; sie blickten mich fragend an, und es war deutlich, daß sie auf einen Satz von mir warteten; und hinten auf dem Kahn stand Maddalena, als führe sie das Steuer, strotzend vor Jugend, und lächelte wie ein Mädchen, das weiß, daß es vor Jugend strotzt. Kinder, wollte ich zu ihnen sagen, erinnert ihr euch an ›Strada anfosa‹? Aber die drei waren steif und unbeweglich, und ich begriff, daß sie in realistischer Manier geschaffene und zu bunt bemalte Gipsfiguren waren, in extravaganten und karikaturenhaften Posen, wie sie manchmal die Puppen in Schaufenstern haben. Und ich sagte nichts, natürlich nicht, sondern winkte ihnen nur mit der Hand, während der Kahn mit ihnen davonfuhr, und ging weiter auf die Mole hinaus, langsam und zögernd, und dabei versuchte ich, nicht auf die Zwischenräume zwischen den Pflastersteinen zu treten, wie ich es auch als Kind getan hatte, als ich mit einem unschuldigen Ritual versuchte, der Symmetrie der Steine meine kindliche Dechiffrierung der Welt anzupassen, die noch keinen Rhythmus kannte und kein Maß.

JOAN AIKEN
Die Schöne im Glas

Ostern war spät in diesem Jahr. Am Ostermontag wurde das erste Sommerrennen veranstaltet, und ich kam dazu mit der Eisenbahn von Brighton herüber. Damals fuhren die Züge noch nicht schnell, und während wir gemächlich dahinzuckelten, konnten wir die Kuckucke rufen hören, die in den Wald flogen und wieder heraus; wenn wir hielten, waren sie doppelt so laut.

Es war ein strahlender, windiger Tag, überall flog Bonbonpapier herum, den Kindern wurden die Bänder von ihrem Zuckerzeug aus den Händen geweht, und auf den großen, austerförmigen Hüten, die alle Frauen in jenem Jahr trugen, wippten und schwankten die Federn. Unten am Strand mußte ein regelrechter Sturm gewesen sein, aber oben am Rennplatz war es natürlich etwas geschützter durch die Kreidehügel.

Zuerst bemerkte man die Hügel kaum vor lauter Gehaste und Geschrei und Trubel; da wurde gelacht und gepfiffen und geklappert, alte Knacker schwenkten ihre Luftballons, Mädchen versuchten ihre Röcke zusammenzuhalten und quietschten, wenn sich die Papierschlangen um ihre Beine wickelten – und dann schaute man hoch und sah, wie die grüngraue Schulter des Hügels sich neigte, als ob jemand der ganzen Angelegenheit den Rücken kehrte.

Es ist eine hübsche Landschaft. Ich liebe sie. Immer noch.

Ich wollte den ganzen Tag bleiben und hoffte, ein bißchen Geld zusammenzukriegen, denn daran fehlte es mir damals immer. Ich war jung, und mein Blut kreiste rasch und machte mich unruhig; nichts konnte ich lange halten, und Kleingeld schon gar nicht.

An einem normalen Montag war die Hauptstraße vermutlich so still wie ein Flußbett, aber an jenem Nachmittag kam sie mir vor wie ein Tollhaus, und der Verkehr – ein paar Autos, vor allem jedoch Pferdewagen und Kutschen – staute sich vor der Brücke bis zum Schloß. Damals hatten sie im Hotel einen riesengroßen, zahmen weißen Kakadu, und der war draußen und flog mit seinen starken rudernden Flügeln die Straße auf und ab wie ein Zeppelin; jedesmal, wenn er über die Menge glitt, machten alle »Ooh!«, und die Frauen duckten sich und schrien. Er flog so tief, daß man das irre orangefarbene Funkeln in seinem Auge sah; ehrlich, ich fand, wir waren auch alle ein bißchen irr.

Dieser Vogel kam mir sehr gelegen. Meine Masche war der Taschentuchhandel, und ich arbeitete mich langsam vom Bahnhof zum Rennplatz vor, ohne etwas zu überstürzen. Ich hatte zwölf Dutzend billige, mit Maschinenspitze gesäumte Tüchlein bei mir, ordentlich in Seidenpapier verpackt, und mein Trick war, irgendeinem alten Mädchen ganz höflich auf die Schulter zu tippen und zu sagen: »Gnä' Frau, Ihre Handtasche ist offen, haben Sie das gewußt?«

»Großer Gott!« rief sie dann, »wann ist das denn passiert?« Und ganz aufgeregt sagte sie: »Vielen Dank, daß Sie mir das gesagt haben«, und: »Ich hab es überhaupt nicht gemerkt.«

Natürlich hatte sie es nicht gemerkt, denn ich hatte die Tasche aufgeknipst, als sie sich den Hals nach dem Kakadu verrenkte.

»Am besten gucken Sie nach, ob alles noch da ist«, sagte ich dann und schaute mich um, als könnten da zwei oder drei Diademe und ein Perlenhalsband auf dem Pflaster liegen.

»Nein«, sagte sie, »Geldbeutel, Kamm, Haarnadeln, Pfefferminz – alles ist da. Ich bin Ihnen sehr dankbar, junger Mann.«

Während sie noch so glücklich und dankbar ist, verkaufe ich ihr eines meiner spitzengesäumten Taschentücher als Glanzstück für ihre Plundersammlung. Die Leute kaufen alles auf der Straße, besonders, wenn sie sich einem verpflichtet fühlen, für das Fünffache des Preises, den sie im Laden zahlen würden, und in zwei Stunden war ich fünfzig Vier-Penny-Lappen für eine halbe Krone das Stück losgeworden.

Ich betrieb das nicht geschäftsmäßig, es ging mir bloß ums Taschengeld, und als ich zum Rennplatz kam, hörte ich auf. Den Anstoß dazu gab die letzte alte Zicke, der ich mein Märchen von der Chantilly-Spitze erzählte. Nachdem sie mir ihre halbe Krone gegeben hatte, brachte sie mich dadurch aus der Fassung, daß sie das winzige Taschentuch sehr energisch auseinanderschüttelte, hineinschneuzte und mich dabei die ganze Zeit mit einem hellen dreieckigen blauen Auge musterte, das einer steinernen Pfeilspitze glich.

»Junger Mann«, sagte sie, »Sie werden es weit bringen. Möglicherweise zu weit.«

Da stand ich wie angewachsen, unfähig, mich aus dem Bann dieses Auges zu lösen, bis sie mich, nicht unfreundlich, mit einem kleinen Nicken gehen ließ.

Also trollte ich mich und versuchte mein Glück bei den Rennpferden. Ich gewann sofort mit zweien, bei denen die Wetten niedrig standen, deshalb machte ich erst mal Pause und ruhte mich aus. Es hat keinen Sinn, wenn man eine Glückssträhne festhalten will. Mutter sagte immer: »Gut Ding will Weile haben.«

Immer noch drängten Menschen vom Bahnhof her, überall gellten Pfeifen und Papierheuler. Es war ein schöner Tag. Man konnte die Salzluft vom Meer her riechen, fünf Meilen entfernt.

Ich ging auf ein Bier und ein Sandwich in die »Neue Nadel«, ein kaltes, stinkendes kleines Lokal, aber das nächste beim Rennplatz, und dann bummelte ich zurück, sah mir alles mögliche an und ließ mir, wie gesagt, Zeit. Bei der Drei-Uhr-Wette fiel mir ein Außenseiter auf, bei dem es 100 zu 1 stand, Kluger Kakadu. Das ist deine Chance, mein Junge, dachte ich und setzte einen Fünfer auf ihn. Das war wohl ziemlich närrisch, aber ich fühlte mich pudelwohl und nahm alles ganz lässig, außerdem wußte ich, das war mein Glückstag.

Kluger Kakadu schlug die anderen um etwa fünf Längen.

Irgendwie ärgerte ich mich. Ich fand, es war zu früh am Tag passiert. Mein Verstand sagte mir, daß ich jetzt nicht mehr wetten sollte, obwohl es schade war um den vergeudeten Nachmittag. Jedenfalls, dachte ich, setze ich ein oder zwei Rennen aus. Ich holte meinen Gewinn ab und schlenderte zu einer Ecke des Rennplatzes, wo ein kleiner Rummel aufgebaut war.

Da gab es Schießbuden und Ringwerfen und die üblichen Attraktionen, starke Männer, eine Schlangenbeschwörerin, eine Dame mit Bart, den Sensationellen Guckkasten, ein paar dressierte Hunde. Ich sah mir die Schlangenbeschwörerin an und fand sie ihr Geld wert, obwohl sie ein mageres

Mädchen war, und die Schlangen waren jedenfalls keine Kobras.

Dann ging ich weiter zum letzten Zelt. Als ich den Anschlag davor sah, rieb ich mir die Augen und mußte noch mal hinsehn, denn da stand: EINTRITT 5 Pfund. Darüber war das plump gemalte Bild eines nackten Mädchens, das still dastand und vor sich hin starrte, und in größeren Buchstaben die Ankündigung: ELANA – DAS MÄDCHEN IN DER KUGEL.

Ich betrachtete die Burschen, die hineingingen, und tatsächlich, sie gaben Fünfer her oder schmutzige Notenbündel. Na, dachte ich, da wird man in großem Maßstab übers Ohr gehauen, daneben bin ich bloß Amateur. Wie kommen die dazu, sich von ihrem Geld zu trennen?

Der Anschlag hatte nichts besonders Aufregendes, und ich wollte mich nicht auf die Schnelle reinlegen lassen, bloß weil all dieses Geld mir ein Loch in die Tasche brannte, also hing ich nur herum und beobachtete.

Nach etwa fünf Minuten griff eine Hand aus dem Zelt und drehte die Ankündigung um, so daß man jetzt las: AUSVERKAUFT. Dann begann eine irgendwie orientalisch klingende, klagende und quäkende Musik. Sonst war Totenstille im Zelt – kein Räuspern, kein Gemurmel.

Die Stille dauerte etwa zehn Minuten, dann hörte die Musik mit einem hohen, langgezogenen Triller auf, und nach einer Pause von ein paar Sekunden kamen die Männer wieder heraus. Ich sah mir ihre Gesichter an. Enttäuscht wirkten sie jedenfalls nicht, auch nicht so, als fühlten sie sich betrogen; im Gegenteil. Sie unterhielten sich eifrig und aufgeregt und schauten immer wieder zurück; doch sobald der letzte von ihnen im Freien war, wurde der Zelteingang wieder fest verschlossen.

»Ist es gut?« fragte ich einen älteren Burschen, einen militärisch aussehenden Mann.

»Erstaunlich«, sagte er. »Wirklich erstaunlich. Wie zum Teufel ist sie hineingekommen? Gehen Sie und gucken Sie sich das selbst an, junger Mann.«

Das gab mir den letzten Anstoß, und als das Zelt wieder geöffnet wurde, ging ich mit den anderen Besuchern und gab einem riesigen Menschen mit einem Turban meinen Fünfer. An ihm vorbei betraten wir das Zelt durch eine Art

Vorhang, und bei jedem, der hereinkam, konnte man etwas wie ein Seufzen hören.

Das Zeltinnere war ziemlich leer bis auf ein seilumspanntes Viereck in der Mitte. Außerhalb der Seile war Gras, das inzwischen zu kreidiger Streu zusammengetreten war. Ein großer, dünner und abgewetzter indischer Teppich bedeckte das Viereck in der Mitte, aber in dem seltsamen, grünlich glänzenden Licht, das bei Tag in einem Zelt herrscht, konnte man immer noch die ursprünglichen Farben und Muster leuchten sehen.

Jeder, der hereinkam, ging direkt auf das Seil zu und beugte sich darüber, die Nachfolgenden schlossen sich rechts und links an, bis das Seil vollständig von stillen, starrenden Gesichtern gesäumt war.

Gelegentlich murmelte einer seinem Nachbarn zu: »Ist sie lebendig?«

»Sieht so aus.«

»Warum bewegt sie sich dann nicht?«

»Weiß nicht.«

Mitten auf dem Teppich lag eine durchsichtige Glaskugel wie jene, mit denen Fischer ihre Netze beschweren; doch diese hier hatte einen Durchmesser von etwa einem Meter und war aus ganz klarem Glas, das nicht dicker wirkte als das Glas eines Kognakschwenkers. Nirgendwo sah man eine Öffnung oder auch nur eine Fuge, und doch saß darin ein nacktes Mädchen, ganz still, und, soweit wir sehen konnten, lebendig.

Sie hielt einen Strauß Frühlingsblumen – Narzissen, Traubenhyazinthen und so weiter –, und eine ganze Menge Blütenköpfe lag um sie herum in der Kugel.

»Sie muß aus Wachs sein«, sagte jemand, und gleich danach bewegte sich das Mädchen.

Sie hatte auf die Blumen in ihrer Hand hinuntergeschaut, jetzt hob sie die Augen und sah uns mit klarem Blick an, ohne zu lächeln. Sie hatte dunkle Augen, einen breiten Mund und langes, blauschwarzes Haar, das ihr bis zur Taille über den Rücken hing. Es war ein wenig gewellt und sah sehr weich aus, wie dunkle Federn. Das Mädchen war schlank und nach meiner Schätzung nicht groß, vielleicht einen Meter dreiundfünfzig oder vierundfünfzig. Im Sitzen berührte sie mit dem Kopf fast den Rand der Kugel.

Sie strahlte einen ganz besonderen Zauber aus; ein Mädchen wie sie hätte man gern an einem schönen Frühlingstag oben in einem Doppeldeckerbus neben sich gehabt und eine Zwanzig-Meilen-Fahrt vor sich. Ihr einziger Fehler war, daß sie nie lächelte, aber in einer Glaskugel war ihr wohl nicht sehr nach Lächeln zumute. Wenn sie allerdings die Hälfte der Einnahmen bekam, hätte sie schon ein bißchen lächeln können beim Gedanken an zwanzig Fünf-Pfund-Noten, deren ehemalige Besitzer um sie herumstanden und sie so ernsthaft anstarrten.

Gleich darauf kam der Mann mit dem Turban von seinem Platz am Eingang, duckte sich rasch und geschickt unter dem Seil durch und nahm die Kugel ab. Er machte das scheinbar ohne Anstrengung, aber man konnte sehen, wie die Muskeln in seinen Armen anschwollen. Er hielt sie wie einen Strandball vor sich und ging einmal um den Ring.

»Sie sehen, meine Herren«, sagte er, »hier liegt keine Täuschung vor. Das Mädchen ist lebendig, die Blumen sind echt, und die Kugel ist aus reinem unversehrtem Glas. Wenn ich sie fallen ließe, würde sie zerbrechen. Klopfen Sie daran, wenn Sie wollen.«

Die meisten von uns klopften an die Kugel, und es klang wirklich wie Glas.

»Jetzt«, sagte der Mann, »werde ich damit jonglieren.«

In einer Ecke des Rings stand ein kleines tragbares Grammophon, und er zog es auf. Die Platte war schon aufgelegt, und nach einem Augenblick begann die klagende, quäkende Musik, und er fing mit seiner Nummer an. Eigentlich tanzte er mehr, als daß er jonglierte. Er stellte sich kurz mit der Kugel in Positur, dann warf er sie in die Luft. Dabei wirbelten die Blumen durcheinander wie die Flocken in einer Schneekugel, und als er sie auffing, setzten sie sich wieder am Boden ab; einige lagen auf dem Mädchen, das sich jetzt zusammengekauert hatte.

Es klang wie zwanzig Seufzer, als wir alle den angehaltenen Atem ausstießen. Der Mann drehte die Kugel in den Händen und warf sie wieder hoch. Dieses Mädchen mußte aus Gummi sein; man hätte denken können, sie hätte überall blaue Flecken, aber ich konnte noch nicht einmal eine Rötung an ihr entdecken. Die meisten Zuschauer hatten am nächsten Tag wohl steife Hälse, weil sie die Kugel im Flug nicht aus den Augen ließen.

Ein- oder zweimal warf er sie zum Publikum, jagte ihr nach und fing sie wie ein Rugby-Spieler gerade in dem Moment, als alle sich duckten oder mit den Fingern danach griffen. In der Kugel sah es aus wie in einem Kaleidoskop, das Mädchen streckte die weißen Arme und Beine in alle Richtungen, die Blumen stoben hoch wie Bienen, und über allem strömte ihr schwarzes Haar.

Zehn Minuten waren vorbei wie nichts. Die Platte war zu Ende, der Mann hörte mit seinen Tanzschritten auf und legte die Kugel sorgfältig auf die Teppichmitte zurück.

»Hat es Ihnen gefallen?« fragte er fröhlich und die Burschen, die zögernd hinaus ins Tageslicht gingen, murmelten: »Und wie!« Das Mädchen kämmte sich ruhig mit den Fingern das Haar, schob die Blütenköpfe auf den Boden der Kugel und ordnete ihren Strauß.

Ich ging mit den anderen hinaus, stand blöde im grellen Tageslicht und wußte nicht wohin oder was tun. Schließlich ging ich hinunter zur Hauptstraße und verkaufte meine restlichen Taschentücher, aber eigentlich tat ich das nur, um wieder zu mir zu kommen; mir war, als wirbelten das Mädchen und die Blumen in meinem Kopf herum.

Dann ging ich zurück und sah mir noch eine Vorstellung an. Inzwischen war es dunkel, das Rennen war vorbei, aber auf dem Rummelplatz war eine Menge los, und die Leute tanzten auf der Straße und auf dem Rennplatz. Es gab ein Feuerwerk, und ein paar Männer hatten Fackeln, wie man sie am Guy Fawkes Day benutzt – Metallbehälter, in denen paraffingetränkte Lappen brennen –, damit rannten sie herum, johlten und erschreckten die Frauen.

Das Zelt wurde mit grünlichen, flackernden Sturmlampen erleuchtet, und das Licht, das sich in der Kugel und in den Augen des Mädchens spiegelte, wirkte unheimlich – wie das Licht in den Augen einer Katze, die nachts von Scheinwerfern geblendet wird. Das Publikum war gereizt, nervös – und wollte am Ende der Vorstellung gar nicht gehen. Doch der Mann mit dem Turban rief: »Wir schließen jetzt, wir schließen jetzt. Schluß für heute«, und trieb sie hinaus.

Ich schob mich gerade durch den Ausgang, da faßte er

mich am Arm und sagte: »Warten Sie.« Also wartete ich, bis der letzte murrend in der Dunkelheit verschwunden war, und fragte: »Worum geht's?«

»Die kleine Vorstellung hat Ihnen gefallen? Es ist eine hübsche kleine Nummer, nein?«

»Nicht übel«, sagte ich.

»Wollen Sie kaufen?«

»Warum? Wollen Sie verkaufen?«

»Ich muß verkaufen. Ich hab einen Mann in Chatham erschießt – verstehen Sie? Polizei ist hinter mir her. Ich fahre heute nacht nach Frankreich.«

»Wieviel?« fragte ich.

»Tausend.«

»Sagen wir fünfhundert.«

»Okay«, sagte er. »Ich habe nicht Zeit für Handeln.«

Während wir miteinander redeten, hatte er sein weißes Kostüm und den Turban gegen normale Kleidung vertauscht. Ich gab ihm die Fünfhundert in Scheinen, er warf dem Mädchen in der Kugel noch eine Kußhand zu und verließ schnell das Zelt.

Da stand ich, hielt mich am Seil fest und starrte sie an, und ich muß sagen, mir war ein bißchen ängstlich zumute. Ich hatte keine Ahnung, was jetzt passieren sollte. Das alles hatte sich jedenfalls zu einem merkwürdigen Tag entwickelt, wie eine Seite, die aus einem Traum herausgerissen wird. Ich fragte mich, was ich mit dem Mädchen tun sollte – eine Decke über sie werfen wie über einen Kanarienvogel? Was sonst?

Dann merkte ich, daß sie mir Zeichen machte und in eine Ecke des Zeltes deutete. Ich schaute hin und sah einen Hammer. Als ich ihn hochhielt, nickte sie und fing mit einer neuen Pantomime an. Es dauerte ein bißchen, bis ich kapierte, aber dann war mir klar: Sie wollte, daß ich die Kugel zerschlug. Das verstörte mich etwas, denn was sollte aus meiner Show werden, wenn die Kugel kaputt war? Aber schließlich konnte sie nicht ihr Leben in der Kugel verbringen; sie mußte etwas essen. Wahrscheinlich waren hinter den Kulissen Ersatzkugeln.

Und so zerschlug ich die Kugel mit dem Hammer.

Ziemlich verblüfft stellte ich fest, daß sie Französin war und kein Wort Englisch konnte. Sie hieß Marie-Laine. Während sie in das dunkelblaue Kleid schlüpfte, das in einer anderen Zeltecke lag, und ihr Haar zu einem Nackenknoten drehte, deutete ich auf die Scherben und sagte: »Où sont les autres?«

Sie warf die Hände hoch, zuckte die Schultern und stieß einen Laut aus wie Pfui.

»Alors, comment construire ...?« Mein Französisch war ziemlich eingerostet, und ich hatte Mühe, ihr klarzumachen, was ich meinte: Wie zum Teufel kriegen wir dich in eine andere Kugel?

»Sais pas, moi«, sagte sie.

Ich gab zunächst mal auf, und weil ich ordentlich Hunger hatte und annahm, daß es ihr ähnlich ging, schob ich meinen Arm unter ihren und führte sie ins Hotel »Anker« zu Steak und Pommes frites.

Es war eine komische Mahlzeit. Hunger hatte sie jedenfalls – sie stürzte sich auf dieses Steak und redete dabei die ganze Zeit wie ein Wasserfall auf französisch von ihrem Briefmarkenalbum, das sie, unter ihren anderen Arm geklemmt, mitgebracht hatte. Der Kellner, der uns bediente, fing Feuer, und bevor wir mit dem Essen fertig waren, hatte sie mit ihm eine Marke aus Südafrika gegen eine aus Togo getauscht. Alle Männer im Raum beobachteten sie völlig fasziniert, sie war so hübsch und so überaus lebendig. Während sie da saß und mit ihren ausdrucksvollen Händen gestikulierte und mir ihre *timbres* zeigte, erinnerte sie an die samtige Weichheit und Leichtigkeit eines Kätzchens.

»Komm jetzt«, sagte ich schließlich, »*marchons*. Es wird Zeit.«

Und wir bummelten durch die Hauptstraße zurück, die jetzt leer und friedlich im Sternenlicht lag.

Am Morgen war sie mit ihrem Briefmarkenalbum und dem Rest meines Geldes verschwunden. Sie ließ mir nur das Zelt, das, wie ich bald feststellte, sowieso nur gemietet war, und die Erinnerung an die zauberhafteste Nacht, die je zwei Leute auf einem verblichenen alten indischen Teppich verbracht haben.

Eines Nachts wurde ich durch das Gemurmel zwischen meinem Vater und meiner Mutter geweckt, die von einem Bett zum anderen miteinander sprachen. Ich begriff sehr bald, daß von mir die Rede war. »Er zeichnet unaufhörlich«, sagte mein Vater. »Hast du bemerkt, wie er immer die Zunge herausstreckt, wenn er damit beschäftigt ist? Was für ein komischer kleiner Kerl. Ich denke mir immer, er ist auf diesem Gebiet begabt. « – »Er ist sehr brav«, sagte meine Mutter. – »Ja, aber seine Noten in Arithmetik sind furchtbar. Bist du dir klar darüber, daß er nicht einmal zwei Zahlen addieren kann?« Ich weiß nicht mehr, was sie weiter sagten, offenbar war ich gleich darauf wieder eingeschlafen.

Ob meine Mutter wohl etwas ahnte? Ich vermute, nein, doch mißtraute sie offenbar dem, was der Böse anrichten könnte, denn eines Tages erklärte sie mir das Gleichnis von den vergrabenen Talenten und machte dabei eine sonderbare Bemerkung, die ich seither nicht habe vergessen können. »Man kann sehr verschiedenen Gebrauch von den Gaben machen, die Gott uns verleiht. Wenn zum Beispiel Julien einen schlechten Gebrauch von seinem Zeichentalent machte, würde Gott es ihm nehmen. « Ich verstand nicht sehr gut, doch blieben diese Worte in meinem Gedächtnis haften. Was mich verwirrte, war die Zweideutigkeit des Ausdrucks »Talent«. Was bedeutet das: sein Talent vergraben ... Wie das? Es kam mir nicht in den Sinn, meine Mutte könne den Argwohn hegen, ich zeichnete unreine Dinge; vielleicht war es bei ihr selbst nur eine Art von Intuition, der sie weiterhin keinen Wert beimaß.

Was das Geschlechtsleben anbelangt, so war ich völlig unwissend. Ich wußte absolut nichts von den Beziehungen zwischen Männern und Frauen. Im Hause fiel darüber nie auch nur ein andeutendes Wort, wenn ich aber in der Bibel auf einen Satz stieß, der sich auf irgend etwas Derartiges bezog, so fragte ich meine Mutter, was das heißen solle. Irgendein Patriarch »erkannte« seine Frau. Ich stellte mir darunter Begrüßungsformeln und Verbeugungen vor, doch schien mir das nicht ausreichend. »Da mußt du deinen Vater fragen«, erklärte dann Mama. Seinerseits befragt, antwortete jedoch mein Vater eher verlegen: »Das muß dir deine Mutter erklären.« Ich wendete mich erneut an Mama. »Oh, später wirst du das schon verstehen«, war ihre ausweichende Antwort. »Im übrigen brauchst du es gar nicht zu wissen«, setzte sie hinzu.

Damit war die Frage entschieden. Wenn ich es nicht zu wissen brauchte, war es nicht weiter interessant. Meine Mutter konnte sich nicht täuschen.

Ich komme noch einmal auf die Zeichnungen zurück, von denen ich eben gesprochen habe, um erneut festzustellen, daß der Gedanke an eine mögliche Beziehung zwischen ihnen und dem Bösen mich nicht einmal streifte, dann aber auch, weil ich glaube, daß ich etwas von meinem Herzen in sie hineingelegt habe. Diese geheimnisvolle Welt war für mich ein Quell unerhörter Freude, der zugleich meine Wünsche nährte, wobei diese niemals wahre Befriedigung fanden, denn sie lagen jenseits jeder menschlichen Möglichkeit. Es war der Traum des Leibes. Ich barg in mir einen maßlosen Hunger, von dem ich selbst nichts verstand. Ich wußte nicht, was ich wollte, noch auch, was diese Zeichnungen im Grunde bedeuteten. Ich wußte einzig, daß ich sie verstecken und zerstören mußte, wobei ich dennoch bereit war, unaufhörlich neue herzustellen. Davon, daß ich etwa meinen Körper berührte, wie ich es mit vier oder fünf Jahren getan hatte, war keine Rede mehr. Keinen Augenblick dachte ich daran, ich schaute mich nie an, und ich muß sagen, daß, bis ich vierzehn Jahre alt war, etwas Derartiges mir nie in den Sinn gekommen ist.

Ein Verbrechen war es, keine Kleider anzuhaben, ein Verbrechen, nackt einherzugehen. Demgemäß waren die Menschen, die ich zeichnete, samt und sonders Verbrecher. Auf der Straße und im Hause waren Männer und Frauen bekleidet; alle Menschen waren immer von Kopf bis Fuß angezogen. Ich lebte in einer bekleideten Welt. Die Knaben trugen Strümpfe oder Socken, die so lang waren, daß man nur ihre Knie sah. Ich allein war, unter den Augen meiner Mutter, nackt in meinem Bad, schaute mich jedoch nicht an, denn ich mußte mich immer schleunigst anziehen, gleich wieder aufhören nackt zu sein. Was außer Händen und Gesicht nackt zu sehen war, konnte nur unanständig sein. Dieses Wort begann bei mir vielleicht nicht eigentlich einen Sinn anzunehmen, erhielt in meinem Kopf jedoch eine gewisse Bedeutung. »Jungfräulich« war ebenfalls ein Wort, das mich stark berührte. »Jungfräulich« lag ganz nahe bei »rein«, rein gehörte zu sauber; »sauber« aber bekam bei mir in einer Art von verschrobener Logik den Sinn von jung-fräulich beigelegt. Eines Tages, ein paar Minuten vor dem Mittagessen, fragte ich meine Schwester Eleonore, ob sie sich die Hände gewaschen habe. »Nein, weshalb«, fragte sie mit amüsiertem Lächeln, »das ist im Augenblick nicht nö-tig, ich hoffe es wenigstens.« Ich versetzte ihr einen leichten Stoß. »Du bist nicht jungfräulich!« rief ich ihr zu. Alle lach-ten, um so mehr, als sie seit kurzem verheiratet war. Die allgemeine Heiterkeit wirkte ansteckend auch auf mich. Of-fenbar hatte ich etwas ungemein Komisches gesagt, worauf-hin ich erst recht wiederholte: »Sie ist nicht jungfräulich, Eleonore ist nicht jungfräulich!«

Von Zeit zu Zeit führte meine Mutter uns in den Louvre und schleppte uns manchmal auch durch die Skulpturen-sammlungen. Sie wußte nicht, was sie tat, und sie konnte nicht ahnen, daß ich diese Räume in einer Art von sexuellem Rausch verließ, unter dem ich um so mehr litt, als ich den tieferen Grund dieser Marter nicht kannte. Nacktheit, ver-brecherische Nacktheit ... Weshalb war es erlaubt, sie in dieser Weise verherrlicht und auf Postamente erhoben zu sehen, so daß wir selbst daneben zu verschwinden schienen? »Das sind Kunstwerke«, erklärte Mama, »Statuen von fal-schen Göttern und Götzen, die es niemals gegeben hat. Los, geht jetzt weiter, bleibt nicht stehen. Wir nehmen den Om-nibus Passy–Hotel de Ville zum Nachhausefahren. Wenn Platz ist, steigen wir oben aufs Verdeck.«

Weshalb werden Kinder in Museen geführt?

Ich begriff einfach nicht. Diese Worte, die mich bei vielen Menschen von heute in Mißkredit setzen würden, muß ich immer wieder gebrauchen, um die innere Verwirrung zu beschreiben, in der ich aufgewachsen bin. Und dennoch war ich glücklich, wie wenige Kinder es gewesen sind. Wenn es in meinem Leben Augenblicke düsterer Freuden gab, so glaube ich sagen zu können, daß ich selbst nichts dafür kann. Eine unwiderstehliche Macht ergriff dann von mir Besitz und lenkte meine Hand zu dem weißen Blatt Papier. Das kam nicht sehr häufig vor. Es gab Intervalle, die man für wohlberechnet hätte halten können und die mir zu sehen gestatteten, welche »Fortschritte« ich inzwischen hatte machen können. Ich füge, bevor ich dieses Thema verlasse, hinzu, daß meinen Zeichnungen nicht die geringste Spur von Obszönität anhaftete. Ich hatte keine Ahnung davon, was das überhaupt war, noch von den Handlungen, durch die man ins Verderben gerät, vielmehr drang das Böse in weit subtilerer Art auf mich ein. Ich frage mich daher sogar, ob nicht meine Mutter letzten Endes doch Gelegenheit gefunden hatte, einen Blick auf eine meiner Zeichnungen zu werfen (ich war nämlich so sehr versunken in mein Tun, daß ich beim Zeichnen mit mir selber redete). Zudem bestand bei meinen Darstellungen nackter Personen noch die Besonderheit, daß diese geschlechtslos waren. [. . .]

Ich weiß nicht, weshalb man anständigen Leuten sein Vertrauen schenkt. Sie sind zuweilen gefährlicher als die anderen. Häufig sind sie Besessene. Lola war hübsch, wiewohl sehr blaß, mit rundem Gesicht und hatte schöne Augen. Offenbar war sie so alt wie ich oder ein Jahr älter. Plötzlich kam mir der Einfall, mit ihr zu machen, was die Personen bei Boccaccio taten, und schlug wie ein Lustblitz ein. Es war nach dem Nachtessen, glaube ich. Ich war entzückt, daß alles sich so günstig ergab. Die Dienstboten waren nicht mehr da, Lola hatte sich in das bewußte Gemach zurückgezogen. Ich mußte nur abwarten, bis sie im Bett war, um in ihr Zimmer zu gehen und zu tun, was ich im Sinne hatte.

Ich horchte an ihrer Tür, dann, als der Augenblick mir gekommen schien, klopfte ich an, ohne zu zögern. Sie glaubte wohl, es sei Teresina, und rief: »Herein!«, doch als sie mich dann sah, zitterte sie, wie mir schien, vor Schreck, denn sie lag tatsächlich schon zu Bett und zog das Laken über ihre Brust. Ich setzte mich gleich so auf den Bettrand, daß ich mich, um sie zu küssen, nur hinunterzubeugen brauchte. Muß ich daran erinnern, daß ich in Uniform war? Die Uniform machte damals stets einen gewissen Eindruck, und darauf eben rechnete ich. Im übrigen war meine Eitelkeit so stark, daß ich mir nicht eine Sekunde vorstellte, das junge Mädchen könnte sich mir versagen.

Sie warf mir vor, daß ich einfach bei ihr eindrang, doch auf nicht sehr überzeugende Art. Ich machte ihr Komplimente und fragte sie, ob es ihr denn so sehr mißfalle, mich neben sich zu sehen. Nein? Und warum nicht? Sie antwortete mir, indem sie ihre Hand über meine Wange gleiten ließ: »Perchè ti voglio bene.« Die Zärtlichkeit, mit der sie diese und noch andere Worte zu mir sagte, hätten mich zur Besinnung bringen sollen, aber ich war brutal, egoistisch und hochmütig. Ich faßte das Bettuch, das sie mit beiden Händen, jedoch nicht sehr hoch, nicht hoch genug, festhielt, und sagte ihr, ich wolle sie ganz nackt vor mir sehen. Sie sträubte sich ein wenig. Ich war gewiß, daß sie schließlich nachgeben und alles genau wie in den Büchern ausgehen werde wie bei Boccaccio. Doch es geschah nun etwas, was ich nicht vorhergesehen hatte. Wir hörten plötzlich ein Geräusch, das uns vor Schrecken erstarren ließ: die Tür des Vorzimmers ging. Mein Schwager kehrte heim. Ich konnte gerade noch zu Lola sagen: »Ich komme gleich wieder, sobald er schlafen gegangen ist.« Sie hielt den Finger an die Lippen, und ich verschwand.

Ich verschwand mit fabelhafter Geschwindigkeit. Heute noch frage ich mich, wie ich Zeit fand, in mein Zimmer zu gelangen, mir die Kleider vom Leibe zu reißen und so schnell ins Bett zu schlüpfen, daß ich, als mein Schwager ein paar Sekunden später die Tür einen Spaltbreit öffnete, unter meiner Decke zusammengerollt und offenbar schlafend dalag.

Nachdem er die Tür wieder zugemacht hatte, suchte er sein Zimmer auf, das neben dem meinen gelegen war, und ich hörte, wie er dort noch einen Augenblick auf und ab ging. Dem Geräusch, das er beim Schuheausziehen machte, entnahm ich, daß ich nicht mehr lange würde warten müssen, bis ich zu Lola zurückkehren könnte, doch mit einem Male, wie unter der Wirkung einer Droge, fiel ich in tiefen Schlaf, aus dem ich erst am nächsten Morgen gegen acht Uhr erwachte.

Ich kann mich meiner Gefühle beim Erwachen an jenem Tage nicht erinnern, doch ich glaube, sie bestanden in völliger Gleichgültigkeit. Es wäre mir angenehm, wenn ich jetzt schreiben könnte, ich sei von namenloser Wut verzehrt gewesen, denn damit hätte ich in mir ein natürliches, menschliches Gefühl zugegeben; aber es war mit meiner Menschlichkeit nicht weit her. Von meiner eigenen Person fasziniert, brachte ich es nicht fertig, dem Gefängnis zu entrinnen, das ich mir geschaffen hatte, ohne es zu wissen. Ich kann nicht darin schweigen, daß dieser tiefe Schlaf, in den ich verfiel, wahrscheinlich den Lauf meines Lebens änderte. Es scheint mir heute klar, daß, wenn ich mit Lola nach meinem Willen hätte umgehen können, ich vielleicht ein anderer Mensch geworden wäre. Doch es ist noch nicht Zeit, von diesen Dingen zu sprechen, die sich erst sechs Jahre später entscheiden sollten. War Lola noch Jungfrau? Ich habe Gründe anzunehmen, daß sie es nicht war. Sie hätte mir eine Welt erschlossen, die ich noch nicht kannte. Statt dessen wurde ich für einen ganzen Teil meiner Jugend auf mich selbst zurückgeworfen.

Was aber dachte Lola von mir? Sie ist gestorben. Ich werde es niemals erfahren. Am nächsten oder übernächsten Tage begegnete ich ihr in einer Straße, die sich unterhalb der Via Assarotti hinzog. Offenbar hatte das junge Mädchen mich recht keck gefunden und vermutete vielleicht, ich habe schon viele Abenteuer gehabt. Wie erstaunt wäre sie gewesen, hätte sie die Wahrheit gewußt! Ich ging geradewegs auf sie zu und machte ihr Komplimente: »Come sei bella oggi!« Viel mehr Italienisch konnte ich nicht. Sie hielt mir sanft mein Verhalten von gestern oder vorgestern abend vor und sagte, daran erinnere ich mich noch, ich denke nur an »cose indecente«. Ich gab offen zu, sie habe recht. Darauf lachte sie und hieß mich einen »cattivo«, aber ich merkte deutlich, daß sie mir nicht böse war, denn sie fragte mich, ob wir uns wiedersehen würden. »Gewiß«, antwortete der kleine Kriegsmann, der ich war, »und dann tun wir das, wovon Sie eben sprachen.« Von der übrigen Unterhaltung ist mir nichts im Gedächtnis geblieben. Ich kann nicht einmal sagen, ob sie mich gefragt hat, weshalb ich nicht zurückgekommen war, um ihr Gesellschaft zu leisten (das nämlich war der Ausdruck, den sie gebraucht hatte, als ich auf ihrem Bettrand saß), aber ich sehe noch die Straße der Unterstadt, das Mädchen mit dem milchigen Teint vor mir und werde sie auf meinem Sterbebett wiedersehen, wofern es stimmt, daß unser ganzes Leben noch einmal an uns vorüberzieht, bevor wir diese Erde verlassen.

Doch sollte ich Lola niemals wiederbegegnen. Ich nehme an, mein Urlaub ging zu Ende. Ein paar Monate später erfuhr ich beiläufig von meiner Schwester Eleonore, die junge Person komme nicht mehr ins Haus, sie suche eine andere Stellung. »Weshalb ist sie gegangen?« fragte ich. »Sie hat eine seltsame Antwort gegeben. Sie hat gesagt, sie finde bei uns nicht genügend Liebe.« – »Also verliebt in mich«, sagte ich mir in gewohnter Bescheidenheit.

Die Nächte waren feindlich. Es war kalt, selbst im Schlafsack und unter der steifen, grauen Wolldecke, eine Kälte, die Vera an das Skilager erinnerte, an den Halbschlaf mit kalter Nase unter schweren Deckenhaufen, beengt von Pullovern und Socken, die auf der Haut kratzten.

Draußen war es still. Die Insel lag unter einem eisigen Sternenhimmel. Vera dachte an das Geräusch eines vorbeifahrenden Lastwagens. Zu Hause zitterte das Haus, wenn das Licht der Scheinwerfer über dem Bett an der Wand entlangglitt. Aber auf der Insel gab es keine Autos. Auch deshalb waren sie hergekommen.

Jakob lag neben ihr. Er schlief nicht. Sie hörte seine Atemzüge. Das war ungewohnt für sie. Meistens schlief er ein mit einem Buch in der Hand, das langsam gegen die Brille in seinem Gesicht kippte. Manchmal ärgerte sie sich, wenn er auch im Halbschlaf noch auf ihre Fragen antwortete und sie glauben ließ, er unterhielte sich mit ihr. Sie knipste dann das Licht aus und wußte, daß er in der Dunkelheit lag unter dem Buch, das Kinn angezogen. Morgens im Halbschlaf hörte sie ihn dann zwischen den Kissen und Decken nach seiner Brille tasten. Oder er streifte die Brille nicht ab im Schlaf, und sie erwachte, seinen Atem im Nacken, ein glattes Brillenauge gegen ihr Ohr gedrückt. Er hatte viele Brillen: Kindheitsbrillen mit schweren Metallrahmen und runden Gläsern, Sportlerbrillen mit großen gewölbten Glotzaugen und schwarzen Querbalken über der Nase. Auf jeder Reise kaufte er sich eine neue. In Venedig war es eine leichte, gelbbraun getigerte Schildpattbrille, in Paris eine glitzernde blaugetönte Libelle mit feinem, biegsamem Metallkörper.

Vera fragte nicht, ob Jakob noch wach war. In der Dunkelheit wartete er auf diese Frage. Er wollte zu ihr herüber über die Schlucht zwischen den beiden dunklen Betthaufen. Die nackten Füße brauchten lange, ehe sie sich wieder erwärmten nach der Berührung mit diesen eiskalten Platten, die am Tag türkisblau waren, weiß gesprengelt, als habe sie jemand mit Joghurt bespritzt.

In den ersten Nächten hatte Vera seine klammernde Nähe genossen. Auch er fror, und die Enge im Schlafsack schuf eine kichrige Kindernähe.

Nach ein paar Tagen aber hatte sie plötzlich Lust bekommen, sich auszubreiten, auf dem Bauch zu liegen mit gespreizten Beinen und ausgestreckten Armen. Jakobs Schnarchen hielt sie wach. Sie wartete schon darauf, nicht einschlafen zu können, beobachtete seine Atemzüge, die langsam lauter und bebender wurden, bis der erste Schnarchton, leise aber präzise gefolgt von einem erleichterten Pfeifen, das Haar über ihren Schläfen streifte und hob.

Konnte sie nicht einschlafen, weil Jakob seine schweren Hände untätig auf ihren Brüsten liegen ließ. Den leisen Druck ihres Hinterteils in seinem Schoß erwiderte er nicht. Ihre Hand, die sich behutsam umtun wollte und sich verstohlen vom Bauchnabel her näherte, fing er ab, noch ehe sie sich unter den Bund der Hose schieben konnte, eine Hose wegen der Kälte. Er fing die Hand ab, bedeckte sie mit Küssen. Das war eine Versicherung der Zuneigung und eine Bitte, alle Nachforschungen zu unterlassen, auch die mündlichen. Vera war verwirrt. Jakob hatte sich auf der Insel verändert.

Sie lag in der kalten Nacht und ärgerte sich darüber, wie ungeliebt sie sich vorkam, wie schnell sie sich als ein Versager fühlte. War sie über Nacht alt geworden? Im Dunkeln lächelte sie grimmig.

Die Nächte waren feindlich. Hähne krähten, manche ganz fern, aber noch war es dunkel draußen. »Blödes griechisches Viehzeug«, dachte Vera.

Sie stellte sich die kleinen gelben Halbkugeln der Spiegeleier vor, die Agape am Morgen auf den Tisch unter den Maulbeerbaum stellte. Vera liebte den Geschmack dieser fetten, zähflüssigen Dotter und ekelte sich gleichzeitig etwas davor. »Meine Eier«, hatte die Wirtin gesagt und dabei fest mit der Faust auf ihren breiten Busen unter dem schwarzen Kleid geschlagen. Sie hatte zwischen Nase und Mund einen feinen schwarzen Bart.

Jakob aß keine Eier, er las in einem Buch, einer Science-Fiction-Geschichte, und Vera glaubte, daß er sie ab und zu beobachtete, wenn sie sich über die Eier beugte und das helle ungesalzene Brot in die Dotter tunkte. Auf der Titelseite des Buches reckte sich eine nackte Frau zwischen Eisblöcken und zielte mit einem Bogen in den Himmel. Jakobs runder Kopf mit dem kurzgeschorenen Haar stand über dem Buch wie eine arktische Sonne.

In der Morgensonne unter dem Maulbeerbaum vergaß Vera an dem runden Eisentisch die Kälte der Nacht. Der süße Kaffee füllte ihren Mund, und alles hier erinnerte sie an ihre Träume in den trüben Winterstraßen der Stadt.

Sie hatte sich dieses Frühstück vorgestellt. Die Farbe des Tisches stimmte: hellblau, der Kaffee im Glas stimmte, nur Jakob hatte nicht gelesen, sondern sie mit träger Glückseligkeit angesehen, über den Tisch hin.

Jakob hielt sein Weinglas in der Hand, während er das Buch auf den Tisch legte, um umzublättern. Er ließ das Glas nicht los. Vera streckte sich und gähnte. Sie ertappte sich dabei, daß beides nicht echt war, sondern zu dem Traum gehörte, den sie nicht aufgeben konnte.

Eine Stunde später waren sie unterwegs durch die Schlucht, in der die Schatten der Berge die Straße lila färbten und an die Nacht erinnerten. Dort wo die Sonne schon auf den Weg fiel, gingen sie langsamer, blieben stehen und sahen den weißen Tauben zu. Lautlose Schwärme wirbelten wie Papierfetzen um die Taubentürme, die aus dem Grün der Schlucht auftauchten. Jakob kannte die Insel. Er hatte sie als Reiseziel gewählt, und während er sich in den eisigen Nächten wie ein schlechter Gastgeber vorkam, gewann er im Sonnenlicht des Tages zusehends Selbstvertrauen. Unter Veras Bewunderung, ihre kleinen Freudenschreie im Ohr, lockerte sich sein Schritt. Seine Armbewegungen, mit denen er ihr die Landschaft überreichte, wurden runder und eiliger. Er senkte die Schultern und umarmte Vera, um ihr zuzuflüstern, daß er doch recht gehabt habe, sie hierherzubringen, daß er jetzt froh sei, hier zu sein mit ihr, und ob sie es auch sei. Vera sagte es ihm.

Früher hatten viel mehr Menschen auf der Insel gelebt, aber ihre Häuser waren verfallen. Das versetzte sie in seltsame Erregung. Von kleinen Steinmauern begrenzte Terrassen stuften alle Berge ab, alles war bebaut gewesen. Aus dem Rohrdickicht neben dem Bach ragten noch Olivenbäume, längst vergessen und unbeschnitten.

Sie schwankte zwischen der Lust, die Natur zurückkriechen zu sehen über die Terrassen der emsigen Menschen und zwischen einer Wehmut, die sie nicht ganz verstand. Der verlassene Garten mit den wild wuchernden Päonien aus einem Gedicht fiel ihr ein.

Die Stille war ihr unheimlich, stundenlang war kein Mensch zu hören und zu sehen. An Jakobs Hand besah sie den straff gespannten Himmel über den silbrigen Olivenbäumen.

Ob das Dorf noch um die Bucht gebreitet lag, wenn sie in der Dämmerung zurückkamen.

Jakob sagte: »Wir sind Besucher von einem anderen Stern«, und richtete seine eisblauen Augen auf sie.

Wenn sie allein waren, konnten sie ihre Gedanken lesen. Das geschah oft. Sie brauchtes nicht zu sprechen.

Sie fühlte Jakobs trockene warme Hand. Das war gut, das war eigentlich genug. Sogar wenn sie stritten, drängten sich unterm Tisch ihre Knie aneinander. Die wußten es besser.

Wenn sie sich liebten, blind und miteinander verschlungen, fühlte Vera, mit welcher Dringlichkeit Jakobs Körper ihrem Körper seine Nachricht aufdrängte. Es entstand eine durchlässige Stelle zwischen zwei fremden Systemen, eine durchlässige Membrane.

Auf dem Hügelkamm traf sie der Wind zwischen den Steinmäuerchen und sprang sie an. Drüben lag das Meer im milchigen Dunst.

Vera wollte sich niederlegen in das rote Quadrat des Mohnfeldes. Die Schönheit machte sie hilflos. Sie wollte ein Teil davon sein, rot werden. Jakob verstand sie und lachte. Er kannte ihren Neid auf die Kühe im Frühling, die im blättrigen Grün der Wiesen lagen.

Unter den schwankenden Gräsern im Duft zerquetschter Blüten lagen sie nebeneinander. Vera öffnete vorsichtig eine behaarte Knospe. Drinnen fand sie eng zusammengeknittert die seidigen, tiefroten Blättchen, die sich unter dem Druck des Zeigefingers glätten und auseinanderbiegen ließen. Um den grünen geriffelten Hut des Stempels drängten sich die Staubgefäße. Jakob legte sich neben ihr zurecht.

Sie atmete seinen Geruch ein, vermischt mit dem Geruch der Mohnblätter. Sie drängte ihr Gesicht zwischen das

Buch und sein Gesicht. Sie zeigte ihm die Knospe, in der die dick gebüschelten Staubgefäße sich schläfrig im Wind bewegten.

Jakob zog ihr Gesicht in seine Achselhöhle und leckte ihr Ohrläppchen.

»Komm«, sagte er. »Wir brauchen noch eine Stunde nach Kastro, und dort trinken wir Wein, der noch röter ist als dein Mohn.«

Vera steckte die Knospe in den Mund und kaute sie.

Als sie den dunklen Laden in Kastro betrat, konnte Vera nur die Kerzenbündel über der Theke hängen sehen. Jakob führte sie aus der Hintertür in einen schmal abfallenden Garten, in dem eine Bank und ein Tisch standen. Die kleine weiße Stadt saß wie eine Krone auf dem Kopf eines gedrungenen Hügels.

Ein Mann, den Vera im dunklen Laden nicht bemerkt hatte, kam nach einiger Zeit heraus und stellte zwei Gläser Rezina vor sie hin.

»Also doch nicht rot«, sagte Jakob. Er saß im Wind, und das machte ihn fröhlich. Sein Hemd bauschte sich, in der vorbeifließenden Luft wurde er leicht. Er schloß die Augen. Die Arme halb gehoben, wie Flügel.

Vera betrachtete sein Gesicht und fühlte den Schmerz, den seine Schönheit ihr bereitete. Seine Lippen waren von einer zarten Linie umgrenzt wie die Lippen alter Marmorstatuen. Vera fühlte den Doppelbogen seiner Oberlippe am ganzen Körper. Sie hätte ihn mit Armbewegungen nachzeichnen können, mit einer Wölbung des Oberkörpers, einem Neigen des Kopfes.

Jakobs Zunge kam heraus und fuhr über die Oberlippe, als kitzelten ihn ihre Blicke. Wie beim Mohnfeld fühlte sie den Schmerz, daß sie ihn nicht ganz haben konnte. Sie wußte dabei, daß sie diesen Mund auch deshalb liebte und auch, weil er ihr manchmal geschenkt wurde, oder aufgezwungen.

In der Abenddämmerung kam ein alter Mann die Dorfstraße entlang. Vera und Jakob saßen mit müden Füßen und betäubt vom Rauschen des Windes unter dem Maulbeerbaum.

Vera schrieb in ihr Heft. Sie versuchte, genau zu beschreiben, wie die vielen Geschichten, die alle gleichzeitig in ihrem Kopf warteten, sich vermischten und sich gegenseitig färbten.

Der alte Mann trug eine Schildmütze und ging gebückt unter einem riesigen Bündel gelben Schilfgrases.

Wie der Mann im Mond, dachte Vera und beobachtete erheitert, wie sich noch eine Kindheitserinnerung in das farbige Bündel der Fäden drängte, die sich mit ihren Gedanken verflochten.

Der alte Mann setzte sich an den anderen Tisch, der nahe am Haus stand, und legte geräuschvoll atmend seine Leinentasche und das große Grasbündel ab. Jakob, der den Alten schon oft beobachtet hatte und ihn mochte, sah zu ihm hinüber, lächelte und machte eine Geste des Trinkens.

Der Alte öffnete beim Lachen seinen zahnlosen Mund, wischte sich mit der Hand die Stirn ab. Dann ließ er sich zusammensinken und schloß die Augen. Die Wirtin kam aus dem Haus und stellte ein Glas Ouzo und ein dickwandiges Glas Wasser vor ihn hin, dazu ein Tellerchen, auf dem zwei Wurstscheiben lagen, in denen Zahnstocher steckten.

Der Alte hob sein Glas und winkte mit einer erhobenen Wurstscheibe herüber.

Auch Jakob hob sein Glas.

Am Strand lagen schwarze Kiesel. Das Wasser, aufgerauht vom Wind, war kalt und klar.

Jakob schwamm ein Stück hinaus, aus Selbstdisziplin, wie er sagte. Er kam mit blauen Lippen zurück und lachte über Vera, die wie ein Haubentaucherweibchen mit ihrem schwarzen Hut hinter den Graspolstern im Sand lag und nur einzelne Teile ihres Körpers für die Sonne entblößte. »Nacheinander wie Fensterchen am Adventskalender«, sagte Jakob. Sand wehte darüber hin. Als er sie einölte, waren seine Handflächen rauh und kalt.

Das leere Haus lag dicht am Wasser. Vielleicht war das der Grund, warum es leer stand. Die dicken Steinwände sahen stark und unversehrt aus, nur das Dach war über der breiten Kaminöffnung heruntergebrochen, und Sonnenflekken zitterten wie runde Goldmünzen auf dem Lehmboden. Es gab zwei Wohnräume. Im Stall neben der Küche wuchsen grüne Akanthusstauden.

Jakob zeichnete Pläne für das Haus. Er wollte es reparieren. Er wollte ein großes Zimmer anbauen, den Stall mit einem Dach versehen. Er brauchte Zement dazu, zehn Säkke oder mehr. Vor dem Haus lagen hartgewordene Zementsäcke wie eine niedrige Barrikade. Der Wind ließ die Reste der braunen Papiersäcke flattern.

Die Kinder schliefen in einem Zimmer. Ja, warum nicht. Ein großes Zimmer für die drei Kinder.

Sie sprachen manchmal von den drei Kindern, zärtlich vor Erleichterung, ihnen entkommen zu sein. Vera hatte zwei halbwüchsige Kinder. Jakobs Kind war noch klein und lebte bei der Mutter. Sie stellten sich vor, wie die drei Paar Kinderaugen die Bucht betrachten würden, wie die drei Kindermünder in den gebratenen Fisch beißen würden.

Sie aßen jeden Abend Fisch. Es gab immer Makrelen, dazu Salat aus grünen Blättern, die die Tochter des Fischers aus dem Gärtchen oben am Berg holte.

In dem weißgekalkten Raum standen drei Tische. Es war das Wohnzimmer der Fischerfamilie. Die Küche war in den Stein des Berges gehauen. Eine große Glastheke, die in dem kleinen Raum schräg festgeklemmt lag, trennte eine fensterlose Nische ab. Zwei blaue Gasflammen glommen in der Dämmerung unter den Pfannen. Dionisia, die Frau des Fischers, hatte Vera an der Hand gefaßt und ihr die beiden Schlafzimmer gezeigt, die über dem Gastraum in den Stein des Berges gehauen waren. Im Sommer wurden sie vermietet. Die Familie schlief dann im Ziegenstall an der Gartenmauer.

Jakob aß nicht. Er rechnete in einem Heft und machte kleine Zeichnungen daneben. Vera wußte nie genau, was er berechnete, aber es waren wichtige Berechnungen, das sagte Jakob ernst und bescheiden, ohne eine Erklärung anzubieten. Die Magie seiner Arbeit hatte auch einen mathematischen Aspekt, hatte mit kabbalistischen Zahlensystemen zu tun. So hatte es Vera verstanden.

Als er sie zum erstenmal umarmt hielt, auf seiner Matratze, die im Atelier hinter einem Stapel von Plexiglasscheiben lag, hatte er seine Hände hinter ihre Ohren in das schwarze dicke Haar geschoben und es um seine Finger gewickelt, dann hatte er ihr zugeflüstert, daß er alles ausgerechnet habe am Vortag, und daß alles gut sei, ja mehr, alles stünde zum besten zwischen ihm und ihr, das wisse er nun, aber er habe es schon vorher gewußt, als sie neben ihm sitzend Milzwurst bestellt habe im Lokal und er ihre Wärme gespürt habe, durch den Stoff an seinem Bein.

Wenn er sie an sich gedrückt hielt, glaubte sie ihm sofort. Er hatte es ihr zugeflüstert wie einem Mitwisser, einem Eingeweihten, einem, dem klar war, daß Zahlen befragt wurden, wenn es um eine Liebe ging. Später war ihr das ganz vertraut erschienen, vertraut wie die Gegenstände, die er formte, und die Wortspiele, die er erfand und die wie große Gewebe viele Papierbögen füllten.

Neben dem Fisch stand ein kleiner Napf mit grünlichem Olivenöl. Sie lösten die Haut, eine schwarzgetigerte Haut, fest wie Plastikfolie, von dem hellen Fleisch und tauchten mit den Fingern die Stücke in das Öl.

Dionisia, die den Fisch gebracht hatte, blieb scheu und schmal vor dem Tisch stehen, um zu sehen, ob er ihnen schmeckte. Vera spielte das Schulspiel mit ihr: sie zeigte auf verschiedene Dinge und fragte nach den Namen, wiederholte sie und ließ sich verbessern.

Heute spielte sie das Spiel lustlos, aber artig, denn Dionisia gefiel es, und sie kicherte hinter vorgehaltener Hand über Veras Aussprache. Vera fühlte Jakobs Bedrücktheit. Seine Finger spielten abwesend mit dem runden weißen Kügelchen des Fischauges, rollten es hin und her.

Sie wußte, daß er an den Raum dachte, an dem er arbeitete. Einen Raum, der Symbole für Erde, Himmel und Wasser vereinigen sollte. Ein kompliziertes, teures Projekt, zu dem ihm die Mittel fehlten und dessen Skizzen und Vorkonzepte in der letzten Ausstellung nicht verkauft worden waren.

Der alte Mann kam hinter der großen Glastheke hervor. Ohne seine Mütze konnte man sein dichtes weißes Haar sehen. Er trug eine Schüssel mit Kartoffeln, die im Wasser schwammen. Er zeigte sie Jakob, hob das Messer, das er in der anderen Hand hielt, und setzte sich auf einen niedrigen Stuhl unter den Kalender.

»Er arbeitet sicher für sein Abendessen«, sagte Jakob und lockerte die hochgezogenen Schultern. »Er gehört nicht hierher.«

Sie kannten beide den Großvater des Fischers. Er hatte schwere Lider, die so tief über das Auge hingen, daß er den Kopf in den Nacken legen mußte, um einen anzusehen. Er saß draußen vor der Tür neben einem Korb und bereitete den morgigen Fischfang vor. Er spießte weiße Tintenfischstücke auf Haken und hängte sie nacheinander an den Rand des Korbes.

Jakob deutete auf sein Bierglas und dann auf den alten Mann, er hob dabei fragend die Brauen. Der Alte, der sehr geschickt dünne zusammenhängende Spiralen von den Kartoffeln abschälte, zwinkerte und deutete dann auf seine Brust, mit beiden Händen, in denen er die halbgeschälte Kartoffel und das Messer hielt. Er neigte fragend den Kopf zur Seite, deutete dann ruckartig mit dem Messer auf das Bierglas, seine Miene verfinsterte sich, man konnte sehen, daß übermächtiger Ekel ihn überkam, er schüttelte sich, ließ die Kartoffel ins Wasser klatschen, stieß beide erhobenen Handflächen weit von sich, rasch, um dann mit beiden zu Schalen geformten Handtellern über einen weit vorstehenden, nicht vorhandenen Bauch zu streichen.

Jakob lachte verblüfft. Der Alte war ein Komödiant. Vera hörte auf, ihren Fisch zu zerteilen. Dionisia stand neben ihr und zupfte sie am Ärmel. Sie drehte die Augen zu dem Alten hin, lächelte, zeigte auf ihren Mund, auf ihre Ohren, schüttelte den Kopf.

»Er ist taubstumm«, sagte Jakob, der zugesehen hatte. »Er ist der einzige hier, mit dem wir uns unterhalten können, Vera, hörst du? Nur spricht er unsere gemeinsame Sprache besser.«

Vera nickte. Wie immer, wenn Jakobs Bedrücktheit sich legte, fühlte sie seine Nähe als strahlend und hell. Wenn er neben ihr schwieg und sich ihr verschloß, sprachlos in seiner Verzweiflung, seiner Wut, wurde ihr kalt und bang. Jakob bestellte Wein für den Alten. Dionisia brachte ihn in einem himbeerroten Aluminiumbecher. Der Alte verneigte sich zu Jakob hin, trank ihm zu.

»Liebst du mich?«

»Ja.«

»Liebst du mich auch jetzt in diesem Augenblick?«

»Natürlich lieb ich dich, das weißt du doch, komm nach

Hause.« Jakob klapperte übertrieben mit den Zähnen. Im Mondlicht sah die Bucht aus wie Eis. Der Wind raschelte in den Bäumen und rüttelte an den Fenstern und Türen. Das Dorf schlief, nirgends brannte Licht.

»Aber du willst mich nicht«, sagte Vera demütig und legte ihre Hand auf die Stelle zwischen den Brüsten, an der sie bei diesem Satz einen dumpfen Schmerz empfand, der ihr bis in die Arme fuhr.

Jakob zog ihren Kopf an sich und drückte ihn an seine Brust, dazu mußte sie sich bücken, denn er war kleiner als sie. Er drückte ihr Gesicht an seinen Pullover, viel zu fest, ihre Lippe wurde von den Zähnen gezerrt, sie schmeckte Wolle auf der Zunge. »Blöder Kerl, ich lieb dich schon«, flüsterte Jakob. »Es hat nichts mit dir zu tun, daß ich keine Lust habe.«

Vera versuchte loszukommen, aber er hielt sie fest. Sie wußte, daß er ihr den Mund zuhielt mit seiner Pulloverbrust.

Sie taumelten und stolperten im Mondschein an den schlafenden Häusern entlang. Vera weinte. Es tat gut, in den Pullover zu weinen. Sie begriff, daß Jakob unglücklich war und wütend auf die Galeristen, die Museumsleute, die Sammler, aber sie wollte nicht dafür gestraft werden, denn sie fühlte sich zurückgelassen und ungeliebt, als gehöre sie zu den Feinden, als wäre sie nicht die treue Verbündete, die seine Arbeiten verstand und liebte und mitlitt unter dem Geldmangel und den Enttäuschungen. Sie zweifelte nicht an Jakobs Talent. Tat er das?

Vera konnte in ihren eigenen Ängsten und Zweifeln immer mit Zärtlichkeit getröstet werden. Sie reagierte anders als Jakob. Sie flüchtete sich nachts aus ihren Angstträumen in Jakobs Arme. Lust war ihre Medizin gegen Traurigkeit, ein Raum in ihrem Inneren, ein heller weiter Raum, weit weg von allem, aus dem sie neubelebt und mutig zurückkehrte.

»Heute kann eigentlich nichts Schlimmes mehr passieren«, hatte sie einmal zerzaust und außer Atem nach einer morgendlichen Umarmung gerufen. Jakob hatte diesen Satz oft neckend wiederholt und dabei lächelnd ihr Gesicht geküßt.

Jetzt kam sie sich wie eine Bettlerin vor. Ihre Sehnsucht

nach ihm war peinlich, als wäre er ein fremder Mann, den sie heimlich in ihr Bett wünschte. Sie hielt ihren Körper in Zaum. War es ihm lästig, wenn sie darüber weinte?

Den ganzen Abend hatte Jakob mit dem stummen Alten gescherzt und gestikuliert. Der Alte sah Vera nie an, und einmal, als Jakob, der das auch bemerkte, die Hand des Alten nahm und die Stelle am Ringfinger berührte, dazu fragend die Brauen hob, hatte der Alte sein angeekeltes Gesicht gemacht, hatte dann den Kopf etwas eingezogen und mit listigen Augen zu Jakob aufgesehen, die beiden Fäuste mit dem Handrücken nach oben aneinander gelegt, ließ er die beiden Zeigefinger vorspringen und rieb sie aneinander, dabei sah er in die Runde, und die Männer an den Nebentischen, die zugesehen hatten, lachten und sprachen über ihn. Vera konnte nichts verstehen. Sie war die einzige Frau im Raum. Dionisia war zu Bett gegangen, und der müde Wirt lehnte an der Glastheke und spielte mit einer Schnur von Bernsteinperlen. Der Alte, der seinen Erfolg genoß, fuhr fort, die Finger aneinanderzureiben. Vera dachte an zwei nackte Körper, die sich aneinanderrieben, und nun traf sie auch der Blick des Alten kurz und glitzernd, dann blinzelte er Jakob zu, und Jakob, der sah, daß Vera verlegen wurde, warf ihr einen belustigten fragenden Blick zu.

Plötzlich ähnelte er den übrigen Männern im Raum. Es war eine andere Rasse, andere Tiere, die anders blickten, anders die Zähne zeigten, anders rochen.

Vera wollte aufstehen, es war ihr schwindelig, sie hatte zuviel getrunken. Der Raum zerbrach in helle und dunkle Flecken, Gesichter unter Haaren, Augen, Nasen über Schnurrbärten. Die matten runden Lichtkugeln der Kerzen schwammen dazwischen wie Sterne.

Es war Mittag. Jakob hatte den ganzen Morgen das Meer photographiert, leidenschaftlich hin- und hertaumelnd und stolpernd. Seine Hosen waren schwarz von Salzwasser, seine Schuhe trockneten mit weit heraushängenden Zungen auf den Steinen. Sie waren früh aufgebrochen und hatten die Insel durchquert, um an die felsige Küste hinter dem kleinen weißen Kloster zu gelangen, an die die Wellen brandeten.

Vera saß auf den übereinandergeschobenen Felsplatten.

Sie hatte versucht zu schreiben, aber Jakobs Aufmerksamkeit, mit der er jeder neuen Welle entgegensah, hatte sie angesteckt. Sie schrieb Meergedanken, Wasserbilder. Es gefiel ihr nicht. Sie schrieb auf, was Jakob zu photographieren versuchte. Sie konnte ihre Bilder nicht mehr von seinen unterscheiden, aber sie schrieb trotzig weiter, schrieb gegen etwas an, von dem sie nicht genau wußte, was es war.

Vera hatte den Alten nicht kommen hören.

Das Meer rauschte laut, und der Wind knatterte und klatschte mit den losen Seiten ihres Heftes. Sie blinzelte. Der Alte stand im Gegenlicht. Vera glaubte, ein Baum sei neben ihr emporgewachsen. Der Alte hatte die Füße eng zusammengestellt, die Beine geschlossen; der Körper steif aufgerichtet, ein Stamm, aus dem langsam und bebend die Arme der Äste wuchsen, mit gewinkelten Ellbogen, mit den harten zielstrebigen Knospen der Fäuste, die sich nach oben drängten. Der Kopf folgte der Bewegung, denn die Augen des Alten, weitgeöffnet und muschelweiß, folgten dem Wachstum der Arme. Die Arme streckten sich gleichzeitig mit einem Ruck, die Knospen öffneten sich und erblühten in zitternde Handblüten, Fingerblätter, die sich im Wind drehten und wanden. Der Wind fuhr in das weißgelbe Haar, als spiele er damit. Er hob die Strähnen und ließ sie züngeln. Der Alte streckte das Kinn. Seine Augen waren nun geschlossen.

Vera war verzaubert. Sie fühlte sich als Zuschauer dieses Wachstums, fühlte sich angesprochen, geehrt, endlich auch bemerkt. Das Heft rutschte von ihren Knien. Sie streckte die Arme aus, um den Alten zu umarmen. Sie stieß mit Jakob zusammen, den sie nicht neben sich bemerkt hatte. Seine Kamera schlug gegen ihre Rippen. Jakob legte dem Alten die Hände auf die Schultern, aber der Alte wehrte ihn ab. Es bedeutete, daß er noch nicht fertig war. Seine Hände hingen nun schlaff von den hocherhobenen Armen, streuten etwas zu Boden, die Finger pendelten, und nun schrumpfte der Baum zusammen, wurde ein alter Mann, der am Boden kauerte und dort etwas auflas, dabei umrundete er gehockt den imaginären Stamm, sprang dann auf und zeigte triumphierend die flache Hand, ein Zauberkünstler, der sein Publikum überrascht. Auf der Handfläche lagen fünf schwarze runzlige Oliven.

Nun wies er lachend auf seine Leinentasche, sie war mit Oliven gefüllt. Dann zeigte er mit einer weiten Armbewegung hinauf zu den Bergterrassen auf die Olivenbäume, die sich über die Mäuerchen streckten.

Er war heute schon weit gegangen. Er legte die Hand an die Stirne und ließ sie von dort aus erst eine flache, sich von ihm entfernende Kurve ziehen, dann eine gerade Linie, die mit steif erhobener Hand endete. So stand er gegen das Himmelsblau und drehte langsam den Kopf, um Jakob anzusehen. Die beiden Männer standen sich gegenüber. Vera konnte an der Wölbung von Jakobs Wange sehen, daß er lächelte. Der Alte blieb ernst. Er sah in Jakobs Gesicht.

Sie nahm ihr Heft und fing an, die Felsen hinaufzuklettern, um heimzugehen. Sie war eifersüchtig und schämte sich. Der Wunsch, beachtet zu werden, der Wunsch, miteingeschlossen zu werden in die Beziehung der beiden Männer, überwältigte sie. Sie kletterte keuchend weiter, hörte nicht auf Jakobs Rufe, wollte sich nicht nach den beiden umsehen.

Als Kind hatte sie einmal am Flußufer im Schilf ein Boot entdeckt, in dem drei Jungen spielten. Es war ein leckes Boot, das halb voll Wasser stand. Sie hatte sich scheu genähert, denn die Jungen waren älter als sie, und sie wußte, daß sie die Mädchen verachteten und niemals mitspielen ließen, wenn sie in der Überzahl waren.

Sie hatte sich schon zur Flucht bereitgemacht, als sie die drei die Köpfe zusammenstecken sah. Zu ihrem Erstaunen näherte sich ihr einer. Sein nackter Oberkörper war schlammverschmiert, dabei war es erst April.

»Willst du mitspielen, wir brauchen jemand, der das Boot innen putzt«, sagte er zu ihr.

Sie hatte eifrig Gras mit den Händen ausgerissen, Löwenzahnblätter und Huflattich, und hatte damit die Schlickschicht im Inneren des Bootes abgewischt. Sie war sich der Nähe der Jungen, die versuchten, das Leck mit Lehm und Holzstückchen abzudichten, sehr bewußt. Sie arbeitete mit gesenkten Augen und atmete den Ziegengeruch der drei Jungenkörper tief ein.

»Sie ist gut, sie darf dann auch mitfahren«, sagte einer. Vera scheuerte mit heißen Backen.

Am Ende aber waren sie ohne sie abgefahren. Sie blieb am

Ufer stehen, verlegen darüber, daß sie ihnen geglaubt hatte. Sie schauten nicht mehr zurück. Sie hatten sie einfach vergessen.

Als das Boot in der Mitte des Flusses sank, fühlte Vera keine Freude. Ein Schmerz stieg in ihr auf, der Schmerz darüber, vom Abenteuer ausgeschlossen gewesen zu sein.

Babis sprach Englisch, als habe er es in alten amerikanischen Filmen gelernt. Er kam aus Athen und betrieb dort eine Art Jugendherberge, »a Hostell«. Vera konnte sich nichts Genaues darunter vorstellen. Er studierte nebenher. »Was?« »Everything a little«, sagte er. Er hatte sich Veras Tisch ohne Scheu genähert, sich gesetzt und gefragt: »What you reading there, Lady?« Vera, die sich zwang, zwischen lauter Männern vor dem Haus des Fischers zu sitzen, langweilte sich so schwer, daß sogar dieser Satz sie zum Lachen brachte. Sie hatte sich eigentlich zum Lesen ins Bett verkriechen wollen. Jakob war schon den zweiten Tag mit den Fischern unterwegs und kam erst abends zurück. Frauen waren auf den Booten nicht geduldet. Dionisia war an diesem Nachmittag in der Schule. Vera hatte versucht, mit der bärtigen Wirtin in der kleinen sauberen Küche ein Gespräch anzufangen. Über Kinder, das schien ihr am aussichtsreichsten. Aber eben diese Kinder, deren Photos sie als Auftakt scheinheilig bewundert hatte, erlaubten ihrer Mutter keine Minute mit der fremden Frau.

Ein Baby saß auf dem Küchentisch. Die Wirtin fütterte es mit Reis. Es war eben aufgewacht, heiß verschlafen und übellaunig. Es heulte, wenn es nicht gerade kaute und schluckte. Ein Vierjähriger saß mit Ausschneidearbeiten beschäftigt am Tisch und versuchte stöhnend mit einer großen Schere einen Staubsauger aus einem farbigen Kaufhauskatalog auszuschneiden. Er beklagte sich mit schrillem Stimmchen bei der Mutter, mußte ermutigt und bewundert werden. Vera fühlte sich so einsam, daß sie sich fast zu dem Kind gesetzt hätte, um ihm beim Ausschneiden zu helfen.

Erinnerungen an ihre eigenen Kinder nahmen ihr fast den Atem.

Als sie den Kopf hob und den Bildern nachblickte, die mit erstaunlicher Wut in ihr hochkamen, sah sie durch das kleine Fenster über dem Herd das Meer, das mit seiner Bläue den ganzen Rahmen füllte.

Am Vortag war sie allein durch die Schlucht hinaufgewandert. Im nächsten Dorf gab es eine Kneipe neben der verzausten Palme, die man schon von weitem sah. Es war ein zugiger verglaster Raum, in dem ununterbrochen das Klappern der Fensterrahmen zu hören war. Dort saß sie vor einer Tasse Tee. Der Wirt hatte eine halbe Stunde gebraucht, bis er den Teebeutel fand. Sie las verbissen in ihrem Buch, während die Männer im Lokal, fast nur alte Männer mit Schirmmützen, sich wie zu einem Fernsehapparat zu ihr hindrehten und ihre Backgammon-Steine nur noch nebenbei in der Hand klickern ließen.

Babis war mit einer Gruppe von langhaarigen jungen Leuten in griechischen Schafwollpullovern und sich im Wind bauschenden Pluderhosen vorbeigekommen und hatte, die Augen mit den Händen beschattet, durch das trübe Glas zu ihr hereingesehen.

Als Babis sich über sie beugte, schloß sie die Augen. Sie sah die weißgekalkten Häuschen am anderen Ende der Bucht vor sich, alle Fenster hatten ihr und Babis nachgeschaut, als sie auf den Kieselstrand zuwanderten, weit voneinander entfernt und mit schlenkernden Armen.

Vera hatte ihr buntgemustertes Tuch, das sie wie einen Rock trug, von den Hüften losgebunden und auf dem Boden ausgebreitet. Die Sonnenflecken, die durch das poröse Dach fielen, sprenkelten Babis' Schultern. Um sie her hoben sich kleine Säulen bläulichen Staubes. Sie schwiegen beide und betrachteten verlegen und ohne einander anzusehen die rußgeschwärzten Steine, die aus dem Mauerwerk gestürzt waren und nun im Kamin lagen. Ein kleiner Wind verirrte sich den engen Schacht herab und spielte mit den Möwenfedern zwischen den verkohlten Holzstücken. Es waren weißgraue Schwungfedern.

Babis hob die Federn auf und fächerte sie in seinen Händen auseinander. Er rückte dicht an Vera heran, sie sah im Sonnenfleck die widerborstigen gelblichen Härchen seiner Brauen über den braunen ruhigen Augen. Er steckte die Federn in ihr Haar, da und dort, ganz langsam. Er drehte Haarlocken um den Federschaft, streifte leise mit den Kielen über Veras Kopfhaut hin, zog ihren Kopf dabei näher heran, drehte und beugte ihn. Seine Finger umschlossen ihr Kinn und streiften ihre Kehle.

Als er fertig war, lehnte er sich ein wenig zurück und betrachtete sie. Seine rußigen Finger hatten ihre Backe geschwärzt, und nun nahm er ein Stückchen Kohle aus der Asche und machte seine Finger schwarz. Vera schloß die Augen und ließ sich eine Maske aufmalen.

Sein Atem strich über ihre Oberlippe. Sie öffnete die Augen nicht. Sein Mund schmeckte nach Rauch. Dort, wo er sich an sie lehnte, an der Brust, am Knie, fühlte Vera, daß er zitterte. Seine Hände legten sich auf ihre Schultern. Ganz leicht lagen sie dort, sie waren warm. Vera drehte den Kopf. Sie ließ sich zurücksinken. Babis stützte sie dabei am Nakken, als fürchte er um seinen Federschmuck.

Draußen knisterte der Wind in den zerrissenen Zementsäcken. Sie konnte Babis atmen hören. Sie streckte die Zehen, fühlte den Sand, der auf den Steinen lag, an ihren Sohlen. Ihr Körper spannte sich, sie breitete die Arme aus wie ein Turmspringer. Babis deckte sie zu, Knie auf Knie, Brust auf Brust, Handfläche auf Handfläche. Sie lagen ganz still.

Ihre Lider waren schwer, und als sie die Augen öffnen wollte, brauchte sie ihre ganze Willenskraft, aber alles um sie her sah verwischt aus. Ihre Augen schielten, ohne daß sie es wollte, zur geschwärzten Nasenspitze hinunter. Sie schüttelte den Kopf, die Federn kratzten am Boden. Sie hob die Augen, ließ sie den langen schwarzen Schacht des Kamins entlangwandern und oben eintauchen in das dunkelblaue Viereck des Himmels.

»Me Robinson, you Friday«, sagte Babis

»Es ist wohl möglich, daß sich die Gunst eines jeden Mädchens ohne Ausnahme gewinnen läßt. Aber leicht wird es nicht immer. Die Hauptsache ist, daß man den richtigen Weg einzuschlagen versteht.«

Die übrigen Herren des intimen Freundeskreises lauschten in gespanntester Erwartung.

»Es war am 15. Juni im Jahr 18..«, fuhr der Sprecher fort, »als ich gegen Abend zu Tante Mathilde hinauskam und sie mir mitteilte, daß tags zuvor ihre Tochter Melanie von Brüssel zurückgekommen sei. Wir hatten kaum eine Viertelstunde geplaudert, als Melanie mit dezidiertem Schritt, ohne durch meine Anwesenheit überrascht zu sein, leicht errötend ins Zimmer trat. In körperlicher Beziehung hatte sie ungemein gewonnen, seit ich sie nicht gesehen. Ihre Taille war schmal geblieben, ebenso die Schultern, aber die Hüften und besonders die Formen des Korsetts fielen mir durch ihre majestätischen Linien auf. Mit dem Ausdruck unnahbarer Würde und einem eisigen Lächeln auf den Lippen reichte sie mir ihre geschmeidige kleine Hand und nahm auf einem schmalen Taburett Platz, auf dem sie wie auf einem Isolierschemel saß und von dem aus sie mich mit Blicken maß, von denen ich mich wie von kleinkalibrigen Gewehrkugeln durchlöchert fühlte. Ich schlug die Augen nieder und wendete meine Bemerkungen über Brüssel und die Großstädte im allgemeinen fast ausschließlich an Tante Mathilde, die mich, nachdem wir noch etwa zehn Minuten gemütlich geplaudert, mit ihrer Tochter allein ließ.

›Wie wäre es, Herr Doktor, wenn wir einen Gang durch den Garten machten?‹ – sagte Melanie, um das peinliche Schweigen zu brechen, das, nachdem sich Tante Mathilde entfernt, zwischen uns obwaltete. Ich bot ihr meinen Arm und führte sie in den stockdunklen Garten hinaus, alle drei Schritte ein Streichholz anzündend, in der Befürchtung, wir möchten gegen einen Baum anrennen oder in die Johannisbeersträucher geraten, bis mir meine Cousine mit einer unvorsichtigen Geste die Schachtel aus der Hand schlug und mich hinter sich her in eine der Lauben zog, die zu beiden Seiten des Weges lagen.

Nachdem wir uns auf der breiten hölzernen Bank mit ziemlicher Mühe zurechtgetastet, nahm sie meine Hand in die ihrige, neigte sich mit ihrem Oberkörper über mich, die Lippen direkt vor meinem Gesicht, so daß ich ihren Atem spürte, und fragte mich, woran ich denke. ›An die griechischen Inschriften auf den Denkmälern im westlichen Kleinasien‹, entgegnete ich, worauf sie meinte, ich hätte einen stark ausgeprägten sinnlichen Ton in der Stimme. Ich erklärte ihr aber, daß das Altgriechische, wenn es auch keine Ursprache, sondern durchaus Kultursprache sei, doch auf unsere modernen Sprachen, zumal auf die, die wir sprechen, den schwerwiegendsten Einfluß ausgeübt habe, indem es durch die mit altgriechischen Inschriften bedeckten historischen Denkmäler gewirkt. So unterhielten wir uns noch eine Weile, dann fühlte ich ein Frösteln und geleitete Melanie, in der Befürchtung, wir möchten uns beide erkälten, ins Wohnzimmer zurück.

In den darauffolgenden Tagen beschäftigte ich mich mehr mit ihr, als ich erwartet hatte, und beschloß schließlich, da mir der Gedanke an ihren klassisch modellierten Körper keine Ruhe mehr ließ, sie für mich zu erobern.

Drei Tage später traf ich sie wieder bei Tante Mathilde. Es war drei Uhr nachmittags, und die Tante schlief. Mit Gewalt oder Heftigkeit, das wußte ich im voraus, erweckte ich nur Empörung; ich mußte also vorsichtig sein. Melanie trug ein Kleid, wie man es bei heißer Jahreszeit nicht leichter tragen kann, in hellgrüner Seide, und so weit, daß es sie wie ein Hemd umflatterte. Über den Schultern war es durch zwei schmale Streifen gehalten. Sie streckte sich auf der Chaiselongue aus und lud mich ein, auf dem Fußende Platz zu nehmen. Dann hakte sie die zwei obersten Haken auf, um, wie sie sagte, besser atmen zu können. Sie schien auch in der Tat sehr unter der Hitze zu leiden, indem ihre Wangen hoch gerötet waren und sie kaum einen Augenblick ruhig liegen konnte.

Ich versuchte das Menschenmöglichste. Ich brachte das Gespräch auf Kleopatra, auf den Frühling, auf Tanzunterhaltungen, ohne dem Mädchen mehr als ein stummes, überlegenes Lächeln zu entlocken. Schließlich nahm ich sogar einen Pantoffel, der ihr zufällig vom Fuß gefallen, und führte ihn an meine Lippen. Dabei kajolierte sie mir mit ihrem Fuße zuerst die Hände und dann das Gesicht. Wenn sie gewußt hätte, welch höllische Marter mir das verursachte, in welchem Orkan die Leidenschaften in mir tosten und brandeten! Aber sie lag da, so vertrauensselig, als hätte sie ein neugeborenes Kind neben sich. Ihre Lippen öffneten und schlossen sich wieder, ihre feine rote Zunge wurde zwischen den blanken Zähnen sichtbar, aber keine Spur von Verständnis für meine Taktik. Mir wurde auf meinem schmalen Sitzplatz zumute wie Napoleon auf St. Helena; und als ich das herrliche Weib nach zwei Stunden vergeblich aufgebotener Liebesmühe verließ, fragte ich mich trostlos und niedergeschlagen, wie die Natur ein solches Wesen schaffen könne, ohne ihm einen Funken menschlichen Gefühls einzuhauchen.

Am nächsten Tage überraschte sie mich mit der unvermittelten Frage, ob ich schon einmal geliebt habe. Ich hatte meinen Feldzugsplan von Grund aus umgestaltet und wußte nicht, ob ich mit Ja oder Nein antworten sollte. Ich hatte mir vorgenommen, sie gar nicht anzusehen und auf diese Weise ihre Eitelkeit zu kitzeln, sie zu demütigen und mich um so begehrenswerter zu machen. Tante Mathilde war zu einer Kaffeegesellschaft ausgefahren. Wir suchten den kühlsten Ort des Hauses auf und gelangten in einen kleinen, runden, hochgewölbten Gartensalon, in dem außer einem alten rotsamtenen Diwan nur gerade noch eine breite Fächerpalme Platz hatte. Hier, abgeschlossen von der Welt, erzählte ich ihr meine Geschichte. Nie in meinem Leben habe ich eine aufmerksamere Zuhörerin gefunden. Als ich auf die Katastrophe zu sprechen kam, wie das Mädchen, das ich aus tiefster Seele geliebt, mit einem Handelsreisenden nach Amerika durchbrannte, durchfuhr ihren Körper leises Zucken. Ich sah meinen Seelenschmerz von damals in ihren Blicken widergespiegelt. Ich begann zu hoffen, daß ich mich in ihrer Beurteilung geirrt. Da geschah etwas Unvorhergesehenes. Augenscheinlich hatte sie in ihrer Erregung das Knie zu fest an die Kante des Diwans gepreßt. Dadurch war die Schnalle ihres Strumpfbandes aufgesprungen, und das Strumpfband fiel zu Boden. Ich hob es auf und überreichte es ihr. Darauf folgte längeres Schweigen. Dann, ohne sich weiter vor mir zu genieren, streifte sie ihr Kleid etwas auf und befestigte das Strumpfband unter dem Knie. Sie trug seidene Strümpfe. Wäre ich in Gedanken nicht bei meiner ersten Liebe gewesen, wer weiß, wozu mich die Arglosigkeit hingerissen hätte. Aber auch so vermochte ich meiner Empfindung nicht völlig Herr zu bleiben. Ich beugte mich nieder über den dunklen Lockenkopf und hauchte einen Kuß auf die weiße Stirne. Aber da fühlte ich, wie sie mich mit dem kleinen Finger zurückstieß. In ihren Blicken lag etwas wie scheue Furcht. Ein Schrei drängte sich auf ihre Lippen, den sie nur mit Mühe zurückhielt. Ich nahm meinen Kopf in beide Hände und stürzte wie wahnsinnig zum Haus hinaus.

Es wird mir ziemlich schwer werden, die Zeit, die diesen Ereignissen folgte, mit kühlem Blut zu beschreiben. Sie endete mit den qualvollsten Seelenkämpfen, die ich durchgemacht und die ich um die Inschriften von ganz Athen nicht zum zweitenmal durchmachen möchte. Nachdem ich mich zur Genüge davon überzeugt hatte, daß all meine Diplomatie und Feldherrnkunst an dem Mädchen verloren war, beschloß ich, sie zu vergessen und meine gute alte Tante Mathilde während ihres Aufenthaltes nicht mehr zu besuchen. Aber das gelang nicht, und nun begann ich, den frivolen Absichten zu fluchen, die mich dazu verleitet, die schöne Herzlose meiner Bemühungen zu würdigen. Um mich zu zerstreuen, suchte ich Cafés und Bierhöhlen auf, wo ich oft bis nach Mitternacht in Gesellschaft angehender Künstler saß, denen nichts auf dieser Welt mehr heilig war, deren jeder seine zehn bis zwanzig Mädchen zu Herzensfreundinnen hatte und von denen man in einer Nacht mehr lernen konnte, als ein Mann in geordneten Verhältnissen in einer fünfzigjährigen Ehe lernt. Nach einigen Tagen zog es mich doch wieder wie an einer Schlinge zum Landgut hinaus. Melanie empfing mich im Salon, d. h. eigentlich empfing sie mich nicht. Sie saß am Fenster und stickte. Nicht eines Blickes würdigte sie mich, und die Blicke, die sie zum Fenster hinauswarf, waren so gereizt, so enerviert, so unfreundlich, daß ich die herrliche Landschaft beinah noch mehr als mich selbst bedauerte. Sie bat mich, ihr doch noch einige altgriechische Inschriften zu zitieren. Ich suchte in meinem Kopf, wie man eine Kommode durchsuchte, aber meine Gelehrsamkeit war weggeblasen. Ich fühlte mich so beschämt, daß ich meinen Hut nahm und nach Hause ging.

Als ich wiederkam, traf ich sie mit Tante Mathilde zusammen. In der Zwischenzeit hatte ich nicht eine Nacht mehr geschlafen. Ich bat Melanie, mit mir in den Garten hinauszukommen, in die Taxuslaube oder in die Jasminlaube, aber sie sagte, es wäre ihr zu dunkel, sie fürchte, mit dem Kopf an einen Baumstamm zu stoßen, wenn sie mit mir ginge. Ich war zerknirscht. Drei Tage und Nächte lief ich mit dem Gefühl durch die Straßen, als ob mir ein Schmiedehammer das Herz bearbeitete. Ich sah Grün, Blau, Rot vor den Augen. Die Menschen, die mir begegneten, machten einen Bogen um mich herum. Wer mir unversehens unter den Hut sah, fuhr erschreckt zusammen, und meine Kleider schlotterten mir am Leib, als hätte ich sie vom Hausierer erstanden. Ich wurde binnen einer Woche um drei Pfund leichter.

Am Sonntag schleppte ich mich noch einmal mehr tot als lebendig hinaus und traf Tante Mathilde allein. Ich griff unwillkürlich nach einer Stuhllehne, als sie mir eröffnete, Melanie sei bei einer Freundin in der Stadt. Dann unterhielt ich die kindische alte Frau eine Stunde lang mit schalen Anekdoten, was ich früher mit Vergnügen getan hatte und was mir jetzt eine Galeerenarbeit war. Nachdem ich mich verabschiedet, steckte ich im Verstibül den Hausschlüssel in die Tasche, ich wußte nicht, warum. Von dem Moment an weiß ich überhaupt von keiner meiner Handlungen mehr das Wie und Warum. Ich war zum Nachtwandler geworden. Kurz vor Mitternacht erwachte ich vor der Haustür des Landhauses, ohne zu wissen, wie ich hergekommen. Eine Stunde später erwachte ich wieder und stand noch an demselben Fleck. Mir war, als stände jemand hinter mir und stieße mir unaufhörlich mit dem Knie in den Rücken. So öffnete ich schließlich, tastete mich die dunklen Treppen hinan und pochte, ohne der Gefahr zu gedenken, der ich mich dabei aussetzte, an ihre Kammertür.

›Wer ist da?‹ hörte ich ihre Stimme.

›Ich bin es!‹ – Meine Knie schlotterten.

Keine Antwort.

Ich flehte, ich beschwor sie, ich ließ die Türklinke nicht mehr aus der Hand, aber alles blieb still. So stand ich fünf lange Stunden, bis es auf der Treppe hell zu werden begann. Dann schlich ich mich durch den Garten nach Hause und verbrachte den Tag in dumpfem Hinbrüten. Die körperlichen Bedürfnisse, Essen, Trinken, Schlafen, existierten für mich nicht mehr.

In der folgenden Nacht wiederholte sich die Szene, nur mit dem Unterschied, daß ich während der fünf Stunden weinte und winselte wie ein Kind.

Das hinderte mich nicht, in der dritten Nacht wieder vor ihrer Türe zu sein. Es gab für mich nur zwei Eventualitäten: zu ihr gelangen oder sterben. Wer beschreibt mein Erstaunen, als die Tür dem Druck meiner Hand nachgibt. Es war der reine Zufall, denn kaum war ich eingetreten, als sich das Mädchen hoch aufrichtet und mir im Flüsterton, aber mit unerbittlichster Strenge befiehlt, ihr Zimmer zu verlassen; das letzte und größte Hindernis, ihr Mädchenstolz, ihre persönliche Gegenwehr, die es noch zu überwinden galt. Mich wunderte nur, daß sie nicht aus vollem Hals um Hilfe schrie. Um so unverhohlener gab sie ihrem Schreck und ihrer Empörung mir gegenüber Ausdruck. Sie nannte mich einen unverschämten Menschen, einen Schurken, einen schamlosen Wüstling. Umsonst, sie hatte den Mut eines Verzweifelten gegen sich. Ich brauche nichts mehr zu sagen. Ihre körperlichen Kräfte, ein so herrliches Weib sie war, waren den meinen nicht gewachsen. Ich war Sieger.

Deshalb, meine lieben Freunde, sage ich euch: Es ist möglich, daß sich die Gunst eines jeden Mädchens erringen läßt, aber so leicht geht es nicht. Die Hauptsache ist, daß man den richtigen Weg einzuschlagen versteht.«

»Haben Sie denn den Weg noch öfter erprobt?« fragte einer der Anwesenden.

»Nein. Ich tat es auch dies eine Mal nicht aus Frivolität, sondern aus psychologischem Interesse. Und wie ich denn ein Mann von Grundsätzen bin, gelang es mir auch später, ihre Zuneigung in dem Grade zu gewinnen, daß sie sich teils durch Vernunftgründe, teils durch Schmeichelworte dazu bewegen ließ, meine Frau zu werden.«

JANE BOWLES
Ein Tag im Freien

Am Rande der Hauptstadt befand sich ein niedriges weißes Haus, das sich in nichts von den anderen Häusern der Nachbarschaft unterschied. Die Straße, in der es stand, war nicht asphaltiert, denn dies war eines der Armenviertel der Stadt. Die Tür des Hauses war ganz neu und mit Ziernägeln beschlagen und hatte innen und außen Riegel. Ein großer Raum, der mit modernen Chromsesseln, einer Bar und einem Musikautomaten ausgestattet war, führte auf den leeren Patio hinaus. Ein fetter, kleiner Indianerjunge saß in einem der Sessel und lauschte der Musik von ›Good Night, Sweetheart‹, der er gerade gewählt hatte. Das Stück lief in voller Lautstärke, und der kleine Junge starrte bitterernst auf den Automaten vor sich. Es war eines der Häuser von Señor Kurten, die er auch führte. Kurten war halb deutscher und halb spanischer Herkunft.

Es war ein grauer Nachmittag. In einem der Schlafzimmer waren Julia und Inez gerade aufgewacht. Julia war klein und wie ein Äffchen. Sie wirkte anziehend nur wegen ihrer ungewöhnlich großen leuchtenden Augen. Inez war groß und hochbrüstig. Ihr Kopf war ein wenig zu klein für ihren Körper, und ihre Augen standen zu eng beieinander. Sie trug das Haar steif gewellt.

Julia stöhnte auf ihrem Bett.

»Mein Bauch ist heute schlimmer«, sagte sie zu Inez. »Komm her und fühl mal. Der Knoten auf der rechten Seite ist größer geworden.« Sie drehte den Kopf auf dem Kissen und seufzte. Inez starrte finster ins Leere.

»Nein«, sagte sie. »Den Knoten da kann ich nicht berühren. Santa Maria! Mit so was in mir drin würde ich durchdrehen.« Sie verzog das Gesicht und schauderte.

»Du brauchst ihn ja nicht zu berühren, wenn du's nicht willst«, sagte Julia schläfrig. Inez schenkte sich einen Guaro ein. Sie war eine starke Trinkerin, doch litt ihre Vitalität nicht darunter, obwohl ihre Haut häufig pickelig wurde. Sie lutschte veilchenfarbene Pastillen, um ihre Alkoholfahne zu überdecken, und oft steckte sie sich sieben oder acht davon gleichzeitig in den Mund. Da sie viel Unternehmungsgeist hatte, verdiente sie außerhalb des Bordells oft mehr Geld als bei ihrer regelmäßigen Arbeit.

Julia war Mexikanerin und stand in besonderer Gunst bei Männern, die das Gefühl kitzelte, Julias Leben in Gefahr zu bringen, wenn sie mit ihr schliefen.

»Ich glaube«, sagte Inez, »ich gehe heute mittag ins Kino, wenn du mir ein Paar von deinen Strümpfen leihst. Du bleibst wohl besser hier im Bett liegen. Ich würde dir ja Gesellschaft leisten, aber ich krieg so ein komisches Gefühl, wenn ich jetzt in diesem Zimmer bleibe. Merkwürdig, eigentlich bin ich ein sehr ruhiger Mensch, und ich hab eine Menge durchgemacht, seit ich auf der Welt bin. Du solltest einen Arzt aufsuchen«, fügte sie hinzu.

»Ich kann's auf der Straße nicht aushalten«, sagte Julia. »Die Sonne ist zu heiß und der Wind zu kühl. Der Geruch vom Markt macht mich krank, obwohl ich ihn schon mein Leben lang kenne. Kaum bin ich ein paar Straßen gelaufen, muß ich einen Park finden, wo ich mich hinsetzen kann, so erschöpft bin ich. Dann kommt jemand daher und versucht, mir Orchideen zu verkaufen, und ich kauf auch welche. Diese Woche war ich schon dreimal draußen, und jedesmal hab ich Blumen gekauft. Du weißt ja, daß ich mir das nicht leisten kann, aber ich bin so schwach und krank, daß ich mit jedem Tag meiner Großmutter ähnlicher werde. Sie hatte das Gefühl, daß man sie auf Erden nicht haben wollte, Gott nicht und auch die anderen Menschen nicht, und deshalb glaubte sie, sie dürfte niemals jemandem etwas abschlagen.«

»Wenn du wie deine Großmutter wirst«, sagte Inez, »dann ist das ein trauriges Mißverständnis. Ich sollte auf so was erst gar nicht hören. Du kommst schon noch zum Arzt. Bis dahin setz dich mehr in die Sonne. Ich möchte nicht unfreundlich sein . . .«

»Nein, nein. Du bist nicht unfreundlich«, beteuerte Julia.

»Du hockst den ganzen Tag über in diesem dunklen Zimmer, selbst wenn die Sonne scheint und es dir nicht so schlecht geht.«

Julia fühlte sich so verzweifelt einsam wie nie zuvor in ihrem Leben. Sie legte die Hand aufs Herz. Plötzlich wurde die Tür aufgestoßen, und Señor Kurten betrat das Zimmer. Er war ein schmächtiger Mann mit niedriger Stirn und langer Nase.

»Julia und Inez«, sagte er. »Señor Ramirez hat gerade angerufen, daß er heute mittag mit einem Freund vorbeikommt. Er nimmt euch beide zu einem Picknick mit aufs Land, und ihr müßt euch beeilen und fertigmachen. Versucht, sie am Abend in die Bar zurückzulotsen.«

»Hans«, sagte Julia. »Ich bin krank. Ich kann weder Señor Ramirez noch sonst jemand sehen.«

»Du weißt, daß ich machtlos bin, wenn er dich sehen will. Wenn er wütend würde, könnte er eine Unmenge Schwierigkeiten machen. Tut mir leid.« Señor Kurten ging aus dem Zimmer und schloß hinter sich langsam die Tür.

»Er ist so wichtig«, sagte Inez und tupfte etwas Eau de Cologne auf Julias Stirn. »Ungeheuer wichtig, du armes Ding. Du mußt kommen.« Ihre Hand war hart und trokken.

»Inez –« Julia hielt Inez am Kimono fest, als diese weggehen wollte. Sie kämpfte sich aus dem Bett heraus und warf sich ihrer Freundin in die Arme. Inez war gezwungen, sich gegen den Bettpfosten zu stemmen, um nicht umgeworfen zu werden.

»Mach dich nicht verrückt«, sagte Inez, aber dann begann sie zu weinen; es klang wie das Quieken eines Schweins.

»Inez«, sagte Julia. »Zieh dich an und heul nicht. Mir geht's besser, Kleines.«

Sie gingen in die Bar und setzten sich hin, um auf die Ankunft von Señor Ramirez und seinem Freund zu warten. Julia ließ den Arm über die Sessellehne hängen, ihre Tasche baumelte an einem extrem langen Riemen an ihrer Hand. Sie hatte sich einen kleinen roten Fleck in jeden Augenwinkel gemalt und sehr viel Rouge auf die Wangen gelegt.

»Du siehst nicht besonders gut aus«, sagte Inez. »Mir ist richtig angst um dich.«

Julia riß die Augen auf und starrte gebannt vor sich auf die Wand. Der Indianerjunge polierte mit Sorgfalt einen riesigen Wecker.

Bald darauf steckte Señor Ramirez den Kopf durch die Tür. Er hatte ein deutsch aussehendes Gesicht, er trug seinen Filzhut jedoch auf typisch spanische Art, tief ins Gesicht gezogen. Sein Schnurrbart war blond und üppig. Er hatte sich frisch rasiert, und auf Kinn und Backen war noch der Puder zu sehen. Er trug ein rosafarbenes Hemd und eine leichte Tweedjacke, am vierten Finger der Hand saß jeweils ein schwerer Goldring mit einem Diamanten darauf.

»Los, Kinder«, sagte er. »Draußen wartet das Auto mit meinem Freund. Beeilt euch.«

Señor Ramirez fuhrt sehr schnell. Julia und Inez saßen unbehaglich auf dem Rücksitz in der Ecke und klammerten sich an den seitlichen Halteschlaufen fest.

»Wir machen ein Picknick«, rief Señor Ramirez aus. »Ich habe fünf Flaschen Champagner dabei. Sie sind hinten im Auto, meine Köchin hat sie alle auf Eis gepackt. Kein Grund, warum wir nicht alles dabei haben sollten, was wir uns wünschen. Sie sind in einer Tasche hinten drin. Sie hat um das Eis ein Handtuch gewickelt. Auf diese Art schmilzt es nicht so schnell, trotzdem sollten wir flott machen. Ich trinke nur amerikanischen Whisky, darum hab ich fast einen Liter davon für den eigenen Gebrauch mitgenommen. Was sagt ihr dazu?«

»Oh, wie schön«, sagte Julia.

»Ich glaube, wir werden uns herrlich amüsieren«, sagte Inez.

Der Freund von Señor Ramirez, Alfredo, sah krank und schlechtgelaunt aus. Er redete nichts, und auch seine Kopfhaltung ließ nicht erkennen, ob er überhaupt zuhörte, was gesprochen wurde.

Es war ein kühler Tag, und die Sonnenschirme, unter denen die Polizisten standen, flatterten im Wind. Sie fuhren an einem neuen, gelben Backsteingebäude vorbei, zu dem sechs oder sieben Treppenfluchten hinaufführten, die ebenfalls aus gelbem Backstein waren.

»Das wird ein neues Museum«, sagte Señor Ramirez. »Wenn es aufmacht, werden wir dort alle zusammen ein großes Festessen haben. Da ist dann jeder ein alter Freund von mir. Das ist noch gar nichts. Ich kann jeden Abend, jeden, ein Festessen mit fünfzig Leuten machen.«

»Das Leben eine Fiesta«, warf Inez ein.

»Noch mehr als das. Es sind mehr als nur Fiestas«, sagte er, ohne genau zu wissen, was er eigentlich damit meinte.

Die Sonne schien auf Julias Schoß. Sie fühlte sich benommen und fiebrig. Señor Ramirez drehte das Radio auf, so laut er konnte. Sie brachten gerade ›Madame Butterfly‹, als der Wagen das andere Stadtende erreichte.

»Ich habe drei Radios zu Hause«, sagte Señor Ramirez.

»Ah«, sagte Inez. »Eins für morgens, eins für abends und eins für nachmittags.« Julia hörte Inez mit Interesse und Erstaunen zu. Sie fuhren in eine Kurve, die an einer tiefen Schlucht entlangführte. Die Bergseite jenseits der Schlucht lag im Schatten; einige Indianer stiegen zum Gipfel hinauf.

»Gehen, gehen, gehen«, sagte Julia düster. »Ach, was macht mich das müde, Ihnen zuzuschauen.«

Inez kniff ihre Freundin in den Arm. »Hör mal«, flüsterte sie. »Du bist nicht in deinem Zimmer. Du solltest so was nicht sagen. Du darfst nicht von deiner Müdigkeit reden. Das ist nicht lustig für sie. So was mögen sie nicht.«

»Wir kommen gleich zum Picknickplatz«, sagte Señor Ramirez. »Keiner außer mir kennt ihn. Ich hab so einen Platz gern, einen, wo alle meine Freunde nicht hinfinden und mich stören. Alfredo«, fügte er hinzu, »sind Sie hungrig?«

»Ich glaube nicht, daß dieser Alfredo besonders nett ist. Du etwa?« erkundigte sich Inez ganz leise bei Julia.

»O ja«, sagte Julia, denn es brauchte lange, bis sie an anderen Leuten gemeine Züge entdeckte, da sie selbst durch und durch freundlich und nachsichtig war. Nachdem sie einen schmalen Weg entlanggefahren waren, der gerade breit genug für ein Auto war, erreichten sie schließlich die Picknickstelle. Es war eine große Lichtung in einem Wäldchen. Nicht weit davon entfernt, am Fuße eines Hügels, waren ein kleiner Fluß und ein Wasserfall. Sie stiegen aus und lauschten dem Geräusch des Wassers. Die beiden Frauen waren entzückt davon.

»Da es hier im Freien so sonnig ist, meine Damen«, sagte Señor Ramirez, »werde ich in Unterhosen herumlaufen. Ich hoffe, mein Freund schließt sich mir an, wenn er Lust drauf hat.«

»Was für ein Glück für uns«, sagte Inez mit schriller Stimme. »Der Tag fängt gut an.« Señor Ramirez zog sich aus und schlüpfte in Tennisschuhe. Seine Beine waren ganz weiß und sommersprossig.

»Jetzt spendier ich euch gleich den Champagner«, wandte er sich an sie und war etwas außer Atem, so schnell hatte er sich seiner Kleidung entledigt. Er ging zu dem Strohkorb und holte eine Champagnerflasche heraus. Auf dem Weg zurück stolperte er über einen Stein; die Flasche entfiel seiner Hand und zersprang in viele Stücke. Einen Augenblick lang verdüsterte sich seine Miene, und es sah so aus, als geriete er gleich in Wut; statt dessen aber schnappte er sich eine zweite Flasche aus dem Korb, warf sie hoch in die Luft, fast über die Baumwipfel. Er kehrte in gehobener Stimmung zu seinen Freunden zurück.

»Ein Gentleman«, sagte er, »versteht es immer, Spaß zu machen. Ich bin einer der reichsten Geschäftsleute in diesem Land. Ich bin auch der verrückteste. Wie ein Amerikaner. Wenn ich ausgehe, amüsier ich mich, und alle, die mich begleiten, haben auch ihren Spaß. Sie wissen nämlich, solange ich dabei bin, gibt es immer reichlich. Reichlich zu essen, reichlich zu trinken und reichlich schöne Frauen, um zu flirten. Nachdem ihr einmal mit mir aus gewesen seid« – er zeigte mit dem Finger auf Julia und Inez –, »wird jeder andere Mann euch wie ein hausbackener Schulmeister vorkommen.«

Er wandte sich an Alfredo. »Sagen Sie mir, mein Freund, haben Sie sich nicht bestens mit mir amüsiert?«

»Ja, habe ich«, sagte Alfredo und dachte nur allzu offensichtlich an andere Dinge.

»Er ist immer in Gedanken beim Geschäftlichen«, erklärte Señor Ramirez. »Er ist auch sehr intelligent. Ich habe ihm eine Stelle bei einem deutschen Konzern verschafft. Sie stellen Flugzeuge her.« Alfredo sagte etwas auf deutsch zu Señor Ramirez, und sie ließen das Thema fallen. Sie breiteten die Picknicksachen aus und setzten sich zum Essen hin.

Señor Ramirez bestand darauf, Julia eigenhändig zu füttern. Das verdroß Inez gewaltig, und sie widmete sich ausgiebig dem Essen. Señor Ramirez trank Unmengen von Whisky aus einem zinnernen Reisebecher. Nach etwa zwanzig Minuten war er bereits ziemlich betrunken.

»Ist es nicht herrlich, Freunde, so zusammenzusein? Alfredo, sind diese beiden Frauen nicht die hübschesten und reizendsten Frauen der Welt? Ich verstehe nicht, warum sie vom Standpunkt Gottes aus zur Hölle verdammt sein sollen für das, was sie sind. Sie etwa?«

Julia stöhnte und erhob sich.

»Nein, nein!« sagte sie und blickte hilflos in die Zweige über ihr.

»Ach, laß doch«, sagte Señor Ramirez. »Wir wollen uns darüber heute keine Sorgen machen, nicht wahr?« Er packte sie am Handgelenk und zog sie neben sich auf den Boden. Julia verbarg ihr Gesicht in den Händen und lehnte den Kopf an seine Schulter. Bald schon lächelte sie zu ihm hinauf und streichelte sein Gesicht.

»Sie werden mich nicht allein lassen? fragte sie und lachte ein wenig in ihrem Bemühen, ihn auf ihre Seite zu ziehen. Wenn irgend jemand etwas gegen den Höchsten ausrichten kann, dachte sie, dann sicherlich jemand wie Señor Ramirez. Die Anwesenheit solcher Männer reicht oft aus, um die Angst aus den Herzen der Menschen zu vertreiben, für die Gott mehr ein Feind als ein Freund ist. Señor Ramirez' ganzes Streben im Leben galt eher dem Stolz als dem Gewissen; und da seine Erfolge jeden Tag zahlreich waren und ständig seine Energie und Lebenslust erneuerten, spürten diejenigen, die um ihn waren, seine Stärke schon sehr bald. Jetzt, wo er in ihrer Nähe war, hatte Julia das Gefühl, daß sie vor der Hölle in Sicherheit war, und sie fühlte sich ganz glücklich, auch wenn sie noch starke Schmerzen in der Seite hatte.

»Ich finde«, sagte Inez, »wir sollten jetzt alle ein Spiel machen, damit dem Mädchen hier die düsteren Gedanken ausgetrieben werden.«

Sie stand auf, griff sich den Hut von Señor Ramirez, der neben ihm auf der Erde lag, und plazierte ihn in einiger Entfernung mit der Innenseite nach oben aufs Gras. Dann sammelte sie im Picknickkorb einige Eicheln.

»Nun, wollen mal sehn«, sagte sie, »wer diese Eicheln in den Hut reinwerfen kann, hat gewonnen.«

»Ich finde«, sagte Señor Ramirez, »daß die zwei Frauen während des Spiels nackt sein sollten; sonst ist das ja nur ein dummes Kinderspiel.«

»Und wir sind beileibe keine Kinder«, sagte Inez und zwinkerte ihm zu. Die beiden Frauen drehten sich zu Alfredo um und schauten ihn fragend an.

»Ach, kümmert euch nicht um ihn«, sagte Señor Ramirez. »Er hat bloß Zahlen im Kopf, sonst nichts.«

Die beiden Mädchen verschwanden hinter ein Gebüsch

und zogen sich aus. Als sie wiederkamen, war Alfredo über ein Hauptbuch gebeugt und bemühte sich gerade, Señor Ramirez etwas zu erklären; der schaute hoch, erfreut, daß sie so rasch zurück waren und er nicht gezwungen war, weiter zuzuhören.

»Ah«, sagte er. »Das sieht doch gleich viel intimer aus, nicht wahr, Alfredo?«

»Auf geht's«, sagte Inez. »Wir stellen uns alle hier in eine Reihe neben diesen Korb, und jeder probiert, die Eicheln in den Hut reinzuwerfen.«

Señor Ramirez wurde beim Spielen richtig aufgeregt und dann allmählich wütend, denn es gelang ihm nie, die Eichel in den Hut zu werfen. Inez kreischte vor Lachen und warf ihre Eichel immer weiter vom Ziel entfernt, jedes Mal vorsätzlich, um so vielleicht den verletzten Stolz von Señor Ramirez zu mildern. Alfredo lehnte es ab, überhaupt mitzumachen.

»Spiele interessieren mich nicht«, sagte Señor Ramirez plötzlich. »Mit euch, Kinderchen, würde ich gern noch länger spielen, aber ich kann mich beim besten Willen nicht auf dieses Spiel hier konzentrieren.«

»Das macht gar nichts«, sagte Inez und strengte sich an, etwas zu finden, was man als nächstes tun könnte.

»Wie geht's Ihrer Frau und den Kindern?« fragte Julia ihn. Inez biß sich auf die Lippe und schüttelte den Kopf.

»Sie sind gut versorgt. Ich habe sie in eine kleine Stadt geschickt, wo sie in einer Pension wohnen. Ganz ruhige Frauen – alle drei – die kleinen Mädchen und die Mutter. Ich werde jetzt schlafen.« Er streckte sich unter einen Baum aus und zog sich den Hut übers Gesicht. Alfredo war in sein Hauptbuch vertieft. Inez und Julia saßen nebeneinander und warteten.

»Du hast ein Spatzenhirn«, sagte Inez zu Julia. »Ich muß für uns beide denken. Hätte ich nicht reichlich Übung gekriegt, als ich die Hunderte von Tortillas zählen mußte, die ich für meine Mutter verkauft habe, ich wüßte nicht, wo wir heute wären.«

»Tot, wahrscheinlich«, sagte Julia. Ihnen begann kalt zu werden.

»Komm schon«, sagte Inez, »singen wir was.« Sie sangen vier oder fünf Mal hintereinander ein Lied vom Weggehen-

und-nie-wieder-Zurückkehren. Als Señor Ramirez aufwachte, schlug er Julia einen Spaziergang vor. Sie stimmte
sanftmütig zu, und so brachen sie auf und gingen durch
den Wald. Bald kamen sie zu einem weiten Feld, wo Señor
Ramirez den Vorschlag machte, sich ein Weilchen hinzu-
setzen.

»Das erste Mal, daß ich mit einer Frau geschlafen habe«,
sagte er, »war auf dem Lande, wie hier. Der Grund und
Boden gehörte meinem Vater. Drei oder vier Mal am Tag
schlichen wir uns ins Feld und liebten uns. Sie war wild
darauf und wäre noch häufiger gekommen, wenn ich es
gewollt hätte. Ein paar Jahre später war ich auf ihrer Hochzeit und hatte dort einen furchtbaren Streit. Ich kann mich
nicht mal erinnern, wer der Mann war, aber am Ende war er
übel zugerichtet. Das kannst du mir glauben.«

»Wenn Sie Ihre Arme um mich legen«, sagte Julia, »ist
mir gleich weniger kalt. Sie haben doch nichts dagegen, daß
ich Sie darum bitte, aber ich mag Sie sehr und fühle mich so
zufrieden mit Ihnen.«

»Das ist schön«, sagte Señor Ramirez und schaute, die
Augen vor der Sonne abschirmend, zu den Bergen hin. Er
lauschte dem Rauschen des Wasserfalls, das hier lauter zu
hören war. Julia berührte lachend verschiedene Stelle seines
Körpers.

»Ah«, sagte sie. »Mir macht's nichts aus, daß mir meine
Seite so weh tut, solange ich derart glücklich sein kann, wie
ich es jetzt mit Ihnen bin. Sie sind so freundlich und so
wundervoll.«

Er gab ihr flüchtig einen schallenden Kuß auf den Mund.

»Hör mal«, sagte er. »Würdest du nicht gern mit mir ins
Wasser kommen?«

»Ich bin eine viel zu kranke Frau, um ins Wasser zu gehen, und ich hab auch ein bißchen Angst.«

»In meinen Armen brauchst du keine Angst zu haben.
Ich werde dich tragen. Die Strömung wäre sowieso zu
stark, als daß du gegen sie ankämst.« Señor Ramirez war
nun sehr ausgelassen, obwohl er sich kurz zuvor noch ge-
langweilt hatte. Er mochte nichts lieber, als kleine Bra-
vourstückchen aufzuführen, die von vornherein Erfolg
versprachen. Er trug sie zum Fluß hinunter, wobei er aus
vollem Halse sang.

Das Rauschen des Wasserfalls war hier sehr laut, und Julia klammerte sich fest an ihren Begleiter.

»Lassen Sie jetzt nicht los«, sagte sie. Aber ihre Stimme schien hinter ihr davonzuwehen wie ein Band im Wind. Sie waren im Wasser, und Señor Ramirez ging in Richtung Wasserfall.

»Ich werde dich schon gut festhalten«, sagte er. »Denn das ist eine ganz schöne Strömung dahinten beim Wasserfall.« Er schien es zu genießen, mit Julia auf den Armen von einem Stein zum nächsten zu balancieren.

»Das ist gar nicht so einfach, weißt du. Das ist verdammt schwierig. Die Steine sind schlüpfrig.« Julia verstärkte den Griff um seinen Hals und küßte ihn rasch überall im Gesicht.

»Wenn ich dich losließe«, sagte er, »würde dich die Strömung wie ein Blatt über den Wasserfall reißen, und dann würde dir einer dieser Steinbrocken ein Loch in den Kopf schlagen. Das wäre das Ende, klar.« Julias Augen weiteten sich vor Entsetzen, und sie heulte plötzlich auf wie ein Tier, das gerade verletzt worden ist.

»Aber warum schreist du denn so, Julia? Ich liebe dich doch, mein Schatz.« Er hatte genug davon, sich durchs Wasser vorzukämpfen, und so machte er kehrt.

»Gehn wir vom Wasserfall weg?«

»Ja. Es war herrlich, nicht?«

»Sehr schön«, sagte sie.

Er wurde zunehmend sorgloser, da die Strömung langsamer floß, und die Folge war, daß er sich verrechnete und sein Fuß zwischen zwei Steinen ausrutschte. Das warf ihn aus dem Gleichgewicht, und er fiel hin. Er blieb unverletzt, aber Julias Hinterkopf war auf einen Stein aufgeschlagen und begann heftig zu bluten. Er kam auf die Beine und trug sie zum Ufer zurück. Sie war sich nicht sicher, ob sie nicht sterben mußte, und herzte ihn desto inniger. Er zog sie hinter sich her, stieg schnell den Hügel hinauf und eilte durch das Wäldchen zu der Stelle hin, wo Inez und Alfredo noch immer saßen.

»Es wird alles wieder gut, nicht?« fragte sie ihn mit kraftlos klingender Stimme.

»Die verdammten Steine da waren schlüpfrig«, grollte er. Er war mißmutig und wollte nur noch nach Hause.

»Ach, du meine Güte!« jammerte Inez, als sie sah, was passiert war. »Was für ein trauriger Abschluß für einen Spaziergang! Julia passieren immer furchtbare Dinge. Sie ist ein Unglücksmensch. Ein Glück nur, daß ich genau das Gegenteil bin.«

Señor Ramirez hatte es so eilig, die Picknickstelle zu verlassen, daß er sich nicht einmal damit abgeben wollte, die von ihm mitgebrachten Körbe und Teller wieder einzusammeln. Sie zogen sich an, und er trieb sie schreiend an, sie sollten alle ins Auto steigen. Julia wickelte sich einen Schal um ihren blutenden Kopf. Inez ging herum und griff sich wie rasend die herumliegenden Sachen.

»Kann ich das haben?« fragte sie ihren Gastgeber. Er nickte ungeduldig mit dem Kopf. Julia weinte mittlerweile rhythmisch wie ein Baby, das kurz vor dem Einschlafen ist.

Die zwei Frauen saßen zusammengedrängt auf dem Rücksitz des Autos. Inez erklärte Julia, daß sie die Teller und Körbe an ihre Familie verschenken wollte. Auch sie vergoß ein paar Tränen. Als sie am Bordell hielten, überreichte Señor Ramirez Inez von seinem Platz aus einige Geldscheine.

»Adiós«, sagte er. Die beiden Frauen stiegen aus und blieben auf der Straße stehen.

»Werden Sie wiederkommen?« fragte Julia ihn zärtlich und hörte einen Augenblick lang auf zu weinen.

»Ja, ich komme wieder«, sagte er. »Adiós.« Er drückte den Fuß aufs Gaspedal und fuhr davon.

Die Bar war voll mit Männern. Inez führte Julia durch den Patio zurück auf ihr Zimmer. Nachdem sie die Tür geschlossen hatte, ließ sie die Geldscheine in ihre Tasche gleiten und stellte die Körbe auf den Boden.

»Möchtest du was von diesen Körben?« fragte sie.

Julia saß auf der Bettkante und stierte ins Leere. »Nein, danke«, sagte sie. Inez schaute sie an und sah, daß sie abwesend war.

»Señor Ramirez hat mir vier Trinkbecher aus Plastik gegeben«, sagte Inez. »Möchtest du einen für dich?«

Julia antwortete nicht sofort darauf. Dann sagte sie: »Kommt er zurück?«

»Ich weiß nicht«, sagte Inez. »Ich gehe ins Kino. Ich

werde danach bei dir vorbeischauen, bevor ich in die Bar gehe.«

»Ist gut«, sagte Julia. Aber Inez wußte, daß es ihr egal war. Sie zuckte die Achseln, ging hinaus und machte die Tür hinter sich zu.

CHARLES BUKOWSKI
Ein teuflischer Weiberheld

Na ja, es hatte mal wieder Streit gegeben mit Flo, und mir war weder nach einem Besäufnis noch nach einem Besuch im Massagesalon zumute, deshalb stieg ich in meinen Wagen und fuhr nach Westen, in Richtung Strand. Es ging auf den Abend zu. Ich ließ mir Zeit und fuhr langsam. An der alten Mole stellte ich den Wagen ab und ging rauf. Ich schaute in die Flipperdiele rein, machte ein paar Spiele, aber in der Bude stank es nach Pisse, also ging ich wieder. Das Karussell ließ ich links liegen, dafür war ich zu alt. Auf der Mole lief das übliche Sortiment herum – eine träge, stumpfsinnige Menschenmenge.

Da vernahm ich aus einem Laden ganz in der Nähe ein Gebrüll. Sicher ein Tonband oder eine Platte, dachte ich. Ein Anreißer stand draußen: »Jawohl, meine Damen und Herren, *hier drin, gleich hier drin* ... halten wir den *Teufel* persönlich gefangen! Sie können ihn mit eigenen Augen besichtigen! Überlegen Sie mal, für einen Vierteldollar, für ganze fünf-und-zwanzig Cents, können Sie tatsächlich den Teufel *sehen* ... den größten Verlierer aller Zeiten! Den Verlierer der einzigen Revolution, die je im Himmel versucht wurde!«

Na, ich konnte ein bißchen leichte Unterhaltung gebrauchen nach dieser anstrengenden Sache mit Flo. Ich zahlte meinen Vierteldollar und ging mit weiteren sechs oder sieben Dummköpfen hinein. Sie hatten diesen Typ da in einem Käfig. Sie hatten ihn mit einer Spritzpistole rot eingesprüht, und er hatte etwas im Mund, mit dem er Rauchwölkchen und kleine Stichflammen produzierte. Er zog keine besonders gute Show ab. Er lief nur im Kreis herum und sagte in einer Tour: »Gottverdammte Scheiße, ich muß hier *raus*! Wie bin ich bloß in diese blödsinnige Falle geraten?« Nun ja, eins muß ich sagen: Er sah schon gefährlich aus. Plötzlich machte er sechs schnelle Überschläge rückwärts. Nach dem letzten Überschlag landete er auf seinen Füßen, sah sich um und sagte: »Oh, Scheiße, ich fühl mich gräßlich!«

Dann sah er mich. Er kam direkt zu mir her an den Maschendraht. Eine Hitze ging von ihm aus, wie von einem Heizlüfter. Keine Ahnung, wie sie das machten.

»Mein Sohn«, sagte er, »endlich bist du gekommen! Ich habe auf dich gewartet. Seit zweiunddreißig Tagen sitze ich hier in diesem Scheißkäfig!«

»Ich weiß nicht, wovon du sprichst.

»Mein Sohn«, sagte er, »mach jetzt keine Scherze. Komm heute nacht mit einer Drahtschere wieder und befreie mich.«

»Komm mir nicht mit so'm Scheiß, Mann«, sagte ich.

»Zweiunddreißig Tage bin ich schon hier drin, mein Sohn! Jetzt komme ich endlich frei!«

»Willst du vielleicht behaupten, daß du wirklich der Teufel bist?«

»Ich will eine Katze in den Arsch pimpern, wenn ich's nicht bin«, war seine Antwort.

»Wenn du der Teufel bist, dann kannst du auf deine übernatürlichen Kräfte zurückgreifen, um hier rauszukommen.«

»Meine Kräfte sind mir vorübergehend abhanden gekommen. Dieser Kerl da, der Anreißer, saß mit mir in der Ausnüchterungszelle. Ich sagte ihm, daß ich der Teufel bin, und er hinterlegte Kaution für mich. Ich hatte meine Kräfte in diesem Gefängnis verloren, sonst hätte ich ihn nicht gebraucht. Er machte mich wieder betrunken, und als ich aufwachte, war ich in diesem Käfig. Der elende Geizkragen, er gibt mir nur Hundefutter und Erdnußbutter-Sandwiches zu essen. Mein Sohn, hilf mir, ich flehe dich an!«

»Du spinnst«, sagte ich. »Du hast sie nicht mehr alle.«

»Komm mir bloß heute nacht wieder, mein Sohn, mit der Drahtschere.«

Der Anreißer kam herein und verkündete, die Sitzung mit dem Teufel sei zu Ende, und wenn wir noch mehr von ihm sehen wollten, würde es noch mal fünfundzwanzig Cents kosten. Ich hatte genug gesehen. Ich ging mit den anderen sechs oder sieben Dummköpfen wieder raus.

»Hey, er hat mit dir *geredet*«, sagte ein kleiner alter Kerl, der neben mir ging. »Ich war jeden Abend hier, und du bist der erste Mensch, mit dem er bis jetzt geredet hat.«

»Mach dich nicht naß«, sagte ich.

Der Anreißer stoppte mich. »Was hat er dir erzählt? Ich hab gesehen, wie er mit dir geredet hat. Was hat er dir erzählt?«

»Er hat mir alles erzählt«, sagte ich.

»Hände weg, Kumpel. Der gehört *mir*! Soviel Geld hab ich nicht mehr gemacht, seit ich die dreibeinige Lady mit dem Vollbart hatte.«

»Was ist denn mit der passiert?«

»Ist mir ausgerückt. Mit dem Mann, der die Nummer mit dem Tiefseekraken machte. Die beiden haben jetzt 'ne Farm in Kansas.«

»Ich finde, ihr Leute habt alle einen Dachschaden.«

»Ich sag dir bloß eins: Ich hab diesen Kerl gefunden. Also *Hände weg*!«

Ich ging zu meinem Wagen, stieg ein und fuhr zurück zu Flo. Als ich zuhause reinkam, saß sie in der Küche und trank Whisky. Sie sagte mir einige hundert Mal, was für ein nichtsnutziger Mensch ich sei. Ich trank eine Weile mit ihr, ohne viel zu sagen. Dann stand ich auf, ging in die Garage, nahm die Drahtschere, steckte sie in die Tasche, stieg in den Wagen und fuhr zurück zur Mole.

Ich brach die Hintertür auf, das Schloß war verrostet und ging glatt ab. Er lag auf dem Boden des Käfigs und schlief. Ich machte mich mit der Drahtschere an die Arbeit, aber es klappte nicht. Der Draht war sehr stark. Dann wachte er auf.

»Mein Sohn«, sagte er, »du bist zurückgekommen! Ich wußte es ja!«

»Schau her, Mann, ich komm mit dieser Drahtschere nicht durch. Der Draht ist zu dick.«

Er stand auf. »Gib sie mir hier rein.«

»Gott«, sagte ich, »hast du aber heiße Hände! Du mußt Fieber haben oder sowas.«

»Sag bloß nicht ›Gott‹ zu mir«, sagte er.

Er schnitt den Draht durch, als sei es Bindfaden, und stieg heraus. »Und jetzt, mein Sohn, zu dir nach Hause. Ich muß wieder zu Kräften kommen. Ein paar Porterhouse-Steaks, und ich bin wieder in Form. Ich habe so viel Hundefutter gefressen, daß ich fürchte, ich fange jeden Augenblick an zu bellen.«

Wir gingen zusammen zum Auto, und ich fuhr ihn zu mir nach Hause. Als wir reinkamen, saß Flo immer noch in der Küche und trank Whisky. Ich machte ihm erst mal ein Sandwich mit gebratenem Schinken und Ei, und wir setzten uns zu Flo an den Tisch.

»Dein Freund sieht verteufelt gut aus«, sagte sie zu mir.

»Er behauptet, er *ist* der Teufel«, sagte ich.

»Schon lange her, seit ich zum letztenmal ein gutes Stück Weiberfleisch zwischen den Beinen hatte«, sagte er.

Er beugte sich über den Tisch und gab Flo einen langen Kuß. Als er aufhörte, saß sie völlig benommen da. »Das war der *heißeste* Kuß, den mir je einer gegeben hat«, sagte sie, »und mich haben schon viele geküßt.«

»Wirklich?« fragte er.

»Wenn du im Bett auch nur annähernd so gut bist wie im Küssen, das wär ja sagenhaft, das wär kaum zum *Aushalten!*«

»Wo ist dein Schlafzimmer?« fragte er mich.

»Geh einfach hinter der Lady her«, sagte ich.

Er folgte Flo ins Schlafzimmer, und ich goß mir einen großen Whisky ein.

Ich hatte noch nie so ein Schreien und Stöhnen gehört, und es ging gut und gerne 45 Minuten lang. Dann kam er allein wieder heraus, setzte sich und goß sich einen Drink ein.

»Mein Sohn«, sagte er, »da hast du aber eine wirklich gute Frau.«

Er ging ins Wohnzimmer, legte sich auf der Couch lang und schlief ein. Ich ging ins Schlafzimmer, zog mich aus und kroch zu Flo in die Federn.

»Mein Gott«, sagte sie, »mein Gott, ich kann's noch gar nicht fassen. Er hat mich Himmel und Hölle erleben lassen.«

»Ich hoffe bloß, daß er mir nicht die Couch in Brand steckt«, sagte ich.

»Du meinst, daß er Zigaretten raucht und dabei einschläft?«

»Vergiß es«, sagte ich.

Tja, er begann sich häuslich niederzulassen. *Ich* mußte auf der Couch schlafen. Ich mußte mir jede Nacht anhören, wie

Flo da drin schrie und stöhnte. Eines Tages – Flo war beim Einkaufen und wir saßen bei einem Bier in der Frühstücksnische – redete ich dann mal ein ernstes Wort mit ihm. »Hör zu«, sagte ich, »ich helfe schon mal einem aus, aber jetzt hab ich mein Bett und meine Frau verloren. Ich werde dich bitten müssen, daß du wieder gehst.«

»Ich glaube, ich halte es hier noch eine Weile aus, mein Sohn. Deine Alte ist eine der besten Nummern, die ich je hatte.«

»Hör zu, Mann« sagte ich, »es kann passieren, daß ich zu harten Maßnahmen greife, um dich loszuwerden.«

»Harter Bursche, was? Na, dann hör mal zu, du harter Bursche, ich hab 'ne kleine Neuigkeit für dich: Meine übernatürlichen Kräfte sind zurückgekehrt. Wenn du dich mit mir anlegst, kann's passieren, daß du dich dabei versengst. Paß mal auf!«

Wir haben einen Hund. Old Bones heißt er. Er taugt nicht viel, aber er bellt, wenn er in der Nacht was hört. Er ist ein ganz guter Wachhund. Tja, also der Teufel zeigte mit seinem Finger auf Old Bones, der Finger machte so ein niesendes Geräusch, dann zischte er, und eine dünne Stichflamme kam raus und berührte Old Bones. Old Bones verbrutzelte und löste sich in Nichts auf. Er war einfach nicht mehr da. Kein Knochen, kein Fell, nicht mal ein Hauch von Gestank. Nur noch Luft.

»Okay, Mann«, sagte ich zu ihm. »Du kannst noch ein paar Tage bleiben, aber danach mußt du hier raus.«

»Brat mir ein Porterhouse«, sagte er, »ich hab Hunger. Und ich fürchte, meine Spermienproduktion hängt durch.«

Ich stand auf und schmiß ein Steak in die Pfanne.

»Mach mir ein paar Fritten dazu«, sagte er, »und Tomatenscheiben. Kaffee brauch ich nicht. Kann in letzter Zeit nicht schlafen. Aber ein paar Biere werd ich noch trinken.«

Als ich alles fertig hatte und das Essen vor ihn hinstellte, kam Flo zurück.

»Tach, mein Schatz«, sagte sie, »wie fühlst du dich?«

»Ganz prächtig«, sagte er. »Hast du hier irgendwo Ketchup?«

Ich ging raus, stieg ins Auto und fuhr hinunter zum Strand.

Na, der Anreißer hatte jetzt einen neuen Teufel da drin. Ich bezahlte meinen Vierteldollar und ging rein. Dieser Teufel hier machte wirklich nicht viel her. Die rote Farbschicht juckte und brachte ihn schier um, und er trank, um nicht durchzudrehen. Er war ein kräftiger Kerl, aber er hatte überhaupt keine Qualitäten. Ich war einer der wenigen Kunden da drin. In der Bude waren mehr Fliegen als Menschen.

Der Anreißer kam zu mir her. »Ich bin am Verhungern, seit du mir den Echten geklaut hast. Hast wohl deine eigene Show mit ihm aufgezogen, hm?«

»Hör mal«, sagte ich, »ich würde alles drum geben, wenn ich ihn dir wieder zurückbringen könnte. Ich wollte ja bloß ein guter Mensch sein.«

»Du weißt, was mit guten Menschen auf dieser Welt passiert, nicht?«

»Yeah, die stehen dann Ecke 7th und Broadway rum und verkaufen den ›Wachtturm‹.«

»Mein Name ist Ernie Jamestown«, sagte er. »Erzähl mir die ganze Geschichte. Wir haben ein Hinterzimmer.«

Ich ging mit Ernie ins Hinterzimmer. Dort saß seine Frau am Tisch und trank Whisky. Sie schaute auf.

»Hör mal, Ernie, wenn dieser Knilch da unser neuer Teufel sein soll, dann vergiß es. Da können wir gleich einen dreifachen Selbstmord inszenieren.«

»Immer mit der Ruhe«, sagte Ernie. »Und gib mal die Flasche rüber.«

Ich erzählte Ernie, was alles passiert war. Er hörte aufmerksam zu. Dann sagte er: »Ich kann ihn dir vom Hals schaffen. Er hat zwei Schwächen – Trinken und Weiber. Und dann noch was. Ich weiß nicht wieso, aber wenn er eingesperrt ist, so wie in der Ausnüchterungszelle oder in dem Käfig da draußen, dann verliert er seine übernatürlichen Kräfte. Also schön, da werden wir einhaken.«

Ernie ging zum Schrank und holte eine Menge Ketten und Vorhängeschlösser heraus. Dann ging er ans Telefon und ließ sich mit Edna Hemlock verbinden. Edna Hemlock sollte uns in zwanzig Minuten an der Ecke vor Woodys Bar treffen. Ernie und ich stiegen in meinen Wagen, hielten unterwegs am Spirituosenladen und kauften zwei kleine Flaschen Whisky, holten Edna ab und fuhren zu mir nach Hause.

Sie saßen immer noch in der Küche. Sie schmusten wie verrückt. Doch der Teufel hatte kaum einen Blick auf Edna geworfen, da war meine Alte für ihn abgemeldet. Er ließ sie fallen wie ein Paar Schlüpfer mit Scheiße dran. Edna hatte alles, was das Herz begehrte. Als sie ihr den letzten Schliff gaben, machten sie keinen Fehler.

»Warum nehmt ihr beiden nicht einen zur Brust und lernt euch ein bißchen näher kennen?« sagte Ernie und stellte vor jeden ein großes Glas Whisky hin.

Der Teufel sah Ernie an. »Hey, Mother, bist du nicht der Typ, der mich in den Käfig gesperrt hat?«

»Vergiß es«, sagte Ernie. »Laß uns die alten Geschichten begraben.«

»Von wegen!« Der Teufel zeigte mit dem Finger auf ihn, eine Stichflamme kam heraus, und dann gab es Ernie nicht mehr.

Edna lächelte und hob ihr Glas. Der Teufel grinste, hob seines und kippte es runter.

»Erstklassiger Stoff!« sagte er. »Wer hat den gekauft?«

»Der Mann, der vor einem Augenblick das Zimmer verlassen hat«, sagte ich.

»Oh.«

Er und Edna genehmigten sich noch einen Drink und begannen einander mit den Augen zu verschlingen. Dann sagte meine Alte zu ihm:

»Hör auf, dieses Flittchen anzustarren!«

»Was für ein Flittchen?«

»Die da!«

»Beschäftige du dich mit deinem Drink und halts Maul!«

Er zeigte mit dem Finger auf meine Alte, es knisterte ein bißchen, und dann war sie weg. Dann sah er mich an.

»Und was hast du hier zu melden?«

»Oh, ich bin der Kerl, der dir die Drahtschere gebracht hat, weiß du noch? Ich bin hier der Hausdiener, ich bring dir Handtücher ins Schlafzimmer und so weiter...«

»Wirklich ein gutes Gefühl, meine übernatürlichen Kräfte wiederzuhaben.«

»Ja, die kommen ganz gelegen«, sagte ich, »wir haben hier sowieso ein Problem in punkto Bevölkerungsdichte.«

Er starrte Edna an. Die beiden waren so mit sich beschäftigt, daß ich eine der beiden Flaschen Whisky unbemerkt an mich bringen konnte. Ich ging damit raus, stieg ins Auto und fuhr zurück zum Strand.

Ernies Frau saß noch immer im Hinterzimmer. Sie freute sich, als sie die neue Flasche sah, und ich goß zwei Drinks ein.

»Wer ist denn der Junge, den ihr da im Käfig habt? fragte ich.

»Oh, das ist so ein drittklassiger Footballspieler von einem College hier in der Nähe. Er will sich ein bißchen was dazuverdienen.«

»Du hast wirklich einen schönen Busen«, sagte ich.

»Findest du? Ernie sagt nie etwas über meinen Busen.«

»Trink. Das ist guter Stoff.«

Ich setzte mich neben sie. Sie hatte schöne fette Schenkel. Als ich sie küßte, wehrte sie sich nicht.

»Ich hab dieses Leben hier so satt«, sagte sie. »Ernie war schon immer ein mickriger kleiner Schnorrer. Hast du einen guten Job?«

»Oh, sicher. Ich bin Chef-Packer bei Drombo-Western.«

»Küß mich noch mal«, sagte sie.

Ich rollte von ihr runter und putzte mich am Bettlaken ab.

»Wenn Ernie das rauskriegt, bringt er uns alle beide um«, sagte sie.

»Ernie wird es nicht rauskriegen. Mach dir keine Sorgen.«

»Du machst es großartig«, sagte sie, »aber wie kommst du auf *mich*?«

»Ich versteh nicht. Was meinst du damit?«

»Ich meine, wirklich, was hat dich darauf gebracht?«

»Oh«, sagte ich, »der Teufel hat mich darauf gebracht.«

Dann steckte ich mir eine Zigarette an, legte mich wieder lang, inhalierte und blies einen perfekten Rauchring. Sie stand auf und ging ins Bad. Nach einer Minute hörte ich die Wasserspülung gurgeln.

Anaïs Nin
Hejda

Das Entschleiern von Frauen ist eine heikle Angelegenheit.
Es geschieht nicht über Nacht. Wir fürchten uns alle vor
dem, was wir finden werden.

Natürlich war Hejda im Orient geboren worden. Vor der
Entschleierung lebte sie in einem riesigen Garten, der in sich
eine kleine Stadt war, voller Dienstboten, unter vielen
Schwestern und Brüdern, zusammen mit vielen Verwandten. Vom Dach des Hauses konnte man die Vorübergehenden sehen, Händler, Bettler, Araber auf ihrem Weg zur Moschee.

Hejda war damals ein kleines, unbändiges Mädchen, dessen größtes Vergnügen darin bestand, mit dem Finger die
noch nicht gelegten Eier in den Hühnern zu ertasten und zu
zerbrechen oder Frösche mit Benzin zu füllen und sie dann
mit einem Zündholz anzuzünden. Sie lief im Haus ohne
Höschen umher, ohne Schuhe, doch wenn sie nach draußen
ging, war sie tief verschleiert, und die Konturen ihres Körpers, die schon im frühen Alter die einer voll erblühten Frau
waren, ließen sich nur erahnen. Es war nicht zu erkennen,
daß auf ihrem Gesicht das raubtierhafte Lächeln der Menschen mit großen Zähnen lag.

In der Schule hatte sie eine Freundin, deren größter Kummer ihre dunkle Hautfarbe war. Sie hatte die dunkelste Haut
unter den vielen Schattierungen der Kinder in der arabischen Schule. Hejda zog sie eines Tages mit sich in die
äußerste Ecke des Schulgartens und sagte zu ihr: »Ich kann
dich weißmachen, wenn du willst. Vertraust du mir?«

»Natürlich.«

Hejda holte ein Stück Bimsstein hervor. Sehr sanft, aber
ausdauernd begann sie, die Stirn des Mädchens damit zu
bearbeiten. Erst als der Schmerz unerträglich wurde, hielt
sie inne. Eine Woche lang fuhr sie fort, den Fleck abgeschabter Haut zu vergrößern, und im geheimen genoß sie
diese seltsame Szene der unablässigen Klagen des Mädchens
über den Schmerz. Schließlich wurden sie entdeckt und beide bestraft.

Mit siebzehn verließ Hejda den Orient und legte die Schleier ab, aber das Fluidum einer verschleierten Frau haftete weiter an ihr. Selbst in den elegantesten und auffallendsten französischen Kleidern, die ihre Figur voll zur Geltung brachten, vermittelte sie noch immer den Eindruck, verschleiert zu sein. Niemand konnte mit Sicherheit behaupten, ihren Nacken, ihre Arme und Beine gesehen zu haben. Selbst ihre Abendkleider schienen alles an ihr zu verbergen. Diese Aura des Geheimnisvollen, die an arabische Frauen erinnerte, die eingehüllt in viele Meter weiße Baumwolle durch die Straßen gehen, die wie Seide um eine Spule gewickelt ist, war zum größten Teil auf ihre Unfähigkeit zurückzuführen, sich zu artikulieren. Ihr Sprechen enthüllte und öffnete keine Türen, war labyrinthisch. Sie bediente sich lediglich der Worte, die notwendig waren, um jemanden in den Eingang zu locken. Sobald man aber auf den unbeendeten Satz zuging, stieß man auf eine Sackgasse, eine Kurve, eine Barriere. Sie zog sich hinter halbe Eingeständnisse, halbe Versprechen und Anspielungen zurück.

Das Verhüllen des Körpers, das auch ein Verhüllen des Geistes war, bildete eine unüberwindliche Schranke, über die sich nur die Augen mit ihrer Ausstrahlung und Intensität hinwegsetzten. Hejda erschien als eine Mischung aus Eleganz, Kosmetik und Aufputz. Allein die Augen sandten Signale und Botschaften aus, durchbohrten die europäischen Kleider mit der stechenden Brillanz, die es nur im Orient gibt. Um zu diesen Augen zu gelangen, muß der Mann den dicken Wall weißer Baumwolle durchdringen.

Die Korridore, die zu Hejda führten, waren so gewunden und verschlungen wie die Gassen orientalischer Städte, in denen sich verfolgte Frauen verirren, aber auf dem Weg durch alle diese sich verlierenden und windenden Straßen hörten die Augen nicht auf, Fremden Signale zu senden, wie Gefangene, die aus Fenstern winken.

Der Wunsch zu sprechen war da, nach Jahrhunderten der Gefangenschaft und Unterdrückung, der Wunsch, in der Abgeschlossenheit überfallen und befreit zu werden. Im Gegensatz zu den dicht geschlossenen Falten der Kleider, den vielen Verteidigungswällen aus Seide um den Hals, sprachen die Augen Einladungen aus.

Ihre Sprache war verschleiert. Ihr war es nicht möglich zu

sagen: »Seht auf Hejda, die voller Ideen steckt!« Und so legte sie statt dessen Karten und sagte wie die Frauen im Harem die Zukunft voraus, oder sie aß wie ein kleines Mädchen Süßigkeiten, ein Mädchen, das durch Einwickeln in weiße Baumwolle nie Frau geworden war, wie die Füße chinesischer Frauen durch Bandagen kleingehalten werden. Alles, was sie sagen konnte, war: »Heute nacht hatte ich einen Traum.« (Denn im Orient erzählt jeder am Morgen beim Frühstück zu der ersten Tasse schwarzen Kaffees seine Träume.) Wenn sie ein Problem hatte, öffnete sie wahllos ein Buch, tippte mit ihren Fingern auf einen Satz und richtete ihre Entscheidungen nach diesem Satz aus. Oder sie kochte ein Gericht, das so farbig war wie ein orientalischer Marktplatz. Ihr Verlangen, wahrgenommen zu werden, drückte sich wie im Orient üblich immer durch etwas Auffallendes aus: einen ungewöhnlichen Edelstein, ein Flitterplättchen, das auf ihrer Stirn zwischen den Augen klebte (das dritte Auge der Orientalen ist ein Juwel, als habe das verborgene Leben, das so lange vor der Öffentlichkeit geheimgehalten worden war, das Feuer kostbarer Steine angenommen).

Niemand verstand die Botschaften: Seht Hejda, die Frau aus dem Orient, die eine Frau von morgen sein will. Kleidung und Schmuck lenkten alle ab, wie ein Wandschmuck von der Wand ablenkt. Sie wurde immer wieder in den Harem zurückgeworfen – auf ein Kissen.

Sie war mit all ihren unsichtbaren Schleiern nach Paris gekommen. Beim Lachen öffnete sie kaum ihren Mund, denn ihre Zähne wirkten in dem kleinen, runden Gesicht ungewöhnlich groß. Sie verbarg ihre Unersättlichkeit und ihren Appetit. Ihre Stimme klang klein, auch sie war klein geblieben, wie die Chinesen die Füße der Frauen kleinhalten, klein und infantil. Ihre Gesten waren zögernd und reserviert. Der Schleier bestand nicht in ihrer Furchtsamkeit, in ihren Ängsten, in ihrer Art, sich zu kleiden, den Hals zu bedecken und ihre üppigen Brüste zu schnüren. Der Schleier zeigte sich in ihrer Liebe zu Blumen (das war ein Merkmal ihrer Rasse), besonders zu kleinen Rosen und unschuldigen, geschlechtslosen Blumen, in aufwendigen Ritualen der Höflichkeit (auch sie traditionsbedingt), aber vor allem in ihrer ausweichenden Art zu sprechen.

Sie wollte Malerin werden und besuchte die *Académie Julien*. Sie malte minutiös auf kleinen Leinwänden mit den Farben des Orients, einem mädchenhaften Orient voll kleiner Blumen, Ornamente, Konfetti und Bonbonfarben. Sie malte in den bunten Farben der kleinen Läden, in denen glitzernde Rosen und Schmetterlinge aus Spitzenpapier verkauft werden.

In der Malklasse gab es einen dunklen, schweigsamen und scheuen Rumänen. Er hatte dekadente aristokratische Hände, lächelte nie, sprach nie. Wer sich ihm näherte, spürte seine hilflose Furchtsamkeit, und jeder zog sich wieder zurück und wahrte Distanz.

Die beiden Furchtsamen beobachteten sich gegenseitig, die beiden Schweigenden, die zwei in sich zurückgezogenen Menschen. Beide waren orientalische Interieurs, ohne Fenster zur äußeren Welt, und alles Grün wuchs im inneren Patio, und alle Fenster öffneten sich zur Innenseite des Hauses.

In der Malklasse herrschte eine gewisse gallische Ausgelassenheit. Die Atmosphäre war sinnlich, warm und fröhlich, doch die beiden blieben in ihrem inneren Patio und lauschten den singenden Vögeln, dem Plätschern der Fontänen. Er denkt: »Wie geheimnisvoll sie ist.« Und sie denkt: »Wie geheimnisvoll er ist.«

Beim Weggehen beobachtet er eines Tages, wie sie mit einem kleinen, silbernen Pfau ihre schwarzen Augenränder nachzieht. Geschickt nimmt sie den Kopf des Vogels ab, und hervor kommt ein kleiner Pinsel, mit dem sie schwarze Linien um ihre orientalischen Augen zieht.

Dieses Bild verwirrt, bezaubert ihn. Der Maler ist gefangen, aufgewühlt. Erinnerungen an persische Legenden beherrschen von jetzt ab seine Vorstellungen von ihr.

Sie heiraten und beziehen eine winzige Wohnung, deren einziges Fenster auf einen Garten geht.

Sie heiraten, weil sie den Wunsch haben, sich zusammen zu verstecken. In den dunklen Grotten ihres Flüsterns, ihrer Vertraulichkeit und ihrer Ängste errichten sie nun eine kunstvolle Welt aus Stalaktiten, die von Luft und Licht abgeschlossen ist. Er weiht sie in seine ästhetischen Grundsätze ein. Sie lieben sich im Dunkeln, und am Tag verschönern sie ihre Wohnung und verfeinern sie.

Unter Molnars Händen wird sie umgeformt, neu modelliert und stilisiert. Er kann ihren Körper nicht anders formen, aber er kritisiert ihre Fülle. Ihre Brüste liebt er nicht, sie darf sie niemals zeigen, sie überwältigen ihn. Er gesteht ihr, daß er sie ohne diese Brüste mehr lieben würde. Sie zieht sich in sich selbst zurück, und in ihr wächst der Zweifel an ihren weiblichen Werten. Mit seiner Kritik hat er sie unterworfen und ihr den Zweifel eingeflößt, der sie von anderen Männern fernhalten wird. Er hat ihre Weiblichkeit entwertet, und Hejda ist jetzt unterdrückt, gehemmt und sogar beschämt über ihre Gewöhnlichkeit und Fülle. Es ist die Herrschaft ästhetischer Werte: Stilisierung, Verfeinerung, Kunst und Künstlichkeit. Damit hat er seine Herrschaft etabliert. Jede Rundung ihres Körpers bietet ihm einen Anlaß, ihre Natur zu unterdrücken. Mit seiner Kälte zügelt er sehr bald ihr Ungestüm. Er glättet ihre Sprache, ihre Manieren und ihre Impulse. Er verringert und engt ihre Gastfreundschaft, ihren Wunsch nach Ausdehnung und ihre Freundlichkeit ein.

Es ist ihre zweite Verschleierung, der ästhetische Schleier von Kunst und gesellschaftlicher Tugend. Er entwirft ihre Kleider, formt sie, soweit er kann, zu den stilisierten Figuren seiner Bilder. Seine Frauen sind transparent, sind durchsichtig und ruhen in Hängematten zwischen Himmel und Erde. Hejda kann diesen Zustand nicht erreichen, aber sie kann zu einer Odaliske werden. Sie kann mehr silberne Pfauen um sich versammeln, mehr poetische Dinge, die für sie sprechen.

Ihre kleinen Leinwände wirken kindlich neben seinen. Langsam vertieft sie sich mehr in seine Bilder als in ihre eigenen. Die Blumen und Gärten verschwinden.

Er malt eine Welt der Bühnenbilder, aus denen die Natur völlig ausgeschlossen ist: statische Schiffe, gefrorene Bäume, kristallene Schönheiten und die Skelette von Vergnügen und Farben. Er geht daran, aus Hejda ein Objekt für seine Bilder zu machen. Ihre Natur wird durch diese Abstraktion ihrer selbst immer mehr kastriert. Ihre üppigen Brüste werden dichter verschleiert. In seinen Bildern gibt es keine Bewegung, keine Natur und ganz sicher nicht die Hejda, die es genoß, ohne Unterwäsche umherzugehen und frische Kräuter und Gemüse aus dem Garten zu essen.

Ihre Brüste sind die einzigen Eindringlinge in ihr stilisiertes Leben. Ohne sie könnte Hejda der Zwilling sein, den er sich wünscht, und sie könnten die seltene Ehe seiner femininen und ihrer maskulinen Eigenschaften vollziehen, denn es ist bereits klargeworden, daß er sich gerne beschützen läßt, daß sie gerne beschützt und größere Stärke besitzt, sich der Welt der Realitäten zu stellen. Sie hat mehr Kraft, Bilder zu verkaufen, Galerien für seine Arbeiten zu interessieren, und auch mehr Mut. Im Umgang mit der Welt übernimmt sie die aktive Rolle. Molnar kann allein niemals seinen Lebensunterhalt verdienen. Hejda kann es. Molnar kann keine Anweisungen geben (nur ihr), doch sie kann es. Molnar kann nichts ausführen, realisieren und konkretisieren wie sie, denn bei der Ausführung und im Handeln kennt sie keine Furcht.

Molnar ist es, der malt und zeichnet, und Hejda ist es, die hinausgeht und seine Arbeiten verkauft.

Molnar wird immer mehr heikel, verwundbarer, und Hejda wird stärker. Er steht hinter der Szene, und sie steht nun im Vordergrund.

Er läßt es zu, daß ihre Liebe ihn umfließt, stärkt und nährt. Er erobert sich seine Führerrolle in der Dunkelheit zurück, aber nicht durch sinnliche Fülle, im Gegenteil, durch strenge Ökonomie des Genusses. Oft wird ihr Hunger nicht gestillt. Keinen Augenblick lang hegt sie den Verdacht, daß es sich dabei um etwas anderes als um Ökonomie handelt. Sie glaubt, hinter dieser ästhetischen Reserve läge großer Überfluß. In ihren körperlichen Vereinigungen gibt es keine Freude und keinen Genuß. Sie sind wie das Zusammenrollen im Mutterleib.

Ihr Zusammenleben bleibt steif und fensterlos, zwar nach innen gerichtet, aber die Pflanzen und Fontänen des Patio sind alle künstlich, ephemerisch und unbeweglich, ein Bühnenbild für ein Drama, das nie stattfindet. Es gibt Kolonnaden, Friese, Hintergründe und Plüschvorhänge, doch ein Drama findet nicht statt, keine Entwicklung, keine Funken. Die Frauen auf seinen Bildern liegen, schweben im Raum.

Hejda fühlt sich unterdrückt. Sie weiß nicht warum, hat nie etwas anderes als Unterdrückung gekannt, nie das kleine Universum, das vom Mann begrenzt wird, verlassen. Und doch erweitert sich etwas in ihr. Durch den Kampf mit der

Realität wird eine neue Hejda geboren. Sie will Molnars Schwäche beschützen. In der Welt draußen fühlt sie sich stärker. Aber wenn sie nach Hause zurückkommt, spürt sie, daß sie in die Unterwerfung, in Molnars Proportionen zurücksinken muß. Er verlangt, daß sie ihr nach außen gerichtetes Leben aufgibt. Molnars ganzes Wesen ist totale Verneinung, Verneinung und Ablehnung der Welt, des gesellschaftlichen Lebens, anderer Menschen, des Erfolgs, der Entwicklung, der Bewegung, der Neugier, des Abenteuers und des Unbekannten schlechthin.

Was verteidigt er, was schützt er? Keine verzehrende Passion für einen Menschen, aber vielleicht ein geheimes Verzehren. Er erlaubt keine Zärtlichkeit und keine Aufforderung zur Liebe. Es ist ein Nein zu ihrem Hunger, ein Nein zu ihrer Zärtlichkeit und ein Nein zu dem Fließen des Lebens. Nur in Angst und Verborgenheit waren sie sich nahe, aber nicht mehr im Fließen und in der Entwicklung. Molnar ist jetzt erstarrt und fixiert, in ihm gibt es kein Gefühl, das ihn vorwärtstreibt. Wenn sie versucht, ihn vorwärtszutreiben, seine unerschütterliche Stagnation durch ihren Elan zu ersetzen, kann er ihren Antrieb nur zerbrechen.

»Deine Ambitionen sind vulgär.«

(Darauf weiß sie keine Antwort: Meine Ambitionen sind lediglich der Ausgleich deiner Unfähigkeit.)

Ein Teil von ihr möchte sich ausdehnen, ein Teil ihres Wesens möchte mit Molnar zusammenbleiben. Dieser Konflikt zerreißt sie. Das Zerren und Ziehen läßt sie krank werden.

Hejda fällt.

Hejda ist krank.

Sie kann nicht vorwärts, denn Molnar bleibt unbeweglich, und sie kann sich nicht von ihm losreißen.

Er will nicht vorwärts. Sein Wesen stagniert und ist erfüllt von Gift. Jeden Tag verabreicht er ihr dieses Gift von neuem.

Sie hat seine Bilder in die reale Welt gebracht, um sie zu verkaufen, und dabei ist sie mit dieser Welt in Verbindung getreten, dabei hat sie entdeckt, daß sie größer und freier ist.

Nun läßt er nicht mehr zu, daß sie die Bilder verkauft. Er hört sogar auf zu malen. Armut stellt sich ein.

Vielleicht wird Molnar sich wandeln und sie beschützen.

Es ist der Traum jeder mütterlichen Liebe: Ich habe ihn mit meiner Stärke erfüllt, habe seine Malerei genährt, meine Bilder sind in seine Bilder geflossen, ich bin gebrochen und schwach, vielleicht ist er jetzt stark.

Aber es ist nicht so. Molnar beobachtet ihren Fall. Er läßt sie fallen, läßt die Armut um sich greifen, beobachtet untätig den Verkauf ihrer Kunstwerke und die Gänge zum Pfandleiher. Er läßt Hejda ohne Fürsorge. Seine Passivität und Untätigkeit verzehren das ganze Haus.

Es ist, als sei Hejda der Leim gewesen, der das Mobiliar zusammenhielt. Jetzt fällt es auseinander. Es ist, als sei sie das Reinigungsmittel gewesen, und jetzt werden die Vorhänge grau. Das Holz im Kamin raucht und brennt nicht mehr: War sie auch das Feuer im Herd? Weil sie krank ist, rosten alle Gegenstände. Das Essen verdirbt. Selbst die künstlichen Blumen welken. Die Farben vertrocknen auf der Palette. War sie das Wasser und auch die Seife? War sie die Quelle, die Sauberheit der Fenster und der Fußböden? Die Gläubiger fallen ein wie Heuschrecken. War sie der Fetisch des Hauses, der sie fernhielt? War sie der Sauerstoff? War sie das Salz, das jetzt dem Brot fehlt? War sie die zarte Feder, die das Spinnennetz des Verfalls zerriß? War sie die Silberpolitur?

Müde, darauf zu warten, daß es Hejda bessergeht, verläßt Molnar das Haus – allein.

Hejda und Molnar leben jetzt getrennt. Sie ist frei. Andere Menschen helfen ihr, die Bindungen zu lösen, in die ihre Persönlichkeit zuerst durch die Familie und dann durch den Ehemann eingebunden war. Jemand verliebt sich in ihre üppigen Brüste und beseitigt das Tabu, das Molnar über sie verhängt hatte. Hejda kauft sich eine durchsichtige Bluse, die alles enthüllt, was sie zu zeigen hat.

Als ein Knopf abspringt, näht sie ihn nicht wieder an.

Sie schweigt auch nicht länger.

Sie spricht von ihrer Kindheit. Dieselbe Geschichte, die sie früher mit einem verschämten Kichern erzählt hatte: daß sie als Kind keine Unterwäsche getragen habe, als wolle sie sagen: »Wie primitiv ich früher war«, wurde jetzt mit dem bedeutungsvollen Blick einer Stripteasetänzerin zum Besten gegeben, mit der leichten Arroganz eines *agent provocateur* für Männer (denn nun verlegte ihr Exhibitionismus die Möglichkeit von der Vergangenheit in die Gegenwart).

Hejda trennt sich von den kleinen Leinwänden und kauft sehr große. Sie malt größere Rosen, größere Gänseblümchen, größere Lauben, größere bonbonfarbene Wolken und größere Schaummeere. Doch im selben Maß, in dem die Leinwände größer werden, ohne daß ihre Inhalte bedeutsamer werden, plustert Hejda sich auf, ohne sich weiterzuentwickeln. Sie ist nur scheinbar größer. Ihre Stimme wird lauter, ihre Sprache, befreit von Molnars dekadenter Stilisierung, wird ungeschliffener. Ihre Kleider werden kürzer, ihre Blusen offenherziger. An ihrem kleinen Körper ist mehr Fleisch zu sehen, aber Molnar ist nicht da, um ihr ein Korsett anzulegen. Auf ihrem Tisch steht mehr Essen. Sie verbirgt nicht mehr ihre Zähne. Sie ist stolz auf ihren Appetit. Die Freiheit hat sie bis zum Rand mit dem Vertrauen erfüllt, daß alles, was einst geheim und gefesselt war, jetzt von großem Wert ist. Jede Einzelheit ihrer Kindheit, jede Prophezeiung einer Kartenlegerin und jeder Traum nehmen an Bedeutung zu.

Hejdas Statur kann den Druck ihrer Ambitionen nicht ertragen. Es scheint, als habe sich die Kompression zur Inflation gewandelt. Sie ist geistig und körperlich aufgeblasen. Wer es wagt, sie an ein Gefühl für Proportionen zu erinnern, daran, daß es in der Welt vielleicht noch andere Maler von Bedeutung gibt und andere Frauen von Wert, wird zum Verräter, der augenblicklich verbannt werden muß. Über ihn ergießen sich Ströme von Beschimpfungen, die den Tiraden orientalischer Zigeunerinnen gleichen, denen man eine milde Gabe versagt hat: Flüche und Verwünschungen.

Sie verspürt weder Verlangen nach ihren Liebhabern noch bringt sie Liebe für sie auf. Stolz sagt sie: Auf mich fliegen die Männer!

Ihrer Malerei mangelt es an Kreativität: Ich werde Molnar zeigen, daß ich die bessere Malerin bin!

Ihre Freundschaften mit Frauen sind eine einzige, lange Rivalität unter der Oberfläche: Sie will sich durch auffallende Kleidung oder durch auffallendes Benehmen hervortun. Sie begibt sich in einen harten, intensiven Konkurrenzkampf. Wenn alles versagt, schreckt sie selbst davor nicht zurück, ihr Kleid zu heben und an ihren Strumpfbändern zu nesteln.

Wo sind die Schleier und die labyrinthischen Fluchtwege?

Sie ist wieder in den Garten ihrer Kindheit zurückgekehrt, zurückgekehrt zur ursprünglichen, unverfälschten Hejda: ein Kind der Natur, der Üppigkeiten, Süßigkeiten, der Kissen und der erotischen Literatur.

Und wieder springen die Frösche in panischer Angst vor ihr davon.

RAFIK SCHAMI
Auf dem Müll

Ich muß dem Leser gestehen, daß ich diese Geschichte selbst nicht gelaubt hätte, wenn die Zeitungen nicht darüber berichtet hätten. Der erste Teil der Geschichte stand kleingedruckt auf der vierten Seite. Er war zwischen zwei Meldungen versteckt; die eine berichtete über die Baumwolle in Ägypten und die andere über die Benzinpreiserhöhung in Portugal. Der zweite Teil der Geschichte dagegen machte Schlagzeilen. Beide Nachrichten waren eine Lüge, aber diese Lüge bestätigte den wahren Inhalt der Geschichte, die mir Giacomo erzählt hatte. Giacomo übertrieb gerne. Wie sollte ich sein ungewöhnliches Erlebnis glauben! Ja, der elfjährige Junge übertrieb oft, so wie wir alle aus dem Süden nun mal übertreiben. Mein Großvater übertrieb sogar im Sterbebett; statt eine traurige Miene zu zeigen, zumindest den um das Bett Versammelten zuliebe, lachte er laut. »Was für ein Leben ist das?« rief er und schüttelte den Kopf. »Erst klauen mir die Osmanen die Hälfte, und dann vertilgen die Franzosen die andere Hälfte.« Er starrte mich an. »Und da kommt dieser Pfaffe und sagt, verzeih deinen Feinden! Daß ich nicht lache; sage ihm, er soll mich am Arsch lecken, ich hasse sie alle. Jawohl, ich hasse sie«, rief er so laut, daß der Pfarrer sich bekreuzigte, meine Großmutter weinte bitter.

Ja, mein Großvater übertrieb zu allen Zeiten seines Lebens, vor allem dann, wenn er von seinem Leiden erzählte.

»Der Norden, mein Kleiner, hockt auf der Brust des Südens . . . Wir können kaum atmen«, sagte er einst zu mir. Ich lächelte, weil ich in der Schule gelernt hatte, daß sich der Norden niemals über den Süden strecken kann.

Viel später habe ich begriffen, daß der Lehrer und nicht mein Großvater gelogen hatte. Es tat mir in der Seele weh, damals meinen Großvater so dämlich belächelt zu haben. Was für eine Erbitterung muß der Alte damals empfunden haben, als er seine wertvolle Lebenserfahrung mitteilte und ich ihn einfach auslachte.

Dieselben Schmerzen empfinde ich jetzt, während ich diese Zeilen schreibe, weil ich Giacomo hätte glauben sollen, als er mir an jenem Nachmittag seine grausame Geschichte erzählte . . .

An jenem Nachmittag trank ich meinen Tee und sehnte irgendeine Ablenkung herbei. Ich mußte einen Brief schreiben, und ich schob diese lästige Aufgabe seit Tagen geschickt vor mir her. Es klingelte und ich eilte zur Tür. Giacomo sprang eilig die Stufen der Treppe herauf.

»Grüß dich«, sagte er und schnappte nach Luft. Er ging in die Küche und stand am Fenster. Noch immer schweratmend flüsterte er: »Dem Arschloch haben wir es gegeben.«

»Wem denn?«

»Dem Mann, der mich umbringen wollte«, antwortete Giacomo und schlug mit der Faust auf den Tisch.

»Umbringen? Ach, komm, du übertreibst mal wieder.«

»Nein, ich schwöre es dir, ein Mann, so groß«, er zeigte die ungefähre Größe mit seiner Hand, »wollte mich umbringen.« Ich war unruhig. »Erzähl mal«, bat ich ihn, und er erzählte, nachdem ich versprochen hatte, niemals seinen richtigen Namen zu verraten. Das werde ich auch nie machen, weil »Giacomo« mein Freund ist.

Wir haben letzten Samstag auf dem Hof der alten Molkerei in der Blumenstraße gespielt. Mahmud, Yüksel, Mario, Tonio und ich. Erst fuhren wir ein bißchen mit den Fahrrädern herum, dann haben wir Fußball gespielt. Ich habe nicht bemerkt, daß dieser Mann uns die ganze Zeit beobachtet hat. Er hat es mir aber später erzählt. Mahmud, der Palästinenser, hat den Ball zum Molkereieingang geschossen, und ich wollte ihn holen. Da sah ich diesen großen Mann mit einer dunklen Brille. Er stand direkt am Eingang.

»He, du, komm mal her«, hat er mich gerufen. Ich hab' gedacht, der kann mich mal, wir dürfen hier spielen, und wollte weiterkicken, aber da hat er mich gefragt, ob ich mir 10 Mark verdienen will.

»Und was soll ich dafür tun?« wollte ich wissen. »Ich habe eine goldene Kette verloren, und du mußt sie mir holen.«

»Wo haben Sie denn die Kette verloren?« habe ich gefragt.

»In einem Müllcontainer.«

»Ist es weit?«

Der Mann hat geantwortet: »Es ist nicht weit, wir fahren mit dem Auto.«

Na ja, du weißt, ich spare für einen neuen Fußball, und da bin ich halt mitgefahren.

Wir fuhren aus Frankfurt heraus, und durch die Hinweis-schilder hab' ich gemerkt, daß wir in Richtung Darmstadt gefahren sind.

»Wir sind bald da«, hat der Mann gesagt und ist in eine Straße eingebogen, die zu einem Wald führte. Da hab' ich dann Angst bekommen, weil ich schon oft so Geschichten über verrückte alte Männer gehört habe, die es mit ausländischen Jungs treiben wollen. Dieser Mann war aber komisch, er hat laufend gefragt, ob ich mit ihm zur Polizei gehen will, um einen anzuzeigen. Jemand hat ihm seine teure Funkantenne abgebrochen, und da war er sauer. »Ich will aber nichts mit der Polizei zu tun haben«, hab' ich ihm gesagt. Dann hat er angefangen, von Deutschland zu reden; ich hab' gar nichts verstanden, denn er hat so vor sich hin gebrabbelt.

»Wollen deine Eltern zurück in die Türkei gehen?« hat er dann auf einmal gefragt.

»Nein«, antworte ich, »weil wir Italiener sind.«

Da wurde er wütend.

»Türken, Italiener . . ., ist auch egal, ich frage dich, ob du zurückkehren willst, ob deine Eltern . . .«

»Nein«, antworte ich. »Es ist mir egal, ob meine Alten zurückgehen wollen, ich bleibe hier. Ich kenne in unserem Dorf niemand mehr, meine Freunde sind Mahmud und Yüksel, sie leben hier.«

Am Waldrand hat er dann sein Auto geparkt, und wir sind auf einem kleinen Pfad in den Wald hinein gegangen.

»Es muß eine sehr teure Kette sein, wenn er solch einen Aufwand macht, um sie wiederzubekommen«, habe ich mir gedacht, aber ich hab' dann heimlich mein Taschenmesser in die Hand genommen, weil es mir in dem dunklen Wald unheimlich war. Aber dann sah ich den orangenen Müllcontainer neben dem kleinen Pfad. Eine Klappe stand auf, die andere war zu. Er sah aus wie ein häßlicher, orangener Pelikan. Und der Mann hat mir in der hintersten Ecke von dem Ding ein dunkles Kästchen gezeigt, so groß wie eine Zigarettenschachtel.

»Geben Sie mir erst die 10 Mark«, habe ich gesagt, um sicherzugehen, daß er mich nicht als Dieb anzeigen würde, so wie in der Schule die Lehrer immer glauben, wenn irgend etwas fehlt, daß wir Ausländer die Diebe sind. Erst wollte er nicht, aber dann hat er mir das Geld doch gegeben. Das hat mich dann ruhig gemacht, und ich bin in den Container gestiegen. Kaum war ich drinnen, hat es laut geknallt. Alles war dunkel. Ich hab' gedacht, der macht Witze, und war wütend, weil er mich so erschreckt hat, dann bat ich ihn, mit dem Spaß aufzuhören, weil ich nichts sehen konnte. Er hat gelacht. »Das ist kein Spaß, du wirst sterben, du Bastard«, hat er gerufen, und ich bekam Angst. Ich habe gehört, wie er ein Schnappschloß an der Tür befestigt hat. Ich bin gegen die Klappe gesprungen, aber der Riegel hielt. Und dieser Verrückte hat immer wieder gerufen: »Du wirst sterben!« und hat gegen den Container getreten. Ich hab' geschrien und hab' gebettelt, daß er mich wieder rausläßt. Aber er hat nur von Deutschland und den dreckigen Ausländern gesprochen, die immer wieder sein Auto kaputtmachen. Ich mußte weinen. Da sagte er: »Gib mir die zehn Mark wieder, dann lasse ich dich raus.« Ich habe ihm geglaubt und schnell den Schein durch den Türschlitz durchgesteckt.

»Nun kannst du hier verrecken«, hat der Mann gesagt und schrie dann vor Lachen.

Dann habe ich nur gehört, wie er weggegangen ist und wie die Autotür zuschlug, und er mit aufgedrehtem Motor davongerast ist.

Durch den Schlitz zwischen den Klappen habe ich gesehen, daß es immer dunkler wurde. Ich habe um Hilfe geschrien, doch niemand hat mich gehört. Nach einer Weile hab' ich es aufgegeben und nach einem starken Stock gesucht, mit dem ich vielleicht den Riegel wegschieben kann, aber alle Zweige, die ich gefunden habe, waren dünn und morsch. Dann hab' ich auch das aufgegeben und mich in eine Ecke gesetzt. Irgendwann begann es zu regnen.

Ich habe Angst vor der Dunkelheit, jedesmal, wenn irgendwas sich bewegt hat, habe ich gedacht, es ist eine Schlange oder so . . . und ich habe gezittert.

Plötzlich fiel mir ein, daß es bestimmt jetzt nach sechs ist. Jetzt ist mein Vater von der Kneipe zurückgekommen, und er fragt bestimmt: »Wo ist dein Sohn?«, und meine Mutter bekommt Angst, wie immer, und sie sagt: »Er kommt gleich.« . . . Aber ich sitze im Container, und was wird er

sagen, wenn er mich hier findet. Er schlägt mich wieder ...
und ich habe angefangen zu weinen, weil mein Vater mir
nie glaubt ... Ist mir scheißegal, ob er es glaubt oder nicht,
habe ich mir gesagt und habe an Mahmud, Yüksel und an
Yassmin gedacht. Yassmin, die verrückt wurde. Mahmud,
der Palästinenser, hat mir erzählt, wie seine Familie von
Land zu Land verfrachtet wurde und wie seine Eltern in
jedem Land mit einem Sohn bezahlen mußten. In Palästina
und bei den anderen Arabern, in jedem Land wurde ein
Bruder getötet. Er, Mahmud, war 1976 gerade noch dem
Tod entkommen. Eine Bande, ich weiß nicht, wie sie heißt,
hat den Lastwagen angehalten, mit dem sie geflohen sind,
und mehrere junge Männer aus dem Wagen gezerrt, haben
sie an die Wand gestellt und sie erschossen. Sein Bruder ist
vor den Augen seiner Mutter gestorben. Jetzt ist Mahmud
der einzige, der ihr geblieben ist, und immer noch hat sie
Angst, daß auch er in Deutschland sterben muß.

Ich weiß nicht, ob ich geschlafen habe oder nicht, aber
plötzlich ist mir aufgefallen, daß es aufgehört hat zu tröp-
feln. Ich habe an Yüksel gedacht, der am besten von uns
deutsch reden kann.
    »Du bist ein Deutscher«, haben wir oft zu ihm gesagt,
aber er hat immer darauf geantwortet, »nur das ist deutsch«,
und hat uns die Zunge herausgestreckt, »aber hier bin ich
türkisch«, und hat sich auf die Brust geklopft.
    Es ist komisch, aber mir fiel auf einmal die Geschichte
über Yüksels Vater ein, und ich mußte lachen. Sein Vater
wollte ihm zeigen, wie gut er nach zehn Jahren in Deutschland deutsch reden kann. Er ging mit Yüksel zum Metzger
und wollte dort Hoden kaufen, Kalbshoden sollen sehr gut
schmecken.
    Zu dem Metzger hat er gesagt: »Ich will Kuheier.«
    Der Metzger hat nur »Eier« verstanden und wollte ihm
einen Korb mit frischen Hühnereiern verkaufen.
    »Nein, nein, nix Huhn«, hat Yüksels Vater gerufen und
hat sich an seine Hoden gepackt. »Eier wie diese«, hat er
gerufen, und alle Leute im Geschäft haben gelacht. Der Vater wurde wütend und gab Yüksel eine Ohrfeige, weil der
auch gelacht hat. Was macht der Yüksel jetzt? habe ich mir
in dem Container überlegt und habe ihn und Mahmud be-

neidet, die bestimmt schon zu Abend gegessen haben. Ich war hungrig. Immer wieder schrie ich um Hilfe, aber mein Hals hat mir weg getan und keiner hat mich gehört. Nur weit entfernt habe ich Autos vorbeirauschen hören.

Ich habe von Yassmin geträumt, wie sie immer wieder sagte: »Sprich leise, iß leise, weine leise.« Da bin ich erschrocken aufgewacht, denn die Sätze sagte sie immer wieder, bevor sie abgeholt wurde. Sie war sehr krank im Kopf. Ich hab' Yassmin sehr gern gehabt, auch jetzt muß ich oft an sie denken. Sie war sehr schön und erzählte schöne Geschichten. »Eines Tages wird ein schöner Prinz kommen und mich fragen: ›Was willst du, Yassmin? Willst du in die Türkei gehen?‹, und ich antworte: ›Nein, schöner Prinz, ich will nicht wieder hungrig sein.‹ – ›Willst du hier bleiben, schöne Yassmin?‹ fragt mich dann der schöne Prinz, und ich sage ihm: ›Nein, ich friere hier, schöner Prinz.‹ – ›Was wünschst du dir, schöne Yassmin?‹ fragt er dann, und ich sage ihm: ›Schöner Prinz, ich will mit Mahmud, Mario, Giacomo und Elena, Claudia und Katja weggehen von hier und von der Türkei. Ich will in einem Land leben, wo keiner uns Ausländer nennt.‹« Der Prinz kam nicht. Eine Ambulanz ist gekommen und hat Yassmin geholt.

Spät in der Nacht habe ich an meinen Großvater gedacht. Er war sehr mutig, er hat nie Angst vor der Dunkelheit gehabt, und er hat gegen den Padrone gekämpft, deshalb haben sie ihn auch getötet. Auf dem Müllhaufen. Mein Vater ist aus Angst vor dem Padrone geflohen und arbeitet jetzt bei der Müllabfuhr, und ich sitze nun da und weiß, daß ich auf dem Müll sterben muß. Warum? Mahmuds Eltern werden von Land zu Land verfolgt, und in jedem Land tötet eine Bande einen Bruder, und die Bande des Padrone schickt uns auf den Müll. Ich habe plötzlich Wut bekommen gegen den Padrone, gegen meinen Vater und gegen den Müll, und ich weiß, ich will nicht im Müll sterben. Da begann ich wieder zu schreien. Es wurde langsam hell, durch den Türschlitz konnte ich sehen, wie die Sonne durch die Zweige schien. Ich habe nach Hilfe geschrien und gegen die Wände von meinem Gefängnis getreten. Dann habe ich Stimmen gehört und habe noch lauter geschrien. Ein junges Ehepaar, das im

Wald herumgerannt ist, war überrascht stehengeblieben, als sie mich gehört haben. Sie haben den Riegel aufgebrochen und haben mich befreit. Der Mann hat mich an der Hand gepackt, und die Frau glotzte mich mit großen Augen an.

»Was machst du hier, Junge? Hab keine Angst, wir wollen dir helfen! Wie heißt du denn?«

»Giacomo«, habe ich geschrien und mich von seiner Hand losgerissen und bin wie ein Verrückter davongerannt. Sie schrien »Halt, halt«, aber ich wollte nach Hause. Ich bin den ganzen Weg gelaufen und war total fertig, als ich endlich zu Hause ankam. Was werden nur meine Eltern denken? Sie sagen sicher: »Schon wieder in der Stadt herumgetrieben.« Ich wollte leise in das Zimmer schleichen, wo meine Schwester und mein Bruder schlafen, aber meine Mutter war auf der Treppe.

»Da bist du ja, der heiligen Maria sei Dank«, hat sie gerufen und mich erschreckt und hat angefangen zu weinen.

»Wo ist dieser Hund?« hat mein Vater gerufen und zog mich am Ohr in die Küche, und er hat mich geschlagen, und als meine Mutter »Genug« rief und sich über mich beugte, hat er auf sie eingeschlagen.

»Das ist dein Sohn!! Ich werde ihn umbringen«, tobte er. Ich wollte gerne meinem Vater alles erzählen, aber dann habe ich ihn gehaßt, und ich hab' kein Wort mehr gesagt.

Ich habe dann am Nachmittag Yüksel und Mahmud gesucht und ihnen erzählt, was mir passiert war. Wir haben beschlossen, diesen Mann zu suchen. Yüksel hat gesagt, er kennt das Auto, es steht immer vor der Lotus-Bar. Wir sind hingegangen und haben stundenlang auf das Auto gewartet, aber der Mann ist nicht gekommen. Yüksel war aber sicher, daß er ihn dort oft gesehen hat, und so haben wir weiter gewartet, bis es dunkel wurde. Und dann ist dieser Mörder gekommen. Ich habe sofort seinen Mercedes mit der abgebrochenen Funkantenne erkannt. Als er das Auto in das Parkhaus gestellt hat und ausgestiegen ist, war ich sicher. Er war sehr elegant gekleidet. Wir haben uns versteckt, bis der Platz leer wurde, dann haben Mahmud und ich die Reifen zerstochen, und Yüksel hat einen Zettel, den wir mit Wortschnipseln aus einer Zeitung zusammengeklebt hatten, hinter seine Scheibenwischer gesteckt.

»Heute die Reifen und morgen deinen Bauch«, haben wir geschrieben und als Unterschrift eine schwarze Hand darunter gesetzt. Das war meine Idee.

Giacomo erzählte erregt und nippte an seinem Tee. Er hielt eine Weile inne, dann zuckte er die Schultern.

»Ich will keine Angst haben«, sagte er noch, »und wer mir Angst einjagt, dem jage ich eine noch größere ein.«

Eine Woche später berichtete eine Zeitung von der Lehrerfamilie, die den Sohn eines Mafiabosses aus seinem Gefängnis – einem Müllcontainer – befreit hatte. Der kurze Bericht endete mit der Frage, ob die Mafia ihren Krieg auf den bundesrepublikanischen Boden ausweiten will.

Am selben Tag erschien in einer weitverbreiteten Boulevardzeitung die Überschrift:

Ausländer drohen Deutschen mit dem Messer:
Eine Terrorgruppe mit dem Namen »Schwarze
Hand« übernimmt die Verantwortung.

Professor Yamasuke Hirotawa, ein Junggeselle von etwa fünfzig Jahren, lehrte bereits seit zehn Jahren deutsche Literaturgeschichte an der Universität Kobe, als er die Einladung erhielt, zwei Semester als Gastdozent an einer deutschen Universität zu verbringen. Professor Hirotawa hatte zu diesem Zeitpunkt zwar einige Aufsätze über Barocklyrik, eine zweibändige Analyse von Schillers ›Wallenstein‹ und – sogar in deutscher Sprache – eine Abhandlung über den Bedeutungswandel des Dativs von Luther bis Hofmannsthal geschrieben und die Werke Kleists und Immermanns ins Japanische übersetzt, aber in Deutschland gewesen war er noch nie.

Was er – sozusagen sprachlich gesehen – in Deutschland erlebte, bedeutete für ihn nicht mehr und nicht weniger als eine Sensation, einen Umsturz aller Werte, eine Revolution. Professor Hirotawa mußte erkennen, daß seine Vorstellung von der deutschen Sprache veraltet, überholt, ja schlichtweg falsch war. Er, sagte Professor Hirotawa nach seiner Rückkehr nach Japan, der sein Leben und die Energie jahrzehntelangen Gelehrtenfleißes der deutschen Sprache gewidmet habe, hätte in Deutschland dagestanden wie der Bauer von Sukudo im Shinto-Schrein (das bedeutet ungefähr: wie der Ochs vor dem Berg). Die Deutschen sprächen gar nicht das Deutsch, das er gelernt habe. Seine Lehrer am Goethe-Institut müßten Scharlatane gewesen sein. Er, Professor Hirotawa, erwäge einen entsprechenden Hinweis an die Adresse der Deutschen Botschaft, die offenbar keine Ahnung von dem schamlosen Treiben dieser sogenannten Lehrer habe. Die Deutschen sprächen ein ganz anderes Deutsch, eine knappe, prägnante Sprache, die auf nahezu alle Konjugations- und Deklinationsformen verzichte, fast ausschließlich aus Substantiven bestehe und mit vielen plakativen Redensarten allgemeinverständlicher Art angereichert sei. Im übrigen redeten alle Deutschen mit Händen und Füßen – und dieses oft gleichzeitig.

Schon als Professor Hirotawa das erstemal mit der Straßenbahn fuhr, machte er eine hochinteressante Spracherfahrung. Er fragte den Schaffner nach einer Haltestelle, an der er aussteigen wollte. Der Schaffner sagte dann an der betreffenden Station nicht: »Hier ist die Haltestelle, nach der Sie gefragt haben, mein Herr. Bitte beeilen Sie sich.« Der Schaffner sagte: »Du, he! Raus-jetzt. Dalli-dalli!«

Später kaufte sich Professor Hirotawa ein Fahrrad für den Weg von seinem möblierten Zimmer zur Universität. Auch das brachte ihn in Kontakt mit dem lebendigen Deutsch, das der Mensch auf der Straße offenbar spricht.

»Klingi-klingi – verstehen? Sonst kaputto, alter Chines«, zum Beispiel heißt soviel wie: »An dieser Stelle müssen Sie, sofern Sie keinen Schaden erleiden wollen, akustische Signale geben, verehrter Angehöriger eines fernöstlichen Volkes.«

»Du plem-plem, scheinbar«, heißt: »Darf ich Sie darauf aufmerksam machen, daß Sie durch die Einbahnstraße in verkehrter Richtung fahren.«

Gewiß, schreibt Professor Hirotawa in seiner Abhandlung, in der er seine Erfahrungen mit der neudeutschen Sprache niederlegte, gewiß gibt es auch die altdeutsche Sprache noch. Zum Beispiel verstanden noch einige Studenten und mehrere Professoren, denen er begegnete, die altdeutsche Sprache, wenngleich mit Mühe. Außerhalb der Universität sei aber nur eine Verständigung im neuen Idiom möglich. Anfangs habe er es nicht unterlassen können, hie und da einen Mann auf der Straße in der Sprache anzureden, die er, Hirotawa, als Deutsch gelernt habe.

»Wären Sie geneigt, verehrte Blüte dieser Stadt, mir einige dieser auserlesenen Früchte gegen Entgelt zu überlassen?« habe er zu einer älteren Dame gesagt, die auf dem Markt Obst und Gemüse feilbot. Die Dame habe ihn daraufhin angeschaut, als wäre ihr ein Gespenst erschienen. Erst als er einige Birnen prüfend betastet habe, sei wieder Leben in sie gekommen. »Nix da anlangen. Griffel weg. Marsch, marsch. Alter Depp.« Das heißt etwa: »Bitte unterlassen Sie es, die ausgestellte Ware zu befühlen, verehrungswürdiger Greis.«

Auch sein Hauswirt habe nur die neudeutsche Kurzsprache gesprochen. »Was sagst? Zimmer nix gut? Zimmer nix dir gefallen? Zimmer zu klein-teuer? Daß nicht ich lachen. Zimmer sein viel, viel schön. Viel, viel billig. Du nur zahlen vierhundert. Molto wenig. Du verstehen? Sonst gemma-gemma.« Als er einmal in der Nacht die Toilette benutzte, die sich – er könne nicht sagen, ob das in deutschen Häusern allgemein so üblich sei – im unteren Stockwerk befunden habe, sei die Frau des Hauswirts auf dem Flur erschienen und habe gesagt: »Nix Remmidemmi in Nacht. Pst. Du verstehen? Schleich dich.« Das, interpretiert der Professor zutreffend, sei eine schon ans Unfreundliche grenzende Warnung gewesen.

Nun dränge sich natürlich die Vermutung auf, schreibt Professor Hirotawa in einem weiteren Kapitel seines Buches, daß die Deutschen nur aus Höflichkeit mit ihm, dem Japaner, derart substantivisch-prägnant sprächen. Das ist so zu verstehen: die, wie die ganze Welt weiß, ungemein klugen und ungeheuer intelligenten Deutschen, die, wie sie selber gelegentlich durchblicken lassen, alles wissen, wissen auch sehr gut, daß das Japanische eine sogenannte agglutinierende Sprache ist, deren Nomina weder Geschlecht, Ein- oder Mehrzahl, Flexion oder Artikel kennen. Grob gesprochen: Wenn die Einzahl *Baum* heißt, so heißt die Mehrzahl nicht *Bäume,* sondern etwa: *Baum-Baum.* Nun sind die Deutschen nicht nur unermeßlich gescheit, schreibt Professor Hirotawa, sondern auch – im Gegensatz zu den Flegeln von Japanern – ganz außerordentlich höflich. Längere Zeit habe deshalb Professor Hirotawa angenommen, die Deutschen machten ihm gegenüber aus Höflichkeit und profunder Kenntnis der japanischen Sprache aus ihrer deutschen Sprache eine Art unflektiertes Japanisch mit deutschen Vokabeln. Zwei Umstände haben Professor Hirotawa in dieser Annahme bestärkt: einmal hatte er Gelegenheit, einen anderen Japaner – den verehrungswürdigen Reederei-Makler Tohanube Kanaziki – in Deutschland zu treffen, der ihm bestätigt habe, daß die Deutschen auch ihm gegenüber so komisch redeten: »Ha, ha, alter Japse, du sein winzi-winzi Gauner . . .« (Das heißt ungefähr: »Wir sind voll grenzenloser Bewunderung für Ihre Geschäftstüchtigkeit, lieber Sohn Nippons.«) Und dann habe er, Hirotawa, einmal, als er mit einer sehr höflichen und sehr intelligenten jungen deutschen Dame in einer Bar war, gegen besseres Wissen nicht »eine

Flasche Sekt mit zwei Gläsern« bestellt, sondern: »Sekt, eins, Glasi-Glasi, du verstehen?« Worauf ein Leuchten über das Gesicht des Kellners gegangen sei.

Dennoch war alles ein Irrtum. Als der Hauswirt Professor Hirotawa kündigte, das heißt, als Professor Hirotawa feststellte, daß der Hauswirt sein Gepäck (sehr sorgfältig) vor die Haustür gestellt hatte, und zwar rücksichtsvollerweise so, daß es noch unter dem Vordach stand und nicht im Regen, hatte er, Hirotawa, die Möglichkeit, die Sprachgewohnheiten anderen Ausländern gegenüber zu beobachten. Das kam so: Professor Hirotawa wollte es sich nicht nehmen lassen, dem Hauswirt und seiner Gemahlin eine Abschiedsaufwartung zu machen, in der Hoffnung, daß sein Anblick den offenbar etwas vergeßlichen Hauswirt an die noch für zwei Monate vorausbezahlte Miete erinnern könnte. Professor Hirotawa betrat also das Haus und hörte ein Gespräch zwischen dem Hauswirt und den vier Herren, denen er jetzt das Zimmer vermietet hatte. Es waren zwei Jugoslawen, ein Italiener und ein Grieche, also alles Angehörige von Völkern, die indogermanische Sprachen sprechen. Dennoch sagte der Hauswirt: »Nix miteinander vierhundert blechi-blechi. Jeder vierhundert. Kapito? Du vierhundert – du vierhundert – du vierhundert – du auch vierhundert!« Professor Hirotawa konnte sich nicht enthalten, seinem ehemaligen Hauswirt ein Kompliment zu machen: »Ich bin voller grenzenloser Bewunderung für Ihre Geschäftstüchtigkeit.« Hirotawa sagte es in Neudeutsch: »Ha, ha, du sein winzi-winzi Gauner . . .«

Das Ganze habe zu einer kleinen Trübung seines freundschaftlichen Verhältnisses mit dem Hauswirt geführt, aber das sei nicht das eigentlich Merkwürdige an der Sache. Merkwürdig und interessant war, daß der Hauswirt auch gegenüber Angehörigen der indogermanische Sprachen sprechenden Völker das neue, agglutinierende, flexionslose Deutsch gebrauchte. Nun habe ihn der Fall eigentlich erst richtig zu interessieren begonnen. Er habe viele in Deutschland lebende Ausländer – Griechen, Italiener, Jugoslawen, Spanier, Araber, Afrikaner – angesprochen. Alle hätten ihm bestätigt, daß die Deutschen nur Neudeutsch sprächen. »Du sein Griech', du sein schweig«, heißt: »Ich empfehle Ihnen dringend in Ihrem eigenen Interesse, die Gepflogenheiten des Gastlandes zu beachten . . .«

Endgültige Erkenntnisse habe Professor Hirotawa, schreibt er, erst in den letzten Wochen seines Aufenthaltes gewinnen können, daß es tatsächlich eine neudeutsche Sprache gibt, die in wesentlichen Punkten von der ihm bis dahin geläufigen deutschen Sprache abweicht. Insoweit seien die Kündigung seitens des Hauswirtes und jener Abend in der Bar – wo er »Sekt und Glasi-Glasi« bestellt habe – glückliche Fügungen gewesen. Er sei nämlich zu der erwähnten Dame gezogen, die – nicht von ihm, so lange war er nicht in Deutschland – ein Kind gehabt habe. Die Dame hieß Anita, das Kind – ein Knabe – Thomas. Beide, Mutter und Kind, waren unzweideutig und zweifelsfrei Deutsche, die deutsche Sprache war ihre Muttersprache. Anita war fünfundzwanzig, das Kind eineinhalb Jahre alt, konnte schon laufen, selbttätig den Fernseher andrehen und die Programme wählen. Beide, Mutter und Kind, sprachen sowohl mit ihm, Professor Hirotawa, als auch miteinander Neudeutsch: »Papp-papp, dann heia gehen, morgen mit Mutti atta-atta.« Es sei doch wohl anzunehmen, daß sich Eltern gerade Kindern gegenüber, die die Sprache lernen sollen, besonders korrekter Sprachgewohnheiten befleißigen, meinte Professor Hirotawa. Also habe er mit erhöhter Aufmerksamkeit auf die Gespräche zwischen Anita und ihrem Sohn geachtet, um das korrekte Deutsch zu lernen. Auch den reichen und interessanten Wortschatz der Großmutter habe er mit Gewinn studiert.

Sprachliche Studien bei anderen jungen Damen habe ihm, schreibt der Professor, die irgendwie ausschließliche Grundhaltung Anitas verwehrt. Als Anita durch Zusammentreffen mehrerer unglücklicher Umstände Einblick in andere Sprachstudien bekam, schluchzte sie: »Du Bock, nix mit dieses Luder. Raus hier!« Was so viel heißt wie: »Meine Seele ist voll Kummer, die Person hier ist deiner nicht würdig.«

Daß das Neudeutsch nach und nach auch Amtssprache wird, habe er noch kurz vor seiner Rückreise erfahren, nämlich am Bahnhof. Die Durchsage per Lautsprecher sei ein herrliches Beispiel neudeutscher Sprache gewesen, allerdings für ihn vorerst noch unverständlich (Lautzeichen habe er sich notiert und sei dabei, sie zu entschlüsseln): »Nchtg Nchtg, Meis Mei, Decht-ncht-cht, Kss-Kss-chrr-m'stgn. Bitte zckzcktn.«

>Habe nun, ach! Philosophie,
Juristerei und Medizin,
Und, leider! auch Theologie
Durchaus studiert, mit heißem Bemühn.
Da steh ich nun, ich armer Tor!
Und bin so klug, als wie zuvor!«

Das sind die berühmten ersten Zeilen des Faustmonologs.
Wir wissen, daß der japanische Germanist Professor Hirotawa auch der kongeniale Kleist- und Immermann-Überset-
zer Yamasuke Hirotawa ist. Nun hat sich Hirotawa an ein
neues Übersetzungswerk gemacht. Er übersetzte Goethe,
aber nicht ins Japanische, sondern ins Neudeutsche. Sanfte
und vorsichtige Retuschen können diese unsterblichen Ver-
se mit neuer Aktualität füllen, selbstverständlich ohne den
Gehalt des Gedichtes anzutasten:

>Ich – lernen, viel, viel, Schule,
Kapiert? Köpfchen, Köpfchen.
Doktor – Advokat – Professor.
Sogar Beten – pfui Teufel –
Alles Scheiße.«

Und wie lautet nun jenes kurze Gedicht: ›Über allen Wip-
feln ist Ruh . . .‹?

>Bäume, Wald – pst.
Nix brüllen.
Zwitscher-Zwitscher – auch pst.
Du bißchen warten.
Dann auch Mund halten.«

Es ist wirklich viel zu heiß draußen, und sie sollte das Haus nicht verlassen. Aber das Gefühl, daß sie da heute morgen irgendwas mit der Frankierung falsch gemacht hat, plötzlich aufgetaucht, das ist so ärgerlich, so störend, eine gleichmäßige Belastung. Und es gibt und gibt sie noch, die Chance, diese Peinlichkeit aus der Welt zu schaffen. Um 17¼ wird der Briefkasten geleert. Sie kann rechtzeitig dorthin aufbrechen, sie kann im Häuserschatten langsam gehen, dann den Postler abfangen. Die Sommerglut ist doch auch was Schönes. Daß sie sich vor allem möglichen schützen und hüten soll, macht doch eigentlich nur ängstlich. Wahrhaftig, mittlerweile teilt sie diese Angst ihrer regelmäßig besorgten Töchter und schaut ständig auf das Thermometer. Wäre es nicht besser, ganz besonders für sie, Jahreszeiten noch selbstverständlich zu genießen? Schon dich, schon dich, versprichst du mir das? Und wie brav sie auch heute beim Morgentelefonat wieder JA JA gesagt hat.

Von diesem Gehorsam stammt ihr Grauen ab, wenn sie auf die baumlose, glasig helle Nachmittagsstraße blickt. Natürlich, sie ist alt, eigentlich sehr alt, und sie versucht jetzt ICH BIN SEHR SEHR ALT ICH BIN URALT! zu denken. Aber Töchterchen Melanie ist, wenn man die gleichen Freundlichkeitsscheuklappen wegzerrt, ältlich. Sehr extreme Hitze. Und gewiß kein Vergnügen, nochmals zum Briefkasten zu strampeln. Gesund auch nicht. Und soviel hängt auch nicht davon ab, daß sie sich diesen Ruck gibt, es doch zu tun. Die Kinder wären ja am Abend per Telefon vorzuwarnen: Bitte, nicht böse sein, aber ihr bekommt nun mal morgen eine Drucksache, die gar keine ist, bestimmt müßt ihr ein entsetzliches Strafporto zahlen, aber das ersetze ich euch selbstverständlich.

Sie würden doch höchstens lachen. Sie würden fragen: Aber die Adressen hast du diesmal nicht auch noch verwechselt?

Sachen, die passieren. Diese Art Lachen kennt sie, aber nicht als Genuß. Ihr wird es immer wichtiger, daß sie alltägliche Dinge genau richtig macht. Die Kinder werden in Ferienstimmung sein.

Wie gut sie sich verstehen, zwei Ehepaare, Töchter und Schwiegersöhne. Wenn die mal so alt sind wie ich, können sie falsch machen, was sie wollen, keiner ist da, der dafür Zensuren austeilt: das denkt sie zum allerersten Mal und hört auch sofort wieder damit auf. Über Post von mir soll man sich freuen können, findet sie jetzt. Und es handelt sich bei dem Album um so richtige Ferienpost. Sie hat so viele Photos von Strandszenen ganz lang vergangner Zeiten gefunden. Früher sagte man noch SOMMERFRISCHE dazu. Melanie und Bärbel als kleine behagliche Kinder, mit versunkenen und gemütlichen Körperchen, und sie selber mit dem Vater im Strandkorb. Sie sollen doch wissen, daß sie mir nicht das Herz damit schwer machen, wenn sie es jetzt allein schaffen, gegen den Wind zu gehen.

Jetzt bricht sie lieber auf. Die schwergewichtige Postsache ist als Begrüßung am Ferienort gedacht, und mit einer Begrüßung muß wirklich alles stimmen. Es ist doch kein so lustiges Willkommen, wenn gleich bei der Ankunft vor der Rezeptionsschranke Münzen fürs Strafporto zusammengekratzt werden müssen. So ein vertrotteltes Altchen, altes Mütterchen, mit ungenügender Hirndurchblutung, sommerbetäubt, hitzeverträumt, so ein sanft ermahntes Belustigungsfrauchen, Anlaß fürsorglicher Ermahnung, liebevoller Schimpf und Schande: oh wie ungern ist sie das, doch immer mal wieder.

Nein, nicht den Strohhut! Obwohl sie noch die aufgeregten Stimmen ihrer Töchter hört: Er steht dir doch gut! An Fastnacht sahst du so wundervoll damit aus! Schütz dich vor der Sonne! Seit die junge Frau Gerber, Nachbarin zur Linken, SIE SEHEN JA RICHTIG SÜSS AUS über die ganze Straße weg gerufen hat, möchte sie überhaupt nicht mehr auffallen. Was hat sie nur damals angehabt? Vor allem RICHTIG SÜSS möchte sie niemals aussehen. Es macht nur ganz gelegentlich Spaß, zu jemandem zu sagen, und zwar ein bißchen abfällig, geheimnisvoll tuend aber auch, als weihe man ihn ein, als handle es sich um ein leicht anstößiges Vertrauen, in das man jemanden ziehe: Stellen Sie sich vor: Achtzig Jahre! Ich bin tatsächlich seit dem 7. Februar schon achtzig Jahre alt! Und IST ES NICHT SCHRECKLICH konnte man immer dann hinzufügen, wenn eben so ein günstiger Moment einen frei- und seligsprach und schützte, weil die Antworten gewiß waren: Aber gar nicht, es ist nicht schrecklich, es ist ganz und gar erstaunlich. Mindestens zehn Jahre weniger und ich hätte Ihnen fast geglaubt. Unsere Mutter ist überhaupt nicht der Typ, dem dieser zeitgenössische Jugendfetischismus zu schaffen macht. Sie hat es nie drauf angelegt, sich jünger zu machen, doch, doch, in gewisser Weise handelt es sich bei ihr sicher um ein glückliches Naturell, beneidenswert. Daran glauben ihre Töchter auch nur Fremden gegenüber.

So nützlich der Strohhut wäre, der geht nur an Tagen mit Schutzengel. Heut ist keiner. Ihr Schutzengel der letzten Jahre hat immer mehr Ähnlichkeit mit einer Art Spaßvogel. Er sorgt für gute Laune. Ach, diese neuen Gnädigkeiten! Wenn sie sich geltend machen, dann verhüten sie solche Mißgeschickstücke und Unordentlichkeiten wie falsches Frankieren, Angst vorm Strafporto für die Kinder, offenbarte Ältlichkeiten.

Wie kommt es nur, daß sie sich vorm Postler nicht geniert? Sie paßt ihn ja nicht zum ersten Mal auf diese Weise ab. Sie hält sich im Schatten, tut so, als handle es sich um freiwilliges Hin- und Hergehen, fühlt sich aber beobachtet und verfällt immer wieder in einen zu schnellen Schrittrhythmus. Sie wartet und wartet. Es ist wirklich viel zu heiß draußen, aber sie bereut es nicht, daß sie das Haus doch verlassen hat. Daß der stark verspätete, gleichmütige Postler sich ein bißchen über sie wundert, macht ihr gar nichts aus: Wie kommt das? Er ist geduldig, das Album wird gefunden. Sie nimmt es wieder mit, sie wird es morgen, reichlich frankiert, solang es noch kühl ist, zum zweiten Mal auf den Weg bringen. Die Sache mit der Begrüßung am Ferienort kann ja, bei Glück mit der Zustellung, doch noch gelingen. Es wird doch nett für die Kinder sein, mit dem Album als Beweismaterial: sie findet es also ganz ehrlich am vernünftigsten, einer angedeuteten Einladung, mitzufahren, widerstanden zu haben. Wie kommt es, daß sie sich vor ihren Kindern geniert, nicht aber vorm Postler? So daß noch nicht feststeht, ob sie ihnen, und dann nur mehr so zum Lachen, Strafporto muß ja nicht mehr gezahlt werden, nachträglich von ihrem kleinen hitzigen schußligen Abenteuer erzählt.

Es wäre mir zu peinlich gewesen, sagt sie. Es ging nicht um die paar Mark, obwohl auch das nicht angenehm ist, oder?

Ach du Armes, du Liebes, Gutes, dort eine halbe Stunde in der Gluthitze, hört sie.

Das Album mit den Kinderszenen ist pünktlich angekommen. Jede Haltung der ganz zufriedenen abgerundeten Körperchen, auf bräunlichen Photographien, sind einst von ihr ermöglicht worden. Das Album hat kein Strafporto gekostet. Es wiegt, wie unfrankierbar so schwer, in den Händen der Töchter. Da, auf diesem Bildchen, da hat sie uns nach dem Baden abgetrocknet, uns, und keinen andern, keinen Postler, keinen, vor dem sie sich nicht geniert. Eine gute Idee, uns das Album zu schicken! Du hattest wohl doch recht, lieber nicht mit hierherzukommen, diese Wucht der Erinnerungen, verstehst du? hört sie.

Ich verstehe euch nicht besonders gut, sagt sie. Man könnte meinen, das wäre die Brandung, im Hintergrund.

Jetzt lachen die Töchter, endlich, und das hört sie, und etwas künstlich hört es sich auch an, wie alles durchs Telefon.

Mutter, Mutter, daß du vor uns, aber nicht vor der schrecklichen Julisonne Angst gehabt hast! Ein so furchtbar hohes Strafporto können wir wahrhaftig nie abzahlen, hört sie nicht.

JOHN STEINBECK
Lynchgesichter

Die Flut der Erregung verebbte. Das Gedränge und Gebrüll
der Leute verstummte. Ein Haufen Menschen drängte sich
noch unter den Ulmen im Stadtpark, von dessen Rand eine
bläuliche Bogenlampe undeutlich herüberleuchtete. Müdigkeit überkam den Mob, aus dessen Mitte einige sich ins
Dunkel verdrückten. Der Rasen ringsherum war zertram-
pelt, zerfetzt.

Für Mike war die Sache erledigt. Er fühlte, er hatte sich
ausgegeben und war so müde, als habe er nächtelang nicht
geschlafen; es war eine traumhafte Müdigkeit, eine graue,
angenehme Erschöpfung. Er rückte die Mütze über die Augen und schob ab; kurz vor dem Parkausgang wandte er
sich noch einmal um: noch ein letzter Blick!

Inmitten des Mobs hatte einer eine zusammengedrehte
Zeitung entzündet und hielt sie empor. Mike sah die Flamme zu den Fußsohlen des nackten, grauen Leichnams em-
porzüngeln, der da in der Ulme hing. Merkwürdig, daß
Neger im Tode blaugrau werden, dachte er.

Die brennende Zeitung warf ihr Licht auf die aufwärts
gereckten Gesichter der schweigenden Menge, die unverwandt zu dem Gehenkten emporstarrte. Mike fühlte sich
leicht verstimmt, daß da jemand die Leiche anzünden wollte, und bemerkte zu einem neben ihm im Halbdunkel Ste-
henden: »Das hat doch keinen Sinn.«

Der Angeredete ging weiter, ohne zu antworten.

Die Zeitungsfackel erlosch. Der Park wirkte noch finste-
rer. Aber schon flammte ein neues, rasch zusammengedreh-
tes Papier auf, wurde gegen die Füße emporgehoben, und
Mike wandte sich an einen anderen Zuschauer. »Das hat
doch keinen Sinn; er ist doch jetzt tot, es tut ihm doch nicht
mehr weh.«

Der zweite Mann brummte etwas, ohne auch nur einen
Blick von dem Feuerschein zu wenden. »Nicht schlecht«,
meinte er schließlich, »es spart dem Bezirk einen Haufen
Geld; diese schmierigen Advokaten können dann nicht
mehr ihre Nasen hineinstecken.«

»Ganz meine Ansicht«, gab Mike zu, »keine schmierigen Advokaten. Trotzdem finde ich es nicht gut, ihn zu verbrennen.«

»Na, was schadet denn das?« bemerkte der Mann. Er ließ die Flamme noch immer nicht aus den Augen.

Mike versuchte, sich das Erlebte genau einzuprägen, fühlte sich aber dazu nicht imstande. Er glaubte, noch nicht genug gesehen zu haben. Es ging da um etwas, das er sich merken wollte, um später davon erzählen zu können, aber eine dumpfe Mattigkeit trübte die Schärfe des Eindrucks. Sein Verstand sagte ihm, daß dies eine schreckliche, eine hochbedeutsame Sache war. Aber weder seine Augen noch sein Gefühl stimmten dem zu. Für die war das jetzt etwas Gewöhnliches. Als er vor einer halben Stunde mitten im johlenden Mob sich hinzugedrängt hatte, als es darum ging, den Strick hochzuziehen, war ihm die Brust so voll gewesen, daß er hätte losheulen mögen. Jetzt aber war alles wie abgestorben, nicht wirklich; der dunkle Mob machte den Eindruck stummer Schaufensterpuppen. Im Fackelschein starrten diese Gesichter ausdruckslos wie aus Holz. Auch in sich selbst spürte Mike die Erstarrung. Er wandte sich endlich um und verließ den Park.

Sobald der Mob seinem Gesichtskreis entschwunden war, überfiel ihn eine kalte Einsamkeit. Er schritt eilends weiter und wünschte, irgendein Mensch möge neben ihm gehen. Aber die Straße war trostlos leer, unwirklich wie es der Park gewesen war. Die Gleise der Straßenbahn blitzten unter elektrischem Licht; in dunklen Schaufenstern spiegelten sich die Nachtlaternen.

In Mikes Brust machte sich ein leichter Druck bemerkbar; er fühlte danach – richtig, die Muskeln taten weh. Er konnte sich denken, woher das kam. Als der Mob das Gefängnistor stürmte, war er vorn gewesen. Und von hinten hatten ihn vierzig Kerle wie eine Ramme gegen das Tor gedrückt, daß es nur so krachte. Im Augenblick hatte er nichts gespürt. Auch jetzt schien der Schmerz den stumpfen Ausdruck der Einsamkeit zu haben.

Hinter der nächsten Straßenecke strahlte in Neonschrift das Wort BIER über dem Trottoir. Mike eilte drauf zu. Hoffentlich würde er dort Gesellschaft antreffen, mit der man reden konnte, um diese Stille zu verscheuchen; hoffentlich war keiner von denen beim Lynchen dabeigewesen!

Aber in in der kleinen Bar stand der Barmann allein, ein kleiner Mann in mittleren Jahren mit einem melancholischen Schnurrbart und dem Gesicht einer alten Maus: schlau, furchtsam und zerrupft. Er nickte eifrig, als Mike eintrat. »Sie sehen ja aus wie ein Schlafwandler.«

Mike sah ihn mit Erstaunen an. »So fühle ich mich auch; als ob ich im Schlaf ginge . . .«

»Ein Whisky gefällig?«

Mike überlegte. »Nein, ich habe Durst, ich nehme ein Bier . . . Waren Sie dort?«

Wieder nickte das eifrige Mäusegesicht. »Erst ganz zuletzt, wie er schon oben hing; da war schon alles vorbei. Ich dachte, jetzt werden die Burschen großen Durst haben; da bin ich zurück und hab' aufgemacht. Bis jetzt sind Sie aber der einzige. Nun – irren ist menschlich.«

»Die werden schon noch kommen«, meinte Mike; »später; jetzt sind noch fast alle im Stadtpark. Jemand will ihn mit Zeitungspapier verbrennen; das halte ich aber nicht für gut.«

»Ich auch nicht«, sagte der kleine Barmann und drehte an seinem Bärtchen.

Mike warf ein paar Körner Selleriesalz in sein Bier und nahm einen tiefen Schluck. »A-ah«, machte er, »das tut gut. Mir ist richtig flau.«

Der Barmann, mit funkelnden Augen, beugte sich über den Schanktisch. »Haben Sie alles mitgemacht? Vom Polizeigefängnis bis zum Schluß, alles?«

Mike trank, schaute durch sein Glas, sah aus den Salzkörnern am Boden die Bläschen aufsteigen und sagte: »Alles. Ich war einer der ersten im Polizeigefängnis und habe den Strick 'raufziehen helfen. Es gibt eben Zeiten, da muß der Bürger selber Recht und Ordnung in die Hand nehmen; sonst kommen die schmierigen Advokaten und lassen so einen Schurken davonkommen.«

Der Mäusekopf nickte eifrig: »Da haben Sie verdammt recht. Die Advokaten holen sie überall 'raus. Ich vermute, der Nigger war wirklich schuldig.«

»Und ob«, versicherte Mike, »jemand erzählte, er hätte gestanden!« Der Mäusekopf rückte noch näher. »Wie ist es eigentlich losgegangen? Ich kam doch erst hin, wie alles vorbei war; kaum eine Minute drauf mußte ich wieder zurück; ich wollte doch offen haben, falls einer noch Lust auf ein Glas Bier bekommt.«

Mike leerte sein Glas und ließ es gleich wieder füllen. »Na ... es war doch allgemein bekannt, daß was passieren würde. Ich saß in der Bar gegenüber dem Polizeigefängnis; war den ganzen Nachmittag dort. Da ist ein Bursche hereingekommen und hat gesagt: ›Worauf warten wir eigentlich?‹ Da sind wir denn über die Straße 'rüber. Ein Haufen Burschen stand schon da, und dann kam noch eine ganze Masse. Oh, haben wir gejohlt! Dann ist der Sheriff herausgekommen und hat eine Rede gehalten, aber wir haben ihn niedergebrüllt. Einer mit einem 22er-Gewehr lief dann die Straße auf und ab und hat die Straßenbeleuchtung weggeschossen. Ja, und dann sind wir auf das Tor los und haben es eingeschlagen. Der Sheriff hat sich passiv verhalten; das wollte ich ihm auch geraten haben. Auf anständige Leute schießen, um einen Schuft von Nigger zu retten!«

»Außerdem stehen die Wahlen bevor«, bemerkte der Barmann.

»Der Sheriff schrie los: ›Faßt nicht den Falschen, Kinder, um Himmels willen! Greift euch den Richtigen; er ist unten in Zelle vier!‹ Ich habe direkt Mitleid bekommen, was die anderen Gefangenen für eine Angst ausgestanden haben. Ich habe sie durch die Gitter beobachten können. Also Gesichter, das hat der Mensch noch nicht gesehen!«

Vor lauter Erregung goß sich der Barmann ein Glas Whisky ein und kippte es herunter. »Ich kann ihnen das nicht übelnehmen. Denken Sie sich, Sie haben ein paar Tage abzusitzen – und auf einmal kommt eine Lynchmannschaft! Da hätte wohl jeder Angst, daß die den Falschen erwischt.«

»Das sag' ich ja eben. Ich mit der ganzen Mannschaft in Zelle vier. Da stand der Nigger, die Augen halb zu, als wäre er besoffen. Einer von den Burschen schlug ihn nieder; er stand wieder auf; da hat ihm ein anderer einen Schlag versetzt, da ist er vornüber gestürzt, mit der Stirn grad auf den Zementboden. Und wissen Sie, was ich mir denke« – Mike lehnte sich über die Bar und klopfte mit dem Zeigefinger auf das polierte Holz –, »das hat ihn getötet. Ich habe doch geholfen, ihm die Kleider auszuziehen – da hat er schon keinen Mucks mehr getan! Und wie wir ihn in die Höhe gezogen haben, hat er auch gar nicht gezappelt; das hätte er doch gemußt! Nein, ich bin überzeugt, er war während der ganzen Zeit schon tot.«

»Am Ende kommt's ja doch auf das gleiche heraus.«

»Nein, eben nicht. Was man tut, soll man richtig machen – er hat es verdient und hätt's bis zum Abschluß erleben müssen.« Mike griff in die Tasche und brachte einen blauen Tuchfetzen zum Vorschein. »Das ist ein Stück von der Hose, die er angehabt hat.«

Der Barmann beugte sich dicht über den Stoff, hob dann den Kopf mit einem Ruck. »Ich zahl' Ihnen einen Dollar!«

»Ich denke nicht dran.«

»Schön. Ich zahl' Ihnen zwei – für die Hälfte davon.«

Mike sah ihn argwöhnisch an. »Wozu wollen Sie denn das?«

»Geben Sie mir mal Ihr Glas, trinken Sie eins auf meine Rechnung! Das hänge ich hier an die Wand, darunter ein Kärtchen, die Gäste sehen so etwas gern.«

Mike säbelte mit seinem Taschenmesser das Stück Tuch in zwei Teile und nahm von dem Barmann zwei Silberdollars. »Ich kenne einen Reklamezeichner«, sagte der kleine Herr, »er kommt jeden Tag; der druckt mir ein Kärtchen dazu. Ob der Sheriff jemand verhaften wird?«

»Noch schöner! Wird sich doch keine Unannehmlichkeiten zuziehen wollen. Unter den Leuten heut' nacht waren fast lauter Wähler. Sobald die alle verschwunden sind, wird der Sheriff erscheinen, den Nigger herunterschneiden und Ordnung machen.«

Der Barmann sah nach der Tür. »Ich habe mich verrechnet; niemand hat anscheinend Durst. Es ist spät.«

»Ja, ich gehe jetzt auch, ich bin müde.«

»Wohnen Sie im Süden? Dann kann ich ein Stück mit Ihnen gehen. Ich wohne S 8«, gab er den Häuserblock an.

»Und ich S 6 – gerade zwei Blocks vorher! Daß wir uns noch nie begegnet sind! Sie kommen doch direkt bei mir vorbei!«

Der Barmann spülte Mikes Glas, band seine Schürze ab, nahm Mantel und Hut und knipste bei der Tür das rote Neonlicht und die Beleuchtung aus. Einen Augenblick standen sie vor dem Haus und sahen zurück nach dem Park. Kein Laut drang mehr herüber. Die Stadt lag da wie ausgestorben. Nur in der Ferne leuchtete noch ein Wachmann mit der Taschenlampe die Schaufenster ab.

»Sehen Sie«, sagte Mike, »als ob überhaupt nichts passiert wäre!«

»Wenn die Burschen noch trinken gegangen sind, sind sie sicher in ein anderes Lokal.«

»Das habe ich mir gleich gedacht«, sagte Mike.

Sie gingen die leere Straße geradeaus und bogen dann nach Süden. »Mein Name ist Welch«, sagte der Barmann, »ich wohne erst seit etwa zwei Jahren hier.«

»Komisch...«, sagte Mike, »es ist doch komisch...«, und wieder befiel ihn das Gefühl der Verlassenheit. »Ich bin in dieser Stadt geboren, genau in demselben Haus, wo ich jetzt noch wohne. Ich bin verheiratet. Kinder habe ich keine. Meine Frau ist auch von hier. Hier kennt uns jeder.«

Sie gingen weiter. Die Geschäftshäuser des Zentrums ließen sie hinter sich. Hübsche Häuser mit Gärten und Rasen davor säumten nun eine Allee. Schwarz lagen die Schatten der hohen Bäume unter der Straßenbeleuchtung. Zwei Hunde, einander beschnuppernd, liefen vorüber. Welch sagte sanftmütig: »Ich möchte bloß wissen, was für ein Mensch das war – ich meine, der Nigger.«

Mike, aus einsamem Brüten: »In den Zeitungen hat gestanden, daß er ein übler Schurke war; ich habe die ganze Presse gelesen. Ein Schurke, das haben alle gesagt.«

»Ich hab's auch gelesen. Es wundert mich eigentlich. Ich habe ganz nette Nigger gekannt.«

»Ich habe selber die nettesten Nigger gekannt«, erregte sich Mike, »ich habe mit Niggern im selben Betrieb gearbeitet; die waren so anständig wie nur irgendein Weißer. Aber nicht mit Schurken!«

Diese Heftigkeit schüchterte Welch etwas ein, aber dann fing er wieder an. »... Was für ein Mensch das war – wissen Sie aber wohl nicht?«

»Nein. Er stand da, das Maul geschlossen, die Augen fest zu, und die Hände, die hingen halt an der Seite herunter. Dann hat er den Hieb bekommen; ich glaub', er war schon tot, als wir ihn hinausgeschleppt haben.«

Welch hielt sich dicht neben ihm beim Gehen. »Hübsche Gärten hier«, meinte er, »muß eine Menge Geld kosten, sie so instand zu halten.« Seine Schulter rührte an Mikes Arm; es war, als dränge er sich an ihn. »Ich habe noch nie bei so einem Lynchen zugesehen. Was fühlt man denn da – hinterher?«

Mike wich vor der Berührung zur Seite. »Hinterher? Gar nichts.« Er senkte den Kopf und beschleunigte seinen Schritt; der kleine Barmann kam ihm kaum nach. Es wurde dunkler und die Straßenbeleuchtung spärlicher, und Mike traute sich nun mit der Sprache heraus. »Man kommt sich vor wie aufgefressen, so ganz erschlafft. Aber doch befriedigt, wie wenn man etwas Gutes getan hätte. Und müde; man möchte am liebsten gleich einschlafen.« Seine Schritte verlangsamten sich. »Sehen Sie, da ist noch Licht bei uns, in der Küche! Meine Alte wartet auf mich.« Er blieb vor dem kleinen Haus stehen.

Welch stand nervös neben ihm. »Kommen Sie bald wieder, wenn Sie ein Bier oder einen Schnaps trinken wollen. Wir haben bis Mitternacht offen. Freunde werden besonders zuvorkommend bedient.« Damit verschwand er im Dunkel wie eine alte Maus.

»Gute Nacht!« rief Mike hinter ihm her und ging ums Haus herum zum Hintereingang.

Seine Frau saß dünn und verärgert vor dem angezündeten Gasofen. Als Mike eintrat, sah sie ihn erst nur vorwurfsvoll an. Dann aber fuhr sie auf und blickte ihn scharf an. »Du warst bei einer Frau!« stieß sie heiser hervor. »Mit welchem Frauenzimmer hast du dich herumgetrieben?«

Mike lachte. »Du bist mir ja eine Schlaue! Eine ganz Geriebene bist du! Wie kommst du auf die Idee, ich wär' bei einem Mädchen gewesen?«

»Meinst du, das merke ich nicht?« fuhr sie wütend los. »Ich seh' dir das an der Nase an, an den Augen – und überhaupt! Du warst mit einem Weibsbild zusammen!«

»Also schön«, sagte Mike, »wenn du so schlau bist und alles besser weißt, dann erzähl' ich dir überhaupt nichts. Dann kannst du es in der Früh im Morgenblatt lesen.«

Ein Zweifel stieg in ihr auf. »Der Nigger?« fragte sie. »Haben sie ihn geholt? Es hieß allgemein, sie würden ihn holen.«

»Du bist ja so gescheit; gib dir nur selber die Antwort! Von mir hörst du nichts.« Er ging durch die Küche ins Bad.

An der Wand hing ein kleiner Spiegel. Mike nahm seine Mütze ab und betrachtete sein Gesicht. »Weiß Gott, sie hat recht«, dachte er. »Genauso ist mir's zumute.«

GERTRUD FUSSENEGGER
Die Raucherin

Es war knapp vor Abfahrt des Zuges, als die tabakbraune Dame in mein Abteil hereinkam. Sie hatte den Träger schon im Gang abgefertigt, nun wuchtete ihr der Schlafwagenmann die schweren Lederkoffer auf das Gepäckbord. Dann belegte sie das für sie bestimmte Bett, klemmte einen Beutel unter den Arm und verschwand damit. Als sie – in dunklem Nachtdreß – wieder hereinkam, lag ich schon. Ich hatte die untere Koje, sie die obere. Sie schwang sich hinauf, ich hörte, wie sie das Laken über sich zog und die Handtasche neben sich verstaute. Noch brannte das Deckenlicht, ich hatte mir die Leselampe angeknipst. Der Vorhang war herabgezogen, dahinter stand das Fenster einen Spalt breit offen. Die Kühlung tat wohl, den ganzen Tag über war es brütend heiß gewesen, der Himmel eine Glocke aus schlierigem Dunst. Ich hatte es kaum noch erwarten können, dem sommerlichen Paris zu entkommen.

Ich löschte das Deckenlicht und war gerade dabei, auch meine Leselampe abzuschalten, als die Dame fragte: »Stört es Sie, wenn ich rauche?«

»Gar nicht! Ich rauche selbst.«

Sofort flammte droben ein Feuerzug auf, und der würzige Duft einer Orientzigarette wehte, in einem ersten flüchtigen Kringel, durch das Abteil. Ich steckte mir gleichfalls eine an. Jetzt war es finster, wir lagen schweigend und rauchten. Plötzlich sagte die Dame: »Da habe ich aber Glück gehabt!«

»Glück? – Inwiefern?«

Sie antwortete, und in ihrer Stimme, die ziemlich dunkel und rauh war, klang etwas wie ein unterdrücktes Lachen auf: »Insofern, als auch Sie demselben Laster ergeben sind.«

»Hm. Ich weiß nicht –« Mir war diese Art, angesprochen zu werden, nicht ganz behaglich. »Warum denn gleich *Laster*?« Und ich drückte meine lange Filter vorzeitig aus. Die Rauchschwaden von oben verdichteten sich. Ich hörte das Durchatmen: Lungenzüge.

Es blieb eine Zeit still zwischen uns. Dann kam ein anderes Gespräch in Gang. Wir gaben es auf, französisch miteinander zu sprechen, nachdem wir festgestellt hatten, daß wir beide Deutsche waren, ich aus Österreich, sie – nun, sie sei mal da, mal dort: »Ich habe zwar so 'ne Garçonnière in Frankfurt und ein Chalet im Schwarzwald, aber lange halte ich es nirgends aus.« Und dann, indem sie sich ihre vierte Zigarette anzündete: »In Ihrem Österreich bin ich auch mal gewesen, längere Zeit sogar, in *jenen* Jahren.« Sie lachte; ihr Lachen war ein Zwischending von Lachen und Husten, ein tiefer heiserer Brustton, merkwürdig hohl.

Der Zug fuhr jetzt mit höchster Geschwindigkeit, der schwärzliche Kunstledervorhang blubberte heftig im Wind. Er rollte sich langsam nach oben ein. Sooft ich ihn auch herunterzog, die Vibration ließ ihn gleich wieder steigen. Jedesmal, wenn wir einen Bahnhof durchfuhren, schlug mir das grelle Licht der Lampen in die Augen.

Schließlich packte ich mein kleines Kissen und richtete mich so ein, daß ich mit dem Kopf am Fußende des Bettes lag. Der Zugwind schnitt jetzt scharf an meinem Gesicht vorbei, doch störte er weniger als die Lichtblitze vorher. Ich nahm mir vor, nun einzuschlafen. Aber irgend etwas hielt mich wach. Kam es von der fremden Person in der oberen Koje? Sie lag auf dem Rand des schmalen Bettes, nach außen gedreht, auf den Ellenbogen gestützt und rauchte unausgesetzt. Wenn ich mich nur ein wenig vorneigte, sah ich den roten Glutkopf ihrer Zigarette und, wenn dieser aufglomm, auch einen Schimmer ihres Untergesichts, ihr kräftig gebautes Kinn, die Nüstern ihrer kurzen, doch präzis geschnittenen Nase.

Ich dachte: Wird sie denn nie mit dem Rauchen aufhören und Ruhe geben? Es irritierte mich, daß sie, kaum war ein Stummel ausgedrückt, schon wieder mit ihrer Packung zu rascheln begann, dann klickte das Feuerzeug, für eine Sekunde hing das beleuchtete Gesicht über mir im Raum, bräunlich, hager, von tiefen Kerben durchzogen, ein dunkles, hartes, verwüstetes Gesicht. Ich hatte das Gespräch nicht wieder beginnen wollen. Zu meiner eigenen Überraschung hörte ich mich jetzt sagen: »Sie rauchen aber viel.«

»Ja?« Der brandrote Funke unterbrach sein Aufglimmen, und die Stimme klang so belebt zu mir herab, daß es mich fast peinlich berührte; wie bereitwillig sie auf meine Äußerung einfiel! »Und jetzt fangen Sie nur gleich an mit guten

Ratschlägen und Warnungen! Alle liegen mir damit in den Ohren; mein Arzt, meine Freunde: Ich werde mich damit ruinieren. Ruinieren! Als ob –« Das Ende des Satzes ging in einem rauhen Hustengelächter unter.

Ich wußte nicht, was ich antworten sollte. Dann sagte ich, nur um irgend etwas zu sagen: »Treiben Sie das schon lange so?« Ich hörte, wie sie sich in ihrem Bett aufsetzte. (Hatte sie meine Frage an einer Stelle berührt, die sie berührt haben *wollte*?) »Ja, das kann man wohl sagen. – Sie haben mich ja vorhin gesehen. So wie ich sehen nur Leute aus, die es schon seit Jahrzehnten treiben.«

Hm ja, vielleicht. Ich hatte sie nicht so genau in Augenschein genommen, hatte nur bemerkt, daß sie ziemlich gelbhäutig oder vielmehr von jener bleichen Bräune brünetter Menschen war, die sich selten im Freien bewegen, sich aber dafür auf Sonnenterrassen oder in Solarien rösten lassen. Sehr mager war sie mir vorgekommen, flach gebaut – fast wie ein Mann, und das dünne tabakbraune Jerseykostüm hatte gut gesessen, ein Modell zweifellos.

Ich sagte, nur um nicht unhöflich zu erscheinen: »Mir ist nichts weiter aufgefallen.«

»Dann haben Sie keinen Blick dafür.« Wieder klickte das Feuerzeug, neue Lungenzüge. Und dann begann sie: »Mit dem Rauchen hab' ich's seit meiner Kindheit schon und, wenn ich's genau nehme, seit ich mich klar erinnern kann. Es fing damit an, daß ein alter Herr, ein Freund meiner Eltern, mich jedesmal, wenn er bei uns zu Besuch war, an seiner Zigarre anziehen ließ. Meine Mutter schrie natürlich, um Gottes willen, dem Kind wird schlecht. – Aber mir wurde nie schlecht, und bei seinem nächsten Besuch ließ mich der Alte wieder an seine schwarze Brasil und meinte dazu: ›Ein tüchtiges kleines Mädchen! Ich hab's mir ja gedacht, daß du ein tüchtiges Mädchen bist, so was laß ich mir gefallen.‹

Später kam ich hinter die Zigaretten meiner Mutter. Der Abgang wurde natürlich bemerkt, aber niemandem wäre eingefallen, daß ich diejenige sein könnte –. Man verdächtigte das Mädchen, es gab Krach, das Mädchen heulte und lief davon. Schließlich ertappten mich meine Eltern und klopften mich windelweich.

Freilich – das half nicht viel. Der einzige Effekt der Prügel war, daß ich zu anderen, schlaueren Methoden überging.

Erwachsene haben keine Ahnung, wie schlau Kinder vorgehen können, wenn sie es auf ein ganz bestimmtes Ziel angelegt haben. Ich mobilisierte meine ganze Intelligenz, nur um meinem Laster frönen zu können.

Daß ich mein Taschengeld in Rauchwaren anlegte, ist ohnehin klar. Aber mein Taschengeld war ziemlich schmal bemessen. So begann ich irgendwelche alten Tanten zu besuchen, ich hatte deren eine ganze Anzahl. Ich ging reihum, ich schmeichelte mich bei ihnen ein, sie waren gerührt: Ein so liebes anhängliches Kind! – Und wenn ich ihnen dann ganz nebenbei von kleinen harmlosen Dingen erzählte, die ich mir sehnlichst wünschte – von Luftballons und Zuckerlämmchen –, zückten sie gleich ihre Börse.

In der Schule richtete ich eine Art Handel ein. Das Lernen fiel mir leicht. Bei den Prüfungen half ich mit Spickzetteln aus, dafür war eine Schachtel Memphis fällig. Eine abgeschriebene Hausaufgabe kostete drei Zigaretten, so brachte ich meine Ration zusammen.

Sie werden vielleicht fragen: Haben denn Ihre Eltern nichts gemerkt? Wo findet ein Kind schon Gelegenheit, ungestört zu rauchen? Ja, da hatte ich eben Glück, mir kam die Zeit zu Hilfe, *jene* Zeit, Sie wissen schon.

Jene Zeit«, fuhr die Dame fort, »man sagt jetzt so gern von ihr, sie sei fürchterlich gewesen. Vielleicht sind auch Sie dieser Meinung? – Aber haben die Leute ihr Gedächtnis verloren? Ich sage: keine Spur von fürchterlich, anfangs jedenfalls und für die meisten. Endlich ging es ja aufwärts. Mein Vater, Jurist, aber nie fertig geworden mit seinem Studium, hatte eine kleine Agentur betrieben, immer auf der Kippe zum Bankrott. Jetzt trat er in den Parteidienst ein – und in der Schnelligkeit kam er hoch.

Meine Mutter war entzückt, daß er nun Karriere machte, und ging zur Frauenschaft. Sie waren jetzt viel unterwegs, alle beide, auf Versammlungen und Propagandareisen. Die Familie, sagten sie, ist zwar die Keimzelle des Staates, aber jetzt ist Kampfzeit, Staat und Partei gehen vor, auf Familie können wir immer noch machen.

Na gut, mir konnte es recht sein. Ich freute mich über mein erhöhtes Taschengeld. Die faden Besuche bei den Tanten konnte ich einstellen, zu Hause war ich so ungestört, wie ich's nur wünschen konnte.

Meine Mutter hatte sich früher auch mal eine Zigarette angesteckt, jetzt fing sie an, das Rauchen als Laster anzusehen. *Die deutsche Frau raucht nicht.* Sie war eine hübsche adrette Frau gewesen, die sich nett kleidete und das Haar nach Pagenart geschnitten trug. Jetzt ließ sie sich Zöpfe wachsen und änderte ihre Garderobe auf völkisch-bieder. Sie sah greulich aus in den dunklen Radröcken und den gesteppten Miedern, mit dem falschen Bauernschmuck am Hals und in den Ohren – und immer voll angelernter Redensarten von Deutschtum und Einfachheit.

Im Grunde war sie ahnungslos. Das zeigte sich, als mein Vater in den höheren Parteidienst kam, seine braune Uniform war längst mit goldenen Spiegeln garniert. Dann geschah etwas in unserem Haus, ich weiß eigentlich bis heute nicht, was. Mein Vater hatte jetzt oft Besuch, Herren in Schwarz und Braun, es wurde nicht schlecht getrunken, und wenn man mal erst in Stimmung war, nahm man auch kein Blatt mehr vor den Mund. Dabei muß meine Mutter allerlei mitgekriegt haben, denn eines Nachts, als die Herren gegangen waren, begannen die Alten zu streiten. Ich hörte meine Mutter aus dem Nebenzimmer schreien: ›Das kannst du nicht mitmachen, Alfred, ich kann es nicht ertragen, du bist doch kein Verbrecher.‹ Und dann schepperte es von zerschmissenen Gläsern, und am nächsten Tag hatte meine Mutter immer noch rotgeweinte Augen. Kurze Zeit darauf wurde sie krank. Die Ärzte sprachen von einer Angina, doch auf einmal tat ihr Herz nicht mehr mit, sie ging ein.

Jetzt standen wir allein da, Vater und ich. Er war wie vor den Kopf geschlagen, vermutlich machte er sich irgendwelche Vorwürfe. Er ließ in seinem Dienst nach. Dafür begann er sich um mich zu kümmern: ›Wir müssen jetzt zusammenhalten‹, sagte er, ›du bist meine Einzige und, wenn ich dich nicht hätte, dann –.‹ Solche Dinge sagte er jetzt beinahe jeden Tag und bestand darauf, daß ich am Abend mit ihm zusammensaß, obwohl ich doch viel lieber allein in meiner Dachstube gewesen wäre, wo ich rauchen konnte.

Mein Vater hatte vor dem Tod meiner Mutter auf eine hohe Parteistellung spekuliert, war wohl auch nahe daran gewesen, sie zu bekommen. Aber das Debakel mit meiner Mutter scheint oben irgendwie ruchbar geworden zu sein, er war auch nicht mehr der Alte –, kurzum: Im Jahre 38 wurde er als einfacher Landrat nach Österreich abgeschoben. Und nun geht meine Geschichte eigentlich erst an.«

Die Dame machte eine Pause. Der Zug rollte jetzt langsamer, wir passierten eine größere Station. Die Lampen des ausgedehnten Rangiergeländes jagten rasch wechselnde Strahlengitter durch das Abteil. Dann wurde es wieder finster, das Tempo des Zuges verschärfte sich, und meine selbstleuchtende Armbanduhr zeigte mir, daß wir uns Troyes nähern mußten.

»Ich war damals vierzehn«, fuhr die Dame in ihrer Erzählung fort, »und alles andere als begeistert, daß wir von Berlin fort und in irgendein Gebirgskaff sollten. Auch mein Vater war ziemlich erbittert über diesen Posten, er schimpfte über die Intrigen, die ihn dazu verdammt hatten, und nahm sich vor, Schwierigkeiten zu machen, wo es nur anging. ›Die Herren da oben‹, sagte er, ›werden sich täuschen, wenn sie denken, ich werde nach ihrer Pfeife tanzen und alles durchführen, was sie sich einfallen lassen, die Bevölkerung piesacken und so weiter. Da sind sie bei mir an den Falschen geraten.‹

Als wir dann ankamen, war doch alles anders. Die Gegend war schön, der Ort zwar klein, aber wir wurden mit großem Tamtam empfangen, alles war angetreten, Musikkapellen und Schützenvereine, und das ganze arme Volk gebärdete sich wie ein Haufen Musterrekruten, die nur darauf aus sind, Befehle zu empfangen und loszupreschen.

Man hatte uns ein großes schönes Haus als Wohnung zur Verfügung gestellt, es gehörte zu dem geistlichen Stift, das nebenan lag: ein riesiger Barockbau mit einer ungeheuren Kirche. Man hatte das Haus dem Stift einfach weggenommen, um den Herrn Landrat samt Töchterchen darin unterzubringen, und der neue Bürgermeister entschuldigte sich sogar bei meinem Vater, daß er noch nicht dazu gekommen sei, das Stiftswappen über dem Tor wegmeißeln zu lassen. Mein Vater sagte, das solle er ruhig bleiben lassen, das Wappen störe ihn nicht und es sei ein Kunstwerk. So zogen wir ein, in die Säle mit den stuckierten Decken und intarsierten Möbeln – Stiftsgut natürlich. Mein Alter ließ nur ein paar Adaptionen durchführen, Dampfheizung und Kachelbad – und dann ging es also ans Regieren.

Da lag nun erst einmal dieses Kloster bei der Hand, auf das sich, wie man wohl allgemein erwartete, die ersten landesrätlichen Maßnahmen beziehen würden. Der dort eingesessene Orden führte eine Schule, ein weithin berühmtes Gymnasium, das eine Tradition von etlichen hundert Jahren aufwies, und alles, was Namen und Rang hatte im Land, war durch die Schule hindurchgegangen. Merkwürdigerweise waren dieselben Leute – wenigstens viele von ihnen – jetzt darauf aus, daß das Stift aufgelöst und die Schule geschlossen würde. Aber mein Vater hatte vorerst ganz andere Pläne.

Sie hingen mit mir zusammen. Er hatte es sich nun einmal in den Kopf gesetzt, daß ich studieren sollte, und er wollte mich nicht aus dem Hause geben.

So ließ er erst mal den Abt rufen und unterbreitete ihm seine Vorschläge.

Ich solle, sagte er, als Schülerin in die Stiftsschule eintreten, dafür werde er die Auflösung des Klosters hintanzuhalten versuchen. Natürlich müsse das Internat unter weltliche Leitung gestellt werden, auch dürften die Patres, sofern sie noch unterrichteten, nicht mehr in ihren Kutten erscheinen.

Begreiflicherweise war der Abt von diesen Bedingungen nicht sehr erbaut, er brachte Bedenken vor: Er befürchte Aufsässigkeiten seitens der weltlichen Internatsleitung, und dann: Noch nie habe ein Mädchen das Gymnasium besuchen dürfen, man habe die Knaben von allem Umgang mit weiblichen Personen stets abgeschirmt, die Gegenwart einer Schülerin werde Verwicklungen ergeben. Und dann fügte er noch hinzu: ›Mein Pater Präfekt wird auf keinen Fall zustimmen.‹

›Sie sind der Abt‹, sagte mein Vater, ›ich denke, Sie haben zu befehlen. Wenn Sie sich vor Ihrem Präfekten fürchten, dann legen Sie Ihr Amt doch sogleich nieder.‹

Nun, es kam so, wie mein Vater gewollt hatte. Der Abt mußte im Grunde froh sein: mit anderen Klöstern machte man weniger Federlesens.

So trat ich als Schülerin in die dritte Klasse ein. Der Anfang war kein Honiglecken für mich. Die Jungs waren in den besten Flegeljahren, und die Patres behandelten mich als notwendiges Übel, ziemlich eisig. Eine Zeit krebste ich ziemlich mühselig dahin. Aber dann erwachte mein Ehrgeiz, und ich begann wie wild zu büffeln. Wie hatte der alte Zigarrenonkel zu mir gesagt: ›Ein tüchtiges kleines Mädchen.‹ Nun war das tüchtige kleine Mädchen wieder da.

Ich hatte Erfolg. Natürlich: Die Jungs hörten deshalb noch lange nicht auf, mir das Leben sauer zu machen; und die inzwischen als Zivilisten verkleideten Patres ließen mich nach wie vor fühlen, daß ich ihnen nur aufgehalst worden war. Ablehnung also auf der ganzen Front! Allmählich kam ich dahinter, wer der *spiritus rector* dieser Ablehnung war: der Pater Präfekt, derselbe, von dem der Abt gesagt hatte, er werde sich nie einverstanden erklären.

Dieser Präfekt – ein kleiner ältlicher Mann, eigentlich unscheinbar; doch sein Einfluß muß ziemlich stark gewesen sein. Wieweit er seine Mitbrüder beherrschte, entzieht sich meiner Kenntnis. Die Schüler fraßen ihm jedenfalls aus der Hand. Freilich – langsam kamen sie in das Alter, wo sich Eros meldet; um so mehr verstärkte der Präfekt seine Agitation gegen mich. In dieser Hinsicht verfügte er wohl über längst erprobte Methoden. Die katholische Kirche versteht es zwar, der Frau um den Bart zu streichen, auf den ersten Blick sieht es so aus, als wäre auch das Weib als vollwertiges Mitglied der menschlichen Gesellschaft zugelassen. Im Inneren hat die Sache schon ein erheblich anderes Gesicht: Da ist eine jede suspekt, eine Tochter Evas, der Hauptschuldigen am Sündenfall. Da wird eine Verachtung gezüchtet, die nicht von Pappe ist.

Nun saß ich also da in dieser Schule, jung und knusprig, ein Ärgernis. Ich kann mir wohl denken, was für Pfeile der Präfekt gegen mich abschoß: ›Nehmt euch in acht vor ihr, vor ihrer lüsternen Bosheit!‹

Und in gewisser Weise hatte er sogar recht.

Nun, ich war nicht so dumm, daß ich mir die Bande mit koketten Blicken und derartigen Mätzchen gefügig zu machen versuchte. Ich tat ruppig, solange sie ruppig waren. Aber ich fühlte doch meine Macht wachsen – in dem Maß, als die Jungs, einer nach dem anderen, in ein gewisses Stadium kamen: Stimmbruch und erster Bartflaum und was sonst noch so dazu gehört. Ich fühlte, daß ich sie zu beunruhigen begann, und hatte auch bald heraus, welche die weichsten waren unter ihnen und wer sich schließlich bereit finden würde, zu mir überzulaufen.

Aber gerade die gefielen mir gar nicht, ich fand sie geradezu ekelhaft.

Eines Tages ließ ich's mir dann einfallen, den Resten der klösterlichen Disziplin den offenen Kampf anzusagen.

Es war Vorschrift, daß, wenn es zur Pause läutete, die Schüler die Klasse verließen und in Zweierreihen unter der Aufsicht eines Professors im Korridor auf- und abspazierten. Ich blieb in meinem abgesonderten Bänkchen sitzen. Das Fenster stand offen, es war eiskalt, trotzdem blieb ich, wickelte mich in meinen Mantel – und zündete mir eine Zigarette an.

Das war natürlich eine Frechheit und unerhört, denn Rauchen war strengstens verboten. Was ich da tat, mußte wie eine Kampfansage wirken. Es konnte ja jeden Augenblick wer zur Tür hereinschauen, einer der Patres in Zivil oder gar der Präfekt, der einzige übrigens, der seine Kutte nicht abgelegt hatte und nach wie vor – unter Mißachtung der landesrätlichen Vorschriften – darin zum Unterricht erschien. Ich ließ es darauf ankommen und warf, wenn ich ausgeraucht hatte, die Kippe zum Fenster hinaus.

Selbstverständlich waren die Jungs sofort im Bilde. Einige meinten, mich warnen zu müssen: Sie rissen die Tür auf und fuchtelten: Obacht! Aber ich dachte gar nicht daran, mich stören zu lassen. Als dann der aufsichtsführende Lehrer hereinkam und mich anpfiff, sagte ich nur: ›Bitte –?‹ – ›Was fällt Ihnen ein zu rauchen?‹ – Ich drauf: ›Mein Vater erlaubt es.‹ – Er: ›Hier ist es verboten.‹ – Ich: ›Wen störe ich damit?‹ – Er: ›Ich werde Sie melden.‹ – Ich: ›Ja, bitte.‹

In der nächsten Stunde wurde ich zum Präfekten gerufen. – ›Sie rauchen, habe ich gehört. Sie wissen, daß das untersagt ist. Sie tun es also mit Bedacht, mit Absicht.‹ – ›Nicht eigentlich‹, sagte ich, ›ich weiß nur nicht, warum ich es unterlassen sollte.‹ – Er heftete seine Augen auf mich, und ich mußte meinen ganzen Mut zusammennehmen, um seinem Blick nicht auszuweichen. Er sagte: ›Sie pochen auf die Stellung Ihres Vaters. Daß Sie in dieser Schule sind, beruht auf einem Akt der Erpressung. Jetzt wollen Sie weitere Erpressungen versuchen, nicht wahr? Ihre Partei führt das Wort Ehre so gern im Munde. Halten Sie dieses Vorgehen für ehrenhaft?‹ – Ich antwortete: ›Ich weiß längst, daß Sie mich hassen.‹ – Ich wundere mich heute noch, daß mir gerade diese Entgegnung einfiel. Mit keinem anderen Vorwurf kann ein junger Mensch einen Erzieher so sehr ins Unrecht setzen.

Der Präfekt war auch ganz offenkundig aufgeschreckt. Er beeilte sich zu antworten: ›Ich habe noch nie einen Menschen –‹ (und dann verbesserte er sich) – ›noch nie ein Kind gehabt. Ein Kind zu hassen, das ist unmöglich.‹ – Ich drauf: ›Was das betrifft, können Sie beruhigt sein. Ich bin kein Kind mehr.‹ – Damit war unsere Unterredung beendet. Als ich wieder auf dem Gang stand, war ich in Schweiß gebadet, meine Knie zitterten. Doch in der nächsten Pause zündete ich mir wieder eine Zigarette an und das, noch ehe die Jungs die Klasse verlassen hatten. Ich genoß die Blicke, mit denen sie mich betrachteten, sie blickten mich an wie eine Wahnsinnige, eine Wahnsinnige, die sie bewunderten und – beneideten.«

Wieder machte die Dame eine Pause.

Wir fuhren in Troyes ein, es ging auf Mitternacht. Über den nächtlich leeren Bahnsteig klapperten nur einzelne Schritte, hinten am Zug schrie eine Frauenstimme einen Namen, drei- oder viermal denselben Namen, und jedesmal hallte das Echo langgezogen wie aus einem Tunnel nach. Dann begann ein Kleinkind im Nebenabteil nach seiner Mutter zu jammern.

Meine Reisegefährtin rauchte immer noch. Ihr Vorrat schien unerschöpflich zu sein. Sie saß aufrecht, mit angezogenen Knien. Im grünlichfahlen Schräglicht der Perronleuchten sah ich ihre Hände nach einer neuen Packung greifen. Mit schrecklicher Behendigkeit spellte sie das Cellophanband ab, streifte die Hülle herunter, ließ den Verschluß aufspringen. Die Dame schwieg, solange der Zug hielt. Bedurfte ihre Geschichte der Untermalung durch das Fahrgeräusch? Ungeduldig wartete ich darauf, bis wir uns wieder in Bewegung setzten.

Als wir Troyes endlich verließen, tauchte die Kathedrale für einen Augenblick hinter schwarzgetürmten Häusermassen auf, grell grünlich bestrahlt, von Schlagschatten schwarz gestreift, ein unwirklich fremdes Schaubild aus einer weit hinter uns versunkenen Zeit.

Sobald der Zug in voller Fahrt war, setzte die Raucherin ihre Erzählung fort:

»Sie können sich wohl denken, wie es weiterging mit mir und den anderen. Der Wandel trat – ich möchte sagen – schlagartig ein. Die ganze Bande – bis auf einen einzigen – war nach mir verrückt. Von diesem einen wird noch die Rede sein. – Oh, Sie müssen nicht denken, daß ich Ihnen jetzt allerlei Unanständigkeiten auftischen werde. Aber Sie können sich sicher ausmalen, wie es zugeht, wenn zwanzig Halbstarke auf ein einziges Mädel scharf sind. Halbstarke – dieser Ausdruck war damals noch unbekannt, und unbekannt waren auch gewisse Gepflogenheiten, die heute gang und gäbe geworden sind. Immerhin: Sie waren ganz hübsch aufgeheizt mit ihren sechzehn, siebzehn Jahren und von all den Verboten und Verdikten, aus denen ihre Erziehung bis jetzt bestanden hatte. Es brach wie eine Seuche unter ihnen aus: Eros ist ja in diesen Jahren eine epidemische Krankheit; fängt erst einer damit an, geht die Tollheit reihum. Und doch treibt's jeder auf seine Art und zeigt dabei, was wirklich in ihm steckt, ein kleiner Schmierfink oder ein braver Junge, der seine Ideale hat. Der eine träumt davon, im Alleingang Eroberungen zu machen, der andere ist frech nur im Rudel. Einer macht Gedichte, dem anderen genügt's, wenn er dem Mädel unter die Röcke gucken kann.

Mir machte der Zauber Spaß, das können Sie sich denken. Endlich war mein alter Feind, der Präfekt, so abgehängt wie ich's nur wünschen mochte. Übrigens konnte mein Vater das Kloster nicht mehr halten, es wurde nun doch aufgelöst, statt der Patres traten weltliche Lehrer auf den Plan. Jetzt wurde ich nur mehr mit Handschuhen angefaßt. Mein Weizen blühte. Mit den Resten der klösterlichen Disziplin ging es rasch bergab.

Nur ein einziger von den Jungs machte immer noch nicht mit. Er hielt den alten Grundsätzen die Treue, er war – immun gegen mich. So schien es. Sein Name war Stefan.«

Der Zug bewegte sich jetzt gleichförmig rasch durch die Nacht. Der Landstrich, den wir durchfuhren, mußte arm an Siedlungen und nahezu menschenleer sein. Nur ganz selten rissen die Lichter einer Station blitzartige Streifen Helligkeit durch das Abteil.

Die Dame rauchte weiter.

»Vielleicht fragen Sie sich, warum ich Ihnen die Geschichte erzähle? Wahrscheinlich möchten Sie lieber schlafen und wünschen mich längst zum Teufel samt meinem Geschwätz? Aber diese Geschichte ist ja auch nur ein Kapitel aus unserer *Unbewältigten Vergangenheit* und insofern ... Ist ja nachgerade schon ein Gesellschaftsspiel geworden bei uns zulande: Vergangenheit bewältigen. Ein Unsinn übrigens, diese Vokabel! Tut, als ob sich Vergangenheit bewältigen ließe wie eine Schularbeit oder eine Mahlzeit. Wir, die den großen Trip mitgemacht haben, wir haben unseren Treff davon weggekriegt, nichts zu machen, wir werden mit ihm zusammen begraben werden. Dann wird eine neue Generation dastehen und ihrerseits an Vergangenheit zu würgen haben. – In dem Punkt stimme ich mit den gläubigen Christen überein: Keiner ist gegen das Schuldigwerden gefeit, er mag sich anstellen wie er will.«

Sie schwieg einen Augenblick. Dann, in verändertem, ungeduldigen Ton: »Wenn Sie doch auch wieder eine Zigarette nehmen würden! Sie haben doch vorhin auch geraucht – wollten Sie nicht eine von den Meinen? Na, Gott sei Dank – die Sorte ist gut, nicht wahr? Ich lasse sie mir immer aus Ägypten schicken, hab' Bekannte da, Bekannte auch aus *jenen* Jahren, denen der Boden hier zu heiß geworden ist, sitzen dort in großen Stellungen, die Ägypter sind nicht kleinlich, lassen sich gern mobil machen durch erprobte deutsche Tüchtigkeit, ja-ja ... Aber Zigaretten können diese Fellachen herstellen, das muß man ihnen lassen.

Wo bin ich geblieben in meiner Geschichte? – Ja, Stefan – Stefan, der einzige, der meinen Künsten nicht erlag, der einzige, der sich fernhielt und sich nicht bestechen ließ. Denn die anderen hab' ich bestochen – womit? – das können Sie sich ja doch wohl denken. Es war ja nun schon längst Krieg, und Rauchzeug war knapp, für Erwachsene – und für Jugendliche gab es gar nichts, selbstverständlich. Aber wir, mein Vater und ich, wir saßen ja im vollen, der Hand Landrat hatte alles in Fülle, in seinen Schränken stapelten sich die Herrlichkeiten, französische Weine und Kognak und Zigaretten – stangenweise. Wozu hatten wir auch Frankreich und Belgien und Polen und weiß Gott noch welche Länder erobert als dafür, daß sich gewisse Leute mit allem versorgen ließen, was das Herz begehrte?

Wir konnten damit gar nicht fertig werden: Ein solcher Segen ging auf uns nieder.

Mein Vater hatte sich längst damit abgefunden, daß ich rauchte. Daß ich jetzt auch meine Klasse eindeckte, merkte er entweder nicht oder er ließ es einfach hingehen, er hatte damals schon ganz andere Sorgen.

Also begannen die Jungs gleichfalls zu rauchen wie die Verrückten, am Klo, in den Schlafsälen, sogar in der Kirche. Rauchen war nach wie vor verboten, die weltliche Schul- und Internatsleitung war in dieser Hinsicht genauso stur wie die Patres zuvor. Aber bald war es mir leid, den Burschen die Packungen einfach nur so zuzustecken, ich wollte sie auf andere Weise kirre machen, sie mußten sich die Zigaretten holen, und zwar nachts in unserem Garten; wer sich das nicht getraute, kriegte nichts. Und so wurden nächtliche Eskapaden aus Fenstern und Kellerluken geradezu Tagesordnung.

Ich hatte vor meinem Schlafzimmer einen Balkon. Mein Vater schlief auf der anderen Seite des Hauses. Wenn ich's dann drunten rascheln oder pfeifen hörte, ging ich hinaus und warf ihnen die Zigaretten hinunter.

Ich saß in Nachthemd und Morgenrock auf die Brüstung, manchmal nur im Nachthemd und schnippte die Packungen über ihnen aus. Es machte mir einen Heidenspaß zu hören, wie sie drunten in den Büschen stöberten, ein Rudel Jagdhunde, das nach Beute schnüffelt, und schließlich flammten die ersten Streichhölzer auf, und die Glühpünktchen schwirrten, bis Nachschub kam und der nächste Zigarettenregen niederging. Später ging ich auch dann und wann zu den Burschen hinunter, in den warmen Mainächten, wenn der Flieder aufblühte, und im Juni, wenn der Jasmin so weit war. Die Grillen zirpten aus den Wiesen herüber. Wir kauerten dicht beisammen in einer Laube, ich spürte, wie mir die Burschen den Rauch ins Gesicht bliesen und wie sie darauf gezittert hätten, mich anzufallen. Aber das wagte keiner, jeder paßte auf den anderen wie ein Schießhund auf, und ich war sparsam mit meinen Gunstbezeigungen, so sparsam, daß es schon eine große Gnade bedeutete, wenn einer die von mir angerauchte Zigarette weiterrauchen durfte.

Wenn Sie mich heute fragen, was mich zu diesem Spiel getrieben hat, ich könnte es Ihnen nicht mehr sagen: in mir saß ein Stachel, eine Art Rachsucht, und zwar durchaus nicht nur, weil mich die Jungs vorher gepiesackt hatten. Das saß viel tiefer in mir und hing wohl damit zusammen, daß ich im Grunde noch nie einen Menschen geliebt habe – meine Mutter vielleicht ausgenommen, aber die war ja nun schon lange tot. Sicher dachte ich damals auch schon an Stefan – er war ja der einzige von der ganzen Bande, der sich nicht herbeiließ . . . Ich bildete mir ein, ihn deshalb zu hassen.

Sie sollen nicht denken, daß er ein Duckmäuser war oder gar ein Feigling, alles andere als das. Er war ein großer Skiläufer und Bergsteiger und hat einmal mit siebzehn Jahren eine Zweierseilschaft, die sich verstiegen hatte, ganz allein aus einer Gesäusewand heruntergeholt. Seine Eltern waren früh verstorben, seine Mutter soll eine Aristokratin gewesen sein. Nun wohnte er bei einem Onkel, einem alten k. u. k. Offizier, in einem ziemlich verfallenen alten Haus mit krummen Mauern, einem riesigen Lärchenschindeldach und verblaßten Wappenfresken über dem Tor. Der Onkel war ein steifer alter Herr, längst in Pension, einfach, bescheiden und vielleicht nicht einmal sehr gebildet. Aber er gehörte zu dieser merkwürdigen österreichischen Nobilität, die nichts aus sich hermacht, doch irgendwie unerschütterlich ist, weder Armut noch Terror können ihr was anhaben. Dieser Mann hat Stefan aufgezogen und ihm Vater und Mutter ersetzt, und als ich dann mit Stefan befreundet war, behandelte er mich korrekt wie nur irgendeine junge Dame aus seinen Kreisen, obwohl er kein Hehl daraus machte, daß er gegen die Partei war und daß er unsere Art von Kriegführung für eine Schande hielt. Ich glaube, der Mann hat damals um Deutschland mehr gelitten als mancher andere.

Ich sagte soeben: als ich dann mit Stefan befreundet war . . . Ja. Dazu kam es nämlich – in unserem letzten Schuljahr und knapp, ehe der Krieg zu Ende ging. Etwas wie ein Dammbruch trat zwischen uns ein, er erfolgte unter recht dramatischen Umständen.

Obwohl unsere Schule jetzt von der Klerisei – sozusagen – gesäubert war, hatte man doch einen alten Laienbruder für die grobe Hausarbeit dabehalten, ein krummes, etwas einfältiges Männchen, dem wir alle dann und wann wohl einen kleinen Streich spielten, obwohl wir ihn eigentlich alle recht gerne mochten. Es hatte auf unsere Spitzbübereien nur ein zahnloses Lächeln als Antwort. Nun war der Bruder beim Lampenputzen im Flur von einer Leiter gestürzt und hatte sich offenbar auf den steinernen Fliesen das Rückgrat gebrochen. Niemand getraute sich, den Sterbenden anzufassen, der Arzt war nicht zu finden, es entstand ein großer Auflauf, und wir Schüler rannten auf den Gängen hin und her und schrien durcheinander. Auf einmal klang vom Treppenhaus ein Glöckchen herauf und näherte sich, ein dünnes jammerndes Geklingel, ich wußte nicht, was es bedeutete, doch kann ich mich heute noch erinnern, daß es mir quälend in die Ohren schnitt; ich hatte das Gefühl, da käme ein neues Verhängnis heran.

Weil ich mir längst angewöhnt hatte, auf jede Aufregung mit dem Griff nach der Zigarette zu reagieren, so zündete ich mir auch in diesem Augenblick eine an.

Da hörte ich hinter mir einen scharfen Schleifton, wie er entsteht, wenn jemand auf genagelten Bergstiefeln über Steinfliesen schlittert, ich drehte mich um, da stand Stefan hinter mir und schlug mir die Zigarette aus dem Mund.

Ich starrte ihn an, und plötzlich begriff ich, warum er so wild war, sein Gesicht flammte vor Empörung. Da duckte ich mich und ging hin und trat die Zigarette auf dem Boden aus.

Und schon kam der Ortspfarrer vorbei – man hatte ihn zu dem Verunglückten gerufen, er trug das Viatikum. Alle knieten nieder, auch Stefan kniete, und plötzlich war es mir unerträglich, als einzige dabeizustehen wie ein Stock, obwohl ich natürlich keinerlei Grund hatte, in die Knie zu gehen, ich war weder katholisch noch überhaupt getauft.

Das war also der Dammbruch zwischen Stefan und mir, auf diese Weise begann unsere Freundschaft. Von da an steckten wir immer zusammen. Wir machten unsere Aufgaben gemeinsam, wir streiften in der Gegend herum. Aber wenn Sie nun denken, wir hätten uns geliebt, *geliebt* – wie das Wort heute gebraucht wird –, nein. Was damals in mir vorging, kann ich mir heute noch nicht ganz erklären. Ich habe Ihnen schon genug von mir erzählt, daß Sie wissen: ich war schon als Kind ein abgebrühter Fratz. Doch nun kehrte ich in eine Art Unschuld zurück. Für nichts in aller Welt hätte ich riskieren wollen, bei Stefan den Vamp zu spielen.

Mit den anderen Jungs machte ich Schluß. Ich versorgte sie zwar noch mit Zigaretten, aber ich ließ mir's nicht mehr einfallen, sie zu nächtlichen Gartenbesuchen zu verlocken. Ich vollzog auch in dieser Hinsicht eine volle Kehrtwendung, war in der Schule zahm, hielt mich fast ängstlich an die Vorschriften, schränkte sogar, wenn ich allein war, meine Rauchwut ein.

Obwohl Stefan und ich einen Großteil unserer Freizeit zusammen verbrachten, zu uns nach Hause nahm ich ihn nur ungern mit. Ich hatte es erlebt, wie peinlich es ihm war, meinem Vater zu begegnen. Mein armer Alter, er stolzierte immer noch in seiner Uniform herum, mit Ehrendolch und Hinterlandsorden garniert – dabei sah ihm die nackte Angst aus den Augen. Unentwegt warf er noch mit den alten Sprüchen um sich von *Endsieg* und *deutscher Treue*, und verabschiedete sich, wenn er dann endlich ging, mit markigem Händedruck und flammendem Durchhalteblick. Ich sah, wie sich Stefan förmlich vor Qualen wand bei dieser traurigen Komödie, und so vermied ich es, ihn zu uns ins Haus zu bringen.

Um so lieber fuhr ich mit meinem Rad zu ihm hinaus.

Jeden Sonntagnachmittag verbrachte ich mit ihm bei seinem Onkel in der alten Turmstube. Wir saßen beisammen an dem wurmstichigen Bauerntisch, kritzelten unsere Aufgaben, fragten uns gegenseitig den Lernstoff ab, während der alte Herr in seiner Zeitung las. Dann machten wir ein Spiel, zu dritt, die Magd kam herein und brachte die Jause, drei Tassen dünnen Malzkaffee und einen Teller voll Marmeladenbrote. Es war alles so armselig, und trotzdem hab' ich mich wie in einer höheren Welt gefühlt.

Ich sehe die Stube heute noch vor mir: die Wintersonne in den Erkerfenstern, die rotbesternten Weihnachtskakteen auf den Borden, den hüpfenden Kanarienvogel in seinem Käfig, das wacklige Kommödchen mit der Pendelstehuhr. Ich habe nie einen tieferen Frieden empfunden.

Und doch stand die Welt ringsum in Flammen, die Fronten brachen, die Städte Deutschlands fielen in Trümmer, die Russen drangen ein. Wir wußten das alles, sprachen darüber, waren traurig, sorgenvoll, zornig – aber in einer tieferen Schicht völlig unberührt. Ich möchte beinah sagen: Trauer, Zorn und Sorge empfanden wir sogar als Glück, weil wir sie gemeinsam hatten.

Mein Vater sah es nicht ungern, daß ich mit Stefan ging. Ich weiß heute auch, warum. Er ahnte ja, was ihm bevorstand, und er hoffte wohl, daß mir, wenn es soweit wäre, Stefan und sein Onkel Hilfe und Halt geben würden; Stefan und sein alter Herr würden mich nicht vor die Hunde gehen lassen.

So verging dieses letzte Jahr, und man sagte uns, daß wir im Februar zu einer vorverlegten Reifeprüfung antreten müßten. Unsere Klasse war unterdessen durch laufende Einberufungen auf ein Häuflein zusammengeschmolzen. Die Ältesten und Stärksten hatten als erste gehen müssen, nun traf es schon auch solche, die keine Berserker waren. Von zweien erfuhren wir, daß sie gefallen waren, ein dritter wurde vermißt. Plötzlich bekam ich Angst um Stefan, ich konnte es mir ja an den Fingern abzählen, daß er – spätestens nach der Prüfung – drankommen müßte.

Da schaltete sich mein Vater ein. Er ließ Stefans Onkel zu sich kommen und eröffnete ihm seinen Plan: Er wolle den Jungen nach bestandener Matura in eine dieser Offiziersschulen bringen, die unter dem Vorwand gründlicher militärischer Ausbildung vor der Abberufung zur Front bewahren sollten: die meisten waren Söhne von Generalen und anderen Bonzen. Diese jungen Leute sollten die Phase des Endkampfes dort ungefährdet überstehen, es bestand sogar allerhöchste Weisung in dieser Hinsicht: Die Blüte der Nation sollte jedenfalls überleben.

Bedingung für die Aufnahme sei einzig die gutbestandene Reifeprüfung; doch könne, was das betreffe, bei Stefan wohl keinerlei Zweifel sein?

Nein, daran war kein Zweifel. Stefans Onkel nahm das Angebot des Herrn Landrates an, obwohl ihm sicher manches daran gegen den Strich ging. Vielleicht hätte er abgelehnt, wenn Stefan sein Sohn gewesen wäre; so aber... Stefan sollte nichts von der Absprache erfahren, mich aber ließ mein Vater davon wissen, ich nehme an, um meinen Dank zu verdienen. Ich habe den armen Mann nie mit töchterlicher Liebe verwöhnt.

Kurz vor der Matura gab es noch eine Aufregung in unserer Schule: drei unserer Lehrer, gerade jene, die wir in den Hauptfächern hatten, wurden in letzter Minute zum Volkssturm beordert. So würden wir vor unbekannten Prüfern antreten müssen. Und dann gab es noch einmal einen Auflauf: Der Präfekt war zurückgekehrt, nun in Zivil auch er, sonst aber der gleiche geblieben wie eh und je. Die Schulbehörde hatte, durch äußersten Mangel an Lehrern dazu gezwungen, auf den längst Entlassenen zurückgegriffen.

Ich sah, wie sich Stefan freute. Er war ja immer schon der Lieblingsschüler des Präfekten gewesen und hatte auch nach dessen Entfernung Kontakt mit ihm gehalten. Ich freute mich weniger: der Präfekt war ja mein alter Widersacher. Aber Stefan tröstete mich und versicherte, der Präfekt sei die Gerechtigkeit selbst und werde mich das Vergangene gewiß nicht entgelten lassen.

Die schriftlichen Prüfungen waren vorbei, wir traten zu der mündlichen an. Je zwei Kandidaten wurden in den Saal gerufen. Stefan und ich waren die beiden letzten im Alphabet, so hatten wir auch bis zuletzt zu warten.

Wir trieben uns auf dem Flur herum. Hier winkelte eine Treppe ab, eine Mauer schützte vor Sicht. So setzten wir uns auf die Staffeln und taten, was alle Prüflinge in solchen Augenblicken tun, wir wiederholten Formeln und fragten uns Daten ab.

Ich hatte mir eine Zigarette angezündet. Es dauerte und dauerte. Da geschah, was zwischen uns noch nie geschehen war, Stefan legte den Arm um mich, und die Schranke der Scheu, die bis zu diesem Augenblick gehalten hatte, fiel zwischen uns: sie schmolz einfach weg – wir küßten einander zum erstenmal, wie eben Liebende küssen.

Eine Sekunde lang zuckte in mir Verwunderung auf, daß es nun doch soweit mit uns gekommen sei. Und da erwachte etwas in mir, ein Verlangen, eine rasende Lust, ihm, den ich doch liebte und für den ich gerade noch bereit gewesen wäre, ins Feuer zu springen, irgend etwas anzutun, einen Schmerz, eine Schmach, etwas, was ihn verwunden und was ihn zugleich für immer als den Meinen bezeichnen sollte. So hob ich meine Hand, vorsichtig, die Hand, in der ich meine Zigarette hielt, hob sie gegen seine Brust und drückte den glimmenden Glutkopf gegen seinen Rock.

Erst merkte er nichts, die Zigarette brannte durch bis aufs Hemd und durch das Hemd – da erst zuckte er zurück, und er schrie mich an: ›Was machst du denn da?‹ –, und in diesem Augenblick ging die Tür auf, und man rief uns zur Prüfung.

Wir fuhren auseinander und stolperten hinein. Zuerst war ich wie blind, aber dann riß ich mich zusammen, und als ich meine Aufgaben erhielt, war ich wieder klar und begann, sie zu bearbeiten.

Ich war so gut wie fertig damit, da bekam ich Stefan für den Bruchteil einer Sekunde ins Blickfeld: er war vollkommen aufgelöst, totenbleich, der Schweiß stand ihm auf der Stirn. Er hatte sich nicht sammeln können, und das Schlimmste: Das Loch in seinem Rock verwirrte ihn, er deckte es zu, ängstlich, wie ein kleiner Junge, es war jämmerlich anzusehen.

Und da wußte ich: Er würde fallen, und ich trug die Schuld. Trotzdem brachte ich es irgendwie fertig, meine Prüfungsbeispiele zu lösen. Nun bemerkten auch die Professoren Stefans Zustand, ich sah, wie der Präfekt ihn ins Auge faßte: erst erstaunt, dann befremdet, schließlich eiskalt.

Er mußte wohl annehmen, Stefan sei betrunken angetreten. Ich hörte ihn noch mit schneidender Stimme sagen: ›Was haben Sie? Was ist mit Ihnen los, Kandidat!? – Nehmen Sie doch endlich Ihre Hand von der Brust!‹

Und so kam es, wie es kommen mußte. Stefan versagte. Er wurde zum Herbsttermin zurückgestellt. Das aber hieß: Er war zur Einberufung freigegeben.

Drei Tage später wurde er einer Volkssturmkompanie zugeteilt und Richtung Osten in Marsch gesetzt. Er fiel beim ersten Einsatz – ein Augenzeuge hat mir später davon erzählt – durch die erste Kugel: Herzschuß. Ich hatte ihn mir für den Tod markiert.

Auch mein Vater hat das Kriegsende nicht überlebt: Am Tag des Waffenstillstands verschwand er im Gebirge. Man fand ihn Monate später: An den Fetzen seiner Uniform wurde er identifiziert. Nun stand ich alleine da. Zuerst brachte man mich in ein Lager, nachher arbeitete ich bei der Besatzungsmacht. Allmählich, ganz allmählich kam ich wieder hoch. Die Jahre vergingen, vergehen immer schneller. Neulich erfuhr ich, daß auch Stefans Onkel, uralt, gestorben ist, wahrscheinlich der einzige Mitwisser von dem, was damals geschah.

Und nun sagen Sie mir, ob ich einen Grund habe, das Rauchen aufzugeben?«

Die Dame schwieg. Sie wartete offenkundig auf meine Antwort. Ich aber mochte weder ja noch nein, noch irgend
etwas anderes sagen. Ich drückte mein Gesicht in das Kissen
und stellte mich schlafend. Nach einer Zeit hörte ich das
Feuerzeug wieder klicken, da sah ich auf und sah ihr Gesicht
für eine Sekunde von der flackernden Flamme bestrahlt,
dunkel, hart und verwüstet, eine Maske aus Stein.

Später muß ich doch eingedöst und endlich eingeschlafen
sein, denn ich merkte nicht, wie sie aufstand und sich fertig-
machte. Erst als der Schlafwagenmann hereinkam, um ihr
Gepäck vom Bord herunter und vor die Tür zu stellen,
wurde ich hellwach. Sie hatte das Abteil schon verlassen.
Der Morgen graute, wir fuhren soeben über den Rhein.

GABRIEL GARCÍA MÁRQUEZ
Der schönste Ertrunkene von der Welt

Die ersten Kinder, die das dunkle, schweigsame Vorgebirge
auf dem Meer näher kommen sahen, glaubten, es sei ein
feindliches Schiff. Dann sahen sie, daß es weder Flaggen
noch Masten hatte, und dachten, es sei ein Wal. Doch als es
auf den Strand auflief, befreiten sie es von Seetanggestrüpp,
Quallenfühlern und den Resten von Fischschwärmen und
Strandgut, die es mit sich führte, und erst dann entdeckten
sie, daß es ein Ertrunkener war.

Sie hatten den ganzen Nachmittag mit ihm gespielt, ihn
im Sand begraben und wieder ausgegraben, als jemand sie
zufällig sah und im Dorf Alarm schlug. Die Männer, die ihn
bis ins nächste Haus schleppten, bemerkten, daß er mehr
wog als alle ihnen bekannten Toten, fast so viel wie ein
Pferd, und sie sagten sich, vielleicht sei er zu lange auf dem
Meer getrieben und das Wasser sei ihm in die Knochen
gedrungen. Als sie ihn auf den Fußboden legten, sahen sie,
daß er viel größer gewesen war als alle anderen Menschen,
denn er paßte kaum ins Haus, doch sie dachten, vielleicht
gehöre die Fähigkeit, nach dem Tod weiterzuwachsen, zur
Natur gewisser Ertrunkener. Er roch nach Meer, und nur
seine Form ließ vermuten, daß es die Leiche eines menschlichen Wesens war, denn seine Haut war bedeckt mit einem
Panzer aus Saugfischen und Schlamm.

Sie brauchten sein Gesicht nicht zu säubern, um zu wissen, daß es ein fremder Toter war. Das Dorf hatte nur etwa
zwanzig Lattenhäuser mit Steinhöfen ohne Blumen, verstreut am Ende eines einsamen Kaps liegend. Die Erde war
so knapp, daß die Mütter in der Angst lebten, der Wind
könne ihre Kinder mitnehmen, und die wenigen Toten,
welche die Jahre verursachten, mußten sie über die Klippen
stürzen. Doch das Meer war zahm und verschwenderisch,
und alle Männer paßten in sieben Boote. So brauchten sie,
als sie den Ertrunkenen fanden, einander nur anzublicken,
um sich klarzumachen, daß sie vollzählig waren.

In jener Nacht fuhren sie nicht zur Arbeit aufs Meer.
Während die Männer prüften, ob in den Nachbardörfern

jemand fehlte, sorgten die Frauen sich um den Ertrunkenen. Sie schrubbten den Schlamm mit Grasbüscheln ab, klaubten ihm die Unterwasserdisteln aus dem Haar und schabten ihm den Saugfisch mit Schuppeneisen ab. Dabei merkten sie, daß sein Pflanzenwuchs aus fernen Meeren und der Tiefsee stammte, daß seine Kleider zerfetzt waren, als sei er durch Korallenriffe gesegelt. Und sie stellten fest, daß er den Tod mit Stolz trug, denn er hatte nicht das einsame Antlitz anderer im Meer Ertrunkener, auch nicht den schmutzigen, armseligen Gesichtsausdruck der Flußtoten. Doch erst als sie ihn ganz gereinigt hatten, wurden sie sich der Klasse Mensch bewußt, die er war, und das benahm ihnen den Atem. Nicht nur war er der größte, stärkste, der männlichste und der bestgebaute Mensch, den sei je gesehen hatten, sondern er ging, obgleich sie ihn sahen, über ihre Vorstellungskraft.

Sie fanden im Dorf kein genügend großes Bett, um ihn hineinzulegen, auch keinen genügend festen Tisch für seine Aufbahrung während der Totenwache. Weder paßten ihm die Festtagshosen der größten Männer noch die Sonntagshemden der beleibtesten, auch nicht die Schuhe des größten Fußes. Gebannt von seinem Unmaß und seiner Schönheit, beschlossen die Frauen, ihm Hosen aus einem guten Stück Gieksegel zu schneidern und ein Hemd aus Brautlinnen, damit er seinen Tod mit Würde weitertragen könne. Während sie im Kreis sitzend nähten und den Leichnam zwischen Stich und Stich betrachteten, schien es ihnen, als sei der Wind nie so hartnäckig und das Meer nie so heftig gewesen wie in jener Nacht, und sie vermuteten, daß diese Veränderungen etwas mit dem Toten zu tun hätten. Sie dachten, hätte dieser prächtige Mann im Dorf gelebt, sein Haus hätte die breitesten Türen besessen, das höchste Dach und den festesten Fußboden, und sein Bettgestell wäre aus Hauptspanten mit eisernen Zapfen gefügt und seine Frau wäre die glücklichste gewesen. Sie dachten, er hätte so viel Autorität besessen, daß er die Fische allein durch Nennen ihres Namens aus dem Meer geholt hätte, er hätte mit solchem Eifer gearbeitet, daß er Quellen zwischen dem dürrsten Gestein hätte hervorsprudeln lassen und Blumen auf den Klippen hätte säen können. Insgeheim verglichen sie ihn mit ihren eigenen Männern und dachten, diese würden in einem ganzen Leben nicht fertigbringen, was er in einer

Nacht fertigbrachte, und verachteten sie schließlich im Grunde ihrer Herzen als die schwächlichsten, minderwertigsten und nutzlosesten Wesen auf Erden. So irrten sie durch ihre Fantasielabyrinthe, als die älteste der Frauen, die als älteste den Ertrunkenen eher mit Mitleid als mit Leidenschaft betrachtet hatte, seufzte:

»Er hat ein Gesicht, als hieße er Stefan.«

Das war die Wahrheit. Die meisten brauchten ihn bloß abermals anzuschauen, um zu begreifen, daß er keinen anderen Namen haben konnte. Die starrköpfigsten, das waren die jüngsten, lebten zwar noch ein paar Stunden in dem Wahn, er könne angezogen, in Lackstiefeln und blumenbekränzt, Lautero heißen. Doch das war eitle Selbsttäuschung. Die Leinwand erwies sich als zu knapp, die schlecht zugeschnittenen und noch schlechter genähten Hosen waren ihm zu eng, und die verborgenen Kräfte seines Herzens sprengten die Knöpfe seines Hemdes. Nach Mitternacht verebbte das Pfeifen des Windes, und das Meer verfiel der Mittwochschlafsucht. Die Stille setzte den letzten Zweifeln ein Ende: er hieß Stefan. Die Frauen, die ihn eingekleidet hatten, die, welche ihn gekämmt hatten, die, welche ihm die Nägel geschnitten und ihn rasiert hatten, vermochten nicht ein mitleidiges Erzittern zurückzuhalten, als sie sich damit abfinden mußten, ihn über den Fußboden gezerrt zu sehen. Jetzt begriffen sie, wie unglücklich er mit diesem ungewöhnlichen Körper gewesen sein mußte, wenn er noch im Tode davon belästigt wurde. Sie sahen ihn im Leben dazu verdammt, seitlich durch die Türen zu gehen, sich den Kopf an Querbalken wundzustoßen, bei Besuchen stehen zu bleiben, ohne zu wissen, was er mit seinen zarten rosafarbenen Seekuhhänden tun sollte, während die Dame des Hauses den stabilsten Stuhl suchte und ihn in Todesangst anflehte, setzen Sie sich doch hierhin, Stefan, tun Sie mir den Gefallen, und er, an der Wand lehnend, lächelnd, keine Sorge, gnädige Frau, hier stehe ich sehr bequem, meine Hacken sind rohes Fleisch, und mein Rücken ist glühend heiß von den ewiggleichen Übungen bei allen Besuchen, keine Sorge, gnädige Frau, hier stehe ich sehr bequem, nur um nicht die Beschämung zu erleben, den Stuhl kaputt zu machen, und vielleicht ohne je zu erfahren, daß die, welche sagten, geh nicht fort, Stefan, warte wenigstens, bis der Kaffee kocht, dieselben waren, die hinterher flüsterten, der große Tölpel ist fort, gottlob, der hübsche Dummkopf ist fort. Das dachten die Frauen angesichts des Leichnams kurz vor Morgengrauen. Später, als sie sein Gesicht mit einem Taschentuch bedeckten, damit das Licht ihn nicht störte, sahen sie ihn so immerwährend tot, so wehrlos, so ähnlich ihren Männern, daß sich die ersten Tränenspalten in ihren Herzen öffneten. Es war eine der jüngsten, die zu schluchzen begann. Die anderen, einander ermutigend, gingen vom Seufzen zum Wehklagen über, und je mehr sie schluchzten, ein desto stärkeres Bedürfnis zum Weinen empfanden sie, denn der Ertrunkene wurde für sie immer mehr Stefan, bis sie ihn so heftig beweinten, daß er der verlassenste, der sanfteste und der gefälligste Mensch von der Erde wurde, der arme Stefan. So fühlten sie, als die Männer mit der Nachricht zurückkehrten, der Ertrunkene stamme auch nicht aus den Nachbardörfern, inmitten ihrer Tränen Jubel ausbrechen.

»Gelobt sei Gott«, seufzten sie. »Er ist unser!«

Die Männer glaubten, das Getue sei nichts als weibliche Leichtfertigkeit. Erschöpft von den verworrenen Nachforschungen der Nacht, hatten sie nur einen Wunsch, ein für allemal die Last des Neuankömmlings loszuwerden, bevor die Sonne jenes dürren windlosen Tages mit Macht herunterbrannte. So verfertigten sie mit Resten von Fockmasten und Giekbäumen eine Behelfsbahre, verschnürten sie mit Takelage, damit sie das Gewicht des Toten bis zu den Klippen aushielt. Sie hätten am liebsten den Anker eines Frachters an seine Knöchel gekettet, damit er unbehindert in die tiefsten Meere versank, wo die Fische blind sind und die Taucher aus Heimweh sterben, damit die bösen Strömungen ihn nicht wieder ans Ufer trügen, wie es mit anderen Leichnamen geschehen war. Doch je mehr sie sich eilten, desto mehr Dinge fielen den Frauen ein, um Zeit zu vergeuden. Sie zappelten umher wie aufgeregte Hühner, die nach Meeramuletten in den Truhen pickten, und die einen störten links, weil sie dem Ertrunkenen ein Skapulier des guten Windes umhängen wollten, die anderen störten rechts, um ihm ein Nordungsarmband umzuschnallen, und nach ausgiebigem Zupf dich, Weib, geh hin, wo du nicht störst, sieh, bald hätt' ich deinetwegen den Toten fallen lassen, schlich den Männern Argwohn über die Leber, und sie begannen zu murren, wozu all der Klempnerkram vom Hochaltar für einen Fremden, wenn trotz Zierknöpfen und Weihwasserkessel die Haie ihn kauen würden, doch sie häuften weiterhin ihre Schundreliquien auf ihn, schleppten fort und herbei, rempelten einander an, während sie in Seufzern loswurden, was sie nicht in Tränen loswurden, bis endlich die Männer lospolterten, seit wann habe es einen ähnlichen Aufruhr gegeben wegen einer treibenden Leiche, eines ertrunkenen Niemands, eines Stücks kalten Mittwochfleischs. Eine der Frauen, gekränkt von soviel Gefühllosigkeit, zog das Taschentuch vom Gesicht des Toten, und nun verschlug es auch den Männern den Atem.

Er war Stefan. Es brauchte nicht von neuem ausgesprochen zu werden, um ihn zu erkennen. Hätte man ihnen gesagt: Sir Walter Raleigh, vielleicht hätten seine Gringo-Aussprache, sein Ara auf der Schulter, seine Muskete zum Kannibalenschießen sie beeindruckt, doch Stefan konnte nur einer auf der Welt sein, und da lag er wie ein Pottwal, ohne Schuhe, mit den Hosen eines Siebenmonatskinds und diesen steinsplitternden Fingernägeln, die nur mit einem Messer zu schneiden waren. Man brauchte ihm nur das Taschentuch vom Gesicht zu ziehen, um zu begreifen, daß er sich schämte, daß es nicht seine Schuld war, so groß, so schwer und so schön zu sein, und wenn er gewußt hätte, daß dies eintreten würde, so hätte er sich einen verschwiegeneren Ort zum Ertrinken ausgewählt, ernstlich, ich hätte mir einen Galleonenanker um den Hals gebunden und wäre wie einer, der es satt hat, über die Klippen gestolpert, um nur nicht mit diesem Mittwochtoten zu stören, wie ihr sagt, um niemandem mit dieser Schweinerei von kaltem Fleisch auf die Nerven zu gehen, das nichts mit mir zu tun hat. Es lag so viel Wahres in seinem Wesen, daß sogar die argwöhnischsten Männer, die, welche die Bitternis endloser Nächte auf See fühlten, voller Sorge, ihre Frauen könnten müde werden, von ihnen zu träumen, um statt dessen von Ertrunkenen zu träumen, daß sogar sie und andere, härtere, über Stefans Aufrichtigkeit bis ins Mark erschauerten.

Und so veranstalteten sie das glänzendste Leichenbegängnis, das sie für einen ausgesetzten Ertrunkenen ersinnen konnten. Einige Frauen, die in den Nachbardörfern Blumen geholt hatten, kehrten mit anderen zurück, die das Erzählte nicht glauben wollten, und diese gingen noch mehr Blumen holen, als sie den Toten sahen, und brachten mehr und immer mehr, bis so viele Blumen und Menschen beieinander waren, daß man sich kaum noch bewegen konnte. Zu guter Letzt tat es ihnen weh, ihn als Waise den Wassern zurückzugeben, und sie wählten ihm unter den Besten einen Vater und eine Mutter, andere ernannten sie zu Brüdern, Onkeln und Vettern, so daß durch ihn schließlich alle Bewohner des Dorfs miteinander verwandt wurden. Etliche Seeleute, die in der Entfernung das Wehklagen hörten, verloren den richtigen Kurs, und man erfuhr, daß sich einer an den Hauptmast binden ließ, weil er sich an alte Sirenenfabeln erinnerte. Während sie um das Vorrecht stritten, ihn auf den Schultern den steilen Hohlweg in den Klippen hinabzutragen, wurden Männer und Frauen sich zum ersten Mal der Trostlosigkeit ihrer Gassen bewußt, der Dürre ihrer Hinterhöfe, der Enge ihrer Träume, im Vergleich zu der Pracht und Schönheit ihres Ertrunkenen. Sie gaben ihn ohne Anker frei, damit er zurückkehren könne, wenn er wolle und wann er wolle, und alle hielten den Atem an während des Bruchteils von Jahrhunderten, den der Sturz des Leichnams in den Abgrund dauerte. Sie brauchten einander nicht anzublicken, um sich klarzumachen, daß sie nicht mehr vollzählig waren und es auch nie mehr sein würden. Sie wußten aber auch, daß fortan alles anders sein würde, daß ihre Häuser breitere Türen haben würden, höhere Dächer, festere Fußböden, damit die Erinnerung an Stefan überall umgehen könne, ohne an Querbalken zu stoßen, und daß in Zukunft niemand zu flüstern wagen würde, tot ist der große Tölpel, wie schade, tot ist der hübsche Dummkopf, denn sie würden ihre Häuserfronten mit fröhlichen Farben anmalen, um die Erinnerung an Stefan zu verewigen, und sie würden sich das Kreuz brechen, um Quellen aus den Steinen zu graben und Blumen auf den Klippen zu säen, damit in kommenden Jahren die Passagiere der großen Schiffe bei Tagesanbruch auf hoher See erwachen würden, betäubt von Gartendüften; und der Kapitän in Galauniform von der Brücke herabstiege mit seinem Sternhöhenmesser, seinem Polarstern und seiner Ordensschnalle, und auf das Vorgebirge aus Rosen am Horizont deutend würde er in vierzehn Sprachen sagen, seht, dort, wo der Wind jetzt so zahm ist, daß er sich unter den Betten schlafen legt, dort, wo die Sonne so hell glänzt, daß die Sonnenblumen nicht wissen, wohin sie sich wenden sollen, ja, dort liegt Stefans Dorf.

Isabella Nadolny
Clemens oder das jüngste Gericht

Erst mehrere Monate, nachdem Clemens den Freunden geboren worden war, fuhren wir zu ihnen, um seine Ankunft zu feiern. Im Kinderzimmer war die Lampe auf den Fußboden gestellt, um nicht zu blenden, und warf drei nicht geheure, zur Decke umgebogene Schatten die Wände hinauf. Drei schweigende Frauen saßen um das Bettchen, von denen die junge Mutter flüsternd behauptete, sie hießen Frau Eich, Frau Aichinger und Fräulein Eichhorn. Das klang nach einem Gedicht von Morgenstern (wahrscheinlich handelte es sich trotzdem um Feen) und bereitete mich auf eine Bekanntschaft vor, die bis heute etwas Unalltägliches geblieben ist.

Als ich an das Körbchen trat und auf Clemens niedersah, stellte ich fest, daß er keineswegs schlief, obwohl die vorsichtigen Eltern die Klinke ganz behutsam niedergedrückt hatten und wir auf Zehenspitzen schlichen. Er musterte mich auf amüsierte, hellwache Weise, als wisse er etwas über mich, das ich bisher allen Menschen verschwiegen hatte. Was die viel zu großen Augen von dem winzigen Gesicht übrigließen, war nicht nach irdischen Ähnlichkeiten zu untersuchen. Ich erschrak vor Entzücken und fing prompt an, Clemens zu lieben. Er ließ mir Zeit, mich wieder zu fassen, indem er den Blick auf eine in seiner Augenhöhe angebundene Klapper richtete. Ohne alberne Winkespielchen, die sich bei ihm verboten, zog ich mich zurück. Clemens war – es hatte nichts mit seinen außergewöhnlichen Eltern, nichts mit den ihn umsitzenden Parzen zu tun – ein Wesen, das sehr wohl auf einem Seerosenblatt hergeschwommen oder in einem Baumnest geheckt sein konnte.

Clemens entwickelte sich, bekam Zähne, warf mit Bauklötzen, lernte laufen. Ihm wuchsen keine Flügel, keine Faunshörnchen. Er trug den Schulranzen wie die anderen, rodelte, lernte lesen und schreiben. Dies letztere kam mir für ihn irgendwie überflüssig vor.

Wenn ich ihn wiedersah – es lagen oft Jahre dazwischen –,

erschrak ich immer noch, wenn er mich intensiv und zugleich etwas gleichgültig ansah. Automatisch murmelte ich, wie groß er inzwischen geworden sei. Im Grunde war mir immer, als solle er mich beurteilen und nicht ich ihn. Er umarmte mich zärtlicher, als Buben seines Alters es tun, doch er sagte im Eifer des Gesprächs von mir »die da ...« und lehrte mich damit, daß mein Name, diese zufällige Formel und Lautzusammenstellung, nicht wirklich zu mir gehört, sondern etwas Fremdes, Aufgepfropftes ist.

Er zeigte mir seine Spielsachen, erzählte mir, was die Katze anstellte, erzählte von einem aus seiner Klasse, der »Wurst« vorne mit einem Vogelvau geschrieben habe, oder eine Geschichte aus dem Nachbarhaus, der die Pointe fehlte, ohne daß ich sie vermißte. Wenn Gäste im Hause waren, ging Clemens besonders ungern ins Bett und verstand seine Eltern dadurch zu überlisten, daß er sich in staubigen, verrutschten Söckchen (»Schau, ich hab' ja schon die Schuhe aus ...«) auf der Sessellehne des Gastes lagerte oder später im Schlafanzug noch einmal zurückkehrte und sich diskret im Hintergrund mit einem Buch auf den Teppich legte. Ein ganz normaler Junge, auf einem Seerosenblatt gefunden, in einem Baumnest geheckt, aus dem Brunnen geschöpft.

Als ich neulich zu seinen Eltern kam, sprachen wir nur das Notwendigste über das Auto und die Katze und ein Puppentheater, weil Clemens gleich sagte: »Komm, wir gehen hinauf« und sich mir mit einem Schreibblock gegenübersetzte. Draußen war es schon dunkel, und vor der schwarzen Fensterscheibe sah er zugleich groß und klein aus, der Clemens.

»Alter?« fragte er, »Farbe der Augen? Lieblingsland?« Kommentarlos notierte er, ohne zu lächeln. Sein ernsthaftes, geneigtes Gesicht bekam Familienähnlichkeit mit dem streng nach unten deutenden Engel auf Michelangelos Jüngstem Gericht. Während ich »blaugrün« erwiderte und »England«, hörte ich den Posaunenton der anderen Fragen, deren Chiffren Clemens aussprach, und bekannte schweigend, daß ich meine Sache nicht gut gemacht hatte, daß ich gekämpft hatte, aber zu zaghaft, geliebt, aber zu wenig, und auf den mir anvertrauten geraden Linien krumm und flüchtig geschrieben. Gerade, als mir klar wurde, daß es zu spät sei, noch einmal von vorne anzufangen, legte Clemens den Bleistift weg, blinzelte zerstreut, packte das Interview zu seiner Sammlung und schlug ein anderes Spiel vor.

Lars Gustafsson
Eine Wasser-Erzählung

Mit meinem Sohn Joen fuhr ich an einem Nachmittag des regnerischen und kalten Sommers 1977 in einem weißlackierten Motorboot, das schon ziemlich leck war, bei Flodhäll aus dem See Åmänningen heraus, durch die Schleuse von Virsbo, wo Lastzüge donnernd die Brücke überqueren und Kinder glücklich im Schleusenbecken herumschwimmen, durch den Virsbosee, der langgestreckt und seicht ist, in das sumpfige Deltagebiet zwischen Virsbo und Seglingsberg hinein, wo zwölf Wildgänse vor dem Bug aufflatterten und ein wunderbares Kranichpaar unseren Weg kreuzte, vorbei an Bo Stenar, wo die Angler so dicht nebeneinander saßen, daß sie den roten Farbklecks auf einem der Steine verdeckten, der die Steuerbordseite des Kanals markiert, so haben sie da schon seit Jahrhunderten mit ihren Angelruten gesessen, wo der Fluß am schmalsten und die Stromrinne tief ist, und die Schiffer der Erzjachten und Schleppkähne haben sie verflucht, wie wir es taten, als wir in letzter Sekunde entdeckten, daß wir auf das zusteuerten, was zwischen den beiden äußeren Steinen ist, aber alles ging gut,

und wir fuhren weiter durch die Schleusen von Seglingsberg und Färmansbo und entdeckten, daß eine üppige, schöne Schleusenwärterin nach Färmansbo gekommen ist, die mit finnischem Akzent spricht und eine riesige Katze hat und ein kleines Kind, das am Wasser spielt, durch ein Laufställchen sorgsam davor geschützt, in die tiefe Veränderlichkeit hinabzufallen,

und nach den letzten Windungen des Flusses kamen wir in der Dämmerung auf den Norra Nadden hinaus, den See meiner Kindheit.

»Wie klein er ist«, sagte Joen, der ihn immer als groß beschrieben bekommen hat, und ich selbst, der ich in der Dämmerung zu frösteln begann und plötzlich daran dachte, daß wir einen ziemlich langen Rückweg vor uns hatten, ungefähr dreißig Kilometer, oder sechzehn Meter bis hinauf zur Oberfläche des Åmänningen (und es war ein Sommer, in dem der Schleusenwärter von Virsbo um sieben Uhr abends für die Nacht zumachte),

ich armer, verzagter Vater in ausgebleichten Jeans und mit nackten Füßen, fröstelnd nach dem stundenlangen Aufenthalt im teebraunen Humuswasser, das immerzu vom Heck hereinleckte,

ich erkannte plötzlich, wie recht er hatte. So eng, so melancholisch der See meiner Kindheit, mit seinen langsam verfallenden Sägewerken im Norden, seinen mittlerweile von sogenannten Strandbäumen notdürftig verdeckten Kahlschlägen im Westen, wo schon längst die neue Straße entlangführte, mit den idyllischen kleinen Sommerhäuschen von Brattheden im Osten. Das einzige, was sich ziemlich gleich geblieben ist, ist das Sumpfland im Norden, die Wasserlabyrinthe aus Schilfwäldern und roten Seerosen, wo man zuweilen noch Kraniche hören kann.

So klein, so eng war es also. Fast wie eine Kindheit in einem Waschzuber!

Und während wir aus dem Fünfliterkanister neues Benzin nachfüllten, mit dem alten blauen Trichter, der im Frühjahrssturm '74 verschwunden war und im Juni '77 in den Brennnesseln der Bucht von Kyrkviken wiedergefunden wurde, ein treuer Trichter, ein Prachtstrichter, kam mir in den Sinn, ihm zu erzählen:

»Du siehst nur einen melancholischen kleinen See, der allmählich zuwächst. Du siehst ein Sägewerk, das immer mehr zur Ruine wird, und du siehst ein paar kärgliche Sommerhäuschen auf einem Bergrücken. Fast alles ist von Gestrüpp überwuchert. Du mußt verstehen, daß ich etwas anderes sehe. In meiner Kindheit wimmelt es hier von Menschen. Studenten in weißen Anzügen und weißen Mützen rudern behutsam junge Mädchen zwischen den Schilfwäldern herum und plaudern schüchtern mit ihnen. Der Zug fährt, qualmend von Steinkohlenrauch, in den Bahnhof ein und entläßt ein Gewimmel von Reisenden aus Stockholm, darunter meine exzentrischen Onkel und Tanten ...«

»Die Hälfte davon gibt es nur in deinen Romanen«, sagte Joen, der gerade in die Pubertät gekommen ist und anfängt, aufmüpfig zu werden,

»... ich sehe alte Arbeiter, die in der Dämmerung auf ihrer Veranda sitzen«, fuhr ich unbeirrt fort, »die ihre Pfeife mit einem Nagel auskratzen und Geschichten von Vätern und Großvätern erzählen, Geschichten, die so alt sind, daß sie bis ins achtzehnte Jahrhundert zurückreichen, Erzählungen von Köhlerhütten und von Bergwerksbesitzern, die so boshaft sind, daß sie der Teufel persönlich am Weihnachtsabend holt, und die Geschichten von dem großen, geheimnisvollen Fisch, vom Riesenwels in Bo Gryta, dem großen Fisch, dem Urfisch, der sich dort unten in der Tiefe verborgen hält, wohin das Sonnenlicht nur wie ein Stern unter anderen dringt, der unerbittliche Fisch, der alle Lotschnüre mit einem einzigen Biß seiner Riesenzähne kappt, so daß Schnur und Kette beide genauso säuberlich abgeschnitten wieder an die Oberfläche kommen ...«

»Warum denn«, sagte Joen, der ein moderner junger Mann ist und keine langen Erzählungen mag, er hat es eilig, zum Ende zu kommen, als wenn gerade das Ende irgendwas Besonderes wäre.

»Warum denn«, sagte Joen, »was versteckt er denn überhaupt?«

»Es gibt Gold da unten in der Tiefe, weit unten schimmert ein unermeßlicher Reichtum, das Dunkel besitzt etwas, und der Wels ist das Ungeheuer, das es beschützt und versteckt. Nie, niemals wird jemand lebend das Gold an die Oberfläche bringen. Lieber wird das Ungeheuer sterben, als sich das Gold wegnehmen zu lassen. Lieber wird es sterben, als sich zu zeigen. Im Unterschied zu diesen vulgären Seeungeheuern, von denen wir in den Zeitungen lesen, dem Ungeheuer von Loch Ness, dem großen Seemonster und wie sie alle heißen, ist der Riesenwels von Bo Gryta ein Seeungeheuer, dessen ganze Existenz darin besteht, daß es sich niemals zeigt.«

Kaum war das Auftanken erledigt, fuhren wir weiter nach Norden, zwischen den dunkelnden Schilfwäldern hindurch.

Wir hatten es jetzt ziemlich eilig, um die Schleusenzeiten nicht zu verpassen. Joen steuerte das Boot durch die immer abstraktere Landschaft, während ich das Wasser ausschöpfte.

Aufgestörte Enten flatterten vor dem Bug auf, ein Habicht stand fast regungslos über dem Waldrand, aber diesmal kein Kranichpaar. Im Schleusenwärterhaus von Färmansbo leuchtete es gelb, freundlich, einladend. Unter Aufbietung all unseres Charmes gelang es uns, den Schleusen-schlüssel zu bekommen. Es war schon so dunkel, daß das weiße Wasser dort unten in sich selbst zu leuchten schien, unruhige Fledermäuse schwirrten über das Schleusenbek-ken.

Es war Anfang August, das Sommerlicht befand sich auf einem raschen Rückzug.

»Hier am Beckenrand bin ich oft als Kind, oder als kleiner Junge, entlanggelaufen und habe geangelt«, sagte ich. »Hier gibt es auch Steinmorcheln, die man sonst nirgends in dieser Gegend findet, klein und schwarz. Man kann sie nur essen, wenn man sie vorher abgekocht hat. Sie wachsen auf den alten Schlackenhaufen. Hier hat früher einmal ein Hütten-werk gestanden.«

Wir kamen im letzten Moment wieder auf den Åmänningen hinaus. Der Kanal hinter uns wurde schon dunkel, aber vor uns lag der See und spiegelte das Abendlicht wider. Alles war sehr still. Unser Kielwasser breitete sich wie ein Theo-rem in einer vollendeten Geometrie aus, hin und wieder tauchte ein Haubentaucher vor uns weg, ganz abrupt, als sei er plötzlich auf andere Gedanken gekommen.

In der Nähe des Zahnartzholms, einer einsamen, bewal-deten Landzunge, die so heißt, weil der Herr, der sich dort einmal ein Sommerhäuschen gebaut hat, Zahnarzt war, und kurz vor der die Insel Gärholmen liegt, bemerkten wir et-was Eigentümliches, was Joen dazu veranlaßte, den Motor auf Leerlauf zu stellen.

Vom Gärholmen legte ein Paddelboot ab, offenbar mit einem einzigen Menschen an Bord. Es glitt zwischen den lebensgefährlich scharfkantigen Steinen bei Enträ durch, als existierten sie überhaupt nicht, und bog rasch in die Bucht von Kyrkviken ein.

Die Entfernung war so groß, daß man nicht erkennen konnte, wer da paddelte, aber das Paddeln selbst hatte etwas beunruhigend Hektisches.

»Was war denn das für ein Mensch, um Himmels willen«, sagte ich.

»Es war irgendwie komisch«, sagte Joen. »Wir sehen mal auf der Insel nach. Ich habe das Gefühl, da ist vielleicht irgendwas passiert.«

»Es ist schon so dunkel«, sagte ich.

»Aber ich möchte trotzdem, daß wir am Gärholmen anlegen. Außerdem habe ich unter einem Stein mitten auf der Insel ein Ein-Kronen-Stück versteckt, als wir im Februar sechsundsiebzig die Schlittschuhwanderung gemacht haben.«

Er hatte noch immer die Manie des kleinen Jungen, Dinge unter Steinen zu verstecken, besonders auf Inseln, vielleicht, um sich unverletzbar zu machen, vielleicht, um etwas Unverletzbares zu hinterlassen, vielleicht auch nur, um sich ein Geheimnis zu schaffen.

Mit halber Kraft steuerten wir die Insel an. Es ist eine sehr kleine, schmale Insel. Ringsherum liegen so viele, bösartig scharfkantige Steine im Wasser, daß ich sie fast nie mit dem Boot anlaufe. Im Winter dagegen ist sie ein hervorragender Rastplatz, in den ersten Tagen nach Weihnachten, wenn das Eis schon trägt und blauschwarz daliegt, bis der erste Schnee darauf fällt.

Es war jetzt fast dunkel. Gerade als wir in die wirklich gefährlichen Untiefen hineingerieten, entdeckten wir etwas, das ein schwimmendes Tier sein mußte, vielleicht ein Elch, unterwegs von der Insel hinüber zum Festland. In der gleichen Richtung, die das Paddelboot genommen hatte.

Ich machte behutsam eine Drehung von neunzig Grad, und während Joen nach den dunkelbraunen Steinblöcken Ausschau hielt, die jederzeit über der Wasseroberfläche auftauchen konnten, unwirklich, greifbar erst dann, wenn sie mit dem Bug in Kontakt kommen, stand ich auf, um auszuspähen.

Es war zu klein für einen Elch und zu groß für eine Wasserschlange.

Dreißig Meter weiter erkannten wir, daß es ein Mensch war, mit dunklen graugesträhnten Haaren, die an seinem kleinen Kopf klebten. Zielbewußt, aber ziemlich langsam schwamm er aufs Festland zu, splitternackt, soweit man sehen konnte.

Störten wir ihn?

Er lag ziemlich tief. Allem Anschein nach schwamm er immer langsamer, auf eine verbissene Art.

Jetzt müßte er uns entdeckt haben.

Ich faßte einen Entschluß. Kaum waren wir bei ihm angelangt, erkannte ich, daß der Mann völlig erschöpft war.

Wir zogen ihn an Bord, so gut wir konnten. Jeder, der das schon mal gemacht hat, weiß, daß es keine ganz einfache Sache ist.

Ein Mensch, den man über Heck in ein Motorboot zieht, und der selbst kaum eine Anstrengung macht mitzuhelfen, läuft Gefahr, sich die Brust zu zerkratzen.

Wir legten ihn auf die Decksplanken und zogen ihm meinen Pullover an.

»Wie geht es?« fragte ich ihn.

Er schien zu erschöpft zu sein, um antworten zu können.

»Was sollen wir mit ihm machen?« fragte Joen.

»Wir nehmen ihn mit nach Hause«, sagte ich.

»Er friert ganz furchtbar«, sagte Joen. »Ich finde, wir sollten ihn zum Gärholmen bringen und ein Feuer machen.«

Auf der Insel fanden wir tatsächlich ein Zelt, ein Gaskocher stand davor, einige Kleidungsstücke hingen zum Trocknen auf dem niedrigsten Ast einer Kiefer.

Wir zogen ihm soviel an, wie wir konnten, und machten ein Feuer mit dem trockenen Unterholz der Tannen neben dem Zelt.

Das erste, was er sagte, als er wieder reden konnte, waren für unser Gefühl überraschende Worte:

»Das macht nichts. Sie kommt zurück. Sie kommt immer zurück.«

»Okay«, sagte ich. »Aber dann war es vielleicht ein bißchen übertrieben, ihr bis nach Kyrkviken nachschwimmen zu wollen. Das Wasser kühlt sich hier in Västmanland schneller ab als man denkt. Wenn man kein trainierter Langstreckenschwimmer ist, gibt es gute Gründe, sich etwas in acht zu nehmen.«

Er schien nicht zuzuhören. Er mochte zwischen fünfunddreißig und vierzig Jahre alt sein, mit einem ganz sympathischen, wenn auch recht durchschnittlichen Aussehen. Man hätte sich einen intellektuellen Beruf vorstellen können, aber keinen, der Ausstrahlung verleiht. Eine Druckstelle über der Nase ließ darauf schließen, daß er gewöhnlich eine Brille trug; ich würde denken, daß es eine von denen mit dünnem Rand war. Er zitterte noch immer und kroch näher zum Feuer hin.

Nichts deutete eigentlich darauf hin, daß er besonders verrückt oder gar verzweifelt war. Er wirkte nicht einmal unglücklich, nur verfroren.

Ich ging also zum Ufer, um nachzusehen, wie wir in der Eile das Boot vertäut hatten; ich hatte das sichere Gefühl, der Wind hätte gedreht.

Das stimmte tatsächlich, das Boot schlug gegen die Steine, und ich zog es gleich in den Windschatten eines großen Findlings am Uferrand. Es war jetzt so dunkel, daß die nächsten Bäume vom Feuer vor dem Zelt erleuchtet wurden.

Ich sah, daß unter den Kleidungsstücken an dem Ast auch Damenunterwäsche hing. Die beiden Gestalten, mein Sohn und der fremde Mann, beugten sich jetzt weiter zum Feuer vor.

Als ich näherkam, erkannte ich, daß sie dabei waren, Wasser zu wärmen.

»Ich wollte euch zum Dank für die Hilfe ein bißchen Kaffee anbieten«, sagte der Mann. »Natürlich nur Pulverkaffee.«

Es wurde ganz still. Für einen Moment fiel keinem etwas zu sagen ein. In der Stille merkte ich, daß ich außer Atem war; so schnell war alles gegangen. Außerdem war ich verdammt verfroren und hungrig.

»Du hast nicht zufällig etwas Brot und Butter«, sagte ich. »Weißt du, wir sind nämlich den ganzen Nachmittag den Kanal runter- und wieder raufgefahren.«

»Aber klar«, sagte der Schwimmer. »Ich glaube, ich habe sogar noch etwas von einer delikaten finnischen Räucherwurst aus Arvid Nordquists Laden in Stockholm.«

Brot und Wurst wurden hervorgeholt. Ich muß bekennen, daß wir uns ziemlich hemmungslos bedienten.

»Du bist also aus Stockholm«, sagte ich.

»Ich bin hier in der Gegend geboren«, sagte er. »Das heißt, ein bißchen weiter unten am Kanal, oberhalb von Kolbäck. Mein Vater hatte dort einen eigenen Hof. Ich bin in Västerås zur Schule gegangen. Ich meine fast, wir hätten uns im Gymnasium von Västerås schon mal gesehen. In welchem Jahr hast du Abitur gemacht?«

»Fünfundfünfzig«, sagte ich.

»Dann war ich etwas früher dran«, sagte er. »Ich habe neunzehnhundertfünfzig Abitur gemacht. Später war ich eine Weile Lehrer, aber das ging überhaupt nicht gut. Es war in der allerschlimmsten Zeit am Anfang der sechziger Jahre; man hatte nicht die geringste Chance, Ordnung in die Klassen zu bringen. Seither habe ich in der Reisebranche gearbeitet. Ich lebte lange in Athen, leitete dort die Filiale einer Chartergesellschaft. Jetzt bin ich wieder in Stockholm, seit sieben Jahren.«

Wieder machte er eine Pause. Ich versuchte vergeblich, meine nassen Streichhölzer zum Brennen zu bringen.

»Es ist schon phantastisch, wie man sich im Lauf eines Lebens verstricken kann«, sagte er.

»Wie meinst du das?« fragte ich.

»Dieses Mädchen traf ich zum ersten Mal gegen Ende der fünfziger Jahre in Stockholm«, sagte er. »Es muß so um neunundfünfzig herum gewesen sein. Ich erinnere mich, daß das Nationalmuseum gerade mit seinen Sommernachtskonzerten angefangen hatte, denn kurz nachdem wir uns kennengelernt hatten, gingen wir zu so einer Veranstaltung. Der Sommer neunundfünfzig war sehr heiß und trocken, wenn ich mich recht erinnere. Es gab noch eine Menge Straßenbahnlinien in der Stadt damals.

Wir kamen aus diesem Sommernachtskonzert, die Stadt war lau, verlassen, auf überraschende Weise leer. Es gab nur uns.

Wir nahmen eine Straßenbahn zur Südstadt, wir gingen lange am südlichen Mälarstrand entlang. Ich habe noch diesen wunderbaren Flieder im Vitabergs-Park in Erinnerung, oberhalb von der Helenborgsgatan. Er war aufgeblüht und duftete ganz ungeheuer.

Wir müssen unglaublich glücklich gewesen sein.«

»Wo seid ihr euch zum ersten Mal begegnet?«

»Das ist doch nicht so wichtig«, sagte er, fast beleidigt über meine Art, ihn zu unterbrechen. »Ich glaube, es war in einem Seminar an der Universität. Ich weiß es wirklich nicht mehr genau. Ich habe das Gefühl, sie schon immer gekannt zu haben.

Sie war damals ein ziemlich schüchternes, schmales kleines Mädchen. Intelligent, aber schüchtern. Sie hatte Angst davor, in den Seminaren etwas zu sagen. Ich war auch ziemlich schüchtern.

Ich hatte zwar vor ihr schon mit Mädchen geschlafen, aber sie war die erste, bei der ich das Gefühl hatte, sie zu *besitzen*; sie gehörte mir, ich konnte mit ihr machen, was ich wollte. Verstehst du, was ich meine?«

Ich nickte.

»Es war etwas Merkwürdiges zwischen uns; eine Art Feuer, oder vielleicht ein Gift, wie das Gift des Fliegenpilzes, Muskarin, oder wie der Porst auf den großen Hochmooren um den See Märrsjön herum. Wenn wir zusammenkamen, war es, wie in eine andere Welt zu gehen.

Ich hatte in diesem Sommer ein Zimmer in der Hornsgatan. Ich wollte mich auf eine der letzten großen Klausuren in Geschichte vorbereiten.

Aus dem Studieren wurde nicht viel. Wir schlossen uns oft tagelang ein, wir verknäuelten uns ineinander wie Geschöpfe auf dem Grund eines tiefen Sees; ich meine, die Wirklichkeit war nicht viel mehr als ein Lichtgeflimmer, wie es die Tiere in einem solchen See über sich sehen müssen, ein Lichtgeflimmer in dunkelbraunem, humusreichem Wasser.

Wir waren, wie gesagt, beide anfangs ziemlich schüchtern. Ich glaube, ich wußte damals nicht einmal besonders viel davon, wie man eine Frau befriedigt. Ich weiß noch, daß ich mich fragte, warum sie manchmal so schlaflos war.

Es dauerte natürlich nicht lange, bis diese Schüchternheit vorüberging. Sie hatte phantastische Orgasmen, manchmal praktisch bis in die Schultern hinauf. Wie Krämpfe, die den ganzen Körper schüttelten.«

»Vergiß nicht den jungen Mann«, sagte ich.

»Keine Sorge. Er ist eingeschlafen. Ich hole noch einen Pullover, um ihn zuzudecken. Ihr braucht doch nicht schon zu fahren? Nach diesem langen Ausflug sollte er sich doch bestimmt eine Weile ausruhen? Weißt du – gerade jetzt fühle ich mich ein wenig einsam. Und ihr seid doch genaugenommen die einzige Verbindung zum Festland, die ich habe.«

»Okay«, sagte ich. »Lassen wir den Jungen noch ein Weilchen schlafen.«

»Wir hatten auch Depressionen zusammen. Sonderbare, weiße Melancholien zu zweit. Ich glaube, das muß in solchen Situationen so sein.

Wir gingen manchmal gegen elf Uhr vormittags in die Stadt, bewegten uns vorsichtig die Hornsgatan entlang; ich sage vorsichtig, denn in diesem Zustand hatten wir oft das Gefühl, als gingen wir auf Glas, es ist schwer zu beschreiben, also, manchmal gingen wir die Hornsgatan entlang, in der festen und bestimmten Absicht, etwas zum Mittagessen einzukaufen, und kamen dann nur mit etwas Knäckebrot und Käse zurück.

Es war ein ungeheuer merkwürdiger Zustand. So etwas wie eine metaphysische Gedankenverlorenheit, ein Gefühl, als sei die ganze Welt im Grunde sinnlos, und wir allein hätten das entdeckt.

Verstehst du? Nicht dieses übliche Gefühl, daß alles sinnlos ist, was man *tut,* sondern ein viel größeres: die Existenz insgesamt hat ihren Sinn verloren, man hat alle Stadien hinter sich, die man überhaupt durchmachen kann. *Und auch dahinter war nichts.*

Unsere Bekannten fragten sich allmählich, wo wir geblieben waren. Ich vermute, daß man uns an der Universität abgeschrieben hatte.

Das alles dauerte eine kurze Zeit, nur ein paar Monate, und es war völlig wahnsinnig. Und zuinnerst hatten wir immerzu das Gefühl, es könne nicht mehr lange so weitergehen.

Wir machten verschiedene Versuche, zusammen zu arbeiten. Dar war gar nicht einfach. Ich hatte ja nur ein Zimmer mit Küche, und zwischen der Küche und dem Zimmer entstanden so merkwürdige Spannungen, daß es in den Wänden knackte, wenn wir versuchten, uns lange genug voneinander fernzuhalten, damit wir drei, vier Stunden in einem Buch lesen konnten.

Irgendwann im Herbst sahen wir beide ein, daß das Ganze ziemlich lebensgefährlich war. Es war nicht mehr zu steigern. Es gab auch keinen richtigen Weg mehr zurück, ich meine zurück zu der Ebene, auf der man normale Gespräche miteinander führt.

Ich erinnere mich noch sehr genau an den Morgen, an dem sie fortging. Ich hatte ihr all ihre Sachen gepackt, sie selbst war dazu nicht fähig; der Abschied lähmte sie: es war, als sei sie in letzter Sekunde auf etwas sehr Wichtiges gekommen, etwas ganz anderes, was noch zu tun war.

Aus Gott weiß welchem Grund, vielleicht weil sie viel zu tragen hatte, eine Menge Gepäck, das sich in zweieinhalb Monaten angesammelt hatte, hatten wir ein Taxi bestellt, und ich stand oben am Fenster und wartete auf seine Ankunft.

Warum stand ich nicht da unten, warum nahm ich nicht unten auf der Straße von ihr Abschied? Tja, das ist eine Sache, an die ich mich nach so vielen Jahren einfach nicht mehr erinnern kann. Eine einleuchtende Erklärung wäre natürlich, daß wir uns ganz fürchterlich gestritten hatten, aber das muß nicht so sein. Es kann auch irgendeine Abmachung gewesen sein.

In muß einen Moment in mein Zimmer gegangen sein, das weiß ich noch. Jedenfalls entdeckte ich, daß sie da etwas vergessen hatte, ihren Regenschirm, ihren kleinen, roten Regenschirm.

Ich weiß noch, daß ich aus dem Fenster rief: ›Soll ich ihn dir runterbringen?‹ Und sie antwortete: ›Wirf ihn einfach runter!‹

Es gibt solche Abschiede, ob man es glaubt oder nicht.«

»Ich glaube es«, sagte ich.

»Ist dir etwas Merkwürdiges an der topographischen Karte von Västmanland aufgefallen?« sagte er, und ich war eigentlich nicht mehr überrascht.

»Nein. Wieso?«

Er ging ins Zelt und holte eine Karte, Västerås NV, wie es heißt, im Maßstab 1:50000.

»Also, fast jeder der kleinen Seen hat einen unscheinbaren Zwilling, der ein Moor ist: sieh mal, Acktjärn und gleich daneben das Acktjärn-Moor, Stora Grillsjön und das Grillsjö-Moor wie ein Schatten des Sees im Norden, überall findest du solch einen anspruchslosen Schatten eines Sees, der ein Moor ist. Es ist, wenn du so willst, der See, der einmal da war, der größere See, den es hier einmal gab.

Aber das Moor ist noch da. Unter dem Porst und dem Mädesüß und dem Wollgras und den Multbeerenbüscheln gibt es noch Wasser, obwohl es den Himmel nicht mehr so widerspiegeln kann, wie der See es tut.

Es ist noch da. Und dann? Was geschieht unter der Oberfläche? Was spiegelt ein See, der zum Moor geworden ist?«

»Sich selbst?«

»Oder einen anderen Himmel. Einen Torfhimmel? Hast du schon mal über die Pilze nachgedacht, wie sehr sie sich von den Phanerogamen unterscheiden? Sie sind der Erde viel näher, sie sind – wie soll ich sagen – dramatisch in ihrem ganzen Auftreten, mit all diesen eigentümlichen Giften, mit der Art, wie sie wachsen, blitzschnell über einige Nächte. Und mit der Art, wie sie sterben, wie ein Zerfall von innen her. Sie sehen noch ganz heil aus, nachdem sie längst gestorben sind.«

»Vergiß nicht, daß sie Fäden in der Erde hinterlassen, die ständig neue Körper treiben. Ein Myzel. Das Interessanteste am Pilz sehen wir fast nie. Es sind die unterirdischen Fäden.«

»Darüber habe ich auch schon nachgedacht.«

»Und wie ist es mit dir? Bist du lebendig oder tot?«

»Sie verschwand hinter dem Horizont. Ich habe sie noch ein paarmal gesehen, manchmal in Begleitung, manchmal allein. Dann hat sie irgendeinen Experten geheiratet, für Gott weiß was, und ist in die USA gegangen. Ich glaube, wir haben einige Briefe gewechselt, sie sind mir als ziemlich gleichgültig in Erinnerung.

Ich kehrte sozusagen zu dem Punkt zurück, an dem ich unterbrochen worden war. Ich glaube, das war damals sehr klug von mir.

Ich heiratete ein nettes Mädchen, wir bekamen Kinder. Sie ist jetzt übrigens mit einem Förster in dieser Gegend verheiratet. Es war eher sie, die das Interesse an mir verlor, als umgekehrt. Das war übrigens zur gleichen Zeit, als ich den Lehrerberuf aufgab.

Ja, dann kamen die Jahre in Athen. Sie waren ganz lustig. Weißt du, so ein Reisebüro ist ja der richtige Ort, um zu lernen, wie man Geschäfte mit den Griechen macht. Sie haben etwas andere Spielregeln als wir, es kostet ein bißchen was, das System kennenzulernen, aber wenn man beide Systeme beherrscht, kann man ganz lustige Sachen machen.

Die Gefahr bei einer solchen Situation ist natürlich, daß man zu gut lebt. Man trinkt ziemlich viel. Man lebt sich aus.

Läßt sich in vielerlei Hinsicht gehen. Man wird genau wie die kleinen Dampfschiffahrtsagenten auf den Inseln in der Ägäis, kleine Fürsten, die von irgendeinem Café aus die Gegend regieren, wo sie hinter einer bescheidenen Theke stehen und ihre Gehilfen das Messing putzen lassen, während sie über Frachten, Häuserpreise und Zementtransporte nachdenken.

Plötzlich kann alles ganz leer werden. Verstehst du, das Schrecklichste ist für mich die Leere.

Weißt du, plötzlich raschelt ein Stück trockenes Papier im hartnäckigen Augustwind die Straße entlang, eine alte Zeitung, die jemand verloren oder weggeworfen hat. Die südlichen Länder, wo alles trocken ist, alles liegenbleibt, sind auf diese Art deutlicher als die nördlichen Länder, der Sommerwind raschelt in den Platanen. Man schaut für einen Augenblick auf und erschrickt über die eigene Leere, man fragt sich, was man eigentlich tut. Verstehst du?«

Die letzte Frage stellte er mit solchem Nachdruck, fast herausfordernd, daß ich unruhig wurde. Sogar der Junge zuckte im Schlaf zusammen. Ich begannn ernsthaft zu überlegen, ob es nicht Zeit wäre, ihn zu wecken und nach Hause zu fahren.

Dann wurde mir klar, wie kindisch dieser Fluchtimpuls war, wie sehr von meinen eigenen Schwächen diktiert, und ich antwortete:

»Natürlich verstehe ich das. Ich rede mir sogar manchmal ein, daß es solche Augenblicke sind, in denen wir der Wahrheit ins Auge sehen.«

»Wie meinst du das?«

»Stell dir vor, wenn gerade eine solche Leere die Wahrheit über die Welt wäre? Nimm zum Beispiel diesen See. An manchen Tagen, wenn ich traurig bin, spaziere ich zum Strand hinunter. Die Felsblöcke liegen dort draußen, riesig und schwer, jeder wie eine Behauptung, die nicht zu widerlegen ist – und in solchen Augenblicken sehe ich, daß der See schon immer traurig war. Die natürliche Welt ist so.

Nur *wir* versuchen einen Sinn zu schaffen.

Für eine Weile wurde es still. Dann fuhr er plötzlich in seiner Erzählung fort.

»Ich glaube nicht, daß ich in den letzten zehn Jahren auch nur einen Augenblick an sie gedacht hatte, als sie plötzlich in mein Büro in Athen kam. Sie wollte ihr Ticket umbuchen lassen. Ich war in einem der hinteren Zimmer und hörte einen meiner Assistenten dort draußen mit ihr herumstreiten; er versuchte ihr zu erklären, daß man bei einer Charterreise den Flug nicht so einfach verschieben kann.

Ich telefonierte gerade, ich glaube, mit Stockholm, als ich plötzlich ihre Stimme dort draußen hörte. Sie ist ziemlich tief und war schon immer ein wenig schleppend. Es ist eine Stimme, die man nicht so leicht verwechseln kann.

Ich ging hinaus wie ein Schlafwandler, und da stand sie. Offensichtlich war sie verheiratet, zumindest trug sie einen Ehering, und ebenso offensichtlich war sie mit einem Typen da, der nicht ihr Ehemann war. Ich schrieb dann die Tickets sofort um. Jetzt wollten sie also noch eine Woche bleiben. Sie wollten nach Poros hinüber. Ich sagte ihnen, daß es gar nicht so einfach sein würde, mitten in der griechischen Osterzeit auf Poros ein Hotel zu finden. Ich bat sie um ihre Hoteladresse in Athen, um sie benachrichtigen zu können. Der Typ wirkte völlig unbedeutend auf mich, einfach so ein flotter Schnösel.

Ich konnte sie noch fragen, wie es ihr ginge. ›Gut‹, sagte sie, ›das siehst du doch.‹

›Wie schön‹, sagte ich. ›Schade, daß wir es nicht mehr schaffen, uns zu einem Gläschen zusammenzusetzen. Wir könnten ins Syntagma gehen und einen Kaffee trinken.‹

›Das geht nicht‹, sagte sie. ›Wir sind um vier Uhr mit Bekannten verabredet.‹

›Aber schade ist es schon, nach all diesen Jahren‹, sagte ich.

Ich war wie üblich der letzte im Büro, sah noch einige Sachen durch, die ich immer durchzusehen pflegte. Fernschreiben und Merkzettel und Buchungen. Ich hatte mich mit einem Jungen zum Tennis verabredet, der oft auf den Tennisplätzen der Universität spielte. Ich erinnere mich, daß ich dachte, ich sollte vorher noch ein Butterbrot essen und lieber noch ein bißchen warten, bis der schlimmste Verkehr sich beruhigt hätte.

Es klopft an der Tür. Ich mache auf. Es ist der Hausmeister.

›Da ist eine schrecklich hartnäckige Dame, die nach Ihnen fragt‹, sagte er. ›Ich habe ihr gesagt, daß Sie um vier zumachen und daß sie morgen wiederkommen soll. Aber es hilft alles nichts. Sie drängt sich einfach herein. Kennen Sie sie?‹

›Eigentlich nicht‹, sagte ich.

Ich hörte die Uhr ticken. Ich sah den Telexapparat an, der still und schweigend unter seiner Schutzhaube dastand. Ich sah die Schreibmaschine an. Ich weiß noch, daß ich dachte: Aha, es gibt also wirklich Augenblicke, die über ein ganzes Leben entscheiden können.«

»Und dann?«

»Dann ging ich zur Tür und machte sie auf. Es war, als würde ich ein Schleusentor öffnen.

Wir fuhren zu ihrem Hotel und holten ihre Sachen. Es war ein bißchen problematisch, sie in meine Wohnung einziehen zu lassen, da ich eine griechische Freundin dort wohnen hatte; wir borgten für einige Tage die Wohnung eines Bekannten.

Ja«, sagte er und schaute etwas zerstreut auf die Uhr, »wenn sie nicht den Zug genommen hat, müßten wir sie bald wieder hier haben.«

»Verschwindet sie oft auf diese Art?« fragte ich.

»Für sie ist es manchmal sehr schwierig, das auszuhalten. Für mich auch. Es ist, ehrlich gesagt, ziemlich belastend, so wahnsinnig abhängig voneinander zu sein, wie wir es sind. Manchmal läuft sie davon, manchmal gehe ich.«

»Es gibt einen Willen, allein zu sein«, sagte ich, etwas dümmlich. »Ich meine« – und machte dadurch die Dummheit noch größer, glaube ich – »es gibt sogar einen Willen, unglücklich zu sein.«

»Ich glaube, du hast das Ganze doch nicht richtig verstanden«, sagte er.

»Irgendwie meine ich, daß wir in getrennten Welten leben«, sagte ich.

Ich fand, das sei eine höfliche Art, das Thema zu beenden.

Als der Junge aufwachte, streckte er die Arme in die Luft und gähnte laut. Er brauchte eine Weile, bis er begriff, wo er war. Er ging hinter einen Busch, um zu pinkeln, und blieb länger weg als erwartet.

Zugleich legte ein Kanu in der Bucht an, direkt neben meinem Boot. Es tauchte fast wie eine Geistererscheinung aus dem Augustdunkel auf.

Ich war schon unten am Ufer.

Ich grüßte höflich. Sie war kleiner, als ich sie mir vorgestellt hatte. Eigentlich gar nicht besonders schön. Sie behandelte mich mit höflicher Gleichgültigkeit.

Dann kam der Junge, wir verabschiedeten uns und schoben das Boot hinaus.

Es dauerte eine Weile, die alte Archimedes E 4 in Gang zu bringen.

Ich zog mehrmals an der Startschnur, und unterdessen saß Joen da und ließ in den Pausen etwas in seiner rechten Hand klappern.

»Womit klapperst du?« fragte ich.

»Mit den Geldstücken, natürlich. Den Ein-Kronen-Stücken, die ich im Winter unter dem Stein versteckt habe, als wir auf der Schlittschuhwanderung Rast machten.

Ich habe sie mir wiedergeholt.«

Ich frage mich oft, wo überall am See er solche Münzen versteckt haben mag.

Barbara Frischmuth
Afrika

Als ob wir gern essen würden, wenn gerade Essenszeit ist.

Als ob es so lustig wäre, in Regenmänteln zu gehen, wenn es tagelang regnet.

Als ob wir etwas darum gäben, uns die Nägel schneiden zu lassen, wenn sie lang geworden sind.

Als ob es unbedingt nötig wäre, jeden Morgen die Schuhe zu putzen und sich jeden Abend die Füße zu waschen.

Als ob wir es besonders schätzten, immer gleich ein Glas Milch vorgesetzt zu bekommen.

Als ob es sein müßte, daß man uns nachts des öfteren zudeckt, wenn wir uns abgedeckt haben.

Als ob wir keine Augen im Kopf hätten, um zu sehen, was wir nicht sehen sollen.

Als ob wir keine Ohren im Kopf hätten, um zu hören, was so gesprochen wird.

Als ob es uns egal wäre, wenn wir ohne Essen ins Bett müssen.

Als ob es keinen Unterschied gäbe zwischen lügen und gar nichts sagen.

Als ob wir immer froh wären, wenn es heißt, ihr könnt froh sein.

Als ob wir nichts anderes wüßten, als klein und fein zu sein.

Als ob es nur darum ginge, daß wir uns bemühten, pünktlich zu sein.

Als ob wir dennoch ein Geschenk Gottes wären oder Gott jemanden mit uns gestraft hätte.

Als ob etwas dabei wäre, wenn wir widersprechen oder unsere Teller nicht leer essen.

Als ob wir einfach zusehen müßten, wenn unsere Eltern sichs gutgehen lassen.

Als ob es sich nur um das Heil unserer Seele und die Geradheit unserer Glieder drehte.

Als ob wir was dafür bekämen, wenn wir Abend für Abend unser Gewissen erforschen.

Als ob es keinen Sinn hätte, die Ermahnungen in den Wind zu schlagen und nicht aufs Wort zu gehorchen.

Als ob wir es nie bös gemeint hätten.

Als ob es gar nicht wahr wäre, daß wir schlecht träumen und dann was Kaltes trinken möchten.

Als ob es uns solchen Spaß machen würde, noch immer im Sand zu spielen, sagt Leo und reibt sich die Augen.

Annemarie sitzt auf dem Balkon und strickt eine Strumpfhose. Eber sitzt daneben, hält den Wollknäuel und macht einhändig Knoten in den Faden, die er zweihändig wieder auflöst.

Die Kinder hocken unterm Balkon auf dem Sandhaufen. Sie sind nicht wild. Aber es kommt vor, daß sie sich auf die Finger treten, sich Sand in die Augen streuen, einander an den Haaren ziehen und um herumliegende Gerätschaften, wie Hämmer, Nägel, Beißzangen und Fuchsschwänze streiten.

Wir könnten uns einen Bau bauen, sagt Freund Mowglie und gräbt ein Loch.

Libby-Kuh hämmert auf ihren umgestülpten Sandkübel. Wer von uns soll denn in dem Bau wohnen?

Wer wohl? fragt Leo, den der Sand schon in der Nase kitzelt.

Wer wohl? fragt Poppa, die lange Python.

Dann sitzen alle eine Weile stumm und dumm da.

Plötzlich macht Leo das Zeichen für »komm« und das Zeichen für »haltet den Mund« und das Zeichen für »Gänsemarsch«. Und alle trotten ihm nach, hinters Haus.

Also, sagt Leo, wir spielen Afrika.

Poppa, die lange Python, hält Rhesus gleich den Mund zu. Er sieht aus, als hätte er keine Lust, Afrika zu spielen. Am Tor der halbverfallenen Garage, die schon seit langem leer steht, ist noch ein groß geschriebenes A zu sehen. Die Kinder gehen hinein. Sobald ihre Augen sich an die Dunkelheit gewöhnt haben, nimmt jedes seinen Platz ein, entweder auf einem der herumliegenden alten Polster oder auf der Matratze, aus der fladenweise das Roßhaar klafft.

Wir sind nun glücklich bei der Futterstelle angelangt, sagt Leo, wir werden also zuerst unseren Hunger und dann unseren Durst stillen.

Ja, sagen die anderen und brechen handtellergroße Scheiben aus dem abbröckelnden Kalk der Garagenwand. Ihre Zähne knirschen beim Kauen.

Und jetzt, sagt Leo, indem er sich Mund und Hände abwischt, werden Freund Mowglie und ich euch zur Tränke führen. Daß sich niemand vordrängt. Es herrscht eine furchtbare Trockenheit, daher können wir unsere brennenden Zungen nicht in fließendem Wasser kühlen, sondern müssen mit stehendem vorliebnehmen. Aber ich habe dafür gesorgt, daß alle ihr Auslangen finden. Seid ihr soweit?

Ja, sagen die anderen Kinder. Da erheben sich Leo und Freund Mowglie von ihren Plätzen, gehen zur gegenüberliegenden Garagenseite, über der sich ein Loch in der Decke befindet, durch das der nackte Himmel hereinscheint, und kommen mit einer blechernen Waschschüssel zurück, die bis an den Rand mit Regenwasser gefüllt ist.

Trinkt jetzt, sagt Leo. Da knien sich alle im Kreis um die Schüssel nieder und schlürfen mit den Lippen, ohne die Hände zu gebrauchen, das Wasser in sich hinein. Als auch der letzte Tropfen aufgeleckt ist, halten alle ihren Bauch und lassen sich auf die Matratze fallen, schnurren, knurren, zischen, muhen und schmatzen, während sie sich die Kalkreste und die Nässe aus den Mundwinkeln wischen.

Nach einer Weile sagt Leo, und nun, da wir unseren Hunger und unseren Durst gestillt haben, da wir die vorgeschriebene Ruhe eingehalten und in Frieden verdaut haben, können wir übereinander herfallen.

Da schreit Rhesus, ich mag nicht, daß ihr ständig über mich herfallt.

Die anderen aber antworten, wer sagt denn, daß wir über dich herfallen, wir fallen übereinander her.

Ihr fallt ständig immer über mich.

Das kann nur sein, sagt Libby-Kuh, weil du der Kleinste und auch der Dickste bist und man auf dich am weichsten fällt. Wenn du aber nicht willst, kannst du ja davonlaufen.

Poppa hält mich fest.

Laß ihn los, sagt Leo, gib ihm eine Chance, er kommt nicht weit.

Husch, sagt Poppa, die lange Python, und läßt Rhesus los. Rhesus rührt sich nicht.

Lauf schon, rufen die anderen, mach keine Faxen.

Ich mag nicht, sagt Rhesus. Wenn ich nicht laufe, dann gehts nicht. Dann seid ihr feig.

Affe, sagt Leo. Hier ist niemand feig. Und jetzt lauf, sonst bleiben wir hier sitzen, bis du es nicht mehr aushältst.

Ich halt es aber aus. Ich halt es bis morgen früh aus.

Gib nicht an, knurrt Freund Mowglie, in spätestens einer Minute läufst du.

Läufst du oder läufst du nicht? fragt Leo.

Ich halte es aber aus. Rhesus weint schon fast. Sein Kopf schnellt hin und her, während er mit den Schultern ängstlich nach vor zuckt und die Hände an die Knöchel legt, um sich besser abstoßen zu können.

Dann kitzelt ihn, sagt Leo. Wir werden dirs schon zeigen. Wenn du zu laufen hast, läufst du, ist das klar?

Und gleich darauf windet sich Rhesus kichernd und quietschend, nicht einmal weglaufen kann er, so krümmt sich sein Körper in Abwehr.

Ich lauf schon, laßt mich laufen, gurgelt er. Und von irgendwoher kommt ein Stoß, der ihm die nötige Anlaufgeschwindigkeit gibt.

Da läuft Rhesus, und hinter ihm hört es sich an wie Donnern der Hufe und Trappen der Läufe, wie die ganze Meute so hinter ihm herstürzt. Noch bevor er das Tor erreicht, ist er zu Fall gebracht, und es schnellt über ihn hinweg, tappt auf ihn zu, trampelt auf ihm herum, läßt sich mit aller Wucht auf ihm nieder, beißt mit den Zähnen in sein Gewand, zieht an seinen Armen und Beinen, reißt an seinem Haar, bis ihm Hören und Sehen vergehen und ihm nur mehr heiß ist unter all den Leibern.

Es dauert eine Weile, bis die Hitze nachläßt, bis Rhesus wieder richtig Atem holen kann und um sich sieht. Da heben sie ihn auf, zupfen ihm die Kleider zurecht, streichen ihm das Haar glatt, stellen ihn auf die Beine.

Du warst großartig, sagt Leo, besser als je zuvor.

Wenn du willst, schenk ich dir heute beim Nachtmahl meinen Pudding, sagt Poppa, die lange Python, ich reiß mich gar nicht drum. Und sie schlingt ihren Arm fest um Rhesus und zieht ihn mit sich, hinaus ins Freie.

Sperr die Garage zu, sagt Leo zu Freund Mowglie, ich will nicht, daß sich jemand hier einnistet. Und er steckt sein Hemd in die Hose, fährt sich mit den Fingern durch die Mähne und bückt sich dann nach seinen Schuhbändern.

Ich hab mir ganz schön den Lauf verbogen, sagt Freund Mowglie, als er das Garagentor zugesperrt hat, und reibt einen Arm am anderen.

Unter vorherrschender Eintracht gehen die Kinder gemeinsam zum Sandhaufen zurück und beginnen sich darauf herumzuwälzen, daß ihnen der Sand nur so aus den Nasenlöchern spritzt.

SIEGFRIED LENZ
Eine Art von Notwehr

Er kam und kam nicht von dem aufgebockten Motorboot los. Da mußt du rauf, sagte das Mädchen, ohne ihn anzusehen, zuerst auf das Boot, dann auf das Teerpappdach von der Veranda, und wenn du an der Hauswand bist, brauchst du sein Fenster nur aufzustoßen, es ist immer nur angelehnt. Der Junge blickte an ihr vorbei in den sanften Schneefall, auf den gedrungen wirkenden Rumpf des Bootes, das unter verwaschener Persenning fast den ganzen schäbigen Hintergarten einnahm und so dicht an das Haus heranbugsiert war, daß die drinnen in seinem Schatten leben mußten. Das schaffst du doch? fragte das Mädchen. Klar, Vera, sagte der Junge und hörte nicht auf, das alte Boot zu taxieren, das auf starr eingesackten Böcken ruhte, ein Veteran des Stroms, der entschlossen schien, niemals mehr auf das Wasser zurückzukehren. Ist es sein Boot, fragte der Junge. Nein, sagte das Mädchen, das Boot gehört seinem Hauswirt; mein Alter traut sich nicht aufs Wasser.

Sie bestellten eine zweite Jolly und schwiegen, bis der mürrische Kellner sie ihnen gebracht hatte; als er abdrehte, zwinkerten sie sich belustigt zu und sahen dann gleich wieder hinaus in die Dämmerung, wo jetzt alles verkürzt und zurückgenommen schien, auch der ruhige Schneefall, der anscheinend nur so weit reichte wie die herausfallenden Lichter.

Vergiß nicht, Manni, sagte das Mädchen gegen die Scheibe, es ist bestimmt in den Wörterbüchern, er verwahrt sein Geld immer in den Wörterbüchern. Hat er eine große Bibliothek? fragte der Junge. Zweihundert, sagte Vera und suchte sein Gesicht im Spiegelbild des Fensters, er hat immer darauf geachtet, nicht mehr als zweihundert Bücher zu besitzen; frag mich nicht, warum. Vielleicht braucht er nicht mehr, sagte der Junge. Vielleicht, sagte das Mädchen und zerrte an ihrem sackgleichen Pullover.

Als Manni sich eine Zigarette ansteckte, blitzte seine dünne Halskette auf und die vergoldete miniaturhafte Rasierklinge, die er als Anhänger trug. Er knöpfte den Hemdkragen zu. Er legte die Zigarette auf den Rand des Aschenbechers und ging zum Musikautomaten hinüber, wo er einen Augenblick unentschieden und fast verwirrt dastand, als hätte er vergessen, was ihn dorthin geführt hatte; dann richtete er sich auf und sah verlegen zu Vera hinüber mit leicht angehobenen Händen; bevor er an den Tisch zurückkehrte, steckte er zwei Münzen in einen Spielautomaten, achtlos, ohne einen einzigen Blick auf die Lampen und rotierenden Scheiben zu werfen.

Das Mädchen beachtete ihn nicht, es nickte zum Haus hinüber: Siehst du, daß es dunkel bleibt bei ihm? Am Dienstag ist er nie zu Hause, an jedem Dienstag trifft er sich mit ihr in der Stadt, garantiert. Mit wem, fragte Manni. Mit Mutter, sagte sie; seit ihrer Scheidung treffen sie sich an jedem Dienstag, sie kommen gut miteinander aus. Mußte das sein? fragte der Junge. Seine Arbeit, sagte das Mädchen und zuckte die Achseln, er kam nicht mehr zurecht mit seiner Arbeit, darum haben sie sich getrennt. Er schreibt doch nur, sagte der Junge, und Vera darauf: Eben. Nach einer Weile setzte sie hinzu: Geschichten, er schreibt immer nur Geschichten, ich weiß nicht einmal, wie viele Bände er schon geschrieben hat. Kennst du sie nicht? fragte Manni, und es lag ein schwaches Erstaunen in seiner Frage. Früher, sagte Vera, da hab ich sie gelesen, früher waren seine Geschichten auch besser, aber jetzt ... Er wiederholt sich so oft, weißt du.

Der Junge wandte ihr sein Gesicht zu, ein weiches, breites Gesicht, auf dem ein beständiger Ausdruck von Unbehagen lag; er sah sie lange an, ehe er fragte: Aber er hat doch einen Namen? Wie man's nimmt, sagte Vera, vielleicht bei denen, die ihm ähnlich sind. Für ihn zählt immer nur die schlimmste Möglichkeit, das hat er selbst mal gesagt: Geschichten haben nur einen Sinn, wenn sie die schlimmste Möglichkeit von etwas zeigen; die allein möchte er erfinden. Vera glaubte, daß er darüber nachdachte, doch plötzlich fragte Manni: Er ist ziemlich schwer, dein Alter, nicht? Ziemlich, sagte das Mädchen, schwer und fast kahl, aber immer noch beweglich. Ich hab mal ein Photo von ihm gesehen, sagte der Junge. Wenn du ihn so siehst, sagte das Mädchen, du könntest denken, er geht in Trauer; dazu immer schlecht rasiert.

Ein alter Mann kam herein, grußlos; er stäubte sich den

Schnee von der Wolljacke, schlurfte an der Theke vorbei und setzte sich an einen Tisch neben dem Eingang zur Küche. Mit gesenktem Gesicht wartete er, Unruhe war ihm anzumerken. Er zog eine Blechschachtel aus der Tasche, öffnete sie, starrte auf einige Zigarettenstummel, ohne sie zu berühren. Der Kellner ging in die Küche und kehrte nach einer Weile mit einem Teller Bohnensuppe zurück, die setzte er ausdruckslos vor den Mann hin, der sich nicht bedankte, der nicht einmal zu ihm aufblickte, sondern sogleich hastig zu essen begann.

Ich könnte auch etwas essen, sagte Vera. Jetzt? fragte Manni verwundert, und nach einer Pause fügte er hinzu: Wir werden essen, wenn ich's hinter mir habe, wenn ich zurück bin. Er sah sie bittend an und ein wenig enttäuscht, er schob ihr seine Hand entgegen, doch sie hatte sich bereits abgewandt und blickte hinaus und sagte leise: Es ist dunkel genug, oder? Der Junge zog ruckweise den Reißverschluß seiner Parka hoch, fischte einige Münzen hervor und reichte sie Vera. Also gut, sagte er und schien nach einem Vorwand zu suchen, um seinen Aufbruch noch ein wenig hinauszuschieben, also gut. Ich warte hier auf dich, sagte das Mädchen. Er stand auf, schob eine Hand in die Tasche, umfaßte die Taschenlampe und bewegte den kleinen Schalthebel hin und her. Drück den Daumen, sagte er und wandte sich unvermittelt ab und ging mit sicheren Schritten zur Tür.

Draußen schlug er den Kragen hoch, drückte sich an die Wand und linste die Straße hinab; weit unten kroch ein Auto durch den Schneefall, sachte, gedämpft, das Licht der Scheinwerfer vereinigte sich nicht, ragte nur kurz und einem leuchtenden Pfahl gleich in das dichte Treiben der Flocken. Er empfand die Kälte als Wohltat. Auf der anderen Straßenseite trat ein Paar aus einem Hauseingang, wortlos schmiegten sich die beiden aneinander und trotteten davon mit hängenden Schultern. Als er sicher war, den langen Torweg ungesehen zu erreichen, machte er sich auf den Weg, nicht überhastet oder nervös, sondern eher schleppend und um Sicherheit für jeden Schritt bemüht. Im Torweg blieb er stehen, lehnte sich an die feuchte Mauer und fühlte sich als ein Teil der Dunkelheit, die hier herrschte. Vergeblich versuchte er, sich gegen das Bild des Mannes zu wehren, in dessen Wohnung er gleich eindringen würde.

Zäh behauptete es sich in seiner Vorstellung, das traurige Gesicht mit dem schlaffen Fleisch. So wie er jetzt dastand, würde niemand ein Interesse daran haben, ihn anzusprechen, er spürte es, und er ließ sich Zeit, lauschte kaum, vergewisserte sich nur automatisch: ein langes Atemholen, bevor er aus dem Torweg hinaustrat und auf den nur hüfthohen Maschendrahtzaun zuging, hinter dem das aufgebockte Holzboot lag.

Er wußte, daß sie ihn sah und dann blickweise begleitete, als er über den Zaun stieg, zum Heck des Bootes schlich und sich emporzog und weiter, nach gespanntem Sichern, geduckt zum Bug hinturnte, von dem aus er aufs Dach der Veranda kletterte. Er sah sich selbst einen Augenblick so, wie Vera ihn sehen mußte: als behenden Schatten auf dem Bootskörper und später aufgerichtet und wie erstarrt auf dem Teerpappdach zwischen den beiden dunklen Fenstern. Langsam ging er in die Hocke, arbeitete sich ans Fenster heran und ruckte, zog und ruckte, bis ein Flügel des Fensters sich geöffnet hatte; er brauchte das Messer nicht zu Hilfe zu nehmen, um den Rahmen aus der Verklemmung zu lösen.

Manni streckte die Hand aus, er berührte ein herabgezogenes Rollo, das unter seinen tastenden Bewegungen zu knistern, leise zu knacken begann; behutsam drückte er das steife schwarze Papier von sich weg und spähte in einen dunklen Raum. Er holte die Taschenlampe hervor, doch er schaltete sie nicht ein, er hockte abwartend da und spürte einen Strom von Wärme in seinem Gesicht. Es roch nach kalter Zigarrenasche. Keine Atemzüge, kein Geräusch, solange er auch horchte; bevor er, die Füße voran, in das fremde Zimmer hineinglitt, erwog er einen Augenblick, Vera am Fenster des Lokals ein Zeichen zu geben, vielleicht nahm sie es trotz des Schneefalls wahr; seine Furcht, entdeckt zu werden, riet ihm davon ab.

Kaum hatte er den Boden erreicht, zog er das Fenster zu, schob das Rollo zur Seite und ließ es zurückfallen. Jetzt, regungslos in einer Fensternische, hatte er das sichere Gefühl, nicht allein zu sein in dem unbekannten Raum; deshalb zögerte er, die Taschenlampe einzuschalten. Fest umschloß seine Hand das stabförmige metallene Gehäuse, und er hob es in Bereitschaft, als er einen Seufzer hörte und dann einige unwillige Laute, die wie Selbstvorwurf klangen. Papier raschelte, Finger tasteten sich im Dunkel zu einem Ziel, nach einer hingegrummelten Verwünschung flammte Licht auf, das warme Licht einer altmodischen Schreibtischlampe mit mehrfarbigem Schirm. Vor selbstgefertigen Regalen, gleich neben dem Schreibtisch, lag auf rissiger, lederbezogener Couch ein schwerer Mann mit gedunsenem Gesicht, er trug einen Nadelstreifenanzug, Jacke zugeknöpft; da er im Lichtkreis der Lampe lag, hielt er eine Manuskriptseite schirmend über die Augen. Manni erkannte ihn sofort wieder.

Wie geräuschvoll der Mann auf einmal atmete, nicht beschleunigt, sondern nur geräuschvoll, während er, ein wenig aufgestützt, den Jungen anblinzelte, der immer noch reglos stand und sowohl den Mann taxierte als auch all das, was ihn in Reichweite umgab: den überladenen Schreibtisch, auf dem mehrere unabgewaschene Becher zur Beschwerung auf Manuskriptseiten standen; die Regale, die außer Büchern auch Aschenbecher, mutwillig gewachsenes Wurzelholz und Photographien aufnahmen; die Wolldecke, den Ölofen, das fleckige Kissen, die bronzene Statuette, die wohl eine Gänsetreiberin vorstellte.

Was wollen Sie von mir, fragte der Mann, was haben Sie vor? Manni schwieg und rührte sich nicht. Nur mißmutig – keineswegs außer sich oder empört – richtete sich der Mann auf, wischte sich beidhändig, gerade als ob er sich trocken wüsche, übers Gesicht, schüttelte sich leicht, faßte seinen Besucher ruhig ins Auge und ertrug mühelos den Blick. Manni wollte und wollte es nicht gelingen, das Rollo zur Seite zu schlagen, aufs Fensterbrett zu springen, vom Verandadach aufs Boot und dann durch den Torweg zu fliehen und im dicht fallenden Schnee zu verschwinden; er dachte daran, er beschloß und vollzog es in Gedanken – die Flucht gelang ihm einfach nicht. Er hätte nicht sagen können, was es war, das ihn festhielt gegen seine Absicht, das ihn versteift, doch mit äußerster Aufmerksamkeit dastehen ließ; er hatte nur das Empfinden, auf einmal nicht mehr so handeln zu können, wie er es vorhatte.

Ich will Sie nicht drängen, sagte der Mann, aber vielleicht verraten Sie mir erst einmal den Grund Ihres Besuchs; offenbar haben Sie doch bestimmte Absichten. Da der Junge nicht antworten wollte oder konnte, wandte er sich von ihm ab, entnahm einer Holzkiste eine überlange Zigarre, kerbte sie sorgfältig mit einem Messerchen und steckte sie an. Mit bedauernder Geste erklärte er: Sie werden verstehen, wenn ich Ihnen keine anbiete. Er hob das Gesicht, sah wieder zum Jungen hinüber, vermutlich, um die Wirkung des Gesagten festzustellen; plötzlich zuckte er zusammen und sackte aus angespannter Haltung nach vorn, fing sich jedoch gleich wieder und stemmte die Arme gegen die Schreibtischplatte. Mit säuerlichem Lächeln, mit dem Lächeln der Verlegenheit saß er leicht schwankend da, seine Augäpfel traten hervor, Schweiß glänzte an den Schläfen.

Da ist kalter Tee, sagte er, in der Kanne, auf dem Bord; bringen Sie mir einen Schluck. Manni regte sich nicht. Ich kann die Tablette nicht ohne Flüssigkeit nehmen, sagte der Mann und kippte den Inhalt einer emaillierten Pillendose auf den Tisch; fällt es Ihnen so schwer? Jetzt löste Manni sich aus seiner Starre, schnell bewegte er sich zum Bord, holte, ohne den Mann aus den Augen zu lassen, die Kanne herunter, trug sie zum Schreibtisch und goß Tee in einen Becher. Während der Mann die Tablette nahm und mit geschlossenen Augen trank, erkannte Manni auf dem untersten Regal mehrere Wörterbücher.

Danke, sagte Veras Vater und griff nach seiner Zigarre und blickte den Jungen, der die schwere Taschenlampe immer noch in der Hand hielt, erwartungsvoll an. In der nahen Küche sprang der Kühlschrank an; es war so still, daß sie das Klirren von Flaschen hörten. Also, fragte der Mann, was wollen Sie? Hier ist nichts zu holen, und auf mich haben Sie es wohl nicht abgesehen. Ich vermute, daß Sie sich in der Hausnummer geirrt haben; der Uhrmacher wohnt nebenan. Ihm entging nicht das Unbehagen, mit dem der Junge ihn betrachtete, eine aufkommende Scheu, die ihn allerdings nicht in Versuchung führte, seine Überlegenheit auszuspielen. Einstweilen, gestand er sich ein, gab es keine Gewißheiten für ihn, noch mußte er mit allem rechnen. Hier, sagte er, und deutete auf die handgeschriebenen Seiten, hier liegt alles, was bei mir zu holen ist; beschriebenes Papier. Ich bin Schriftsteller, falls es Sie interessiert, seit mehr als dreißig Jahren.

Ich weiß, sagte Manni auf einmal, und es schien, als hätte er es gegen seine Absicht gesagt. Der Mann musterte ihn jetzt freimütig, er hätte es gern gehabt, wenn der Junge in den Lichtkreis getreten wäre, doch er wagte es nicht, ihn dazu aufzufordern; mit einer Stimme, die behutsamen Vorwurf enthielt, sagte der Mann nach einer Weile: Fast, fast wäre es mir gelungen, einen Schluß zu finden, doch da kamen Sie; vielleicht werden Sie es nicht verstehen, aber Sie haben mich nicht nur gestört, Sie haben mich auch um eine Erfahrung gebracht. Wieso, fragte der Junge. Die Erfahrungen, die ich brauche, sagte der Mann, mache ich beim Schreiben, und ich war nahe dran.

Bleiben Sie da sitzen, sagte der Junge warnend, bleiben Sie da ganz ruhig sitzen. Der Mann, der versucht hatte, aufzustehen und sich auf den Schreibtischsessel zu setzen, ließ sich zurückfallen und taxierte ohne Überraschung sein Gegenüber und nickte langsam – was wohl bedeutete, daß er ein für alle Mal verstanden hatte, woran er war. Er öffnete den Kragen, lockerte seinen Schlipsknoten, danach sammelte er die Manuskriptseiten ein, schichtete und beklopfte sie. Wenn Sie wollen, sagte er, können Sie sie mitnehmen, diese unvollendete Geschichte, falls Sie darauf aus sind – bitte. Die Erfahrung, um die es geht, muß sowieso deutlicher werden; noch läßt sich nichts ahnen. Wie meinen Sie das? fragte der Junge, und der Mann darauf, mit versticktem Lächeln: Die Empfindlichkeit, die Empfindlichkeit für gewisse Augenblicke wird noch nicht geweckt, doch darauf kommt fast alles an: daß wir nach der Lektüre empfindlicher wahrnehmen, was uns selber betrifft oder umgibt. Er sah, wie ein Ausdruck des Mißtrauens auf dem Gesicht des Jungen entstand, und er begriff sogleich, wie weit er gehen durfte, und sagte: Kann sein, es interessiert Sie sogar, was mir da eingefallen ist, vielleicht verstehen Sie das sogar besser als mancher andere. Der junge Mann in der Geschichte ist in Ihrem Alter, auch er hat noch keinen Beruf; Sie sind doch berufslos, oder?

Manni schwieg und stand nur wachsam da, und als ob er ihn in ein Geheimnis einweihte, begann der Mann weiterzusprechen, angestrengt, flüsternd mitunter und besorgt, sein Zuhörer könnte ihm die Aufmerksamkeit entziehen.

Sehen Sie, sagte er, auch der Held in meiner Geschichte, Ihr Altersgenosse, hatte sich etwas Besonderes vorgenommen, dort im Norden, in der heruntergekommenen Hafenstadt, die ihre großen Tage zur Zeit der Walfänger gehabt hatte und nun vor allem von ramponierten Fischkuttern und alten Küstenmotorschiffen aufgesucht wurde, die ins Dock gehen mußten. Ich habe ihn Detlev genannt. Detlev – ein junger Mann wie Sie, hochgewachsen, einzelgängerisch; im Sommer verbrachte er manche Nacht allein in den Sanddünen. Sein Vater, der als Wächter in einem Auktionshaus angestellt war, hatte es längst aufgegeben, ihn zu geregeltem Familienleben zu bekehren, und lebte neben ihm her in wortarmer Erbitterung.

Warum erzählen Sie mir das, fragte der Junge unruhig, warum? Sie sollten sich hinsetzen, sagte der Mann, sitzend hört es sich besser zu, also nehmen Sie schon den Stuhl. Ohne abzuwarten, wie der Junge sich entschied, eifrig und dennoch beherrscht fuhr er in seiner Erzählung fort: An einem Abend im August beobachtete Detlev, wie der Hausmeister des schäbigen Seemannsheims seinem Vater einen prallen, aus imprägniertem Segeltuch gefertigten Seesack aushändigte und ihm dabei half, die Last auf den Rücken zu heben. Der Hausmeister blieb vor der Tür stehen und blickte dem Träger hinterher, der sich zuerst zittrig, schwankend, doch dann, als ob er einen dem Gewicht angemessenen Schritt gefunden hätte, stolpernd und schlurfend entfernte, immer sicherer, wenn auch mühselig und mit nur bescheidenem Raumgewinn.

Detlev trat von hinten an den Hausmeister heran, stand eine Weile still neben ihm und erkundigte sich dann nach der Herkunft des Seesacks. Bereitwillig gab ihm der Hausmeister Auskunft. Der Seesack enthielt das gesamte Eigentum eines alten Steuermanns, der im Seemannsheim gestorben war; da er keine Angehörigen hatte, sollte sein Besitz nun versteigert werden, verschlossen und in einem Stück. Als Detlev darauf hinwies, daß man ja nicht bieten könne, wenn man nicht wisse, was ein Seesack enthält, sagte der Hausmeister nur knapp: Das ist Gesetz bei uns, Tradition und Gesetz. Der Nachlaß eines Seemanns wird verschlossen und als ein einziger Posten verauktioniert. Das endet wohl immer mit Enttäuschung, sagte Detlev. Sicher, sagte der Hausmeister, doch oft auch mit angenehmer. Zögernd gestand er eine gewisse Erleichterung ein: der Steuermann sei ein schwieriger Insasse gewesen, zänkisch, rachsüchtig, mit allen überquer, kein Tag sei vergangen, an dem er nicht

Mitbewohner verdächtigte, ihn bestohlen zu haben. Diese Sorge bin ich los, sagte der Hausmeister.

Nicht schon hier, doch bald darauf, im Hafen, beim Anblick zweier Matrosen, die ihre zur Hälfte gefüllten Seesäcke an Bord eines Spezialschiffes schleppten, das nach Kanada auslaufen sollte, hatte er einen Einfall, der ihn sogleich handeln ließ. Er wußte, daß die nächste Auktion für den folgenden Tag angesetzt war, und er verließ seinen Lieblingsplatz am Hafen – die morschen, hölzernen Aufbauten eines Fischkutters, die man einfach auf die Pier gesetzt hatte – und schlenderte in die Stadt zurück.

Gerade hatte der Junge sich gesetzt, mit klammen Bewegungen, als befände er sich in einem Bannkreis; er hielt die schwere Taschenlampe in den Händen und blickte aus schmalen Augen auf den Mann, der sich jetzt nicht allein an ihn zu wenden schien, sondern, während er sprach, an ihm vorbeisah mit fragendem Ausdruck, wie auf Bestätigung hoffend.

Daß der Junge sich setzte, übersah er oder nahm es nur beiläufig zur Kenntnis; die größere Beachtung schenkte er nun dem anderen, Detlev, der ihm offenbar mehr abverlangte an begleitender Aufmerksamkeit.

Sehen Sie, so begann er wieder, und dann lieh Detlev sich in der Schlosserei, in der er selbst vorübergehend gearbeitet hatte, Rohrzange und Patentschlüssel; das Werkzeug erhielt er vom Sohn des Eigentümers, dem er eine ausgefallene Leihgebühr versprach, einen Sextanten. In der Eisdiele, die er danach aufsuchte, hatte er für einige Bekannte nur abweisende Freundlichkeit übrig; er setzte sich allein in eine Ecke, dorthin, wo das Licht der bunt bemalten Birnen ihn nicht erreichte, und wartete, bis Karen zu ihm kam, die Kellnerin. Unwillig wie immer in der letzten Zeit trat sie an den Tisch, nur darauf aus, seine Bestellung anzunehmen – ein großäugiges, knochiges Mädchen, dessen Haar so glatt an der Kopfhaut lag, als sei sie gerade aus dem Wasser aufgetaucht. Die Leinentasche, in der das Werkzeug lag, musterte sie argwöhnisch. Ihr Blick enthielt schon ihre Meinung über ihn. Ja, Detlev, was willst du haben?

Er nickte sie zu sich heran, näher, noch näher, sie gehorchte widerstrebend, und stichwortartig weihte er sie in seinen Plan ein: nichts sollte mitgehen, das vor allem; er wollte nur herausbekommen, was der Seesack des toten Steuermanns enthielt; wenn er das wüßte, könnte er auf der Auktion einen Vorteil ausspielen, gewinnen, so viel gewinnen, daß er endlich in der Lage wäre, seine alten Schulden an Karen zurückzuzahlen. Um bieten zu können, müßte sie ihm allerdings noch einmal etwas leihen, zum letzten Mal. Er forderte sie auf, nach Dienstschluß zu ihm zu kommen und sich persönlich davon zu überzeugen, daß es ihm nur darauf ankam, sich das Wissen zu verschaffen, das ihn allen anderen überlegen machte; vom Inhalt des Seesacks werde nichts fehlen, bestimmt nichts.

Karen ließ ihn im Ungewissen; er ging nicht fort, er löffelte nacheinander mehrere Portionen Zitroneneis, die sie ihm flüchtig hinsetzte, und hörte nicht auf, ihr mit den Blicken zu folgen. Er wartete, bis die letzten Gäste gegangen waren und Karen abgerechnet hatte, und als sie dann an seinen Tisch kam, brauchte er sie nicht mehr zu fragen, da ihre Haltung eine einzige stumme Aufforderung ausdrückte.

Anscheinend gab es von ihr aus nichts mehr zu sagen auf dem Weg zum verlassenen Marktplatz, an dem das Auktionshaus lag, ein altes, ehemaliges Kaufmannshaus, dessen Keller zu Lagerräumen ausgebaut war. Sie hörte nur seinen Ankündigungen zu, den aufgeräumten Voraussagen, die er nicht müde wurde zu wiederholen. Wirst sehen, daß uns allerhand erwartet; vielleicht etwas aus Mexiko; in dem Seesack steckt sein ganzes Eigentum. Wir werden bieten, bis die anderen abwinken, du kannst dir alles nehmen, was dir gefällt, und von dem Rest bezahle ich die Schulden. Es war einer dieser sommerlichen Abende im Norden, ein weißgrauer Schimmer hielt sich am Horizont; obwohl es eine Stunde vor Mitternacht war, herrschte keine entschiedene Dunkelheit.

Der Mann unterbrach sich, sah überrascht auf Manni, der aufgestanden war, hastig seine Taschen abklopfte, doch nicht zu finden schien, wonach er suchte. Fehlt Ihnen etwas? fragte der Mann. Da er keine Antwort bekam, fragte er noch einmal: Brauchen Sie etwas? Eine Zigarette vielleicht? Der Junge schüttelte den Kopf und setzte sich wieder, seine Hand fuhr hoch, es wirkte wie ein ungeduldiges Zeichen.

Gut, sagte der Mann, bis dahin waren wir gekommen, bis

zum Auktionshaus. Und nun müssen Sie sich vorstellen, wie Detlev, während das Mädchen gemächlich bei einer elektrischen Uhr auf und ab ging, ein Kellerfenster öffnete, ohne Geräusch, einfach, indem er Schmierfett dick auf ein Sacktuch auftrug und die Scheibe so berechnet zerbrach, daß fast alle Glassplitter am gefetteten Tuch kleben blieben. Bevor er, Füße voran, wegtauchte, winkte er ihr noch einmal zu, zuversichtlich. Licht brauchte er nicht, da ihn der Schein der Straßenlaterne, wenn auch nur mehr schwach, die Konturen der Gegenstände erkennen oder doch zumindest ahnen ließ, Schränke und Sessel und Vitrinen, eingerollte Teppiche, Truhen, Tische, die Geschirr und Silberzeug trugen – all die Dinge, die dem Hammer verfallen waren. Sorgsam zwängte er sich durch schmale, übriggelassene Gänge, streifte tastend von Raum zu Raum, in einer Glasvitrine, die offen stand, erfühlte er Broschen, Ketten, offenbar silberne Döschen, er berührte sie nur, steckte nichts ein. Er bedauerte, keine Lampe bei sich zu haben.

Auf einem geschlossenen Wäschekorb lag oder vielmehr stand – ein bißchen zusammengesackt und in eine Ecke gelehnt – der Seesack. Ein Drahtstropp, der durch alle Löcher gezogen war, schloß ihn fest ab, die beiden Enden des Drahtstropps wurden von einem schweren, galvanisierten Schloß zusammengehalten. Detlev kippte den Sack um und kniete sich hin; so hatte er ihn in Schulterhöhe vor sich. Forschend betastete er den Sack, drückte, rieb; er erfühlte nichts Bestimmtes, nichts, was er präzis ausmachen und benennen konnte, nur Weiches, Zähes, aber auch Gegenstände von kantiger Härte. Er ging den Ring mit den Patentschlüsseln durch, er probierte einen nach dem anderen an dem Schloß, das seine ganze Handfläche einnahm; die Rohrzange wollte er erst gebrauchen, falls keiner der Schlüssel passen sollte. Es gelang Detlev, das Schloß zu öffnen.

Nachdem er den Stropp gelockert hatte, zerrte er den deckenden Latz heraus, weitete die Öffnung des Seesacks und legte eine Hand auf den Stoff, der zuoberst lag; er fühlte sich kühl an und glatt und fiel zurück, sobald die Finger ihn losließen; es mußte Seide sein. Es war Seide, wie Detlev im Aufflackern des Streichholzes erkannte, dunkelrote, bestickte Seide, mit einer Zierkordel zum Päckchen verschnürt. Er hob es heraus und legte es auf den Wäschekorb, und danach grub und wühlte er sich in die Hinterlassenschaft des toten Steuermanns. Zuerst befühlte er jedes Stück, vermaß und begutachtete es im Dunkeln, sodann legte er es auf den Wäschekorb, und wann immer er sich genaue Kenntnis verschaffen wollte, riß er ein Streichholz an. Etliche Paar Wollstrümpfe brachte er zum Vorschein, einen Beutel mit Rasierzeug, einen Packen Briefe, Segeltuchschuhe, mehrere Baumwollhemden und plötzlich einen Holzkasten. Hastig öffnete er ihn; im Licht des Streichholzes blitzten die Messingteile eines Sextanten. Detlev war glücklich, er war weniger überrascht als glücklich. Noch hatte er den Seesack nicht einmal zur Hälfte ausgeräumt.

Dem kleinen, ausgestopften Kaiman, den er fürsorglich hervorhob, zeigte er in Entdeckerfreude die eigenen Zähne, und er wiegte bedenklich den Kopf, als er eine Photographie unters Licht brachte, die eine tonnenförmige, halslose Frau auf einem Schemel stehend zeigte, bei der Apfelernte, lachend. Ein verschlossenes Lederetui verriet schon bei der ersten Berührung, daß es Münzen barg. Detlev verzichtete darauf, es zu öffnen, legte es jedoch für sich auf den Wäschekorb; ebenso wie den Tabakbeutel, der Metallenes enthielt, Ringe vermutlich, eine Taschenuhr mit Kette.

Ein plötzlicher Luftzug ließ ihn innehalten, kein Geräusch, sondern ein fühlbarer Strom von kühler Luft, irgendwo mußte lautlos eine Tür geöffnet worden sein, irgendwo stand jemand und lauschte. Bei dem langsam fallenden Schritt, der aus unbestimmter Höhe kam, duckte sich Detlev hinter den Wäschekorb und glaubte zusätzliche Deckung zu finden hinter dem vor ihm liegenden Seesack. Besorgt tastete Detlev nach seinem Werkzeug; kann sein, daß bei der Berührung des Rings zwei Schlüssel klingend gegeneinander fielen. Der Strahl der Lampe fand ihn sofort. Schon beim ersten Aufflammen war er im Lichtkegel. Geblendet hob er seinen Ellenbogen vor das Gesicht.

Kein Wort, der Wächter, der ihn gestellt hatte, sagte kein Wort; er hielt ihn nur im Licht fest, stumm, ausdauernd. Detlev richtete sich auf, machte einen Schritt zur Seite und sagte: Mach die Funzel aus, und nach einer Weile: Hör auf, mich zu blenden. Er wandte sich ab, drehte sich jedoch in plötzlichem Verdacht wieder um und fragte in das Dunkel hinein: Bist du es? Ja, sagte Detlevs Vater, ja, ich bin es. Mit vorgestreckten Händen ging Detlev auf die Quelle des Lichts zu, er schwankte, er stieß sich an Tischkanten und Schränken, als er nah genug zu sein glaubte, blieb er stehen und sagte leise: Glaub mir, ich wollte nichts mitgehen lassen. Kein einziges Stück wollte ich nehmen. Alles, was ich wollte: rausbekommen, was in dem Seesack steckt.

Jetzt versenkte Manni seine Taschenlampe in die Parka, zog eine Streichholzschachtel heraus und fragte den Mann, ob er zufällig Zigaretten hätte, worauf Veras Vater ihn einen Augenblick prüfend musterte und ihm dann mit rätselhafter Genugtuung ein ganzes Päckchen zuwarf: Bedienen Sie sich, nur zu.

Fester, selbstsicherer wurde der Tonfall seiner Erzählung, als er fortfuhr: Sie standen sich gegenüber in dem vollgestopften Kellerraum, der eine im Strahl der Lampe, der andere nur kenntlich als übergroßer Schatten in dem zurückgeworfenen Licht; sie schienen sich zu entscheiden, jeder auf seine Art, und dann sagte Detlev bittend: Du mußt mir glauben; komm und überzeug dich, dann wirst du mir glauben. Unwillkürlich wich er zurück, zäh und gespannt, gleichsam als wollte er den Mann auffordern, ihm zu folgen und den Inhalt des Seesacks zu kontrollieren. Beim Wäschekorb bückte Detlev sich, wies auf die Dinge, die er dort gestapelt oder für sich gelegt hatte. Nichts fehlt, sagte er, und es sollte auch nichts fehlen, Karen wird es dir bestätigen, sie steht draußen. Eilfertig raffte er mehrere Paar Strümpfe zusammen und warf sie in den Seesack, tauchte mit einem Arm hinein und stopfte nach, tief, energisch und offensichtlich bereit, den gesamten nachgelassenen Besitz des toten Steuermanns wieder zu verstauen.

Mit schräggelegtem Kopf und bis zur Schulter weggetaucht, so preßte er die Dinge in den Sack hinein, und mitten in dieser beflissenen, furchtsamen Geschäftigkeit, das Scharren und Reiben und auch seinen heftigen Atem übertönend, war plötzlich ein Schlag zu hören, hart und schnappend, ein metallischer Schlag, der gedämpft wurde durch das imprägnierte Tuch des Seesacks. Detlev stöhnte auf. Er warf den Oberkörper zurück. Er stieß einen kleinen Angstschrei aus und versuchte nur noch, seine rechte Hand aus dem Seesack zu ziehen. Es gelang ihm nicht. So sehr er auch zerrte und ruckte, er schaffte es nicht; wie vernietet blieb seine Hand im Seesack stecken. Hilf mir doch, rief er, mein Gott, hilf mir doch.

Ohne das Licht von ihm zu nehmen, ging der Wächter auf Detlev zu, er zögerte noch, ihm beizustehen – vermutlich, weil er sicher gehen wollte, daß es keine List war –, dann aber legte er die brennende Taschenlampe auf einen Tisch, langte beidhändig in den Seesack und warf heraus, was Detlev bereits wieder verstaut hatte. Schon erfühlte er einen Eisenbügel und eine Metallfeder; es war der Eisenbügel, der Detlevs Hand beklemmte und festhielt. Detlev hörte nicht auf zu stöhnen und zu wimmern und zur Eile anzutreiben. Ist schon gut, sagte sein Vater einmal, und das war alles. Sie erkannten sogleich, daß das, was sie gemeinsam aus dem Seesack hoben und zogen, eine Falle war, eine starke Biberfalle, besetzt mit einer Reihe scharfer Eisenzähne; sie hatte gespannt auf dem Grund des Seesacks gelegen oder gewartet. Ratschend hatten sich die Zähne in der Hand festgesetzt, zwei Fingerkuppen waren nahezu durchtrennt; Detlev war außerstande, die Bügel allein aufzuklappen und sich zu befreien. Wimmernd verlangte er: Mach schon, ich halt es nicht mehr aus, klapp doch das Ding auf, doch sein Vater ging nur geruhsam daran, die Hand aus der Falle zu lösen, er mußte schließlich das Gewicht seines Körpers einsetzen, um die Bügel auseinanderzudrücken. Und danach schlang er sein Taschentuch um die verletzte Hand und sagte lediglich: Los, komm; auf die Frage Detlevs: Du willst mich doch nicht anzeigen? gab er keine Antwort.

Jetzt legte der Mann seine Hände auf der Tischplatte zusammen und schwieg und schien entschlossen, so lange zu schweigen, bis der Junge, der ihm keineswegs mehr lauernd und achtsam, sondern bestürzt gegenübersaß, von sich aus reagierte.

Plötzlich stand der Junge auf, zog die schwere Stablampe aus der Tasche und schob sich, nach einem Augenblick der Unentschiedenheit, an den Tisch heran. Wie zufällig glitt sein Blick über die Bücherregale bis hinab zu den Wörterbüchern und, ohne auf ihnen ruhen zu bleiben, an dem Mann vorbei zu den geschichteten Manuskripten. Er zog die Seiten zu sich heran. Er schaltete die Taschenlampe ein und richtete den Schein auf den Text. Er las ausdruckslos und anscheinend ohne etwas aufzunehmen, während der Mann ihn aus den Augenwinkeln beobachtete. Auf einmal beugte sich der Junge über das Manuskript, sah fragend auf, als habe er eine wichtige Entdeckung gemacht. Beunruhigt fragte der Mann: Ist etwas? und nach einer Weile: Stimmt etwas nicht? und der Junge darauf, unsicher: Hier steht aber was anderes; von einem Schönheitssalon wird erzählt, von Rita, einer Masseuse, und von einer alten Frau und ihrem Schmuck und ihrer Pigmentstörung; außerdem heißt der Titel: Der Wettkampf. Der Mann lächelte und sagte: Ich weiß, aber was Sie gelesen haben, ist nur der Anfang; die Hauptperson der Geschichte ist ein junger Mann in Ihrem Alter, der Freund der Masseuse, berufslos, ein Träumer, der sich selbst einen Anwalt der ausgleichenden Gerechtigkeit nennt. Ratlos starrte der Junge ihn an, ratlos und mit aufkommendem Argwohn, und dann fragte er: Und die Geschichte mit dem Seesack, alles, was Sie mir gerade aufgetischt haben? Oh, sagte der Mann, diese Geschichte hat sich so ergeben. Sie selbst haben sie angeregt.

Da wandte Manni sich abrupt um und ging zum Fenster und schlug das Rollo zur Seite. Der Schwung, der ihn aufs Fensterbrett hinauftragen sollte, reichte offenbar nicht aus, er mußte ein zweites Mal ansetzen. Keine Geste mehr zum Abschied, kein Blick ins Zimmer zurück, lautlos ließ er sich aufs Teerpappdach hinabgleiten und duckte sich weg. Er ließ das Fenster offen stehen und nahm sich nicht die Zeit, darauf zu warten, daß es von innen geschlossen würde, doch vor dem zweiten Fenster verhielt er und linste – weniger aus Neugierde als aus einem instinktiven Bedürfnis nach Sicherheit – durch einen schmalen Spalt zwischen Sims und Rollo in die Wohnung. Der Mann trank, oder vielmehr, er versuchte, von seinem kalten Tee zu trinken; seine Hand zitterte so sehr, daß er den Becher absetzte und ihn nach einer Weile mit beiden Händen an den Mund hob und es auch so nicht verhindern konnte, daß ein wenig von der Flüssigkeit überschwappte.

Manni wagte es nicht, vom Dach auf das aufgebockte Motorboot hinabzuspringen, er hängte sich einfach an die Dachrinne und ließ sich fallen.

Vera saß nicht mehr am Fenster des Lokals; er sah es sofort, und nachdem er über den Zaun geklettert war, begann er zu laufen. Das Schneetreiben war dünner geworden; dort, wo der Torweg auf die Straße mündete, säuberte ein Mann die Windschutzscheibe seines Autos, sein Radio war eingeschaltet. Noch bevor Manni ihn erreichte, trat Vera aus dem Schatten und sagte erleichtert: Endlich, ich dachte schon, da ist was passiert. Nichts, sagte Manni, da ist nichts passiert. Er legte ihr eine Hand um die Schultern und zog sie mit sich. Aber die Wörterbücher, fragte das Mädchen, du hast sie doch gefunden? Klar, sagte der Junge, aber da war nichts; da ist überhaupt nichts zu holen.

Alle sagen es, alle, daß Tante Millie überreif wär. Kein Mensch hält es mehr aus mit ihr, und nie werden wir sie los, wenn sie keinen Mann kriegt. Elise sagt, jede Frau muß mal einen Mann haben, der ihr richtig gehört, ich muß auch später mal einen haben, da hilft nichts. Mein Vater gehört meiner Mutter, Tante Millie hat nicht richtig was von ihm, wenn sie auch bei uns wohnt. Und wir Kinder gehören auch meiner Mutter. Mich möchte die Tante Millie ja nicht geschenkt haben – ich würde mich ihr auch nicht schenken lassen –, aber meinen kleinen Bruder hätte sie gern, wenn er nicht schreit und sich naß macht. Die Wohnung gehört auch meiner Mutter, Tante Millie gehört gar nichts. Aber sie schimpft, wenn ich was kaputtmache, und will mich erziehen und verklatscht mich immer, es ist eine Qual.

Ich weiß nicht, wie das mit dem Heiraten ist. Meine Freundin Elli Puckbaum sagt, da müßte man sich vor einem fremden Mann nackt ausziehen. Ich kann es nicht glauben, ich würde mich furchtbar genieren, und Elli Puckbaum will auch lieber eine Braut des Himmels werden, – da braucht man so was bestimmt nicht, sondern wird sogar eingekleidet.

Jetzt hat mir unsere Elise etwas furchtbar Wichtiges erzählt, nämlich daß Tante Millie lauter Männer vom Stadt-Anzeiger bekommt. Keiner darf es wissen, Tante Millie hält alles geheim, aber Elise weiß alles und freut sich auf die Männer, wir halten beide den Daumen, daß sie uns Tante Millie fortnehmen. Und sie hat der Zeitung geschrieben: »Herzenswunsch. Jugendliche Vierzigerin, Frohnatur, Junotyp, warmes, tiefes Gemüt, naturliebend, brünett, mit kleinem Vermögen, will sonnige Innigkeit tragen in das einsame Dasein eines reinen Idealisten in gesicherter Position.« Elise sagt, es wäre ihr schleierhaft, daß eine mufflige Zänkerin sich für eine Frohnatur halten könnte, aber vielleicht würde sie sich ändern in Gegenwart von Männern und ganz süß sein und sonnig, bei Frauen wäre ja alles möglich.

Elise will auch, daß Tante Millie aus dem Haus kommt, weil sie gemein kontrolliert wird von ihr und hin und her gejagt, darum liest sie heimlich die Briefe, die von den Zeitungsmännern kommen, und erzählt es mir, und ich erzähle es Herrn Kleinerz von nebenan, und Herr Kleinerz erzählt es meiner Mutter, und meine Mutter erzählt es meinem Vater. Keiner glaubt, daß ein Mann Tante Millie will, aber das ganze Haus ist in rasender Unruhe und Aufregung. Immerzu kauft Tante Millie Blusen und Schleifen und Kragen und neue Senkfußeinlagen.

Jeder mußte merken, daß was Komisches los war mit Tante Millie, und dann hat sie meiner Mutter auch alles erzählt, weil nämlich der Herr Lothar Broselius nachmittags zu einer ausgemacht schicklichen Zeit zu uns kommen wollte, um Tante Millie kennenzulernen von Auge zu Auge und Mund in Mund. Er hatte auch an Tante Millie geschrieben und war ein idealer einsamer Witwer, vollkommen rüstig und tief veranlagt. Elise mußte reinen Bohnenkaffee kochen ohne Zusatz, und die Flasche Edelcognac wurde aus dem Büfett geholt, wobei mir Angst wurde.

Meine Mutter hat nämlich die Flasche Edelcognac immer aufgehoben und zurückgestellt für besondere Zwecke. Aber da war schon mal ein besonderer Zweck gewesen durch Onkel Halmdach. Der kam mal zu uns, keiner war da, nur ich. Immer, wenn er kommt, fragt er: »Habt ihr nichts Vernünftiges zum Trinken da?« Meine Mutter und Tante Millie wollen nie, daß er was kriegt. Aber da hat der Onkel Halmdach mir versprochen, abends mit mir in einen richtigen großen Zirkus zu gehen, – er darf ja überall hingehen, weil er für die Zeitungen zeichnet. Und einen Fußball wollte er mir schenken und das gemeine Fräulein Löwenich aus unserer Straße mit einer Teufelsmaske erschrecken. Ich wollte auch, daß der Onkel Halmdach mit mir spielen sollte und nicht fortgehen, und darum habe ich dann heimlich die Flasche Edelcognac aus meiner Mutter ihrem Büfett geholt, sie war auch schon geöffnet, und ein Glas war zur Probe draus getrunken worden, und der ganze Cognac war viele Jahre älter als ich. Ich wollte den Onkel Halmdach auch nicht alles trinken lassen, aber er hat einfach alles getrunken, ich bekam solche Angst. Wir haben dann noch zusammen laut und kunstvoll gesungen: »Wenn im Walde – die Hekkenrosen blühn, die Heckenrosen blühn . . . « Und dann habe ich in meiner Verzweiflung kalten Tee aus der Küche in die Flasche gefüllt, der hat ja dieselbe Farbe wie Cognac, und habe die Flasche wieder ins Büfett gelegt.

Nun wurde diese Flasche für den Herrn Lothar Broselius auf den Tisch gestellt, – wie sollte das gutgehen? Narzissen kamen auch auf den Tisch, Tante Millie wischte hundertmal Staub von allen Möbeln. Elise sagte auch gleich: als wenn ein Mann danach guckte! Nur Frauen tun so was Gehässiges.

Tante Millie zog ihr dunkelblaues Seidenkleid an – meine Mutter sagte: ja, das wäre vorteilhafter für sie als das Geblümte. Da sagte Tante Millie: meine Mutter wollte sie ja nur alt machen, – und sie zog das Dunkelblaue aus und das Geblümte an. Und dann wieder das Geblümte aus und das Dunkelblaue an, – immerzu hin und her. Nachher weinte sie, der große Spiegel im Schlafzimmer von meinen Eltern wurde blind von oben bis unten, so atmete Tante Millie ihn an, meiner Mutter zitterten die Hände, ich sollte aufhören zu pfeifen, – es klingelte, da schrien alle auf wie verrückt und Elise sollte schnell noch einen weißen Spitzenkragen bügeln und gleichzeitig die Tür aufmachen. Ich wollte es tun, aber da kreischten sie los: ich sollte mich unter allen Umständen fernhalten, jedes keimende Glück wäre durch meine Gegenwart gefährdet.

Da habe ich denn im Wohnzimmer neben dem Salon am Schlüsselloch rumgelauert. Weil ich doch wissen mußte, wie das mit dem Edelcognac wurde und ob wir Tante Millie loswerden würden.

Elise ging aufmachen, im Schlafzimmer hörten sie auf zu schreien. In den Salon kam ein runder Mann mit ganz kleinen Beinen, – wo sein Bauch aufhörte, waren auch schon sofort seine Füße. Er rieb seine Hände und guckte ruhig auf das Bild an der Wand, das Onkel Halmdach mal von mir gemalt hat, darauf sehe ich aus wie meine Mutter, wenn sie aussähe wie ich. Es wäre nicht aufgefallen, er hätte schnell heimlich was von der Schlagsahne auf dem Tisch nehmen können, aber der runde Mann war vollkommen artig. Sein Haar war grau und sauber gestriegelt und sein Gesicht rot und glatt wie eine Tomate. Hirschzähne hingen ihm unter der Weste vor, die interessierten mich immer, ich hätte sie gern von nahem gesehen.

Tante Millie kam rein, der runde Mann wachte auf, in sein Gesicht schien die Sonne. Das geblümte Kleid hatte Tante Millie an, mit der Hand hielt sie ihren Busen fest, der ist so dick wie ein Fesselballon. Der rote Mann pustete seinen Atem aus der Nase wie eine Lokomotive, Tante Millie machte ein Gesicht wie die Fee im Weihnachtsmärchen vom Schauspielhaus, wenn sie den Kopf auf den knienden Prinzen neigt, um ihm behilflich zu sein.

Und sie haben gesprochen von Kaffee und Kuchen und daß Herr Broselius ein Delikateßwarengeschäft hatte, jetzt hat es sein Schwiegersohn. Er sagte, die äußere Erscheinung von Tante Millie sagte ihm zu. Ein Mann in gesetzten Jahren hätte gern was ruhiges Rundes, nicht so was Wibbeliges. Und er sagte, Tante Millie würde sicher die Natur lieben wie er. Nicht so lange schweißtreibende Wanderungen, sondern Stunden des Behagens auf der Rheinterrasse mit Konzert im Freien, darin wäre er Idealist und kennte alle Opern. Seine verstorbene Frau hätte eine leidenschaftliche Schwäche für Wagner gehabt, sie war nämlich auch so stattlich dick gewesen wie Tante Millie. Und vielleicht könnten sie nächstens mal gemeinsam ein Maiböwlchen in der Waldschänke trinken.

Alles habe ich genau gehört, und dann schenkte Tante Millie sich und dem Herrn Broselius ein Gläschen von dem Edelcognac ein, – mir klopfte das Herz. Aber alles ging gut. Denn Tante Millie trank gar nicht richtig, und Herr Broselius trank nur mal einen Schluck und zuckte zusammen und sagte kein Wort und ließ den Rest stehen. Alle haben daraufhin später gesagt, die Mäßigkeit dieses Mannes hätte den denkbar besten Eindruck gemacht, und die Flasche Edelcognac mit dem Tee drin haben sie wieder ins Büfett gelegt, weil Cognac nämlich besser liegen muß.

Es hätte ja alles so wunderbar werden können mit dem Herrn Broselius. Tante Millie wären wir vielleicht glatt losgeworden, aber da kamen nun diese Photographien von Boris Castor. Elise wußte natürlich sofort Bescheid. Da hat doch ein junger Mann an Tante Millie geschrieben von ungarischer Abstammung und mit tiefem musikalischen Gefühl und einem furchtbaren Schicksal ohne verstehende Menschenseele. Tante Millie hat ihm wieder geschrieben, er hat Tante Millie wieder geschrieben und Photographien von sich geschickt mit schwarzen Locken, ganz blaß im Gesicht und mit riesenhaft großen Quellaugen. Keinen Broselius wollte Tante Millie mehr und nichts, nur noch diesen Boris Castor.

Bei meiner Mutter hat Tante Millie geweint und geschrien: der Herr Broselius wäre ihr zu roh und zu alt, ein anderes Schicksal wäre ihr beschieden an der Seite eines Feinfühligen. Und er hätte ihr geschrieben, daß aus ihren Briefen die jugendfrische Seelenstärke einer Achtzehnjährigen spräche, und darauf käme es ihm an. Man mißgönnte ihr jedes Glück, schrie Tante Millie, und neidische Augen lauerten um sie herum. Und sie sähe viele Jahre jünger aus als meine Mutter, weil sie ja geistig und körperlich jahrelang nicht durch eine Ehe aufgerieben worden wäre. Und neulich hätte sie vorm Agrippina-Kino gestanden, haargenau könnte sie die Stelle angeben als Beweis, – da wär ein Mann auf und ab gegangen an ihr und hätte gesungen: ›Mädel, süßes Mädel, du‹ – und hätte Blicke dabei auf Tante Millie geworfen, die unverkennbar gewesen wären. Und am Samstag nachmittag würde sie Herrn Boris Castor treffen, keine feindlichen Verwandten und keine Gewalten der Natur könnten sie davon zurückhalten.

Elise hat gewußt, daß sie Boris Castor im Prinzenhof treffen wollte, und sie hat gesagt: nie würde ein bildschöner junger Mann die Tante Millie nehmen.

Ich wollte so sehr, daß er sie nimmt, und Hänschen Lachs war auch dafür aus Freundschaft und weil wir den Hordenschwur geleistet hatten und weil Tante Millie uns am Montag verklatscht hat, weil wir auf der Wiese hinter unserem Garten mit Engländern Fußball gespielt haben statt Aufgaben zu machen.

Und darum haben wir den Plan gemacht, Hänschen Lachs und ich. Hänschen sagte nämlich, wir müßten Tante Millie einen Reiz anlegen, weil sie alt ist und fett und gar nicht schön, auch mit den neuen Dauerwellen nicht. Und da konnte sie nur einen Reiz für Boris Castor bekommen als Fürstin. Lachsens kennen eine Fürstin, die ist auch nicht schön, aber immer, wenn ein Mann tot war, hat sie einen neuen bekommen. Herr Kleinerz hat auch gesagt: »eine Fürstin zieht immer noch«.

Am Samstag nachmittag sind Hänschen Lachs und ich

zum Prinzenhof gegangen und haben ihn beschlichen. Am Fenster haben sie gesessen, – Tante Millie und der blasse Mann mit den Quellaugen. Tante Millie sah vollkommen gekocht aus, ihre Haare standen wild und wie rasend. Der Mann aß eine gebratene Ente und sprach dabei und guckte weinerlich.

Hänschen Lachs ging, unseren Plan auszuführen. Gleich gegenüber in das Telefonhäuschen auf dem Rudolfplatz. Er hatte es lange geübt, mit starker strenger männlicher Stimme zu sagen: »Ich bitte, die Fürstin Millie von Kaltweiß an den Apparat zu rufen, – Fürstin Millie von Kaltweiß.« Tante Millie heißt Kaltweiß, natürlich würde sie zum Telefon gehen, wenn sie ausgerufen würde. Mein Vater geht auch immer, wenn er in einem Restaurant telefonisch verlangt wird. Und der Boris Castor würde glauben, Tante Millie wäre heimlich eine Fürstin und hätte es ihm nicht gesagt, um seine wahre Liebe zu erproben. Nämlich Elise hat in einem Roman gelesen vom Dollarprinzeßchen und seinen Jägern, die wollten sein Geld, es war am Rande der Verzweiflung und kleidete sich arm und durchlöchert, ein blonder Chauffeur erbarmte sich liebend und dachte, sie wäre ein schlichtes Bettlermädchen, – aber durch die durchlöcherte Kleidung sah er doch das bessere Geheimnis von ihr schimmern und erkannte es, weil er selbst in Wirklichkeit auch ein Herzog war.

Bestimmt würde Tante Millie nachher zu Boris Castor sagen, sie wäre keine Fürstin, – aber er würde denken, sie wäre doch eine. Und alle Leute im Lokal würden auf Tante Millie gucken, wenn sie ausgerufen würde, und sie schön finden als stolze wilde Fürstin.

Am Telefon wollte Hänschen Lachs zu Tante Millie sprechen mit verstellter Stimme wie ein Orakel. Er hat dafür eine Stelle aus einem Buch auswendig gelernt: ›Das Gift des Affenmenschen‹. Da wird ein zitterndes Mädchenherz nächtlich durch dunkle Rufe gewarnt: »Achtung, Achtung – wanke nicht, Holde, die Rettung naht – auf weißem Zelter reitet das Glück, doch hüte dich vor der sinnbetörenden Süße des rotflammenden Mohns – meide das Truggift in jeder Gestalt.«

Ich drängelte mich am Eingang vom Prinzenhof rum, furchtbar lange. Endlich rief ein Kellner: »Durchlaucht Fürstin Millie von Kaltweiß«, und rief noch mal, es war herrlich. Ich habe selbst fast geglaubt, Tante Millie wär eine Fürstin, als sie so wunderbar zur Telefonzelle ging. Alle guckten, ich war ganz glücklich, bald würden sie heiraten, – Tante Millie und Boris Castor.

Ich dachte gerade: jetzt ist Hänschen wohl bei der sinnbetörenden Süße des rotflammenden Mohns, – da überraschte mich der Boris Castor in Hut und Mantel. »Kleine«, sagte er und rannte und zog mich mit an der Hand, – nie würde ich mich hauen lassen von Tante Millies Männern, gegen die Schienbeine würde ich sie treten. Aber er wollte nicht hauen, drei Groschen gab er mir aus der Manteltasche und redete in Hast und zog mich weiter: »Kleine, sage der dikken Dame, am Fenster sitzt sie und telefoniert gerade, eine Tasse Kaffee trinkt sie und hat ein geblümtes Kleid an, – sage ihr, dem Herrn wäre schlecht geworden, Malariaanfall, tritt immer wieder auf, von den Tropen, sie sollte nicht warten.« Fort war er.

Erst haben wir in einem Zigarrenladen zehn Pfennig gewechselt, Hänschen Lachs und ich. Dann haben wir ein sehr schmutziges kleines Kind hinter der Selterwasserbude am Rudolfplatz gefunden und ihm fünf Pfennig gegeben und ihm gezeigt, wo Tante Millie sitzt, und es sollte sagen, der Herr hätte einen Anfall von Tropen bekommen, sie sollte nicht warten.

Dann gingen wir Eis essen, die Unkosten von dem Automatentelefon hatten wir ja nun auch wieder einbekommen. Nichts konnten wir mehr verstehen auf der Welt, – warum war er fortgelaufen? Vielleicht würde er wiederkommen? Vielleicht war Fürstin zu wenig, und wir hätten glatt eine Königin aus Tante Millie machen müssen?

Und dann kam ich abends nach Haus, und es war ein Krach, – ich hätte es nicht für möglich gehalten. Tante Millie hatte auch einen Anfall, schlimmer als der blasse Mann, – alle sagten, ich steckte dahinter. Erst sagte ich: so was von mir zu denken wär eine glatte Gemeinheit. Dann haben sie ihre Fragen in mich reingebohrt, – immer mehr, immer mehr, auf einmal wußten sie alles. Tante Millie schrie, ich hätte ihr Lebensglück zerstört, die Nerven von meinem Vater zerrissen, meine Mutter hielt dieses Leben nicht mehr aus. Und was tun Erwachsene, wenn sie vor lauter Wut und

Ärger nicht mehr wissen, wohin? Sie verhauen ein armes Kind. Der Herr Kleinerz kam und sagte, Tante Millie hätte allen Grund, mir dankbar zu sein, aber das nützte gar nichts. Tante Millie schrie, dieser Boris Castor wäre die zarteste Edelnatur und abgeschreckt, weil er dachte, sie hätte gemein und plump und hochstaplerisch aufschneiden wollen. In den Tropen hätten seine Nerven gelitten, – die Enttäuschung über sie, die Lügnerin, und die Erschütterung darüber hätten den Anfall von Malaria gebracht, – und jetzt würde der arme Mensch verzweifelt umherirren, – »sogar vergessen hat er, die Ente zu bezahlen, wer macht mir den Schaden wieder gut?« – »Ein munterer Zechpreller«, rief Herr Kleinerz, und Tante Millie schrie, Herr Kleinerz wäre ein Rohling. Ein Todkranker, halb schon im Jenseits, könnte was Menschliches schon mal vergessen, schuld an allem wär ich.

Dann kam Onkel Halmdach, sofort sagte mein Vater: »Du hast ja schon wieder einen sitzen!« Dem Onkel Halmdach wurde auch noch mal alles erzählt. Ich zitterte, daß er die Sache mit dem Cognac vergessen hätte und welchen verlangen würde. Aber Gott sei Dank kriegte er gleich ein Glas von dem Mosel, mit dem mein Vater gerade seine Nerven beruhigte.

Tante Millie nahm Pillen ein und weinte: nie käme sie drüber weg, als Aufschneiderin dazustehen vor einem schlichten bescheidenen Menschen, der riesenhafte Liegenschaften in Ungarn liegen hat, ohne jemals kaum eine Andeutung darüber zu machen. Und ich wäre kein Kind, sondern der leibhaftige Teufel.

Da hat Onkel Halmdach auf den Tisch gehauen, um mich zu trösten. Und er hat versprochen, mir einen von den jungen Panthern aus dem zoologischen Garten zu schenken, die ich so wahnsinnig gern hätte. Aber von allem, was er mir verspricht, kriege ich ja fast nie was.

Er hat mir aber dann heimlich auf dem Flur einen Rat gegeben als richtiger Erwachsener und als Arbeiter von Zeitungen, der Bescheid weiß mit allem. Er sagte, die Sache mit der Fürstin wäre wahrscheinlich ein Fehler gewesen. Und statt die Fürstin Millie von Kaltweiß an das Telefon bitten zu lassen, sollten wir das nächste Mal einfach die Genossin Kaltweiß verlangen.

Genossin Kaltweiß. Ich werde es mir merken. Hänschen Lachs und ich werden es tun, wenn sie noch mal einen Mann trifft. Vielleicht kann man auf diese Weise noch mal alles gutmachen.

P. G. WODEHOUSE
Bomber Billsons Comeback

Es war eine äußerst unangenehme Situation; eine von diesen
Situationen, die einem tiefe Runen ins Gesicht graben und die
Schläfen vornehm ergrauen lassen. Ich sah den Kneipenwirt
an, und der Kneipenwirt sah mich an. Die Umstehenden
sahen uns beide erwartungsvoll an.

»Ha!« stieß der Kneipenwirt hervor.

Ich kapiere schnell und merkte deshalb sofort, daß er mir
nicht gewogen war. Er war ein großer, wuchtiger Mann,
und ich konnte ihm an den Augen ablesen, daß er in mir die
Verwirklichung seiner schrecklichsten Alpträume erblickte.
Er bleckte ein wenig die Zähne, wodurch eine Goldkrone
sichtbar wurde, und die Muskeln seiner mächtigen Arme
zuckten nervös.

»Ha!« stieß er hervor.

In diese prekäre Lage war ich durch folgende Umstände
geraten: Ich schrieb damals an einer Artikelserie für eine
Illustrierte, deren Auflage dadurch gewaltig stieg, und ich
folgte dabei dem Prinzip, einfach hineinzugreifen ins volle
Menschenleben, wie der Dichter sagt. So schrieb ich mal
über Herzöge und ihre Schlösser, mal wandte ich mich dem
entgegengesetzten Ende zu und berichtete über die Außenseiter der Gesellschaft in ihren Elendsquartieren. Immer fle-
xibel. Zur Zeit bosselte ich an einer rührenden Geschichte
über ein Mädchen namens Liz, das in einer Würstchenbude
am Ratcliff Highway arbeitete, und deshalb hatte ich mich
dorthin aufgemacht, um Lokalkolorit einzufangen. Die
Nachwelt soll James Corcoran nicht nachsagen können, er
habe sein Handwerk schludrig betrieben.

Ratcliff Highway ist eine wahrlich faszinierende Verkehrs-
ader, aber an heißen Tagen macht sie einen durstig. Nachdem ich also eine Stunde umhergewandert war, betrat ich
den Prince of Wales, bestellte mir ein Glas Bier, leerte es in
einem Zug, griff in meine Tasche nach etwas Kleingeld und
faßte ins Leere. Jetzt konnte ich meinen Notizen über das
Londoner East End immerhin die Beobachtung hinzufügen,
daß dort die edle Kunst des Taschendiebstahls gepflegt wird.

»Es tut mir schrecklich leid«, sagte ich mit bedauerndem Lächeln, »aber ich stelle gerade fest, daß ich kein Geld habe.«

An dieser Stelle nun sagte der Kneipenwirt »Ha!« und kam hinter der Theke hervor.

»Anscheinend bin ich bestohlen worden.«

»So, so!« sagte der Kneipenwirt.

Er wirkte unwirsch. Jahrelanger Umgang mit skrupellosen Zeitgenossen, die versuchten, die Zeche zu prellen, hatte das milde Wohlwollen verfliegen lassen, mit dem er einst seine Laufbahn als Kneipenwirt begonnen hatte.

»Ich könnte Ihnen meine Adresse dalassen«, schlug ich vor.

»Was«, fragte der Wirt ungerührt, »nützt mir Ihre verdammte Adresse?«

Diese erfahrenen Praktiker wissen, worauf es ankommt, und er hatte den springenden Punkt sofort erkannt. Was nützte ihm meine verdammte Adresse? Gar nichts.

»Ich überweise Ihnen . . .« sagte ich gerade, als plötzlich alles sehr schnell ging. Eine offenkundig geübte Hand packte mich am Kragen, eine andere am Hosenboden, dann ertönte in meinen Ohren ein Rauschen, und schon kugelte ich über den Bürgersteig auf einen feuchten, unappetitlichen Rinnstein zu. Der Wirt stand riesengroß vor der schmutzigweißen Fassade seiner Kneipe und sah grimmig auf mich herunter.

Wäre es dabei geblieben, dann hätte ich die Sache auf sich beruhen lassen. Schließlich hatte der Mann irgendwo recht. Er konnte sich ja nicht durch einen Blick in meine Seele von deren Reinheit überzeugen. Aber als ich mich hochrappelte, gab er der Versuchung nach, Salz in meine Wunden zu streuen.

»Das kommt davon, wenn man sein Bier nicht bezahlt«, sagte er mit, wie mir schien, pharisäischer Genugtuung.

Das war zuviel für mich. Heiliger Zorn flammte in mir auf, und ich stürzte mich auf diesen Kneipenwirt. Es kam mir gar nicht in den Sinn, daß ich gegen diesen Goliath gar keine Chance haben könnte. Ich übersah völlig, daß er mich mit der linken Hand außer Gefecht setzen konnte.

Im nächsten Moment machte er mir das jedoch klar. Noch während ich gegen ihn anrannte, kam eine gewaltige

Faust aus dem Nichts und donnerte gegen meinen Schädel. Ich setzte mich wieder.

»He!«

Mir war dunkel bewußt, daß mich da jemand ansprach, jemand, der nicht der Kneipenwirt war. Dieser Schwerathlet hatte mich bereits abgeschrieben und war an seinen Arbeitsplatz zurückgekehrt. Ich blickte auf und nahm verschwommen etwas Großformatiges in einem Matrosenanzug wahr, und dann wurde ich behutsam auf die Beine gestellt.

Langsam wurde mein Kopf klarer, und ich konnte meinen Samariter genauer betrachten. Und als ich ihn so ansah, war es mir, als hätte ich ihn schon einmal gesehen. Diese roten Haare, die grünen Augen, die hünenhafte Gestalt – es war kein anderer als mein alter Freund Wilberforce Billson – Bomber Billson, der kommende Champion, den ich zuletzt im Ring der Wonderland-Halle unter der persönlichen Betreuung von Stanley Featherstonehaugh Ukridge gesehen hatte.

»Hat er Sie gehauen?« fragte Mr. Billson.

Darauf gab es nur eine Antwort. Wenngleich meine fünf Sinne noch ziemlich durcheinander waren – in diesem Punkt war ich mir absolut sicher. »Ja, er hat mich gehauen«, sagte ich.

»Ui!« sagte darauf Mr. Billson und begab sich unverzüglich in die Gaststätte.

Ich verstand die Bedeutung dieses Schrittes nicht sogleich. Anfangs deutete ich sein abruptes Verschwinden so, daß er meiner Gesellschaft überdrüssig geworden sei und sich eine Erfrischung genehmigen wolle. Erst als laute Stimmen durch die Kneipentür drangen, dämmerte es mir, daß ich womöglich dem goldenen Herzen dieses Mannes unrecht getan hatte, als ich ihm soviel Gefühlskälte zutraute. Und als plötzlich der Kneipenwirt wieder erschien – der wie von Geisterhand bewegt herausgeschossen kam und dabei eine Art Foxtrott rückwärts aufs Straßenpflaster legte –, wurde die Ahnung zur Gewißheit.

Der Kneipenwirt war, wie sich das für einen Gewerbetreibenden am Ratcliff Highway empfiehlt, aus hartem Holz geschnitzt. Ein Himbeerhänschen war er jedenfalls nicht. Sobald er das Tänzeln eingestellt hatte, tupfte er sich behutsam den rechten Backenknochen, murmelte kurz vor sich hin und stürmte dann zurück in die Kneipe. Und als sich die Tür hinter ihm geschlossen hatte, kann man sagen, daß die Sache überhaupt erst richtig anfing.

Den Ablauf des Geschehens im Innern des Schankraums mit eigenen Augen zu verfolgen, war ich noch nicht imstande. Es hörte sich aber an wie ein Erdbeben der Stärke acht auf der Richter-Skala. Alle Gläser dieser Welt schienen auf einen Schlag zu Bruch zu gehen, die Einwohner mehrerer Großstädte brüllten im Chor, und fast glaubte ich, die Mauern des Gebäudes beben und wanken zu sehen. Und dann ließ sich eine Polizeipfeife vernehmen.

Das Trillern einer Polizeipfeife besitzt eine magische Wirkung. Es vermag die stürmischsten Wogen im Nu zu glätten. Auch in diesem Fall ließ es den Tumult augenblicklich verstummen. Die Gläser hörten auf zu zerbrechen, das Gebrüll verhallte, und gleich darauf kam Mr. Billson heraus, der sich anscheinend ohne viele Umstände verabschiedet hatte. Seine Nase blutete leicht, und in seinem Gesicht breiteten sich die ersten Schattierungen eines Veilchens aus, aber ansonsten schien er unversehrt. Vorsichtig peilte er nach rechts und links und sprintete dann zur nächsten Straßenecke. Ich schüttelte die letzten Reste der aus meiner Begegnung mit dem Kneipenwirt herrührenden Benommenheit ab und sprintete hinterher. Tiefe Dankbarkeit und Bewunderung erfüllten mich. Ich wollte den Mann einholen und ihm in aller Form meinen Dank aussprechen. Ich wollte ihn meiner allergrößten Hochachtung versichern. Außerdem wollte ich mir von ihm Sixpence borgen. Die Erkenntnis, daß er im Londoner East End weit und breit der einzige Mensch war, der mir eventuell etwas vorstrecken und damit den Fußmarsch zurück in die Ebury Street ersparen könnte, beflügelte meinen Lauf enorm.

Es war gar nicht so leicht, ihn einzuholen, denn als Mr. Billson Schritte hinter sich hörte, glaubte er wohl, man sei ihm auf den Fersen, und legte noch einen Zahn zu. Aber als ich dann bei jedem zweiten Schritt ein klägliches »Mr. Billson! Hallo, Mr. Billson!« hervorkeuchte, begriff er endlich, daß er unter Freunden war.

»Ach, Sie sind's!« sagte er und blieb stehen.

Sichtlich erleichtert zog er eine verkokelte Pfeife aus der

Tasche und steckte sie sich an. Ich sagte mein Dankessprüchlein auf. Als ich damit fertig war, nahm er die Pfeife aus dem Mund und faßte die Moral von der Geschicht' in ein paar kurzen Worten zusammen.

»Ich laß' mir meine Freunde nicht verdreschen«, sagte Mr. Billson.

»Das war wirklich sehr liebenswürdig von Ihnen, daß Sie sich die Mühe gemacht haben«, sagte ich dankbar.

»War keine Mühe«, sagte Mr. Billson.

»Sie müssen diesem Kneipier ein ganz schönes Ding eingeschenkt haben. Er kam mit mindestens achtzig Sachen zur Tür heraus.«

»Ich hab' ihm eine gelangt«, gab Mr. Billson zu.

»Tut mir leid, daß er Sie am Auge erwischt hat«, sagte ich teilnahmsvoll.

»Der!« rief Mr. Billson und spuckte verächtlich aus. »Das war doch der nicht! Das war'n seine Kumpel. Stücker sechs oder sieben war'n das.«

»Und denen haben Sie auch eine gelangt?!« rief ich voller Bewunderung für den Elan dieses Kraftmenschen.

»M-hm«, nickte Mr. Billson. Er paffte ein Weilchen vor sich hin. »Aber dem Kerl hab' ich richtig eine gelangt«, fuhr er dann fort. Er musterte mich mit unverhohlenem Mitleid, und sein Sportlerherz war sichtlich gerührt. »Möcht' bloß wissen«, sagte er empört, »was so'm riesigen ...« – hier charakterisierte er den Kneipenwirt höchst treffend, soweit ich das nach so kurzer Bekanntschaft beurteilen kann – »einfällt, so'n armes Würstchen wie Sie zu verdreschen.«

Die Haltung, die aus diesen Worten sprach, war so nobel, daß mich die Formulierung nicht weiter störte, nicht einmal der Ausdruck »armes Würstchen«. Einem Mann von der Statur eines Mr. Billson, dachte ich mir, mußten die meisten Menschen als Würstchen vorkommen.

»Jedenfalls bin ich Ihnen sehr dankbar«, sagte ich.

Mr. Billson paffte schweigend.

»Sind Sie schon lange zurück?« fragte ich nach einer Weile, um etwas zu sagen. So überragend seine Qualitäten in gewisser Hinsicht auch waren, so unterentwickelt war sein Talent, ein Gespräch in Gang zu halten.

»Zurück?« fragte Mr. Billson.

»Zurück in London. Ukridge erzählte mir, Sie seien wieder zur Marine gegangen.«

»Sie, Mister!« rief Mr. Billson, der meinen Worten erstmals sichtliches Interesse entgegenbrachte, »ham Sie den mal wieder gesehen?«

»Ukridge? Aber ja, ich sehe ihn fast jeden Tag.«

»Ich such' ihn nämlich.«

»Ich kann Ihnen seine Adresse geben«, sagte ich und notierte sie ihm auf einem alten Briefumschlag. Dann schüttelte ich ihm die Hand, dankte ihm nochmals für seine selbstlose Hilfe und borgte mir das Geld für die Fahrt mit der U-Bahn zurück in die Zivilisation. Darauf schieden wir unter Versicherungen unserer gegenseitigen Hochachtung.

Den nächsten Abschnitt in der Folge dieser Ereignisse nenne ich ›Die Episode mit der geheimnisvollen Dame‹. Sie trug sich zwei Tage später zu. Als ich kurz nach dem Mittagessen in die Ebury Street heimkehrte, kam mir schon im Hausflur Mrs. Bowles, die Gattin meines Hauswirts, entgegen. Ich grüßte sie etwas verhalten, denn wie ihr Gemahl wirkte sie stets sehr bedrückend auf mich. Zwar besaß sie nicht die würdevolle Aura Bowles', aber das machte sie wett durch ein seltsam jenseitiges Gehabe, und unter ihren hohläugigen Blicken erschauerten selbst robuste Männer. Sie war eine gebürtige Schottin, und man hatte ständig das Gefühl, als sei ihr gerade ein in weiße Gewänder gehüllter Astralleib erschienen. Dem Vernehmen nach ist so was ja im Norden der Britischen Inseln gang und gäbe.

»Sir«, sagte Mrs. Bowles, »in Ihrer Wohnung ist wer.«

Ich muß gestehen, daß mir diese Mitteilung einen kleinen Schock versetzte, da ich unwillkürlich an einen bleichen Gast dachte.

»Eine Dame«, erklärte Mrs. Bowles streng. »Mit einem rosa Hut.«

Sofort bekam ich ein schlechtes Gewissen. In einem so ordentlichen und anständigen Haus wie diesem schien die Anwesenheit einer Dame mit einem rosa Hut einer Erklärung zu bedürfen. Ich hielt es für geboten, sogleich den Himmel zum Zeugen dafür anzurufen, daß ich mit dieser Dame nichts zu schaffen hätte, rein gar nichts.

»Ich soll Ihnen diesen Brief geben, Sir.«

Ich nahm ihn und öffnete den Umschlag mit einem Seufzer, denn ich hatte die Handschrift Ukridges erkannt. Zum x-ten Mal im Verlauf unserer langen und engen Freundschaft beschlich mich der finstere Verdacht, daß dieser Mensch mal wieder versuchen würde, mich in einen Schlamassel hineinzureiten.

»Altes Roß! Ich bitte Dich ja nur ungern um einen Gefallen . . .«

Hier lachte ich kurz auf.

»Altes Roß! Ich bitte Dich ja nur ungern um einen Gefallen, Jungchen, aber ich flehe Dich an, mir dieses eine Mal beizustehen und Dich als der treue Freund zu erweisen, für den ich Dich halte. Ich habe ja immer gesagt, Corky, mein Junge, daß Du ein wahrer Kumpel bist, der einen nie im Stich lassen würde.

Die Überbringerin dieses Schreibens – eine reizende Frau, sie wird Dir gefallen – ist Flossies Mutter. Sie hat einen Tagesausflug nach London gemacht, und sie muß unbedingt bei Laune gehalten und um Viertel vor sieben am Bahnhof Euston in den Zug gesetzt werden. Leider kann ich mich nicht selber um sie kümmern, da ich mit einem verstauchten Fuß im Bett liege. Sonst würde ich Dich natürlich nicht behelligen.

Von dieser Sache hängt ungeheuer viel ab, alter Schwede, und ich verlasse mich ganz auf Dich. Ich kann Dir gar nicht sagen, wie wichtig es ist, daß die Alte etwas geboten kriegt. Es ist von größter Tragweite! Also zieh Dir Deinen Hut über, Jungchen, und mach Dich ans Werk. Es soll Dein Schaden nicht sein. Alles Weitere später. Dein S. F. Ukridge. P. S. Alle Unkosten werden erstattet.«

Diese letzten Worte nötigten mir ein dünnes Lächeln ab, aber ansonsten fand ich, daß dieser Brief jeglicher Komik entbehrte. Ich schaute auf meine Uhr und sah, daß es erst halb drei war. Folglich hatte ich diese Frauensperson für geschlagene viereinviertel Stunden am Hals. Ich murmelte Verwünschungen, die aber auch nichts halfen, denn es gehörte zu den spezifischen Eigenschaften dieses Unholds Ukridge, daß er einem in Fällen wie diesem keinen Ausweg ließ – es sei denn, man wäre willensstark genug, seine dramatischen Appelle einfach zu ignorieren, was ich jedoch fast nie fertigbrachte. Er nötigte einem seine Pläne immer erst in letzter Minute auf, wenn die Möglichkeit eines ehrenhaften Rückzugs nicht mehr bestand.

Langsam stapfte ich die Treppe hinauf. Es wäre entschieden eine Hilfe gewesen, dachte ich, wenn ich gewußt hätte, wer diese Flossie, von der er wie von einer alten Bekannten sprach, überhaupt war. Offenbar glaubte Ukridge, der Name sei mir geläufig, aber das war er mitnichten. Soweit ich sehen konnte, hatte es in meinem Leben niemals eine Flossie gegeben. Ich ging die zurückliegenden Jahre durch. Längst vergessene Janes und Kates und Muriels und Elisabeths kamen aus den verstaubten Winkeln meines Gedächtnisses zum Vorschein, als ich darin herumstocherte, aber keine Flossie. Falls Ukridge, überlegte ich, während ich die Tür öffnete, damit rechnete, daß traute Erinnerungen zarte Bande zwischen mir und Flossie schlingen würden, so hatte er sich verspekuliert.

Beim Betreten des Zimmers ging es mir sofort durch den Kopf, daß Mrs. Bowles wahrhaftig den untrüglichen Blick des Reporters für das Wesentliche besaß. Man hätte so manches über Flossies Mutter sagen können, zum Beispiel, daß sie korpulent war, temperamentvoll, enger geschnürt, als es vom medizinischen Standpunkt aus ratsam erschien; aber am hervorstechendsten war doch die Tatsache, daß sie einen rosa Hut trug. Es war das riesigste, knalligste, garnierteste Stück Putzmacherkunst, das mir je zu Gesicht gekommen war, und die Aussicht, viereinviertel Stunden in seiner Gesellschaft verbringen zu sollen, steigerte meinen ohnehin großen Verdruß erheblich. Einzig der Gedanke, daß sie dieses Monstrum würde abnehmen müssen, wenn ich mit ihr in ein Kino ginge, vermochte meine schaudernde Seele ein wenig zu wärmen.

»Äh . . . guten Tag«, sagte ich und blieb an der Tür stehen. »Guten Tag«, kam es unter dem Hut hervor. »Sag dem Herrn guten Tag, Cecil.«

Ich gewahrte einen kleinen geschniegelten Bengel am Fenster. Ukridge hatte mit dem sicheren Instinkt des Dichters erkannt, daß das Geheimnis guter Prosa in der Kunst des Weglassens besteht, und den Knaben nicht erwähnt. Als dieser sich widerstrebend umdrehte, um den unvermeidlichen Gruß zu entbieten, spürte ich gleich, daß er mir ein Höchstmaß an Toleranz abverlangen würde. Er war ein frettchengesichtiger, mürrischer Bengel, und er beäugte mich mit einem unverhohlenen Mißfallen, das mich stark an den Wirt des Prince of Wales am Ratcliff Highway erinnerte.

»Ich hab' Cecil mitgebracht«, erklärte Flossies (und vermutlich auch Cecils) Mutter, nachdem der Sprößling, der sich offenbar auf nichts festlegen wollte, etwas Unverständliches geknurrt hatte und ans Fenster zurückgekehrt war, »weil ich dachte, es wär' schön, wenn er auch mal London gesehen hätte.«

»Gewiß, gewiß«, erwiderte ich, während Cecil vom Fenster aus auf London starrte und allem Anschein nach unzufrieden war mit dem, was er da sah.

»Mr. Ukridge sagte, Sie würden uns alles zeigen.«

»Mit Vergnügen«, log ich und schielte nach dem Hut, nur um den Blick sofort wieder abzuwenden. »Am besten gehen wir in ein Kino. Was meinen Sie?«

»Nö!« sagte Cecil. Und man merkte an der Art, wie er »Nö!« sagte, daß es unwiderruflich war.

»Cecil will die Sehenswürdigkeiten sehen«, erläuterte seine Mutter. »Ins Kino können wir auch daheim. Er hat sich ja so auf die Sehenswürdigkeiten gefreut. Da lernt er doch was von.«

»Wie wär's mit der Westminster Abtei?« schlug ich vor. Denn was konnte erzieherischer auf dieses jugendliche Gemüt wirken, als die Grabstätten großer Männer zu besuchen und sich, wenn möglich, schon einen geeigneten Platz für die eigene Bestattung zu wählen? Außerdem dachte ich für einige Sekunden – was sich bei näherer Überlegung leider als Irrtum erwies –, daß Frauen in der Westminster Abtei den Hut abnehmen müßten.

»Nö!« sagte Cecil.

»Er will die Morde sehen«, erklärte Flossies Mutter.

Sie sagte das, als handle es sich um das natürlichste Ansinnen von der Welt, aber mir schien es unerfüllbar. Mörder kündigen schließlich ihre Vorhaben nicht schon im voraus an. Ich hatte keine Ahnung, welche Morde für heute auf dem Programm standen.

»Er liest immer die ganzen Morde in der Zeitung«, fuhr die Frau Mama fort, womit sie etwas Licht in die Sache brachte.

»Ach so«, sagte ich. »Dann sollten wir in Madame Tussaud's Wachsfigurenkabinett gehen. Da sind sämtliche Mörder ausgestellt.«

»Nö!« sagte Cecil.

»Er will sehen, wo's passiert ist«, interpretierte Flossies Mutter, sichtlich um Nachsicht bemüht wegen meiner Begriffsstutzigkeit. »Wo die ganzen Morde passiert sind. Er hat alle Adressen aus der Zeitung ausgeschnitten, und da will er hin, damit er's seinen Freunden daheim erzählen kann.«

Große Erleichterung überkam mich.

»Da können wir ja überall mit einem Taxi hinfahren!« rief ich. »Wir können die ganze Zeit im Taxi sitzen und brauchen nie auszusteigen.«

»Oder mit dem Bus.«

»Nein, nicht mit dem Bus«, sagte ich bestimmt. Ich hatte mich für ein Taxi entschieden – möglichst eins, bei dem man Vorhänge vor die Fenster ziehen konnte.

»Wie Sie meinen«, sagte Flossies Mutter nachgiebig. »Ich persönliche fahr' ja für mein Leben gern Taxi. Hast du gehört, was der Herr sagt, Cecil? Wir fahren mit dem Taxi.«

»Na!« sagte Cecil, als halte er das noch längst nicht für ausgemacht. Ein skeptischer junger Mann.

Ich habe schon glücklichere Nachmittage als diesen erlebt. Zum einen überstiegen die Kosten der Expedition meine vorschnellen Kalkulationen bei weitem. Ich weiß nicht warum, aber die spektakulärsten Morde scheinen sich immer in so entlegenen Stadtteilen wie Stepney oder Canning Town zu ereignen, und Taxifahrten dorthin reißen ins Geld. Zum anderen gehörte Cecil nicht zu jenen Menschen, die einem um so sympathischer werden, je länger man sie kennt. Ich wage im Gegenteil zu behaupten, daß diejenigen ihn am liebsten hatten, die ihn nur ganz selten sahen. Und außerdem war die Sache so eintönig, daß mir das alles sehr bald zum Halse heraushing. Das Taxi hielt vor einem vergammelten Haus in einer öden Straße Meilen entfernt von jeder Zivilisation, Cecil streckte seinen Lemurenkopf zum Fenster hinaus, begaffte den Ort minutenlang in stummer Andacht und hielt dann seinen Vortrag. Offenkundig hatte er alles sehr gründlich gelesen. Er kannte sich bestens aus.

»Die Bluttat von Canning Town«, verkündete er zum Beispiel.

»Ja, mein Schatz?« Seine Mutter warf ihm einen liebevollen und mir einen stolzen Blick zu. »Also hier war das?«

»Genau in diesem Haus«, sagte Cecil mit der wichtigen Miene eines dummen Schwätzers, der im Begriff ist, sich über sein Lieblingsthema zu verbreiten. »Sein Name war James Potter. Die Leiche wurde morgens um sieben unter dem Spülbecken in der Küche gefunden. Seine Kehle war mit einem scharfen Messer von einem Ohr zum anderen durchtrennt worden. Der Bruder seiner Zimmerwirtin war der Täter. Er ist in Pentonville gehenkt worden.«

Es folgten noch ein paar weitere Einzelheiten aus dem schier unerschöpflichen Wissensschatz dieses Goldkindes, und dann ging's weiter zur nächsten historischen Stätte.

»Die Bluttat in der Bing Street!«

»In diesem Haus, mein Schatz?«

»Genau in diesem Haus. Die Leiche wurde im Keller in einem Zustand fortgeschrittener Verwesung gefunden. Der Schädel wurde vermutlich mit einem stumpfen Gegenstand eingeschlagen.«

Als es sechs Uhr sechsundvierzig war, kehrte ich dem Zug den Rücken, ohne den aus einem Abteil dritter Klasse ragenden rosa Hut und die lebhaft winkende Patschhand noch eines Blickes zu würdigen, verließ mit blassem Gesicht die Euston Station und wies einen Taxifahrer an, mich auf schnellstem Weg zu Ukridges Domizil in die Arundel Street nahe dem Leicester Square zu bringen. Meines Wissens hatte es bisher noch keine Bluttat in der Arundel Street gegeben, aber ich hatte das Gefühl, daß eine in der Luft lag. Die Gesellschaft und Unterhaltung Cecils hatten viel dazu beigetragen, mich die Segnungen einer guten Erziehung vergessen zu lassen, und ich schwelgte geradezu in dem Gedanken, dem kleinen Unhold für seinen nächsten Besuch in der Hauptstadt einen Mord in der Arundel Street zu bescheren.

»Hallo, Jungchen!« rief Ukridge, als ich eintrat. »Komm näher, altes Roß. Nett, dich zu sehen. Dachte mir schon, daß du reinschauen würdest.«

Er lag im Bett, aber das widerlegte nicht meinen im Laufe des Nachmittags stärker gewordenen Verdacht, daß er ein abgefeimter Simulant war. An den verstauchten Fuß glaubte ich keine Sekunde. Meiner Meinung nach hatte er sich

Flossies Mutter und ihren hoffnungsvollen Sprößling angesehen und sie dann schleunigst an mich abgeschoben.

»Ich hab' gerade in deinem Buch gelesen, alter Knabe«, sagte Ukridge mit übertriebener Nonchalance, um das unheilschwangere Schweigen zu brechen. Scheinheilig schwenkte er den einzigen Roman, den ich je geschrieben habe, aber wie bitter mein Groll gegen ihn war, kann man am besten daran ablesen, daß nicht einmal das mich milde stimmte. »Es ist kolossal, Jungchen. Das muß ich wirklich sagen: kolossal. Ich hab' dabei blanke Tränen vergossen, Tatsache!«

»Eigentlich ist es ja ein humoristischer Roman«, erklärte ich gereizt.

»Ich hab' Tränen gelacht«, beeilte sich Ukridge zu verbessern.

Ich warf ihm einen angewiderten Blick zu.

»Wo hebst du deine stumpfen Gegenstände auf?« fragte ich.

»Meine was?«

»Deine stumpfen Gegenstände. Ich brauche einen stumpfen Gegenstand. Gib mir gefälligst einen stumpfen Gegenstand, oder willst du etwa behaupten, du hättest keinen?«

»Nur eine Rasierklinge.«

Ich ließ mich erschöpft auf seinen Bettrand sinken.

»Vorsicht! Mein Fuß!«

»Dein Fuß?« Ich lachte höhnisch, so wie der Bruder der Zimmerwirtin wahrscheinlich gelacht hatte, bevor er sich an James Potter zu schaffen machte. »Was soll schon sein mit deinem Fuß?«

»Hab' ihn mir gestern verstaucht. Ist nicht schlimm«, sagte Ukridge tröstend. »Nur so, daß ich ein paar Tage liegen muß.«

»Ja, bis diese Person mit ihrem mißratenen Balg wieder weg ist.«

In Ukridges Gesicht spiegelte sich ungläubiges Erstaunen.

»Soll das etwa heißen, daß du sie nicht gern hattest? Na sowas! Und dabei dachte ich, ihr würdet ein Herz und eine Seele sein.«

»Wahrscheinlich hast du auch gedacht, daß Cecil und ich Busenfreunde würden?«

»Cecil?« sagte Ukridge gedehnt. »Naja, zugegeben, altes Haus, Cecil muß man näher kennen. So einem Jungen muß man Verständnis entgegenbringen und Mut machen, wenn du verstehst, was ich meine. Aber nach einiger Zeit wächst er einem richtig ans Herz.«

»Wenn er mir je ans Herz wächst, laß' ich ihn sofort wegoperieren.«

»Na, davon mal abgesehen«, sagte Ukridge. »Wie lief's denn sonst?«

Ich schilderte ihm unseren Nachmittagsausflug mit knappen und bitteren Worten.

»Ach, das tut mir aber leid, alter Junge«, sagte Ukridge, als ich fertig war. »Was soll ich dazu sagen? Tut mir leid. Ich hatte ja keine Ahnung, was dir da blühte. Aber für mich war das eine lebensentscheidende Sache. Es gab keine andere Wahl. Flossie hat darauf bestanden. Sie ließ nicht locker.«

Über meinem Gram hatte ich das ungelöste Rätsel von Flossies Identität ganz vergessen.

»Wer ist überhaupt diese Flossie?« fragte ich.

»Was? Flossie? Du weißt nicht, wer Flossie ist? Mann, reiß dich doch zusammen. Natürlich kennst du Flossie. Die Bedienung aus der Krone in Kennington. Bomber Billsons Verlobte. Du wirst doch Flossie nicht vergessen haben? Erst vor ein paar Tagen hat sie zu mir gesagt, was du für schöne Augen hast.«

Jetzt fiel es mir schlagartig wieder ein, und ich schämte mich, daß ich ein so auffallendes und einmaliges Mädchen hatte vergessen können.

»Natürlich! Die holde Maid, die du mitgebracht hast, als George Tupper uns in den Regent Grill zum Essen eingeladen hatte. Hat dir George das übrigens je verziehen?«

»Er ist immer noch etwas reserviert«, gab Ukridge kleinlaut zu. »Ich finde, daß Tuppy da ein bißchen nachtragend ist. Ich finde, er sieht das zu eng. Er ist nicht so ein weitherziger Freund wie du, altes Roß. Ein netter Kerl, aber etwas kleinkariert. Kann einfach nicht verstehen, daß es Augenblicke gibt, in denen ein Mann auf die Unterstützung seiner Freunde bauen muß. Du dagegen . . .«

»Na, ich will nur hoffen, daß das, was ich heute nachmittag durchgemacht habe, einem guten Zweck dient. Nachdem ich mich jetzt wieder ein bißchen beruhigt habe, täte es mir leid, dich im Bett erwürgen zu müssen. Würdest du mir also gefälligst erklären, was das alles sollte?«

»Paß auf, Jungchen, das ist so. Der gute Billson kam neulich bei mir vorbei.«

»Ich bin ihm im East End begegnet, und er fragte mich nach deiner Adresse.«

»Ja, das sagte er mir.«

»Was ist, bist du noch sein Manager?«

»Ja, und ohne mein O.K. kann er zu keinem Kampf antreten. Und jetzt hat er das Angebot bekommen, im Universal-Palast gegen einen Typ namens Alf Todd zu boxen.«

»Das wäre ja ein schöner Aufstieg«, sagte ich, denn vor diesem Mekka des Boxsports hatte ich Hochachtung. »Wieviel bekommt er denn diesmal?«

»Zweihundert Pfund.«

»Zweihundert Pfund! Das ist ja enorm für einen praktisch Unbekannten.«

»Unbekannt?!« sagte Ukridge empört. »Was heißt hier unbekannt? Wenn du mich fragst, dann geraten die Boxfans ganz aus dem Häuschen, wenn der Name Billson fällt. Jawohl, aus dem Häuschen! Schließlich hat er doch den Mittelgewichts-Champion K.o. geschlagen.«

»Naja, bei einer Keilerei im Hinterhof, die niemand gesehen hat.«

»Aber so was spricht sich herum«.

»Trotzdem – zweihundert Pfund!«

»Das ist doch nur ein Klacks, Junge, ein Klacks! Glaub mir, bald werden wir für unsere Auftritte weit mehr als diese lumpigen zweihundert verlangen. Tausende, mein Lieber! Das heißt aber nicht, daß wir das Geld ausschlagen wollen. Also wie gesagt, Billson kam und sagte, er hätte dieses Angebot und wie es damit wäre. Und als ich merkte, daß ich halbe-halbe beteiligt sein würde, hab' ich ihm schleunigst meinen Segen gegeben und gesagt, er solle nur machen. Da kannst du dir vorstellen, wie mir zumute war, als Flossie dann diese Zicken machte.«

»Was für Zicken? Seit du vor zehn Minuten angefangen hast zu reden, warte ich darauf, daß du mir endlich die Sache mit Flossie erklärst. Was hat sie mit der ganzen Geschichte zu tun? Was hat sie getan?«

»Nur ein bißchen unser Geschäft sabotiert, Jungchen, sonst gar nichts. Einfach die Bremse gezogen. Hat gesagt, er darf nicht mehr boxen.«

»Nicht mehr boxen?«

»Hat sie gesagt. Einfach so – als ob nicht alles davon abhinge, daß er diesmal boxt wie noch nie. Sie sagte – ob du's glaubst oder nicht, und wenn nicht, kann ich's gut verstehen – sie sagte, sie wollte nicht, daß sein Gesicht entstellt wird.« Ukridge sah mich mit hochgezogenen Brauen bedeutungsvoll an, während er diesen Beweis weiblicher Unlogik auf mich wirken ließ. »Entstellt, daß ich nicht lache. Entstellt! Was sagst du dazu? Als ob der Kerl nicht schon völlig entstellt wäre. Diese Visage kann doch vom Boxen nur schöner werden. Stundenlang hab' ich mit ihr herumgezackert, aber nein, sie sieht das nicht ein. Meide die Frauen, Jungchen, denn sie ermangeln der Intelligenz.«

»Jedenfalls verspreche ich dir, Flossies Mutter zu meiden, wenn dir damit gedient ist. Wie hängt sie nun mit der Sache zusammen?«

»Das ist ein Prachtweib, mein Lieber. Sie war meine Rettung. In letzter Minute hat sie mir aus der Patsche geholfen. Sie kommt von Zeit zu Zeit mal auf Besuch nach London, aber obwohl Flossie sie liebt und ehrt, geht die alte Dame ihr schon nach zehn Minuten derart auf den Wecker, daß sie noch Tage danach am ganzen Körper zittert.«

In dieser Hinsicht konnte ich die künftige Mrs. Billson gut verstehen. Offenbar war sie trotz Ukridges Schmähungen eine ganz vernünftige Person.

»Und als die arme Flossie mir dann mit Tränen in den Augen erzählte, daß ihre Mutter heute käme, hatte ich den Einfall meines Lebens. Ich sagte, ich würde sie ihr vom Halse halten, wenn sie damit einverstanden wäre, daß Billson im Universal-Palast antritt. Na, da kannst du mal sehen, was Familienbande sind, Junge: Sie ging sofort darauf ein. Richtig gejubelt hat sie und mich auf beide Backen geküßt. Den Rest kennst du ja.«

»Ja, den Rest kenne ich nur zu gut.«

»Niemals«, erklärte Ukridge feierlich, »niemals bis ans Ende meiner Tage werde ich dir diesen Freundschaftsdienst vergessen.«

»Schon gut. Wahrscheinlich wirst du mir in einer Woche etwas noch Ungeheuerlicheres zumuten.«

»Na hör mal . . .«

»Wann findet dieser Boxkampf statt?«

»Heute in einer Woche. Du mußt unbedingt kommen. Diese nervliche Belastung. Da braucht man einen Freund um sich.«

»Ich werd's mir nicht entgehen lassen. Kommst du vorher mit mir essen?«

»Das ist ein Wort!« sagte Ukridge begeistert. »Und am Abend danach lade ich dich zum Bankett deines Lebens ein. Von diesem Bankett wird man sich noch lange erzählen. Denn du mußt wissen, mein Bester, daß ich dann vermögend sein werde. Ein vermögender Mann, Jungchen!«

»Vorausgesetzt, daß Billson Sieger wird. Und wenn er verliert?«

»Verliert? Der verliert nicht. Der kann gar nicht verlieren. Wie kannst du nur so blöd daherreden, wo du ihn erst vor ein paar Tagen erlebt hast. Hat er da nicht eine prima Figur gemacht?«

»Doch, das hat er.«

»Na also! Und ich finde, die Seeluft hat ihn eher noch robuster gemacht. Ich hab' jetzt noch ganz lahme Finger von seinem Händedruck. Der könnte schon morgen Meister aller Klassen werden, ohne auch nur die Pfeife aus dem Mund zu nehmen. Alf Todd«, sagte Ukridge und schwang sich zu ungeahnten Höhen plastischster Bildhaftigkeit auf, »hat ungefähr soviel Chancen wie ein einarmiger Blinder in einem dunklen Zimmer, der einem Tiger einen Knoten in den Schwanz machen will.«

Obwohl ein Freund des Boxsports, war ich zuvor noch nie im Universal-Palast gewesen, und ich war deshalb sehr beeindruckt von der Atmosphäre, die dort bei unserem Eintreffen herrschte. Sie unterschied sich merklich von der in der Wonderland-Halle, der Heimstatt der Faustkämpfer im East End, wo ich dem Debut des Bombers beigewohnt hatte. Dort war eine gewisse Nachlässigkeit in Fragen der Garderobe zu bemerken gewesen; hier dagegen leuchteten weiße Smokinghemden, wohin man sah. Außerdem war es in der Wonderland-Halle geräuschvoll zugegangen. Manche Anhänger dieser Sportart hatten sich sogar dazu hinreißen lassen, auf den Fingern zu pfeifen und weiter entfernt sitzenden Freunden Scherzworte zuzurufen. Im Universal-Palast war es still wie in einer Kirche. Und je länger ich dasaß, um so weihevoller erschien mir die Stimmung. Als wir eintraten, vollzogen gerade zwei Novizen aus der Bantamklasse das Ritual im Beisein eines Oberhirten, dieweil eine große Gemeinde andächtig zusah. Während wir unsere Plätze einnahmen, wurde dieser Teil des Zeremoniells abgeschlossen, und der Pastor verkündete, daß Nippy Coggs der Sieger sei. Für einen kurzen Augenblick erhob sich ehrfürchtiges Murmeln unter den Brüdern und Schwestern, Nippy Coggs verschwand in der Sakristei, und nach ein paar Minuten sah ich dann die vertraute Gestalt Bomber Billsons durchs Mittelschiff schreiten.

Kein Zweifel, der Bomber sah prächtig aus. Seine Muskeln glichen mehr denn je dicken Schiffskabeln, und ein frischer Haarschnitt hatte seinem Kopf jenes knollige, stachelige Aussehen verliehen, das es jedem, der recht bei Trost war, ratsam erscheinen ließ, mit ihm nicht leichtfertig Händel anzufangen. Mr. Todd, sein Opponent, der ihm wenig später folgte, war auch keine Schönheit – was vor allem dem völligen Fehlen eines Zwischenraums zwischen Augenbrauen und Haaransatz zuzuschreiben war –, aber ihm ging dieses gewisse Etwas ab, das der Bomber in so reichem Maße besaß. Kaum daß sich unser Mann dem Publikum gezeigt hatte, da schlugen ihm Wogen der Sympathie entgegen. Freudiges Raunen ging durch die Bankreihen, als er sich in seiner Ringecke niederließ, und ich hörte, wie im Flüsterton beachtliche Wetten auf ihn abgeschlossen wurden.

»Kampf über sechs Runden«, verkündete der geistliche Herr, »zwischen Bomber Billson (Bermondsey) und Alf Todd (Marylebone). Bitte das Rauchen einzustellen.«

Die Gemeinde zündete sich frische Zigarren an, und der Fight begann.

Angesichts der Tatsache, daß Ukridges finanzielles Wohlergehen gänzlich vom Erfolg seines Schützlings an diesem Abend abhing, beruhigte es mich zu sehen, daß Mr. Todd die Begegnung in einer Weise eröffnete, die Bomber Billson wenig Veranlassung gab, etwas von seiner fatalen Weichherzigkeit an den Tag zu legen. Ich hatte noch nicht vergessen, wie sich der nach Punkten weit überlegene Bomber in der Wonderland-Halle den sicheren Sieg entgehen ließ, nur weil er es nicht übers Herz brachte, seinen Gegner ein bißchen hart anzupacken – einen Mann, der viel Kummer gehabt hatte und sich deshalb des Mitgefühls von Mr. Billson erfreute. An diesem Abend schien ein solches Unglück ausgeschlossen. Es war kaum vorstellbar, daß jemand, der Alf Todd im Ring gegenüber stand, Mitleid mit ihm empfinden könnte. Im Herzen seines Gegners Mitgefühl zu wecken, war wohl das letzte, wozu dieser Mann geeignet war. Kaum ertönte der Gong, da ließ er sein Minimum an Stirn, mit dem ihn die Natur bedacht hatte, unter der Ponyfrisur verschwinden, schnaubte wild und stürzte sich ins Getümmel. In der Frage, welche Faust am besten zum Angriff geeignet sei, schien er keine orthodoxe Meinung zu vertreten. Ob rechts oder links, das war Alf vollkommen egal. Und wenn er Mr. Billson einmal nicht mit den Händen erreichen konnte, war er auch durchaus bereit, mit dem Kopf zuzustoßen. Daß Alf Todd stur nach Vorschrift geboxt hätte, konnte ihm keiner nachsagen.

Wilberforce Billson, aus Hunderten von Boxkämpfen in ebensovielen Hafenbars gestählt hervorgegangen, war nicht faul und machte mit. In ihm hatte Mr. Todd einen würdigen und begeisterten Partner gefunden. Wie Ukridge mir heiser zuflüsterte, während der Pastor Alf ermahnte, seinen Ellenbogen nicht dahin zu tun, wo er nicht hingehörte, war Wilberforce ganz in seinem Element. Das war genau die Art von Duell, auf die er sich verstand und bei der er zu Höchstform auflief – und diese Ansicht fand kurz danach ihre Bestätigung, als Mr. Todd nach einem hitzigen Schlagabtausch, bei dem er trotz kräftigen Zulangens mehr einstecken mußte, als er austeilte, zu einem Rückzugsmanöver mit allerhand flinker Beinarbeit gezwungen wurde. Am Ende der Runde lag der Bomber nach Punkten klar in Führung, und unter den Andächtigen erhob sich sogar hier und da gedämpfter Applaus.

Die zweite Runde nahm einen ähnlichen Verlauf wie die erste. Daß es Alf Todd bisher nicht gelungen war, Bomber Billson in seine Bestandteile zu zerlegen, hatte seinen Kampfgeist nicht gemindert. Er war nach wie vor voller Pep und tat sein Bestes, um keine Langeweile aufkommen zu lassen. Wenn man sah, wie er ein übers andere Mal angriffslustig vorstieß, mußte man unwillkürlich an einen gereizten Gorilla denken, der seinem Wärter an den Kragen will. Gelegentlich zwang ihn ein Temperamentsausbruch seines Gegners, momentan in einen Clinch zu gehen, aber jedesmal befreite er sich wieder daraus, um sofort aufs neue zu attackieren. Dennoch lag er am Ende von Runde zwei noch ein Ideechen zurück. In der dritten Runde konnte der Bomber weitere Punkte für sich verbuchen, und nach der vierten war Alf Todd so weit abgeschlagen, daß Wettfreunde nur noch durch das Angebot äußerst großzügiger Gewinnchancen dazu bewegt werden konnten, ihr Bares auf ihn zu setzen.

Und dann wurde die fünfte Runde eingeläutet, und alle, die noch vor einer Minute drei zu eins auf den Bomber gewettet und dazu laut bemerkt hatten, das Geld sei schon so gut wie gewonnen, erstarrten jetzt auf ihren Sitzen oder lehnten sich schreckensbleich nach vorn. Eben noch war es ihnen undenkbar erschienen, daß diese todsichere Sache schiefgehen könnte. Da waren ja nur noch diese und die nächste Runde – nicht mehr als sechs Minuten Schlagabtausch; und Mr. Billson hatte einen solchen Punktvorsprung, daß lediglich ein K. o.-Treffer ihn um den Sieg bringen konnte. Dabei brauchte man sich Mr. Billson nur anzusehen, um den Gedanken, daß er zu Boden gehen könnte, als völlig absurd zu verwerfen. Selbst ich, der ich ihn in der Wonderland-Halle in diesem Zustand erlebt hatte, hielt das für ausgeschlossen. Wenn hier ein Mann fest auf beiden Beinen stand, dann war es Wilberforce Billson.

Aber im Boxsport kann man die größten Überraschungen erleben. Als er zur fünften Runde aus seiner Ecke kam, wurde uns plötzlich klar, daß es um unsern Mann nicht zum besten bestellt war. Irgendein Zufallstreffer im Gerangel am Ende der vorigen Runde mußte ihn an einer empfindlichen Stelle erwischt haben, denn er war offensichtlich in schlechter Verfassung. So unwahrscheinlich es auch klingt: Bomber Billson war groggy. Er schlurfte mehr, als daß er tänzelte; er blinzelte so träge, daß seinen Anhängern das Herz sank; und es fiel ihm zunehmend schwerer, sich der Zudringlichkeiten Mr. Todds zu erwehren. Man begann zu tuscheln; Ukridge klammerte sich krampfhaft an meinen Arm; ich hörte, wie Wetten auf Alf angeboten wurden; und in der Ecke des Bombers, wohin Ministranten abgeordnet worden waren, um unserm Mann zu sekundieren, starrten sie mit bangen Gesichtern durch die Seile.

Mr. Todd dagegen war wie ausgewechselt. Nach der vorangegangenen Runde war er mürrisch in seine Ecke gestapft wie einer, der seiner Niederlage entgegensieht. »Mir lacht eben nie das Glück«, schien der Ausdruck auf seinem Gesicht zu besagen, während er trüb auf die Matte glotzte. »Wieder um eine Hoffnung ärmer!« Und zur fünften Runde war er mit der Verdrossenheit eines Mannes angetreten, der bei einem Kindergeburtstag stundenlang die lieben Kleinen unterhalten hat und dem es jetzt reicht. Die Höflichkeit gebot ihm zwar, diese unerquickliche Sache zu Ende zu bringen, aber er war nicht mehr mit dem Herzen dabei.

Und dann fand er sich anstatt dem stahlharten Kämpen, der ihm so schwer zu schaffen gemacht hatte, diesem kümmerlichen Wrack gegenüber. Für Sekunden machte die Überraschung Mr. Todd bewegungsunfähig, aber dann stellte er sich auf die neue Lage ein. Es war, als hätte man Alfred Todd Frischzellen gespritzt. Er stürzte sich auf Bomber Billson, und Ukridges Griff an meinem Arm wurde noch krampfhafter.

Stille senkte sich über die Sportarena. Es war eine gespannte, erwartungsvolle Stille, denn der Kampf näherte sich jetzt seinem dramatischen Höhepunkt. Der Bomber lehnte matt an den Seilen, ohne auf die gut gemeinten Ratschläge seiner Sekundanten zu achten, während Alf Todd, dem sein Pony jetzt fast gänzlich die Sicht nahm, nach einer Deckungslücke spähte. Günstige Gelegenheiten muß man beim Schopf packen, das wußte auch Alf Todd. Er fuchtelte einen Augenblick mit den Fäusten, als wollte er Mr. Billson hypnotisieren, und dann griff er an.

Ein lautes Getöse erhob sich. Die Gemeinde schien ganz vergessen zu haben, wo sie sich befand. Sie sprangen von ihren Sitzen auf und brüllten aufs lästerlichste. Denn jetzt schien sich das Blatt zu wenden. Irgendwie hatte sich Wilberforce Billson aus seiner Ecke befreien können und stand nun in der Mitte des Rings, gleichsam auf Bewährung entlassen.

Trotzdem sah er nicht glücklich aus. Sein für gewöhnlich ausdrucksloses Gesicht war von Schmerz und Mißbehagen verzerrt. Zum erstenmal in dieser Begegnung zeigte er eine

Gemütsbewegung. Bei genauerem Hinsehen bemerkte ich, daß seine Lippen sich bewegten, vielleicht im stillen Gebet. Und als Mr. Todd von den Seilen nach vorne schnellte, fuhr er sich mit der Zunge über diese Lippen. Die Art und Weise, wie er das tat, verriet nichts Gutes, und er senkte dabei seine Rechte langsam bis unters Knie.

Alf Todd kam heran. Er bewegte sich so lässig, als sei er auf dem Weg zu einer Gaudi; für ihn war heute ein wunderschöner Tag. Er sah Bomber Billson an wie einen vollen Bierkrug. Wäre er nicht von Natur aus schweigsam und zurückhaltend gewesen, dann hätte er in diesem Moment ein Liedchen angestimmt. Er ließ eine linke Gerade genau auf Mr. Billsons Nase landen. Nichts geschah. Er holte mit der Rechten aus und hielt sie für einen Moment fast spielerisch in der Schwebe. Während dieses Moments erwachte Bomber Billson zum Leben.

Alf Todd muß es wie eine Auferstehung von den Toten vorgekommen sein. Während der letzten zwei Minuten hatte er absolut jedes in der Fachwelt bekannte Mittel angewandt, um seine Hypothese zu untermauern, daß dieser Mann seine Schlagkraft restlos eingebüßt hatte, und die Hypothese schien hundertprozentig verifiziert. Und jetzt führte sich dieser Mensch urplötzlich auf wie der weiße Wirbelwind. Das war schon höchst beunruhigend. Die Seile kollidierten mit Alf Todds Kehrseite. Etwas anderes kollidierte mit seinem Kinn. Er versuchte auszuweichen, aber da wurde das blumenkohlartige Gewächs, das er gern scherzhaft als sein Ohr bezeichnete, von einem knautschigen Handschuh getroffen. Ein zweiter Handschuh bekam Kontakt mit seiner Kinnspitze. Und damit war der Fall für Alf Todd erledigt.

»Sieger ist Bomber Billson«, artikulierte der Pastor.

»Hoi!« brüllte die Gemeinde.

»Hui!« ächzte Ukridge an meiner Seite.

Das war knapp gewesen, aber zu guter Letzt hatte unsere Seite doch noch obsiegt.

Ukridge raste in die Kabine, um dem Bomber seinen Managersegen zu spenden, und da der nächste Kampf sich nach diesem Nervenkitzel als sehr schwach erwies, ging ich kurz darauf nach Hause. Gerade rauchte ich noch eine Gute-Nacht-Pfeife, als ein stürmisches Klingeln an der Haustür mich aus meinen Gedanken schreckte. Dann ertönte Ukridges Stimme im Flur.

Das überraschte mich ein wenig. Ich hatte nicht erwartet, Ukridge an diesem Abend noch einmal zu sehen. Als wir uns trennten, war es seine Absicht gewesen, Mr. Billson zum Abendessen einzuladen; und da der Bomber sich genierte, die Tavernen des West End zu betreten, bedeutete das, daß sie sich ins hinterste East End begeben würden, wo der Champion in spe mehr Bier trinken und mehr Soleier verzehren würde, als ein Magenspezialist für möglich gehalten hätte. Die Tatsache, daß der spendable Gastgeber jetzt meine Treppe heraufgepoltert kam, ließ darauf schließen, daß aus der Sause nichts geworden war. Und die Tatsache, daß aus der Sause nichts geworden war, ließ darauf schließen, daß irgendwas nicht stimmte.

»Gib mir einen Drink, alter Junge«, keuchte Ukridge, als er ins Zimmer stürzte.

»Was ist denn passiert?«

»Nichts, Jungchen, gar nichts. Ich bin nur ruiniert, das ist alles.«

Gierig machte er sich über Whiskykaraffe und Siphon her, die Bowles auf den Tisch gestellt hatte. Ich beobachtete ihn besorgt. Bei dem, was den im Universal-Palast noch vor Lebensfreude Überschäumenden derart verändert hatte, konnte es sich um keine gewöhnliche Tragödie handeln. Einen Augenblick lang dachte ich, daß Bomber Billson vielleicht disqualifiziert worden sei, verwarf das aber gleich wieder, als mir einfiel, daß man Boxer nicht im nachhinein disqualifizieren kann, wenn der Kampf schon seit einer halben Stunde vorbei ist. Aber was sonst konnte diesen Leidenszustand hervorgerufen haben, wo jetzt doch aller Grund zum stillvergnügten Jubilieren bestand?

»Was ist passiert?« fragte ich deshalb noch mal.

»Passiert? Ich will dir sagen, was passiert ist«, stöhnte Ukridge und spritze sich Soda ins Glas. Ich mußte bei seinem Anblick an König Lear denken. »Weißt du, was ich an dem Boxkampf heute abend verdiene? Zehn Pfund! Ganze lumpige, schäbige zehn Eier! Das ist passiert.«

»Das verstehe ich aber nicht.«

»Die Börse belief sich auf dreißig Pfund. Zwanzig für den Sieger. Mein Anteil beträgt zehn Pfund. Zehn! Das mußt du dir mal vorstellen. Was zum Teufel soll ich mit zehn Pfund anfangen?«

»Aber hatte Billson dir nicht gesagt . . .«

»Jaja, ich weiß. Zweihundert würde er kriegen, hat er gesagt. Aber dieser hirnrissige, dumpfköpfige Knallkaffer hat mir nicht dazugesagt, daß er die kriegen sollte, wenn er verliert!«

»Verliert?«

»Ja, er sollte sie bekommen, wenn er verliert. Ein paar Dunkelmänner, die beim Wetten was verdienen wollten, haben versucht, ihn zu kaufen.«

»Aber er hat sich doch nicht kaufen lassen.«

»Das weiß ich ja, verdammt noch mal! Das ist es doch gerade. Und weißt du auch, warum nicht? Dann will ich's dir verraten. Gerade als er bereit war, sich in der fünften Runde K. o. schlagen zu lassen, da tritt ihm der andere aus Versehen auf sein Hühnerauge, und das hat ihn so wild gemacht, daß er alles andere vergaß und ihn nach Strich und Faden verdroschen hat. Was sagst du dazu, Jungchen, als vernunftbegabtes Individuum? Hast du schon jemals soviel hirnverbrannten Schwachsinn auf einmal erlebt? Sich ein Vermögen durch die Lappen gehen zu lassen, ein ungeheures Barvermögen, bloß um einem momentanen Impuls nachzugeben! Reichtümer, von denen man kaum zu träumen wagt, den Bach runtergehen zu lassen, weil ihm einer auf sein Hühnerauge tritt! Sein Hühnerauge!« Ukridge lachte grimmig. »Mit welchem Recht hat ein Boxer überhaupt Hühneraugen? Und wenn er schon Hühneraugen haben muß, dann kann man doch wenigstens verlangen, daß er mal einen Augenblick die Zähne zusammenbeißt. Aber weißt du, Jungchen, die Boxer sind auch nicht mehr das, was sie mal waren. Degeneriert, verstehst du, völlig degeneriert. Keine Zucht. Kein Kampfgeist. Keine Selbstachtung. Kein Weitblick. Alles, worauf Englands Größe einstmals beruht hat, ist dahin.«

Und mit einem verdrießlichen Kopfnicken verschwand Stanley Featherstonehaugh Ukridge in der Nacht.

CHRISTINE NÖSTLINGER
Kinder lieben Kitsch

Ein relativ kleines, aber doch ziemlich lästiges Problem ist in vielen Familien der makabre Schönheitssinn von Kindern. Kinder lieben Kitsch!

Einen Plastikgartenzwerg finden sie wesentlich schöner als die Venus von Milo. Einem Abziehbild mit schweinsrosa Rosen geben sie den Vorzug vor einer Emailminiatur aus dem Biedermeier.

Da Kinder aber mit der Venus von Milo und Biedermeierminiaturen wenig zu schaffen haben, wirkt sich das kaum auf das Zusammenleben mit ihren Eltern aus. Aufgeschlossene Eltern nehmen es auch lächelnd hin, daß ihr Kind nicht nach der edlen Kalbsledermappe für die Schulhefte giert, sondern nach einem regenbogenfarbenen Plastikungeheuer mit einem silbernen Batman drauf.

Schwieriger wird die Sache schon, wenn es um Kleidung geht. Man will seine Kinder ja nicht unterdrücken! Man will ihnen ja den eigenen Willen lassen!

Aber muß man da wirklich soweit gehen, daß man seiner kleinen Tochter – genau nach Wunsch – einen zitronengelben Rock mit rosa Zickzackstreifen häkelt und orangenfarbene Noppen in die Streifen einarbeitet?

Und wenn man sich schon zu diesem Wahnsinnswerk hergibt, muß man mit einem derart gekleideten Kind auch außer Haus gehen? Oder darf man sagen: »Wenn du mit mir fortgehst, zieh bitte etwas anderes an!«

Noch schwieriger wird die Sache, wenn es um Anschaffungen geht, die viel Geld kosten. Etwa um eine neue Kinderzimmertapete. Gut zwanzig modische, ästhetisch einwandfreie Tapetenmuster bieten wir und der Verkäufer dem Kind an, doch das Kind greift gierig nach einem bordeauxroten Samtimitat mit Goldprägung. »Die ist am schönsten!« sagt es.

Nur sehr großzügige Eltern beschließen dann, daß es gutes Recht ihres Kindes sei, in einer bordellroten Kitschkammer zu hausen!

Ganz schwierig wird die Angelegenheit, wenn die lieben

Kleinen schenken, was ihrem Geschmack entspricht. Geschenke von Kindern soll man besonders ehren! Aber ehre einer eine Urne, die mit kleinen Müschelchen beklebt ist und als Blumenvase dienen soll. Aber hänge sich einer eine Kette um den Hals, die aus den Restbeständen einer Kronlusterfabrik aufgefädelt wurde!

Beim Problem Kinderkitsch kontra Erwachsenenästhetik ist die einzige Lösung: abwarten! In ein paar Jahren ändert sich die Lage. Da belächeln dann die großgewordenen Kleinen unseren Pulli und unsere Tapete und murmeln: So ein Kitsch!

KNUT HAMSUN
Eine ganz gewöhnliche Fliege mittlerer Größe

Unsere Bekanntschaft fing damit an, daß sie eines Tages
während ich saß und schrieb, zu meinem offenen Fenster
hereingeflogen kam und einen Tanz um meinen Kopf begann. Sie fühlte sich offenbar von dem Spiritus in meinem
Haar angezogen. Ich schlug einmal ums andere nach ihr,
aber sie kümmerte sich nicht darum.

Da griff ich nach der Papierschere.

Ich habe nämlich eine Papierschere, sie ist groß und
schön, ich gebrauche sie als Pfeifenkratzer und Feuerzange,
ich schlage mit ihr auch Nägel in die Wände ein; in meiner
geübten Hand ist sie eine fürchterliche Waffe. Ich schwang
sie einige Male in der Luft, und die Fliege flog weg.

Aber ein Weilchen später kam sie wieder zurück und begann ihren Tanz von neuem. Ich sprang auf und rückte
meinen Tisch weiter nach der Türe. Die Fliege kam mir
nach. Ich werde dir schon einen Possen spielen, dachte ich.
Und ich ging in aller Stille hin und wusch den Spiritus aus
meinen Haaren aus. Das half. Die Fliege setzte sich ziemlich betrübt auf meine Lampenkuppel und rührte sich
nicht.

Das ging so eine ganze Weile; ich arbeitete weiter und
brachte eine Menge fertig. Aber auf die Dauer wurde es ein
wenig einförmig, immer dieser Fliege zu begegnen, jedesmal, wenn ich die Augen aufschlug. Ich betrachtete sie; sie
war eine ganz gewöhnliche Fliege mittlerer Größe, gut gebaut, mit grauen Schwingen. Rühr dich ein wenig! sagte
ich. Sie rührte sich aber nicht. Fort! sagte ich und fächelte
nach ihr. Da flog sie auf, machte einen Schwung durch das
Zimmer und kam wieder zur Lampenkuppel zurück.

Von diesem Augenblick schreibt sich unsere eigentliche
Bekanntschaft her. Ich bekam vor ihrer Standhaftigkeit
Achtung. Was sie wollte, das wollte sie; auch rührte sie
mich durch ihren Ausdruck, sie legte den Kopf auf die Seite und sah mich betrübt an. Unsere Gefühle wurden gegenseitige, sie verstand, daß ich etwas für sie übrig hatte,
und richtete sich danach, sie wurde in ihrem Auftreten im-

mer freier. Bereits am Nachmittag, als ich ausgehen wollte, flog sie vor mir her zur Türe und suchte es zu verhindern.

Am nächsten Tage war ich zur üblichen Zeit aufgestanden. Als ich vom Frühstück hineingehen wollte, um mich an die Arbeit zu machen, traf ich in der Tür meine Fliege. Ich nickte ihr zu. Sie summte einige Male in der Stube umher und setzte sich auf meinem Sessel nieder. Ich hatte sie nicht zu dem Sitz hingeführt und brauchte den Sessel. Fort! sagte ich. Sie hob sich einige Zoll empor und ließ sich wieder auf den Sessel nieder. Da sagte ich: Nun setz ich mich! – Ich setzte mich auch. Die Fliege flog empor und nahm auf meinem Papier Platz. – Fort! sagte ich. Keine Antwort. Ich blies sie an, sie duckte sich und wollte nicht weg. Es geht nicht ohne gegenseitige Rücksichtnahme auf die Dauer! sagte ich. Sie hörte mich an und dachte darüber nach, beschloß aber gleichwohl, sitzen zu bleiben. Da schwang ich wieder die Papierschere; das Fenster war offen – daran hatte ich nicht gedacht –, die Fliege flog hinaus.

Ein paar Stunden lang blieb sie draußen. Ich ging die ganze Zeit umher und bereute, daß ich sie hinausgelassen hatte. Wo sie nun sein mochte. Wer weiß, was ihr zustoßen konnte! Endlich setzte ich mich auf meinen Platz und wollte wieder zu arbeiten anfangen: aber ich war voll düsterer Ahnungen.

Da kehrte die Fliege zurück. Sie brachte etwas Häßliches an ihrem einen Hinterbein mit. Du bist auf dem Misthaufen gewesen, du Tier, sagte ich zu ihr, pfui! Aber ich freute mich doch, daß sie wiedergekommen war, und ich machte meine Fenster fest zu. Wie kannst du solche Ausflüge unternehmen! sagte ich. Da sah sie aus, als wenn sie sich amüsierte und bah! zu mir machte, weil sie diesen Ausflug unternommen hatte. Ich hatte noch niemals eine Fliege so lustig gesehen, sie steckte mich damit an; ich sagte auch bah! und lachte herzlich. Haha, hat man je einen solchen Kobold von einer Fliege gesehen! sagte ich. Komm her, ich will dich ein wenig unterm Kinn kraulen, du Schelm!

Am Abend versuchte sie wieder ihren alten Scherz und wollte mir die Türöffnung versperren. Ich ermannte mich und gebrauchte meine Autorität. Es war ja ganz schön, daß sie mich lieb hatte; aber mich jeden Abend zu Hause zurückzuhalten, das vermochte sie doch nicht. Ich drängte mich mit Gewalt an ihr vorbei. Ich hörte, wie wütend sie drinnen war, und ich rief zu ihr hinein: Da siehst du, wie es ist, wenn man allein ist. Adieu. Nun kannst du sitzen bleiben!

An den folgenden Tagen stellte diese kleine Mistfliege meine Geduld auf manche Probe. Kamen Leute zu mir, wurde sie eifersüchtig und jagte sie durch ihre Ungezogenheit zur Türe hinaus. Wenn ich ihr nachher wegen ihres Benehmens Vorwürfe machte und sie ein wenig beim Schopfe nehmen wollte, machte sie einen halsbrecherischen Schwung vom Boden bis gerade hinauf zur Decke, wo sie sich festsetzte, so daß mir ganz schwindlig wurde. Du fällst herunter! schrie ich ihr zu. Aber meine Warnungen fruchteten nichts. Na, dann bleib oben sitzen! sagte ich und wandte ihr den Rücken zu. Da kam sie herunter. Ja, damit war es nicht abgetan. Als ich von ihr keine Notiz nahm, flog sie dicht an meiner Nase vorbei und fiel mit einem Knall gerade auf mein Manuskript herab. Hier begann sie umher zu spazieren, als wenn ich gar keine Papierschere mehr im Haus hätte. Man muß es weiterhin im Guten mit ihr versuchen, dachte ich. Und ich sagte freundlich: Geh da nicht und beschmutze dich nicht mit Tinte; ich will ja nur dein Bestes! Aber sie war taub für meine Worte. Habe ich dir nicht gesagt, du sollst nicht auf dem Papier gehen? wiederholte ich. Das ist grobes Papier, Konzeptpapier, du kannst dir Splitter in die Füße eintreten. Ach nein, sie schien das nicht zu fürchten. Hat man schon je solchen Eigensinn gesehen! schrie ich empört. Ist das Papier etwa nicht splittrig? Nein, es schien ihr nicht im geringsten splittrig. Dann geh zum Teufel damit! rief ich. Ich nehme mir einen anderen Bogen. Als ich einen anderen Bogen nahm, ging sie weg.

Es vergingen Tage und Wochen. Wir gewöhnten uns aneinander, arbeiteten zusammen, auf verschiedenen Bogen, und teilten Freud' und Leid. Sie hatte unzählige Launen, aber ich ertrug sie. Sie hatte mir deutlich ihre Abneigung gegen Zug zu erkennen gegeben, und ich hielt daher Türen und Fenster geschlossen. Nichtsdestoweniger konnte ihr bisweilen der Einfall kommen, sich von der Decke herabzustürzen und geradezu gegen die geschlossene Fensterscheibe anzustürmen, als wollte sie sie sprengen. Hast du draußen was zu tun, dann geh *diesen* Weg, sagte ich. Und ich öffnete ihr die Tür. Nein, da schien sie nicht hinaus zu wollen.

Willst du hinaus oder willst du nicht hinaus? fragte ich. Eins, zwei, drei? Keine Antwort. Ich warf die Türe krachend zu.

Ich sollte meinen Zorn bald bereuen:

Eines Tages war die Fliege weg. Sie hatte am Morgen aufgepaßt, als das Mädchen in die Stube hineinkam, und war durch die Türe hinausgeschlüpft. Ich begriff, daß das ihre Rache war, und ich grübelte lange darüber, was ich tun sollte. Dann ging ich in den Hof hinaus und rief: Meinetwegen, wenn sie fort bleiben wollte, nur immerzu, ich vermiße sie nicht! Es half nichts, ich konnte sie nicht herbeilocken; ich sehnte mich nach der Fliege. Ich öffnete alles, was in meinem Hause geöffnet werden konnte, und legte mein Manuskript ins Fenster, wo es Wind und Wetter ausgesetzt war; sie sollte sehen, daß mir für sie nichts zu gut wäre. Ich fragte meine Wirtin nach der Fliege, ich goß wieder eine Menge Spiritus auf mein Haar und lockte sie und nannte sie meinen besten Freund und meine Hoffliege, um ihr zu schmeicheln – alles vergebens.

Endlich am Vormittag des nächsten Tages kehrte sie zurück. Sie kam nicht allein, sie brachte einen Liebhaber von der Straße mit. In meiner Freude, sie wieder zu sehen, vergab ich ihr alles und übte sogar eine Zeitlang gegen ihren Liebsten Nachsicht. Aber was zuviel ist, ist zuviel. Alles hat seine Grenzen. Sie setzten sich zuerst hin, um einander Blicke zuzuwerfen und sich die Beine zu reiben, plötzlich aber stürzte sich der Liebhaber in einer Weise über sie her, daß ich errötete. Was macht ihr da vor den Augen aller Leute! sagte ich und schalt sie aus. Nur nicht so groß tun, wenn man sich so benimmt!

Das nahm sie sehr übel auf; sie warf den Kopf spöttisch nach hinten und machte mir deutlich begreiflich, daß ich wohl nur eifersüchtig wäre. Ich eifersüchtig? pfiff ich. Eifersüchtig auf den da? Nein, weißt du was? Aber sie warf den Kopf noch mehr nach hinten und wiederholte ihre Behauptung. Da erhob ich mich und äußerte folgende Worte: Mit dir will ich mich nicht zanken, das widerstrebt meinem Rittergefühl; aber schicke deinen elenden Liebhaber zu mir, ihm werde ich zu begegnen wissen.

Und ich griff nach der Papierschere.

Nun begannen sie mich zu verhöhnen. Sie saßen auf der

Tischdecke, lachten so, daß sie sich schüttelten, und schienen zu sagen: Haha, hast du keine größere Papierschere, eine etwas größere Papierschere? – Ich werde euch zeigen, daß es nicht auf die Waffe ankommt, erwiderte ich. Ich werde mit einem armseligen Lineal in der Hand auf den Kerl losgehen! Ich schwang das Lineal. Da lachten sie noch mehr und zeigten mir ihre Geringschätzung in der deutlichsten Weise. Was fangt ihr denn nun schon wieder an! sagte ich drohend. Aber sie nahmen keine Notiz von mir, der Augenblick schien ihnen nicht schicksalsschwanger, sie näherten sich einander mit unkeuschen Gebärden und waren gerade im Begriff, sich wieder zu umarmen. Das werdet ihr nicht tun! schrie ich ihnen zu. Aber sie taten es doch. Gerade vor meinen Augen. Da war meine Langmut zu Ende, ich erhob das Lineal und ließ es wie ein Blitz niederfallen. Es wurde alles zerquetscht, es floß etwas, mein wohlgezielter Schlag hatte sie beide leblos zu Boden gestreckt.

So endete die Bekanntschaft ...

Es war nur eine kleine gewöhnliche Fliege mit grauen Flügeln. Und es war nichts Besonderes an ihr. Aber sie hat mir manche vergnügte Stunde verschafft, solange sie lebte.

Ich konnte nicht kochen. Von wem hätte ich es lernen sollen? Nach der kurzen Schreckenszeit, in der Mutti den Kochlöffel schwang, war unsere alte Köchin aus Polen wieder zu uns gekommen.

»Ne, Frau Pfarrer, das ist nuscht für Ihnen«, hatte sie bei der ersten gemeinsamen Mahlzeit erklärt, und fortan unterstand die Küche ihrem Regiment. Weh dem, der, verlockt von Wohlgerüchen, in ihr Reich eindrang. Natürlich waren wir interessiert an all den Köstlichkeiten, die auf dem Herd schmurgelten. Also schoben wir Gitti vor, die, klein und dick, jedes Menschen Herz erweichen mußte. Christoph folgte, getrieben von Hunger und Neugier, wir anderen blieben vorsichtig in der Nähe der Tür.

»Mm, da riecht's aber gut!« Gitti schnupperte. »Else, du bist die allerliebste, ich mag dich so! Läßt du mich ein kleines bißchen probieren?«

Die also freundlich Angeredete drehte sich zornig um, schwenkte einen großen Kochlöffel und schrie: »Mei bosche kochanje! Macht, daß ihr aus die Küche rauskommt! Ich werd' noch varrickt mit das viele Kroppzeug! Raus, oder es jibt nuscht zum Essen!« Wir flohen.

Auch Mutti wurde in der Küche nur ungern geduldet. Eines Vormittags erbot sie sich freundlich, Kartoffeln zu schälen. Else machte ein saures Gesicht. Sie maulte und knallte die Töpfe auf den Herd.

»Hat Frau Pfarrer nuscht Beßres zu tun?« Mit mißgünstigen Blicken betrachtete sie die Bemühungen der Hausfrau. »Ne, so wird das nie nuscht! Mich wird schwarz vor die Ojen, wie Frau Pfarrer das Messer hält! Mei bosche kochanje, Frau Pfarrer schneid't sich noch die Finger ab!«

So kommentierte sie. Mutti beherrschte sich mühsam und arbeitete weiter. Endlich klingelte es. Else verschwand, um die Türe aufzumachen. »Besuch für Ihnen«, rief sie triumphierend, und als Mutti die Küche verließ, sagte sie laut und deutlich: »Jott sei Lob und Dank!«

Seit dieser Zeit blieb Else in ihrem Reich von unliebsamen Besuchern verschont.

Eines Nachmittags erschien sie in meinem Zimmer, sah mich mißtrauisch an und fragte: »Kannst du Kartoffeln hinstellen?«

»Ja natürlich, Else, was denkst du!«

»Ich jeh mit die Frau Pfarrer einkaufen. Um sechs Uhr machst du das Jas unter die Kartoffeln an. Um sieben bin ich wieder da!«

Punkt sechs Uhr ging ich in die Küche. Auf dem Herd stand der Topf mit den geschälten Kartoffeln. Ich zündete das Gas an und überlegte. Es sollte ja keine Kartoffelsuppe geben, wieso war dann Wasser in dem Topf? Else hatte offensichtlich vergessen, es wegzuschütten. Gut, daß ich noch einmal nachgeschaut hatte! Ich goß das Wasser ab, stellte den Topf auf das Feuer und ging wieder an meine Aufgaben. Nach einer Weile roch es brenzlig. Von schlimmen Ahnungen erfüllt, eilte ich in die Küche. Sie war voller Qualm. Ich riß den Topf vom Feuer, verbrannte mir dabei die Finger und wußte nun, daß man Kartoffeln in Wasser kocht. Also hielt ich den rauchigen Topf unter den Wasserhahn. Das Ergebnis war unerfreulich. Die Brühe sah braun aus und stank. Ich sank auf einen Küchenstuhl und kühlte meine verbrannten Finger mit Tränen. Christoph kam herein.

»Im Haus riecht's«, sagte er, »was kochst du denn?«

Ich zeigte stumm auf den Topf.

»Bratkartoffeln!« rief er erfreut. »Die mag ich. Aber ein bißchen groß sind sie.«

Ich war gerettet! Bratkartoffeln pflegten braungebrannt zu sein, niemand würde etwas merken. Also machte ich mich an die Arbeit und versuchte, die halbgaren, heißen und glitschigen Kartoffeln zu zerschneiden. Sie glitten mir immer wieder aus den Händen. Christoph sammelte sie vom Boden auf und warf sie wieder in den Topf. Um sieben waren wir immer noch bei der Arbeit. Else kam. Sie schimpfte schon an der Haustür. Wir flohen durchs Fenster in den Garten. Nach dieser Misere wurde ich nicht mehr zu Küchendiensten herangezogen. »Das mecht vielleicht ein armes Aas sein, das wo dir einmal heiraten tut«, sagte Else, und damit hatte sie recht.

Ein halbes Jahr vor der Hochzeit wurde ich mir meiner Schwäche ängstlich bewußt und beschloß, eine Stelle als

Haustochter anzunehmen. Ich durchforschte die Zeitungen nach Angeboten.

»Welches strebsame Mädchen möchte seine Kenntnisse in einem größeren christlichen Haushalt erweitern? Geregelte Freizeit und Familienanschluß . . .«

Ich war ein strebsames Mädchen und wollte meine Kenntnisse erweitern, also schrieb ich zu.

»Wie kannst du nur!« rief Mutti. »Kochen ist kein Hexenwerk, ich habe es schließlich auch gelernt!« Vati bekam einen Hustenanfall.

»Wenn du kochen lernen willst, ist das eine gute Sache. Wir hatten nur gehofft, du bleibst das letzte halbe Jahr noch bei uns.«

Ich fuhr. Der größere Haushalt war ein riesiges eiskaltes Schloß mit vielen Zimmern, die zu putzen mir nun oblag. Das Kochen besorgte die Hausfrau, da sie mit Recht annahm, daß meine Mitwirkung den Gerichten wenig zuträglich sein würde. Dafür durfte ich Berge von Geschirr spülen, Gemüse putzen und Kartoffeln schälen. Da der Hausherr eine Jagd besaß, lernte ich auch, Hasen zu häuten und Rehrücken zu spicken. Kenntnisse, die mir später wenig zugute kamen. Der Familienanschluß bestand darin, daß die Kinder der Familie während der geregelten Freizeit in meinem Zimmer ihre Schularbeiten machten. Daß der Haushalt »christlich« war, erkannte ich bei den Tischgebeten. Meine Hände streikten zuerst. An niedere Temperaturen und scharfe Seifenlaugen nicht gewöhnt, erwuchsen ihnen jukkende Frostbeulen und tiefe Schrunden. Also arbeitete ich mit Gummihandschuhen, doch fand dieser Anblick wenig Wohlgefallen bei der Schloßherrin.

»Gelobt sei, was hart macht«, sagte sie, »in meinem Haus hat noch niemand Gummihandschuhe getragen.«

Nachts, wenn die Frostbeulen so juckten, daß ich nicht einschlafen konnte, überlegte ich mir, was alles ich morgen meiner Gebieterin ins Gesicht schleudern würde.

»Frau von Gütig«, würde ich sagen, »ich bin nicht hier, um Ihre vergammelten Treppen zu scheuern, denn das kann ich schon! Ich will auch keine Hasen mehr häuten, ich will sie kochen! Und Ihren Schnee können Sie selber schippen, sonst packe ich meine Koffer, denn dieser christliche Haushalt stinkt mir!«

Jawohl, so würde ich sprechen, sie würde bekennen, daß sie ein widerlicher Mensch sei, sich aber bessern wolle mit meiner Hilfe, und dann würden wir uns weinend in die Arme sinken. Am nächsten Morgen schippte ich brav Schnee, scheuerte Treppen, häutete Hasen und sprach kein einzig Wörtlein.

Sechs Wochen nach meinem Amtsantritt als Putzfrau bekam ich Besuch. Ich fegte gerade den Schnee von der großen Freitreppe, da tippte mir jemand auf die Schulter.

»Na, Pickdewick, wie geht's denn so?« Da stand mein Vater, neben ihm wie ein Gartenzwerg die kleine Gitti.

»Deine Briefe sind lang, aber nichtssagend«, meinte Vati und betrachtete meine wunden Finger. »Wir sind gerade unterwegs, und da dachten wir . . .«

»Was hasch denn du für wüschte Hände?« fragte Gitti.

Es war genug. Der Krug meiner Leiden floß über, ich auch.

»Herrlich, so ein Schloß, und hübsch kalt«, sagte Vati. »Kannst du schon kochen? Nein? Dann wirst du es hier auch nicht mehr lernen. Else ist willens, dich in ihre Künste einzuweihen, wenn du heimkommst.«

Gitti half mir fröhlich plaudernd, die Koffer zu packen. Vati führte ein Gespräch mit der Schloßherrin. Eine Stunde später verließen wir die Stätte meines Wirkens.

»Ich hätte durchhalten müssen«, klagte ich im Zug, »nie werde ich mir diese Flucht verzeihen!«

»Es war keine Flucht«, sagte Vati, »es war ein elterlicher Gewaltakt! Deine Mutter hat eine Gallenkolik und liegt im Bett. Deine Geschwister brauchen Aufsicht. Böden gibt's genug zu putzen.«

»Und du hast versprochen, du bringst mir Flötenspielen bei!« ergänzte Gitti.

Else betrachtete meine Hände. »Mei bosche kochanje! Was ham se mit dir jemacht!« schrie sie. »Biste in Sibirien jewesen? Aber keene Sorje nich, ich kenn' mich aus mit Frostbeulen! Da jibt's zwei Mechlichkeiten. Die erste ist einfacher, aber da biste zu fein dazu, wie ich dir kenne. Also werd' ich dir mit Zwiebeln behandeln. Setz dir hintern Küchentisch und halt den Mund!«

Sie schnitt Zwiebeln und briet sie goldbraun. Christoph erschien.

»Hm, da duftet's, was gibt's Gutes?« fragte er hoffnungs-froh.

»Nuscht für kleine Kinder, raus aus die Küche!« knurrte Else. Sie holte Tücher, schüttete die Zwiebeln darauf. »Her mit die Finger!« befahl sie und wickelte die dampfenden Zwiebeltücher um meine Hände. Ich jaulte. »Jut so«, sagte Else zufrieden, »schrei du nur! Aber die erste Mechlichkeit mechte vielleicht doch besser jewesen sein.«

»Was für eine Möglichkeit, Else?«

»Du müßtest darüber pinkeln«, sagte Else, »das zieht den Frost raus, aber du machst das ja nicht.«

»O Mensch, bist du vielleicht ein Schwein!« rief Christoph von der Türe her und verschwand eilig.

Nahrhaft duftend zog ich durchs Haus, nahm wieder Besitz von meinem Mädchenzimmer, fragte Stefan Vokabeln ab, bis ihm der Zwiebelgeruch zu lästig wurde, und saß am Bett meiner Mutter, die nach einer Gallenkolik wieder einmal zu der Einsicht gelangt war, daß ihr Bohnenkaffee nicht guttue.

»Ach Kind, ich kann machen, was ich will, er bekommt mir nicht!« klagte sie. »Ich habe den Eindruck, daß ich nicht mehr lange leben werde. Gott sei Dank, daß du da bist!« Sie ging mit ihren Todesdrohungen nicht zimperlich um. »Laß sie noch eine Woche leben!« pflegte ich in angstvollen Stunden zu beten. »Laß sie noch leben bis Weihnachten... bis ich mein Abitur habe... bis ich verheiratet bin...« Sie starb lange nach Vati. Wir hatten soviel Angst um sie, daß wir gar nicht merkten, wie krank er war.

Zum Kochen kam ich nicht mehr im elterlichen Haus. Die Frostbeulenbehandlung hatte Elses Geduld völlig erschöpft. Mich nun auch noch als Kochelevin in der Küche dulden zu müssen ging trotz aller Versprechungen über ihre Kräfte.

»Kartoffeln kannste ja nun kochen, mecht ich hoffen«, sagte sie, »und wenn er Hunger hat, ißt er alles!« Damit schloß sie die Küchentüre hinter mir zu.

Fünf Tage lang ging in Weiden alles gut, jedenfalls was meine Kochkünste betraf. Wir aßen Maultaschen. Als aber die letzte verzehrt war, blieb mir nichts anderes übrig, als selber etwas zusammenzubrauen. Manfred war so völlig ahnungslos über meine nichtvorhandenen Kochkenntnisse, daß er sich beim Frühstück zu der Bemerkung verstieg, er freue sich, nun endlich etwas Köstliches aus meiner Küche essen zu dürfen. Ich dachte mir gleich, daß er diese Bemerkung noch bereuen würde, aber ich wollte ihm die Vorfreude nicht nehmen.

Schon um neun Uhr verschwand ich in der Küche, um auch gewiß bis zur Mittagszeit mit dem Menü fertig zu sein. Zur Hochzeit hatte ich ein Kochbuch ›Für die feine Küche‹ geschenkt bekommen. Ich setzte mich an den Küchentisch, legte einen Zettel bereit zum Notieren von in Frage kommenden Gerichten und begann zu blättern. »Rebhühner im Topf mit Gemüse« las ich, »Schnepfe in Rotweinsoße«, »Cordon bleu« und »Schinken im Brotlaib«. Es gab in diesem Buch keine einfache Hausmannskost, nur lauter extravagante Gerichte. Dazu kamen unverständliche Beschreibungen. Was war ein Eischwer Zucker? Wie und warum stößt man Mandeln? »Pürieren« sollte man, »blanchieren« und »frittieren«, ich hatte noch nie etwas dergleichen gemacht. Die Abbildung eines roten Puddings stach mir in die Augen. Er sollte mit Kognak übergossen, dann angezündet und brennend auf die Tafel getragen werden. Was für ein flammender Auftakt zu vielen köstlichen Mahlzeiten, bereitet von meiner kundigen Hand! Wie würden Manfreds Augen leuchten! Ich geriet ins Träumen. Dann las ich das Rezept von vorne. Zwei bis drei Stunden sollte der Pudding im Wasserbad kochen. Wir hatten kein Bad, wo sollte ich ihn kochen? Aus der Traum! Ich legte das Buch beiseite und beschloß, es nur an Festtagen zu benutzen. Fang mit einfachen Gerichten an, sagte ich mir, dann kannst du dich steigern. Also würde ich Gulasch machen und Spätzle. Gulasch hatte ich mir schon als Studentin gekocht. Spätzle kannte ich von Manfreds Elternhaus her. Manfred möge sie besonders gern, hatte mir die liebe Schwiegermutter erklärt, man müsse sie nur von Hand schaben, und der Teig solle schwer sein. Er geriet mir sehr schwer, denn ich sparte nicht an Mehl. Das Schaben war schwierig, obwohl ich den größten Wassertopf und das schärfste Messer nahm. Das Gulasch brodelte, das Wasser kochte, hochrot und schwitzend kämpfte ich mit dem zähen Teig.

Manfred kam mehrmals in die Küche und fragte, wie lange es noch gehen würde, und ob er vielleicht helfen könne? Nein, ich konnte niemanden gebrauchen, ich war auch so schon am Ende meiner Kraft, und in einer Stunde spätestens könnten wir essen, wenn er mich nicht dauernd stören würde. Eigentlich hatte ich noch einen Salat machen wollen, aber die Zeit reichte nicht mehr dazu und die Zwiebeln auch nicht, die waren alle im Gulasch. Den Tisch hatte ich zum Glück gleich nach dem Frühstück gedeckt. Um zwei Uhr bediente ich den Gong, den wir zur Hochzeit geschenkt bekommen hatten. Manfred eilte herbei. Er sagte, er hätte einen furchtbaren Hunger, und darüber war ich froh. Aber meine Spätzle schmeckten ihm nicht. Er biß und kaute darauf herum und nahm sich auch nur einmal, obwohl er doch gesagt hatte, daß er einen großen Hunger hätte. Mir schmeckte es auch nicht so recht, aber ich hatte schließlich gekocht.

»Ißt man solche Mehlklöße in deiner Heimat?« wurde ich gefragt. Ich hörte wohl nicht recht.

»Mehlklöße? Das sind Spätzle!« sagte ich empört. »Ich habe sie nach dem Rezept deiner Mutter gemacht!«

»Ach, du lieber Himmel!« rief er, bekam einen Hustenanfall und erstickte schier an einem Spätzle.

Das war die erste Mahlzeit, und es standen uns noch viele derartige Genüsse bevor.

Am nächsten Tag entschied ich mich für Reis, ein problemloses Gericht, sogar meine Mutter hatte es hier und da fertiggebracht. Die Reiskörner wirkten klein, also nahm ich gleich zwei Tüten. Der Reis quoll und quoll. Als der erste Topf überlief, nahm ich den nächstgrößeren. Schließlich brodelten drei Reistöpfe auf dem Feuer. Wir aßen die ganze Woche Reis. Einmal mit Gulasch, dann mit Tomatensoße und schließlich mit Zimt und Zucker. Es gab viele Kombinationsmöglichkeiten, aber Manfred streikte und sagte, er könne keinen Reis mehr sehen, geschweige denn essen.

Zuerst war ich etwas betrübt. Ich dachte an meinen lieben Vater, der ohne mit der Wimper zu zucken, alles gegessen hatte, was meine Mutter auf den Tisch brachte, und das war weiß Gott schlimmer gewesen. Ich sagte das auch zu Manfred und fügte noch hinzu, daß meine Eltern sich sehr geliebt hätten. Schließlich brachte ich den übrigen Reis zu unserer Nachbarin. Sie hatte auch die Spätzle in Empfang genommen. Ihre Schweine gediehen prächtig bei meiner Kost, was man von Manfred leider nicht sagen konnte. Er kaufte mir einen Dampfkochtopf, dessen wildes Fauchen mich an den Rand eines Nervenzusammenbruchs brachte. Entweder war das Gemüse zu weich oder zu hart geraten. Ein schönes Mittelmaß schien es für den Topf und mich nicht zu geben.

»Wie wäre es, wenn du die Rezepte lesen und die Kochzeiten einhalten würdest?« sagte Manfred. »Für eine intelligente Frau sollte das eigentlich möglich sein!«

Wir hatten viel Ärger wegen des leidigen Essens.

Besondere Schwierigkeiten bereiteten mir die schwäbischen Hefespezialitäten: Hefezopf, Dampfnudeln und Gugelhupf. Das Backen mit Hefe sei die einfachste Sache der Welt, jede Bauersfrau könne es, behauptete Manfred, man müsse den Teig nur tüchtig kneten und schlagen und hinterher gehen lassen. Ich knetete und schlug, bis mir die Hände erlahmten. Doch die Zeit, die der Teig zum Gehen benötigte, stimmte nie mit der Zeit überein, die ich ihm dazu bewilligte. War ich in Eile, dann tat sich nichts mit dem Hefeteig. Er dachte nicht daran, in die Höhe zu gehen, und blieb wie ein schwerer Klumpen in der Schüssel liegen. Wollte ich aber in der Zeit, wo der Teig ruhte, noch dieses oder jenes besorgen, dann kam der heimtückische Klumpen in Bewegung. Er dehnte sich und quoll aus der Schüssel, er mußte unbedingt gleich auf der Stelle bearbeitet werden. Wehe, wenn ich meiner Wege ging und nicht tat, was er wollte. Dann kam nachher ein genauso unansehnliches und hartes Backwerk aus dem Ofen wie beim nicht gegangenen Teig.

Am Anfang meiner Backtätigkeit hatte ich die Marotte, allen Gästen selbstgemachte Hefespezialitäten aufzutischen. Selbst unsere besten Freunde ließen sich nach einer solchen Kaffeetafel lange nicht mehr blicken und klagten in Briefen über Magengeschwüre. Andere leidgeprüfte Besucher brachten ihre Kuchen selber mit. Was mich verdroß und in meiner Hausfrauenehre kränkte.

Als meine Eltern mich zum ersten Mal im neuen Heim besuchten, beschloß ich, einen Zwiebelkuchen zu backen. Dieses Gebäck war mir bei einem Pfarrkranz serviert worden. Nach anfänglichem Widerwillen hatte ich Wohlgefallen daran gefunden.

»Kind«, sagte meine Mutter, als ich sie an der Haustüre empfing, »Kind, du hast recht gehabt, bei euch riecht es wirklich merkwürdig!«

Je weiter wir die Treppe hinaufstiegen, desto besorgter hob sie die Nase. »Ihr müßt etwas dagegen tun«, sagte sie. »Ich weiß ja, wie alte Pfarrhäuser riechen, aber dieser Geruch geht über die Grenze des Erträglichen.«

Ich zeigte ihnen voller Stolz die Zimmer. Mutti versprühte Eau de Cologne um sich, Vati war besonders an der Aussicht interessiert. Er lehnte sich zu jedem Fenster hinaus und schöpfte tief Atem. Dann öffnete ich die Küchentür. »Himmel!« rief meine Mutter und preßte das Taschentuch an die Nase. »Kind, du mußt ab und zu den Abfalleimer ausleeren!« Ich schaute in den Backofen.

»Gleich ist er fertig«, sagte ich, »dann können wir essen!«

»Was ist das?« fragte Vati und zog sich ans Fenster zurück.

»Ich habe einen Zwiebelkuchen für euch gebacken!« rief ich voller Stolz.

»Oh, meine Galle!« stöhnte Mutti. »Ich spüre schon den ganzen Tag, daß ich am Rande einer Kolik stehe!«

Auch Vati betrachtete das Backwerk voller Abneigung. »Kuchen hat süß zu sein«, erklärte er, »ich kann unmöglich einen Kuchen mit Zwiebelfüllung essen! Wenn du darauf bestehst, werden wir den Kuchen essen, aber ich kann mir nicht vorstellen, daß etwas, was so fürchterlich stinkt, noch eßbar ist. Denke an die Galle deiner Mutter und habe Erbarmen mit uns.«

Auch mein Schwiegervater, der die schwäbische Küche schätzt und liebt, stocherte unzufrieden in seinem Zwiebelkuchen herum. »Irgend etwas stimmt da nicht«, erklärte er und zerbiß geräuschvoll eine Zwiebel, »ich weiß nicht, was es ist, aber Mutters Kuchen schmeckt anders.«

»Ja«, sagte meine Schwiegermutter vorsichtig, »vielleicht solltest du die Zwiebeln dämpfen, bevor du sie auf den Kuchen legst. Sie sind ein wenig hart, findest du nicht? Ich kann mir natürlich vorstellen, daß sie roh gesünder sind, aber weißt du, wir sind nicht mehr die Jüngsten.«

Die rechte Lust zum Kochen kam mir erst nach einer Entschlackungskur. In einer Illustrierten hatte ich von dieser Kur und ihrer Notwendigkeit gelesen. Alle Symptome des völlig verschlackten Menschen trafen auf mich zu. Ich fühlte meinen Puls und wunderte mich, daß ich überhaupt noch lebte. Auch Manfred war durch und durch vergiftet. Erst wehrte er sich gegen diese Erkenntnis, gab dann aber zu, daß er oft nach dem Essen unter Sodbrennen und starken Magenschmerzen litte, besonders wenn ich ihn mit neuen Gerichten beglückte.

Wir mußten uns entgiften, wollten wir nicht eines jähen Todes sterben. So beschlossen wir, eine Weizengel-Entschlackungskur zu machen. Die Verkäuferin im Reformhaus riet uns, zuerst nur ein Paket zu kaufen, da der Chef nichts zurücknehme. Aber wir bestanden auf der Ration für zwei Wochen. Diese Kur sollte richtig durchgeführt werden, und was wir bezahlt hatten, würden wir auch essen – dachten wir.

Am ersten Morgen der Kur waren wir noch vergnügt. Ich kochte die Weizengele genau nach dem Rezept auf der Pakkung. Wir freuten uns auf das gesunde Mahl, denn wir hatten Hunger. Der Hunger verging uns aber auf der Stelle, als wir das dünne Süppchen kosteten. Es schmeckte widerwärtig, und der Geschmack ließ sich weder durch Salz noch durch Honigzusatz verbessern. Die Mahlzeiten wurden uns zum Greuel. Wir sahen die beiden riesigen Packungen, die wir noch leer essen mußten, und verstanden auf einmal nicht mehr, warum wir uns entschlacken sollten. Eine Woche hielten wir durch. In dieser Zeit sprachen wir so viel vom Essen wie sonst noch nie in unserem Leben. Wir malten uns aus, was wir alles essen wollten, wenn diese Kur überstanden wäre.

Am Sonntag predigte Manfred über die Speisung der Fünftausend. Liebevoll schilderte er die vielen Körbe mit Brot und Fischen. Mir lief das Wasser im Munde zusammen. Ach, wie gerne hätte ich einen sauren Hering gegessen! Diese Predigt war so anschaulich und zu Herzen gehend, daß unsere Gemeinde den Eindruck gewann, Pfarrers nagten am Hungertuch. Tags darauf kamen mehrere Besucher aus dem Dorf. Sie hinterließen Körbe mit nahrhaften Sachen. In der Küche roch es nach Schinken und frischem Bauernbrot. Da war es um unsere Kur geschehen. Wir setzten uns am Küchentisch nieder, griffen herzhaft zu und kauten.

»Man kann es nicht umkommen lassen«, sagte Manfred, »es wäre ein Unrecht den Leuten gegenüber. Die Weizengele können wir immer noch essen, wenn wir wollen.« Aber wir wollten nicht mehr. Ich brachte das volle Paket zu Nachbars Schweinen.

»Ja, was isch en au des?« fragte die Nachbarin und beäugte das Paket mißtrauisch. »Ob des mei Säu fresse, woiß i net.« Ich erklärte ihr, daß wir es eine Woche lang gegessen hätten und immer noch lebten und daß es sehr gesund wäre. Nein, sie wollte die Schenkung nicht annehmen, ihre Säu wären ihr zu kostbar. Wir haben das Paket dann als Sonderpreis für einen Bazar genommen. Soviel ich weiß, verwenden es die Gewinner mit gutem Erfolg als Düngemittel.

Am Tag nach der Kur begab ich mich freudig in die Küche. Ich brutzelte und schmorte, ich bereitete den ersten Braten meines Lebens. Der Metzger war hocherfreut, als ich zum ersten Mal »ehrliches« Fleisch bei ihm einkaufte und kein Gulasch.

»I han's scho am Sondich in der Predigt denkt, daß's Herr Pfarrers amol en rechte Brode esse müßtet.«

Zunächst fängt es ganz harmlos an, dialogisch. Zunächst ist nur mit winzigen Fatalitäten beim Telefonieren zu rechnen. Kommunikationsschwierigkeiten, die man gern hinnimmt als Heimarbeiter. Es schrillte um neun Uhr früh das Telefon, eine unglaubliche Zeit. Bitte, warten Sie, bleiben Sie am Apparat, ich verbinde, hatte das Mädchen gesagt. Aber dann klappt das nie, das Verbinden, Durchstellen genannt. Man kann mich nicht durchstellen. Nur dieses stumpfe, traurige Knacken im Apparat. Der mächtige Mann, der mich wünschte, hat sich plötzlich verlaufen, er hat noch drei andere Gespräche laufen, dazu einen Film im Studio. Hat er sich aus dem Staub gemacht? Wir rufen zurück, sagt das Mädchen, wir suchen noch.

Nach einer Stunde neuer Anruf. Der mächtige Mann ist jetzt da, es wird durchgestellt, er will eben »Schönen guten Morgen« sagen, da kommt eine Stimme aus der Zentrale dazwischen: Wir haben Moskau in der Leitung, Doktor, sagt jemand sehr breit. Wir rufen wieder zurück, sagt das Mädchen, und einen Augenblick hört man den Redakteur sich mit Moskau warmplaudern: Wie ist denn das Wetter bei Ihnen, Kraske? Dann Knacksen, Schweigen, Funkstille: Keine Wetterdurchsage Ost für mich.

Aber dann klappt es doch im Laufe des späteren Vormittags, und der mächtige Mann setzt einen präzis ins Bild: nein, keine große Sache. Wo denken Sie hin. Die Sendung ist doch schon Montag. Nur ein ganz kurzes Statement. Sie kennen das? Was sagen Sie? Nein, Sie brauchen nicht ins Studio zu kommen. Wir machen das bei Ihnen in der Wohnung. Die Atmosphäre ist viel intimer, lockerer, für Sie doch bequem. Was? Ja, natürlich farbig. Ich bitte Sie. Nur nichts ablesen, frei sprechen, ja? Worüber? Ach, darüber frage ich. Das war doch eine große Sache, über dreißig Seiten lang? Es genügen uns drei Minuten, sagt der mächtige Mann mit Bescheidenheit. Also morgen um elf? Um elf kommt das Team, sind Sie einverstanden? Danke, danke sehr, Ende der Durchsage.

Ja, und dann kommen sie tatsächlich am nächsten Tag. Ich habe es oft durchgemacht, leidgeprüft, welterfahren, etwa ein dutzendmal. Ich kenne die Szene. Sie ist bühnenreif, aber niemand beschreibt sie. Wenn das Fernsehen ein dutzendmal bei dir in der Wohnung war, sagen alle Erfahrenen, ist sie hin, kaputt, muß total renoviert werden. Es ist alles locker und brüchig geworden. Kalk rinnt von den Wänden. Es ist, als wenn eine Naturgewalt durchs Haus raste, ein Hurrikan, der deine Wohnung mürbe und windschief macht. Dabei, wie gesagt, fängt alles so harmlos an; auch wenn sie dann kommen, am nächsten Tag.

Daß sie sich verspäten, verstehe ich. Um elf war das Dating. So kurz vor eins trifft meistens eine Dame ein, die nicht mehr ganz jung, aber burschikos ist und sich mit dem Wort »Buch« vorstellt. Es ist nicht das Skriptgirl, sondern die Autorin des Drehbuchs, das sie fest in der Hand hält. Das Buch ist sehr groß. Die Dame ist immer erstaunt, daß noch niemand da ist vom Team. Sie sieht sich forschend um: Wo bleiben die bloß? Ich darf doch mal telefonieren? fragt sie, nervös nach der Uhr blickend. Jetzt beginnt bei ihr die Schwierigkeit, durchgestellt zu werden. Aber während das noch versucht wird, tauchen sie auf, tropfenweise. Es tauchen diese jungen, sehr markanten, ungemein sensiblen Gestalten auf, die man sofort als Künstler erkennt: der schnittige Bart, die langen Haare, das bleiche, sehr magere Gesicht, die Cordhose, der grobe Pulli, ein roter Schal um den Hals – Naturgenies, also Künstler. So sehen heute die Beleuchter, die Kabelträger, die Tonleute aus. Sie sind sehr nett und hilfreich, das ist einzuräumen. Sie bringen dieses Flair der großen Kultur mit in die Wohnung, das mir immer fehlt. Sie fassen sich doch kürzer als Mitscherlich heute früh? fragen sie besorgt. Ich verspreche das, während sie ihre Kabel, Lampen, Kisten und Kameras unten im Fahrstuhl verstauen.

Das Fernsehen ist da, so verbreitet es sich im Haus wie ein stolzes Gerücht. Was? Wo denn? Ach, da? Die übrigen Fahrstuhlbenützer treten ehrerbietig zurück. Sie laufen fünf Treppen zu Fuß. Platz für das Fernsehen, sagt jemand gebieterisch. Platz da. Welches? forscht ein Kundiger mißtrauisch? Das Erste oder das Zweite? Ach, diese schiefen, betrübten Gesichter immer, wenn ich dann ironisch sage: das

Dritte. Einmal sagte ich auch: Haben Sie denn nicht die knallroten Schals gesehen, diese Sozialistengesichter? Die kommen von Adlershof, vom Fernsehfunk Ost.

Nach etwa zwei Stunden sieht die Sache für unsereinen schon fortgeschritten, fast imponierend aus. Das Mobiliar ist abgeräumt. Es hat sich alles in ein kleines Studio verwandelt, so meint man als Laie. Am Anfang stolpert man noch etwas über Strippen und Kisten. Man stößt sich an vielen Scheinwerfern, die wie Giraffen dastehen, so hochbeinig. Licht an! ruft jemand aus der Küche. Eine Lichtflut, grellweiß und weißblau, flammt auf, aber dann gibt es einen Knacks. Es wird stockduster. Die Sicherungen sind durch! ruft der aus der Küche; es klingt beinah fröhlich. Fernsehleute sind hoffnungsfroh. Sie glauben stets an das Gute der Technik. Die Operation wird also viermal wiederholt. Es werden die Anschlüsse im Schlafzimmer, im Flur, im Bad durchgeprobt – ob die nicht stärker sind? Als sie dann beim fünftenmal wieder durchbrennen, sagt einer: Jo, wir müssen die Drei A holen. Geh doch mal runter, Jo.

Am Anfang mache ich den Fehler, das Team in solchen kritischen Pausen durch kleine Erfrischungen aufzumuntern. Ich meine, ich sei ihnen als Gastgeber das schuldig: bei Laune halten. Ich würde heute abraten. Sie trinken alles weg, im Laufe der Zeit. Erst den Whisky, dann den Cognac, dann den Wodka, natürlich in kleinen Schlückchen nur. Währenddessen wird telefoniert. Es stellt sich nämlich immer in vorgerückter Stunde heraus, daß etwas fehlt, eine Birne, eine Schaltung, ein Filter. Etwas fehlt immer. Einmal stellte ein Team nach dreistündigen Vorbereitungen bei mir fest, daß es doch nur Schwarzweißmaterial im Kasten habe, nichts Farbiges. Ein rasendes Telefonieren begann. Sie haben doch nichts dagegen? Die Leute waren aus Baden-Baden, wußten aber im Rhein-Main-Raum erstaunlich viel Zulieferfirmen zwischen Mainz und Wiesbaden, die nun »abgefragt« wurden. Wieder dieser Optimismus, der nicht ruchlos ist – nach zwei Stunden war tatsächlich das richtige Filmmaterial da, die Prozedur begann wieder. Licht an! rief einer. Dann brannte die Sicherung durch. Und ich reichte den letzten Wodka – damals noch.

So zwischen fünf und sechs Uhr nachmittags kann man rechnen, daß es ernst wird – mit den drei Minuten. Die

Dame mit dem Buch hat sich mühsam aus dem Sessel erhoben. Sie schwankt etwas. Sie hat Ringe unter den Augen. Ach, ich hätte doch nichts trinken dürfen, klagt sie, meine Leber. Ich muß nach Bad Mergentheim. Also, jetzt ran, jetzt ziehen wir's durch, bitte auf Handzeichen, fügt sie hinzu. Wenn die Kamera läuft, gebe ich Ihnen das Zeichen. Nein, rücken Sie mit dem Oberkörper nicht so weit vor, halten Sie die linke Schulter etwas zurück, bewegen Sie den rechten Arm nicht. Sie dürfen den Kopf nicht wenden – direkt in die Kamera sehen. Sie müssen die Hände unten behalten – und bitte ganz natürlich jetzt. Und nicht so laut sprechen. Wir übersteuern sonst. Man ist gespannt. Freudige Erwartung bei mir, daß es nun gleich vorbei sei – das Ganze. Licht flutet wieder auf, rasend hell, eine Klappe fällt. Statement vier zum erstenmal! ruft jemand. Ton läuft! ruft der Tonmann. Abfahren! ruft jemand. Und während ich eben versuche, intelligent und locker, starr und natürlich zugleich zu wirken und außerdem noch Gescheites zu sagen, fällt das Ganze wie ein Teufelsspuk, wie ein böser Zauber schon wieder in sich zusammen. Plötzlich ist wieder Nacht. Es ist ganz dunkel und still im Zimmer. Das Team sitzt reglos und still. Betet es? Es ist, wie wenn sie gelähmt wären. Niemand sagt einen Ton. Sie hocken alle wie Buddhas da auf dem Teppich. Bedrückendes Schweigen. Nach einer sehr langen Denkpause sagt der Kameramann: Es hat keinen Sinn, Jo. Wir müssen die große Zweieins holen. Die gibt uns ganz andere Brauntöne. Ich kriege den Hintergrund sonst zu flach.

Es wird also nach der großen Zweieins gefahndet. Merkwürdigerweise sind alle Fernsehutensilien weiblichen Geschlechts – wie Schiffe. Das Team hat sich wieder locker niedergelassen. Der Kameramann telefonierte sehr energisch, und ich reichte kleine Erfrischungen: Häppchen, die ich in der Küche garnierte – damals noch. Mit Hackfleisch und Zwiebeln. Inzwischen war es fast zwanzig Uhr: Fernsehzeit. Daran war heute nicht zu denken: die Tagesschau. Der Lichtmann hatte sich zusammen mit dem Tonmann über meine bescheidene Sammlung pornographischer Bücher hergemacht. Sie fanden die Aufnahmen ungewöhnlich, vom Fotografischen her. Manchmal feixten sie auch. Die Buchdame blieb längere Zeit auf der Toilette für sich.

Nahm sie ein Erfrischungsbad? Für die Zweieins, die irgendwo stärker sein muß, wurden Starkstromanschlüsse fällig. Man telefonierte mit der Hausmeisterin, die kam, die aber erst wissen wollte, ob sie vom Ersten oder vom Zweiten seien und wann es käme: präzis – der Kinder wegen. Dann wurde im Keller ein Starkstromanschluß offeriert.

So gegen halb zehn am Abend war alles auf das Beste gerichtet. Man hatte zwei Türen aushängen müssen, der neuen Kabel wegen. Man hatte in die Wände ein paar kräftige Nägel geschlagen für Zusatzlampen. Die große Zweieins war da. Sie sah wunderschön aus, mattbraun und zartglänzend wie ein Reh, nur sehr viel größer. Wirklich ein Mädchenauge – sehr weiblich. Die Buchdame kam aus dem Bad. Sie wirkte erfrischt. Der Kameramann steckte sich in der Küche ein letztes Häppchen zu. Ton und Licht schlossen meine pornographischen Bücher schmatzend. Also, jetzt ziehen wir es knallhart durch, sagte die Buchdame burschikos. Mehr Licht! rief einer aus der Küche. Es klang mir wie Goethe, sterbend. Tatsächlich strahlte jetzt alles überirdisch weiß auf. Es war ein himmlisches Licht, und nichts knallte durch.

Und ich nahm mich wieder zusammen, saß brav und verängstigt auf meinem Stuhl, versuchte wieder gespannt und locker zugleich zu sein. Ich dachte an all die falschen Bewegungen, die nicht sein durften. Ich schnurrte meine Sätzchen runter. Ich war erstaunt, wie gut es ging. Einmal verhaspelte ich mich, aber nur etwas. Ich redete fröhlich weiter und fand einen guten Schluß, genau, als drei Minuten, zwölf Sekunden um waren. Es war eine wunderschöne Pointe, mein Schluß. Was man eben braucht bei Statements. Ich glaube, ich sagte: Die Wahrheit ist eben unteilbar, wie die Freiheit. Man kann sie nicht kleiner haben. War das nicht vortrefflich? Es waren alle befriedigt, beglückt. Na, wunderbar, sagte der Lichtmann. Da haben wir's ja im Kasten, sagte die Buchdame burschikos. Es gibt viel schlimmere Situationen, sagte der Kameramann und lachte. Es machte mich nur das Schweigen des Tonmanns mißtrauisch. Er hockte in der Ecke auf dem Teppich, fuhr das Band immer hin und her. Es zischelte nur, und er sagte dann in das allgemeine Glück der Aufbrechenden hinein: Ich weiß nicht, der Pilotton war am Anfang nicht da. Der ersten drei

Sätze fehlen. Wir müssen das Ganze noch einmal machen, ja?

Also, ich will nur noch sagen: So gegen elf in der Nacht waren die drei Minuten fertig. Ich war etwas streng und frostig geworden zum Schluß, auch gereizt, obwohl die Fernsehleute froh und zufrieden schienen. Ich war auch müde. Es ist nur noch nachzutragen: Mein Statement kam dann am Montag. Es war deutlich gekürzt: nur noch eins dreißig, wie mir schien. Es schien mir trotzdem zu lang. Ich fand es fast überflüssig – als Zuschauer.

Einladungen sind eine schreckliche Sache. Für die Gäste.
Der Gastgeber weiß immerhin, wer ins Haus und was auf
den Tisch kommen wird. Ihm ist, im Gegensatz zu mir,
bekannt, daß Frau Ruckteschel, meine Nachbarin zur Linken, taub ist, aber zu eitel, die kleine Schwäche zuzugeben.
Und was es bedeuten soll, wenn seine Gemahlin, in vorgerückter Stunde, mit Frau Sendeweins Frühjahrshut ins Zimmer tritt und flötet: »Ein entzückendes Hütchen, meine Liebe! Setzen Sie's doch einmal auf, damit wir sehen, wie es Sie
kleidet«, also, was das bedeuten soll, weiß auch nur der
Gastgeber. Die Gäste können es höchstens ahnen. Und aufbrechen.

Ach, wie schön ist es, von niemandem eingeladen, durch
die abendlichen Geschäftsstraßen zu schlendern, irgendwo
eine Schweinshaxe und ein wenig Bier zu verzehren und,
allenfalls, mit einem fremden Menschen über den neuen
Benzinpreis zu plaudern! Aber Einladungen? Nein. Dafür
ist das Leben zu kurz.

Nehmen wir beispielsweise die Einladung bei Burmeesters. Vor drei Wochen. Entzückende Leute. Gebildet, welt-
offen, hausmusikalisch, nichts gegen Burmeesters. Und wir
wußten, wer außer uns käme. Thorn, der Verleger, mit
seiner Frau, also alte Bekannte. Wir waren pünktlich. Der
Martini war so trocken wie ein Getränk nur sein kann.
Thorn erzählte ein paar Witze, weder zu alt noch zu neu,
hübsch abgehangen. Lottchen sah mich an, als wollte sie
sagen: »Was hast du eigentlich gegen Einladungen?« Ja.
Und dann flog die Tür auf. Ein Hund trat ein. Er mußte
sich bücken. So groß war er. Eine dänische Dogge, wie wir
erfuhren. Lottchen dachte: »Die Freunde meiner Freunde
sind auch meine Freunde«, und wollte das Tier streicheln.
Es schnappte zu. Wie ein Vorhängeschloß. Zum Glück ein
wenig ungenau. »Vorsicht!« sagte der Hausherr. »Ja nicht
streicheln! Doktor Riemer hätte es neulich ums Haar einen
Daumen gekostet. Der Hund ist auf den Mann dressiert.«
Frau Thorn, die auf dem Sofa saß, meinte zwinkernd: »Aber

doch nicht auf die Frau.« Sei schien hierbei, etwas vorlaut, eine Handbewegung gemacht zu haben, denn schon sprang die Dogge, elegant wie ein Hannoveraner Dressurpferd, mit einem einzigen Satz quer durchs Zimmer und landete auf Frau Thorn und dem Sofa, daß beide in allen Nähten krachten. Herr und Frau Burmeester eilten zu Hilfe, zerrten ihren Liebling ächzend in die Zimmermitte und zankten zärtlich mit ihm. Anschließend legte der Gastgeber das liebe Tier an eine kurze, aus Stahlringen gefügte Kette. Wir atmeten vorsichtig auf.

Dann hieß es, es sei serviert. Wir schritten, in gemessenem Abstand, hinter dem Hunde, der Herrn Burmeester an der Kette hatte, ins Nebenzimmer. Die Suppe verlief ungetrübt. Denn der Hausherr aß keine. Als die Koteletts mit dem Blumenkohl in holländischer Soße auf den Tisch kamen, wurde das anders. Man kann kein Kalbskotelett essen, während man eine dänische Dogge hält. »Keine Angst«, sagte Herr Burmeester. »Das Tier ist schläfrig und wird sich gleich zusammenrollen. Nur eins, bitte – keine heftigen Bewegungen!« Wir aßen wie die Mäuschen. Mit angelegten Ohren. Wagten kaum zu kauen. Hielten die Ellbogen eng an den Köprer gewinkelt. Doch das Tier war noch gar nicht müde! Es beschnüffelte uns hinterrücks. Sehr langsam. Sehr gründlich. Dann blieb es neben mir stehen und legte seine feuchtfröhliche Schnauze in meinen Blumenkohl. Burmeesters lachten herzlich, riefen nach einem frischen Teller, und ich fragte, wo man sich die Hände waschen könne.

Als ich, ein paar Minuten später, aus dem Waschraum ins Speisezimmer zurück wollte, knurrte es im Korridor. Es knurrte sehr. Mit einem solchen Knurren pflegen sich sonst größere Erdbeben anzukündigen. Ich blieb also im Waschraum und betrachtete Burmeesters Toiletteartikel. Als ich, nach weiteren zehn Minuten, die Tür von neuem aufklinken wollte, knurrte es wieder. Noch bedrohlicher als das erstemal. Nun schön. Ich blieb. Kämmte mich. Probierte, wie ich mit Linksscheitel aussähe. Mit Rechtsscheitel. Bürstete mir einen Hauch Brillantine ins Haar. Nach einer halben Stunde klopfte Herr Burmeester an die Tür und fragte, ob mir nicht gut sei. »Doch, doch, aber Ihr Hündchen läßt mich nicht raus!« rief ich leise. Herr Burmeester lachte sein frisches, offenes Männerlachen. Dann sagte er: »Auf diese Tür ist das Tier besonders scharf. Wegen der Einbrecher. Einbrecher bevorzugen bekanntlich die Waschräume zum Einsteigen. Warum, weiß kein Mensch, aber es ist so. Komm, Cäsar!« Cäsar kam nicht. Nicht ums Verrecken. Statt dessen kam Frau Burmeester. Und Lottchen. Und das Ehepaar Thorn. »Sie Armer!« rief Frau Thorn. »Der Obstsalat war himmlisch!« – »Soll ich Ihnen den neuesten Witz erzählen?« fragte Thorn. Er schien, nun sich der Hund auf mich konzentriert hatte, bei bester Laune. Und ich? Ich gab nicht einmal eine Antwort. Sondern begann ein Sonett zu dichten. Einen Bleistift habe ich immer bei mir. Papier war auch da.

Zwischendurch teilte mir Herr Burmeester mit, er wolle den Hundedresseur anrufen. Irgendwann klopfte er und sagte, der Mann sei leider im Krankenhaus. Ob er später noch einmal geklopft hat, weiß ich nicht. Ich kletterte durch das leider etwas schmale und hochgelegene Fenster, sprang in den Garten, verstauchte mir den linken Fuß und humpelte heimwärts. Bis ich ein Taxi fand. Geld hatte ich bei mir. Aber keine Schlüssel. Hätte ich vorher gewußt, was käme, hätte ich, als ich in den Waschraum ging, den Mantel angezogen. So saß ich schließlich, restlos verbittert, auf unserer Gartenmauer und holte mir einen Schnupfen. Als Lottchen mit meinem Hut, Schirm und Mantel angefahren kam, musterte sie mich ein wenig besorgt und erstaunt. »Nanu«, meinte sie. »Seit wann hast du denn einen Scheitel?«

Wie gesagt, Einladungen sind eine schreckliche Sache. Ich humple heute noch.

FAY WELDON
Ein Umzug aufs Land

Casey Green wanderte in seinem Wohnzimmer auf und ab und sagte: »Ich kann so nicht mehr weitermachen.« Er war 1,90 m groß und schlaksig, und seine Knie schlenkerten, und sein Wohnzimmer maß vier Meter zwanzig in der Länge und drei Meter in der Breite, und wie er so auf und ab wanderte, hatte er etwas von einem Mann in einer Gefängniszelle an sich, obgleich er doch bei sich zu Hause war.

»Womit kannst du wie nicht mehr weitermachen, mein Lieber?« fragte Miranda Green, seine Frau. Sie war 1,63 m groß und von zierlicher Gestalt, und sie hätte ohne weiteres herumwandern können, aber sie hatte nicht das Bedürfnis. Sie thronte auf ihrem Stuhl am Frühstücksbüfett, die eleganten – wenn auch nicht gerade langen – Beine adrett an den Knöcheln übereinandergelegt. Es war 1974. Miniröcke waren noch halb in und schon wieder halb out. Mirandas Röcke endeten fünf Zentimeter über dem Knie. Sie hatte tadellose Knie.

»Weiter in der Stadt leben«, erwiderte Casey Green, und die sechs ausgewachsenen Wellensittiche zwitscherten im Chor ihre Zustimmung, und die acht Jungen piepsten zur Begleitung. Wellensittiche bringt man nicht ohne weiteres dazu, sich fortzupflanzen, aber Casey hatte das Kunststück geschafft. Miranda mochte den muffigen Geruch nicht, der entsteht, wenn so viele Vögel in einem Raum sind, aber sie freute sich, wenn Casey glücklich war.

»Was brauche ich ein Haustier, wenn ich Casey habe«, sagte sie manches Mal zu ihren Freunden. »Casey ist mein Kuscheltier«, und das schien er auch wirklich zu sein. Im Geiste kämmte und trimmte sie ihn, im Geiste putzte er sich das Fell. Casey und Miranda. Sie hatten weder Katzen noch Hunde, um die Wellensittiche nicht nervös zu machen, doch erst kürzlich hatte ihre Tochter Hattie vom Jahrmarkt in Hampstead einen Goldfisch mitgebracht, den sie nun irgendwie unterbringen mußten. Goldfische sind im Glas nicht glücklich: immer nur rausglotzen ins Leere: Leben im Gefängnis: unendliche Langeweile. Goldfische brauchen ein

richtiges Wasserbecken und Wasserpflanzen und Gesellschaft: sie brauchen Abwechslung wie alle anderen: wie alle
Lebewesen. Selbst der Regenwurm macht sich gern an
schwierige Aufgaben: ein besonders hartes Stück Erdkruste
etwa, durch das er sich bohren muß: man kann es daran
erkennen, wie er sich windet. Das meinte jedenfalls Casey.
Bislang hatte es 43 Pfund gekostet, den Goldfisch glücklich
zu machen, und das im Jahre 1974.

»Ich kann so nicht mehr weitermachen«, sagte Casey Green
im Mai 1974. »Ich kann nicht weiter in der Stadt leben.«

»Wo soll man denn sonst leben?« fragte Miranda Green
überrascht. Es war der 5. Mai, um genau zu sein. Die
OPEC kam allmählich in die Gänge.

»Auf dem Land«, sagte ihr Mann.

»Ach Casey«, rutschte es aus Miranda heraus. »Was für
eine scheußliche Idee!« Dann ging sie zur Arbeit. Sie war
Redakteurin bei einer Frauenzeitschrift, und keine sehr gute:
Gerüchten zufolge war sie an den Job nur gekommen, weil
sie mit Astro Aster, dem Pressezaren, eine Affäre gehabt
hatte. Natürlich ein ganz unfaires und unwahres Gerücht:
aber Monogamie war seinerzeit eher selten und ein bißchen
unmodern. Und die Auflagenhöhe von Mirandas Zeitschrift sank und sank.

Dann ging Casey zur Arbeit – er war Chef einer Firma für
Industriedesign, deren Ideen weltweit gefragt waren – und
ließ seine Sekretärin Wendy Dove eine Liste von ländlichen
Immobilien erstellen, die zum Verkauf standen.

»Auf dem Land!« sagte Wendy Dove. Sie war 1,75 m groß
und na ja, eher stämmig und trug die gesamte Minirock-Ära
hindurch nur Hosen. »Was für eine hübsche Idee! Wenn
ich's mir nur leisten könnte, nicht in der Stadt zu wohnen!
Aber das Schöne am Land ist eben, daß dort keine Leute
sind, und daß dort keine Leute sind, liegt daran, daß es dort
keine Jobs gibt.«

Wendy war ein kluges Mädchen, und Casey hatte Miranda
einmal vorgeschlagen, Wendy probeweise als Kolumnistin
bei ihrer Zeitschrift unterzubringen, doch Miranda lachte

nur und sagte, so liefe es aber nicht. Hätte Miranda heraus-
gefunden, wie es lief oder laufen sollte – vielleicht wäre die
Auflage ja gestiegen und nicht gesunken. Vielleicht lag es
aber auch nur daran, daß Miranda partout keine Horoskop-
ecke in ihrer Zeitschrift haben wollte, und das zu einer Zeit,
als alle anderen damit anfingen – da anscheinend alle Leute
wissen wollen, was demnächst passiert. (Miranda sagte nur
mit ihrer hübschen hellen Stimme: »Ist doch alles Mumpitz!
In *meine* Zeitschrift kommen keine Sterne!«)

Und dann geschah es, daß der Kapitalismus urplötzlich am
Ende zu sein schien. Die OPEC setzte den Preis für Rohöl
herauf: die Benzinpreise stiegen auf 11 Pence pro Liter (und
niemand konnte sich vorstellen, wie das Leben in der Stadt
weitergehen sollte, jetzt, wo die Zeiten der billigen und
unbeschränkt vorhandenen Energie vorbei waren), die In-
flationsrate stieg um weitere 7%, und genau an dem Tag,
als Miranda zu Harrods ging und sah, daß es Seidenstrümp-
fe nur in zwei Farbtönen (hell und dunkel) zu kaufen gab,
wie seinerzeit im Zweiten Weltkrieg, begann es zu *schneien*.
Und so wurde offenbar, daß selbst die Jahreszeiten außer
Kontrolle geraten waren – ein deutliches Zeichen dafür, daß
Katastrophen bevorstanden. An diesem Tag ging sie zu einer Cocktailparty, wo ein hoher Beamter ihr versicherte,
Lebensmittelkarten seien bereits gedruckt und würden
spätestens im Juli ausgegeben werden, und anschließend
ging sie bei ihrem Chef Astro Aster vorbei, der ihr erklärte,
es sei vielleicht besser, wenn sie sich wieder aufs Artikel-
schreiben verlegte und jemand anders ihr Glück als Redakteurin versuchen ließ. Mit »jemand anders«, dachte Miranda
Casey, war bestimmt Teresa »Tinkerbell« Wright gemeint,
die kürzlich mit Astro Aster im »Mirabelle« gesichtet worden war, aber egal – Tinkerbell war eine gute Journalistin
und, wie sich herausstellte, eine ausgezeichnete Redakteurin, und die Zeitschrift wurde immer besser, und schon bald
gab es in jeder Ausgabe zwei volle Seiten zum Thema
Astrologie und mindestens ein bis zwei Umfragen zu den
sexuellen Gewohnheiten und Wünschen der Leserinnen –
und so etwas treibt die Auflage hoch. Ganz schön auf Zack,
diese Tinkerbell!

»Ich glaube, bald geht die Welt unter«, sagte Miranda an

diesem Abend zu Casey. Die beiden tranken Champagner, um wieder munter zu werden.

»Nicht die Welt, die Großstadt«, sagte Casey. Sie hatten drei Wellensittiche auf dem Boden des Käfigs gefunden, mit den Beinen nach oben. Es war ein sehr, sehr heißer Junitag, und Hattie, die gerade in den Prüfungen für die Mittlere Reife steckte – einst fanden sie im Juli statt, dann im Juni und nun im Mai; im Klartext: mehr Zeit zum Korrigieren (bezahlte Arbeit) und weniger Zeit zum Lernen (unbezahlte Arbeit), also eine durchaus positive Entwicklung –, hatte die Fenster aufgemacht, und Casey war überzeugt davon, daß die armen Viecher an Bleivergiftung gestorben waren. Obwohl manche Leute ja sagen würden, die ungünstige Planetenkonstellation an jenem Tag habe dieses und noch viel größeres Unheil bewirkt; dann lag es also nicht am Blei. Vielleicht sollte Miranda aber auch für ihren fehlenden Glauben an die Astrologie bestraft werden? Wir wissen es nicht.

Hattie kam bleich und weinend von ihrer Geschichtsprüfung zurück und sagte, sie habe bestimmt in keinem einzigen Fach bestanden und sie sei einfach nicht intelligent genug, um auf die Universität zu gehen, und sie wünschte sich schon immer nichts weiter als einen Beruf, der etwas mit Pferden zu tun hatte, und warum seien ihre Eltern nur so schrecklich zu ihr, und statt zu sagen: »Das sind nur die Hormone, mein Kind«, sagte Miranda: »Vielleicht sollten wir doch aufs Land ziehen.«

Und damit war es beschlossene Sache. Casey legte seine Immobilienliste auf den Tisch. Er plädierte für den Südwesten – also Wiltshire (das »Pferdeland«) oder Somerset (das »Ziegenland«): nicht direkt vor den Toren von London, aber auch nicht unsinnig weit weg.

»Ziegenland?« fragte Miranda, und Casey erklärte, daß Somerset die Gegend war, wo die Ziegenmilch für Kinder mit Kuhmilchallergien herkam. (Damals machte sich noch kaum jemand Gedanken über Chemie in Lebensmitteln, aber es gab die ersten schwachen Regungen von Umwelt- und Ernährungsbewußtsein, und auch Casey hatte davon schon gehört.)

»Ich glaube nicht, daß ich je eine Ziege von nahem gesehen habe«, sagte Miranda vorsichtig, und Hattie sagte: »Aber ich, und das sind scheußliche Viecher; also ziehen wir nach Wiltshire! Pferde sind klasse, im Gegensatz zu Ziegen.« (Das Wort »klasse« war damals gerade noch passabel. Gerade noch. Aber Hattie war immer ein bißchen hinterher.)

Sie fanden ein Haus in Somerset, auf dem flachen Land, im grünen Niedermoor; das Grundstück war umrahmt von rechtwinklig angelegten Rinnen, die zu einem ganzen System von Gräben und Dämmen gehörten, und niedrigen, kräftig gestutzten Weiden. Gut zweieinhalb Hektar Land. Es verging kein Jahr bis zum Umzug. Sie verkauften ihr Haus in London für 40000 Pfund. (Mittlerweile ist es 650000 Pfund wert. Aber mit »hätte ich doch nur« kommt man im Immobiliengeschäft nicht weit – obgleich Casey sich noch manches mal solche Gedanken machen sollte, wie viele andere von uns auch.)

»Man braucht wohl einen schöpferischen Geist, wenn man hier leben will«, sagte Miranda nervös, als sie das Haus zum ersten Mal sah. Es war ein viereckiges Steinhaus, mit Kletterpflanzen überwachsen, und wirkte irgendwie öde und trist. Hattie stapfte mit nackten Beinen durch die jungen Brennnesseln, und plötzlich war ihr, als würde sie von tausend Insekten gestochen, und sie schrie los, rührte sich aber nicht von der Stelle. Mit solchen Pflanzen hatte sie noch nie etwas zu tun gehabt. (Sie war eben ein Stadtkind, und mit den Schulausflügen ging es damals gerade erst los, was hätte sie also vom Landleben wissen sollen?) »Du *hast* einen schöpferischen Geist, Miranda«, sagte Casey mit Nachdruck, und vielleicht war das so etwas wie ein Segen oder ein Befehl (immerhin hatte Miranda ja versprochen, Casey zu »gehorchen«, weil das in den fünfziger Jahren, als sie Casey heiratete, so der Brauch war), denn siehe da, auf einmal hatte Miranda schöpferischen Geist. Sie zog Gummistiefel und Gummihandschuhe an und rupfte die Brennnesseln aus der Erde und brachte den Garten von »Highwater House« mit eigenen Händen wieder in Ordnung. Sie sägte und hämmerte und strich und richtete das eine Nebengebäude als Design-Studio für Casey her, und dann machte sie sich aus dem alten Häuschen mit der Mostpresse ihren Arbeitsraum. Sie würden beide im »Highwater House« arbeiten und ihr Geld verdienen – er mit dem Zeichnen, sie mit dem Schreiben. Casey wollte einmal pro Woche ins Büro fahren: sie wollte freiberuflich weitermachen, Artikel über das Landleben schreiben und einmal pro Monat ihre Redakteure und Kollegen aufsuchen. Es gab sogar ein Postamt ziemlich in der Nähe und ein Telefon, und alle ihre Freunde würden zu Besuch kommen: man war ja nicht aus der Welt, heutzutage doch nicht. Ja, damals hielten sie sich für ganz modern. (Heutzutage kaum vorstellbar, daß man damals so denken konnte – lange bevor Telefax und Anrufbeantworter und Europiepser und das schnurlose Telefon und Expreßzüge in Mode kamen. Aber vielleicht war das schiere Erstaunen über die Mondlandung im Jahre 1969 – der knallharte Beweis dafür, daß der Himmel nichts Übersinnliches war, sondern zum Greifen nahe – noch nicht verflogen.)

Wendy lächelte und wartete. Sie war auf dem Land groß geworden. An Caseys Bürotagen sorgte sie dafür, daß der Tee in einer Porzellantasse mit Unterteller serviert wurde. Sie warf die handgetöpferten Becher hinaus, die klobigen Dinger, die ganz rauh an der Zunge waren, aber gerade groß in Mode kamen. Sie sagte, wenn er einmal in der Stadt übernachten wolle, könne er das jederzeit tun: sie habe ein Gästezimmer. Casey sagte nein danke.

Casey ließ sich hinten im Garten eine Vogelhaus für seine Wellensittiche bauen: es war von einem Architekten entworfen. (Die Einheimischen betrachteten es voller Erstaunen.) Während des langen heißen Sommers starben die Vögel am Hitzschlag unter dem formschönen Glasdach. Genauer gesagt, alle bis auf zwei; glücklicherweise ein Zuchtpärchen; aber irgendwer – ob Dachs, Wiesel oder Fuchs, das wußte auch keiner – kletterte schon bald darauf durch die Schleuse, um sich die beiden zu holen. Casey ließ die Pläne mit der Wellensittichzucht fallen. Es war doch alles zu entmutigend.

Und Hattie hatte doch recht gehabt mit der Mittleren Reife. Sie war in allen Fächern durchgefallen. Casey wollte sie nach London zurückschicken, sie konnte bei ihren Tanten wohnen und Nachhilfestunden nehmen, aber das wollte Hattie nicht. »Du hast mich gegen meinen Willen hierher gebracht«, sagte sie. »Dann finde dich jetzt auch mit den Konsequenzen ab.«

Sie fand einen Job bei der Imkerei »Peatalone Honey«, wo sie mit Hut, Schleier, langem weißem Gewand und Handschuhen nach den Bienen sah. Sie wirkte füllig. Schlank war sie nie gewesen: weiß Gott, wo sie das herhatte – Casey war fast so dünn, daß man die Rippen zählen konnte, und Miranda mit ihrer Wespentaille –

Nur wurde Mirandas Taille binnen kurzer Zeit kräftiger, ja dicker. Ihre Waden wurden rundlich und stramm. Sie bekam ein energisches Kinn und einen scharfen Blick. Ihr drittes Paar Gummihandschuhe (wie schnell sie zerlöchert sind, wenn man damit in die Brombeeren geht) war auch ihr letztes. Sie verlor alles Interesse am Schreiben, aber vielleicht verlor das Schreiben auch alles Interesse an ihr.

Denn ein Umzug aufs Land ist karrieremäßig (in diesem Jahrzehnt kam auch das -mäßig in Mode und ist leider, leider bis heute nicht wieder verschwunden) gar nicht gut für Journalisten, Musiker oder Schauspieler – für alle, die freiberuflich arbeiten und engagiert werden wollen. Sie müssen immer dicht am Geschehen dran sein – ganz schlecht, wenn ein Ferngespräch mit den entsprechenden Kosten nötig ist, um Sie zu erreichen, und womöglich wollen Sie bei einem Bewerbungsgespräch oder einer Projektbesprechung dann auch noch Reisekosten abrechnen. Wenn Sie sich erst in den Schnellzug setzen müssen, jemand anders aber nur ins Taxi, dann kriegt dieser Jemand den Job. Aber Miranda machte sich nichts daraus, Miranda hatte ja ihre Tiere. Ein Tier bewundert Sie, liebt Sie, braucht Sie, bewacht Sie: ein Tier befördert Sie nicht und stuft Sie auch nicht zurück. Ein Tier schätzt keine Tinkerbell Wright höher ein als Sie und beurteilt Sie nicht nach Ihrer Rocklänge: Sie müssen ihm nicht gehorchen – es gehorcht Ihnen. Aber bei einem Tier bleibt es nicht, und Tiere vermehren sich – und was wollen Sie dann mit ihnen machen? Sie *aufessen?*

»Aufessen!« sagte Casey, als es um die vierundzwanzig schwarzköpfigen Jacobschafe ging. »Ins Schlachthaus mit ihnen und dann in den Bratofen!« Sie hatten vier Stück gekauft; die sollten das Gras kurzhalten. Ein Bock, drei Mutterschafe. Nach der ersten Paarungszeit (es waren gesunde und fruchtbare Schafe) waren es drei Böcke, sieben Mutterschafe. Noch zweimal Paarungszeit, und die Herde war per Inzucht auf vierundzwanzig angewachsen, und die jungen Böcke spießten sich gegenseitig an den Hörnern auf, und es gab nicht genug Weideland.

»Aufessen!« sagte sogar Hattie. Sie bemühte sich um einen jungen Imker, einen achtzehnjährigen wortkargen Burschen mit roten Fingerknöcheln. (»Sie wird ihn doch nicht etwa *heiraten* wollen?« sorgte sich Casey. »Natürlich nicht«, versicherte ihm Miranda. »*So* dumm ist sie ja nun auch wieder nicht.«)

Kein Mensch will junge Schafböcke kaufen; man kann sie noch nicht einmal weggeben. Also landeten sie in der Tiefkühltruhe, aber da blieben sie auch. »Wir sollten uns keine Schafe mehr halten«, sagte Casey. Doch Miranda hörte nicht auf ihn. Sie liebte Schafe. Sie kaufte eine größere Gefriertruhe und gab den Freunden aus London Hammelbraten mit – obgleich die glücklicherweise immer seltener zu Besuch kamen. Wie sich herausstellte, waren sie doch eher Kollegen als Freunde.

Dann waren da die Hunde. Wenn Sie auf dem Land leben, müssen Sie sich einen Welpen besorgen. Natürlich wird daraus mit der Zeit eine ausgewachsene Hündin, und es käme Ihnen herzlos vor, der Natur nicht ihren Lauf zu lassen, und über kurz oder lang haben Sie neun weitere Welpen und können gar nicht für alle ein Zuhause finden, weil der Vater unbekannt ist (offenbar braucht so ein Hundevater keinen Stammbaum, dafür aber eine Adresse), also behalten Sie zwei –

Und Katzen. Alle Leute lieben Katzen. Und Hühner. Küken sind etwas ganz Süßes. Enten sind urkomisch. Gänse sind dumm, aber mutig. Und alle vermehren sich.

»Wollen Sie nicht doch über Nacht dableiben?« fragte Wendy. Sie hatte nicht einmal eine Katze. Sie mochte den Geruch von Tieren nicht, sagte sie. Mit einem Wellensittich konnte sie es gerade noch aushalten, aber das war es auch schon.

Und Hunde hüpfen an Ihnen hoch und legen ihre dreckigen Pfoten auf Ihre sauberen Hosen, und neuerdings ließ Casey seine guten Anzüge im Büro und zog sich dort immer erst um. Er hielt es für besser, ein paar Tage hintereinander in der Stadt zu bleiben. Es war viel los in der Firma.

»Nein danke«, sagte Casey zu Wendy und übernachtete bei seinen Tanten. Aber er gab ihr einen Klaps auf den Hintern (nein, sie war keine Feministin) und setzte hinzu: »Wendy, Sie sind eine ganz Schlimme.«

Miranda hatte kein Interesse mehr an den Rechten der Frauen, am vaginalen Orgasmus, der indischen Kochkunst und all den anderen Themen, die ihr früher wichtig und vertraut gewesen waren. Jetzt las sie ›Schweinepflege leicht gemacht‹ und ›Der fröhliche Hühnerhalter‹, und wenn Casey sein Frühstücksei aufschlug (so viele Eier!), fand er des öfteren ein kleines Küken darin.

»Hör mal, Miranda«, sagte er. »Laß uns in Urlaub fahren. Nach China oder so.«
    »Ich kann nicht«, sagte sie kurzangebunden. »Ich kann die Tiere nicht allein lassen.«

»Bleib doch über Nacht«, bat Wendy. »Du weißt, daß du es auch willst.«
    »Ich kann nicht«, sagte Casey kurz und bündig. »Ich liebe Miranda.«

Dann bekam Miranda eine Ziege. Es war eine Geiß. Sie hieß Belinda. Sie war ein empfindliches Tier. Von kaltem Wind bekam sie Husten. Also wurde sie hereingeholt und durfte am Kamin liegen, neben den vier Hunden. Sie stank.
    »Miranda –«, sagte Casey.
    »Ich weiß, was du sagen willst«, sagte Miranda. »Aber im

367

Ziegenstall zieht es. Ich bin noch nicht dazu gekommen, ihn zu reparieren. Ich hatte mit den Sandsäcken zu tun.«

»Highwater House« hieß nicht umsonst so. In einem niederschlagsreichen Winter kam es hier leicht zu Überschwemmungen.

»Ich bin schwanger«, sagte Hattie. »Und da sowieso nie einer an mich denkt, heirate ich jetzt halt.«

Und so heiratete sie den jungen Mann mit den roten Fingerknöcheln und versank im Torfmoor, ohne eine Spur zu hinterlassen, abgesehen von drei Kindern in drei Jahren: sie wohnten in einem kleinen Haus zur Miete und lasen die ›Sun‹ und hielten sich Hühner im Garten und waren recht glücklich, wenn man Miranda glauben durfte. Casey war entsetzt.

»Tja«, sagte Wendy, »bei Mädchen muß man vorsichtig sein. Die heiraten da, wo es sie hinverschlägt. Kommst du mit zu mir nach Hause?«

»Nein«, sagte Casey.

Die Ziege brauchte einen Ziegenbock. Miranda kaufte einen. Er war sehr störrisch, und bald waren Mirandas Schenkel grün und blau, weil er sie immer stieß, wenn sie ihn ziehen wollte, und deshalb konnten sie und Casey nur selten miteinander schlafen. Eines Abends fiel die Zentralheizung aus, und Casey kam spät aus London zurück – es war fast Mitternacht – und fand Miranda schlafend in einem Sessel am Kamin und die beiden Ziegen auf dem Ehebett.

»Ich würde sie ja aus dem Bett werfen«, sagte Miranda, als sie wach wurde, »wenn ich nur könnte. Aber du weißt doch, wie störrisch Ziegen sind.«

»Ich werde sie gleich richtig rauswerfen«, sagte Casey und packte die Heimwerker-Axt.

»Sei doch nicht so primitiv«, sagte Miranda. »Und außerdem – wo sollen sie denn sonst bleiben? Ich lasse im Ziegenstall eine Heizung einbauen, aber sie ist noch nicht fertig.«

Als Wendy ihn das nächste Mal fragte, sagte Casey »ja«, und er blieb auch gleich ganz da. Wie blitzblank Wendys Haus doch war: es roch nach Möbelpolitur und Parfüm: sie besprühte ihre einzige Topfpflanze mit Insektengift. Im ganzen Haus gab es nichts Lebendiges, außer ihm und ihr und einem pflegeleichten Fleißigen Lieschen.

Miranda hat neuerdings eine ganze Ziegenherde, die nur organisches Futter bekommt, und vertreibt ihren vorzüglichen fettarmen Ziegenjoghurt über eine Bioladenkette: ihr Ziegenkäse ist ebenfalls ausgezeichnet. Und die wenigen Freunde, die immer noch anrufen, erzählen einander: »Aber sieht sie nicht allmählich wie eine Ziege aus – kleine böse Augen und stämmige Beine und ein Bärtchen am Kinn!« Und ich fürchte, sie haben recht. Doch Miranda ist vollkommen glücklich, das dürfen wir nicht vergessen.

UMBERTO ECO
Das Lendendenken

Kürzlich erschien hierselbst an dieser Stelle ein schöner Aufsatz von Luca Goldoni über die Mißhelligkeiten derer, die sich aus modischen Gründen in Blue Jeans zwängen und dann nicht mehr wissen, wie sie sich hinsetzen sollen und wie den äußeren Reproduktionsapparat verteilen. Mir scheint, das von Goldoni angeschnittene Problem ist reich an philosophischen Reflexionen, die ich hier meinerseits mit der größten Ernsthaftigkeit ein Stück weiterverfolgen möchte – denn keine Alltagserfahrung ist zu niedrig für einen denkenden Menschen, und es wird Zeit, die Philosophie nicht nur vom Kopf auf die Füße zu stellen, sondern auch auf die Lenden.

Ich habe schon Jeans getragen, als das noch sehr wenige taten und jedenfalls nur in den Ferien. Ich fand und finde sie sehr bequem, vor allem auf Reisen, da es bei ihnen keine Probleme mit Bügelfalten, Flecken und Rissen gibt. Heutzutage werden sie auch um der Schönheit willen getragen, aber in erster Linie sind sie praktisch. Seit einigen Jahren hatte ich allerdings leider auf sie verzichten müssen, weil ich zu füllig geworden war. Gewiß, wenn man richtig sucht, findet man sie auch in Sondergrößen (bei Macy's in New York gibt es sogar welche für Oliver Hardy), aber die sind nicht nur in der Taille, sondern auch an den Beinen *extra large;* man kann sie schon tragen, aber es ist kein schöner Anblick.

Neuerdings, nach Reduzierung der Alkoholika, habe ich nun die nötige Kilozahl abgespeckt, um es wieder mit *fast* normalen Jeans zu versuchen. Ich habe den Leidensweg durchgemacht, den Goldoni beschrieb (mit der Verkäuferin, die mich ermunterte: »Drücken Sie, drücken Sie nur, Sie werden sehen, die passen dann schon«), und bin losgezogen, ohne den Bauch einziehen zu müssen (zu solchen Kompromissen lasse ich mich nicht herab). Immerhin hatte ich nun nach langer Zeit wieder das schöne Gefühl, eine Hose zu tragen, die sich, statt die Taille einzuschnüren, an die Hüften schmiegt – denn es ist das Proprium der Blue

Jeans, daß sie die lumbal-sakrale Region unter Druck setzen und sich nicht durch Suspension, sondern durch Adhäsion halten.

Das Gefühl war mir, nach der langen Zeit, neu. Nicht daß sie schmerzten, aber sie waren *zu spüren*. So elastisch sie waren, ich spürte um meinen Unterleib eine Art Rüstung. Ich konnte den Bauch nicht *in* der Hose bewegen, sondern nur *mit* der Hose. Ein Umstand, der den eigenen Körper sozusagen in zwei voneinander unabhängige Hälften teilt, eine von der Gürtellinie aufwärts, befreit von der Kleidung, und die andere, vom Gürtel abwärts bis zu den Knöcheln, organisch mit der Kleidung verwachsen. Ich entdeckte, daß meine Bewegungen, die Art, wie ich ging, mich drehte, mich setzte, den Schritt beschleunigte, *anders* geworden waren. Nicht schwieriger oder leichter, aber entschieden anders.

Infolgedessen lebte ich nun im Bewußtsein, Jeans anzuhaben (während man ja gewöhnlich lebt, ohne dauernd daran zu denken, daß man Hosen anhat). Ich lebte für meine Jeans und benahm mich infolgedessen wie einer, der Jeans anhat. Will sagen, ich nahm eine *Haltung* an. Seltsam, daß es ausgerechnet das traditionell zwangloseste und antikonformistischste Kleidungsstück war, das mir eine Förmlichkeit aufzwang, ein Benehmen. Normalerweise benehme ich mich recht ungehobelt, setze mich hin, wie's gerade kommt, lasse mich fallen, wo's mir gefällt, und vergesse mich, ohne auf Eleganz zu achten. Die Jeans zwangen mich zur Kontrolle meiner Bewegungen, machten mich zivilisierter und reifer. Ich habe lange darüber nachgedacht, besonders im Gespräch mit Partnerinnen vom andern Geschlecht. Von denen ich schließlich erfuhr, was ich im übrigen schon vermutet hatte, daß Erfahrungen dieser Art für die Frauen alltäglich sind, da ihre Kleidung seit jeher und immer schon darauf zugeschnitten war, eine Haltung zu verleihen: Stöckelschuhe, Reifröcke, Büstenhalter aus Fischbein, Hüftgürtel, enggeschnürte Korsetts usw.

So begann ich darüber nachzudenken, welchen Einfluß die Kleidung als Rüstung im Verlauf der Zivilisationsgeschichte auf die Haltung und damit auf die äußere Moral gehabt hat. Der viktorianische Bourgeois war steif und pedantisch wegen des steifen Stehkragens, der klassische

Gentleman war in seiner Strenge determiniert durch enganliegende Redingotes und Stiefeletten und Zylinder, die keine raschen Kopfbewegungen erlaubten. Wenn das Wien der Jahrhundertwende am Äquator gelegen hätte und seine Bürger in Bermudas gegangen wären, hätte dann Freud dieselben Neurosensymptome beschreiben können? Und dieselben Ödipus-Dreiecke? Und hätte er sie in derselben Weise beschrieben, wenn er, der Doktor, ein Schotte im Kilt gewesen wäre (unter welchem man bekanntlich nicht mal einen Slip zu tragen pflegt)?

Ein Kleidungsstück, das einem die Hoden einzwängt, läßt einen anders denken. Die Frauen, wenn sie ihre Regel haben, die Kranken, die an Hämorrhoiden, Orchitis, Urethritis, Prostatitis und dergleichen leiden, kennen den Einfluß, den Kompressionen oder Interferenzen an der Lendenregion auf die Stimmungslage und die geistige Regsamkeit haben. Aber dasselbe gilt (vielleicht in geringerem Maße) auch für den Hals, den Rücken, den Kopf, die Füße. Eine Menschheit, die in Schuhen herumzulaufen gelernt hat, hat ihr Denken anders orientiert, als sie es getan hätte, wenn sie barfuß geblieben wäre. Traurig zu denken, besonders für Philosophen der idealistischen Richtung, daß der Geist seinen Ursprung in solchen Konditionierungen haben soll, aber damit noch nicht genug, das Schöne ist, daß auch Hegel dies wußte, weshalb er die von der Schädelwissenschaft identifizierten Schädelknochen studierte, und das in einem Buch mit dem Titel ›Phänomenologie des Geistes‹.

Doch das Problem meiner Jeans hat mich noch zu anderen Beobachtungen getrieben. Die Kleidung zwang mich nicht nur zu einer Haltung, sondern die Konzentration meiner Aufmerksamkeit auf diese Haltung zwang mich auch zu einer *außengerichteten Lebensweise*. Mit anderen Worten, sie reduzierte mein Innenleben. Für Leute in meinem Beruf ist es normal, beim Gehen an etwas anderes zu denken, an den nächsten Artikel, die nächste Vorlesung, die Beziehungen zwischen dem Einen und den Vielen, die derzeitige Regierung, das Problem der Erlösung und wie man es fassen soll, die Frage, ob es ein Leben auf dem Mars gibt, den letzten Schlager von Celentano und das Paradox von Epimenides. Das ist es, was man in unserer Branche *inneres Leben* nennt. Mit den neuen Jeans am Leibe war nun mein Leben ganz äußerlich: Ich dachte jetzt immerzu an das Verhältnis zwischen mir und den Hosen und an das Verhältnis zwischen den Hosen und der Gesellschaft ringsum. Ich hatte ein *Hetero-Bewußtsein* realisiert, beziehungsweise ein epidermisches Selbstbewußtsein.

An diesem Punkt wurde mir klar, daß die Denker seit dem Mittelalter dafür gekämpft hatten, sich von der Rüstung zu befreien. Die Krieger lebten ganz in der Äußerlichkeit, rundum eingepackt in Kettenhemden und Panzer. Die Mönche indes hatten ein Gewand erfunden, das die Erfordernisse der äußeren Haltung *von sich aus* erfüllte (majestätisch, fließend, aus einem Stück und daher fähig zu statuarischem Faltenwurf), während es den Körper (darinnen, darunter) vollkommen frei und sich selbst überließ. Die Mönche hatten ein reiches Innenleben und waren dreckig wie Schweine. Denn ihr Körper, im Schutze eines Gewandes, das ihn zugleich adelte und befreite, konnte ungestört denken und sich dabei selber völlig vergessen. Ein Ideal nicht allein für den Klerus, man denke nur an die schönen weiten Gewänder, die ein Erasmus trug. Und wo auch der Intellektuelle sich in weltliche Rüstungen zwängen muß (in Kniehosen, Fräcke, Puderperücken), sehen wir ihn, sobald er sich zum Denken zurückzieht, schlau in prächtigen Schlafröcken wandeln oder in weiten *chemises drolatiques* wie Balzac. Das Denken verabscheut das Kettenhemd.

Doch wenn es die Rüstung ist, die ein Leben in Äußerlichkeit erzwingt, dann beruht die jahrtausendalte Unterwerfung der Frau auch auf der Tatsache, daß der Frau seit jeher Rüstungen auferlegt worden sind, die sie dazu trieben, die Übung des Denkens zu vernachlässigen. Die Frau ist nicht nur darum von der Mode versklavt worden, weil diese sie durch den Zwang, attraktiv zu sein, eine ätherische Haltung voller Anmut und erregendem Reiz zu wahren, zum Sexualobjekt gemacht hat, sondern sie ist vor allem darum versklavt worden, weil die Kleidermaschinen, die ihr aufgeschwatzt wurden, sie psychologisch zwangen, für die Äußerlichkeit zu leben. Was uns dazu bringt, einmal zu überlegen, wie hochbegabt und heroisch ein Mädchen gewesen sein muß, um in solcher Kleidung eine Madame de Sevigné, Vittoria Colonna, Madame Curie oder Rosa Luxemburg zu werden. Die Überlegung hat einigen Wert, denn sie bringt uns auf die Entdeckung, daß die Jeans, die den Frauen heute von der Mode aufgedrängt werden, scheinbar Symbol der Befreiung und der Gleichstellung mit den Männern, in Wirklichkeit eine weitere Falle der Herrschaft sind; denn sie befreien den Körper nicht, sondern unterwerfen ihn nur einer anderen Etikette und zwängen ihn in andere Rüstungen, die nicht als solche erscheinen, weil sie scheinbar nicht »weiblich« sind.

Abschließende Überlegung: Kleider sind, da sie eine äußere Haltung erzwingen, semiotische Mechanismen oder Kommunikationsmaschinen. Das wußte man zwar bereits, aber man hatte noch nicht versucht, den Vergleich mit den syntaktischen Strukturen der Sprache zu ziehen, die, wie ja von vielen behauptet wird, die Artikulationsweise des Denkens beeinflussen. Auch die syntaktischen Strukturen der Kleidersprache beeinflussen die Betrachtungsweise der Welt, und zwar sehr viel physischer als die Consecutio temporum oder der Konjunktiv. Woran wieder einmal zu sehen ist, durch wie viele Schleichwege die Dialektik von Repression und Befreiung geht. Und der harte Kampf um mehr Licht.

Auch durch die Leisten.

MICHAEL KRÜGER
Warum nicht Peking?

Warum Peking? Warum nicht Rom oder Paris oder Turin?
Selbst in westfälischen Kleinstädten wird heute über Leibniz
geredet. Überall werden Veranstaltungsreihen organisiert,
Symposien abgehalten, Roundtablegespräche einberufen,
und alle sind gut bestückt mit den ersten Namen des Wis-
senschaftstourismus. Ein neuer Beruf, ein fliegendes Ge-
werbe ist ständig unterwegs, die Welt mit Meinungen und
Ansichten zu traktieren, vom niedrigsten bis zum höchsten
Niveau, je nach Bezahlung und Lage. Erstschlagtheorie,
Nietzsche und das Leib-Seele-Problem, Gestalttherapie,
überall Sorgen, die entschlossen andiskutiert, gestreift, im
Fluge berührt werden und auf die später noch einmal zurückgekommen werden muß. Je kleiner und häßlicher die
Welt wird, je offensichtlicher die Unumkehrbarkeit ihrer
Verwüstung, je sehnsüchtiger die schmerzhafte Erinnerung
an die Vergangenheit – um so größer wird offenbar das
Bedürfnis, sich persönlich auszusprechen, Auge in Auge
den tendenziellen Fall der Profitrate zu erörtern, die Aktualität Racines oder die Universalisierung in der Ethik. Keiner
schweigt.

Keiner will schweigen, wenn es um den Hunger in der
Welt geht, jeder will ein Wörtchen mitreden auf dem Me-
dienkongreß, wo die Frage erörtert wird, ob man die Ver-
hungernden zeigen dürfe beim Verhungern oder es besser
lassen solle, wie ein Vertreter der Ästhetik des Taktes es
empfohlen hatte, dem heftig widersprochen worden war
von der Fraktion der Realisten. Jeder kommt zu Wort.

Man trifft sich in den hintersten Winkeln der Welt, um
über die handlungstheoretischen Grundlagen der Sozialwis-
senschaften zu diskutieren, und wenn man nicht zu einem
guten Ende kommt, vertagt man sich auf den Herbst in
Djakarta oder auf den Mai in Paderborn. Nur kein gutes
Ende, das wäre das Ende. Solange wir reden, muß die Welt
existieren, irgendwo, irgendwie, unsichtbar unter der
schweren Wolkendecke, über der die Flugzeuge ihre An-
sichtssachen transportieren. Wo vor einigen Jahren noch die

Herren mit den Taschenrechnern saßen, brüten heute die Diskutanten über ihren Skripten, trinken Tee mit Süßstoff und bereiten Repliken auf die zu erwartenden Einwände vor. Die Frage nach dem Begriff der sittlichen Einsicht wird in Englewood Cliffs, Nizza und Augsburg zugleich gestellt. An allen drei Orten soll es zu Ausschreitungen gekommen sein, so daß man sich kurzerhand entschloß, eine gemeinsame Großveranstaltung in Kassel durchzuführen. Wo liegt Kassel? Aber Kassel hatte abgewunken. Wir sind ausgebucht für die nächsten drei Jahre, hatte Kassel gesagt, Anti-Atom-Kongreß, Jahreshauptversammlung der Naturheilkundler, Kunst und/oder Staat, jeden Monat müssen sich die Kasseler Bürger etwas anderes anhören, jeden Monat andere Gesichter, andere Stimmen, andere Probleme, wir können nicht mehr. Einen Auto-Salon – ja, aber nicht schon wieder die Frage nach dem Begriff der sittlichen Einsicht. Also Meisenhain an der Glan, oder Toulon, oder eben Venedig, wir bitten um Handzeichen.

Aber Peking? Peking war bisher der weiße Fleck auf der Landkarte des Geschwätzes. Hier wurde Chinesisch gesprochen oder gar nicht. Hier gab es nur chinesische Meinungen. Hier war es gleichgültig, ob Hegels Frage nach der ethischen Begründung der von Kant fraglos vorausgesetzten Institution des Privateigentums berechtigt war oder nicht. In Peking gab es keinen Ödipuskomplex. In Peking wollte man vom späten Schopenhauer nichts wissen. In Peking war Ruhe. Auch ich also in Peking. In einem Zimmer des besten Hotels, im sechsten Stock, allein. Ein hellblaues Telefon, eine Nachttischlampe mit grünem Schirm, ein knallblaues Thermometer zwischen den beiden asketischen Betten, ein abgewetzter Teppich, ebenfalls grün, rote und schwarze Tinte mit Federhalter auf einem kleinen Tisch, ein mächtiger Sessel, bedeckt mit einem weißen Leintuch, ein Abstelltisch mit Thermosflasche, einer Karaffe Wasser, zwei Tassen mit Deckeln, einem Aschenbecher. Ein Fernsehgerät mit gestrickter Haube, rosa. Ein Schränkchen, ausgelegt mit chinesischen Zeitungen. In der Ecke neben dem Fenster ein Waschbecken, zwei Zahnputzgläser aus Plastik, keine Seife.

Auf der Wand gegenüber den Betten ein Rollbild: Baum und Kranich, das ich schon einmal im Hotel »Atlas« in Heidelberg gesehen hatte, genau vor einem Jahr, wie ich in meinem Notizbuch nachlesen konnte. In Heidelberg hatte ich eine alte Freundin besuchen wollen, bei der ich noch Aufzeichnungen von mir vermutete aus gemeinsamen Zeiten in Berlin, aber sie war nicht »ansprechbar« gewesen, wie ihre Freundin mir mitgeteilt hatte, die sich wie meine Freundin ebenfalls mit Gruppentherapie und Familienforschung beschäftigte und mich nach dem vergeblichen Versuch, meine Freundin zu treffen, ins Hotel »Atlas« begleitet hatte, wo wir, auf einem engen Sofa sitzend, unter unaufhörlichem Reden die Mini-Bar leergetrunken hatten. Genauer gesagt, sie hatte geredet, wie ich meinem Notizbuch entnahm, das die Heidelberger Episode mit dem Satz abschloß: *Merke gut auf, es handelt sich um Dinge, die so sicher sind, daß man sie nur vergessen kann;* während ich die ganze Zeit schweigend geradeaus geschaut hatte, auf ein chinesisches Rollbild mit Kranich und Baum, auf dem eine Fliege peinigend langsam herumgekrochen war, als suche sie das Bild ab, und ich plötzlich den Eindruck hatte, als müsse ich mit der Fliege als Auge das Bild abtasten. Irgendwann in der Nacht war die Freundin der Freundin auf meinem Bett im Hotel »Atlas« eingeschlafen, ermüdet von ihren Reden über den desolaten Zustand der Gruppentherapie und schwer betrunken, und irgendwann lag die Fliege mit nach oben gestreckten Beinchen auf dem Tisch unter dem chinesischen Rollbild, so daß für mich genügend Zeit blieb, bis zur Abfahrt meines Zuges um 6 Uhr 45 nach München sowohl eine genaue Beschreibung des Zimmers wie eine kurze Notiz über das Gehörte aufzuschreiben. Der Schlafenden, die auf meinem Bett so eigenartig deplaziert ausgesehen hatte, wie hingeworfen, hatte ich auf einem Zettel die Bitte hinterlassen, sich nicht bei mir zu entschuldigen, weder für ihr Benehmen, noch für ihre Reden. Und mitten in diesem Pekinger Hotel erinnerte ich mich plötzlich an das verdutzte Gesicht des Portiers über meine Antwort auf seine Frage, ob ich etwas aus der Mini-Bar getrunken hätte: Alles.

Es gibt nichts zu erzählen, selbst der Tod wird in eine Zeile passen.

Ich hatte meinen Anzug in den Schrank gehängt, die Wäsche darunter gelegt, weil es keine Ablage gab, Notizbuch, Papier und Stifte zunächst auf den Abstelltisch, dann auf dem Nachttisch ausgebreitet, die wenigen Bücher aufgestellt in der bestürzenden Gewißheit, sie nicht lesen zu können, aber das Zimmer ließ sich nicht verändern. Ich war ans Fenster getreten, wie man in ungeliebten Hotelzimmern ans Fenster tritt, in der Hoffnung, nichts von Belang zu sehen. Über den Platz waren Tausende von Fahrradfahrern gehuscht, gefolgt von doppelgängerischen Schatten, ein Bild, wie ich es schon gesehen hatte in China-Büchern, jetzt nur bewegt. Aber der Regisseur war bekannt. Ich hatte auf die schwarzen, verhängten Limousinen geblickt, die rücksichtslos und grell hupend mit ihren Eliten im Fond die surrende Masse duchquerten, auf die Bogenlampen, an denen Lautsprechertrauben hingen, auf die unzähligen, sich im Dunst verlierenden Fahnentücher, die wie Wäschestücke an quer über den Platz gespannten Seilen flatterten, und hatte schließlich den Großen Vorsitzenden begrüßt, dessen teigiges Gesicht mich unverwandt anstarrte. Kein Bedauern, kein Mitleid, nur die Zeit wird ihm helfen. Um mich von seinem starren Auge zu lösen, hatte ich versucht, einen einzelnen Fahrradfahrer zu isolieren und zu verfolgen, was mir nicht gelingen wollte, dann einen Mann, der schlurfend einen hölzernen Kinderwagen durch die Menge schob, randvoll bepackt mit grünem Gemüse, das aus den Seitenverstrebungen hervorquoll und eine dünne grüne Spur legte, aber auch dieser Mann war plötzlich verschwunden und mit ihm die Gemüsespur. Mein Blick konnte nichts festhalten, was ich teils meiner Übermüdung zuschrieb, teils dem Chinesischen, das sich mir so reichhaltig darbot und verwirrte, also hatte ich das Fenster wieder geschlossen und mich auf das aufseufzende Bett gelegt, das bei jeder Bewegung ein schmatzendes Geräusch machte.

Was für ein Baum war auf dem Bild abgebildet, eine Zeder?

Als ich erwachte, war es nach acht Uhr abends. Tiefe Dunkelheit. Es dauerte eine Weile, bis ich mich von meinem Traum befreit hatte, in dem ich der Fälschung eines Buches angeklagt gewesen war. Daß ein Mann wie Sie, von bester Abkunft und Erziehung, sich von solchen Tollheiten unterkriegen läßt, statt sie zu bemeistern, seine Karriere, seine Intelligenz und seine Würde aufs Spiel setzt..., hatte der Richter gesagt oder vielmehr unter tosendem Beifall und lautem Lachen der Zuschauer gebrüllt und dabei mit seinem Holzhämmerchen auf meinen Kopf geschlagen, der blutüberströmt vor ihm auf dem Richtertisch lag, zur Seite gewandt, so daß ich durch den Blutschleier vor meinen Augen hindurch einen Teil des Publikums und darin eine Frau erkennen konnte, die mir heimlich mit den Fingern Zeichen gab. Noch damit beschäftigt herauszufinden, was diese Handzeichen bedeuten konnten, und in Erwartung eines weiteren, womöglich des letzten Schlages, erwachte ich mit üblen Kopfschmerzen. An Verteidigung war nicht mehr zu denken.

Wer war die anmutige Frau gewesen und was hatte sie mit den schreibenden Bewegungen, die mir nun wie das Schreiben von Spiegelschrift vorkamen, sagen wollen? Sie hat schreibend etwas löschen wollen, sagte ich mir, aber so gut mir dieser Vorgang gefiel, weil er in vieler Hinsicht mit meiner eigenen Tätigkeit zu vergleichen war, so wenig konnte ich im Traumzusammenhang etwas damit anfangen. Und ihr Gesicht? Sie wird wiederkommen, wenn sie wirklich etwas zu sagen hat, tröstete ich mich, und nicht nur eines dieser ziellosen und nervösen Geschöpfe ist, die überall auftauchen, geheimnisvolle Zeichen machen und wieder abtauchen, als sei es sinnlos, sich zu erklären. Ich ging die wenigen Frauen, die mir in meinem Leben etwas bedeutet hatten, im Geiste durch, heftete ihre Gesichter um Baum und Kranich an die gegenüberliegende Wand, fand aber keines, das sich mit dem der Traumfrau mischen wollte. Stattdessen die üblichen Ermahnungen und Ratschläge, die meine mentale Verfinsterung, die mich beim Betreten des chinesischen Bodens befallen hatte, noch vertiefte. Nicht die Spur eines Arguments, dafür beredt und verschlagen vorgebrachte Behauptungen über meine angebliche Unfähigkeit, das Leben zu genießen. Aber ich war doch in China, warum dann der Prozeß? Ich hatte doch ganz gegen meine Gewohnheit den Vorschlag angenommen, in Peking zu sprechen, auch wenn der Grund für meine Einladung und der Entschluß, ihr zu folgen, dunkel waren. Aber mich hatte schließlich Herr Hu Yaocheng am Flughafen abgeholt, mich in diese Studentenbude des besten Hotels am Platze gebracht und mir versprochen, mich wieder zu treffen. Warum nicht Peking, mein Gott, es hätte schlimmer ausfallen können.

Und sie wird wiederkommen, bis ich endlich verstanden habe.

MILORAD PAVIĆ
Erzählung vom Ei und dem Geigenbogen

Ich stehe in einer angenehmen Kühle und nehme den Geruch von Lack wahr. Die Violinen antworten einander auf ihren gegenseitigen Ruf, eine ganze Polonaise läßt sich aus ihren stillen Seufzern komponieren, als komponiere man eine Partie Schach. Man muß nur die Klänge und ihre Reihenfolge ein wenig durcheinanderbringen. Schließlich tritt der Ungar heraus, der Besitzer der Musikalienhandlung. Seine Augen haben die Farbe von Molke. Rot, als wolle er Eier legen, weist er ein Kinn in Gestalt eines kleinen Bauches mit einem Nabel auf. Er zieht einen Taschenaschenbecher hervor, streift die Asche ab, klappt ihn vorsichtig zu und fragt, ob ich mich im Laden geirrt hätte. Der Kürschner sei nebenan. Immer kämen sie irrtümlich herein. Bei ihm sei seit sieben Tagen niemand hereingekommen, außer irrtümlich. Eigentlich habe er keine Tür zu seinem Laden, eher ließe sich sagen, daß er einen Noteingang habe, aber eine Türe gebe es nicht, nur eine kleine Auslage mit einer Türklinke, die sich beim Eintreten vollständig in den Laden hinein öffne und so den Käufer in den engen Raum einlasse. Ich frage ihn, ob er eine kleine Violine für ein kleines Fräulein oder irgendein Zwergcello habe, wenn sie nicht zu teuer kämen.

Der Ungar dreht sich um und will zurückkehren, woher er gekommen und woher der Geruch von Paprikasch dringt. Indem erhebt sich die Henne von ihrer Kappe und wendet gackernd die Aufmerksamkeit auf ein frisch gelegtes Ei. Der Ungar nimmt sorgsam das Ei, legt es in eine Schublade, nachdem er zuvor mit einem Bleistift etwas auf ihm notiert hat. Es ist irgendein Datum, der 2. Oktober 1982, und ich stelle verwundert fest, daß es ein Datum ist, das erst in einigen Monaten eintreten wird.

»Wozu eine Violine oder ein Violoncello?« fragt er mich, indem er sich dem Eingang ins Zimmerchen hinter dem Laden zuwendet. »Sie haben Schallplatten, ein Radio, einen Televisor. Eine Violine aber, wissen Sie, was eine Violine ist? Von hier bis Subotica müssen Sie pflügen, säen und ernten, jedes Jahr! So viel muß man eine kleine Violine beackern, sehen Sie, damit, mein Herr!« Und er zeigt mir den Geigenbogen, den er am Gürtel trägt wie einen Säbel. Er zieht ihn heraus und spannt die Sehnen mit seinen Fingern, die um die Nägel herum mit Ringen bereift sind, als paßten sie auf, daß die Nägel nicht davonfliegen oder herabfallen. Dann beendet er die Unterhaltung, winkt mit der Hand ab und wendet sich wieder zum Gehen. »Für wen soll das gut sein?« fragt er mich beim Hinausgehen. »Kaufen Sie etwas anderes, kaufen Sie ihr ein Moped oder einen Hund.«

Ich bleibe hartnäckig im Laden stehen, finde mich nicht besonders gut zurecht dieser Entschlossenheit gegenüber, die sich in einer unentschlossenen, schwebenden Sprache ausdrückt, die als Nahrung gebraucht wird, die sättigt, aber nicht schmeckt. Der Ungar beherrscht meine Sprache in Wirklichkeit recht gut, aber nach jedem Satz fügt er am Schluß wie einen Kuchen noch irgendein mir vollständig unverständliches ungarisches Wort hinzu. So macht er es auch jetzt, mir einen Rat erteilend:

»Gehen Sie, mein Herr, suchen Sie für Ihr kleines Mädchen ein anderes Glück. Dieses Glück ist zu schwer für sie. Und ein verspätetes Glück. Verspätet«, fügt er aus jenem Paprikaduft heraus hinzu. »Wie alt ist sie?« fragt er mich sodann geschäftlich.

Er verschwindet, und ich höre, daß er sich umzieht und fertigmacht, um das Haus zu verlassen. Ich nenne ihm das Alter von Djelsomina Mohorovičić. Sieben. Er zuckt bei dieser Zahl zusammen, als sei er mit einem Zauberstab berührt worden. Er übersetzt sie sich ins Ungarische, offensichtlich vermag er nur auf ungarisch zu zählen, und ein seltsamer Duft verbreitet sich im Zimmer, es ist der Duft von Kirschen, und ich merke, daß dieser Duft die Veränderung seiner Stimmung begleitet. In seinem Mund erscheint jetzt eine gläserne Pfeife, aus der er Kirschschnaps einzieht. Er durchwandert den Laden, stellt sich wie zufällig auf meinen Fuß, während er ein kleines Kindervioloncello herauszieht, und indem er es mir anbietet, steht er auch weiter auf meinem Fuß, gleichzeitig darauf hinweisend, wie eng es bei ihm ist. Ich stehe da und stelle mich dumm, wie er auch, er auf meine Rechnung, ich zu meinem Schaden.

»Nehmen Sie das«, sagt er. »Das Holz ist älter als Sie

und ich zusammen. Auch der Lack ist gut ... ansonsten, hören Sie!«

Und er streicht mit einem Finger über die Saiten. Das Cello gibt einen viertönigen Klang von sich, und er steigt von meinem Fuß herunter, als könne der Akkord alle Beschwernisse dieser Welt leichtermachen.

»Hören Sie?« fragt er. »Jede Saite enthält alle übrigen. Aber damit man das zu hören vermag, muß man vier verschiedene Dinge auf einmal hören, wir sind aber zu träge dazu. Hören Sie? Oder hören Sie nicht? 450000«, übersetzt er mir den Preis aus dem Ungarischen. Diese übersetzte Summe trifft mich wie ein Stein. Das ist, als habe er mir in die Tasche geschaut. Genau so viel habe ich bei mir. Das ist seit langem für Djelsomina zurückgelegt. Das ist nicht was weiß für ein Betrag, aber ich habe auch das nur mit Mühe in drei Jahren auftreiben können. Erfreut sage ich, daß ich das Cello nehmen will.

»Wie wollen Sie das nehmen?« fragt der Ungar und schüttelt tadelnd den Kopf. »Eh, mein Herr, nimmt man denn einfach so ein Musikinstrument? Wollen Sie es nicht ausprobieren?«

Ich suche im Laden verwirrt etwas außer jener Kappe, auf das ich mich setzen könnte, so als wolle ich es wirklich ausprobieren.

»Wissen Sie nicht, wie das ohne Stuhl geht?« fragt er mich. »Die Ente setzt sich aufs Wasser, und Sie wissen nicht einmal auf dem Trockenen, wie's geht? Nein?« Und er nimmt mit Verachtung das kleine Cello, hebt es hoch und setzt es an die Schulter wie eine Violine.

»So!« fügt er hinzu und reicht mir das Instrument.

Ich nehme es und spiele zum erstenmal in meinem Leben auf einem Cello wie auf einer Violine. De Falla klingt gar nicht so übel in den tiefen Quinten, es kommt mir vor, als hörte ich die Klänge durch das Holz, das gegen mein Ohr gelehnt ist, sogar besser, der Ungar ändert indessen plötzlich wieder seinen Duft. Dieses Mal ist es beißender männlicher Schweiß, den man wahrnimmt; er hat den Mantel abgelegt, steht jetzt im Unterhemd da, und zwei graue Bärte hängen zu Zöpfen geflochten unter jeder Achselhöhle. Er zieht eine Schublade heraus, setzt sich auf eine Kante, nimmt mir das Cello ab und beginnt zu spielen. Ich bin betroffen von der glänzenden Improvisation.

»Sie spielen ausgezeichnet«, sage ich.

»Ich spiele überhaupt nicht Cello. Ich bin Cembalist und liebe *hegede*. Aber Cello verstehe ich nicht zu spielen. Und das, was Sie gehört haben, ist gar keine Musik, obwohl Sie davon nichts verstehen. Das sind nur so aneinandergereiht die Töne von den tiefsten zu den höchsten, damit man die Tragfähigkeit und andere Eigenschaften des Instruments einzuschätzen vermag . . . Soll ich es einwickeln?«

»Ja«, sage ich und greife nach dem Geldbeutel.

»500000, bitte« sagt der Ungar.

Ein eiskalter Schauer läuft mir über den Rücken.

»Hatten Sie nicht 450000 gesagt?«

»Ja, aber das ist für das Cello. Der Rest ist für den Bogen. Oder nehmen Sie den Bogen nicht? Brauchen Sie keinen Bogen? Und ich habe gedacht, daß zur Gusle auch der Guslebogen gehört . . .«

Er zieht den Bogen aus der Verpackung heraus und legt ihn zurück in die Auslage.

Ich stehe da und weiß nichts zu sagen. Versteinert. Und zu guter Letzt erhole ich mich von jenen Ohrfeigen, von diesem Ungarn wie von einer Krankheit, einem Katzenjammer oder einer Schläfrigkeit, ich erwache, werde ernst, höre endlich auf, in dieser Komödie zu spielen, in der der Ungar die Zähne kratzt. Ich habe den Bogen in der Tat vergessen. Und ich habe kein Geld, auch den Bogen zu kaufen. Und das sage ich ihm.

Er zieht auf einmal seinen Mantel über, man riecht das Naphthalin, und sagt: »Mein Herr, ich habe keine Zeit, zu warten, bis Sie das Geld für den Bogen zusammen haben. Um so mehr, als Sie dies bis zu Ihrem fünfzigsten Lebensjahr oder darüber hinaus nicht erarbeitet haben. Besser Sie warten als ich.«

Und er geht aus dem Laden und läßt mich allein darin zurück. An der Tür bleibt er stehen, kehrt zurück und fügt hinzu: »Sollen wir einen Kompromiß schließen? Sie nehmen den Bogen auf Abzahlung.«

»Scherzen Sie?« entgegne ich, nicht länger auf sein Spiel eingehend, und will den Laden verlassen.

»Nein, ich scherze nicht. Ich schlage einen Vergleich vor. Sie müssen nicht darauf eingehen, aber hören Sie mich an.«

Der Ungar zündet seine Pfeife so stolz an, daß es offensichtlich ist, daß er mit ihr schon Pest beweihräuchert hat.

»Ich höre«, sage ich.

»Sie werden von mir außer dem Bogen auch noch das Ei kaufen.«

»Das Ei?«

»Ja, vorhin haben Sie das Ei gesehen, das die Henne gelegt hat. Davon ist die Rede«, fügt er hinzu, zieht aus der Schublade das Ei hervor und hält es mir unter die Nase. Auf das Ei hatte er mit Bleistift jenes Datum geschrieben: 2. Oktober 1982.

»Sie werden mir dafür genausoviel zahlen wie für den Bogen, mit einem Zahlungsziel von zwei Jahren . . .«

»Was haben Sie gesagt?« frage ich ungläubig.

Und aus dem Ungarn beginnt es wiederum nach Kirsche zu duften.

»Könnte es sein, daß Ihre Henne goldene Eier legt?«

»Meine Henne legt keine goldenen Eier, aber sie legt etwas, was Sie und ich, mein Herr, nicht imstande sind zu legen. Sie legt Tage, Wochen und Jahre. Jeden Morgen legt sie etwa einen Freitag oder einen Dienstag. Dieses Ei von heute zum Beispiel enthält einen Donnerstag anstelle des Eigelbs. Das von morgen wird einen Mittwoch enthalten. Anstelle des Kükens wird sich aus ihm ein Tag des Lebens für seinen Eigentümer herausschälen! Was für ein Leben! Sie sind demnach nicht golden, aber sie sind zeitbringend. Noch dazu biete ich es Ihnen preisgünstig an. In diesem Ei, mein Herr, ist ein Tag Ihres Lebens. Eingeschlossen wie ein Küken, von Ihnen wird abhängen, ob er ausschlüpfen wird oder nicht.«

»Wenn ich Ihrer Erzählung auch Glauben schenken würde, warum sollte ich einen Tag kaufen, den ich bereits habe?«

»Wie kommt es, mein Herr, daß Sie nicht denken können? Wie kommt es nur, daß Sie nicht denken können? Denken Sie denn mit den Ohren? Alle unsere Probleme auf dieser Welt resultieren doch aus der Tatsache, daß wir unsere Tage so verbrauchen müssen, wie sie kommen. Aus der Tatsache, daß wir die übelsten nicht überspringen können. Das ist es ja gerade. Mit meinem Ei in der Tasche sind Sie vor Mißgeschicken bewahrt. Wenn Sie bemerken, daß der

Tag, der beginnt, allzu schwarz ist, zerschlagen Sie einfach Ihr Ei, und Sie werden allen Ungelegenheiten aus dem Wege gehen. Am Ende allerdings werden Sie einen Tag des Lebens weniger haben, dafür aber können Sie dann aus diesem häßlichen Tag ein schönes Rührei braten.«

»Wenn Ihr Ei wirklich diesen Wert besitzt, warum behalten Sie es nicht für sich?« sage ich, sehe ihm in die Augen und verstehe nichts darin. Er sieht mich an in fließendem Ungarisch.

»Der Herr scherzt? Was meinen Sie, wie viele Eier habe ich schon von dieser Henne? Was meinen Sie, wie viele seiner Tage der Mensch zerschlagen kann, um glücklich zu sein? Tausend? Zweitausend, fünftausend? Ich habe so viele Eier, wie Sie wollen, aber nicht so viele Tage. Im übrigen ist, wie bei allen Eiern, auch bei diesen die Lebensdauer begrenzt. Auch diese werden nach einer gewissen Zeit faul und unbrauchbar. Deshalb, mein Herr, verkaufe ich sie, bevor sie ihre Wirkung verlieren. Sie aber haben keine Möglichkeit zu wählen. Sie geben mir die Bestätigung für die Anleihe«, fügt er zum Schluß hinzu, kritzelt schnell etwas auf einen Zettel und schiebt ihn mir zu, damit ich unterschreibe.

»Vermag denn Ihr Ei«, frage ich ihn, »auch irgendeinen Gegenstand, sagen wir ein Buch, um einen Tag zu berauben oder zu verschonen?«

»Natürlich kann es das, man muß das Ei nur mit seiner stumpfen Seite aufschlagen. Aber in diesem Fall haben Sie die Möglichkeit verloren, das Ei selbst zu benutzen.«

Ich unterschreibe auf meinem Knie, bezahle, erhalte die Rechnung, höre noch einmal die Henne, wie sie im anderen Zimmer gackert, er aber verpackt mir Cello und Bogen und wickelt das Ei sorgfältig ein, so daß ich endlich den Laden verlassen kann. Er geht hinter mir her, ersucht mich, die Klinke gut anzuziehen, während er die Türauslage verschließt, und so werde ich wiederum in eines seiner Spiele hineingezogen. Er geht wortlos in seine Richtung, und erst an der Ecke wendet er sich um und wirft mir zu: »Lassen Sie nicht außer acht – das Datum, das auf dem Ei geschrieben steht, ist das Haltbarkeitsdatum. Nach diesem Tag ist das Ei nichts mehr wert ...«

HEINRICH MANN
Der Mörder

Indes es noch dämmerte, entfaltete sich der linke Flügel des französischen Heeres am Wald hin. Aus dem Wald schwärmten Schützen, sie nahmen schon den Brückenkopf. Die ganze Festung geriet in furchtbare Verwirrung, ihre Verteidiger flohen bis unter die Mauern. Auf einem der niedrigen Hügel, die die Ebene beherrschten, sagte der Kaiser, den Feldstecher vor den Augen: »Der Feind denkt auf jeder der Landstraßen, die drüben sich kreuzen, eine seiner Divisionen entwischen zu lassen, aber er wird sich betrogen sehen, wir stürmen die Brücke, denn er wird die Sonne in den Augen haben. Ein prachtvoller Tag!« Er trällerte aus einer Operette: »Es kann kein Zweifel sein, der Dummkopf fällt herein.« Da nahm er mit einen Ruck das Glas fort: er hatte den linken Flügel weichen gesehen. Sofort schickte er einen seiner Adjutanten hinunter, um die Ursache zu erfahren.

Sie bestand darin, daß die Truppen seit zwei Tagen kein Brot mehr hatten. Im Wald, unter einer Eiche, bei großem Hin- und Herjagen, Geschrei und Kanonengetöse, beschimpfte der General den Intendanten. »Ihre Leute stehlen, die Lieferanten stehlen!« Wie er den Adjutanten des Kaisers nahen sah, ward der General noch wütender. »Sie stehlen selbst!« schrie er dem Intendanten zu.

In diesem Augenblick wurden zwei Männer in bürgerlicher Kleidung vorbeigeführt, sie sollten Spione sein. Der Intendant, der sie etwas von Getreide hatte rufen hören, klammerte sich an den Zwischenfall. Er ließ sie herbringen.

»Ihr habt Getreide?« fragte er erbittert. »Dann habt ihr die Bauernwagen gestohlen, die nicht eingetroffen sind. Ich lasse euch aufknüpfen.«

Der General und der Adjutant sprengten fort, um sich persönlich von dem Stande der Schlacht zu überzeugen. Der Intendant verlangte von den Männern:

»Her mit dem Getreide!«

»Bezahlen Sie es?« sagte der eine.

»Sonst suchen Sie es!« sagte der andere.

Der Intendant sah sie an. Sie hatten entschlossene Gesichter, der eine ein rundes, ziegelrotes, mit Ringen in den Ohren, der andere ein langes, fromm und hart. Sie trugen Mäntel mit drei Kragen, dazu Pelzkappen und lange Stiefel.

»Schurken!« sagte der Intendant – und dann leise wegen der Umgebung: »Wir teilen.«

Sie befragten einander mit den Augen, darauf schien es, als hätten sie nichts gehört. Der Intendant warf sich in die Brust, denn General und Adjutant kehrten zurück. Der Adjutant hatte die Truppen von der Unzufriedenheit des Kaisers verständigt. Zugleich hatte er ihnen zugerufen, es sei Brot eingetroffen. Niemand zweifelte an dem Erfolg des einen oder des anderen Mittels, wenn auch vorerst der Kampf noch immer näher kam. Mehrere Granaten platzten vor den Füßen der Herren, einige Verwundete wälzten sich zu nahe, die Herren traten ein wenig zurück. Die beiden Bürger, auf die niemand mehr achtgab, gingen ruhig mit wie geladene Zuschauer. Dem General ward eine Flasche aus der Hand geschossen. Da er sich umsah, reichte einer der Bürger ihm die seine.

»Ihr seid noch da?« fragte der General. »Warum holt ihr euer Getreide nicht?«

Der mit dem langen Gesicht fragte: »Wird es uns bezahlt werden?« Der General sagte: »Wir haben den Höchstpreis.«

»Zum Höchstpreis liefern wir nicht.« Dies sagten sie einstimmig.

»Auch nicht, wenn ich euch erschießen lasse?«

»Lieber erschossen als ruiniert«, sagten sie.

Der Adjutant des Kaisers bemerkte: »Es ist, als wenn wir sagen: lieber tot als entehrt.«

Der General lächelte witzig. »Ihr seid Freunde?« fragte er; und da sie nickten: »Einem von euch will ich mehr zahlen als den Höchstpreis. Der andere hat das Nachsehen.«

»Wir brauchen aber alles«, rief der Intendant. »Auch die zehnte Division hat nichts mehr.«

Der General dagegen: »Mir ist es gleich, was die anderen essen. Wer liefert also?« fragte er die beiden Männer.

Sie sahen aneinander vorbei und schwiegen.

Der General hatte gewartet, plötzlich faßte er den Größeren bei der Schulter, er schien mit ihm zu verhandeln. Da stieg dem Kleineren das Blut ins Gesicht. »Was Sie von dem bekommen«, sagte er bissig, »können Sie auch von mir haben.«

»Ihr Kamerad ist aber billiger als Sie.«

»Woher wissen Sie es?« Der Kleinere bekam rote Augen. »Ich will nicht mehr als den Höchstpreis.«

Das Gesicht des Größeren blieb fromm und hart, aber er ward heiser. »Das fehlte nur noch«, stieß er aus.

Der General sah sich triumphierend um. Inzwischen hatten auch seine Truppen Erfolg. Sie drangen dem Feind nach, der Kampf entfernte sich. Der General saß auf und sprengte hinterdrein, der Adjutant ritt in gestrecktem Galopp nach dem Hügel drüben, damit der Kaiser die Wirkung seines Eingreifens von niemand als ihm selbst erfahre. Auch den Intendanten riefen die Ereignisse, wie alle anderen. Allein standen die beiden Bürger voreinander, am Waldrand, einige hundert Meter von der Schlacht, die sie nicht sahen noch hörten. Sie hatten Sinne nur für ihre Sache.

Der Größere grollte aus der Tiefe: »Was tust du hier?«

Der Kleinere keifte sofort auf. »Ich bin hier an meinem Platz so gut wie du.«

»Nur weil ich herkam, kamst du auch. Vom Hause her auf Schritt und Tritt hast du dich an mich gehängt die ganzen hundert Meilen.«

»Wer hat mich nicht aus den Augen gelassen?«

»Weil du in jedem Hof schon gewesen warst, wo ich mich einstellte.«

Der Größere trat näher an den andern hin. Der Kleinere erhob sich auf die Fußspitzen, um ihm die Fäuste unter die Nase zu halten.

»Du hast die Bauern bestochen«, keifte er. Jener grollte:

»Du hast Räuber gedungen, damit sie mich plünderten!«

Da stieß der Kleinere zu, und sofort umschlang ihn der Größere, sie rangen. Sie warfen einander gegen Bäume, stürzten, rollten fort; und in Atempausen, wenn einer über dem anderen lag, keuchten sie einander noch zu: »Vor zehn Jahren, bei dem Hauskauf, hast du mich betrogen!«

Dem Kleineren quollen die Augen heraus, er lag unten. Aus der Frömmigkeit in dem langen Gesicht des Größeren war Leiden geworden. Er glaubte die Besinnung zu verlieren, sosehr litt er. Um sich zu erleichtern, packte er den Kleineren um die Kehle. Der brachte trotzdem hervor: »Du hättest niemals leben dürfen.« Jener konnte nicht sprechen, er drückte nur fester, da schwieg der andere.

Der Mörder sprang auf, eine Kugel war an seinem Kopf vorbeigeflogen. Er sah in einem, wo er war und was er getan hatte. Er floh in den Wald. Als er schon weit war, kehrte er um. Andere Getötete lagen da; er mußte den seinen erst suchen. Dann kniete er bei der Leiche hin, das Gesicht nach der Schlacht gewendet, und wartete. Jetzt kam keine Kugel. Allmählich sank seine Stirn bis auf den Boden.

»Holla, euer Getreide ist keinen Heller mehr wert!« rief jemand.

Der Intendant war es, er rüttelte, man mußte wohl aufstehen. »Die Schlacht ist gewonnen!« – der Intendant überschrie sich und fuchtelte. »Die Brücke genommen, der Feind umzingelt, gefangen, was nicht tot ist.«

Schon beruhigte er sich und sah klarer. »Sie sind in einem Zustand, als hätten Sie mitgekämpft. Ihr Kamerad scheint sogar – aber wo ist seine Verwundung?«

Da der Intendant aus der Faust des Getöteten einen Fetzen vom Mantel des Mörders zog, gestand der Mörder: »Wir haben Streit gehabt.«

Sofort warf der Offizier sich in die Brust. »Sie haben gemordet«, stellte er fest. Er rief Soldaten an, sie packten den Mörder. Da kam der General vorbei, er hielt sein Pferd an. »Und das Getreide?« fragte er. »In der Festung haben wir keines gefunden.«

»Der Mann hat seinen Begleiter ermordet«, sagte ernst der Intendant. Der General stutzte. »Ich weiß, sie hatten Streit. Sie gönnten einander den Wucher nicht.« Er hob die Schultern, mißbilligend und mit Verachtung. »Aufhängen.«

Der Mann aber zuckte heftig. Dies war ein Irrtum, sie wußten nichts. Er wollte erklären.

»Wir waren Freunde«, sagte er mit brechender Stimme.

»Um so schlimmer«, sagte der General und ritt weiter, denn er sah den Kaiser nahen.

»Ich habe mich noch nicht deutlich genug gemacht«, dachte der Mann, aber schon warf ihm jemand einen Strick um den Hals. Das andere Ende hing schon über einem Ast. Da sah er, es war die Eiche, unter die sie als Spione geführt worden waren, er und sein Freund – vor wenig Zeit erst. Er hatte geglaubt, er sei tageweit fort von hier. Vor seinen Füßen lag sein Freund tot. Plötzlich sah er seine eigenen Füße über dem Toten schweben, sie zogen ihn hinauf. »Was fällt ihnen ein«, dachte er. »Ich bin doch ein Kaufmann aus weiter Ferne.«

Er dachte an ein Haus dort hinten, an Söhne und Töchter, die Schiffe im Hafen. Am Hafen kam ihm sein Freund entgegen. Jetzt sah er ihn nicht mehr, weil die Sonne ihn blendete.

Die Sonne stand hoch über dem Schlachtfeld. Nach ihrem Aufgang hatte sie den Feind geblendet, wie der Kaiser es gewollt hatte. Jetzt strahlte sie auf seinen Sieg. Er kam geritten mit seiner Marmormiene, im Abstand hinter ihm der glänzende Schwarm. Sein Pferd tänzelte gewandt zwischen den Leichen.

Kürzlich besuchte ich St. Louis, und nachdem ich auf der Fahrt nach Westen in Terre Haute, Indiana, den Zug gewechselt hatte, stieg an einer der kleineren Stationen ein freundlicher, gütig dreinblickender Gentleman von vielleicht fünfundvierzig oder auch fünfzig Jahren zu und nahm neben mir Platz. Wohl eine Stunde lang plauderten wir angeregt über die verschiedensten Dinge, und ich fand ihn außerordentlich gescheit und unterhaltsam. Als er erfuhr, daß ich aus Washington kam, begann er unverzüglich, mich über verschiedene Persönlichkeiten und Kongreßgeschäfte auszufragen; und bald war mir klar, daß ich mich mit einem Mann unterhielt, der mit den Dingen und Hintergründen des politischen Lebens in der Hauptstadt vertraut war – sogar mit den persönlichen Eigenheiten und Verfahrensgepflogenheiten der Senatoren und Abgeordneten in beiden Kammern des Parlaments. Doch dann blieben zwei Männer für einen Augenblick neben uns stehen, und der eine sagte zum anderen:

»Harris, alter Junge, wenn Sie das für mich tun wollen, vergesse ich es Ihnen nie!«

Die Augen meines neuen Bekannten leuchteten erfreut auf. Die Worte mußten, wie mir schien, eine frohe Erinnerung in ihm wachgerufen haben. Doch dann wurde seine Miene nachdenklich, beinahe düster. Er wandte sich zu mir und sagte: »Ich möchte Ihnen eine Geschichte erzählen; ein geheimes Kapitel aus meinem Leben – ein Kapitel, das ich bisher niemals erwähnt habe, seit sich diese Dinge ereigneten. Hören Sie geduldig zu und versprechen Sie, mich nicht zu unterbrechen.«

Ich versprach es, und er erzählte mir das folgende seltsame Abenteuer – bald lebhaft, bald melancholisch, aber stets mit Ernst und Anteilnahme.

»Am neunzehnten Dezember des Jahres 1853 verließ ich St. Louis mit dem Nachtzug, der nach Chikago gehen sollte. Wir waren insgesamt nur vierundzwanzig Fahrgäste, darunter weder Damen noch Kinder. Die Stimmung war ausgezeichnet, und bald wurden angenehme Bekanntschaften geschlossen. Eine vergnügliche Reise schien uns bevorzustehen; kein einziger von uns, meine ich, ahnte auch nur das geringste von den Schrecken, die wir bald erleben sollten.

Gegen elf Uhr begann es heftig zu schneien. Kurz nachdem wir den kleinen Ort Welden hinter uns gelassen hatten, umgab uns die ungeheure Einsamkeit der Prärie, die sich öde und menschenleer, Meile um Meile, bis zu den fernen Jubilee Settlements hinzieht. Unbehindert von Bäumen, Hügeln oder auch nur einzelnen Felsen pfiff der Wind wütend über die flache Einöde hin und wirbelte die rieselnden Flocken vor sich her wie Gischt über den aufschäumenden Wogen eines stürmischen Meeres. Immer höher häufte sich der Schnee; an der nachlassenden Geschwindigkeit des Zuges merkten wir, daß die Maschine immer mehr Mühe hatte, sich hindurchzupflügen. Tatsächlich blieb sie dann und wann sogar vollends stecken, mitten in mächtigen Verwehungen, die sich wie riesenhafte Grabhügel über den Schienen auftürmten. Die Unterhaltung begann zu stocken. Unsere Heiterkeit wich ernster Unruhe. Die Möglichkeit, in der öden Prärie, fünfzig Meilen von der nächsten Ansiedlung entfernt, vom Schnee eingeschlossen zu werden, stand allen vor Augen und bedrängte jedes Gemüt.

Gegen zwei Uhr morgens fuhr ich aus unruhigem Schlummer hoch – alle Bewegung um mich herum hatte aufgehört. Die furchtbare Wahrheit traf mich wie ein Blitzstrahl – wir waren die Gefangenen einer Schneewehe! ›Alle Mann zu Hilfe!‹ Ein jeder beeilte sich, dem Ruf Folge zu leisten. Allesamt stürzten wir hinaus in die stürmische Nacht, in die hochgetürmten Schneemassen, in die pechschwarze Finsternis, in den heulenden Sturm. Wir wußten nur zu gut, daß ein verlorener Augenblick unser baldiges Ende bedeuten konnte. Schaufeln, Bretter, Hände – alles, womit man Schnee beiseiteräumen konnte, wurde unverzüglich in Bewegung gesetzt. Es war ein gespenstischer Anblick – der kleine Trupp besessener Männer im Kampf gegen den aufstiebenden Schnee, halb im finsteren Schatten, halb im grellen Scheinwerferlicht der Lokomotive.

Eine knappe Stunde genügte, die völlige Sinnlosigkeit unserer Bemühungen offenbar werden zu lassen. Der Sturm

blockierte die Schienen mit einem Dutzend neuer Schnee-
wehen, noch während wir eine beiseiteräumten. Und
schlimmer noch – man stellte fest, daß beim letzten verzweifelten Ansturm der Maschine gegen den Feind die Pleu-
elstange des Antriebsrades gebrochen war. Selbst wenn die
Strecke vor uns frei gewesen wäre, hätten wir uns nicht zu
helfen gewußt. Von der Arbeit erschöpft und voll Sorge
stiegen wir wieder in den Zug, versammelten uns um die
Öfen und erörterten bedrückt unsere Lage. Unsere Haupt-
sorge bestand darin, daß wir keinerlei Proviant mit uns
führten. Erfrieren konnten wir nicht, denn im Tender fand
sich ein reichlicher Holzvorrat. Das war unser einziger
Trost. Die Beratung endete damit, daß wir der entmutigen-
den Feststellung des Zugschaffners zustimmen mußten, der
Versuch, bei derartigem Schneefall fünfzig Meilen zu Fuß
zurückzulegen, bedeute für jeden Menschen den sicheren
Tod. Wir konnten niemanden um Hilfe ausschicken – und
selbst wenn wir es gekonnt hätten, wäre keine gekommen.
Wir mußten uns in unser Schicksal fügen, Geduld üben,
soweit es ging, und warten – auf die Rettung oder den Hun-
gertod! Ich glaube, selbst die Mutigsten unter uns überlief
ein Schauder, als diese Worte fielen.

Von Stund an erstarb jede Unterhaltung bis auf ein er-
sticktes Flüstern, das zwischen dem Aufheulen und Abeb-
ben der Sturmböen hier und da im Wagen zu hören war;
die Lampen blakten trübe; die Mehrzahl der Gestrandeten
ließ sich zwischen den flackernden Schatten nieder, um
nachzugrübeln – um, soweit sie es vermochten, die Gegenwart zu vergessen – um zu schlafen, wenn es ihnen
gelang.

Die endlose Nacht – uns zumindest schien sie endlos –
ließ zäh die Stunden vorüberziehen, bis schließlich im
Osten eine kalte, graue Dämmerung heraufkroch. Als es
heller wurde, begannen die Mitreisenden, einer nach dem
anderen, sich zu regen und Lebenszeichen von sich zu geben; einer nach dem anderen schob sich den verbeulten
Hut aus der Stirn, reckte die erstarrten Glieder und schaute durch die Fenster in die trostlose Landschaft hinaus. Sie
war trostlos, in der Tat – kein lebendiges Wesen, keine
menschliche Behausung war zu erblicken; nur eine ungeheure weiße Einöde; aufgewirbelte Schneeschwaden trieben

vor dem Wind in alle Richtungen – eine Welt aus rieselnden Flocken, die den Himmel über uns verdeckten.

Den ganzen Tag verbrachten wir bedrückt im Wagen, sprachen wenig und grübelten viel. Dann wieder eine öde, endlose Nacht – und der Hunger.

Wieder eine Dämmerung – ein neuer Tag voll Schweigen, Verzagtheit, voll wütenden Hungers und hoffnungslosen Wartens auf eine Hilfe, die uns nicht erreichen konnte. Eine Nacht in rastlosem Schlummer, Träume von Festessen – Erwachen unter der Qual des nagenden Hungers.

Der vierte Tag kam und ging – der fünfte. Fünf Tage grauenhafter Gefangenschaft! In allen Augen glitzerte der rasende Hunger, stand die Drohung eines furchtbaren Gedankens – glommen die Vorzeichen von etwas, das unbestimmt in allen Herzen Gestalt anzunehmen begann, wenn auch noch keine Zunge es in Worte zu fassen wagte.

Der sechste Tag verging – der siebente dämmerte über einer Schar von Männern, wie sie nie ausgemergelter, verstörter und hoffnungsloser im Schatten des Todes stand. Nun mußte es heraus! Der Gedanke, der in allen Herzen erwacht war, schien reif, von allen Lippen ausgesprochen zu werden. Bis zum äußersten war die Natur beansprucht worden – nun mußte sie nachgeben.

Richard H. Gaston aus Minnesota erhob sich, groß, fahl wie eine Leiche. Alle wußten, was kommen mußte. Alle waren vorbereitet. Jedes Gefühl, jeder Anschein von Erregung war erstickt; in den Augen, die noch eben wild geflackert hatten, lag nun ein stiller, nachdenklicher Ernst.

›Meine Herren – es kann keinen Aufschub mehr geben. Die Zeit ist reif! Wir müssen entscheiden, wer von uns sterben soll, um den anderen zur Nahrung zu dienen.‹

Mr. John J. Williams aus Illinois stand auf und sagte: ›Meine Herren – ich nominiere Reverend James Sawyer aus Tennessee.‹

Mr. William R. Adams aus Indiana sagte: ›Ich nominiere Mr. Daniel Slote aus New York.‹

Mr. Charles J. Langdon: ›Ich nominiere Mr. Samuel A. Bowen aus St. Louis.‹

Mr. Slote: ›Meine Herren – ich möchte zugunsten von Mr. John A. Van Nostrand jun. aus New Jersey von der Kandidatur zurücktreten.‹

Mr. Gaston: ›Falls kein Einspruch erhoben wird, gilt der Rücktritt des Herrn als angenommen.‹

Doch Mr. Van Nostrand erhob Einspruch, und der Rücktritt von Mr. Slote wurde abgelehnt. Auch die Herren Sawyer und Bowen boten ihren Rücktritt an; ihr Angebot wurde aus den gleichen Gründen zurückgewiesen.

Mr. A. L. Bascom aus Ohio: ›Ich beantrage, die Kandidatenliste zu schließen; das Haus möge zur Einzelabstimmung schreiten.‹

Mr. Sawyer: ›Meine Herren – ich muß gegen diese Art des Vorgehens entschieden protestieren. Sie widerspricht in jeder Hinsicht der Geschäftsordnung und ist rechtswidrig. Ich muß beantragen, daß sie unverzüglich aufgegeben wird und daß wir einen Vorsitzenden wählen sowie geeignete Beisitzer zu seiner Unterstützung; erst dann können wir die zur Debatte gestellte Vorlage sachgemäß behandeln.‹

Mr. Bell aus Iowa: ›Meine Herren – ich erhebe Einspruch. Es ist jetzt nicht an der Zeit, sich auf die Einhaltung zeremoniöser Formen zu versteifen. Seit mehr als sieben Tagen sind wir ohne Nahrung. Jeder Augenblick, den wir mit gegenstandslosen Debatten verschwenden, steigert unsere Qualen. Ich bin mit den Nominierungen, die gemacht wurden, einverstanden – das ist, meine ich, wohl jeder der anwesenden Herren – und ich sehe nicht ein, daß wir nicht unverzüglich einen oder mehrere der Kandidaten wählen sollten. Ich möchte deshalb folgende Resolution einbringen . . .‹

Mr. Gaston: ›Ihre Resolution würde auf Einspruch stoßen und müßte nach der Geschäftsordnung um einen Tag zurückgestellt werden. Damit käme es erst recht zu der Verschleppung, die Sie vermieden wissen wollen. Der Herr aus New Jersey . . .‹

Mr. Van Nostrand: ›Meine Herren – ich bin fremd unter Ihnen und habe die Auszeichnung, die mir zuteil geworden ist, nicht gesucht; mein Zartgefühl sträubt sich . . .‹

Mr. Morgan aus Alabama *(Zwischenruf):* ›Ich beantrage, daß zuerst die Vorfrage geklärt wird!‹

Der Antrag wurde angenommen; damit entfiel natürlich die weitere Debatte. Auch der Antrag, ein Präsidium zu wählen, ging durch. Die Wahl fiel auf Mr. Gaston als Vorsitzenden; Mr. Blake wurde Schriftführer; die Herren Holcomb, Dyer und Baldwin bildeten den Wahlausschuß, dem Mr. R. M. Howland als Sachverständiger für Nahrungsfragen beigegeben wurde.

Die Versammlung vertagte sich um eine halbe Stunde; es folgten Wahlbesprechungen. Als das Zeichen ertönte, trat das Plenum wieder zusammen, und der Ausschuß erstattete Bericht; als Kandidaten wurden die Herren George Ferguson aus Kentucky, Lucien Herman aus Louisiana und W. Messick aus Colorado genannt. Der Bericht wurde entgegengenommen.

Mr. Rogers aus Missouri: ›Herr Vorsitzender – da der Bericht jetzt dem Hause vorliegt, stelle ich Änderungsantrag, dergestalt, daß Mr. Herrmans Name ersetzt wird durch den Namen von Mr. Lucius Harris aus St. Louis, der uns allen als Ehrenmann bekannt ist. Ich möchte nicht so verstanden werden, als wäre es meine Absicht, den ehrenhaften Charakter und das Ansehen des Herrn aus Louisiana anzuzweifeln – das liegt mir fern. Ich ehre und achte ihn so hoch, wie vielleicht ein jeder der anwesenden Herren; aber keiner von uns wird sich der Tatsache verschließen können, daß er im Verlauf der Woche, die wir hier verbrachten, mehr vom Fleische gefallen ist als irgendein anderer von uns. Niemand unter uns kann übersehen, daß der Ausschuß – entweder aus Unachtsamkeit oder aus bedenklicheren Gründen – seine Pflicht versäumte, indem er einen Mann als Kandidaten aufstellte, der – so lauter seine persönlichen Motive auch sein mögen – doch so wenig Nährstoff bietet ...‹

Vorsitzender: ›Ich muß dem Herrn aus Missouri das Wort entziehen. Die Integrität des Ausschusses darf nur auf dem durch die Geschäftsordnung vorgeschriebenen Weg in Frage gestellt werden. Zum Antrag dieses Herrn erbitte ich die Stellungnahme des Hauses.‹

Mr. Halliday aus Virginia: ›Ich stelle zur Vorlage den weiteren Änderungsantrag, anstelle des Namens von Mr. Messick den Namen von Mr. Harvey Davis aus Oregon einzusetzen. Vielleicht werden einige Herren den Einwand erheben, die Mühen und Entbehrungen des Grenzerdaseins hätten Mr. Davis zähe werden lassen; aber, meine Herren, ist dies der Augenblick, Zähigkeit zu beanstanden? Ist dies der Augenblick, sich in Kleinigkeiten anspruchsvoll zu gebärden? Ist dies der Augenblick, Angelegenheiten von untergeordneter Bedeutung zu diskutieren? Nein, meine Herren; was wir brauchen, ist Masse – Menge, Gewicht, Umfang! Das ist das Erfordernis der Stunde – nicht Begabung, Geist oder Bildung. Ich bestehe auf meinem Antrag!‹

Mr. Morgan *(in großer Erregung):* ›Herr Vorsitzender – ich erhebe gegen diesen Änderungsantrag schärfstens Einspruch! Der Herr aus Oregon ist alt, und überdies besteht seine Masse nur aus Knochen, nicht aber aus Fleisch. Ich frage den Herrn aus Virginia, ob wir etwa Suppe brauchen, anstatt fester Nahrung? Will er uns denn mit Schatten hinters Licht führen? Will er unsere Qual mit einem Gespenst aus Oregon verhöhnen? Ich frage ihn, ob er in unsere angstverzerrten Gesichter, in unsere trüben Augen blicken – ob er das erwartungsvolle Pochen unserer Herzen hören und uns dennoch dieses halbverhungerte Surrogat zumuten kann? Bringt er es fertig, frage ich, sich unsere verzweifelte Lage, unsere vergangenen Sorgen, unsere düstere Zukunft zu vergegenwärtigen und uns dennoch dieses Wrack unterzuschieben, dieses Ruine, diesen schwankenden Schwindel, diesen knochigen, abgelebten, saftlosen Landstreicher von Oregons unwirtlichen Gestaden? Niemals!‹ *(Beifall)*

Der Änderungsantrag kam zur Abstimmung und wurde nach erregter Debatte abgelehnt. Aufgrund des ersten Änderungsantrages dagegen wurde Mr. Harris auf die Kandidatenliste gesetzt. Darauf begann die Stimmabgabe. Sie verlief fünfmal ergebnislos; erst im sechsten Wahlgang wurde Mr. Harris mit allen Stimmen gegen seine eigene gewählt. Schließlich wurde beantragt, seine Wahl durch Akklamation zu bestätigen, was mißlang, da er abermals gegen sich selbst stimmte.

Mr. Radway beantragte daraufhin, das Haus möge die übrigen Kandidaten nominieren und mit der Wahl für das Frühstück beginnen. Dem Antrag wurde stattgegeben.

Im ersten Wahlgang ergab sich Stimmengleichheit, da die Hälfte der Wähler den einen Kandidaten seiner Jugend wegen begünstigte, der Rest jedoch den anderen, weil er größer war. Die Stimme des Vorsitzenden gab den Ausschlag zugunsten des letzteren, Mr. Messick. Die Wahl rief unter den Freunden des durchgefallenen Kandidaten Mr. Ferguson erhebliche Unzufriedenheit hervor; es wurden Stimmen laut, die eine erneute Abstimmung forderten. Doch unterdessen ging ein Vertagungsantrag durch, und die Versammlung löste sich auf.

Für eine Weile lenkten die Vorbereitungen für das Abendessen die Partei Fergusons davon ab, ihren Kummer zu debattieren; später, als dazu Zeit und Gelegenheit gewesen wäre, zerstreute die frohe Ankündigung, daß Mr. Harris gar wäre, jeden diesbezüglichen Gedanken in alle Winde.

Wir improvisierten Tische, indem wir Sitzlehnen zusammenfügten, und ließen uns dankbaren Herzens zu der herrlichsten Mahlzeit nieder, die uns während der sieben qualvollen Tage im Traume vorgeschwebt hatte. Wie anders fühlten wir uns als noch wenige kurze Stunden zuvor! Was hoffnungsloses, hohlwangiges Elend gewesen war, Hunger, fiebernde Angst, Verzweiflung, das wandelte sich in heitere Dankbarkeit, in eine Freude, so tief empfunden, daß kein Wort sie auszudrücken vermöchte. Es war, des bin ich sicher, die glücklichste Stunde meines ereignisreichen Lebens. Der Sturm tobte, der Schnee stob wild um unser Gefängnis – doch beiden war die Macht genommen, uns Schrecken einzujagen. Harris schmeckte mir. Er hätte vielleicht noch ein wenig am Feuer bleiben könnten; dennoch darf ich behaupten, daß mir nie ein Mensch besser zugesagt oder mich in höherem Grade zufriedengestellt hätte, als Harris. Messick war gewiß auch recht gut, wenn er auch einen leichten Beigeschmack hatte, aber was die Zartheit der Faser und den unverfälschten Nährwert betrifft, so gibt es nur einen Harris. Messick hatte seine guten Seiten, ich will es nicht bestreiten; aber, wissen Sie, zum Frühstück eignete er sich so wenig wie eine Mumie – nicht im mindesten. Mager? – du lieber Himmel! – und zäh? Gewaltig zäh war er; Sie können es sich nicht vorstellen, denn etwas so Zähes kann man sich einfach nicht vorstellen.«

»Sie wollen doch nicht etwa behaupten, daß . . .«

»Bitte – unterbrechen Sie mich nicht. Nach dem Frühstück wählten wir einen Mann namens Walker aus Detroit für das Abendessen. Er war delikat. Ich schrieb es hinterher seiner Frau. Er war allen Lobes wert. Ich werde Walker nie vergessen – er war nicht ganz durchgebraten, sonst aber vorzüglich. Am nächsten Vormittag bekamen wir Morgan aus Alabama zum Frühstück. Er war einer der angenehm-

sten Menschen, mit denen ich je bei Tische zu tun hatte –
gutaussehend, wohlerzogen, hochgebildet; er sprach fließend mehrere Sprachen und war ein perfekter Gentleman –
wirklich, ein perfekter Gentleman, und dazu auffallend saftig! Zum Abendessen hatten wir dann den Patriarchen aus
Oregon; und es war Schwindel, ganz ohne Frage – alt, dürr,
zäh, einfach nicht zu beschreiben. Schließlich sagte ich:
›Meine Herren, halten Sie es, wie Sie wollen – ich warte auf
die nächste Wahl.‹ Grimes aus Illinois fügte hinzu: ›Meine
Herren, ich warte gleichfalls. Wenn Sie einen Mann wählen,
der auch nur irgend etwas Empfehlenswertes an sich hat,
werde ich mich gern wieder zu Ihnen gesellen.‹ Bald stellte
sich heraus, daß man mit Davis aus Oregon allgemein unzufrieden war, und um die gute Stimmung, die erfreulicher-
weise zu verzeichnen war, seit wir Harris hatten, zu erhalten, wurde eine erneute Wahl anberaumt, aus der Baker aus
Georgia als Sieger hervorging. Er mundete vortrefflich.
Nun – danach hatten wir noch Doolittle, Hawkins und
McElroy (über McElroy wurde geklagt, weil er so ungemein klein und mager war), dann Penrod, zwei Smiths und
Bailey (Bailey hatte ein Holzbein, das natürlich eine Einbu-
ße bedeutete, aber sonst war er ausgezeichnet), und schließlich einen Indianerjungen, einen Drehorgelspieler und einen
Herrn namens Buckminster – einen armseligen, knochigen
Landstreicher, der als Gesprächspartner nicht zu gebrauchen
war und als Frühstück kaum zählte. Wir waren froh, ihn
gewählt zu haben – bevor wir gerettet wurden.«

»Sie wurden also endlich doch gerettet?«

»Ja – an einem hellen, sonnigen Vormittag, gerade nach
der Wahl. John Murphy hatte gesiegt, und ich bestätigte
ihm gern, daß man keinen besseren hätte wählen können.
Aber John Murphy fuhr mit uns in dem Zuge, der zu unserer Rettung gekommen war, nach Hause; er heiratete später
die Witwe Harris . . .«

»Die Hinterbliebene . . .«

Die Hinterbliebene unseres ersten Kandidaten. Er heiratete sie und lebt noch heute in Glück, Ansehen und Wohl-
stand. Ja – es war wie ein Roman, wissen Sie – wie eine
Sage! Aber ich muß mich verabschieden, mein Herr – hier
ist meine Station. Wenn Sie einmal ein paar Tage Zeit haben, würde ich mich freuen, Sie bei mir zu sehen. Sie gefal-

len mir; Sie haben meine Zuneigung gewonnen. Sie gefallen mir fast so gut wie Harris. Auf Wiedersehen, mein Herr, und – angenehme Reise!«

Er war fort. Nie in meinem Leben war ich so verwirrt, so bekümmert, so entsetzt. Innerlich freilich war ich froh, daß er gegangen war. Trotz seiner angenehmen Umgangsformen und seiner sanften Stimme erschauerte ich, sooft er nur seine hungrigen Augen auf mich richtete; als ich erfuhr, daß ich seine gefährliche Zuneigung gewonnen hatte und daß er mich fast ebenso hoch einschätzte wie den verstorbenen Harris, stand mir nahezu das Herz still.

Ich war fassungsloser, als es sich beschreiben läßt. An seinen Worten zweifelte ich nicht; unmöglich, innerhalb einer Darstellung, die so den Stempel ernster Wahrheit trug wie die seine, auch nur eine Einzelheit in Frage zu stellen. Aber gerade die grauenhaften Einzelheiten überstiegen meine Begriffe und stürzten meine Gedanken in tiefste Verwirrung. Endlich bemerkte ich, daß der Zugschaffner mich musterte. Ich fragte ihn: »Wer ist dieser Mann?«

»Er gehörte einmal zu den namhaften Mitgliedern des Kongresses. Aber dann geriet er mit der Eisenbahn in Schneeverwehungen und wäre beinahe verhungert. Die Kälte hat ihm dermaßen zugesetzt, und er war vom Hunger so abgezehrt, daß er krank wurde und noch zwei oder drei Monate hinterher nicht recht bei Sinnen war. Jetzt ist er wieder in Ordnung. Aber er leidet an einer fixen Idee – wenn er auf diese Geschichte verfällt, hört er nicht auf, bis er die ganze Wagenladung von Leuten, die er beschreibt, verspeist hat. Er hätte auch diesmal die ganze Gesellschaft abgetan, wenn er hier nicht hätte aussteigen müssen. Die Namen sind ihm geläufig wie das Einmaleins; wenn er sie alle verzehrt hat, bis auf sich selber, pflegt er zu sagen: ›Schließlich war die gewohnte Stunde der Frühstückswahl gekommen, und da es keine Opposition gab, wurde ich gewählt. Weil aber kein Einspruch erhoben wurde, trat ich zurück. So kommt es, daß ich hier bin.‹«

Ich kann nicht sagen, welche Erleichterung es mir bereitete, zu wissen, daß ich nur den harmlosen Phantasien eines Irren zugehört hatte und nicht den wahren Erlebnissen eines blutdürstigen Menschenfressers.

Sie fragen mich nach dem wichtigsten kulturellen und gesellschaftlichen Ereignis des Jahres? Warum sollten diese beiden Ereignisse getrennt sein? Sind nicht Kultur und Gesellschaft untrennbar, ja unzertrennlich, wie Kunst und Gesellschaft auf ewig getrennt sind?

Für mich war das wichtigste kulturelle und zugleich wichtigste gesellschaftliche Ereignis des Jahres der Besuch, den ich alljährlich meiner Freundin, der Schnee-Eule, im hiesigen Zoo, abstatte.

Was mich zu ihr treibt, sozusagen an ihren Hof – denn sie empfängt nicht immer und noch lange nicht jedermann –, was mich zu ihr treibt: sie ist so schön, so rein, so wild und klug. Auch kühn ist sie, wenn sie auch im Augenblick von ihrer Kühnheit nicht viel Gebrauch machen kann: was man als ihr Existenzminimum errechnet hat, bekommt sie ans Gitter gebracht.

Worüber ich mich mit ihr unterhalte?

Nun, worüber unterhalten sich Schriftsteller mit Schnee-Eulen? Natürlich über das nie zu erschöpfende Thema Form und Inhalt. In diesem Jahr war unser Gesprächsthema Form und Inhalt der Freiheit.

Ich fragte die Schnee-Eule, ob man auch ihr, wie den Pelikanen und Kondoren, ein Freigehege angeboten habe. Sie sagte, ja, das habe man, aber sie habe abgelehnt, sie zöge den Käfig vor.

Ich schwieg betroffen, kam mir, wie so oft schon, wenn ich mit dieser reinen, schönen, klugen, wilden Freundin mich unterhalte – ich kam mir sehr dumm vor.

Hast du denn nicht gesehen, fragte sie mich, was mit den Pelikanen und Kondoren los ist? Doch, sagte ich, ich sah, wie sie ihre herrlichen Flügel spreizten und schwangen, ihre majestätische Pracht ausbreiteten.

Und hast du, fragte meine Freundin, die Schnee-Eule, hast du denn gesehen, daß sie davongeflogen sind? Nein, sagte ich, weggeflogen sind sie nicht.

Und warum nicht, mein törichter Freund? sagte die

Schnee-Eule, weil sie ihre Flügel schwingen und drehen, ihre ganze Pracht ausbreiten, aber nicht wegfliegen können: man hat ihnen die Schwungfedern gestutzt.

Deshalb ziehe ich es vor, im Käfig zu bleiben.

Freigehege bedeutet: keine Gitter, aber gestutzte Flügel. Käfig bedeutet: Gitter, aber ungestutzte Flügel.

Wegfliegen können sie so wenig wie ich.

Die Autoren

JOAN AIKEN, Tochter des amerikanischen Lyrikers Conrad Aiken, ist sowohl mit ihren aktionsgeladenen Kinder- und Jugendbüchern als auch mit ihren Romanen für Erwachsene weltweit bekannt geworden. Von Joan Aiken sind im Deutschen Taschenbuch Verlag erschienen: ›Ein Hauch von Frost‹ (dtv-Bd. 10680), ›Ein Raunen in der Nacht‹ (dtv-Bd. 10746), ›Ein Kichern in der Luft‹ (dtv-Bd. 10852), ›Wölfe ums Schloß‹ (dtv junior 7146), ›Der Flüsternde Berg‹ (dtv junior 7385), ›Regenwassergasse Nummer sechs‹ (dtv junior 70027), ›Verschwörung auf Schloß Battersea‹ (dtv junior 70101), ›Raben haben keinen Zutritt‹ (dtv junior 70110), ›Der Zauberschatz von Astalon‹ (dtv junior 70133).

   (Abdruck mit freundlicher Genehmigung des Friedrich Oetinger Verlags GmbH, Hamburg. Aus: J. A., Ein Kichern in der Luft. Hamburg 1984. Deutsch von Irmela Brender.)

HEINRICH BÖLL, geboren am 21. Dezember 1917 in Köln, gestorben am 16. Juli 1985 in Langenbroich, erhielt 1972 den Nobelpreis für Literatur.
Von Heinrich Böll sind im Deutschen Taschenbuch Verlag erschienen:
›Irisches Tagebuch‹ (dtv-Bd. 1), ›Zum Tee bei Dr. Borsig. Hörspiele‹ (dtv-Bd. 200), ›Als der Krieg ausbrach‹ (dtv-Bd. 339), ›Nicht nur zur Weihnachtszeit‹ (dtv-Bd. 350; auch als dtv großdruck 2575), ›Ansichten eines Clowns‹ (dtv-Bd. 400), ›Wanderer, kommst du nach Spa . . .‹ (dtv-Bd. 437), ›Ende einer Dienstfahrt‹ (dtv-Bd. 566), ›Der Zug war pünktlich‹ (dtv-Bd. 818), ›Wo warst du, Adam?‹ (dtv-Bd. 856), ›Gruppenbild mit Dame‹ (dtv-Bd. 959), ›Billard um halbzehn‹ (dtv-Bd. 991), ›Die verlorene Ehre der Katharina Blum‹ (dtv-Bd. 1150; auch als dtv großdruck 25001), ›Das Brot der frühen Jahre‹ (dtv-Bd. 1374), ›Hausfriedensbruch. Hörspiel / Aussatz. Schauspiel‹ (dtv-Bd. 1439), ›Und sagte kein einziges Wort‹ (dtv-Bd. 1518), ›Ein Tag wie sonst. Hörspiele‹ (dtv-Bd. 1536), ›Haus ohne Hüter‹ (dtv-Bd. 1631), ›Eine deutsche Erinnerung. Interview mit René Wintzen‹ (dtv-Bd. 1691), ›Du fährst zu oft nach Heidelberg und andere Erzählungen‹ (dtv-Bd. 1725), ›Fürsorgliche Belagerung‹ (dtv-Bd. 10001), ›Das Heinrich Böll Lesebuch‹ (dtv-Bd. 10031), ›Was soll aus dem Jungen bloß werden? Oder: Irgendwas mit Büchern‹ (dtv-Bd. 10169), ›Das Vermächtnis‹ (dtv-Bd. 10326), ›Die Verwundung und andere frühe Erzählungen‹ (dtv-Bd. 10472); ›In eigener und anderer Sache. Schriften und Reden 1952–1985‹ (9 Bände in Kassette – dtv 5962) in Einzelausgaben: ›Zur Verteidigung der Waschküchen. 1952–1959 (dtv-

Bd. 10601), ›Briefe aus dem Rheinland. 1960–1963‹ (dtv-Bd. 10602),
›Heimat und keine. 1964–1968‹ (dtv-Bd. 10603), ›Ende der Bescheiden-
heit. 1969–1972‹ (dtv-Bd. 10604), ›Man muß immer weitergehen.
1973–1975‹ (dtv-Bd. 10605), ›Es kann einem bange werden. 1976–1977‹
(dtv-Bd. 10606), ›Die ‚Einfachheit‘ der ‚kleinen‘ Leute. 1978–1981‹
(dtv-Bd. 10607), ›Feindbild und Frieden. 1982–1983‹ (dtv-Bd. 10608),
›Die Fähigkeit zu trauern. 1984–1985‹ (dtv-Bd. 10609); zusammen mit
Klaus Staeck: ›Gedichte/Collagen‹ (dtv-Bd. 1667); zusammen mit Lew
Kopelew und Heinrich Vormweg: ›Antikommunismus in Ost und
West‹ (dtv-Bd. 10280); zusammen mit Heinrich Vormweg: ›Weil die
Stadt so fremd geworden ist . . .‹ (dtv-Bd. 10754); zusammen mit Jür-
gen Starbatty: ›NiemandsLand. Kindheitserinnerungen an die Jahre
1945 bis 1949‹ (dtv-Bd. 10787).

›Weggeflogen sind sie nicht‹ (1964) 401
  (Abdruck mit freundlicher Genehmigung des Kiepenheuer & Witsch
  Verlags, Köln. Aus: Heinrich Böll Werke. Essayistische Schriften
  und Reden 2. 1964–1972. Köln 1979.)

JANE BOWLES, geboren am 22. Februar 1917 in New York, gestorben
am 4. Mai 1973 in Málaga, stammte aus einem nicht religiösen jüdischen Elternhaus und verweigerte sich schon früh traditionellen Vorstellungen von Familienleben und Frauenrolle. 1938 heiratete sie den
Komponisten Paul Bowles, mit dem sie von 1947 an in Tanger lebte.
Von Jane Bowles sind im Deutschen Taschenbuch Verlag erschienen:
›Zwei sehr ernsthafte Damen‹ (dtv-Bd. 10565), ›Einfache Freuden‹
(dtv-Bd. 10732).

›Ein Tag im Freien‹ 177
  (Abdruck mit freundlicher Genehmigung des Carl Hanser Verlags,
  München. Aus: J. B., Einfache Freuden. München/Wien 1985.
  Deutsch von Adelheid Dormagen.)

CHARLES BUKOWSKI, geboren am 16. August 1920 in Andernach, lebt
seit seinem 2. Lebensjahr in Los Angeles. Er begann nach wechselnden
Jobs als Tankwart, Schlachthof-, Hafenarbeiter und Briefträger zu
schreiben.
Von Charles Bukowski sind im Deutschen Taschenbuch Verlag erschienen:
›Gedichte die einer schrieb bevor er im 8. Stockwerk aus dem Fenster
sprang‹ (dtv-Bd. 1653), ›Faktotum‹ (dtv-Bd. 10104), ›Pittsburgh Phil &
Co. Stories vom verschütteten Leben‹ (dtv-Bd. 10156), ›Ein Profi. Stories vom verschütteten Leben‹ (dtv-Bd. 10188), ›Eintritt frei. Gedichte
1955–1968‹ (dtv-Bd. 10234), ›Der größte Verlierer der Welt. Gedichte
1968–1972‹ (dtv-Bd. 10267), ›Diesseits und jenseits vom Mittelstreifen.
Gedichte 1972–1977‹ (dtv-Bd. 10332), ›Der Mann mit der Ledertasche‹
(dtv-Bd. 10410), ›Das Schlimmste kommt noch oder Fast eine Jugend‹

(dtv-Bd. 10538), ›Gedichte vom südlichen Ende der Couch‹ (dtv-Bd. 10581), ›Flinke Killer‹ (dtv-Bd. 10759), ›Nicht mit sechzig, Honey. Gedichte‹ (dtv-Bd. 10910), ›Das Liebesleben der Hyäne‹ (dtv-Bd. 11049).

(Abdruck mit freundlicher Genehmigung der Zweitausendeins Versand Dienst GmbH, Frankfurt am Main. Auszug aus: C. B., Das ausbruchsichere Paradies. Frankfurt am Main 1977. Deutsch von Carl Weissner.)

ITALO CALVINO, geboren am 15. Oktober 1923 in Santiago de las Vegas/Kuba, gestorben am 19. September 1985 in Siena, studierte Literatur in Turin, arbeitete später als Redakteur und Lektor.
Von Italo Calvino sind im Deutschen Taschenbuch Verlag erschienen: ›Das Schloß, darin sich Schicksale kreuzen‹ (dtv-Bd. 10284), ›Die unsichtbaren Städte‹ (dtv-Bd. 10413), ›Wenn ein Reisender in einer Winternacht‹ (dtv-Bd. 10516), ›Der Baron auf den Bäumen‹ (dtv-Bd. 10578), ›Der geteilte Visconte‹ (dtv-Bd. 10664), ›Der Ritter, den es nicht gab‹ (dtv-Bd. 10742), ›Herr Palomar‹ (dtv-Bd. 10877), ›Abenteuer eines Reisenden‹ (dtv-Bd. 10961).

(Abdruck mit freundlicher Genehmigung des Carl Hanser Verlags, München. Aus: I. C., Herr Palomar. München/Wien 1985. Deutsch von Burkhart Kroeber.)

KATE CHOPIN, geboren am 8. Februar 1851 in St. Louis/Missouri, gilt heute als »Klassikerin« der neuen Frauenbewegung. Sie begann ihre literarische Karriere 1889 mit Gedichten und Erzählungen und schokkierte 1899 mit ihrem Roman ›Awakening‹ (›Das Erwachen‹) die amerikanische Öffentlichkeit. Sie starb am 22. August 1904 in St. Louis.

(Abdruck mit freundlicher Genehmigung des Stroemfeld Verlags AG, Basel. Aus: K. C., Der Sturm. Verlag Stroemfeld/Roter Stern, Basel und Frankfurt am Main 1988. Deutsch von Elisabeth Thielicke.)

UMBERTO ECO, geboren am 5. Januar 1932 in Alessandria/Piemont, ist Ordinarius für Semiotik an der Universität Bologna und Verfasser zahlreicher Schriften zur Theorie und Praxis der Zeichen, der Literatur und der Kunst sowie der Ästhetik des Mittelalters.
Von Umberto Eco sind im Deutschen Taschenbuch Verlag erschienen: ›Der Name der Rose‹ (dtv-Bd. 10551), ›Nachschrift zum ‚Namen der Rose‘‹ (dtv-Bd. 10552), ›Über Gott und die Welt‹ (dtv-Bd. 10825).

(Abdruck mit freundlicher Genehmigung des Carl Hanser Verlags,

München. Aus: U. E., Über Gott und die Welt. München/Wien 1985. Deutsch von Burkhart Kroeber.)

BARBARA FRISCHMUTH, geboren am 5. Juli 1941 in Altaussee, studierte Orientalistik und lebt heute als freie Schriftstellerin in Wien.
Von Barbara Frischmuth sind im Deutschen Taschenbuch Verlag erschienen:
›Bindungen‹ (dtv-Bd. 10142), ›Die Ferienfamilie‹ (dtv-Bd. 10273), ›Die Frau im Mond‹ (dtv-Bd. 10384), ›Die Mystifikationen der Sophie Silber‹ (dtv-Bd. 10489), ›Amy oder Die Metamorphose‹ (dtv-Bd. 10490). ›Kai und die Liebe zu den Modellen‹ (dtv-Bd. 10491), ›Traumgrenze‹ (dtv-Bd. 10553), ›Das Verschwinden des Schattens in der Sonne‹ (dtv-Bd. 10932), ›Kopftänzer‹ (dtv-Bd. 11032), ›Rückkehr zum vorläufigen Ausgangspunkt/Haschen nach Wind‹ (dtv-Bd. 6339).

    (Abdruck mit freundlicher Genehmigung des Residenz Verlags, Salzburg. Aus: B. F., Amoralische Kinderklapper. Salzburg/Wien 1985.)

GERTRUD FUSSENEGGER, geboren am 8. Mai 1912 in Pilsen, studierte Geschichte und Philosophie und promovierte zum Dr. phil. Sie lebt heute in Österreich.
Von Gertrud Fussenegger sind im Deutschen Taschenbuch Verlag erschienen:
›Die Pulvermühle‹ (dtv-Bd. 1507), ›Das verschüttete Antlitz‹ (dtv-Bd. 10029), ›Die Brüder von Lasawa‹ (dtv-Bd. 10843), ›Das verwandelte Christkind‹ (dtv großdruck 2593).

    (Abdruck mit freundlicher Genehmigung der Deutschen Verlags-Anstalt GmbH, Stuttgart. Aus: G. F., Nur ein Regenbogen. Stuttgart 1987.)

GABRIEL GARCÍA MÁRQUEZ, geboren am 6. März 1928 in Aracataca/Kolumbien, erhielt 1982 den Nobelpreis für Literatur.
Von Gabriel García Márquez sind im Deutschen Taschenbuch Verlag erschienen:
›Laubsturm‹ (dtv-Bd. 1432), ›Der Herbst des Patriarchen‹ (dtv-Bd. 1537), ›Der Oberst hat niemand, der ihm schreibt‹ (dtv-Bd. 1601; auch als dtv großdruck 25010), ›Die böse Stunde‹ (dtv-Bd. 1717), ›Augen eines blauen Hundes‹ (dtv-Bd. 10154), ›Hundert Jahre Einsamkeit‹ (dtv-Bd. 10249), ›Die Geiselnahme‹ (dtv-Bd. 10295), ›Bericht eines Schiffbrüchigen‹ (dtv-Bd. 10376), ›Chronik eines angekündigten Todes‹ (dtv-Bd. 10564), ›Das Leichenbegängnis der Großen Mama. Acht Erzählungen‹ (dtv-Bd. 10880), ›Die unglaubliche und traurige Geschichte von der einfältigen Eréndira und ihrer herzlosen Großmutter. Sieben Erzählungen‹ (dtv-Bd. 10881).

    (Abdruck mit freundlicher Genehmigung des Kiepenheuer & Witsch
    Verlags, Köln. Aus: G. G. M., Die unglaubliche und traurige Ge-
    schichte von der einfältigen Eréndira und ihrer herzlosen Großmut-
    ter. Köln 1974 und 1986. Deutsch von Curt Meyer-Clason.)

JULIEN GREEN, französischer Schriftsteller amerikanischer Herkunft, geboren am 6. September 1900 in Paris, wuchs zweisprachig auf und
wurde protestantisch erzogen. 1916 konvertierte er zum Katholizis-
mus. 1919–22 Studium der Philologie an der Universität von Virginia.
1929 erlangte er mit seinem Roman ›Leviathan‹ Weltruhm. 1971 wurde
er Mitglied der Académie française.
Von Julien Green sind im Deutschen Taschenbuch Verlag erschienen:
›Junge Jahre‹ (dtv-Bd. 10940), ›Paris‹ (dtv-Bd. 10997), ›Jugend‹ (dtv-
Bd. 11068).
    (Abdruck mit freundlicher Genehmigung des Albert Langen Georg
    Müller Verlags in der F. A. Herbig Verlagsbuchhandlung GmbH,
    München. Auszüge aus: J. G., Junge Jahre. München/Berlin 1986.
    Deutsch von Eva Rechel-Mertens.)

LARS GUSTAFSSON, geboren am 17. Mai 1936 in Västeras/Mittelschwe-
den, studierte Mathematik und Philosophie in Uppsala und Oxford,
1979 Habilitation. Er lebt heute in Austin/Texas.
Von Lars Gustafsson sind im Deutschen Taschenbuch Verlag erschienen:
›Wollsachen‹ (dtv-Bd. 1273), ›Das Familientreffen‹ (dtv-Bd. 1470),
›Die Tennisspieler‹ (dtv-Bd. 10008), ›Erzählungen von glücklichen
Menschen‹ (dtv-Bd. 10175), ›Die Stille der Welt vor Bach. Gedichte‹
(dtv-Bd. 10299), ›Trauermusik‹ (dtv-Bd. 10566), ›Der eigentliche Bericht über Herrn Arenander‹ (dtv-Bd. 10863).
    (Abdruck mit freundlicher Genehmigung des Carl Hanser Verlags,
    München. Aus: L. G., Erzählungen von glücklichen Menschen.
    München/Wien 1981. Deutsch von Verena Reichel.)

KNUT HAMSUN (eigtl. Knut Pedersen), geboren am 4. August 1859 in
Lom/Gudbrandsdal, gestorben am 19. Februar 1952 in Nørholm, er-
hielt 1920 den Nobelpreis für Literatur.
Von Knut Hamsun sind im Deutschen Taschenbuch Verlag erschie-
nen:
›Hunger‹ (dtv-Bd. 1736), ›Victoria. Die Geschichte einer Liebe‹ (dtv-
Bd. 10063), ›Segen der Erde‹ (dtv-Bd. 11055).
    (Abdruck mit freundlicher Genehmigung des Albert Langen Georg

Müller Verlags in der F. A. Herbig Verlagsbuchhandlung GmbH, München. Aus: K. H., Die Novellen. München/Wien 1968. Deutsch von Ernst Brausewetter.)

TAMA JANOWITZ, geboren 1958, besuchte nach der Schule Kurse für »kreatives Schreiben« an amerikanischen Universitäten. 1984 erschien ihr erster Roman ›American Dad‹, 1987 folgte der Roman ›A Cannibal in Manhattan‹.

   (Abdruck mit freundlicher Genehmigung des Kiepenheuer & Witsch Verlags, Köln. Aus: T. J., Großstadtsklaven. Köln 1987. Deutsch von Claudius Ohder, unter Mitarbeit von Christine Schöfer.)

ERICH KÄSTNER, geboren am 23. Februar 1899 in Dresden, gestorben am 29. Juli 1974 in München, studierte Germanistik, Geschichte und Philosophie. 1927 ging er als freier Schriftsteller nach Berlin, hatte während der Nazizeit Publikationsverbot und lebte seit 1945 in München.
Von Erich Kästner sind im Deutschen Taschenbuch Verlag erschienen:
›Doktor Erich Kästners Lyrische Hausapotheke‹ (dtv-Bd. 11001), ›Bei Durchsicht meiner Bücher‹ (dtv-Bd. 11002), ›Herz auf Taille‹ (dtv-Bd. 11003), ›Lärm im Spiegel‹ (dtv-Bd. 11004), ›Ein Mann gibt Auskunft‹ (dtv-Bd. 11005), ›Fabian‹ (dtv-Bd. 11006), ›Gesang zwischen den Stühlen‹ (dtv-Bd. 11007), ›Drei Männer im Schnee‹ (dtv-Bd. 11008), ›Die verschwundene Miniatur‹ (dtv-Bd. 11009), ›Der kleine Grenzverkehr‹ (dtv-Bd. 11010), ›Der tägliche Kram‹ (dtv-Bd. 11011), ›Die kleine Freiheit‹ (dtv-Bd. 11012), ›Kurz und bündig‹ (dtv-Bd. 11013), ›Die 13 Monate‹ (dtv-Bd. 11014).
   (Abdruck mit freundlicher Genehmigung von Dr. Ulrich Constantin, München. Aus: E. K., Gesammelte Schriften. Atrium Verlag, Zürich 1959. © Erich Kästner Erben, München.)

IRMGARD KEUN, geboren am 6. Februar 1910 in Berlin, aufgewachsen in Köln, war Schauspielerin und seit Erscheinen ihrer beiden ersten Romane (›Gilgi‹ und ›Das kunstseidene Mädchen‹) Anfang der dreißiger Jahre eine erfolgreiche Schriftstellerin. 1933 wurden ihre Bücher beschlagnahmt. 1935 emigrierte sie in die USA und kehrte 1940 illegal nach Deutschland zurück. Sie starb am 5. Mai 1982 in Köln.
Von Irmgard Keun sind im Deutschen Taschenbuch Verlag erschienen:
›Das kunstseidene Mädchen‹ (dtv-Bd. 11033), ›Das Mädchen, mit dem die Kinder nicht verkehren durften‹ (dtv-Bd. 11034), ›Gilgi – eine von uns‹ (dtv-Bd. 11050).

(Abdruck mit freundlicher Genehmigung des claassen Verlags GmbH, Düsseldorf. Aus: I. K., Das Mädchen, mit dem die Kinder nicht verkehren durften. Düsseldorf 1980.)

HORST KRÜGER, geboren am 17. September 1919 in Magdeburg, lebt seit 1967 als freier Schriftsteller in Frankfurt am Main.
Von Horst Krüger sind im Deutschen Taschenbuch Verlag erschienen:
›Ostwest-Passagen. Reisebilder aus zwei Welten‹ (dtv-Bd. 1562), ›Poetische Erdkunde. Reise-Erzählungen‹ (dtv-Bd. 1675), ›Spötterdämmerung. Lob- und Klagelieder zur Zeit‹ (dtv-Bd. 10355), ›Tiefer deutscher Traum. Reisen in die Vergangenheit‹ (dtv-Bd. 10558), ›Das zerbrochene Haus. Eine Jugend in Deutschland‹ (dtv-Bd. 10665).
›Das Fernsehen war da‹ (1972) 350
   (Abdruck mit freundlicher Genehmigung des Hoffmann und Campe Verlags, Hamburg. Aus: H. K., Zeit ohne Wiederkehr. Hamburg 1985.)

MICHAEL KRÜGER, geboren am 9. Dezember 1943 in Wittgendorf/Kreis Zeitz, lebt als Erzähler, Lyriker, Kritiker, Lektor und Leiter eines großen literarischen Verlages in München.
Von Michael Krüger sind im Deutschen Taschenbuch Verlag erschienen:
›Was tun? Eine altmodische Geschichte‹ (dtv-Bd. 10930), ›Warum Peking? Eine chinesische Geschichte‹ (dtv-Bd. 11025).
›Warum nicht Peking?‹ (Titel des Herausgebers) 375
   (Abdruck mit freundlicher Genehmigung des Klaus Wagenbach Verlags, Berlin. Auszug aus: M. K., Warum Peking? Berlin 1986.)

SIEGFRIED LENZ, geboren am 17. März 1926 in Lyck/Ostpreußen, lebt heute als freier Schriftsteller in Hamburg.
Von Siegfried Lenz sind im Deutschen Taschenbuch Verlag erschienen:
›Der Mann im Strom‹ (dtv-Bd. 102; auch als dtv großdruck 2500), ›Brot und Spiele‹ (dtv-Bd. 233), ›Jäger des Spotts. Geschichten aus dieser Zeit‹ (dtv-Bd. 276), ›Stadtgespräch‹ (dtv-Bd. 303), ›Das Feuerschiff‹ (dtv-Bd. 336), ›Es waren Habichte in der Luft‹ (dtv-Bd. 542), ›Der Spielverderber‹ (dtv-Bd. 600), ›Haussuchung. Hörspiele‹ (dtv-Bd. 664), ›Beziehungen. Ansichten und Bekenntnisse zur Literatur‹ (dtv-Bd. 800), ›Deutschstunde‹ (dtv-Bd. 944), ›Einstein überquert die Elbe bei Hamburg‹ (dtv-Bd. 1381; auch als dtv großdruck 2576), ›Das Vorbild‹ (dtv-Bd. 1423), ›Der Geist der Mirabelle. Geschichten aus Bollerup‹ (dtv-Bd. 1445; auch als dtv großdruck 2571), ›Heimatmuseum‹ (dtv-Bd. 1704), ›Der Verlust‹ (dtv-Bd. 10364; auch als dtv großdruck 2591), ›Die Erzählungen 1949–1984‹ (3 Bände in Kassette – dtv

10527), ›Über Phantasie. Gespräche‹ (dtv-Bd. 10529), ›Elfenbeinturm und Barrikade. Erfahrungen am Schreibtisch‹ (dtv-Bd. 10540), ›Zeit der Schuldlosen und andere Stücke‹ (dtv-Bd. 10861), ›Exerzierplatz‹ (dtv-Bd. 10994), ›So war das mit dem Zirkus‹ (dtv junior 7163).

(Abdruck mit freundlicher Genehmigung des Hoffmann und Campe Verlags, Hamburg. Aus: S. L., Das serbische Mädchen. Hamburg 1987.)

DORIS LESSING, geboren am 22. Oktober 1919 in Persien, wuchs in Rhodesien auf und ging 1949 nach England, wo sie heute noch lebt.
Von Doris Lessing sind im Deutschen Taschenbuch Verlag erschienen:
›Vergnügen‹ (dtv-Bd. 10327), ›Martha Quest‹ (dtv-Bd. 10446), ›Wie ich endlich mein Herz verlor‹ (dtv-Bd. 10504), ›Eine richtige Ehe‹ (dtv-Bd. 10612), ›Zwischen Männern‹ (dtv-Bd. 10649), ›Sturmzeichen‹ (dtv-Bd. 10784), ›Nebenerträge eines ehrbaren Berufs‹ (dtv-Bd. 10796), ›Landumschlossen‹ (dtv-Bd. 10876), ›Die Höhe bekommt uns nicht‹ (dtv-Bd. 11031), ›Die andere Frau‹ (dtv großdruck 2598), ›Ein nicht abgeschickter Liebesbrief‹ (dtv großdruck 25015).

(Abdruck mit freundlicher Genehmigung der Ernst Klett Verlage GmbH u. Co. KG, Stuttgart. Aus: D. L., Erzählungen, Band 2: Die Frau auf dem Dach. Stuttgart 1982. Deutsch von Adelheid Dormagen.)

HEINRICH MANN, geboren am 27. März 1871 in Lübeck, gestorben am 12. März 1950 in Santa Monica in Kalifornien. Buchhandelslehre. 1933 Emigration.
Von Heinrich Mann sind im Deutschen Taschenbuch Verlag erschienen:
›Der Untertan‹ (dtv-Bd. 256), ›Vor einer Photographie. Vier Novellen‹ (dtv-Bd. 10263), ›Eine wohltätige Frau. Fünf Novellen‹ (dtv-Bd. 10366), ›Das Gute im Menschen. Drei Novellen‹ (dtv-Bd. 10428), ›Eine pessimistische Katzengeschichte. Zehn Novellen‹ (dtv-Bd. 10593), ›Die Unschuldige. Sieben Novellen‹ (dtv-Bd. 10778), ›Die roten Schuhe. Sechs Novellen‹ (dtv-Bd. 10829).

(Abdruck mit freundlicher Genehmigung des Aufbau-Verlags, Berlin. Aus: H. M., Gesammelte Werke, Band 18, Novellen III. Berlin/Weimar 1978.)

MARK TWAIN (eigtl. Samuel Langhorne Clemens), geboren am 30. November 1835 in Florida/Missouri, gestorben am 21. April 1910 in Redding/Connecticut. Setzerlehre, Lotse auf dem Mississippi, Reporter, freier Schriftsteller.

Von Mark Twain sind im Deutschen Taschenbuch Verlag erschienen:
›Ein Yankee aus Connecticut an König Artus' Hof‹ (dtv-Bd. 10493),
›Tom Sawyer und Huckleberry Finn‹ (dtv-Bd. 10908), ›Durch Dick
und Dünn‹ (dtv-Bd. 2102), ›Prinz und Bettelknabe‹ (dtv junior 7167),
›Six Odd Short Stories. Sechs erstaunliche Kurzgeschichten‹ (dtv zwei-
sprachig 9035).

    (Abdruck mit freundlicher Genehmigung des Carl Schünemann
    Verlags, Bremen. Aus: M. T., Die besten Geschichten. Bremen
    1962. Deutsch von Helmut und Christel Wiemken.)

AMEI-ANGELIKA MÜLLER, geboren am 6. Februar 1930 in Neutomischel
bei Posen, 1945 Flucht in den Westen, 1950 Abitur und anschließend
Jurastudium. Sie lebt heute in Stuttgart.
Von Amei-Angelika Müller sind im Deutschen Taschenbuch Verlag
erschienen:
›Pfarrers Kinder, Müllers Vieh. Memoiren einer unvollkommenen
Pfarrfrau‹ (dtv-Bd. 1759; auch als dtv großdruck 25011), ›In seinem
Garten freudevoll . . . Durchs Gartenjahr mit Wilhelm Busch‹ (dtv-
Bd. 10883), ›Ich und du, Müllers Kuh. Die unvollkommene Pfarrfrau
in der Stadt‹ (dtv-Bd. 10968).

    (Abdruck mit freundlicher Genehmigung des Eugen Salzer-Verlags
    GmbH & Co. KG, Heilbronn. Aus: A.-A. M., Pfarrers Kinder,
    Müllers Vieh. Heilbronn 1978.)

ISABELLA NADOLNY, geboren am 26. Mai 1917 in München, ist heute
vorwiegend als Übersetzerin tätig und lebt am Chiemsee.
Von Isabella Nadolny sind im Deutschen Taschenbuch Verlag erschienen:
›Ein Baum wächst übers Dach‹ (dtv-Bd. 1531), ›Seehamer Tagebuch‹
(dtv-Bd. 1665; auch als dtv großdruck 2580), ›Vergangen wie ein
Rauch. Geschichte einer Familie‹ (dtv-Bd. 10133).

    (Abdruck mit freundlicher Genehmigung des Paul List Verlags in
    der Südwest Verlag GmbH & Co. KG, München. Aus: I. N., Durch
    fremde Fenster. München 1967 und 1987.)

ANAÏS NIN, geboren am 21. Februar 1903 in Paris, gestorben am 14. Ja-
nuar 1977 in Los Angeles. Sie arbeitete zeitweilig als Malermodell und
Mannequin, lebte seit 1940 in den USA.
Von Anaïs Nin sind im Deutschen Taschenbuch Verlag erschienen:
›Die Tagebücher der Anaïs Nin 1–4‹ (Band 1: 1931–1934 – dtv-Bd. 759;
Band 2: 1934–1939 – dtv-Bd. 858; Band 3: 1939–1944 – dtv-Bd. 981;
Band 4: 1944–1947 – dtv-Bd. 10569), ›Ein Spion im Haus der Liebe‹

(dtv-Bd. 10174), ›Haus des Inzests‹ (Zweisprachige Ausgabe, dtv-Bd. 10757), ›Labyrinth des Minotaurus‹ (dtv-Bd. 10927), ›Leitern ins Feuer‹ (dtv-Bd. 10986).

(Abdruck mit freundlicher Genehmigung der Nymphenburger Verlagshandlung in der F. A. Herbig Verlagsbuchhandlung GmbH, München. Aus: A. N., Unter einer Glasglocke. München 1979. Deutsch von Manfred Ohl und Hans Sartorius.)

CHRISTINE NÖSTLINGER, 1936 in Wien geboren, lebt als freie Schriftstellerin abwechselnd in ihrer Geburtsstadt und im Waldviertel. Sie schreibt Kinder- und Jugendbücher und ist für Zeitungen, Rundfunk und Fernsehen tätig.
Von Christine Nöstlinger sind im Deutschen Taschenbuch Verlag erschienen:
›Haushaltsschnecken leben länger‹ (dtv-Bd. 10804), ›Die feuerrote Friederike‹ (dtv junior 7133), ›Mr. Bats Meisterstück‹ (dtv junior 7241), ›Ein Mann für Mama‹ (dtv junior 7307), ›Liebe Susi! Lieber Paul!‹ (dtv junior 7577), ›Maikäfer flieg!‹ (dtv junior 7804).

(Abdruck mit freundlicher Genehmigung des Verlags Niederösterreichisches Pressehaus, St. Pölten. Aus: C. N., Haushaltsschnecken leben länger. St. Pölten/Wien 1985.)

MILORAD PAVIĆ, 1929 in Belgrad geboren, lebt als Schriftsteller und Professor für Literatur in Belgrad und Novi Sad.

(Abdruck mit freundlicher Genehmigung des Carl Hanser Verlags, München. Auszug aus: M. P., Das chasarische Wörterbuch. München/Wien 1988. Deutsch von Bärbel Schulte.)

HERBERT ROSENDORFER, geboren am 19. Februar 1934 in Bozen, lebt seit 1939 in München, wo er zunächst an der Akademie der Bildenden Künste und später Jura studierte. Er war Gerichtsassessor in Bayreuth, dann Staatsanwalt und ist seit 1967 Richter in München.
Von Herbert Rosendorfer sind im Deutschen Taschenbuch Verlag erschienen:
›Das Zwergenschloß‹ (dtv-Bd. 10310), ›Vorstadt-Miniaturen‹ (dtv-Bd. 10354), ›Briefe in die chinesische Vergangenheit‹ (dtv-Bd. 10541), ›Stephanie und das vorige Leben‹ (dtv-Bd. 10895), ›Königlich bayerisches Sportbrevier‹ (dtv-Bd. 10954), ›Die Frau seines Lebens und andere Geschichten‹ (dtv-Bd. 10987).

(Abdruck mit freundlicher Genehmigung der Nymphenburger Verlagshandlung in der F. A. Herbig Verlagsbuchhandlung GmbH,

München. Aus: H. R., Die Frau seines Lebens und andere Geschichten. München 1985.)

HELKE SANDER, geboren am 31. Januar 1937 in Berlin, Besuch einer Schauspielschule in Hamburg, Studium der Psychologie und Germanistik in Helsinki, 1966–69 Studium an der Deutschen Film- und Fernsehakademie Berlin, Initiatorin des »Aktionsrates zur Befreiung der Frauen«, Professorin an der Hochschule für Bildende Künste in Hamburg, Mitglied der Akademie der Künste in Berlin. 1977 entstand ihr erster Langfilm ›Die allseitig reduzierte Persönlichkeit – REDUPERS‹.

(Abdruck mit freundlicher Genehmigung der Weismann Verlag Frauenbuchverlag GmbH, München. Aus: H. S., Die Geschichte der drei Damen K. München 1987.)

RAFIK SCHAMI, 1946 in Syrien geboren, seit 1971 in der Bundesrepublik. Nach verschiedenen Arbeiten auf dem Bau und in Fabriken studierte er Chemie und schloß mit der Promotion ab. Lebt heute als freier Schriftsteller in der Nähe von Mannheim.
Von Rafik Schami sind im Deutschen Taschenbuch Verlag erschienen: ›Das letzte Wort der Wanderratte. Märchen, Fabeln & phantastische Geschichten‹ (dtv-Bd. 10735), ›Die Sehnsucht fährt schwarz. Geschichten aus der Fremde‹ (dtv-Bd. 10842), ›Der erste Ritt durchs Nadelöhr. Noch mehr Märchen, Fabeln & phantastische Geschichten‹ (dtv-Bd. 10896), ›Das Schaf im Wolfspelz. Märchen & Fabeln‹ (dtv-Bd. 11026).

(Aus: R. S., Die Sehnsucht fährt schwarz. Deutscher Taschenbuch Verlag GmbH & Co. KG, München 1988.)

ISAAC BASHEVIS SINGER, geboren am 14. Juli 1904 in Radzymin/Polen, emigrierte 1935 in die USA, lebt heute in New York. 1978 erhielt er den Nobelpreis für Literatur.
Von Isaac B. Singer sind im Deutschen Taschenbuch Verlag erschienen:
›Feinde, die Geschichte einer Liebe‹ (dtv-Bd. 1216), ›Der Kabbalist vom East Broadway‹ (dtv-Bd. 1393), ›Leidenschaften. Geschichten aus der neuen und der alten Welt‹ (dtv-Bd. 1492), ›Das Landgut‹ (dtv-Bd. 1642), ›Schoscha‹ (dtv-Bd. 1788), ›Das Erbe‹ (dtv-Bd. 10132), ›Eine Kindheit in Warschau‹ (dtv-Bd. 10187), ›Verloren in Amerika. Vom Schtetl in die Neue Welt‹ (dtv-Bd. 10395), ›Die Familie Moschkat‹ (dtv-Bd. 10650), ›Old Love. Geschichten von der Liebe‹ (dtv-Bd. 10851), ›Ich bin ein Leser. Gespräche mit Richard Burgin‹ (dtv-Bd. 10882).

(Abdruck mit freundlicher Genehmigung des Carl Hanser Verlags, München. Aus: I. B. S., Der Kabbalist vom East Broadway. München/Wien 1976. Deutsch von Ellen Otten.)

JOHN ERNST STEINBECK, amerikanischer Erzähler deutsch-irischer Abstammung, geboren am 27. Februar 1902 in Salinas, gestorben am 20. Dezember 1968 in New York. 1962 erhielt er den Nobelpreis für Literatur.

Von John Steinbeck sind im Deutschen Taschenbuch Verlag erschienen:

›Früchte des Zorns‹ (dtv-Bd. 10474), ›Autobus auf Seitenwegen‹ (dtv-Bd. 10475), ›Geld bringt Geld‹ (dtv-Bd. 10505), ›Die wilde Flamme‹ (dtv-Bd. 10521), ›Der rote Pony und andere Erzählungen‹ (dtv-Bd. 10613), ›Die Straße der Ölsardinen‹ (dtv-Bd. 10625), ›Das Tal des Himmels‹ (dtv-Bd. 10675), ›Die Perle‹ (dtv-Bd. 10690; auch als dtv großdruck 25012), ›Der Mond ging unter‹ (dtv-Bd. 10702), ›Tagebuch eines Romans‹ (dtv-Bd. 10717), ›Stürmische Ernte‹ (dtv-Bd. 10734), ›Tortilla Flat‹ (dtv-Bd. 10764), ›Wonniger Donnerstag‹ (dtv-Bd. 10776), ›Eine Handvoll Gold‹ (dtv-Bd. 10786), ›Von Mäusen und Menschen‹ (dtv-Bd. 10797), ›Jenseits von Eden‹ (dtv-Bd. 10810), ›Laßt uns König spielen. Ein fabriziertes Märchen‹ (dtv-Bd. 10845), ›Logbuch des Lebens‹ (dtv-Bd. 10865), ›Meine Reise mit Charley. Auf der Suche nach Amerika‹ (dtv-Bd. 10879), ›Der fremde Gott‹ (dtv-Bd. 10909), ›Die gute alte und die bessere neue Zeit‹ (dtv-Bd. 10921).

    (Abdruck mit freundlicher Genehmigung des Diana Verlags, Weßling. Aus: J. S., Der rote Pony und andere Erzählungen. Zürich 1945 und 1985. Deutsch von Rudolf Frank.)

HERMANN SUDERMANN, geboren am 30. September 1857 in Matziken/Ostpreußen, gestorben am 21. November 1928 in Berlin, studierte in Königsberg und Berlin Geschichte und Philosophie. Er war Schriftleiter, Hauslehrer und schließlich freier Schriftsteller. Sein erzählerisches Hauptwerk ist der Entwicklungsroman ›Frau Sorge‹ (1887).

    (Abdruck mit freundlicher Genehmigung des Albert Langen Georg Müller Verlags in der F. A. Herbig Verlagsbuchhandlung GmbH, München. Titelgeschichte aus: H. S., Die Reise nach Tilsit. Litauische Geschichten. Stuttgart 1917.)

ANTONIO TABUCCHI, geboren am 23. September 1943 in Pisa, lehrt als Professor portugiesische Sprache und Literatur und lebt in Genua und Vecchiano/Toskana.

Von Antonio Tabucchi sind im Deutschen Taschenbuch Verlag erschienen:

›Kleine Mißverständnisse ohne Bedeutung‹ (dtv-Bd. 10965), ›Der kleine Gatsby‹ (dtv-Bd. 11051).

    (Abdruck mit freundlicher Genehmigung des Carl Hanser Verlags, München. Titelgeschichte aus: A. T., Kleine Mißverständnisse ohne Bedeutung. München/Wien 1986. Deutsch von Karin Fleischanderl.)

KETO VON WABERER, Tochter einer Deutschen und eines bolivianischen Architekten, verbrachte ihre Kindheit in Tirol, lebte viele Jahre in Mexiko und in den USA, wohnt heute in München. Sie studierte Kunst und Architektur, arbeitete als Architektin, Übersetzerin und Journalistin.

    (Abdruck mit freundlicher Genehmigung des Kiepenheuer & Witsch Verlags, Köln. Aus: K. v. W., Der Mann aus dem See. Köln 1983.)

FRANK WEDEKIND, geboren am 24. Juli 1864 in Hannover, gestorben am 9. März 1918 in München. Studierte Jura, wurde Journalist, Werbechef und Zirkussekretär. Dann freier Schriftsteller in Zürich, Paris und seit 1890 in München.
Von Frank Wedekind ist im Deutschen Taschenbuch Verlag erschienen:
›Der Verführer‹ (dtv-Bd. 10618).
    (Titelgeschichte aus: F. W., Der Verführer. Erzählungen. München 1986.)

FAY WELDON, geboren am 22. September 1933 in Alvechurch/Worcestershire, aufgewachsen in Neuseeland, studierte Psychologie und Ökonomie in Schottland. Sie lebt heute in London und Somerset. Ihr Roman ›Die Teufelin‹ (1983, dt. 1987) wurde mit großem Erfolg als Fernsehserie verfilmt.
    (Abdruck mit freundlicher Genehmigung der Weismann Verlag Frauenbuchverlag GmbH, München. Deutsch von Sabine Hedinger.)

P(ELHAM) G(RENVILLE) WODEHOUSE, geboren am 15. Oktober 1881 in Guildford/England, gestorben am 14. Februar 1975 in New York, war Bankbeamter und seit 1903 freier Schriftsteller.
Von P. G. Wodehouse sind im Deutschen Taschenbuch Verlag erschienen:
›Ein Pelikan im Schloß‹ (dtv-Bd. 1792), ›Vollmond über Blandings Castle‹ (dtv-Bd. 10078), ›Schloß Blandings im Sturm der Gefühle‹ (dtv-Bd. 10194), ›Das höchste der Gefühle‹ (dtv-Bd. 10534), ›Was

macht der Lord in Hollywood?‹ (dtv-Bd. 10760), ›Bertie in wilder Erwartung‹ (dtv-Bd. 10884).

   (Abdruck mit freundlicher Genehmigung der Literarischen Agentur
   Mohrbooks, Zürich. Aus: P. G. W., ›Die Hunde-Akademie und an-
   dere Stories. Deutscher Taschenbuch Verlag GmbH & Co. KG,
   München 1981. Deutsch von Harald Raykowski.)

GABRIELE WOHMANN, geboren am 21. Mai 1932 in Darmstadt, studierte
Germanistik und Musikwissenschaft. Sie lebt in Darmstadt.
Von Gabriele Wohmann sind im Deutschen Taschenbuch Verlag er-
schienen:
›Alles zu seiner Zeit‹ (dtv-Bd. 1164), ›Sieg über die Dämmerung‹ (dtv-
Bd. 1621), ›Ach wie gut, daß niemand weiß‹ (dtv-Bd. 10100), ›Einsam-
keit‹ (dtv-Bd. 10275), ›Komm donnerstags‹ (dtv großdruck 2548).
   (Abdruck mit freundlicher Genehmigung des Luchterhand Litera-
   turverlags GmbH, Darmstadt. Aus: G. W., Einsamkeit. Darmstadt/
   Neuwied 1982.)

Siegfried Lenz
Die Erzählungen
1949–1984

3 Bände
in Kassette
dtv 10527

Siegfried Lenz ist
der Erzählung als einer
literarischen Form
nicht minder verpflich-
tet als die Erzählung
ihm. Man kennt ihn als
Romanautor, aber
man kennt – und
schätzt – ihn auch als
Geschichtenerzähler.
Diese drei Bände ent-
halten die Erzählun-
gen der Jahre 1949 bis
1984 in chronologi-
scher Reihenfolge,
von der ersten Skizze
›Die Nacht im Hotel‹
über ›Suleyken‹, ›Jäger
des Spotts‹, ›Das
Feuerschiff‹, ›Der
Spielverderber‹ und
›Einstein überquert
die Elbe bei Hamburg‹
bis zu ›Lehmanns
Erzählungen‹, den
›Geschichten aus
Bollerup‹ und der
Novelle ›Ein Kriegs-
ende‹.

Anthologien im dtv

HerzensSachen
Literarische
Liebesgeschichten

dtv

Diese Sammlung zeigt
ganz deutlich, daß
Liebe und Literatur eng
zusammengehören.
dtv 10893

Österreichische Erzählungen des 20. Jahrhunderts
Herausgegeben von Alois Brandstetter

dtv

Alles, was Rang und
Namen in der öster-
reichischen Erzählkunst
dieses Jahrhunderts hat.
dtv 10832

Das HobbitBuch

dtv/Klett-Cotta

Das Buch öffnet den
Zugang zur inneren Welt
mit ihren erstaunlichen
Abenteuern.
dtv 10946

Das Spaßbuch

dtv

Heitere, satirische, lu-
stige, aber auch lüsterne
Texte und freche Zeich-
nungen von Franziska
Becker, Heinrich Böll,
Friedrich Torberg u. v. a.
dtv 10707

Das Urlaubslesebuch

dtv

Ein literarisches Lese-
buch mit Erzählungen,
Gedichten und Glossen
von Heinrich Böll,
Joyce Carol Oates,
Friedrich Torberg u. a.
dtv 10411

Weißbuch
Verführung zum
Lesen

dtv

Erzählungen, Tage-
buchaufzeichnungen,
Gedichte, Aufsätze und
Essays von Heinrich
Böll, Umberto Eco,
Doris Lessing u. v. a.
dtv 10559

Schriftsteller reisen

Heinrich Böll:
Irisches
Tagebuch

»Eines der schönsten
und wertvollsten
Bücher.«
(Carl Zuckmayer)
dtv 1

**Christian
Graf von Krockow:
Die Reise
nach Pommern**

Bericht aus einem verschwiegenen Land

dtv
Zeitgeschichte

Die Erinnerungen des
Autors lassen noch
einmal die Geschichte
und das Leben Pom-
merns erstehen.
dtv 10885

Horst Krüger:
Ostwest-Passagen

Reisebilder aus zwei Welten

Gelungene Porträts
von Menschen und
Städten, faszinierende
Impressionen und
bissige kleine Satiren.
dtv 1562

Horst Krüger:
Poetische Erdkunde
Reise-Erzählungen

Über Deutschland Ost
und West, Österreich,
Spanien, Ägypten,
Washington und China
dtv 1675

Yaşar Kemal:
Gelbe Hitze
Erzählungen

In sechzehn Erzählun-
gen zeichnet Kemal
ein anschauliches Bild
des Lebens in Südost-
anatolien.
dtv 10933

Horst Krüger:
Tiefer deutscher
Traum

Reisen in die Vergangenheit

Auf der Suche nach der
deutschen Identität –
ein sinnliches, melan-
cholisches, sehr
ehrliches Buch.
dtv 10558

Das Abenteuer der Kindheit

Niemands Land Kindheitserinnerungen an die Jahre 1945 bis 1949

Herausgegeben von Heinrich Böll

Peter O. Chotjewitz
Klas E. Everwyn
Hubert Fichte
Manfred Franke
Gerd Fuchs
Günter Gaus
Anton-Andreas Guha
Dieter Hildebrandt
Josef Ippers
Margarete Jahn
August Kühn
Jürgen Lodemann
Christoph Meckel
Gudrun Pausewang
Peter Rühmkorf
Erasmus Schöfer
Günter Seuren
Dorothee Sölle
Klaus Staeck
Hannelies Taschau
Heinrich Vormweg

dtv

Literarische Rückblicke,
die zum kritischen
Zeitvergleich heraus-
fordern
dtv 10787

Rudyard Kipling: Das Dschungelbuch

dtv/List

Ein klassisches Werk
der Weltliteratur
dtv 1200

Rudyard Kipling: Das neue Dschungelbuch

dtv/List

Panther, Tiger und Affen
– die unvergeßlichen
Helden des Dschungels
dtv 1475

Rudyard Kipling: Kim Roman

dtv/List

Ein Straßenjunge be-
gegnet der Fülle des
indischen Lebens
dtv 1672

Jack London: Joe unter den Piraten Roman

dtv

»Sucht nicht nach mir.
Ich gehe zur See ...«
dtv 1615

José M. de Vasconcelos: Wenn ich einmal groß bin Roman

dtv

Eine Kindheit und
Jugend in Brasilien
dtv 864

Selma Lagerlöf

»Das alles beherrschende Element ist die Landschaft, die mitbestimmt über das Los des Menschen und ihn formt… Selma Lagerlöfs Prosa erweist sich als ehrliches Erzählen, das in der Schlichtheit der Mittel wie der Eindringlichkeit der Aussage voll und ganz Teil der Weltliteratur ist.« (Jörg Weigand)

Selma Lagerlöf:
Die schönsten
Legenden

dtv

dtv 1391

Selma Lagerlöf:
Gösta Berling
Roman

dtv

dtv 1441

Selma Lagerlöf:
Die schönsten Sagen
und Märchen

dtv

dtv 1593

Selma Lagerlöf:
Der Kaiser
von Portugallien
Roman

dtv

dtv 10437

Selma Lagerlöf:
Der Luftballon
Acht Erzählungen

dtv

dtv 10594

Christus-
legenden
dtv großdruck 2573

Ein Weihnachtsgast
Drei Erzählungen
dtv 10656

Mårbacka
Kindheits-
erinnerungen
dtv 10768

Die Löwenskölds
Romantrilogie
dtv 10816

Ausländer schreiben deutsch

»Von Bedeutung ist diese Literatur zum einen, weil sie eine ausdrucksvolle Faktensammlung über die Befindlichkeit von Ausländern in der Bundesrepublik darstellt und den Deutschen klarmachen kann, wie nötig eine bessere Integrationspolitik ist. Zum anderen, weil diese Literatur Anfang einer eigenen Kultur sein könnte.« (Stern)

dtv 10189

dtv 10311

dtv 10735

dtv 10842

dtv 10896

dtv 11026

Zauber der Fantasy

Der kleine Hobbit
John Ronald R. Tolkien

dtv junior

J. R. R. Tolkien: Tuor und seine Ankunft in Gondolin

dtv/Klett-Cotta

Bilbo Beutlin, ein angesehener Hobbit, läßt sich in ein Abenteuer verwickeln, das Hobbitvorstellungen weit übersteigt. Nicht nur, daß er sich auf eine Reise von Jahresdauer begibt, er läßt sich sogar vom Zwergenkönig als Meisterdieb unter Vertrag nehmen …
dtv 7151

Die Geschichte vom Königssohn Tuor, der als entflohener Sklave nach der verborgenen Festung Gondolin sucht. Einer der frühesten Texte aus der Sagenwelt des ›Silmarillions‹.
dtv 10456

Aufbruch mit den Hobbits Das Fantasy-Buch

dtv/Klett-Cotta

Joan Aiken: Ein Kichern in der Luft Zwölf haarsträubende Geschichten

dtv

T. H. White: Das Schwert im Stein Roman

dtv/Klett-Cotta

Der Einstieg in die geheimnisvolle Welt der Fantasy, mit Peter S. Beagle, J.R.R. Tolkien, Evangeline Walton und anderen Autoren der Hobbit Presse.
dtv 10333

Cool, distanziert und mit Vorliebe für das Geheimnisvolle, Skurile, Hintergründige läßt Joan Aiken in zwölf haarsträubenden Geschichten scheinbar Unmögliches Selbstverständlichkeit werden.
dtv 10852

Eine meisterhafte Nachschöpfung der Artus-Sage in der Form eines modernen Entwicklungsromans.
dtv 10663